KB162296

고전문학의 향유와 교육

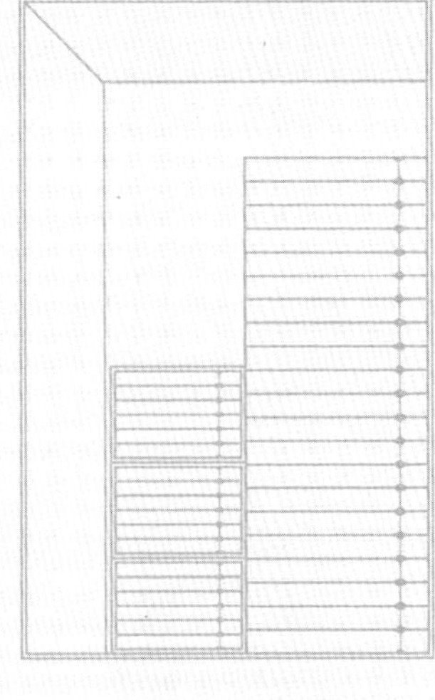

고전문학의 향유와 교육

한국고전문학교육학회 편

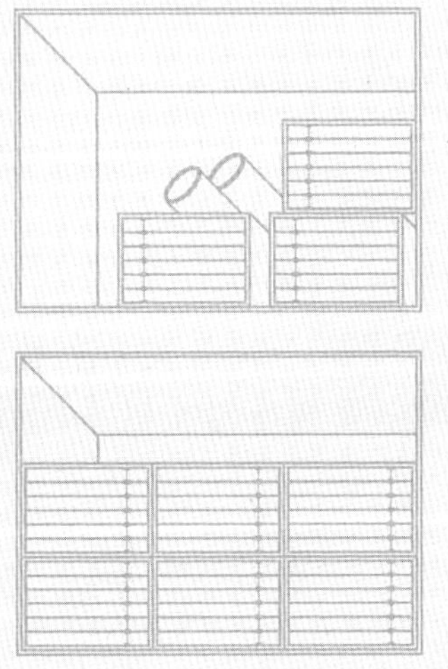

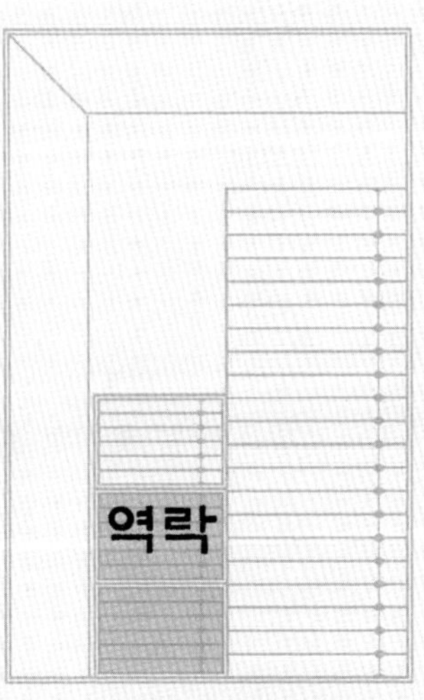

역락

머리말

한국고전문학교육학회는 전신인 청관고전문학회로부터 시작하여 지금까지 30여 년 간을 한국고전문학과 고전문학교육의 발전을 위해 노력해 온 역사 깊은 학회이다. 그간 한국고전문학교육학회에서는 꾸준한 학술대회의 개최와 학술지 『고전문학과 교육』지의 발간을 통해 한국고전문학 연구는 물론 고전문학과 현장 교육 연구의 교량으로서의 역할을 훌륭하게 수행해왔다고 자부한다.

한국고전문학교육학회에서는 학술대회와 학회지 발간이라는, 학회의 기본적인 존재 기반 외에도 시대의 변화와 맞물리며 달라져가는 고전문학과 고전문학교육 연구의 중심 흐름을 놓치지 않기 위해, 매번 새로운 화두를 학술대회의 기획주제로 내걸고 그에 대한 관심을 촉구하며 이 학문 분야에서 선구적인 입지를 유지하기 위해 노력해왔다. 또한 기획주제에서 발표되어 『고전문학과 교육』지에 실린 논문들을 보다 완성된 형식으로 체제를 갖추어 단행본으로 출간함으로써, 학회의 지속적 성과물로 축적하고자 하는 노력도 끊임없이 진행해왔다. 그 결과로 지금까지 『중세여행체험과 문학교육』, 『고전문학과 정서교육』, 『고전문학의 재미와 흥미』 등의 의미 있는 업적들을 학계에 내놓을 수 있었고, 이러한 노력은 앞으로도 계속 지속되어 나갈 것이다.

이러한 노력의 일환으로 이번에는 최근 4년간 '고전문학의 향유와 교육'이라는 기획주제로 발표되었던 논문들을 모아 이 책을 출간하게 되었다. '향유'라는 용어의 함의가 좀 넓은 감이 있는 까닭에 일정한 관점에 따라

몇 개의 장을 나누고 장마다 그에 적합한 논문들을 몇 편씩 정리해 묶음으로써, 편집상 체계를 정비하는 작업을 보다 철저히 수행해 일관성과 다양성을 모두 확보하고자 최선을 다했다.

목차를 자세히 살펴보면 드러나지만, 이 책은 전체적으로 크게 세 파트로 나누어져 있다고 볼 수 있다. 먼저 '고전문학의 향유와 교육'이라는 기획주제에 대한 이론적 방법론을 제시하고, '향유'라는 개념이 지닌 폭넓은 함의를 학회에서 바라보는 관점에서 적절하게 설명해내는 기본 작업이 이루어지는 부분이 첫 번째 파트라고 할 수 있다.

다음으로는 구비문학, 고전시가, 고전소설, 한문학 등 고전문학과 고전문학교육 내에서 중요한 영역별로 하나씩의 장을 마련해 각 영역별로 향유와 관련된 이론적 개념이나 실상에서의 향유 양상 및 구체적 작품에서의 향유 및 연행 양상까지 다루고자 했다. 영역에 따라 필자들의 관심사가 영역별 이론에 관심이 있는 경우도 있지만, 아무래도 이 두 번째 파트는 영역별로 구체적 작품을 대상으로 하여 그 향유나 연행 양상을 다루는 논문들의 비중이 높은 것으로 판단된다.

마지막으로 고전문학이 현재 상황에서 어떻게 교육되어야 하는지를 항상 고민하면서 함께 생각해야 한다는 관점에서, '고전문학의 현대적 향유'를 세 번째 파트의 주제로 하여 책의 마무리를 짓도록 했다. 고전문학교육 현장에서 학습자의 경험이 작품의 향유와 연결되는 맥락에 대한 고찰을 시도한 논문을 비롯하여, 고전문학 이론과 작품을 활용해 현대인의 심리 상태를 치유하려는 목적을 가지고 최근 연계학문이자 융합학문으로서의 위치를 확고히 다져가는 문학치료 영역과 고전문학교육과의 관계를 살펴보는 논문을 넣었다. 또한 초,중,고교에서의 고전문학교육보다는 뒤로 밀려 관심의 대상에서 제외되기 쉬운, 최근 대학교육에서의 고전문학 향유 양상에 대해 두루 살펴보는 논문을 실어 고전문학과 고전문학교육 영역의 향유 양상에서 소외되는 부분이 없도록 배려를 다했다.

문학작품을 향유하는 방식과 양상, 그리고 향유를 통해서 얻고자 하는 바는 시대적 상황에 따라서 달라지게 마련이다. 이 책에 실린 여러 논문들이 그 점을 잘 해명해 주고 있다. 그런데 시대 변화에 따라 향유 양상이 달라지고 향유의 가치에 대한 인식이 달라지는 것은 바로 지금 우리가 실감하는 문제이기도 하다.

이 책이 출간되는 시기에는 위드코로나 혹은 일상방역이란 개념이 일반화되어갈지도 모르겠지만, 머리말을 작성하고 있는 이 시점은 아직 그 시발점에 서 있는 듯하다. 지금까지 겪어보지 못했던 질병으로 인해 전 지구적으로 인류는 놀라운 경험을 했고, 이를 함께 견디어내고자 하는 연대감 역시 여러 가지 방식으로 다양하게 표출되었다. 이 책에서 소개한 논문들 중에서 절반 정도는 코로나19 발발 이후에 발표된 논문으로 생각된다. 고전문학과 고전문학교육이 이러한 질병과 어떠한 연관 관계가 있을까 의아해 하는 분이 계실지 모르겠지만, 이러한 위기 상황을 견디어내고 이겨낼 수 있는 방법을 고전에서 찾을 수 있는 희망은 충분하다고 생각한다. 또한 교육적 측면에서 볼 때 이 혼란의 상황에서 우리가 현실적이고 구체적으로 어떻게 행동해야 하는지를 교육 현장의 향유 양상을 배경으로 논의하는 문제 역시 이 지점에서 무척이나 중요한 것임은 분명하다.

이러한 문제의식이 이 책에 얼마나 체계적으로 잘 담겨 있고 또 녹아 있을지에 대해 아주 자신 있게 말하기는 어렵다. 이 책의 주제는 코로나19 발발 이전에 이미 기획되었고, 이 책에 수록된 논문 역시 상당수가 그 이전에 집필된 것이기 때문이다. 그러나 고전에서 현재 사태에 대한 지혜를 찾는 것이 진실로 현명한 작업이 되리라는 점은 분명하리라 여겨진다. 이 책을 읽으시는 분들과도 이러한 공감대가 함께 형성될 수 있다면 더할 나위 없는 기쁨이 될 수 있을 것이다.

이 책이 출간되기까지 기획부터 집필, 편집, 출판에 이르기까지 수고하신 모든 손길에 진심으로 감사드리며, 고전문학과 고전문학교육 및 나아가 인문학을 공부하는 후속세대에게 이 책이 의미 있는 메시지를 가져다 줄 수 있기를 간절히 바라는 마음을 전한다. 끝으로 어려운 상황에서도 기꺼이 이 책의 출판을 맡아주신 도서출판 역락의 관계자분들께도 감사의 말씀을 드린다.

2021년 11월
필자들을 대표하여
박경주

차례

5부 한문학의 향유/교육

6부 고전문학의 현대적 향유/교육

1부

고전문학의 향유 방식과 방법론적 탐색

1장

고전문학의 향유방식과 교육; 과거, 현재, 미래

손태도*

1. 머리말

'고전문학의 향유방식'이라 했을 때, '향유방식'은 여러 시각들에서 바라볼 수 있다. 이를테면, 어떤 시기에 어떤 문학들이 생산되고 유통되며 소비되는 과정들을 그 시대의 문학 향유방식이라 할 수 있다. 또 어떤 곳에서는 어떤 문학들이 생산, 유통, 소비되었는지에 대한 것도 역시 그 곳에서의 문학 향유방식이라 할 수 있다. 이와 같은 시각들은 대개 문학사적 시각이나 문학사회학적 시각이다.

여기서의 '고전문학의 향유방식'에서의 '향유방식'은 이와 같은 문학사나 문학사회학적 시각이 아니라, 문학 활동 안에 그 범위를 한정하도록 한다. 문학 활동 안에서도, '문학 생산'과 '문학 소비'에 있어 '문학 소비' 활동에 주로 한정하고자 한다.

그런데 문학 소비 활동은 문학 생산 활동이 전제되어야만 가능한 것이기에, 문학의 향유방식에 대한 논의에는 문학 소비 활동 외에도 문학 생산 활

* 호서대학교 창의교양학부 교수.

동에 대한 논의도 같이 이뤄진다.

오늘날 현대의 시, 소설 등과 같은 문자문학의 경우 '문학 생산 : 문학 소비'의 방식은 '쓰기 : 읽기'로 대체로 간단하다. 그런데 고전문학에서는 시가문학, 소설문학, 구비문학, 한문학 등에 있어 그것은 '가창, 음영, 구연, 공연, 강독(講讀), 쓰기 : 듣기, 읽기'로 여러 가지 방식들이 있다. 그래서 현대의 문자문학의 '쓰기' 외의 다양한 생산 방식을 가진 고전문학의 특성들에 입각한 문학 연구와 교육이 이뤄지기를 이 글을 통해 기대해 보는 것이다. 또 소비 방식에 있어 현대의 문자문학의 '읽기'에 대해 고전문학의 '듣기, 읽기'와 관련 '듣는 문학'과 관계된 문학 연구와 교육도 중요하다는 것을 이 글을 통해 말하고자 하는 것이다.

한편 현대의 시, 소설 등의 문자문학은 문학만으로 이뤄진 이른바 '단독예술'이지만, 가창, 공연되기도 하는 고전문학은 가곡(문학 · 음악), 민요(문학 · 음악), 판소리(문학 · 음악 · 연극), 탈놀이(문학 · 연극 · 무용 · 음악) 등과 같이 문학 외에도 다른 예술들과 결합된 이른바 '복합예술'이다. 이들은 또 '듣는 문학'으로 향유되었다. 이것은 오늘날의 현대의 매스미디어 문학들인 대중가요(문학 · 음악 등), TV 드라마(문학 · 연극 · 영상 · 음악 등), 영화(문학 · 연극 · 영상 · 음악 등) 등이 역시 '복합예술'이고 모두 '듣는 문학'으로 향유되는 것과 같은 면이 있다. 현대의 시, 소설 등의 문자문학과 달리 시가문학, 구비문학 등이 있는 고전문학의 향유방식은 현대의 매스미디어 문학의 이해, 연구, 교육에도 분명 활용될 수 있다.

이에 이 글에서는 우선 시가, 소설, 구비문학, 한문학 등 고전문학의 여러 영역들에 있어 향유방식과 관련된 조사, 논의들을 각 영역별로 일정하게나마 살펴보고, 앞으로의 과제들도 전망해 본다. 그리고 이들과 관련될 수 있는 현대의 매스미디어 문학도 일정하게나마 다뤄 본다.

2. 향유방식을 통해서 본 고전문학

향유방식이란 시각에서 고전시가, 고전소설, 구비문학, 한문학 등 고전문학 여러 영역들에서 중요한 것들로 여겨지는 것들을 나름대로 제시해 본다.

고전시가 영역에 많은 논의들이 이뤄진 것은 이 영역에는 기본적으로 많은 하위 영역들이 있는 탓이기도 하지만, 이들이 대부분 가창된 '노래'들임에도 불구하고 이들이 아직까지도 말 그대로 이러한 '노래'로서 제대로 조사, 연구, 교육되고 있지 않기 때문이다.

1) 고전시가

고전시가인 고대가요, 향가(鄕歌), 가곡, 고려속요, 경기체가, 시조, 조선초기 악장(樂章), 가사(歌辭), 12가사(歌詞), 잡가(雜歌) 등은 모두 노래들이다. 그러나 오늘날에도 이들은 여전히 현대시(現代詩)처럼 문자문학으로 연구되기도 하고 또 그렇게 되어야 한다고 여기는 사람들도 있다. 몇몇 연구가들에 의해 '노래'로서의 고전시가에 대한 연구들이 있기는 하지만,[1] 여전히 고전시가 연구에 있어서는 이른바 하나의 시(詩)로서의 문학적 연구 경향에서 벗어나지 못하고 있는 것이 사실이다.

그러한 사실은 가곡(歌曲), 시조(時調) 등에 있어 이들을 노래로서의 원래적 명칭에 따라 가곡(歌曲)은 '가곡(歌曲)'이라 하고, 조선 후기 가곡의 한 변조(變調) 형태로서의 시조(時調)를[2] '시조(時調)'라 하고, 근대 이후 음악과 분리된

---

1 성호경, 『조선 전기 시가론』, 새문사, 1988; 조규익, 『가곡창사의 국문학적 본질』, 집문당, 1994 등.

2 이미 알려진 대로, '시조(時調)'는 한 시대의 '유행가조' 혹은 '시절가조(時節歌調)'란 말로 신광수(申光洙, 1712~1775) 때의 이세춘(李世春)이란 가객이 처음으로 만든 곡조인 것으로 알려져 있다. (신광수, 〈관서악부(關西樂府)〉 15수, "일반 시조로 장단을 배열한 것은/ 장안에서 온 이세춘이라."(一般時調排長短 來自長安李世春))

시조(時調)를 '시조시(時調詩)'라 하지 않고, 오늘날 사회적 차원에서든, 학문적 차원에서든 이들을 모두 '시조(時調)'라고 하는 것을 통해서 우선 분명히 알 수 있다. 음악적 방식 등에 있어 이들은 비록 다르게 향유되었음에도 불구하고 오직 문학적 형태의 일정한 공통성에 입각해 이들을 모두 '시조(時調)'라고 하고 있는 것이다.

이에 대해 조규익은 다음과 같이 말하고 있다.

> ……이삭대엽(二數大葉)이며 농(弄)·낙(樂)·편(編) 등의 곡조명이 뚜렷하게 부대되어 있는 노래들을 무조건 '시조'로 몰아 부르는 데는 분명 문제가 있다. 아니 "노랫말만을 대상으로 하니, 그것을 무어라 부르든 무슨 상관이랴?"고 해도, 분명 '가곡'을 '시조'로 부르는 것은 잘못된 처사일뿐더러 정확한 일도 아니다. '시조'가 이 장르를 전칭(專稱)하기 위해 근래에 들어와 만든 문학상의 명칭이라고 강변해도, 하필 전통 가조명(歌調名)을 전용(轉用)할 수밖에 없었던 부득이한 사정은 무엇이었느냐고 묻는다면 답변이 궁색해진다.
>
> ……노래의 총체적 본질에 대한 이해는 물론 그것의 문학적 측면을 더 잘 이해하기 위해서라도 음악적 측면에 더 깊은 관심을 가졌어야 옳았다.[3]

분명히 가곡과 시조는 다른 노래이므로 이들을 구분하는 것이 마땅하고, 이들의 문학적 측면을 제대로 규명하기 위해서라도 이들을 다른 노래들로

시조를 '시절가(時節歌)' 곧 '시절가조(時節歌調)'라고 한 것은 이학규(李學逵, 1770~1835)의 시 〈감사(感事)〉 24수에서 "그 누가 꽃 피는 달밤을 애달프다 하는고/ 시조가 바로 슬픈 회포를 불러주네."(誰憐花月夜 時調正悽懷)라 하고 '시조'에 대한 각주로 "시조란 또한 시절가(時節歌)라고도 부르며, 대개 항간의 속된 말로 긴소리로 이를 노래한다."에 나와 있다.

실제로도 가곡은 5장으로 부르고, 시조는 3장으로 부르며 종장 마지막 구를 부르지 않는다. 실제 시조집인 『남훈태평가』(1863년 추정)에는 3장 기준으로 구점이 찍혀 있고, 종장 마지막 말을 기록하지 않고 있다. [그림 1 참조]

3 조규익, 『가곡창사의 국문학적 본질』, 집문당, 1994, 1-2면.

구분하는 것이 마땅하다는 것이다.

종래 '시조'니 '시조 장르'니 하며 일괄해서 다루고 있는 것들을 적어도 '가곡', '시조', '시조시'(근대)로 구분할 필요가 있는 것이다.

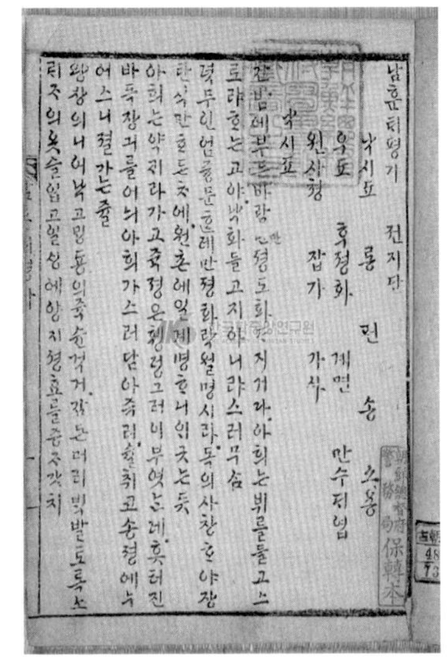

[그림 1] 시조집인 『남훈태평가』(1863년 추정)
5장(章)으로 불리는 가곡과 달리 시조는 3장(章)으로 불리고, 종장 마지막 말도 부르지 않는다.

이 외 고전시가 영역에서 향유방식의 면에서 오늘날 다시 중요하게 논의해 볼 만한 것들을 가능한 대로나마 제시해 본다.

신라 향가의 4구체, 8구체, 10구체 작품들 중 10구체 향가는 우리나라가 이른 시기에 가졌던 상당히 수준 높은 서정시가였다. 이러한 신라의 10구체 향가가 12세기 고려의 정서(鄭敍)의 〈정과정(鄭瓜亭)〉으로 이어지고, 이 〈정과정〉에서 오늘날 흔히 시조라고 하는 가곡이 모두 나왔다고 한다.[4] 그런데 이 후대의 가곡이 그 시가적 격조에 있어 오히려 향가보다 떨어지는 면이 있다. 그러므로 이른 시기에 신라가 이러한 격조 높은 서정시가를 가질 수 있었던 것에 대한 설명이 필요하다.

오늘날 이에 대해 사실상 본격적으로 논의한 학자는 김동욱이다. 그는 「신라 향가의 불교문학적 고찰」(1962)에서 당시 신라에 도입된 불교와 관련, 불교 의례에서의 '중국의 한찬(漢讚)－신라의 향찬(鄕讚)－일본의 화찬(和讚)'과 같은, '신라의 향찬(鄕讚)'이란 시각에서 향가를 바라볼 수 있다고[5] 했다.

4 "만 · 중 · 삭대엽이 모두 〈정과정〉 삼기곡(三機曲)에서 나왔다."(時用大葉慢中數 皆出於瓜亭三機曲) (양득수, 『양금신보(梁琴新譜)』, 1610.)

5 김동욱, 「신라 향가의 불교문학적 고찰」, 『한국 가요의 연구』, 을유문화사, 1962.

[그림 2] 서울 봉원사 영산재에서의 '화청(和請)'(2012.5.5.(음))

불교의 재에서는 대개 마지막에 '화청'이라고 하여 모든 대중이 쉽게 알아들을 수 있는 〈회심곡〉, 〈백발가〉 등 우리말 노래를 부른다.

신라에는 경남 하동 쌍계사의 진감선사(眞鑒禪師) 비문(碑文)에도 나와 있듯 이른바 한찬(漢讚)과 관계된 범패(梵唄)란 노래가 들어와 있었다.[6] 이렇게 불교와 함께 들어온 범패와 같은 것으로 부르던 한찬과 관계해 신라에 이미 있었던 종교·예술인이기도 했던 화랑이나 이들에 종속된 월명사, 충담사 같은 승려계통의 사람들이 그러한 한찬에 비견될 수 있는 향찬인 10구체 향가를 만들었다는 것이다.[7] 적어도 한·중·일에 걸친 불교적 노래들에 대한 이해를 바탕으로 이에 대한 실제적인 조사·연구가 필요한 것이다. 그러나 이에 대한 조사·연구는 아직까지 김동욱에서 더 나아가지 못하고 있다.

불교 의례에서의 노래는 원래 범어(梵語, 인도말)나 한문으로 이뤄지기에, 일반 대중은 사실상 도대체 무슨 말인지 제대로 알 수 없다. 이에 대중적 불교 의례에는 마지막에 우리말 노래를 갖추기 마련이다. 그래서 오늘날 영산재(靈山齋)나 우란분재(盂蘭盆齋) 등 대규모 불교의 재(齋) 마지막에 '화청(和

6 김동욱, 앞의 글, 1962, 8면.

7 위의 글, 19-20면.

請)'이라고 해서 승려가 직접 북, 징 등을 치며 우리말로 된 〈회심곡〉, 〈백발가〉, 〈무상가〉, 〈참선곡〉 등의 불교가사를 부른다. 앞에 이뤄진 범패나 염불소리 등이 무슨 말인지 일반 대중들은 제대로 모르기에, 마지막에 일반 대중들도 누구나 쉽게 알아들을 수 있는 이와 같은 우리말 노래를 갖추어 마지막에서라도 일반 대중들도 어느 정도 공감할 수 있게 하는 것이다.

이러한 오늘날의 경우를 바탕으로 이렇게 불교 의례에 일반 대중도 알아들을 수 있는 우리말 노래의 모습이 그 이전에는 어떠했는지, 곧 조선시대에는 어떤 노래를 불렀는지, 나아가 고려시대에는 어떤 노래를 불렀는지, 삼국시대에는 어떤 노래를 불렀는지에 대한 시각을 가질 필요가 있는 것이다.

오늘날 정악(正樂)으로 여기는 가곡(歌曲)도 과거에는 오늘날 민속악으로 여겨 기본적으로 관련짓지 않는 무당들의 무가(巫歌)와 분명히 일정한 관계가 있었다.

가곡은 다음과 같은 만대엽에서 시작되었다 한다.

오ᄂᆞ리 오ᄂᆞ리나
ᄆᆡ일에 오ᄂᆞ리나
졈므디도 새디도
오ᄂᆞ리 새리나
매일댱샹의 오ᄂᆞ리요쇼셔

『금합자보(琴合字譜)』(1572), 〈만대엽〉

그런데 제주도 한경면의 무가 '세민황제 본풀이'에는 다음과 같은 노랫말이 있다.

오늘 오늘 오늘이라
돌도 좋아 오늘이여

오늘 오늘 오늘이라
날도 좋아 오늘이여
매일 장삼이 오늘이민
성도 언만 가설서나[8]

이와 유사한 노랫말은 강릉의 성주고사, 일본 구주(九州) 묘대천(苗代川) 한국인 도공(陶工)의 신가(神歌)에도 보인다.[9]

『금합자보(琴合字譜)』의 만대엽을 뒤이은 『양금신보(梁琴新普)』(1610)의 중대엽에도 같은 노랫말을 싣고 '속칭(俗稱) 심방곡(心房曲)'이란 말을 덧붙이고 있다. 여기서의 '심방곡'은 오늘날에도 남해안 일대와 제주도에서 무당을 '심방' 혹은 '신방'이라 하고 있기에, 이 노래가 무속 계통의 노래임을 말하고 있는 것이다.

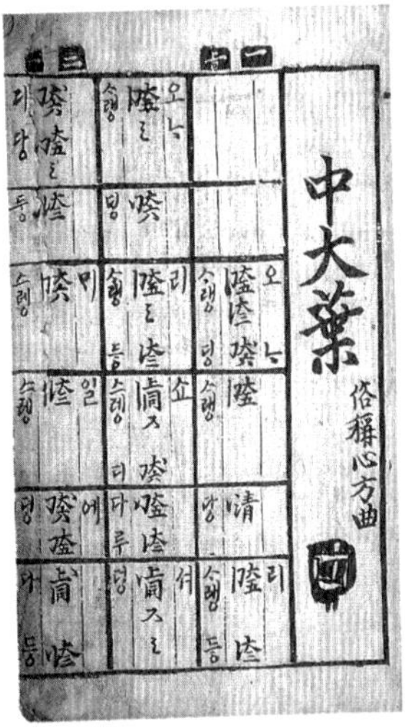

또한 가곡의 평조, 우조, 계면조(界面調)에 있어서 계면조(界面調)가 바로 '무당소리조'다.

> 계면굿: 무당이 쌀이나 돈을 얻으려고 집집마다 돌아다니면 하는 굿……
>
> 계면돌다: 무당이 쌀이나 돈을 얻으려고 집집마다 돌아다니다.
>
> 한글학회, 『우리말 큰사전』, 어문각, 1991

라고 하고 있듯, '계면'이란 무당이 자기 구역을 도는 것과 관련되는 말이다. 그래서 서울

[그림 3] 『양금신보』(1610)의 '중대엽'

8 진성기, 『제주민속총서 4-남국의 무가』, 제주민속문화연구소, 1968, 805면.
9 이보형, 「한국 무의식(巫儀式)의 음악」, 『한국 무속의 종합적 고찰』, 고대민족문화연구소, 1982, 211면.

굿에서도 오늘날에도 '계면거리'에서 '계면떡타령'을 부른다. 무당이 제가댁들을 돌며 계면떡을 돌리며 공수를 주는 것이다.[10] 동해안별신굿에서도 '계면거리'라 해서 무당의 조상인 '계면할미'를 위한 굿거리를 한다.

〈처용가〉의 처용을 분명히 무당이라 보는[11] 근거의 하나도 『악학궤범』의 고려 〈처용가〉에 다음처럼 처용의 발을 묘사하고 있기 때문이다.

[그림 4] 처용(處容)(『악학궤범』)

처용은 동해 용왕의 일곱 아들 중 한 명이므로 신(神)이고, 헌강왕을 따라와 경주에 와 결혼해 살기도 하였으니 사람이기도 하다. 이렇게 신인 동시에 사람은 우리 문화의 경우 바로 무당이다.

> 신라셩딕(新羅盛代) 쇼셩딕(昭盛代)
>
> 텬하대평(天下大平) 라후덕(羅候德) 쳐용(處容)아바
>
> ……
>
> 만두삽화(滿頭揷花) 계우샤 기울어신 머리예 아으
>
> 슈명댱원(壽命長願)ᄒᆞ샤 넙거신 니마해 아으
>
> ……
>
> 계면(界面)도ᄅᆞ샤 넙거신 바래 아으

계면을 도는 처용이야말로 곧 무당인 것이다.

임진왜란 때 일본으로 끌려간 도공(陶工)들이 남긴 노래에는 앞서 소개한 구주(九州) 묘대천(苗代川) 한국인 도공의 '오날이 오날이소사~' 외에도 야마구치현 하기지역에서 '하기야키(萩燒)' 도자기를 만들었던 한국인 도공들이

10 이상순, 『서울새남굿 신가집-삶의 노래, 죽음의 노래』, 민속원, 2011, 220-221면.
11 서대석, 「처용가의 무속적 고찰」, 『한국학논집』 2, 계명대 한국학연구소, 1975.

도자기인 찻잔에 적어 남긴 다음과 같은 가곡의 노랫말도 있다.

개야 즈치말라 밤 살옴이 다 도듯가
즈목지 호고려님[12] 지습 뎡겨ᄉᆞ라
그 개도 호고려개로다 듣고 좀즘ᄒᆞ노라

(개야 짖지마라, 밤 사람이 모두 도둑인가
자목지 호고려님이 계신 곳에 다녀올 것이다
그 개도 호고려의 개로다, 듣고 삼삼하노라.)

[그림 5] 우리말 가곡 노랫말이 적힌 찻잔

원 소장자 후지이 다카아키(藤井孝昭)에 의해 교토국립박물관에 기증된 것이 2008년에는 우리나라 국립중앙박물관에 다시 기증되었다. 사진 속 인물은 원 소장자의 부인과 아들이다.[13]

사실상 일반 서민들이었던 이들 도공들도 이런 가곡 노랫말을 지을 정도였다면, 조선 전기까지도 일반 서민들도 이런 가곡을 향유했고, 그런 가곡을 부른 주요한 사람들 중의 하나는 이런 일반 서민들을 위해 굿을 했던 무

12 '호고려(胡高麗)'는 현지 일본인들이 당시 조선에서 끌려온 사람들을 일컫는 말이었다.
13 이 내용은 세계일보 2008년 7월 15일자 기사를 참고하였다. 기사 원문은 다음에서 확인할 수 있다. http://www.segye.com/newsView/20080714002826

당들이었을 것이다.

이렇듯 전통사회 우리나라의 대표적 노래였던 가곡은 무가와 분명 일정한 관계가 있고, 이런 점은 앞으로 보다 제대로 연구될 필요가 있다.

실제 오늘날에도 서울굿에는 '노랫가락'이라고 해서 시조창과 같은 노래를 큰 굿거리들에서는[14] 많이 부른다.

(상산 노래가락)
그늘이요 용하신데 수이로다
수이라 깁수건만 만경창파가 수이로다
마누리 영검수루만 기피 물가

복만 국이연마는 지마당에 전이로고
시절은 시절욘데 높슨 장군님 시절요나
성신이 오동입허니 갈길 몰나

나라에 알녕허구 국이 태평 만만세
나라도 알녕허시구 국가 허구두 태평요나
수민(小民)에 임금 백성이 동락태평(同樂太平)[15]

무속신들은 무속인에게는 분명 지고(至高)의 절대적 존재들이다. 그래서 그러한 무속신들을 위한 의례에서 당시로는 최고 수준의 노래들을 불렀을 것이다. 그래서 흔히 서울지역 무당들은 시조창 같은 것을 배워 굿판에서 이런 시조창계통의 노랫가락을 부른다고 할 것이 아니라, 무당들이 이런 시조창계통의 노랫가락을 부른 것은 그 역사가 오래되었다고 보는 것이 적절하다.

---

14 '부정거리', '가망거리', '상산거리', '제석거리', '성주거리' 등.
15 김태곤 편, 『한국무가집』 1, 원광대학교 출판부, 1971, 31면.

그리고 시대를 거슬러 갈수록 무속신에 대한 신앙심은 오늘날보다 높았을 것이기에, 그러한 무당들이 부른 노래들은 더욱더 수준이 높았다고 볼 필요가 있다.

실제 『시용향악보』에 실린 무가(巫歌)들인 〈성황반(城隍飯)〉, 〈내당(內堂)〉, 〈대왕반(大王飯)〉, 〈잡처용(雜處容)〉, 〈삼성대왕(三城大王)〉, 〈군마대왕(軍馬大王)〉, 〈나례가(儺禮歌)〉, 〈대국(大國) 1, 2, 3〉, 〈구천(九天)〉, 〈별대왕(別大王)〉 등 12개 중 〈대국 1, 2, 3〉은 악장으로 불린 〈청산별곡〉의 곡,[16] 〈삼성대왕〉과 〈나례가〉는 역시 악장으로 불린 〈한림별곡〉과 같은 곡[17]임이 밝혀졌다. 이 시대 무당들은 그러한 궁중 악장으로 불린 악곡과 같은 음악으로도 무가를 불렀던 것이다.

오늘날 우리들은 궁중음악, 정악, 민속악을 분명히 구분하지만, 과거에는 그렇지 않았던 것이다.

이와 같은 사실은 흔히 우리가 '고려속요'라고 하는 고려시대의 노래들을 통해서도 살펴볼 수 있다.

『고려사』 '악지'에 소개된 〈지리산가〉, 〈무등산가〉, 〈방장산가〉, 〈동경(東京)1〉, 〈동경(東京)2〉, 〈목주(木州)가〉, 〈연양가(延陽歌)〉, 『악학궤범』(조선 성종 때), 『악장가사』, 『시용향악보』 등에 실린 〈정읍사〉, 〈서경별곡〉 등의 노래들이 지명(地名)과 관련된 제목으로 되어 있는 것은, 이들이 원래 그 지역들에서 불린 민요들이었음을 말해 준다. 이러한 민요들이 궁중의 노래와 관계되는 기록들에 소개되거나 심지어는 오늘날에까지 그 사설과 악보가 있어 전승되고 있는 것이다. 이것은 이른바 '향악(鄕樂)'에 있어서는 적어도 고려시대까지는 궁중음악, 정악, 민속악의 구분이 없었고, 오히려 오늘날 민속악이라고 할 만한 것이 궁중음악이 되었던 것을 말해 준다.

---

16 장사훈, '청산별곡', 『국악논고』, 서울대출판부, 1966.

17 박판수, 「〈한림별곡〉과 '고려 무악(巫樂)'과의 관련 양상 연구-음악적인 접근을 중심으로」, 『선청어문』 24, 서울대학교 국어교육과, 1996.

통일신라시대 이후 당악(唐樂)이란 중국의 궁중음악이 들어오고, 고려 예종 9년(1114) 이후 송나라, 명나라의 궁중음악이 들어오기도 하여, 조선 후기에는 궁중음악, 정악, 민속악이 구분되었지만, 그 이전만 하더라도 그러한 구분이 없었던 시대가 분명히 있었던 것이다.

한편『악학궤범』,『시용향악보』,『악장가사』에 실린 고려속요들은 이 책들이 모두 궁궐과 관련되어 편찬된 책들이어서, 이들 노래들이 기본적으로 고려시대 궁중에서 불리다 조선시대로 내려온 것들로 흔히 간주되고 있다.

그런데 고려속요들이 실린 이 세 문헌들 중『악장가사』,『악학궤범』에 실린 노래들은 악장들로서 모두 궁중에서 불린 것이지만,『시용향악보』에 실린 노래들은 말 그대로 '향악'으로 궁중에서 불릴 수도 있고, 다른 곳에서도 불릴 수 있는 노래들이다.

이 책에만 실린 〈상저가(相杵歌)〉, 〈유구곡(維鳩曲)〉, 12개의 무가(巫歌)들은 일단 다른 용도의 노래들로 볼 필요가 있다. 이를테면, 〈성황반(城隍飯)〉, 〈내당(內堂)〉, 〈대왕반(大王飯)〉, 〈잡처용(雜處容)〉, 〈삼성대왕(三城大王)〉, 〈군마대왕(軍馬大王)〉, 〈나례가(儺禮歌)〉, 〈대국(大國) 1, 2, 3〉, 〈구천(九天)〉, 〈별대왕(別大王)〉 등 12개의 무가들을『악학궤범』,『악장가사』에 실린 노래들처럼 궁중에서 불린 노래로 흔히 봐 버리는 것은[18] 적절치 않다. '대국(大國)'이 개성에 있던 신당의 하나였고, '삼성대왕(三城大王)'도 덕수현에 있었던 '삼성대왕(三聖大王)'의 신당으로 여겨지듯,[19] 일단 이들 무가(巫歌)들 중 상당수는 고려시대부터 조선시대 중종 11년(1516)때까지만 하더라도 국행(國行)으로 전국의 산천에 환관(宦官), 무녀(巫女), 사약(司鑰)을 보내고 여악(女樂)을 갖추곤 했던 '별기은(別祈恩)'과 같은 궁궐 밖의 국행(國行) 굿들에서 불린 노래들로 바라보는 것이 보다 적절하다.

가곡은 '소리' 곧 민요와 같은 민속악보다 격(格)이 높아 '노래'라고 했던

---

18 하태석, 「무가계(巫歌系) 고려속요의 연구」, 『어문논총』 43, 민족어문학회, 2001.

19 김동욱, 「시용향악보 가사의 배경적 연구」, 『한국 가요의 연구』, 을유문화사, 1962.

것이고, 오늘날 정악 곧 정가(正歌)로 간주되며 상층의 노래로 간주된다. 그러나 전통사회에서 가곡은 소리 곧 민요보다 격이 높아 '노래'로 일컬어지며 다소 문학적으로나 음악적으로 갖춰 부르지만, 일반서민들도 부를 수 있고 상층 사대부들도 일정한 관심을 가질 수 있는 노래였다고 보는 것이 적절하다. 그래서 정철이 1580년 강원도 관찰사가 되어 백성들이 스스로 부르게 하려고 〈훈민가(訓民歌) 16수〉를 지었다. 그리고 후대에 다음과 같은 논의들을 하고 있다.

> 단가 16수는 곧 선조 때의 상신(相臣) 정철이 강원관찰사 때 지은 것이다……백성들로 하여금 일상생활에 있어 외워 익히고 입으로 읊조리게 하여 그 사람의 성정(性情)이 감발(感發)되어 도움이 되지 않는 바가 없도록 했다. 고로 여기에 새겨 부록으로 붙이고 그 제목을 〈훈민가(訓民歌)〉라 한다.
>
> 『송강별집(松江別集)』, 권7, 부록(附錄), '경민편(警民編)'[20]

> "……상신(相臣) 정철이 지은 〈훈민가〉는 무릇 16장(章)입니다. 그 말이 백성들의 일상생활의 윤리 사이에서 나오지 않은 것이 없었습니다. 시골의 부녀나 어린아이로 하여금 일상생활에서 외워 감발(感發)되는 바가 있도록 했습니다. 그 곡(曲)은 '경민편(警民編)'에 있습니다. 지금 이것을 8도에 신칙(申飭)시켜 백성들로 하여금 외워 익히게 하면, 비록 우부(愚夫), 우부(愚婦)라도 그 대의(大義)를 알게 될 것입니다……제도(諸道)에 명령을 내려 백성 중 조금 지식이 있는 자를 택하여 〈훈민가〉 16수를 외워 익히게 하면, 이것은 곧 바로 할 수 있는 지극히 쉬운 일입니다. 수개월 이내에 그 거행(擧行)의 부지런함이나 태만함을 살펴볼 수 있고, 또 이 뜻으로 엄히 신칙(申飭)하는 것이 어떻겠습니까?"
>
> 임금께서 말하기를,

20 短歌十六 卽宣祖朝相臣鄭澈爲江原監司時所作者也……使民尋常誦習諷詠在口 則其於感發人之情性 不無所助 故附刻於此 而名曰訓民歌云

"아뢰는 바가 좋다. 그 명령을 제도(諸道)에 신칙(申飭)하게 하라."

『송강별집(松江別集)』, 권7, 부록(附錄), '한상익모[21]계(韓相翼謩啓)'[22]

실제로 정철의 〈훈민가 16수〉는 다음처럼 백성들이 스스로 하는 말들처럼 작품이 되어 있다.

아바님 날 나흐시고 어마님 날 기르시니
두분곳 아니시면 이 몸이 사라실가
하늘ᄀᆞᄐᆞᆫ ᄀᆞ업ᄉᆞᆫ 은덕(恩德)을 어ᄃᆡ다혀 갑ᄉᆞ오리
……
어와 뎌 족하야 밥업시 엇디홀고
어와 뎌 아자바 옷업시 엇디홀고
머흔일 다 닐러ᄉᆞ라 돌보고져 ᄒᆞ노라
……

『송강별집(松江別集)』, '송강가사 하'

이 당시 일반 백성들도 〈훈민가 16수〉와 같은 이른바 가곡을 향유할 만한 사람들이 아니었다면, 이와 같은 일들이 애초에 이뤄지지 않았을 것이다.

그리고 상층 사대부가 가곡창사를 지을 때는 이별(李鼈)의 6가, 이황의 〈도산십이곡〉, 이이의 〈고산구곡가〉, 정철의 〈훈민가 16수〉 등처럼 연시조를 지어 그 문학적 역량을 보여 주고자 했다.[23]

---

21 한익모(1703~1781)는 영조 때 좌의정, 영의정을 지낸 인물이다.

22 相臣鄭澈作訓民歌 凡爲十六章 而其言(無)不出於民生日用彝倫之間 欲使村閭婦孺 尋常諷誦有所感發 曲在於警民編矣 今若以此申飭八道 使民誦習 則雖愚夫愚婦 庶幾皆知大義……臣謂分付諸道 小民中擇其稍有知識者 教訓民歌十六 使之誦習 則此乃至近至易之事也 不過數朔之內 可驗其擧行之勤慢 以此意嚴飭何如 上曰 所奏好矣 其令申飭諸道

23 임주탁, 「연시조의 발생과 특성에 관한 연구: 〈어부가〉, 〈오륜가〉, 〈도산육곡〉계열 연

근대에 들어 우리나라에서는 국문 시가로 시조와 가사가 중시되었고, 그 중 시조는 우리나라 국문 시가의 중심에 놓이게 된다. 중요한 국문학이 된 것이다. 그러나 그러한 시조는 근·현대의 현대시와 같이 문학적 수준이 높은 것이 아니다. 그냥 우리말 '노래' 정도로 바라봐야 한다. 그래서 고려 말부터 불렸지만, 조선 후기에 와서야 비로소 중인(中人) 가객 김천택에 의해 『청구영언(青丘永言)』(1728) 같은 최초의 가곡집이 편찬된 것이다. 그리고 그 작가에 있어서도 이름을 알 수 없는 무명씨의 작품들도 많이 실려 있는 것이다.(『청구영언』 수록 580수 중 230수가 무명씨 작품)[24] 이들 작품들은 아닌 말로 고려 말 이래 조선 후기까지도 구전된 것이다. 그리고 이들이 구전될 수 있었던 것은 노래라는 방식을 통해서였다.

그러므로 가곡(歌曲), 시조(時調)와 같은 음악적 방식으로 불린 이른바 국문학에 있어 시조는 오늘날의 사정으로 보면 이를테면 본격 문학인 현대시와 같은 것이기보다는 오늘날 문학이란 시각에서도 잘 보지 않은 대중가요 정도의 노래였다 할 수 있다. 이들은 일반서민들도 부를 수 있지만, 민요와 달리 일정한 작사, 작곡가도 있을 수 있고, 전문적 가수들이 보다 제대로 부를 수 있는 노래들이었다 할 만하다. 그러므로 국문학에 있어 시조 곧 가곡(歌曲)과 시조(時調)는 오늘날 대중가요에 비견될 수 있는 노래 정도로 바라봐야, 그 문학적 성격이나 위상을 보다 제대로 규명할 수 있다.

가사(歌辭)에는 다음처럼 가창되었다고 하지만, 오늘날 선율이나 장단과 같은 노래로서의 요소들을 분명하게 남기지 않고 있는 〈퇴계가〉, 〈남명가〉, 송순의 〈면앙정가〉, 백광홍의 〈관서별곡〉, 정철의 〈관동별곡〉, 〈사미인곡〉, 〈속사미인곡〉, 그 외 〈수월정가〉, 〈역대가〉, 〈관산별곡〉, 〈고별리곡〉, 〈남정가〉 등 조선 전기(前期) 이래의 노래처럼 불린 사대부 가사들을 이해하는 것

시조를 중심으로」, 서울대학교 석사학위논문, 1990.

24 『진본(珍本) 청구영언』의 580수 중 무명씨 작품이 104수, 역시 작가가 전해지지 않는 '만횡청류(蔓横淸類)'가 116수 실려 있다.

이 중요하다.

> 또 〈무등장가〉[25] 등의 가곡(歌曲)을 지어 술이 오르면 가아(家兒)와 무녀(舞女) 등에게 그것을 창(唱)하게 했다.
>
> 윤흔(1564~1638), 『계음만필(溪陰漫筆)』[26]

> 동춘(同春. 송준길, 1606~1672)은 퇴계의 〈어부사〉를 책 중에 베껴 두고는 노래를 잘하는 홍주석으로 하여금 창(唱)하게 했다. '송강의 〈관동별곡〉 같은 것은 역시 절조이다. 너는 그 뜻을 아느냐?'고 묻고는 다시 〈관동별곡〉을 창(唱)하게 했다.
>
> 『교주가곡집(校註歌曲集)』[27]

> 옥아가 고(故) 인성군(寅城君) 정철의 〈사미인곡〉 부르는 것을 듣고
>
> 칠아는 이미 늙었고 석아는 죽었는데
> 오늘날 노래 잘하는 이는 옥아라네.
> 고당에서 미인사를 시험삼아 창(唱)하는데
> 들어보니 인간 세상의 노래가 아닌 듯하네.
>
> 이안눌(1571~1637), 『동악집 속집(續集)』[28]

이에 대해 조선 전기의 가사들은 가창되었다는 논의들을 하고 있지만,[29]

---

25 송순의 〈면앙정가〉를 말한다.

26 且作歌曲如無等長歌等 酒○輒使家兒舞女等唱之

27 同春李退溪漁父詞 謄置冊中 使善歌者洪柱石唱之 曰如鄭松江關東別曲亦是絶調 汝知其意否 仍使更唱關東別曲

28 聞玉娥歌故寅城鄭相云思美人曲 七娥已老石娥死 今代能歌號阿玉 高堂試唱美人辭 聽之不似人間曲

오늘날까지도 이들이 하나의 노래였다면 가질 수 있는 일반적인 선율, 장단 등의 음악적 요소들은 발견되지 않고 있다. 이들은 일정한 노래이기는 하였지만, 완전한 노래는 아니었던 것이다.

그러므로 가사의 향유방식에는 완전히 노래로 가창되는 것, 창조로 불리는 것, 음영되는 것, 율독(律讀)되는 것 등 네 가지가 있다는 시각이 필요하다.[30] 종래의 가창, 음영, 율독에 '창조로 불림'을 더 설정할 필요가 있는 것이다.

창조로 불려도 가창은 가창이기에 앞서 보았듯 '창한다'고 했고, 다음처럼 음영한다고도 했다.

> 한 편 12장은 셋을 줄여 9장으로 하여 장가로 만들어 읊고[詠], 한 편 10장은 줄여 단가 5결(関)로 만들어 엽(葉)을 붙여 노래하게[唱] 했다.
>
> 이현보, '어부가 발(跋)'[31]

> 다음 자리의 어린 기생이 송강의 〈관동별곡〉을 읊조렸다[詠].
>
> 신익성(1588~1644), 『악전당집(樂全堂集)』[32]

창조로 불리는 것과 음영되는 것은 정도의 문제인데, 굳이 기존의 음영되는 것 외에 창조로 불리는 것을 더 설정할 필요가 있는가라고 할지 모른다. 그러나 이 창조로 불리는 것을 설정해야 가창되었다고는 하나 완전히 노래로 나아가지는 않은 〈퇴계가〉, 〈남명가〉, 〈면앙정가〉, 〈관동별곡〉, 〈사

29 임재욱, 「가사의 형태와 향유방식 변화의 관련양상 연구」, 서울대학교 석사학위논문, 1998; 윤덕진, 「향유방식을 중심으로 본 16-17세기 가사의 양상」, 『한국시가연구』 9, 한국시가학회, 2002; 임재욱, 「단가와 장가 곡조의 시대적 변천 및 상호 관계」, 『국문학연구』 32, 태학사, 2015.

30 손태도, '(해제) 가곡(歌曲)의 『청구영언』(1728)에 비견되는 가사(歌辭)의 『해동유요』(1909)', 손태도·정소연 편, 『해동유요 영인본』, 박이정, 2020, 33면.

31 一篇十二章 去三爲九 作長歌而詠言焉 一篇十章 約作短歌五関 爲葉而唱之

32 席次小妓 詠松江相國關東曲

미인곡〉, 〈속미인곡〉 등의 조선 전기의 이른바 '장가(長歌)'로서의 가사의 향유방식을 제대로 이해할 수 있다.

그리고 창조로 노래처럼 부르는 것이 이러한 조선 전기 이래 사대부 가사의 향유방식이었다고 볼 필요가 있다. 이른바 조선 전기 이래의 '가창가사'의 전통인 것이다.

사대부 가사들은 창조로 불리다 일정한 장단과 선율을 갖게 되면 새로운 노래가 되어 가사를 떠나게 된다. 12가사(歌詞)나 판소리단가가 그런 경우다. 같은 가사 계통이지만 일정한 장단이나 선율을 갖게 되면, '12가사(歌詞)', '판소리단가'와 같은 이름을 갖고 가사(歌辭) 영역을 떠나게 되는 것이다.[33]

그리고 1800년대 중반 사대부의 가창가사계통에서 나온 12가사들이 성창(盛唱)되면서 이러한 창조로 부르는 가창가사의 전통은 사실상 끊어졌다.[34] 가객이나 기생 같은 전문 소리꾼들에 의해 불린 12가사는 〈춘면곡〉(62행) 17행까지, 〈상사별곡〉(47행) 15행까지와 같이 기존의 사대부 가사들의 앞부분만 6박 도드리장단과 같은 일정한 장단으로 완전히 노래화해서 불렀다.[35] 이른바 새로운 '장가'가 나온 것이다.

근래에 완전한 책의 형태로 소개된, 강화도에 살았던 김의태가 남긴 『해동유요(海東遺謠)』(1909)에 실린 가사들이 바로 이러한 조선시대 말까지도 창조로 불린 가사들이다. 부친 때까지만 하더라도 부친이 여러 차례 과거(科擧) 시험을 보기도 하는 등 그래도 양반 집안에서 태어난 김의태(1868~1942)는 근대 무렵까지도 양반처럼 살고자 했다. 그래서 그러한 양반 문화의 하나로 잇고 있던 가사나 한문학 작품을 장가(長歌)로 부르는 이른바 '장가(長歌) 문화'의 전통을 보여 주고자 이 '장가집'인 『해동유요(海東遺謠)』를 편찬했다.

---

33 손태도, 앞의 글, 2020, 28-33면.

34 류만공은 『세시풍요』(1843)에서 "고조(古調)의 춘면곡은 이제 부르지 않으니/ 황계사(黃鷄詞) 오열하고 백구사(白鷗詞) 토해 내네"라고 했다. 손태도, 앞의 글, 2020, 57-58면.

35 손태도, 앞의 글, 2020, 32, 34, 42면.

고려 말 이래 가곡의 김천택의 『청구영언』에 비견될 만한 조선 전기 이래 가사의 김의태의 『해동유요』(1909)인 것이다.

이 책에 실린 34편의 가사는[36] 모두 150행 미만으로 〈운림처사가〉(139행), 〈목동가〉(142행), 〈관동별곡〉(146행), 〈지로가〉(149행) 등이 가장 긴 작품들이다. 이들은 모두 처음부터 끝까지 창조로 불린 조선 전기 이래의 가창가사의 전통을 이은 '장가' 작품들인 것이다.

조선 전기까지만 하더라도 비록 창조로 부르지만 노래처럼 불린 가사의 전통은 조선 후기 평민 가사도 등장하고, 장편 가사들도 나옴으로써 다소 약화되었다. 그러나 김의태와 같이 종래의 양반 문화를 지키고자 했던 사람은 그러한 창조로 불린 가창가사의 전통을 이어 왔던 것이다.

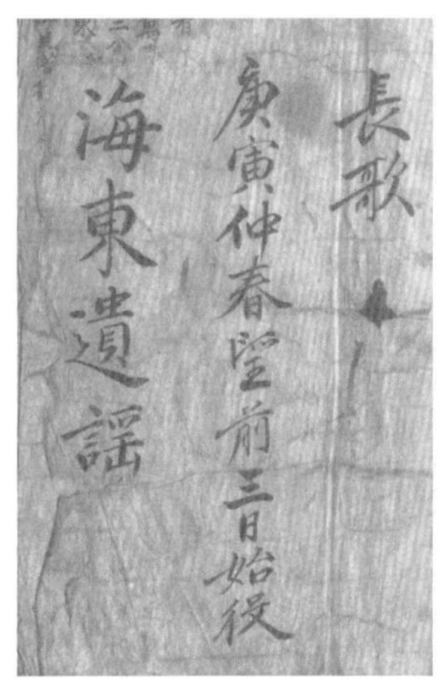

[그림 6] 가곡집인 김천택의 『청구영언』(1728)에 비견되는 가사집인 김의택의 『해동유요』(1909)의 속표지

'장가(長歌)'라고 한 이 책은 경인년(1890)에 시작되어 20년간의 작업을 거쳐 1909년에 완료되었다.

손태도·정소연 편, 『해동유요 영인본』, 박이정, 2020.

그러나 1800년대 중반 이러한 사대부 가창가사에서 나온 12가사가 성창되어 종래 이러한 창조로 불린 가사들을 전승하고 있던 주요 집단의 하나였던 기생들이 이러한 12가사 등을 부르게 되면서 종래의 창조로 부르던 가사의 전통은 사실상 끊어졌다고 봐야 한다. 이에 김의태도 자신이 잇고자 했던 양반들의 장가 문화가 당시에 이미 사라졌기에, 그러한 장가들을 모은 책을 『해동유요(海東遺謠)』(1890~1909)라 하여 이제는 남아 있는 정도의 노래라 했던 것이다.

이렇게 음영하는 정도를 넘어 마치 노래처럼 창조로 부르는 가사는 다음처럼 오늘날에

36 가사 34편, 한문학 작품 17편, 기타 3편 등 모두 54편이 실려 있다.

도 조사할 수 있다.

- 백남호(남, 당시 81세. 서당 훈장을 한 적이 있음): 〈호남가〉, 〈초한가〉, 〈궁장가〉, 〈한정가〉 등 4편의 가사. (녹음자료)
  - 한국정신문화연구원, 『한국구비문학대계 6-1 전남 화순군(2)』, 1984년 당시, 361-372면.
- 홍윤달(남, 당시 64세): 〈망부가〉, 〈우미인가〉, 〈백발가〉, 〈효자가〉, 〈사육신가〉 등 5편의 가사. (녹음자료)
  - 한국정신문화연구원, 『한국구비문학대계 7-12 경북 군위군(2)』, 1982년 당시, 294-332면.
- 대구의 시가전공 홍재휴 교수님이 보았던 붓장수가 부르던 가사.
  - 필자 면담조사, 2000년.
- 주용남(남, 1927년생, 전북 고창군 대산면 덕천리): 〈오륜가〉(어릴 때 서당에서 배웠음) (녹화자료)
  - 필자 조사, 2000년 당시.
- 동학계통 종교인들: 〈회춘가〉, 〈오륜가〉, 〈권선가〉
  - 필자 조사, 2001년 충남 논산 계룡산의 한학마을 추제(秋祭) 현장에서.

이와 같은 사실들을 바탕으로 전통사회의 이른바 '단가(短歌)'인 가곡이나 시조에 비견되는 '장가(長歌)'였던 창조로 불린 가사(歌辭)의 존재를 제대로 설정할 필요가 있다.

이외 잡가(雜歌)가 있으나, 이에 대해서는 앞서 필자의 논문[37]이 발표되었기에, 이에 미루도록 한다.

이렇듯 고전문학의 향유방식과 관련해서 고전시가 영역에서 중요하다고

---

37 손태도, 「1910~20년대의 잡가(雜歌)에 대한 시각」, 『고전문학과 교육』 2, 청관고전문학회, 2000.

여겨지는 것들을 일단 들어보았다.

2) 고전소설

소설은 기본적으로 읽기를 통해 향유된다. 그런데 전통사회에서 소설은 강독(講讀)을 통해 여러 사람들이 듣는 것으로도 많이 향유되었다.

1930년 일본 조선총독부의 조사에 따르면, 당시 우리나라 전인구(全人口)의 76.37%가 문맹이었다 한다.[38] 이때만 하더라도 근대식 학교 교육이 실시된 지 30년이 넘었던 시절이었다. 그러므로 그러한 근대식 학교 교육이 이뤄지기 전의 식자(識字) 인구수의 상황은 훨씬 더 심각했을 것이다. 그래서 조선 후기에 서울에서는 길거리에서 소설을 읽어 주며 살아가는 전기수(傳奇叟)란 전문 직업인도 있었고,[39] 언문(諺文)이라도 잘하면 한 촌에서 횡행할 수 있다고도 했다.[40] 그래서 조선 후기의 일반 서민들은 고대의 건국신화 계통의 영웅서사시와 이를 이은 서사무가의 서사시적 방식을 지니고 있었는데, 이러한 일반 서민들의 서사시적 문화와 상층에서 이미 향유된 문자문학으로서의 소설 문화가 만나는 과정에서 조선 후기의 영웅소설이 성립되었다고 하는 논의도 이뤄졌다.[41]

---

38 조선총독부, 『소화 5년 조선국세조사보고 전선편(全鮮篇)』 1권, 1934. ("류준경, 「방각본 영웅소설의 문화적 기반과 그 미학적 특성-구술적 성격을 중심으로」, 서울대학교 석사학위논문, 1997, 84면"에서 재인용.)

39 傳奇叟 叟居東文外 口誦言課稗說 如淑香傳 蘇大成傳 沈淸傳 薛仁貴傳等 傳奇也 月初一日坐一橋下 二日坐二橋下 三日坐梨峴 四日坐校洞入口 五日坐大寺洞 六日坐鍾樓前 以善讀故傍觀匝圍 夫至最喫緊可聽之句節 忽默而無聲 人欲聽其下回 爭以錢投之曰此乃邀錢法云 조수삼, 《추재집》, 권7 '기이' ("임형택, 「18·9세기 '이야기꾼'과 소설의 발달」, 『한국학논집』 2, 계명대학교 한국학연구소, 1975, 72면"에서 재인용.)

40 "우리 금곡(金谷) 중에도 김호주(金戶主)는 언문을 잘하여 결복(結卜)을 마련하며 고담을 박람하기로 호주를 한 지 십여 년에 가계부요하고 성명(聲名)이 혁혁하니 사나희되어 비록 진서를 못하나 언문이나 잘하면 족히 일촌(一村) 중 횡행할 터이다." (이병기 선해(選解), 『요로원야화기』, 을유문화사, 1958, 18면.)

[그림 7] <신유복전>을 읽고 있는 정규헌 옹(2008.9.2.)

이렇듯 소설에 있어서는 방각본이나 구활자본과 같은 대중소설들은 강독을 통해서도 많이 향유되었다는 것은 이미 알려진 사실이다. 그리고 시골 마을에서는 동네 사랑방 같은 데서 그 동네에서 글을 아는 사람이나 떠돌이 소설 강독사들에 의한 소설 강독이 이뤄져, 동네 단위로 소설책을 사거나 동네 간에 소설책을 돌려 보는 일들도 많았다 한다.[42] 그러나 오늘날 이러한 소설 강독에 대한 실제적 조사·연구 논문은 사실상 몇 편 정도에 머물러 있다.[43]

1996년에 세상에 알려졌고, 2008년에는 '소설 강독사'로 충남도지정 무형문화재 제39호 보유자로 인정된 정규헌 옹(1936년생. 충남 청양 출신, 현재 충남 계룡시 거주)이 매년 정기 발표를 하고 있음에도 불구하고, 그를 비롯한 전문 소설 강독사들에 대한 조사·연구가 소설분야에서 이뤄지지 않고 있는 것은 언뜻 이해하기 어렵다.

---

41 류준경, 앞의 글, 1997, 87면.

42 소설 강독사 정규헌 옹(1936년생. 충남 도지정 무형문화재 '소설 강독사' 보유자) 면담조사. 일시: 2008.9.2./ 장소: 충남 계룡시 자택/ 조사자: 필자/ 자료보존: 녹화

43 허용호, 「고소설의 낭독 연행에 대한 한 연구: 정규헌의 『장화홍련전』 낭독 연행을 중심으로」, 『서강어문』 13, 서강어문학회, 1997; 김균태, 「고소설 강독사 정규헌의 사례 연구」, 『공연문화연구』 10, 한국공연문화학회, 2005.

근래에 권미숙에 의해 경북 일대의 고전소설 향유에 대한 조사·연구가 이뤄지고 있다.[44] 경북뿐 아니라 다른 지역에서도 이와 비슷한 고전소설 향유가 있었을 것이다. 이와 같은 조사·연구가 지금에라도 다른 지역들에서도 많이 이뤄졌으면 한다.

3) 구비문학

민요, 설화, 판소리, 탈놀이, 무가(巫歌) 등 구비문학에는 가창, 구연, 공연되는 것 등에 대한 조사·연구가 당연히 기본적으로 자리하고 있다. 그래서 이 방면의 문학 연구자들도 민요도 부르고, 판소리와 탈춤도 배우고, 무가도 흉내 내어 불러 보기도 한다. 또 이 모든 것들을 동영상으로 찍어 가능한 한 그것들을 보다 온전한 형태로 보존하려 한다.

그런데 향유의 현장과 관계해 설화 전문 구연자들에 대한, 이른바 작가론적 차원의 조사·연구와 이들의 설화 구연 영상기록물 작성 등의 작업들은 그 중요성에 비해 오늘날에도 여전히 많이 부족한 편이다.

구비문학 영역에는 특히 설화 연구자들이 많다. 그런데 이들은 사실상 문자문학을 연구하듯 이미 조사된 설화 텍스트들을 주로 해서 분석, 연구하는 일들을 많이 하고 있다. 당연하지만, 설화 구연의 현장에 입각한 조사·연구들이 이뤄질 필요가 있다. 특히 전문 설화 구연자들에 대한 조사·연구가 사실상 중요하게 이뤄질 필요가 있다.

현대문학에도 서사적 내용 정도야 누구나 이야기할 수 있지만, 그것을 문학화한 소설은 아무나 할 수 없고 전문 소설가들만이 할 수 있다. 마찬가지로 설화 등 생활 주변의 기본적인 구비문학도 전문적 이야기는 전문 이

---

44 권미숙, 「20세기 중반 고전소설의 향유 양상: 경북 북부 지역 농촌을 중심으로」, 영남대학교 박사학위논문, 2008; 권미숙, 「20세기 중반 청송 지역의 고전소설·가사의 향유 양상」, 『고전문학과 교육』 33, 한국고전문학교육학회, 2016.

야기꾼들만이 할 수 있다. 이들이야말로 설화에 있어 중요한 구비문학인들인 것이다. 이들에 대한 조사·연구가 지금에라도 제대로 이뤄져야 하고, 무엇보다도 이들의 구연물을 영상물로 남겨야 한다. 그 영상물이야말로 그 사람들의 설화 문학을 어느 정도라도 제대로 담을 수 있기 때문이다.

오늘날에 이르기까지 전문 이야기꾼들에 대한 조사·연구를 한 사람들은 이수자, 신동흔, 이복규, 황인덕 정도이고,[45] 이 중 영상물까지 남기고 있는 사람은 황인덕 정도다. 지금에라도 전문 이야기꾼들의 설화 구연 영상물들이 가능한 한 많이 확보되어야 한다.

4) 한문학

한문학은 우리나라의 경우 기본적으로 문자문학으로 그 향유방식은 기본적으로 '읽기'다. 그러나 소식(蘇軾)의 〈적벽부(赤壁賦)〉나 도연명(陶淵明)의 〈귀거래사(歸去來辭)〉와 같은 사·부나 제갈량(諸葛亮)의 〈출사표(出師表)〉 같은 산문도 창조로 불러 거의 노래처럼 불렸다. 실제 우리 연구가들 주변에도 작고한 정운채 건국대 교수는 〈적벽부〉를 창조로 노래처럼 잘 불렀다.[46]

한시의 절구(絶句)나 율시(律詩) 등의 경우는 '시창(詩唱)'의 방식이 있다. 전통사회 웬만한 문인이면 모두 한 방식이다.

이외 과거(科擧) 시험의 소과(小科) 생원시(生員試) 등에는 사서(四書) 등 경서(經書)를 외는 과목이 있어, 사서오경 등 경서를 읽을 때는 성음(聲音)을 내어 읽기도 하고 외기도 하는 '한문 성독(聲讀)'의 방식이 전통사회에는 기본적으

45 신동흔, 「이야기꾼의 작가적 특성에 관한 연구-탑골공원 이야기꾼들의 사례를 중심으로」, 『구비문학연구』 6, 한국구비문학회, 1998; 이복규, 「이야기꾼의 연행적 특성-전북 익산 이강석 할아버지의 경우를 중심으로」, 『구비문학연구』 7, 한국구비문학회, 1999; 황인덕 편저, 『이야기꾼 구연설화: 민옥순』, 도서출판 제이앤씨, 2008.

46 전통 한문학을 배웠던 정운채 교수는 학술대회 후의 식사 장소나 뒤풀이 장소 같은 데서 흔히 소동파의 〈적벽부〉를 노래처럼 불렀다.

로 이뤄졌다. 이러한 성독의 방식은 오늘날의 읽기와는 많이 다른 방식이다.

국악계든 국문학계든 이에 대한 조사 · 연구는 근래에 조금씩 이뤄지고 있다.[47]

이 중 사 · 부 등 장편의 운문을 창조로 부르는 것은 전통사회 창조로 불린 가사의 향유방식과도 일정한 관계가 있고,[48] 사서오경 등 경서를 읽고 외는 한문 성독의 방식은 소설 강독이나 18세기 이후에 음영된 가사와도 일정한 관계가 있다.

전통사회 한문학의 향유방식과 국문문학의 향유방식에는 분명 일정한 관계가 있다. 국문시가인 가사의 창조로 불림이나 음영, 소설 강독 등은 한문학의 이러한 향유방식과 일정하게 관련지어 논의할 필요가 있다.

3. 오늘날, 고전문학에 대한 시각

1) '듣는 문학'의 문학적 방식

고전문학의 향유방식을 살펴보면, 오늘날 현대의 시, 소설 등과 같은 문자문학들처럼 '쓰기 : 읽기'의 '읽기'보다 '가창, 음영, 구연, 공연, 강독'에 의한 이른바 '듣기'가 더 많았음을 볼 수 있다. 오늘날 이른바 '듣는 문학'과 관련된 문학 이론은 구비문학에서의 '구전공식구 이론'이다.

---

47 이보형 · 성기련, 〈해설: 시창과 송서〉, CD 국립문화재연구소 소장자료 시리즈 19; 김영운, 「한문 독서성(성독)의 음악적 연구－영남 · 강원 · 경기지역의 조사보고를 겸하여」, 『한국음악연구』 36, 한국국악학회, 2004; 김영운, 「시창(詩唱)의 음악적 연구」, 『한국음악연구』 37, 한국국악학회, 2005; 이기대, 「'무형문화유산'으로서 '한문(漢文) 독서성(讀書聲)의 역사적 의미와 현재적 전승」, 『한국학연구』 48, 고려대학교 한국학연구소, 2014.

48 『고금가곡』(1764)에는 가사 11편, 한문학 작품 15편, 김의태의 『해동유요』(1909)에는 가사 34편, 한문학 작품 17편이 이른바 '장가(長歌)'라는 시각으로 모두 같이 실려 있다.

1960년 A. 로드에 의한 『서사시 가수들(The Singers of Tales)』의 발간 이래, 구비문학 연구는 비로소 획기적인 전기(轉機)를 맞게 된다. A. 로드의 『서사시 가수들』을 정점으로 하는 이들의 이론을 오늘날 '패리-로드 이론'이라고 하는데, 1930년대 유고슬라비아의 서사시인들에 대한 조사, 연구에서 A. 로드는 밀만 패리(Millman Parry)의 조수로 처음에 참가했기 때문이다. 이들의 이론은 '구전공식구 이론'으로도 흔히 불린다. '구전공식구 이론'은 '핵심적 주제(theme)', '구전공식구(formular)', '즉석변개작법(improvisation)' 이 세 가지를 주요 내용으로 하는데, 이 중 '구전공식구(formular)'가 특히 주목되었기 때문이다.

구전공식구는 "하나의 주어진 핵심적 생각을 표현하기 위하여 동일한 율격 조건 아래서 규칙적으로 사용되는 단어군(群)"으로 "공동 사회 안의 모든 사람들이 공유하여 알고 쓰는 단어나 구절"이다.[49] 이를테면, 우리나라의 구비문학에서 미인을 묘사할 때, '구름 같은 머리, 반달 같은 눈썹, 샛별 같은 눈동자, 앵두 같은 입술, 배추속대처럼 하얀 살결' 한다거나, 판소리 〈흥부가〉의 '놀부 심술 대목'에서 '놀보 심술 볼작시면, 대장군방[50] 벌목하고, 삼살방에[51] 이사 권코, 오귀방에 집 짓기고, 불 붙난 데 부채질, 호박에다 말뚝 박고, 길 가는 과객 양반 재울 듯이 붙들었다 해가 지면은 내어 쫓고, 다 큰 큰애기 겁탈, 수절 과부 모함 잡고, 우난 애기는 발꾸락 빨리고, 똥 누는 놈 주저앉히기, 앉은뱅이는 택견, 곱사동이는 되집어 놓고, 봉사는 똥칠하고, 애 밴 부인은 배를 차고, 길가에 허방 놓고, 돈 세난 데 말 묻기와 글 씨난 데 엲구리 쑤시기' 할 때 동원되는 구절들이 바로 이러한 '구전공식구'

---

49 Albert B. Lord, The Singer of Tales, New York: Atheneum, 1960 · 1965, p.4, p.32; 서대석, 「판소리와 서사 무가의 대비 연구」, 『논총』 34, 이화여자대학교 한국문화연구원, 1979; 김병국, 「구비 서사시로 본 판소리 사설 구성 방식」, 『한국학보』 27, 일지사, 1982.

50 대장군방(大將軍方). 음양설에서 길흉을 맡은 여덟 장신 가운데 흉한 방위를 맡은 장신의 하나인 대장군이 맡은 방위.

51 삼살방(三煞方). 점술에서 불길한 살기가 낀다는 방위. 해[年]와 방위에 따라 겁살(劫煞), 세살(歲煞), 재살(災煞)로 나뉨.

들인 것이다. 사실 구비문학에서는 이런 구절들을 많이 하면 많이 할수록 '잘한다'고 한다. 이런 구전공식구들은 구비문학에서 문학성을 실현시키는 중요한 방식인 것이다. 이런 구절들은 종래 상투어, 통속어, 관습어, 관용어 등이라 하여 현대 문자문학에는 사용해서는 안 되는, 곧 금기시하는 것들이다. 그러나 구비서사시와 같은 구비문학에는 이런 구전공식구들을 동원하여 사실상 일정한 문학성을 이뤄냈던 것이다.

핵심적 주제는 "여러 노래 속에서 반복되는 사건들이나 묘사적 대목들"로[52] 유고슬라비아 서사시의 경우 서사시의 첫 부분에 흔히 나타나는 전투를 앞두고 이뤄지는 '진중회의(陣中會議)'와 같은 것 등이다. 우리나라 판소리 〈적벽가〉의 경우 '군사 설움 대목'의 '부모 생각', '자식 생각', '아내 생각' 같은 것들이 그러한 것들이다.

그리고 '즉석변개작법'이라고 하는 것은 구연 현장의 조건에 맞게 사설들을 적절히 바꿔 부르는 것이다.

이와 같은, 이를테면 일반적 내용인 핵심적 주제, 일반적 언술인 구전공식구, 현장에 따른 즉석변개작법은 오늘날의 문자문학의 문학적 방식으로 보면 참으로 정반대의 것들에 가깝다. 오늘날의 문자문학은 특수한 내용, 특수한 언술을 중시하고, 글자 하나라도 바꾸면 안 되는 원전비평의[53] 관점을 요구하기 때문이다. 그러나 구연자의 기억에 주로 의존해 보존, 전승되고, 구연 현장에서도 '듣는 문학'으로 구연되는 순간 바로 문학성이 전달되고 구현되어야 하는 구비문학에서는 이러한 이른바 '구전공식구 이론'에 입각해 작품이 전승되고 실현되는 문학적 방식을 갖게 된 것이다.

'듣는 문학'이 많은 고전문학에서도 구비문학의 이러한 '듣는 문학'과 같은 문학에서의 문학적 방식들이 기본적으로 고려될 필요가 있다.

---

52 Albert B. Lord, *op. cit*, p.4.

53 최초 발표됐을 때의 작품 자체를 중시하여 일단 '원전(原典)' 곧 원래의 작품이 규정되면 이에 입각해 글자 하나, 구두점 하나도 바뀌면 안 된다.

2) 문학 실현 공간의 이해: 성(性)의 과도한 노출 사례

고전문학에는 오늘날의 문학 관념으로 받아들이기 어려울 정도의 적나라한 남녀관계의 상황을 다루는 경우들이 더러 있다.

솽화뎜(雙花店)에 솽화(雙花) 사라 가고신ᄃᆡᆫ
휘휘(回回) 아비 내 손모글 주여이다[54]
이 말ᄉᆞᆷ미 이 뎜(店) 밧긔 나명들명
다로러거디러 죠고맛감 삿기광대 네 마리라 호리라
더러둥셩 다리러디러 다리러디러 다로러거디러 다로러
<u>긔 자리예 나도 자라 가리라</u>
위 위 다로러거디러 다로러
긔 잔 ᄃᆡᄀᆞ티 덦거츠니 업다
……
술 풀 지븨 수를 사라 가고신ᄃᆡᆫ
그 짓 아비 내 손모글 주여이다
이 말ᄉᆞᆷ미 이 집 밧ᄭᅴ 나명들명
다로러거디러 죠고맛간 싀구바가 네 마리라 호리라
더러둥셩 다리러디러 다리러디러 다로러거디러 다로러
<u>긔 자리예 나도 자라 가리라</u>
위 위 다로러거디러 다로러
긔 잔 ᄃᆡᄀᆞ티 덦거츠니 업다
……

〈쌍화점〉, 『악장가사』

---

54 '만두집에 만두사러 갔는데/ 아라비아 사람이 내 손목을 잡는도다'

이와 같은 '후정화(後庭花)' 곡(曲)이라고도 하는 고려시대의 〈쌍화점〉이 그러한 경우다.

'동창이 밝았느냐~', '천황씨 지우신 집을~' 등을 부르며 우조 초삭대엽으로 시작되어 '이려도 태평성대~'와 같은 계면 태평가와 같은 26곡 전체를 연이어 부르는 현재의 남창 가곡 한바탕에도 후반부의 계면 소용에 이르면, 다소 점잖지만 그래도 다음과 같은 외설적인 노래도 부른다.

> 어흐마 긔 뉘오신고
> 건넌 불당의 동령 중이 올러니
> 홀거사의 홀로 자시는 방안에 무시것 허러 와계신고
> 홀거사님의
> 노감탁이 벗어거는 말 곁에 내 고깔 벗어 걸러 왔읍네[55]

과거 실창 판소리 〈변강쇠가〉에서 변강쇠와 옹녀가 옷을 벗은 채 서로 교대로 상대방의 남근과 여근을 보며 노래를 부르는 것은 더 말할 필요가 없다.

이와 같이 고전문학 일부분의 작품들에서 노골적으로 성(性)을 노출하는 것은, 다소 당황스럽기는 하지만, 이해 못할 일은 아니다.

오늘날에도 사람들이 모이면, 흔히 외설적인 이야기를 하며 같이 웃기도 한다. 그런 면이 있는 것이다. 오늘날에도 매년 열리는 강릉단오제나 자인단오제에 가보면 약장수들이 인기가 많다. 남녀노소 사람들이 많이 모여 실제로 재미있게 본다.

> 십 대는 번갯불이고, 이십 대는 횃불이고, 삼십 대는 장작불이고, 사십 대는

---

55 신웅순, 『문학 · 음악상에 있어서의 시조 연구』, 푸른사상, 2006, 79면.

모닥불이고, 오십 대는 숯불이고, 육십 대는 육갑을 하고, 칠십 대는 반딧불이다. 불은 불이지만 불이 아니다……

남녀 간에 육체적인 사랑을 하는 것을 나이별로 노래하는 이런 대목이 특히 제일 인기가 있다.

고전문학에서 이런 외설적인 것이 노골적으로 다뤄지기도 하는 것은 고전문학의 향유방식에 있어 문학 실현 공간 때문이다.

독일의 철학자 쇼펜하우어(1788~1860)는 그의 주저 『의지와 표상으로서의 세계』(1819)에서 인간은 동물적인 면과 문화를 추구하는 면 두 가지를 지니고 있는데, 그것은 인간은 정신적인 존재이기는 하지만 육체와 같은 동물적인 요소도 지니고 있기 때문이라고 했다. 그리고 인간에게 가장 동물적인 것이 남녀 간의 결혼이라고 했다. 그래서 그는 보다 정신적 존재로 살기 위해 일생 동안 결혼을 하지 않고 실제로 73세까지 혼자 살았다. 그는 가톨릭의 신부님, 수녀님, 불교의 스님 같은 특이한 인생을 산 것이다. 그러나 대개의 사람들은 정신적인 것과 육체적인 것을 모두 따르며 살기 마련이다. 그리고 육체를 가진 인간이 가진 기본적인 것 중의 하나가 성(性)과 관계되는 것이다.

개방된 공간에서 많은 사람들이 열린 채로 있어 그들이 무엇을 바라는지에 대한 것이 정해져 있지 않을 때, 모든 인간이 지닌 가장 기본적인 것들이 다뤄질 수밖에 없다. 그런 것들 중의 하나가 육체를 가진 인간이 가진 성(性)과 관련되는 것이다.

이러한 시각에서 고전문학에 더러 있는 지나치게 노골적인 성의 문제 같은 것을 바라볼 필요가 있다. 이 경우 개방된 연행 공간에서의 개방된 관객이란 문학 실현 공간에 대한 시각이 필요하다.

문학 실현 공간에 있어 고상한 것만을 해야 문학성이 달성되는 곳도 있고, 금기를 깬 성을 노출시키기도 해야 문학성이 달성되는 곳들이 있는 것이다.

3) 현대 매스미디어 문학과의 관련

오늘날 문학은 시, 소설 등과 같은 현대의 문자문학 시대에서 대중가요, TV 드라마, 영화 같은 이른바 현대의 매스미디어 문학 시대로 들어갔고,[56] 이제는 이를 넘어 뉴미디어 문학 시대로까지 들어갔다. 그러나 문학 연구는 근대 이전의 고전문학, 근 · 현대의 활자 문화 시대의 문자문학 정도에 머물러 있다. 현대의 매스미디어 문학 연구에도 들어가지 못하고 있는 것이다. 그러므로 지금이라도 현대의 매스미디어 문학에 대한 연구와 교육이 이뤄져야 한다.

대중가요, TV 드라마, 영화 같은 현대의 매스미디어 문학은 모두가 '말'로 이뤄진다는 점에서 '읽는 문학'이 아닌 이른바 '듣는 문학'이고, 대중가요(문학 · 음악 등), TV 드라마(문학 · 연극 · 영상 · 음악 등), 영화(문학 · 연극, 영상 · 음악 등) 등과 같이 문학에 음악, 연극, 영상 등 여러 요소들이 결합되어 이뤄지는 이른바 '복합예술이'다. 이러한 현대의 매스미디어 문학의 특성은 역시 '듣는 문학'이고 '복합예술'인 고전시가(문학 · 음악), 구비문학(문학 · 음악 · 연극, 무용) 등의 고전문학과 공통되는 것이 분명히 있다.

'쓰기 : 읽기' 일변도의 특수한 내용, 특수한 언술을 중시하는 현대의 시, 소설 등과 같은 문자문학과 달리, '듣는 문학'으로 일반적 내용과 일반적 언술도 중시하는 면이 있는 고전문학의 문학적 방식은 말하자면 역시 '듣는 문학'인 현대의 매스미디어 문학에도 나름 일정하게 활용될 여지가 있다. 그리고 문학만으로 이뤄진 현대의 시, 소설 등과 같은 문자문학과 달리 문학 외에 음악, 연극, 무용 등 다른 예술들과도 결합된 형태로 있는 것이 있는 고전문학은 역시 복합예술로 있는 현대의 매스미디어 문학의 연구에도 일정하게 기여할 수 있다. 이것은 일반 문학연구자들 외에도 현대의 매스미디어

56 손태도, 「구비문학, 문자문학, 현대의 매스미디어 문학에 대한 시각」, 『선청어문』 44 · 45, 서울대 사범대 국어교육과, 2018.

문학 시대를 실제로 살아가는 학생들을 위해서도 참으로 중요한 일이다.

이렇듯 고전문학의 향유방식에 대한 이해, 연구, 교육은 현대의 매스미디어 문학의 이해, 연구, 교육에도 일정한 도움을 줄 수 있다.

4. 맺음말

문학연구와 문학교육은 물론 문학 곧 문학사설 그 자체를 가장 중시한다. 다른 영역은 어쩌면 음악연구가, 연극연구가, 무용연구가의 몫일지 모른다. 그러나 '문학 생산 : 문학 소비'에 있어 '쓰기 : 읽기'만 있는 현대의 시, 소설 등의 문자문학과 달리, '가창, 음영, 구연, 공연, 강독, 쓰기 : 듣기, 읽기'가 있는 고전문학은 문학사설 그 자체를 보다 제대로 이해하기 위해서라도, 가창, 음영, 구연, 공연, 강독 등과 관계되는 음악, 연극, 무용 등의 요소들도 기본적으로 고려하지 않을 수 없다. 향유방식에 따른 문학적 이해가 문학사설의 제대로 된 이해에 결정적 역할을 할 수 있기 때문이다.

예를 들어, 김대행은 가곡에 다음처럼 흔히 나오는 '~노라'는 가곡창을 통한 향유를 제대로 고려했을 때 비로소 제대로 이해할 수 있다고 했다.

- 장부의 위국충절을 세워 볼까 하노라
- 어즈버 태평연월이 꿈이런가 하노라
- 무심한 달빛만 싣고 빈 배 저어 오노라
- 아마도 오상고절은 너뿐인가 하노라
- 다정도 병인 양하여 잠 못 들어 하노라
- 진실로 금할 이 없을새 나도 두고 노니노라

여기서의 '~노라'를 흔히 '감탄형어미'로 이해하거나 가르치는데, 일반

구어(口語)나 문어체(文語體)에는 이런 어미가 없기에 이것을 일반적인 '감탄형어미'로 볼 수 없다 한다. 편지문 같은 데서나 이런 어미가 있다 한다. 또이 '~노라'를 '의지(意志)'와 관계되는 말로도 설명하는데, 이 경우 '다정도 병인 양하여 잠 못 들어 하노라'와 같은 경우는 전혀 맞지 않다고 한다.

결국 가곡에 흔히 나오고 편지문 같은 데서나 볼 수 있는 '~노라'는 가곡이 여러 사람들이 모인 장소에서 지어지거나 불린, 이른바 향유방식을 고려했을 때 비로소 제대로 이해할 수 있는 것이라 했다. 그래서 이를 '화법형' 말이라 명명했다.[57]

서대석은 구비문학에서의 A. 로드의 '구전공식구 이론'의 '구전공식구'를 다음과 같이 고전소설에서도 흔히 찾을 수 있다고 하고 있다.[58]

> 춘풍삼월 해당화가 이슬을 먹음은 듯 청명한 새벽달이 혼백을 잃었는 듯 무산신녀 구름타고 양태산에 내려온 듯 양태진이 화관쓰고 삼춘에 넘노는 듯
>
> 「권익중전」(어춘화 묘사)

> 자식이 없어쓰니 세상이 좋다한들 좋은 줄 어찌 알며 부귀가 영화로되 영화된 줄 엇지 알리 청산에 무친 백골 뉘라서 거두오며 선영행화를 뉘라서 주장하리
>
> 「유충열전」

이러한 대중적인 방각본 영웅소설들은 개인적 읽기 외에도 강독사의 낭독으로 많이 향유되었기에, 비록 문자문학인 소설이라 할지라도 '듣는 문학'의 문학적 방식인 구전공식구들이 많이 실현, 구사되고 있다고 한 것이다.

---

57 김대행, 『국어교과학의 지평』, 서울대학교 출판부, 1995, 376-379면.

58 서대석, 「기조연설: 구전공식구 이론과 그 적용」, 『어문연구』 30-3 통권 115, 한국어문교육연구회, 2002, 98-100면.

그러므로 고전문학의 문학 곧 문학사설 그 자체를 제대로 규명하기 위해서라도 그 향유방식에 대한 이해가 선결되어야 하는 것은 너무도 당연한 사실이다.

한편, 앞서도 말했듯이, 문학 소비에 있어 '읽기'만 있고 예술적으로도 단독예술로 문학만 있는 현대의 시, 소설 등의 문자문학과 달리, '듣기'도 있고, 고전시가(문학 · 음악), 구비문학(문학 · 음악 · 연극 · 무용)과 같이 복합예술로도 있는 고전문학은, 역시 '듣기'로 향유되고, 대중가요(문학 · 음악 등), TV 드라마(문학 · 연극 · 영상 · 음악 등), 영화(문학 · 연극 · 영상 · 음악 등) 등과 같은 복합예술인 현대의 매스미디어 문학의 연구에도 분명 일정한 역할을 할 수 있을 것 같다.

그러므로 고전문학의 향유방식에 대한 제대로 된 이해와 고려는 고전문학의 이해, 연구, 교육에는 물론 현대의 매스미디어 문학의 이해, 연구, 교육에도 참으로 중요한 일이 아닐 수 없다.

참고문헌

[고전문학교육 분야]

김대행, 『국어교과학의 지평』, 서울대학교 출판부, 1995.

김대행 외, 『문학교육원론』, 서울대학교 출판부, 2000.

김종철, 「문학교육의 문화론적 관점」, 한국고전문학회 편, 『국문학과 문학』, 월인, 2001.

김흥규, 「고전문학 교육과 역사적 이해의 원근법」, 『한국 고전문학과 비평의 성찰』, 고려대학교 출판부, 2002.

우한용, 『문학교육과 문화론』, 서울대학교 출판부, 1997.

박경주, 「고전문학 교육의 연구 현황과 전망-시가 교육을 중심으로」, 『고전문학과 교육』 창간호, 태학사, 1999.

염은열, 「고전문학의 교육적 대상화에 대한 연구-문화론적 관점을 중심으로」, 『고전문학과 교육』 3, 태학사, 2001.

[시가 분야]

김동욱, 「신라 향가의 불교문학적 고찰」, 『한국 가요의 연구』, 을유문화사, 1962.

김은희, 「가사의 가창방식에 대한 일고찰: 조선후기 십이가사를 중심으로」, 『반교어문연구』 20, 반교어문학회, 2006.

김학성, 「가사의 본질과 담론 특성」, 『한국문학논총』 28, 한국문학회, 2001.

려증동, 「〈쌍화점〉고구(考究)4」, 『국어국문학』 53, 국어국문학회, 1971.

류해춘, 「시조와 가사의 향유방식과 그 관련양상」, 『시조학논총』 44, 한국시조학회, 2016.

박경주, 「규방가사가 지닌 일상성의 양상과 의미 탐구-여성들의 노동과 놀이에 주목하여」, 『한국고전여성문학연구』 25, 한국고전여성문학회, 2012.

박용식, 「향가의 구비문학성에 대한 국어사적 고찰」, 『배달말』 45, 배달말학회, 2009.

박지애, 「20세기 전반기 잡가의 향유방식과 변모 연구」, 경북대학교 박사학위논문, 2010.

성무경, 「가사의 존재양식 연구」, 성균관대학교 박사학위논문, 1998.

______, 「18 · 19세기 음악환경의 변화와 가사의 가창전승」, 『한국시가연구』 11, 한국시가학회, 2002.

성호경, 『조선 전기 시가론』, 새문사, 1988.

손태도, 「1910~20년대의 잡가(雜歌)에 대한 시각」, 『고전문학과 교육』 2, 청관고전문학회, 2000.
_____, 「전통 사회 가창가사들의 관련 양상」, 『한국음악사학보』 33, 한국음악사학회, 2004.
손태도 · 정소연 편, 『해동유요 영인본』, 박이정, 2020.
송지언, 「돈호법을 중심으로 본 시조 작시법」, 『작문연구』 12, 한국작문학회, 2011.
신웅순, 『문학 · 음악상에 있어서의 시조 연구』, 푸른사상, 2006.
신재홍, 「향가의 작가와 향유방식」, 『선청어문』 33, 서울대학교 국어교육과, 2005.
양희철, 「향가의 구비성과 기록성: 향찰의 필수 조건성 여부를 중심으로」, 『대동문화연구』, 33, 성균관대학교 대동문화연구원, 1998.
윤덕진, 「향유방식을 중심으로 본 16-17세기 가사의 양상」, 『한국시가연구』 9, 한국시가학회, 2002.
이찬욱, 「음송(吟誦)의 연원과 양상」, 『시조학논총』 33, 한국시조학회, 2010.
임재욱, 「가사의 형태와 향유방식 변화의 관련양상 연구」, 서울대학교 석사학위논문, 1998.
_____, 「단가와 장가 곡조의 시대적 변천 및 상호 관계」, 『국문학연구』 32, 태학사, 2015.
임주탁, 「연시조의 발생과 특성에 관한 연구; 〈어부가〉, 〈오륜가〉, 〈도산육곡〉계열 연시조를 중심으로」, 서울대학교 석사학위논문, 1990.
_____, 『고려시대 국어시가의 창작 · 전승 기반 연구』, 부산대학교 출판부, 2004.
정병욱, 「악기의 구음으로 본 별곡의 여음구」, 『한국고전시가론』, 신구문화사, 1977.
정소연, 「시조의 구술성으로 인한 정서 표출 방식과 시조 교육의 방향」, 『고전문학과 교육』 24, 한국고전문학교육학회, 2012.
_____, 「《해동유요》에 나타난 19세기 말 20세기 초 시가 수용 태도 고찰-노래에서 시문학으로의 시가 향유를 중심으로」, 『고전문학과 교육』 32, 한국고전문학교육학회, 2016.
정인숙, 「가사의 향유방식에 대한 연구의 쟁점」, 『국문학연구』 11, 국문학연구회, 2004.
조규익, 『가곡창사의 국문학적 본질』, 집문당, 1994.
최미정, 『고려속요의 전승 연구』, 계명대학교 출판부, 1999.
하태석, 「무가계(巫歌系) 고려속요의 연구」, 『어문논총』 43, 민족어문학회, 2001.

[소설 분야]

김균태, 「고소설 강독사 정규헌의 사례 연구」, 『공연문화연구』 10, 한국공연문화학회, 2005.
권미숙, 「20세기 중반 고전소설의 향유 양상: 경북 북부 지역 농촌을 중심으로」, 영남대학교 박사학위논문, 2008.

______, 「20세기 중반 청송 지역의 고전소설 · 가사의 향유 양상」, 『고전문학과 교육』 33, 한국고전문학교육학회, 2016.

류준경, 「방각본 영웅소설의 문화적 기반과 그 미학적 특성－구술적 성격을 중심으로」, 서울대학교 석사학위논문, 1997.

임형택, 「18 · 9세기 「이야기꾼」과 소설의 발달」, 『한국학논집』 2, 계명대학교 한국학연구소, 1975.

정선희, 「조선후기 여성들의 말과 글 그리고 자기표현－국문장편 고전소설을 중심으로」, 『한국고전여성문학연구』 27, 한국고전여성문학회, 2013.

허용호, 「고소설의 낭독 연행에 대한 한 연구: 정규헌의 『장화홍련전』 낭독 연행을 중심으로」, 『서강어문』 13, 서강어문학회, 1997.

[구비문학 분야]

김병국, 「구비 서사시로 본 판소리 사설 구성 방식」, 『한국학보』 27, 일지사, 1982.

박경신, 「무가의 작시원리에 대한 현장론적 연구」, 서울대학교 박사학위논문, 1991.

서대석, 「처용가의 무속적 고찰」, 『한국학논집』 2, 계명대 한국학연구소, 1975.

______, 「판소리와 서사무가의 대비 연구」, 『논총』 34, 이화여자대학교 한국문화연구원, 1979.

______, '기조연설: 구전공식구 이론과 그 적용', 『어문연구』 30-3 통권 115, 한국어문교육연구회, 2002. 가을.

서영숙, 「서사민요의 가창방식」, 『고전희곡연구』 4, 한국고전희곡학회, 2002.

손태도, 『광대 집단의 문화 연구 1 광대의 가창 문화』, 집문당, 2003.

______, 「전통 연희의 공연 미학 탐색」, 『고전문학과 교육』 23, 한국고전문학교육학회, 2012.

______, 「한국 전통연희에서의 재담의 양상과 그 의의」, 『고전문학과 교육』 32, 한국고전문학교육학회, 2016.

신동흔, 「이야기꾼의 작가적 특성에 관한 연구－탑골공원 이야기꾼들의 사례를 중심으로」, 『구비문학연구』 6, 한국구비문학회, 1998.

이복규, 「이야기꾼의 연행적 특성－전북 익산 이강석 할아버지의 경우를 중심으로」, 『구비문학연구』 7, 한국구비문학회, 1999.

이수자, 「이야기꾼 이성근 할아버지 연구」, 『구비문학연구』 3, 한국구비문학회, 1996.

정충권, 「1900~1910년대 극장무대 전통 공연물의 공연양상 연구」, 서대석 외, 『전통 구비문학과 근대 공연예술』 1, 서울대학교 출판부, 2006.

황인덕 편저, 『이야기꾼 구연설화: 민옥순』, 도서출판 제이앤씨, 2008.

[한문학 분야]

김영운, 「시창(詩唱)의 음악적 연구」, 『한국음악연구』 37, 한국국악학회, 2005.

이보형 · 성기련, 〈해설: 시창과 송서〉, CD 국립문화재연구소 소장자료 시리즈 19.

[문학유통 등 기타]

손태도, 「구비문학, 문자문학, 현대의 매스미디어 문학에 대한 시각」, 『선청어문』 44 · 45, 서울대 사범대 국어교육과, 2018.

송지원, 「조선 후기 문인음악의 소통과 향유」, 『한국음악사학보』 48, 한국음악사학회, 2012.

이민희, 『조선의 베스트셀러: 조선 후기 세책업의 발달과 소설의 유행』, 웅진씽크빅, 2007.

정병설, 「조선후기 한글소설의 성장과 유통: 세책과 방각을 중심으로」, 『진단학보』 100, 진단학회, 2005.

정소연, 「서사 향유 현상으로서의 고전소설과 온라인게임의 문학사적 의미」, 『문학교육학』 46, 한국문학교육학회, 2015.

2장

고전문학 교육에 있어 시가 향유 방식의 중요성과 그 방법론적 탐색*

박경주**

1. 서론

연구 영역에서 '향유 방식'이란 용어는 흔하게 자주 쓰이면서도 그 실체를 정확하게 꼭 집어 표현하기에는 어려운 대상인 듯하다. 사실 그것은 다분히 '향유'라는 단어가 가진 폭넓은 함의 때문이기도 하다. '창작 방식'이나 '수용 방식' '연행 방식'이라 할 때는 쉽게 연상되던 내용들이 '향유 방식'이라 할 때는, 앞서의 세 가지를 모두 종합해도 언뜻 잡히지 않는 것처럼 흩어져버리기 때문이다.

'향유 방식'의 개념을 잡기가 쉽지 않은 것은 또한 '방식'이라는 단어 때문이기도 하다. '향유층' '향유 공간' '향유 의식' 등과 같은 용어의 경우는 작품을 향유한 주체(사람)나 공간(장소), 정신적 가치 등 그 의미를 짐작할 수

---

* 이 논문은 본래 「고전시가 교육에 있어 향유 방식의 중요성과 그 방법론적 탐색」이란 제목으로 『고전문학과 교육』에 게재되었고, 같은 제목으로 졸저, 『쓸모 있는 국문학을 지향하며』, 역락, 2019에도 수록되었다. 이번에 기획도서 출간에 맞춰 제목을 약간 변경하고 내용을 수정, 보강했음을 밝힌다.

** 원광대학교 국어국문학과 교수.

있는 단서가 쉽게 떠오르는 반면에, '향유 방식'이라 하면 어떠한 과정인지 형태인지 혹은 대상을 가리키는 것인지 정확하지 않아 개념 파악이 쉽지 않다.

그럼에도 불구하고 '향유 방식'이라는 용어가 문학 연구 주제에서 자주 사용되는 것은 그 실체가 정확하지 않고 다른 개념과의 경계가 불분명한 만큼 다양한 것들을 담아내기에 편리해서라는 생각이 든다. 이번 한국고전문학교육학회의 기획주제가 '고전문학의 향유 방식과 교육: 과거, 현재, 미래'로 결정된 것 역시 이러한 편의성과 무관하지는 않을 듯하다.

그런데 이렇듯 뜬구름 잡기와 같은 느낌을 주는 '향유 방식'이란 개념이지만, 한 가지 분명한 것은 확인할 수 있다. '향유 방식'은 대상이 되는 문학 작품을 정지된 대상으로 보고, 그 내부적인 것에 관심을 두는 개념은 분명 아니다. 즉 작품이 창작되고 수용되는 시간과 공간 및 그 주체와 객체, 또한 그러한 양상과 움직임의 형태에 대해 관심을 갖는 다분히 문학 작품 밖에 존재하는 실제 세계의 개념이란 뜻이다. 이는 어쩌면 'text'와 'context'의 개념과도 비슷한 것일 수 있다. '향유 방식'은 작품(텍스트)이 향유되는 상황(컨텍스트)과 관련되는 다양한 문제들을 말하는 개념으로 볼 수 있다는 것이다.

바로 이러한 사실 때문에 다분히 '향유 방식'의 문제는 문학의 본질적 영역에서는 다루지 않아도 되는 경계선 밖의 주제로 여겨지기도 하는 듯하다. 문학 그 자체보다는 문학 작품이 향유된 상황에 관심이 있기 때문에 문학과 역사의 접점에 놓이는 영역과 같이 생각되기도 한다. 조동일의 『한국문학통사』에서 문학사의 시대를 구분하는 기준으로 문학의 범위, 문학 갈래, 문학 담당층의 세 가지를 들었는데,[1] 이 가운데 앞의 두 가지가 순수한 문학 내적 기준이라면 마지막의 '문학 담당층'은 문학이 아닌 실제 인간의 역

1 조동일, 『한국문학통사』 1(제4판), 지식산업사, 2005, 19-43면.

사와의 연관성이 가장 큰 영역이라고 할 수 있다. '향유 방식'이란 주제는 마치 이 '문학 담당층'과 같이 문학 내적인 문제가 아닌 그 바깥의 사실에 관심을 두는 것으로 생각된다는 것이다. 그러나 오히려 향유 방식에 대한 고민을 하다보면 이에 대한 문제가 문학 담당층을 넘어서 문학의 범위나 문학 갈래와 같은 문학내적 기준과 얼마나 깊게 연결되어 있는지 확인하게 된다.

다시 말해 분명한 것은 문학은 작품이란 개체만이 홀로 허공에 둥둥 떠 있는 존재는 절대 아니며, 역사적 시간 속에서 누군가에 의해 어딘가에서 특정의 방식으로 창작되고 수용된다는 사실이다. 이 때문에 연구자들은 컨텍스트에 관심을 갖고 '향유 방식'에 대해 논하게 된다. 이 논문에서 다루고자 하는 고전시가 영역의 경우 이러한 '향유 방식'의 문제는 더욱 중요성을 갖는다고 생각된다. 그 이유는 고전시가 작품들이 율격이 있는 운문이라는 점에서는 현대시나 한시, 민요와 같다고 볼 수 있지만, '각 시대마다 장르를 달리해 가면서 불려온 노래'라는 점에서는 앞에서 나열한 그 어느 운문과도 다른 고유한 특징을 갖기 때문이다.[2]

이러한 이유에서 볼 때 고전시가의 교육 현장에서 '향유 방식'의 문제가 작품이나 장르와 긴밀하게 연결되면서 수업이 이루어져야 하는 것은 지극히 당연하다. 그러나 현실적으로는 별반 그렇지 못하며, 고전시가 작품은 다분히 작품 내적 구조 안에서 주제와 의미를 파악하고 율격과 형식을 살펴보는 방식으로 학습되고 있다. 또한 고등학교 문학 교과서에서 고전시가 작품들은 대부분 작품 자체의 특성에 주목하는 단원이 아니라 국문학의 역사를 설명하는 단원 속에 예시 자료로 언급되는 경우가 많은데, 이러다보니

2 한국고전문학교육학회 기획주제의 총론격에 해당한다고 보이는 손태도의 연구에서도 이러한 특성에 주목하여 향유방식에 있어 고전시가 영역에 대한 중요성이 고전소설이나 구비문학, 한문학 등 다른 영역에 비해 중점을 차지하는 점에 주목한 바 있다. (손태도, 「고전문학의 향유방식과 교육; 과거, 현재, 미래」, 『고전문학과 교육』 37, 한국고전문학교육학회, 2018, 10면.)

수업 역시 고전시가 작품이나 장르의 향유 방식에 대해서 제대로 된 설명을 통해 학생들이 이해하는 방향으로 나아가지 못한 채 작품만 해독하고 마는 실상을 보여준다.[3]

이 논문은 이러한 전제 아래 일단 고전시가를 학습하는 데 있어 향유 방식의 문제가 왜 긴밀하게 연결되어야 하는지에 대해 논의하고자 한다. 이는 고전시가에 대한 일반론적인 성격을 띠는 글처럼 보여 평범한 느낌을 줄 수도 있지만, 고전시가에서 향유 방식의 문제가 지닌 중요성이 연구자들 사이에서도 간과되는 경우가 많아 꼭 강조되어야 할 내용이다. 이러한 논의 후 '향유 방식'에 포함될 수 있는 주제 중에서 고전시가 교육에서 필수적으로 언급되어야 할 사항들은 어떤 것이 있는지를 살펴 실제 학습 상황에 도움을 주고자 한다. 또한 그간의 문학 교육에서 고전시가의 향유 방식 문제가 다루어진 현황과 문제점에 대해서 주로 고등학교 문학 교과서와 수업 내용 중 일부를 선별하여 고찰해보고자 한다. 이러한 과정을 통해 결과적으로 이 논문은 고전시가의 향유 방식의 문제에 대한 학습이 고전시가 작품에 대한 이해와 더불어 고전문학 교육에 의미 있는 일이 될 수 있음을 강조하는 데 목표를 두고 있다.

2. 고전시가와 향유 방식의 긴밀성

고전시가 영역에 대해 말할 때 연구자들이 본질적으로 알고 있으면서도 흔히 잊고 넘어가는 사실이 있다. 그것은 바로 고전시가 작품들 대부분이 '시가 아닌 노래로 불린 작품들'이며 또한 그 때문에 '우리말'로만 표기되

3 물론 이는 전반적인 현황을 말하는 것으로 출판사에 따라 고전시가의 향유 방식에 대한 관심을 어느 정도 반영한 교과서도 존재한다. 이에 대해서는 4장에서 종합적으로 서술하고자 한다.

는 것이 원칙이라는 사실이다. 이 두 가지 사실은 고전시가에서 향유 방식이 중요할 수밖에 없는 가장 기본적인 조건을 형성하는 사항이다.[4]

현대시와 한시, 민요 등 다른 운문들과 비교해보면 위의 조건들이 고전시가만이 지니는 고유한 특징임을 잘 알 수 있다. 현대시는 일단 노래가 아니며, 때로 율격에 의지해 낭송되기도 하지만 기본적으로는 상징과 비유, 이미지 등의 언어적 기법에 의지해 의미를 창출해내는 운문 영역이다. 현대의 시인은 시집이 출판되었을 시점을 기준으로 작품을 읽어갈 독자를 의식하기는 하지만, 시인과 독자가 작품을 통해 현장에서 소통하는 방식이 아니라 오로지 시 작품만을 통해 독자에게 자신의 뜻을 알려야 하므로 작품으로 모든 것을 표현해내야 한다.

반면 고전시가는 대부분의 작품의 창작과 향유가 노래의 방식으로 이루어지므로, 처음에 작가가 작품을 창작한 상황뿐만 아니라 연이어 그 작품이 후대인들에 의해 노래불리는 상황에서 모두 작가와 수용자가 현장성을 지니며 노래를 부르고 듣는 것을 기본으로 한다. 현장에서 소통하기에 작품에 모든 것을 담지 않아도 현장의 상황을 통해 미루어 짐작되는 공감대가 형성될 수 있다는 것이다. 이는 한 편의 작품에도 적용될 수 있지만, 더 넓게는 향가, 고려가요, 경기체가, 시조 등과 같은 시가 장르 각각의 경우에도 적용될 수 있는 사항들이다. 이로 인해 작품에는 드러나지 않아도 특정의 시가 장르가 지니는 향유 방식이 형성될 수 있는 것이다.

---

4 "박경주, 「경기체가의 연행방식 연구」, 서울대학교 석사학위논문, 1990 및 「고려시대 한문가요 연구」, 서울대학교 박사학위논문, 1994"에는 이러한 관심이 잘 드러난다. 이 박사학위논문은 문인층과 승려층의 시가를 막론하고 고려시대에 향유된 향가, 고려가요, 경기체가, 어부가 등 모든 고전시가 장르의 향유 방식을, 고려 초부터 수입되어 우리 시가에 영향을 준 중국 시가 장르의 악곡과 표기 형태와 비교해 그 영향 관계를 고찰한 논문이다. 그 이후로도 "박경주, 「전승방식과 음악성을 통해 본 고려시대 시가장르의 흐름」, 『한국 시가문학의 흐름』, 월인출판사, 2009, 189-217면"에서는 구비와 기록의 양상, 한문체와 향찰 및 이두의 결합 방식, 향악과 당악의 차이에 따른 음악성의 문제 등의 세부적 주제에 따라 고려시대 시가 장르의 흐름을 파악해 박사학위논문에서 제기했던 문제의식을 심화시킨 바 있다.

한시는 우리나라에서 노래가 아닌 시로서 향유되었으며, 중국에서 노래로 불린 사(詞)나 악부시 같은 장르 역시 우리나라 사람들이 노래로 부르기에는 어려워 우리의 경우에는 시의 기능을 할 수 밖에는 없었다. 궁중의 악장으로 창작된 한문악장의 경우는 노래의 기능을 하기도 했지만, 우리가 일반적으로 한시라고 부르는 작품들에 이들 한문악장을 넣어서 보지는 않는다. 한문악장의 경우는 오히려 고전시가 영역에서 국문악장과의 관련 속에 그 향유 방식을 고찰하는 연구가 주되게 진행되었다. 시조의 경우처럼 한시도 여러 명의 작가들이 함께 둘러 앉아 수작하며 짓는 경우도 있었으니, 이러한 작품 역시 노래로 향유되지는 않았으며 단지 한시의 향유 방식에서 이에 대한 관심을 가질 필요는 있다고 생각된다.

한시의 향유 방식에 대해 길게 설명하기는 했지만, 한시와 고전시가 사이에 놓여 있는 가장 큰 차이는 당연히 언어의 문제이다. 한시로 우리나라 사람들이 노래하고자 하는 욕구를 충분히 채울 수 있었다면 우리말로 된 고전시가 작품들이 그렇게 장르를 교체해가면서 이어져오지는 않았을 것이다. 『모시(毛詩)』의 서문에 등장하는 문구로 '시와 노래, 춤 이 모두가 인간의 내면에 있는 사상과 감정을 표현한다는 점에서는 동일하다'는 의미로 해석되어 문학의 본질을 논할 때 자주 인용되는 구절이 있다.[5] 이 구절은 예술의 본질이 사람의 뜻과 감정을 표출하는 데 있음을 밝히는 데 주목적이 있기는 하지만, 그 표현의 방식이 '시(말) 〉 감탄 〉 노래 〉 춤'의 단계로 확장된다고 보고 있어 예술의 영역 간의 관계까지 논의의 대상이 되게 한다.[6]

5 "시란 뜻이 가는 바이다. 마음 속에 있으면 뜻이 되고, 말로 표현하면 시가 된다. 감정이 안에서 움직여 말로 나타나게 되는데, 말로써도 부족하기 때문에 감탄하고, 감탄으로도 부족하기 때문에 길게 노래하며, 길게 노래하는 것으로도 부족하면 저절로 손발을 흔들며 춤추게 된다. (詩者 志之所之也. 在心爲志 發言爲詩 情動於中 而形於言 言之不足 故嗟歎之 嗟歎之不足 故永歌之 永歌之不足 不知手之舞之 足之蹈之也)" 『시경(詩經)』, 「대서(大序)」.)

6 사실 예술의 발생론적으로 파고들어 인간이 말을 하게 되면서 노래와 시, 춤 가운데 어떤 것이 먼저 시작되었는지를 문제 삼는다면, 이 구절에 대해서 더욱 세심하게 논의

그런데 여기서 분명히 짚고 넘어가야 할 것은, 이것은 중국인의 입장일 뿐 우리나라 사람에게 있어서는 언어의 차이로 인해 중국 문자인 시를 노래로 바로 연결시킬 수는 없다는 사실이다. 이 때문에 향찰이나 이두와 같이 한자를 빌어 우리말을 적고자 하는 절충적 표기 형태가 만들어지고, 드디어는 훈민정음이 창제되기까지 했다 해도 과언은 아닐 것이다. 우리말로 지어 부른 노래가 지닌 가치를 분명히 인식하고 있기 때문에, 이것을 기록할 수단이 필요했던 것이다. 이 때문에 고전 시가 작품이 어떠한 표기 형태로 기록되었는가 하는 문제는 고전 시가 향유 방식에서 중요한 한 가지 주제라고 볼 수 있다. 이 문제에 대해서는 문학사 전 시기에 걸쳐 모든 사람들이 의식했다고 보아도 과언이 아니기에, 이에 대한 옛 문인들의 글 역시 김만중의 『서포만필』, 이황의 〈도산십이곡〉 '발문', 마악노초(磨嶽老樵) 이정섭의 『청구영언』 '발문' 등에서 쉽게 찾아볼 수 있다.[7]

민요와 고전시가를 비교해본다면 앞의 현대시와 한시와의 비교와는 달리 노래로 불렸다는 점에서는 동일하기 때문에 다른 논점이 필요하다. 민요는 구비시가, 즉 기록되지 않은 채 전승된 시가를 말한다. 이는 다시 말해 민요 작품 가운데도 창작 당시의 우리말로 표기된 기록이 발견된다면 고전시가 영역에서 논할 수 있다는 뜻이 된다. 물론 우리가 보통 말하는 고전시

해야 할 사항도 있을 것이다. 그런데 일단 그런 본질적인 문제는 이 논문의 주된 관심은 아니므로 차치하도록 하자. 또한 중국에서 역시 시경 당시에는 시를 노래로 불렀지만, 후대로 가면서 시로서 향유되는 형식과 노래가 분리되는 현상이 나타났다는 점을 상기할 때, 훈민정음 창제 이전 우리나라 중세시대와 같이 문자 체계를 달리하는 경우가 아니더라도 시와 노래의 향유 방식이 다른 것은 문학사 발전에서 일반적으로 나타나는 현상이라고 볼 수는 있을 것이다.

7 그 원문들은 너무나 잘 알려져 있으므로 여기서는 일단 생략한다. 그런데 이전의 교육과정에 따라 상, 하 두 권으로 출판된 고등학교 문학 교과서 가운데서 이러한 선인의 글을 고전시가의 가치와 관련해 제시한 사례가 있어 의미가 깊다고 여겨진다. 여기서는 『고등학교 문학(하)』 1단원 '한국문학의 양상과 특질'이란 단원에 김만중의 『서포만필』과 마악노초의 『청구영언』 '발문'을 소개하면서 우리말 노래의 가치에 대해 설명했다. (김대행 · 김중신 · 김동환, 『고등학교 문학(하)』, 교학사, 2009, 15-17면.)

가 영역 안에는 향가에서 잡가에 이르기까지 일반적으로 정리된 장르들이 존재하기는 한다. 하지만 고전시가로 논의되는 작품 가운데도 민요처럼 작가가 밝혀져 있지 않은 작품도 많고, 어느 장르에 넣어야 할지 확실하지 않은 작품도 존재한다. 이런 작품 가운데에 민요와 같이 기층 민중의 정서를 반영한 작품이 다수 존재한다는 점에서 민요와 고전시가의 경계 지역이 확실하지 않은 것은 사실이다. 향가나 고려가요와 같이 오래 전에 향유된 시가 가운데 작품명과 배경설화만 남아 있으면서 알려지지 않은 기층 민중의 시가 작품인 경우, 이를 민요라 해야 할지, 향가나 고려가요와 같은 고전시가라 해야 할지 혼란스러운 경우가 발생하는 것도 이러한 이유 때문이다.

그런데 여기서 구비와 기록의 차이에 대해 생각해보면, 민요와 고전시가가 갖는 중요한 차이점을 발견하게 된다. 구비시가는 기록할 문자가 없을 때나, 혹은 문자가 있어도 그 문자를 알지 못하는 기층 민중에 의해 향유되는 반면, 기록된 시가는 다분히 상층 지식층의 작품이 중심이 되며, 조선후기 이후로 나타난다고 볼 수 있는 대중적 시가 장르 작품들까지를 포괄한다는 사실이다. 즉 민요에 비해 고전시가는 문학사의 흐름에서 주도적인 역할을 맡았다고 평가되는 문학의 주요 담당층[8]이 향유했던 시가라는 점에서 차별성을 갖는다고 볼 수 있다. 여기서 한시가 교육의 폐쇄성과 학습의 난해성으로 인해 줄곧 상층 지식층에 의해서만 향유된 영역이라는 점까지 고

8 여기서의 '문학 담당층'은 서론에서 논의한 바 있듯이, 『한국문학통사』에서 문학사 시대 구분의 기준으로 내세운 '문학 담당층'과 같은 개념으로 사용한 것이다. 『한국문학통사』에서는 "문학갈래의 체계가 지금까지 살핀 바와 같이 변한 것은 문학 담당층이 교체되었기 때문이다. 문학을 창조하고 수용하는 집단이 문학 담당층이다. 문학 담당층은 여럿이 공존하면서 서로 경쟁한다. 사회의 지배층, 그 비판 세력, 피지배 민중이 모두 문학 담당층으로서 각기 그 나름대로의 구실을 하면서 서로 경쟁했다. 문학사를 문학 담당층끼리 주도권 경합을 벌여온 역사로 이해하는 작업을 언어와 문학 갈래에 기준을 둔 지금까지의 고찰에다 보태야 이차원을 넘어서서 삼차원에 이를 수 있다. 작가를 들어 논할 때 문학 담당층의 특성을 어떻게 나타냈는지 살피는 것이 긴요한 과제이다."라고 해 '문학 담당층'을 경쟁 구도하에 움직이는 문학사의 중요한 개념으로 보았다. (조동일, 앞의 책, 2005, 37-38면.)

려한다면, 고전시가 영역이 향유층(문학 담당층)에 있어서 상층 지식인과 기층 민중을 아우르는 장르를 포괄하면서 계층 간 소통에 기여했다는 사실을 확인할 수 있다.

이상에서 현대시와 한시, 민요와 같은 다른 운문들과의 비교를 통해 고전시가가 가진 향유 방식 상의 특성을 살펴보았다. 여기서 위의 세 영역들이 모두 공통으로 가지고 있으면서 고전시가 영역과 구별되는 또 하나의 중요한 특성을 기억해낼 필요가 있다. 이는 바로 고전시가 안에 포함되는 다양한 시가 장르들이 각 시대의 노래 형식을 대표하면서 교체되는 방식을 통해 지속적으로 향유되었다는 사실이다. 현대시의 경우는 고전시가의 시대가 끝나면서 시작되어 지금까지 향유되는 상대적으로 그 향유 시기가 짧은 영역이며, 한시와 민요의 경우는 현대시에 비해 장구한 기간 동안 문학사에서 향유된 영역이다. 그러한 차이가 있기는 하지만 이들 모두는 그 영역 내에서 향유된 시대를 쪼개어 각 시기를 대표하는 세부 장르를 파악한다는 것이 어려우며, 실제로 불가능하다는 점에서는 동일하다고 볼 수 있다. 이에 반해, 고전시가는 고대시가에서 잡가까지 각 시대를 대표하는 시가 장르로 구분되어 장르나 작품에 따라 그 향유된 시대의 시가 특성에 대해 논할 수 있다는 점에서 차이를 보인다.

일반적으로 통용되는 고전시가 장르를 시대 순으로 들어본다면 고대시가(상대시가), 향가, 고려가요(속요), 경기체가, 악장, 시조, 사설시조, 가사, 잡가 등을 꼽을 수 있다. 고전산문의 영역에서도 이러한 장르의 구분은 가능하지만 고전시가의 경우처럼 다양하지는 않으며, 또한 문학사의 시기와 장르가 맞물리면서 옛 장르의 소멸과 새로운 장르의 형성이 교체되는 방식으로 지속적인 흐름이 이어지지는 않는다. 고전시가 영역에서 나타나는 이러한 특성으로 인해 각 장르별, 혹은 작품별 연구는 그것이 향유된 시기의 시대성과 긴밀한 관계를 가지지 않을 수 없게 된다. 이러한 특성은 우리나라 고전시가 영역에서 고유하게 잘 나타나는 것으로, 이웃나라인 일본의 경우와카나 하이쿠와 같은 고대 시 장르가 지금까지도 애호되고 있는 사실과 비교할 때 독특하다고도 할 수 있는 것이다.[9] 이러한 특성에 의거해서 볼 때도 고전시가 영역에서 작품이 창작되고 불리는 향유 상황(컨텍스트)는 매우 중요하며, 이 때문에 향유 방식의 문제가 작품이나 장르 연구와 긴밀하게 연결되어야만 한다고 볼 수 있다.

3. 고전시가의 향유 방식과 관련해 고려해야 할 주제

1) 노래의 기능

노래에서 음악적 요소를 배제하고 노랫말만 적으면 곧 시가 된다고 할 수도 있지만, 처음부터 노래 가사로 창작된 작품은 시가 아닌 노래로서 창작된 이유를 지닌다. 노래는 개인에 의해 창작되더라도 향유 상황에서 다수의 창자(唱者)에 의해 불리는 경우가 많으며, 처음부터 개인작이 아닌 공동작으로 창작되는 작품도 상당수 존재한다. 이러한 이유 때문에 시와 같은 개인적 정서 표현보다는 집단적 감흥을 나타낼 때 노래를 부르게 된다. 노래가 지닌 기능을 자세히 살펴보기 위해 편의상 서정성과 교술성으로 나누어 논의해보도록 하자.[10]

교술성을 드러내는 작품의 경우는 처음부터 노래의 향유자를 의식하여

---

9 일본 시가와 우리 시가가 지닌 차이점에 대해서는 "박경주, 「한문문명권 문학으로서 한국 시가문학의 특질－한, 중, 일 시가문학의 비교를 통해」, 앞의 책, 2009, 40~83면"을 참고할 수 있다.

10 여기서 '편의상'이란 말을 쓴 것은 시가의 갈래적 특성을 오로지 '서정성'으로만 규정짓는 관점을 택하는 연구자들은 '교술성'이란 개념보다는 이와 유사한 특성을 지칭할 때 '서정성' 안에 포함되는 세부적 특성 가운데 하나로 보아, 예를 들어 '교훈적 서정성'이라든가 하는 개념을 사용하고자 하는 입장을 견지하기도 하기 때문이다.

경물을 소개하거나 교훈적 이념을 전달하려는 의도 아래 노래를 짓는 경우가 많다. 경물을 소개하는 경우는 노래를 지어 향유자들이 함께 이를 반복해 외우고 부르면서 경물에서 느낀 작자의 감흥을 공유하도록 하려는 의도가 있다면,[11] 교훈적 이념 전달의 경우는 향유자들이 노래를 향유하면서 작자가 요구하는 의식 체계나 규범을 체득하게 하려는 보다 적극적인 의도를 가진다.[12]

서정성을 드러내는 작품의 경우는 처음에는 개인적 서정을 노래했다 하더라도 노래로 불리면서 처음 창작한 작자의 존재는 희미해지고 향유자 전반이 각각 자신의 것으로 이를 치환하여 부르게 되는 과정을 거친다고 여겨진다.[13] 이와 달리 창작 상황 자체가 여러 명이 어울리는 자리에서 개인이 느끼는 서정을 노래한 것이라면, 이는 놀이 상황에서의 흥취가 발현된 것이기에 개인적 서정이라기보다는 집단적 서정성이 발현된 것으로 볼 수 있을 것이다.[14]

사실 '시'의 원형으로서 '노래'를 바라보는 관점은 일반적 문학개론에서도 흔히 볼 수 있다. 고대문학 시대 원시종합예술 형태의 제천의식에서 집

11 경기체가 가운데 다수의 작품이 여기에 속하며, 기행가사나 유배가사, 강호가사 중에서도 이러한 목적을 지니고 창작, 향유되는 작품을 쉽게 찾을 수 있다.

12 종교가사나 유교적 이념을 노래한 도학가사, 교훈가사는 대부분 이에 속하며, 〈도산십이곡〉이나 〈훈민가〉 계열 시조 작품도 이러한 의도성을 지녔다고 볼 수 있다.

13 필자는 향가 〈원왕생가〉를 다루면서 시적 자아와 작자의 관계를 통해 이러한 부분에 대해 논한 적이 있다. 이러한 특성은 〈처용가〉에서도 확인할 수 있으며, 사실 향가 작품 대부분의 경우가 기원가나 찬미가, 주술가, 제의가 등 집단적 서정으로 확산될 수 있는 성격을 지녔기 때문에, 현전하는 향가 작품 전반에서 노래의 주된 특성인 집단적 서정이 발현된다고 생각한다. (박경주, 「〈원왕생가〉의 작자와 문학적 해석」, 앞의 책, 2009, 132-154면.)

14 시조나 사설시조가 기본적으로는 사대부나 중인 이하 시민층의 놀이 상황에서 향유된 장르이며, 이는 궁중의 연희악으로 활용된 고려속요나 경기체가의 경우도 비슷하다. 가사의 경우는 워낙 다양한 작품군이 포함되는 장르이기는 하지만, 오히려 그러하기에 놀이적 상황에서 집단적 서정이 발현된 작품을 찾기란 어렵지 않으며(일례로 화전가의 경우를 들 수 있다.) 잡가의 경우 역시 놀이에서 발현되는 집단적 서정성을 구현하고 있음은 당연하다 할 수 있다.

단적 성격을 띤 노래가 먼저 발생했고, 그 후 개인적 서정이 발전하면서 본격적인 시가 형성되었다는 이론이다. 박현수는 신흠의 유명한 시조 작품[15]을 예로 들면서 심리적 균형을 얻기 위한 인간의 생존 욕구와 관련하여 노래가 긴장을 해소하는 기능을 한다고 주장한다. 또한 신흠이 시와 산문의 구분을 '가락'에서 찾고 있으며, 구체적인 청자를 의식하면서 부른다는 점에서 노래는 자기 감정의 표현만이 아니라 신과 함께 소통하며 타인과 더불어 인간의 문제를 푸는 공유 행위라고 보았다.[16] 꼭 신흠의 시조를 예로 들지 않는다 하더라도 노래가 시와 달리 이러한 특성을 지니고 있다는 사실은 충분히 공감되는 바이다.[17]

박현수는 또한 한용운이나 김억, 주요한 같은 근대시인들이 1930년대까지도 '시'보다는 '시가'라는 개념을 통해 현대시를 지칭하기를 즐겨했다고 하면서 근대시의 기원을 노래와 연결시키려는 의도를 드러낸다.[18] 이는 근

15 "노래 삼긴 사람 시름도 하도 할샤/ 일러 다 못 일러 불러나 푸돗던가/ 진실로 풀릴 것이면은 나도 불러보리라."

16 박현수, 『시론』, 예옥, 2011, 26-29면.

17 최재남 역시 노래의 기능이 시름을 풀고 흥을 발현하는 데 있다고 하면서, 위 시조와 더불어 『청구영언(진본)』「방옹시여서(放翁詩餘序)」, 『해동가요(주씨본)』에 실린 김수장의 "노릐 갓치 됴코 됴흔 거슬 벗님늬야 아돗던가~"와 같은 시조 작품을 예로 들었다. (최재남, 「노래와 시의 만남」, 『노래와 시의 울림과 그 내면』, 보고사, 2015, 15-27면.)

18 박현수, 앞의 책, 29-34면. 그 내용에서 제시한 근대시인들의 시 작품이나 시론을 아래 재인용한다.

"나의 노랫가락의 고저장단은 대중이 없습니다. 그래서 세속의 노래 곡조와는 조금도 맞지 않습니다. 그러나 나는 나의 노래가 세속 곡조에 맞지 않는 것을 조금도 애달파하지 않습니다. 나의 노래는 세속의 노래와 다르지 아니하면 아니 되는 까닭입니다. … 참된 노래에 곡조를 붙이는 것은 노래의 자연에 치욕입니다. 나의 얼굴에 단장을 하는 것이 도리어 흠이 되는 것과 같이 나의 노래에 곡조를 붙이면 도리어 결점이 됩니다."(한용운, 〈나의 노래〉 부분)

"이 글의 제목을 '노래를 지으시려는 이에게' 하였지만은 지금 우리에게는 그 '노래'라는 말부터 뜻이 분명치 못합니다. 과거 우리 사회에 노래하는 형식으로 된 문학이 있었다 하면 대개 세 가지가 있었다 하겠습니다. 첫째는 중국을 순전히 모방한 한시요, 둘째는 형식은 다르나 내용으로는 역시 중국을 모방한 시조요, 셋째는 그래도 국민적 정조를 여간 나타낸 민요와 동요입니다. 그 세 가지 중에 필자의 의견으로는 셋째 것

대시인들 역시 그만큼 노래가 가진 개인적 서정성과 집단적 교술성의 가치를 이해하고 이러한 노래의 기능을 시를 통해서도 유지하고자 했었기 때문이 아닐까 생각한다. 1930년대 이후 모더니즘 시와 이론들이 문단을 장악함으로써 현대시는 음독도 아닌 묵독, 즉 그야말로 생각하는 시로서의 위치를 갖게 된다고 생각하는데, 이는 결국 문학사의 시대적 흐름에서 논한다면 고전시가의 흐름에서 벗어나 한시와 같은 영역으로 들어간 것이라고 할 수 있을 것이다.[19]

이 가장 예술적 가치가 있다고 봅니다"(주요한, 「노래를 지으시려는 이에게」, 『조선문단』, 1924. 10월.)

"그것(시를 정의하기가 어려움—인용자 주석)은 시(詩)가 순정한 예술품 중에도 가장 깊은 순정성을 가진 것만치 이렇게도 해석되고 저렇게도 해석되기 때문이외다. 그리하여 한 편의 좋은 시가(詩歌)의 감동은 … 현실세계의 모든 고뇌에 부대낀 사람에게 다시없을 자모(慈母) 같은 위자(慰藉)를 주어 고단한 맘을 미화시켜 줍니다."(김억, 「시론」, 『대조』 2, 1930. 4월.)

박현수는 이 세 명의 시인의 언술에서 근대시를 '시가'나 '노래'로 지칭하는 측면에만 주목했는데, 이 논문의 주제와 관련해서 추가로 생각해볼 만한 사항이 있다. 김억의 경우 '시가'라는 용어에 대한 애착이 있어 '시'와 '시가'를 같은 개념으로 병용하고 있다면, 한용운의 경우는 자신의 시를 '노래'로 지칭하면서도, 노래와 시의 차이점이나 노래에서 시로 나아가는 시대적 변화에 대한 고심이 작품에 배어 있다고 생각된다. 주요한의 언술은 우리 노래 안에 한시와 국문시가(시조로 대표되기는 했지만), 민요의 세 층위가 있다는 사실을 언급하고 있다는 점에서 고전문학의 운문 양식 전반에 대해 논하고 있으며, 이 글이 신시(신체시), 즉 자유시가 나아갈 방향을 중심으로 다루는 글에 포함되었다는 점에서 고전운문에서 근대운문으로 나아가는 단계에 대한 관심이 드러난다고 볼 수 있겠다. 그러나 주요한의 언술에서 국문시가와 민요의 향유 방식을 한시와 같은 것으로 보아 이 모두를 노래로 지칭했다는 점에서 살펴보면, 우리 노래에 대한 그의 인식이 고전운문의 세부적인 향유 방식이나 표기 체계에 대한 부분까지 나아가지는 못했다고 생각한다.

19 김대행은 『시경(詩經)』을 예로 들어 노래에서 시가 갈라져 나온 것을 일컬어 '시와 노래의 불행한 별거'라고 하면서, "입으로 노래하던 민요를 글로 옮겨 놓고 그것을 본받으라고 하는 데서부터 이미 시는 문자 행위의 길을 가기 시작하였던 것이고, 그러기에 응어리진 소리의 분출이었던 노래가 지닌 자질들 가운데서 대부분을 잃고 그저 미이라와 같은 노래의 형해(形骸)만을 거머쥐게 된 것을 가리켜 시라 부르게 되었다."라고 하여 노래의 중요성을 강조했다. 또한 이에 이어 "시가 노래와 결별을 한 것은 1920년대의 일이며, 이를 일러 자유시의 등장이라고 문학사는 기록하고 있다"고 하면서 "시와 노래가 창작되는 환경과 관련해서 본다면 시는 개인의 것이고 노래는 공동의 것이라는

이와 같이 노래는 집단에 의해 오랜 시간 향유되면서 노래만이 지니는 집단적 서정성을 갖게 되기도 하며 의도적으로 집단에 의해 불리기를 희망하면서 교술성을 지닌 작품으로 창작되기도 한다. 현대사에서도 특정 정권이 들어서면 정권의 이념을 대변하는 노래가 만들어지고, 개인적 서정을 표현해낸 〈아침이슬〉 같은 대중가요가 대학가에서 불리며 집단적 서정을 담아내는 노래로 전화된 사실들을 기억해볼 필요가 있다. 노래는 작품을 지은 작가보다는 그 노래를 향유하는 향유자나 향유 공간과 같은 향유 방식에 의해 그 성격이 더 규정된다고도 생각할 수 있는 것이다. 이는 분명 현대시나 한시와 같은 시의 영역과는 다른 노래만이 지니는 고유한 특성이며, 고전시가가 노래로 불렸다는 사실을 아는 것은 이러한 노래의 특성에 대한 이해까지 나아갈 때 의미 있게 학습되었다고 볼 수 있다.

2) 노래의 표기

향찰표기는 향가 작품을 기록하기 위해 고안된 특별한 문자 체계이다. 대체적으로 연구자들은 차자표기법이 자국의 인명이나 지명 등 고유명사를 표기하기 위해 만들어졌다고 보는데, 이와 더불어 산문과 달리 운문이 갖는 형식의 중요성을 생각할 때 형식을 좌우하는 결정적인 조건인 문자 체계의 성립은 필수적인 것이므로, 노래 가사를 표기하기 위한 목적 역시 컸다고 볼 수 있다. 이러한 차자표기를 한국에서는 향찰, 일본에서는 가명(假名, kana), 베트남에서는 자남(字南, chanom)이라 했고, 이런 표기법으로 쓴 시가를 각각 향가, 和歌(waka), 國語詩(quocnguthi)라 한 데서 알 수 있듯이, 표기 수단의 문

규정이 가능하며, 따라서 상층문화의 주역으로서의 시, 우월감의 표현으로서의 시, 개인 정서에의 함몰로서의 시-이런 성격을 극대화했을 때 시의 자리는 어디일 것인가가 역시 의문으로 남을 수밖에 없다"는 언급 아래 노래와 시의 만남(해후)가 필요함을 강조했다. (김대행, 「노래와 시 그리고 민주주의」, 『노래와 시의 세계』, 역락, 1999, 3-24면.)

제와 향가의 발생은 직결되어 있다고 볼 수 있다.

그 이전까지 노래들은 구비 전승되다가 한문이 들어온 이후 한역시로 기록되었기에 그 내용을 파악할 수는 있지만 제대로 된 형식이나 노랫말은 확인할 길이 없다. 이를 비유적으로 말한다면, 최근의 인기 있는 대중가요를 그 의미만 살려 영시로 번역해 놓은 것과 다를 바 없다. 언어 그 자체의 미감을 살려 표현할 수 있는 문자 체계는 노래의 형식미를 살리기 위해서는 필수불가결한 것이다. 고려시대 들어와 한문학이 융성해지고 중국 음악의 유입에 따라 궁중 악제가 정비되면서 향찰의 쇠퇴와 더불어 향가의 전승도 약해지는 가운데, 다시 우리 노래는 표기 수단을 잃고 한역되거나 구비 전승되어 가는데, 그 빈틈을 아쉽게라도 메꾼 것이 이두나 현토 같은 표기 체계였다. 이 시기 고전시가의 모습을 고려시대 경기체가 작품과 고려속요를 통해 찾아볼 수 있는데, 한자어 중심에 간단한 우리말 이두 표현을 덧붙이든지, 아니면 구비 전승되다가 조선시대 한글 창제 이후 기록된 것은 모두 알고 있는 사실이다. 이렇듯 제한된 표기 체계의 영향을 받아 고려시대 당대 기록으로 기록된 시가 작품은 극히 적으며, 한문 악장의 융성에 따라 우리 시가가 위축되는 현상이 나타나게 된다.[20]

한글이 창제되면서 유학 서적이나 불경 등을 언해하며 숙련 과정을 거치는 중에도 우선적으로 고려시대부터 전해온 악장 및 신제 악장들을 국문으로 표기하는 악서들을 편찬했으며, 이황이나 주세붕 등의 사대부들도 한글을 활용해 시조를 지어 기층 민중과 소통하고자 했다. 한글소설이 나오기 훨씬 전에 이미 시가 작품은 한글로 기록되고 창작되었을 만큼 우리말 노래를 적을 수 있는 표현 수단에 대한 갈망이 전 계층에 존재했었다는 말이다.

---

20 요즘의 대중가요에 영어 가사가 빈번히 나타나고, 때로는 노래 가사의 대부분이 영어로 채워지는 경우도 있는데, 고려시대 한문 가사의 융성을 이와 비슷한 현상으로 보고 논할 수 있을 것으로 생각한다.

3) 향유자의 계층성

고전시가의 향유 방식에서 중요하게 고려되어야 할 또 하나의 주된 주제는 바로 향유자의 계층성에 관한 문제라고 생각한다. 근대문학기 이후로 신분제도가 공식적으로 사라지고, 상층 지식층이 아닌 전 국민이 문학의 담당층이 된 지금 이 시대에는 현대시나 대중가요 작품들을 특정 계층과 연결지어 논할 필요가 그다지 많아 보이지는 않는다.[21] 그러나 고전시가가 향유된 시대에는 우리말로 노래되는 고전시가 징르나 작품들이 한시(상층시가)와 민요(기층시가)의 중간에서 상하층을 아우르는 역할을 하면서, 상층이 자신들의 이념이나 의식을 하층에 전달하거나 하층이 상층을 비판하는 통로로 활용되었다.

이는 고전시가가 발생한 문학사 초창기부터 우리의 시가 문화가 왕실 중심의 가악계 노래와 민간 중심의 비가악계 노래로 대비되는 두 가닥의 향유 전통으로 시작되어 후대로 이어져 내려온 사실과도 관련이 깊다고 하겠는데, 이때 비가악계 노래는 궁중 음악이 아닌 민간의 노래 문화를 말한다고 볼 수 있겠다. 고려초기부터 정비된 궁중악은 아악, 당악, 향악의 악제로 정비되어 조선시대로 내려오면서는 당악이 향악화되는 흐름을 보였고, 조선중기 이후로는 민속악에 속하는 다양한 악곡들이 나타나면서 가악 및 고전시가의 대중화에 기여했다.[22] 이러한 까닭에 고전시가를 학습할 때 해당 장르가 어떠한 계층에 의해 주로 향유되면서 그들의 의식 세계를 드러냈는가 하는 점은 주요 주제 중의 하나가 된다 할 것이다.

---

21 물론 계층성의 문제와는 별개로 연령대별로 대중가요 장르 가운데 선호도가 갈리고, 클래식으로서 가곡이 대중가요에 비해서는 고급의 노래로 평가되는 것과 같은 정도의 분류는 지금도 존재한다.

22 시조가 가곡창에서 시조창으로 창법이 전환된다거나 사설시조나 잡가와 같은 장르의 유행이 이러한 민속악 발전의 실상을 잘 드러낸다고 할 수 있겠다.

4. 고전시가 향유 방식의 교육 방법에 관한 현황 파악 및 제언

앞서 고전시가의 향유 방식에서 가장 본질적인 사항이 노래로 불렸다는 점과 우리말로 표기된다는 사실이라고 했다. 이 두 가지 사항은 고전시가 이해에 필수적인데도 불구하고 그 중요성이 간과되기 쉬우며, 실제 교육 현장에서도 중요하게 여겨지지 않는 경우가 많다. 대학 국문과에 입학한 학생들에게도 고전시가는 작품에 들어있는 어려운 단어의 뜻을 풀이해 독해를 하고, 시어의 상징과 비유를 이해해 그 주제를 파악하는 대상으로 인식되는데, 그런 방식으로 고전시가 작품을 바라본다면 현대시 작품과 다를 바 없는 시 형식으로만 이해할 수밖에 없게 된다. 이는 고전시가 작품이 노래로 불린 실제 기록이나 노래로서의 작품 분석, 노래로서의 기능 등에 대해 학습하지 못했기 때문에 나타나는 현상이라고 볼 수 있다.

사실 본질적으로 질문을 던져본다면 현재의 중등교육과정에서 고전시가 작품을 당시의 노래 가사로서 가르칠 의사가 있는지부터 물어야 할 것으로 생각된다. 현재의 중등과정 『국어』나 『문학』 검정 교과서에 실린 작품수를 보면 기본적으로 고전문학보다 현대문학 작품 수가 다수를 차지하며, 고전문학 작품에서도 운문보다는 산문(소설)이 더 많은 비중으로 수록된다.[23] 그 얼마 되지 않는 고전운문 작품을 두고 고전시가(즉 국문시가) 작품만을 또 골라내어 한시와 민요와의 차이를 논하면서 그 향유 방식에 대해 학습한다는

23 이에 대해서는 기존 중등 교과서를 대상으로 고전시가 작품 수를 조사한 모든 논문에서 지적하고 있는데, 비교적 최근 자료를 조사한 논문들을 소개한다. 조희정, 「2009 개정 교육과정 시기 국어, 문학 교과서 고전문학 제재 수록 양상 연구」, 『고전문학과 교육』 32, 한국고전문학교육학회, 2016, 63-118면; 김명준, 「고등학교 문학교실에서 고려 속요의 교육 내용과 교육 방향 모색」, 『한국시가연구』 38, 한국시가학회, 2015, 167-192면; 김용기, 「2009 개정 문학 교과서의 시조 수록 실태와 문학교육」, 『시조학논총』 37, 한국시조학회, 2012, 71-105면; 하윤섭, 「국어교육, 어떤 텍스트로 가르칠 것인가: 고전문학교육과 텍스트 해석의 문제-2009 개정 문학 교과서 소재 사설시조 작품들을 대상으로」, 『한국어문교육』 19, 고려대학교 한국어문교육연구소, 2016, 23-44면.

것이 쉽지는 않은 일일 것이다. 그러나 이러한 분류는 고전시가의 향유 방식에 대한 문제만이 아니라 다른 영역의 향유 방식까지를 포괄하면서 한국문학의 운문 전체의 향유 방식에 대한 문제와 관련되어 있다는 점에서, 이를 중등교육과정에서 간과해서는 곤란하다고 생각한다.

2014년부터 현재까지 채택되어 사용되는 고등학교『문학』교과서 중 '미래엔' 출판사의 것을 먼저 살펴보면, 일단 운문과 산문의 차이, 운문 내에서 현대시와 고전시가의 차이, 고전운문 내에서 한시와 민요, 고전시가의 차이에 대해 전혀 언급되지 않는다. 향유 방식의 문세가 아니라 본질적인 개념의 설명조차 이루어지지 않고 있다. 즉 한국문학의 위계에 대한 설명이 없이 고전운문은 가사, 시조, 한시, 민요 등의 장르 명칭으로만, 현대시는 단순히 '시'라는 명칭으로만 언급되면서 바로 작품명을 소개하는 형식을 취하고 있다. 이러하다 보니 이황의 〈도산십이곡〉이나 서정주의 〈국화 옆에서〉나 학생들은 똑같은 형태의 시 작품으로 인식할 가능성이 클 수밖에 없게 된다.[24]

24 이 교과서의 3장 '한국 문학의 특질'의 1절 '한국 문학의 개념과 범위'에서는 정지상의 〈송인〉과 〈봉산탈춤〉 조선족작가 박옥남의 〈마이허〉 세 작품을 소개하면서 한국문학의 범위 내에 한문학과 구비문학 및 재외동포가 한글로 쓴 작품이 포함된다는 내용을 강조하고 있다. 그런데 '대단원 마무리'에 있는 이에 대한 '핵심내용 정리'를 보면 '한국문학' 내에 '구비문학'과 '기록문학'이 포함되고, '기록문학' 내에 '한문문학'과 '국문문학'이 포함된다는 데까지만 제시하고, '국문문학' 내에 '현대문학'과 '고전문학'의 실질적 구분이 있다든가 한문학, 구비문학, 국문문학 내에서 시가나 산문의 구별이 있다는 부분까지는 설명이 되지 않고 있다. 추가로 이 부분을 도표화하면서 '기록문학'의 경우 표기문자에 대한 관심을 드러내 '기록문학(한글, 향찰, 한문)'이라고 기재하고 있는데, 이 역시 도표 자체에 시가와 산문의 구분이 드러나지 않고 별도의 설명이 없다보니, 고전운문의 표기 체계와 표에 제시된 세 가지 표기 방식을 연결시켜 생각하기는 어렵게 되어 있다. (윤여탁 외 8인,『고등학교 문학』, 미래엔, 2014, 200면.) 또한 이 책의 4장 '한국문학의 흐름'을 보면 한국문학사의 전개를 네 개의 절로 나누어 '1. 원시, 고대 및 고려 시대의 문학, 2. 조선 시대의 문학, 3. 개화기 이후의 근대문학, 4. 해방기 이후의 현대문학'으로 기술하고 있는데, 상대적으로 근, 현대문학의 비중이 많기도 하지만, 각 시대별로 운문과 산문을 고루 배치하면서 시대별 흐름을 요약하는데 집중하다보니, 고전시가로 제시된 〈찬기파랑가〉와 〈상춘곡〉의 향유 방식과 현대시로 제시된 〈해에게

현재 사용되는 고등학교 『문학』 교과서 중 천재교육에서 발간된 교과서에는 고전시가를 노래로서 보고 다룬 예시들이 상대적으로 많이 찾아진다. 여기서는 고전시가 작품을 가리킬 때 '작품' 혹은 '노래'로 지칭하거나 '향가, 시조'와 같은 장르 명칭을 사용했고 시(詩)라는 명칭은 전혀 쓰지 않고 있어, 일단 집필진이 고전시가 작품들이 현대시와 달리 노래로 불렸음을 명확히 의식했음을 보여준다. 이 교과서에서는 〈찬기파랑가〉를 소개하면서 '서정 갈래의 특징은 화자의 주관적인 정서를 노래한다는 것'이라고 정의내리고, 이와 비슷하게 '어떤 대상을 찬양하거나 기념하는 노래의 사례를 찾아보는' 활동을 제시했다.[25] 또한 〈덴동어미화전가〉를 소개하면서 '이 노래는 매년 열리는 화전놀이와 관련되어 있다'고 서술하고, 학교에서 소풍을 갔던 경험을 화전가의 형식을 빌려 모둠별로 표현해 보는 활동을 제시했다.[26] 두 경우에서 모두 이들 작품이 노래로 불렸다는 사실을 분명히 밝히면서, 이러한 형식을 활용해 지금의 학생들의 경험과 연관 지어 이와 비슷한 노래 형식을 찾거나 지어보게끔 하는 활동을 제시함으로써 고전시가의 향유 방식에 대한 지식 교육에서 나아가 경험 교육에까지 이르는 효과를 거두었다고 생각된다.

이 교과서에서는 향유 방식에 있어서도 고전시가가 현대시나 민요, 한시 등의 영역과 어떤 차이가 있는지에 대해서 선명하지는 않지만 설명하고자 의식한 흔적이 엿보인다. 이 책의 '한국문학의 개념과 범위'라는 단원을 보면 〈정선 아리랑〉과 〈청산별곡〉을 비교하여 공통점을 찾고, 이러한 형식이 작품의 향유와 전승 면에서 어떤 효과를 갖는지 설명해보는 활동이 있는데, 이러한 과정을 통해 학생들은 민요와 고전시가(구체적 장르 명칭으로는 고려속요)의 향유 방식, 즉 둘 다 노래로서 전승되면서 연관성을 맺고 있는 측면에

서 소년에게〉와 〈농무〉의 향유 방식의 차이에 대해서 논의할 여지는 전혀 없다.

25 김윤식 외 4인, 『고등학교 문학』, 천재교육, 2014, 128-129면.

26 위의 책, 240-241면.

대해 파악할 수 있으리라 여겨진다.[27]

반면 천재교과서 이름으로 발간된 교과서에서는 현대시와의 구별을 별반 의식하지 않고 고전시가 작품을 '작품'이나 해당 장르 명칭과 더불어 '시'라는 용어로 통칭하고 있어 노래로서 고전시가가 지니는 특징이 전달되지 못한다. 이 교과서에는 특히 고전시가 작품을 민요나 한시 혹은 현대시 작품과 비교하면서 시적화자나 주제, 시상 전개 등을 살펴보는 활동이 많은데, 정작 각 영역의 향유 방식의 차이에 대한 설명은 제대로 이루어지지 않은 상태에서 이러한 활동이 다수 전개되면서 학생들은 이 모두가 현대시와 같은 향유 방식을 지닌 것으로 간주할 수 있다는 염려가 발생한다.[28]

이처럼 대부분의 교과서에서 노래와 시의 관계에 대해 서술되지 못하는 상황이기에 고전시가의 문자 표기방식에 대한 언급을 현재의 중등교육과정에서 기대한다는 것은 더욱 어려운 일이다. 운문 표기체계에 대한 대학 국문과 입학생들의 이해도에서 특히 주목되는 사항은 학생들이 한역시와 고전시가의 관계를 잘 이해하지 못한다는 사실이다. 그러다보니 한시와 언해, 나아가서는 어처구니없게도 이백이나 두보와 같은 중국시인의 작품을 고전시가 작품으로 착각하는 경우까지도 의외로 많이 나타난다. 고전시가 작품 가운데서 고대시가에 속하는 〈구지가〉나 〈황조가〉뿐 아니라 향가 시대 작품 가운데에도 〈해가〉 같은 경우는 한역시로 기록되어 전하므로, 한역시 원

---

27 위의 책, 125면.

28 이러한 대표적 예로 이 교과서의 '한국문학의 보편성과 특수성'이란 단원을 보면 '동양 삼국의 옛 시들'이란 제목 아래 황진이의 시조와 일본시인인 마쓰오 바쇼의 하이쿠, 이백의 한시 각 한 편씩을 소개하면서 시적화자나 심상을 비교해보고, 후속 활동으로 칠레의 시인인 파블로 네루다의 시 작품과 황진이 시조의 주제를 비교하는 내용을 추가한 부분을 들 수 있다. 이러한 수록 방식은 제시한 단원목표를 달성하는 데는 알맞을지 모르나, 시조를 하이쿠와 한시, 외국의 현대시와 동일한 조건에서 향유되는 형식으로 파악함으로써 이 논문에서 핵심적으로 논의한 고전시가의 향유 방식에 대해서는 별로 고려하지 않았음을 드러내는 것이다. (정재찬 외 5인, 『고등학교 문학』, 천재교과서, 2014, 150-151면.)

문과 우리말 해석을 함께 소개하는 경우가 많은데, 이러한 편집 방식이 학생들에게는 한시 작품의 원문과 해석을 함께 소개하는 형태와 크게 구별되지 않는 듯 보인다. 언해의 경우 〈두시언해〉 등에서 언해된 작품이 한시 원문과 함께 수록되므로 한시와 큰 차이를 느끼지 못할 수 있으며, 더구나 『문학』 교과서에 도연명이나 이백, 소식 등 중국 한시 작가들의 작품이 함께 수록되며, 요즘은 일본이나 베트남 작가의 한시까지 수록되고 있어, 학생들이 고전시가의 개념과 경계를 파악하는 데 어려움을 느낄 수밖에 없다는 생각이 든다.

앞서 '미래엔' 출판사의 『문학』 교과서를 대상으로 한국문학의 개념과 범위에 대해 학습하는 단원의 예를 든 바 있는데,[29] 한국문학에서 고전시가의 역사는 그 표기 방식에 따라서 시대 구분을 할 수 있을 정도로 중요성이 크므로, 이왕 구비문학, 한문학, 국문문학의 개념과 기록문학 내에 한글, 향찰, 한문의 표기 체계가 있었음을 제시한 바에야 고전시가 작품들이 이 세 영역과 표기 체계의 엇갈림 속에 구비문학만 있던 시대와, 한문이 들어와 한역시가 기록된 시대, 향찰이 활용되던 시대, 한문학의 융성으로 향찰이 사라져 다시 구비 전승된 시대, 훈민정음의 창제로 한글로 표기된 시대 순으로 주된 표기 체계가 전환되어간 사실에 대해서도 별도의 언급이 있었으면 한다. 문학어(영역)과 문학갈래 중심으로만 한국문학의 범위를 설명하고 운문과 산문의 차이에 대해서는 명확한 설명 없이 분류하지 않으니, 구비문학, 한문학, 국문문학의 세 영역에 각각 존재하는 운문의 향유 방식에 대해서는 개념도 잘 이해하지 못하고 그 차이에 대해서는 더욱 모르게 된다. 이로 인해 표기 문자와 고전시가 관계의 중요성에 대한 인식이 어렵게 되는 것이다. 또한 국문문학 영역 내에서 고전문학과 현대문학의 관계에 대해서는 별로 언급되지 않는데, 이 때문에 고전시가와 현대시의 향유 방식의 차

29 주석 24번 참조.

이 역시 파악하지 못하게 된다.

학생들이 고전시가의 향유 방식에 대해 제대로 인식하지 못하는 것은 위와 같이 교과서 편집 방식에 이에 대한 고려가 없기 때문이기도 하지만, 그 밖에 대학수학능력시험 공부를 하면서 고3학생들이 주로 보는 참고서와 같은 부교재의 편집 방식에서도 큰 영향을 받는다고 생각한다. 이들 부교재를 보면 대부분 문학 영역을 운문과 산문으로 나눈 후 운문의 경우 고전시가와 현대시로 나누거나, 아니면 문학 영역을 고전문학과 현대문학으로 나눈 후 고전문학 내에서 고전운문과 고전산문을 나누어 수록하는 방식을 택한다. 그런데 이때 고전시가 혹은 고전운문의 영역 내에서 순수한 고전시가 작품 외에 민요는 물론, 한시, 언해, 중국 작가의 한시까지도 함께 다루고 있기 때문에, 이러한 교재로 학습하고 문제풀이를 한 학생들에게 고전시가의 정확한 개념이나 향유방식에 대한 이해를 기대한다는 것은 무리일 수밖에 없다.

'향유 방식'이 고전시가 영역에서 중요한 사항임에도 불구하고 학생들이 이에 대한 이해를 제대로 하지 못하는 데는 위에서 서술한 바와 같이 교과서나 부교재 등에서 고전문학 내 운문 체계에 대해 혼란을 줄 수 있는 편집 방식을 택하고 있다는 사실 외에도, 기존 『문학』 교과서 내에서 고전시가 작품들이 문학의 본질과 관련된 특정한 소주제를 내세운 단원에 포함되어 수록되지 않고 천편일률적으로 우리 문학의 역사를 줄줄이 시대 순으로 서술하는 단원에서 문학사 이해를 위한 예시와 같은 형태로 수록되고 있는 것도 이유가 되고 있다.[30] 고전시가 작품들이 중학교 『국어』 교과서에 실리

30 대부분의 고교 『문학』 교과서에서 고전시가 작품들은 '한국문학의 전통'이나 '한국문학의 범위와 역사'를 이해하는 등의 성취 기준을 달성하는 차원에서 문학사를 훑어가는 단원에 시대 순대로 수록되어 있다. 또한 중학 『국어』에는 국문학사 서술 단원이 없으므로 '비유, 운율, 상징'에 대한 이해를 추구하는 성취 기준을 내세우는 단원에서 현대시와 동일하게 작품 내 시어의 의미를 파악하는 제재 차원에서 수록되는 경우가 많으며, 시조의 경우는 '창작 의도 소통 맥락'을 성취 기준으로 하여 당시의 역사적 상

는 경우는 현대문학 작품은 물론 고전산문에 비해서도 많지 않은데, 이는 고전시가와 관련한 독해나 문학사적 이해가 중학교 수준의 학생들에게는 어렵게 느껴질 수 있다는 판단 때문으로 생각된다. 그러나 고등학교 『문학』 교과서에서도 주제별로 된 단원 목표 없이 국문학사적 지식을 나열하는 단원에서 끼워 넣기 식으로 제시되는 고전시가 작품들은 여전히 학생들에게 그 향유 방식에 대한 제대로 된 이해는 기대하기 어렵고 난이도 높은 대상으로 여겨지고 있을 뿐이다.

고전시가의 향유 방식과 관련해 중등 교과서에서 관심을 갖게 되는 또 다른 부분이 '문학과 인접 분야'에 대한 서술 내용이다. 고전시가가 노래로 불렸고 현대시가 노래가 아닌 묵독 혹은 뜻을 음미하는 방식으로 향유된다는 사실은, 시로서 향유되던 작품에 훗날 악곡을 붙여 노래로 만드는 것과는 분명 다른 차원의 이야기이다. 앞에서 예로 들었던 '미래엔' 출판사의 『문학』 교과서 2장은 '문학과 문화'라는 제목 아래 1절 '문학과 인접 분야' 2절 '문학과 매체'라는 내용으로 문학 작품이 다른 형태의 예술로 전환되거나 접목되는 양상에 대해 다루고 있다. 1절의 '문학과 인접 분야'에서는 김광섭의 시 〈저녁에〉와 김환기의 그림 〈어디서 무엇이 되어 다시 만나랴〉, 박수근의 그림을 제재로 쓴 김혜순의 시 〈납작납작—박수근 화법을 위하여〉 등을 소개하고, 다음으로는 박두진의 시 〈해〉와 이 시를 변용하여 부른 YB의 노래 〈해야〉, 대중가요로 유명한 하덕규의 시 〈가시나무〉를 제시하고, 마지막으로 조지 오웰의 『동물 농장』을 소개하면서 총괄적으로 문학이 예술, 인문, 사회 등 인접 분야와 맺는 관계에 대해 학습하도록 하고 있다.[31]

그런데 여기서 노래와 시의 연관 관계를 그림이나 넓게는 인문, 사회 전 영역과 동일한 차원의 인접 분야로 제시하다보니, 학생들은 노래와 시(詩)가

황을 파악하는 데 비중을 두는 단원에 수록되는 경우가 많다. (조희정, 앞의 논문, 73-93면.)

31 윤여탁 외 8인, 『고등학교 문학』, 미래엔, 2017, 90-107면.

구분되지 않고 하나의 통일된 형태로 향유된 고전시가 작품에 대한 이해에서 혼란을 경험할 수 있을 것으로 여겨진다. 예를 들어 고전시가 작품 〈가시리〉가 최근의 악곡에 맞춰 대중가요로 다시 불릴 때, 〈가시리〉가 고려시대에 그 자체 악곡에 의해 노래로 불린 가사라는 사실은 잊혀지고, 김소월의 〈진달래꽃〉이 요즘의 대중가수가 부른 노래로 전환되는 것처럼 〈가시리〉를 시로서 인식하게 되는 현상이 벌어질 수 있다는 것이다. 이러한 오해를 불러일으키지 않으려면 노래와 시의 연관 관계에 대한 학습 이전에 고전시가와 현대시의 향유 방식의 차이에 대한 학습이 필수적으로 진행되어야 한다고 생각한다.[32]

앞에서 논의한 문제들을 해결하고 대안을 제시하기 위해서는 이 글 3장에서 제시한 것과 같은 향유 방식과 관련한 세부 주제를 단원의 학습 목표나 성취 기준으로 제시해 고전시가 중 같은 장르 내의 작품을 비교하거나, 다른 장르 간의 작품을 비교해보는 방법을 시도해볼 수 있다. 또는 역시 비슷한 학습 목표와 성취 기준 아래 고전시가와 현대시, 민요, 한시 등을 비교함으로써 작품을 이해시키는 방법을 생각해 볼 수 있을 것이다. 중, 고교의 교육과정이 교육부의 관리 아래 철저하게 유지되는 방식을 택하는 까닭에 위와 같은 시도들을 쉽게 하기 어렵다면, 일단 대학의 국문과에 입학한 1학

32 고전시가가 노래로 불렸다는 사실에 의거해 시로서 향유된 현대시로의 계승보다는 잡가 이후 대중가요 쪽으로 그 역사적 흐름이 이어지는 것으로 보고자 하는 연구가 이루어지기도 하고, 이와는 다른 측면이지만 대중가요를 문학교육의 현장에서 활용하는 방법에 대한 연구 역시 진행되기도 했다. 이러한 부분에 대한 주제 역시 고전시가의 향유 방식과 관련한 논제에서 무시할 수는 없는 분야라는 생각을 하지만, 이 발표에서 본격적으로 논의하기에는 너무 큰 주제라 다음을 기약하기로 한다. 이러한 대표적 논의로 "고정희, 「고전문학의 시공간적 거리감과 문학사적 교육－고전시가와 대중가요의 연계성 문제를 중심으로」, 『고전문학과 교육』 14, 한국고전문학교육학회, 2007, 89-119면; 박애경, 『가요, 어떻게 읽을 것인가』, 책세상, 2000, 1-154면; 김수경, 『노랫말의 힘:추억과 상투성의 변주』, 책세상, 2005, 1-150면; 김창원, 「국어교육과 대중가요－대중가요 국어교육론의 필요성과 가능성」, 『국어교육』 104, 한국어교육학회, 2001, 1-22면; 김수연, 「대중가요의 문학교육 활용 방안 연구」, 전남대학교 석사학위논문, 2013, 1-57면" 등을 들 수 있다.

년을 대상으로 하여 '문학개론'이나 '국문학개론' 등의 수업에서 시험적으로 실시해보는 방법을 고려해볼 수 있을 듯하다.[33]

현재와 같은 문학교육 현장에서 고전시가의 향유 방식을 경험 교육과 연결 지어 수업 내용으로 구안한다는 것은 쉽지 않은 일이며, 일차적으로는 지식 교육 차원에서 교과서의 편제를 통해 고전시가가 현재의 대중가요와 같은 차원에서 예전에 불렸던 노래임을 학생들에게 분명히 인식시키는 것이 중요하다고 본다. 이를 위해 국문학 내에서 고전문학과 현대문학의 시기적 구분, 구비문학과 한문학, 국문문학의 영역적 구분과 더불어 율격적 기준에 따른 운문과 산문의 구분, 향유계층에 따른 지식층 문학, 대중문학, 민중문학의 구분에 대한 지식교육이 문학 교과서의 첫 단계에서 선행되었으면 한다.

고전시가 작품의 표기 문제를 인식시키는 차원에서는 한문이 들어오기 전 고대문학기의 구비시가를 한역시 형태로 제시하고 그 원래 노래를 유추해서 재창작해보고,[34] 시가 작품이 우리말 표기로도 전하고 한역시로도 전하는 소악부 등의 작품을 비교 검토해보는 활동[35]을 시도해보았으면 한다. 여기서 나아가 최근 유행하는 대중가수들의 노래 가운데 영어가 많이 섞인 노래와 영어 노래를 번역해 부른 번안가요, 그리고 같은 노래를 한류 가수

---

33 이 글에 대한 토론과 심사 과정에서 고전시가의 향유 방식과 관련된 학습이 지식교육이나 이해의 측면보다는 경험교육의 측면에서 더 중요하며, 이를 위한 구체적 수업의 예시까지 논의가 진행되었으면 하는 바람이 있었다. 필자 역시 경험교육의 중요성은 동감하지만, 일단 지식교육이나 이해가 선행되어야 고전시가의 향유 방식을 응용한 현대시나 대중가요 등을 통로로 한 경험교육도 성과를 거둘 수 있을 것이라 생각한다. 시조나 가곡창 등 현재까지 전승되면서 노래로 불리는 고전시가 작품들을 그대로 수업 상황에 재현하는 것은 학생들의 흥미를 끌 수 있는 썩 좋은 방법은 아니며, 고전시가의 향유 방식에 대한 지식을 알고 이해한 후, 현재 상황에서 어떠한 방식으로 고전시가의 향유 방식이 응용되고 있는지를 경험하게 하는 것이 더 효과적일 것이라고 판단한다.

34 〈구지가〉나 〈황조가〉 등을 우리말로 재번역해 비교하는 활동 등이 가능할 것이다.

35 이제현의 〈소악부〉와 그 원가로서 우리말 표기로 전하는 고려속요 작품들을 예로 들 수 있다.

들이 외국 시장을 겨냥해 영어나 중국어, 일본어 등으로 부른 노래들을 함께 들어보고 느낌의 차이를 토론해보는 활동도 좋을 것으로 생각한다. 이런 활동 등을 통해 학생들은 같은 악곡이라도 전달되는 가사의 언어적 자질에 따라 다르게 나타나는 정서를 느낄 수 있고, 한역시와 우리말 노래의 차이에 대해서도 분명한 인지를 할 수 있으리라 기대된다.

향유자의 계층성의 문제에 대한 구체적 이해를 위해서는 사대부의 강호시조와 현실비판가사, 그리고 노동요와 같이 계층을 대표할 수 있는 세 층위의 작품을 비교 고찰하는 방식을 활용할 수 있다. 이와 더불어 현대의 성악가들이 부르는 가곡과 대중가수들의 가요 및 80년대 대학가에서 불렸던 이른바 민중가요 작품을 비교하는 내용을 함께 진행하고, 학생들로 하여금 그 중 하나의 양식을 골라 현재의 정서를 노래 가사로 만들어 대치시켜보는 활동을 한다면 노래와 향유 계층 간의 관계를 이해하는데 더욱 효율적일 것이라 생각한다.

구체적으로 살펴보면 향유층이 다른 작품이나 교술성과 서정성을 대별해 보여줄 수 있는 작품, 주술가나 기원가, 제의가, 찬미가 등 향가시대 작품의 특징을 드러내 비교할 수 있는 작품들을 각각 한 단원에 제시하여 학습목표로 제시해보는 방법을 구안해볼 수 있겠다.[36] 또한 표기 체계가 다른

36 이와 관련해 앞서 언급한 바 있는 이전 교육과정에 의한 고등학교 『문학』 교과서에 이와 비슷한 학습활동이 있어 참고할 수 있을 듯하다. 예를 들어 향가 〈찬기파랑가〉를 학습한 후, 3단 형식에 감탄사가 들어가는 10구체 형식을 모방하여 자신이 찬양하고픈 대상을 정해 찬양의 노래를 지어보는 활동을 한다거나, 속요 〈동동〉을 학습한 후, 모둠별로 작품 전체 주제와 각 달 별로 활용할 소재를 설정하고 만들어 월령체 노래를 창작하는 활동을 하는 등의 것들이다. (김대행, 김중신, 김동환, 앞의 책, 79면, 109면.) 이러한 교육 내용은 2013년 검정 교과서에서도 비슷한 형태로 이어진다. 앞서 살핀 천재교육에서 발간된 교과서에서도 〈찬기파랑가〉와 〈덴동어미화전가〉를 대상으로 이러한 활동이 제시된 것을 확인했는데, 이 외에도 비상교육에서 나온 『문학』 교과서에서는 '월별 학교 행사와 그에 따른 나의 학교생활'을 담은 노래 가사를 〈동동〉의 형식을 모방하여 지어보는 활동이나, 〈찬기파랑가〉의 형식과 표현 방식을 활용하여 자신이 존경하는 인물을 예찬하는 노래를 지어보는 활동 등을 제시하고 있다. (한철우 외 7인, 『고등학교 문학』, 비상교육, 2013, 152면; 우한용 외 7인, 『고등학교 문학』, 비상교과서,

작품이나 장르를 택해 이를 학습목표로 제시할 수도 있고, 궁중악과 민간악의 차이가 드러나는 작품들을 장르 내에서 택하든지(예를 들어 경기체가 내에서) 장르 간에 고르든지(예를 들어 시조와 잡가) 하여 이에 대한 이해를 성취 기준으로 잡아볼 수도 있을 것이다. 여기서 제시한 어떠한 학습목표나 성취기준을 제시하더라도 현대시 작품 위주로 편성된 단원의 학습목표나 성취기준과는 다른 고전시가만의 독특한 단원이 구성될 것이라 여겨진다.

5. 결론

이상에서 필자는 '고전문학의 향유 방식과 교육'이란 이번 학회의 기획 주제를 고전시가 분야를 대상으로 본질적인 차원에서 논하는 방식을 택하여 논의를 전개했다. 고전시가라는 영역과 향유 방식이 갖는 함수 관계에 대해서는 최대한 그 중요성을 부각시키고자 노력했고, 현재의 중등교육과정에 고전시가의 향유 방식에 대한 교육적 관심이 소극적으로 반영된 데 대한 실상을 파악해보고자 했다. 마지막으로는 현재의 상황을 개선하기 위해 고전시가의 향유 방식과 관련한 내용을 교과서나 수업 현장에 적용할 때 논제로 삼을 만한 사항에 대해 정리하고, 이를 단원목표나 성취기준으로 설정하여 작품을 구성하고 학습 활동을 구안하는 방안에 대해서 제시해보았다.

최근 미국의 팝 가수 밥 딜런이 노벨문학상을 수상하면서 그 타당성에 대한 논란이 있기도 했다. 문학의 발생 시기에 노래가 불리기 시작해 문학사의 흐름 속에 노래에서 멀어져 시의 형태로만 향유된 작품들이 근대시라는 이름으로 불리기 시작했다. 그러나 노래가 가진 집단성과 대중성에 의거

2013, 173면.)

해 볼 때 시의 향유 방식이나 문학 작품으로서의 평가 수준과는 별도로 노래의 필요성은 앞으로 더욱 강조될 수밖에 없다. 이런 관점에서 볼 때 문학이 생명력을 잃어가고 매체 교육이 강조되는 최근의 디지털 시대 교육 현장에서 고전시가의 향유 방식이 다시금 중요하게 부각되어야 할 이유는 충분하다고 생각한다. 앞으로 문학교육 방법론 연구에 있어 이 논문에서 논한 고전시가의 향유 방식에 대한 논제들이 충분히 검토되었으면 한다.

참고문헌

[자료]

김대행, 김중신, 김동환, 『고등학교 문학(하)』, 교학사, 2009.

김윤식 외 4인, 『고등학교 문학』, 천재교육, 2014.

우한용 외 7인, 『고등학교 문학』, 비상교과서, 2013.

윤여탁 외 8인, 『고등학교 문학』, 미래엔, 2014.

정재찬 외 5인, 『고등학교 문학』, 천재교과서, 2014.

한철우 외 7인, 『고등학교 문학』, 비상교육, 2013.

[논저]

고정희, 「고전문학의 시공간적 거리감과 문학사적 교육－고전시가와 대중가요의 연계성 문제를 중심으로」, 『고전문학과 교육』 14, 2007.

김명준, 「고등학교 문학교실에서 고려속요의 교육 내용과 교육 방향 모색」, 『한국시가연구』 38, 한국시가학회, 2015.

김대행, 「노래와 시 그리고 민주주의」, 『노래와 시의 세계』, 역락, 1999.

김수연, 「대중가요의 문학교육 활용 방안 연구」, 전남대학교 석사학위논문, 2013.

김수경, 『노랫말의 힘: 추억과 상투성의 변주』, 책세상, 2005.

김용기, 「2009 개정 문학 교과서의 시조 수록 실태와 문학교육」, 『시조학논총』 37, 한국시조학회, 2012.

김창원, 「국어교육과 대중가요－대중가요 국어교육론의 필요성과 가능성」, 『국어교육』 104, 한국어교육학회, 2001.

박경주, 「경기체가의 연행방식 연구」, 서울대학교 석사학위논문, 1990.

______, 「고려시대 한문가요 연구」, 서울대학교 박사학위논문, 1994.

______, 『한국 시가문학의 흐름』, 월인출판사, 2009.

박애경, 『가요, 어떻게 읽을 것인가』, 책세상, 2000.

박현수, 『시론』, 예옥, 2011.

손태도, 「고전문학의 향유방식과 교육: 과거, 현재, 미래」, 『고전문학과 교육』 37, 한국고전문학교육학회, 2018.

조동일, 『한국문학통사』 1(제4판), 지식산업사, 2005.

조희정, 「2009 개정 교육과정 시기 국어, 문학 교과서 고전문학 제재 수록 양상 연구」, 『고전문학과 교육』 32, 한국고전문학교육학회, 2016.

최재남, 「노래와 시의 만남」, 『노래와 시의 울림과 그 내면』, 보고사, 2015.

하윤섭, 「국어교육, 어떤 텍스트로 가르칠 것인가: 고전문학교육과 텍스트 해석의 문제 −2009개정 문학 교과서 소재 사설시조 작품들을 대상으로」, 『한국어문교육』 19, 고려대학교 한국어문교육연구소, 2016.

2부

구비문학의 향유/교육

3장

서사민요의 향유방식과 교육적 의의

서영숙*

1. 머리말

서사민요는 문학이다. 하지만 다른 문학 갈래와는 달리 그리 큰 주목을 받지 못해왔다. 그 이유가 무엇일까. 이는 서사민요가 오랜 세월 동안 중심 장르가 아닌 주변 장르였던 데에서 요인을 찾을 수 있다. 서사민요의 주변적 성격은 크게 세 가지 측면에서 살펴볼 수 있다. 첫째는 서사민요가 기록되지 않고 구비 전승되어 왔다는 점, 둘째는 서사민요가 남성보다는 주로 여성에 의해 향유되었다는 점, 셋째는 서사민요가 중심 도시가 아닌 변두리 시골에서 불려왔다는 점이 그러하다. 그러나 이제 서사민요가 지닌 이러한 주변적 성격은 중심과 변두리의 경계가 사라지고, 구비문학과 여성문학과 지역문학의 가치와 중요성이 부각되면서, 인식의 전환과 집중 연구가 요구되는 시점에 와 있다.

서사민요는 구비서사시이다. 구비서사시는 이야기를 노래로 부르는 구비문학이다. 이야기를 노래로 부르는 구비문학 갈래에는 서사민요 외에도 서

* 한남대학교 국어교육과 교수.

사무가와 판소리가 있다. 서사무가와 판소리가 일정한 수련을 거친 전문가에 의해서 전승된다고 한다면, 서사민요는 일반 기층 여성들에 의해서 전승된다는 차이점이 있다. 그러므로 서사무가, 판소리가 전하는 이야기와 서사민요가 전하는 이야기의 특성 또한 다르다. 서사민요의 인물은 서사무가나 판소리에 나오는 주인공처럼 신성하거나 특별한 개성적 인물이 아니라, 우리 주변에서 흔히 대하는 비개성적인 보통 인물이다. 사건 역시 서사무가나 판소리의 사건이 초월적이거나 비일상적인 사건으로 전개된다면, 서사민요의 사건은 우리가 늘 겪는 경험적이면서 일상적인 사건으로 전개된다.[1]

서사민요는 경험과 상상의 서사이다. 현실을 이야기하면서 그 현실을 뛰어넘는 상상을 노래한다. 서사민요를 부르는 사람들이 "이야기는 거짓말, 노래는 참말"이라고 이구동성 말하는 것은 서사민요가 노래 부르는 사람들의 경험에서 이루어진 문학이기 때문이다.[2] 서사민요 가창자들이 대부분 서사민요 속 주인물에 자신을 동일시하며 이야기를 서술하는 것은 바로 이 때문이다. 하지만 서사민요는 현실적 경험의 모사에 그치지 않고, 경험을 벗어나 비일상적 행동으로 나아간다. 이는 현실에서 실행하지 못한 행동을 노래 속 주인물의 행동을 통해 보상받고자 하는 심리에서이다. 시집살이를 견디다 못해 중이 된 며느리, 자살한 며느리, 시집식구에게 항의한 며느리, 자신의 청혼을 거부한 남자를 저주하는 여자 등 자신이 행하지 못한 일탈적 행동을 통해 일상의 억압을 토로하고 부당한 현실에 저항한다.

서사민요는 풀이와 공감의 노래이다. 서사민요의 창자와 청중은 서사민

---

1 서사민요의 장르적 특징에 대해서는 조동일, 『서사민요연구』, 계명대 출판부, 1970초판 1979 증보판의 2장 장르론, 33-59면에 잘 정리돼 있다. 필자는 여기에서 나아가 서사민요의 유형별 특징, 전승 및 분포 양상, 영미 유럽 발라드와의 비교, 교육방안 등을 지속적으로 연구해오고 있다. 이에 대해서는 서영숙, 『한국 서사민요의 날실과 씨실: 우리 어머니들의 노래』, 도서출판 역락, 2009; 『한국 서사민요의 짜임과 스밈』, 도서출판 역락, 2018; 『서사민요와 발라드: 나비와 장미』, (주)박이정, 2018 등 참조

2 서영숙, 『우리 민요의 세계』, 도서출판 역락, 2002, 340면.

요 속 주인물을 통해 자신의 경험과 감정을 풀어내고 공감하며, 서로를 위로하며 하나가 된다. 서사민요 속 주인물과 서사민요를 부르고 듣는 사람들은 같은 경험과 같은 감정으로 연결된다. 같은 고난을 겪고 같은 고통을 받는다는 느낌은 서로의 상처를 어루만지며 서로를 보듬는 공동체로 연결된다. 노래를 통해 그 고통과 고난이 개인의 잘못 때문이 아니라, 잘못된 제도와 인습 때문이라는 것을 깨달으며, 적어도 그 고난이 다음 세대에는 되풀이되지 않기를 희망한다.

서사민요의 이러한 특성은 서사민요의 향유방식과 밀접한 관련을 지니며 형성돼 온 것이다. 서사무가나 판소리가 각기 신성한 제의의 공간이나 상업적 연행의 공간에서 불렸다고 한다면, 서사민요는 일상적 노동과 놀이의 공간에서 불리며 각기 그 공간의 필요성 또는 기능에 맞게 주인물의 성격과 행동의 특성이 형성돼 왔다. 노동의 공간에서는 노동의 괴로움과 서러움을 토로하며 노래했다면, 놀이의 공간에서는 그 괴로움과 서러움으로부터의 일탈을 꿈꾸며 노래했을 것이다. 이 글에서는 서사민요가 어떤 방식으로 전승, 향유돼 왔는지에 대해 역사적 맥락과 함께 살펴보고, 이를 바탕으로 서사민요가 지니고 있는 교육적 의의에 대해 논의해 보고자 한다.

2. 서사민요 향유방식의 다양성

민요는 일상생활 속에서 부르며, 생활 속에서 일정한 기능을 한다. 따라서 민요는 기능에 따라 분류할 때 뚜렷이 나뉜다. 노동요, 의식요, 유희요가 그러하다. 뚜렷한 기능을 지니지 않은 노래를 비기능요로 따로 분류하기도 하나, 근래에 와서는 가창유희요로 분류해 타령 류의 노래나 서사민요를 포함하기도 한다.[3] 하지만 서사민요의 경우, 뚜렷한 기능을 지니고 있지 않거나 여러 가지 기능을 지니고 있다는 점에서 분류상의 난제를 안고 있다. 서사민요는 주로 길쌈을 하면서 불렀다며 길쌈노동요로 분류하기도 하나, 반드시 그런 것만은 아님이 여러 조사 연구를 통해 밝혀졌다.[4] 서사민요는 길쌈뿐만 아니라, 밭을 매면서 부르기도 하고, 혼자서 집안일을 하면서 부르기도 하고, 여럿이 모여 놀면서 부르기도 한다. 따라서 서사민요의 기능은 다양하며, 향유방식 또한 고정돼 있는 것이 아니라, 상황에 따라 다양하게 이루어진다고 할 수 있다.[5]

서사민요가 언제부터 어떻게 향유되어 왔는지에 대해서는 일부 문헌에 그 편린이 남아 있다. 민요에 대한 삼국 시대 기록 중 신라의 6부 여자들이 가배 행사로 벌인 길쌈 경쟁에서 진편의 여자가 일어나 슬픈 곡조로 불렀다는 〈회소곡〉,[6] 한 남자와 사랑을 맹세했던 여자가 다른 곳으로 시집가게 되자 연못의 물고기를 통해 보낸 편지를 본 남자가 달려와 불렀다는 〈명주〉[7]는 가사는 남아있지 않지만, 하나는 길쌈 노동과 관련된다는 점에서, 다른 하나는 두 사람 사이의 사랑에 얽힌 긴 사연을 담고 있으리라는 점에서 서사민요일 개연성이 있다. 특히 〈회소곡〉의 경우 길쌈노동을 하면서 서사민요를 부르는 향유방식이 매우 오랜 연원을 지녔음을 보여준다.

뿐만 아니라 『고려사』 악지에 기록된 가사 부전가요의 유래와 유사한 내용을 현전하는 서사민요에서 찾아볼 수 있다. 진주 사록 위제만이 기생첩에 빠져 있는 것을 비관해 그 아내가 자살하자 진주 사람들이 이를 풍자해 불

3 강등학은 민요를 노동요, 의식요, 유희요로 나누고, 노래 자체를 즐기기 위해 부르는 것으로 가창유희요를 설정한 뒤 서사민요와 같이 사설이 바탕이 되는 가창유희요를 비기능사설요로 분류하고 있다. 강등학 외, 『한국구비문학의 이해』, 도서출판 월인, 2008 개정판, 238-263면.

4 서영숙, 「서사민요의 연행예술적 실현양상」, 『우리 민요의 세계』, 2002, 32-33면.

5 서영숙, 위의 책, 17-47면에서 서사민요를 노동요, 의식요, 유희요로 부르는 경우 각기 문체 또는 주제가 어떻게 달라지는지에 대해 자세히 논의한 바 있다. 이 글에서는 현재 전승되는 서사민요뿐만 아니라, 문헌 및 음반 등에 수록된 서사민요에 대한 고찰을 통해 그 향유방식의 다양성을 밝히는 데 중점을 둔다.

6 『三國史記』 第1卷, 新羅本紀 第1

7 溟州 『高麗史』 第71卷, 樂志 2 三國俗樂 高句麗

렀다는 〈월정화〉와 현전하는 〈서답 노래(또는 진주낭군)〉, 내기장기로 중국 상인에게 아내를 뺏긴 뒤 남편과 아내가 불렀다는 〈예성강〉과 현전하는 〈내기장기 노래〉는 동일한 서사적 배경을 갖고 있어 그 연관성을 유추할 만하다.[8] 또한 고려 속요 〈정석가〉, 〈만전춘별사〉, 〈오관산〉 등에 나타나는 어구들이 현전 서사민요에 관용적 어구나 유사한 표현으로 전승되고 있음이 확인된다.[9] 이는 현전하는 서사민요와 완전히 동일한 유형은 아니라 할지라도 그와 유사한 친족관계 노래들이 이미 고려조 무렵부터 불려왔음을 보여줄 뿐만 아니라, 서사민요가 단지 기층 민중의 노래에 그치지 않고 상층 계층의 속악으로까지 수용돼 변이를 거듭해 왔음을 말해준다.

한편 조선 시대에 들어서면서는 서사민요 중 일부 노래가 한시로 번역되기도 하고, 사설시조로 변용되기도 하는 등[10] 다른 갈래와의 교섭이 일어나는 것을 볼 수 있는데, 이는 여성들이 부르는 서사민요에 대한 남성 작가들의 흥미와 관심이 작동한 것이라 할 수 있다. 이학규의 〈앙가오장〉 중 두 수를 예를 들어 살펴보기로 하자.

> 今日不易暮。해가 더디 지니 (오늘 해도 늦어가니)
> 努力請挿秧。모심기도 늦구나. (힘을 내어 모를 심세)
> 秔秧十万稞。메벼는 십만 포기, (십만 포기 메벼 심고)
> 稬秧千稞强。찰벼는 천포기, (천포기 찰벼 심어)
> 秔熟不須問。메벼는 말할 것 없고, (메벼가 익거들랑)
> 稬熟須穰穰。찰벼도 풍년이 들어야, (찰벼도 익거들랑)

8 서영숙, 「현전 민요에 나타난 고려 속요의 전통」, 『한국 서사민요의 짜임과 스밈』, 도서출판 역락, 2018, 51-61면; 서영숙, 「서사민요 〈진주낭군〉의 형성과 전승의 맥락」, 『구비문학연구』 49, 한국구비문학회, 2018, 231-271면.

9 서영숙, 「고려 속요에 나타난 민요적 표현과 슬픔의 치유방식: 〈만전춘별사〉, 〈오관산〉, 〈정석가〉를 중심으로」, 『한국 서사민요의 짜임과 스밈』, 2018, 65-86면.

10 사설시조 중 〈싀어마니 며느라기 낫바…〉, 〈새악씨 싀집간 날 밤의…〉 등을 들 수 있다.

炊稉作糗餈。익혀서 인절미 만들면, (찰 지게 떡을 쪄서)

入口黏且香。입에 넣으면 쫄깃하고 향기롭다. (맛을 보니 고소하네)

雄犬磔爲臛。수캐는 잡아서 곰국거리 만들고, (개는 잡아 국 끓이고)

嫩鷄生縛裝。닭은 산 채로 묶어서, (닭은 잡아 줄에 매어)

持以去歸寧。친정에 가지고 가는, (친정에 갖고 가세)

時維七月凉。때는 서늘한 7월이라네. (서늘한 7월 되면)

儂是預嫁女。나는 시집간 여자, (나는야 시집간 여자)

總角卽家郞。신랑집에 살지요, (신랑은 총각낭군)

儂騎曲角牸。뿔 굽은 암소 타고, (나는 뿔 굽은 암소 타고)

郞衣白苧光。깨끗한 옷으로 갈아입지요. (신랑은 흰모시 옷 입고)

遲遲乎七月。칠월이 어이 이리 더디뇨, (칠월이 더디 가네)

歸寧亦云忙。친정 가는 일은 바쁘지만, (친정 갈 맘 바쁘건만)

但願七月後。오직 바라기를 칠월 다음에는, (바라건대 7월 후엔)

霖雨九旬長。장마비 석 달 동안 쏟아졌으면. (석 달 내내 장마 지길)[11]

바쁘고 힘겨운 농사일이 끝나고 칠월이 되면, 떡도 찌고 닭도 잡고 개도 잡아 친정에 가기를 원하는 노래이다. 앞부분 "오늘 해도 늦어가니 / 힘을 내어 모를 심세"와 같은 부분은 〈모심는 소리〉 중 '저녁소리'로 흔히 불리는 대목이다. 이어 이 모가 자라 거두게 되면 떡을 찌어 친정을 가고 싶다는 바람을 담은 서사민요가 불렸다. 이학규의 〈앙가오장〉이 실제 모를 심으면서 부르는 민요를 듣고 한역한 것이라고 한다면, 서사민요가 〈모심는 소리〉로 불렸음을 알 수 있다.

---

11 『洛下生集』冊十九○洛下生藁[下]/『卻是齋集』 秧歌五章 a290_593a (ITKC_MO_0604A_0190_010_1290_2009_A290_XML) 중 2장. 원문은 한국고전번역원 DB에서 인용. 앞 번역은 홍귀향, 「낙하생 이학규의 농촌시에 대하여」, 『동양한문학연구』 19, 동양한문학회, 2004, 321-350면 중 335-336면을 인용한 것이고, (　) 안은 필자가 〈모심는 소리〉의 율격에 맞게 새로 번역한 것임.

근래 조사된 자료들에서도 경상도 모심는 소리인 〈정자소리〉를 보면 본래는 2행씩 교환창으로 부르는 소리이지만, 한 사람이 서사민요 사설로 연속해서 부르는 것을 흔히 볼 수 있다. 물론 이때는 서사민요 중에서도 비교적 단편적인 노래들이 불린다. 현재 전승되는 노래 중 위 노래와 유사한 내용을 찾아보면 다음과 같다.

> 성님 성님 사촌성님 시집살이 어떻든가
> 도리도리 도리판에 수저 놓기 어렵더라
> 수박식기 밥 뜨기도 어렵더라
> 달은 밝아 명랑하고 별은 밝아 청명한데
> 앞밭에라 이수(잇꽃)갈아 분홍치매
> 뒷밭에라 쪽을 갈아 쪽저고리 곱게 곱게 해서 입고
> 우리 꺼먹소에 채반해서 한 짐 실어
> 흰개 잡아 짝짐 지고 흰닭 잡아 웃짐 지고
> 청두밀양 가고지고 (이하 생략)[12]

시집살이 노래 중 〈사촌형님 노래〉이다. 시집살이에 대해 한탄을 한 뒤, 달과 별을 바라보며 고운 옷 해 입고 개와 닭을 잡아 소에 싣고 고향에 가고 싶다는 며느리의 혼잣말이 나온다. 이학규 〈앙가오장〉의 일부 대목과 거의 차이가 없다. 또 다른 〈사촌형님 노래〉를 보자.

> 성님 성님 사촌성님 친전이라 안 가오
> 친정이라 갈라면은 찰떡 치고 메떡 치고
> 붕이 잡아 웃짐 치고 영계 잡아 웃짐 치고

12 영동 3-4, 『한국민요대전』 충북, 시집살이 노래 2 '사촌성님', 김소용(여, 1911), 1995.8.10. 영동군 용산면 신항2리 수리, 문화방송 조사.

친전이라 썩 들가니 말망새끼 꼴 달라네
정지간에 썩 들가니 정지 아기 쌀 달라네
구들 안에 썩 들가니 누분 애기 젓 달라네
누분 아기 전을 주고 정지 아기 쌀을 주고
말망새끼 꼴을 주고 마당 밖에 썩 나오니
어디메로 가잔 말가 이수 없는 주다 보니길에
어디메를 가잔 말가[13]

여기에서도 메떡 치고 찰떡 치고 영계 잡아 웃짐 지고 친정에 가는 상상을 하지만, 결국 말에게 꼴을 주고 아기에게 젖을 주고 밥을 주다 보니 천리 머나먼 길을 갈 수 없다며 한탄하고 있다. 이학규가 이런 내용의 〈모심는 소리〉를 듣고 한역했을 개연성이 충분하다.

〈앙가오장〉 중 3장 〈쌍금쌍금 쌍가락지〉 역시 지금도 영남 지역에서 매우 활발하게 전승되는 서사민요이다. 본래 길쌈을 하거나 밭을 매면서 부를 때는 훨씬 장편의 노래로 불리지만, 〈모심는 소리〉로 불렸기 때문에 매우 간결하게 부른 것으로 짐작된다.

纖纖雙鑞環。쌍금쌍금 쌍가락지
摩挲五指於。호작질로 닦아내어
在遠人是月。먼데보니 달일러니
至近云是渠。곁에보니 처잘레라
家兄好口輔。천도복숭 오라바시
言語太輕踈。거짓말씀 말아시소
謂言儂寢所。내혼자서 자는방에

13 삼척 3-6, 『한국민요대전』 강원, 시집살이 노래, 신해선(여, 1920, 울진이 친정임), 1994. 8.24. 삼척군 노곡면 하월산리, 문화방송 조사.

斯息雙吹如。 숨소리가 둘이라니
儂實黃花子。 (나는 본래 국화처럼
生小愼興居。 몸가짐을 삼갔다네)
昨夜南風惡。 남풍이 들이불어
紙窓鳴嘘嘘。 풍지우는 소릴레라[14]

첫 장면은 쌍가락지를 닦고 있는 처자의 모습을 매우 아름답게 묘사하고 있다. 멀리서 보니 달과 같더니 가까이 보니 처자라고 한다. 게다가 그 처자의 방에서 숨소리가 둘이 난다고 한다. 이에 누이가 오빠의 말이 거짓말이라고 부인하며, 숨소리가 아니라 남풍이 들이 불어 풍지가 우는 소리라고 대답한다. 오빠와 여동생 사이에서 주고받는 짤막한 대화로만 되어있어 전후 사정은 알 수 없지만, 오빠의 의심으로 인해 여동생이 받은 정신적 충격이 매우 컸음은 이후 많은 각편들이 여동생의 자살 결의와 유언으로 이어지고 있는 데에서 알 수 있다.[15]

다음 노래는 위 〈앙가오장〉에서와 거의 같은 내용으로 되어 있는 〈쌍금쌍금 쌍가락지〉로, 최근에 조사된 것이다.

상금상금 상가락지 호작질로 닦아내여
[조사자: 예에 그거, 그런 거 한번 해주세요. 청중: 옛날에 그래 그래 쌓다.]
먼데보이 달일레라 잩에보이 처잘레라

14 『洛下生集』冊十九○洛下生藁[下]/『卻是齋集』 秧歌五章 a290_593a (ITKC_MO_0604A_0190_010_1290_2009_A290_XML) 중 3장. 원문은 한국고전번역원 DB를 인용. 번역은 조동일이 현재 전승되는 〈쌍가락지 노래〉와 견주어 놓은 것을 참조해 약간 수정한다. ( ) 안의 부분은 현재 전승되는 노래에 나타나지 않는 구절이다. 조동일, 『한국문학통사』 3(제4판), 지식산업사, 2005, 577면.

15 〈쌍가락지 노래〉의 서사구조와 전승양상에 대해서는 서영숙, 『한국 서사민요의 짜임과 스밈』, 2018, 479-508면 참조.

그처자 자는방에 숨소리도 들을레라
천도복숭 오라바시 거짓말씀 말아시소
남풍이 들어부니 풍지우는 소릴레라
[그거 다 옛날에 아주 옛날에던동 그거다][16]

위 〈앙가오장〉 3장의 사설과 비교해 볼 때, 거의 대동소이한 표현으로 되어 있다. 이는 서사민요가 전승돼 내려오는데, 사설에 그리 큰 변화가 일어나지 않았음을 보여준다. 오히려 서사민요의 변화는 어떤 상황에서 부르느냐에 따라 서사가 길게 진행되기도 하고, 짧게 압축되기도 하면서 나타난다. 〈모심는 소리〉의 사설로 서사민요를 부를 경우에는 서사적 줄거리를 길게 이어나가기보다는 단편적으로 짧게 압축해 부름으로써 주인물의 심정을 표출하는 데 더 집중하는 것을 볼 수 있다. 이는 여러 사람이 함께 일하며 노래를 부를 경우, 사건의 전개 과정에 대한 긴 서술보다는 인상적인 장면의 짧고 강렬한 묘사가 훨씬 큰 전달력과 공감력을 지니기 때문일 것이다. 이학규가 들은 〈모심는 소리〉도 이렇게 축약된 서사민요였으리라 판단된다.[17]

서사민요가 〈모심는 소리〉로 불리면서 간략하게 축약되는 양상은 근래 조사된 다른 자료에서도 흔히 나타난다.

다풀다풀 다박머리 해다진데 어데가노

16 GUBI+04_09_FOS_20090210_PKS_KJT_0008 쌍금쌍금 쌍가락지 1, 김정택(여, 1926), 2009. 2.10, 경남 양산시 평산동, 박경신 외 3명 조사. 한국구비문학대계 모바일웹(https://gubi.aks.ac.kr/web/Default.asp)

17 서사민요는 같은 유형인데도 연행상황에 따라 여러 유형을 결합해 유기적인 한 편의 긴 서사로 확장해 부르기도 하고, 한 유형의 한 장면만을 초점화하여 압축해 부르기도 하는 '확장하기와 압축하기'의 전개방식이 나타난다. (서영숙, 「서사민요 연행에 나타나는 서사 전개방식의 원리」, 『한국 서사민요의 짜임과 스밈』, 2018, 29-38면 참조)

울어머니 산소등에 젖묵으로 나는 가요
죽은엄마 젖이 있나 산부모가 젖이있지
큰솥에라 앉힌 밥이 쌂이나믄 젖이나요
동솥에라 안친닭이 회를 치믄 젖이나요[18]

서사민요 〈타박네야〉가 〈모심는 소리〉로 불린 것이다. 본래 서사민요로 불리는 〈타박네야〉는 타박네가 엄마 산소에 찾아간다고 하자, 이웃집 할머니가 여러 가지 역설적 표현을 열거하며 죽은 엄마가 올 수 없음을 강조하자, 이에 대해 타박네가 반박을 하는 내용으로 되어 있다. 각편에 따라서는 마지막 부분에 타박네가 엄마 산소에 열린 참외를 따먹고 돌아와 우는 동생이나 마소를 돌보는 내용이 덧붙어 길게 이어지기도 한다.[19] 하지만 위 각 편의 경우, 〈모심는 소리〉로 불리면서 역설적 표현을 통해 엄마 잃은 아이의 슬픔과 좌절이 강하게 표출되는 것을 볼 수 있다.[20]

서사민요는 〈모심는 소리〉와 같은 노동요로 불리는 것 외에도 〈둥당애타령〉, 〈강강수월래〉, 〈쾌지나칭칭나네〉 등 다양한 유희요의 앞 사설로 불리기도 해서, 단지 여성들의 신세한탄을 드러내는 소리로 불린 것이 아니라 유희의 현장에서 흥미를 불러일으키기 위해 불리기도 했음을 알 수 있다. 이는 서사민요가 폐쇄적인 공간에서 벗어나 개방적인 공간에서 향유되는 양상을 보여준다. 그 한 예로 서사민요가 〈둥당애타령〉으로 불린 경우를 살펴보자.[21]

---

18 산청 4-14, 『한국민요대전』 경남, 모심는 소리, 안을수(여, 1925), 배성남(여, 1935), 1992. 4.1. 산청군 오부면 중촌리 중촌, 문화방송 조사.

19 서영숙, 『한국 서사민요의 날실과 씨실: 우리 어머니들의 노래』, 도서출판 역락, 2009, 132-138면 참조.

20 이러한 역설적 표현은 고려속요 〈정석가〉, 〈오관산〉에서도 살펴볼 수 있다. (서영숙, 『한국 서사민요의 짜임과 스밈』, 2018, 78-85면.)

21 〈둥당애타령〉은 주로 호남 지역에서 여성들이 일을 하다가 쉬면서 둘러앉아 물방구(물이 든 함지박에 바가지를 엎어 놓고 손으로 두드리는 장단)나 활방구(엎어놓은 바가지

둥당애더 둥당애더 당기 둥당애 둥당애더
울도담도 없는 집이 시집 삼년을 살고나니
시어머니 하신 말씀 아가아가 며늘아가 느그 낭군 볼라그든
진주남강에 빨래가라 그말을 듣던 며늘아기
진주남강에 빨래가니 물도좋고 돌도좋네
난데없는 발자국소리 뚜덕뚜덕이 나는구나
곁눈으로 슬쩍보니 서울갔던 선배님이
구름같은 말을타고 못본 듯이 지내가네
그것을 보든 며늘아기 흰빨래는 희게 하고
검은 빨래 검게 하고 집으로나 돌아오니 (중략)
둥당애더 둥당애더 당기 둥당애 둥당애더[22]

가는놈아 가는놈아 첩에장개 가는놈아
한모퉁이 돌라가다 연치대나 부려집소(부러지소)
두모퉁이 돌아가다 몰다리나(말 다리나) 부려집소
각시임네 웃저고리 영전베로 마련허소
각시임네 웃치매는 생애후장으로(상여 휘장으로) 마련허소
웃청상이 나오거든 사자상으로 마련허소

위에 목화 타는 활을 대고 튕겨서 내는 장단)에 맞추어 부르는 노래이다. 벽돌림 방식으로 벽에 기대 앉은 순서대로 한 사람씩 돌아가며 앞소리를 부르며, 나머지 사람들이 뒷소리를 부른다. 앞소리는 사설의 구조 또는 가창자의 재량에 따라 4음보 1행, 4음보 2행, 4행 이상의 하나의 에피소드 등 다양하게 분절되는 것을 볼 수 있다. 뒷소리는 위의 두 가지 예에 나타나는 것처럼 "둥당에덩 둥당당에덩 당기둥당에 둥당에덩"로 한 행으로 부르기도 있고, "둥당이덩 둥당이덩 당기둥당에 둥당이덩 / 둥당이소리는 누가내 건방진큰애기 내가내 / 내고싶여 낸것인가 즐검에지워서 냈제"로 세 행에 걸쳐 부르기도 한다. 서사민요를 유희요로 부르는 양상에 대해서는 서영숙, 『우리 민요의 세계』, 도서출판 역락, 2002, 37-40면 참조

22 무안 7-3, 『한국민요대전』 전남, 둥당애타령, 앞소리: 김마순(여, 1920), 뒷소리: 박양례, 최영자, 1989.12.8. 삼향면 임성리 후치, 문화방송 조사.

둥당이덩 둥당이덩 당기둥당에 둥당이덩
둥당이소리는 누가내 건방진큰애기 내가내
내고싶여 낸것인가 즐검에지워서 냈제[23]

앞의 경우는 〈진주낭군〉을, 뒤의 경우는 〈후실장가〉를 앞소리 사설로 부르고 있다. 〈진주낭군〉의 경우는 별도로 부르는 경우와 거의 유사한 길이와 표현으로 이루어져 있는 데 비해, 〈후실장가〉의 경우는 노동을 하면서 부르는 경우보다 대폭 축약되어 있는 것을 볼 수 있다. 우선 〈진주낭군〉을 보면, 다른 〈진주낭군〉이 대부분 주인물인 며느리에 감정을 이입하여 일인칭으로 서술하는 것과 달리, 시어머니뿐만 아니라 며느리에게까지 매우 객관적인 태도를 유지하며 삼인칭으로 서술하고 있는 것을 볼 수 있다. 이는 서사민요가 노동요로 불리는 경우와는 달리 유희요로 불리면서 나타나는 양상이라 할 수 있다. 같은 서사 속 주인물이 노동요로 부르는 경우에는 쉽게 '나'의 이야기가 될 수 있었던 반면, 유희요로 부르는 경우에는 '나'가 아닌, 독특한 행동을 한 '그'가 되어버리는 것이다.[24]

뒤의 경우도 마찬가지다. 노동을 하면서 혼자서 부르는 〈후실장가〉의 경우, 후실장가 가는 남편을 주인물의 입장에서 원망하면서 그에 대한 저주를 퍼붓고, 그 저주가 실현돼 벌어지는 남편의 죽음을 안타까움과 회한의 감정으로 서술해나간다고 한다면, 이 각편에서는 노래를 부르는 나나 내 남편의 이야기가 아닌, 일반적인 '첩장가 가는 놈'이다. 일반적인 〈후실장가〉에서 신랑이 첫날밤 느닷없이 죽는 경우, 이 일을 당한 신부의 신세한탄이 길게 이어지는 것과는 달리, 이 각편에서는 후실장가 가는 남자에 대한 비판적

23 함평군 신광면 민요 26, 『한국구비문학대계』 6-2, 둥당이타령, 앞소리: 신문심(여, 61), 이점순(여, 60), 이계순(여, 60), 노표심(여, 63), 신옥심(여, 59), 최금희(여, 64), 뒷소리: 앞소리와 같음. 1981.8.22. 삼덕리 덕산, 지춘상 조사.

24 서영숙, 「서사민요의 연행예술적 실현양상」, 『우리 민요의 세계』, 도서출판 역락, 2002, 37-40면.

언사로만 이루어져 있다. 이렇듯 욕이 섞인 비판적 언사를 내뱉으면서 후실장가가는 남자에 대한 가창자들의 비판적 의식이 거침없이 발산된다고 할 수 있다. 후렴으로 부른 "둥당이소리는 누가내 건방진큰애기 내가내 / 내고싶여 낸것인가 즐검에지워서 냈제"는 후실장가 가는 남자의 죽음에 대한 가창자 집단의 '즐거움'을 드러내고 있어 '집단성'과 '유희성'으로 인해 서사민요의 미의식이 바뀌는 양상을 뚜렷이 보여준다.

이렇게 서사민요의 폐쇄성이 무너지면서 서사민요 중 희극적 내용으로 이루어진 노래의 경우 잡가화되어 유성기 음반으로 취입되며 대중화되는 데에 이른다. 대표적인 노래가 〈홋사나(홋낭군)타령〉이라고도 불리는 〈범벅타령〉이다. 〈범벅타령〉은 본낭군이 외방 장사를 나간 사이 홋낭군을 불러들여 사랑을 나누다가 눈치 챈 본낭군이 돌아와 홋낭군이 숨은 뒤주를 거짓으로 불태우는 내용으로 되어 있다. 〈배비장전〉을 연상시키는 내용으로, 경북 지역에서는 이 노래가 〈달구질 소리〉로 불리기도 한다.[25] 죽은 이의 묏자리를 다지며 부르는 발칙하고도 외설스런 사설은 근엄한 예법을 중시하는 상층 사회에 대한 이반이면서 웃음을 통해 생명력을 되찾고자 하는 건강한 민중적 사고의 표출이라 생각된다.

서사민요가 음반으로 취입된 양상은 1970~80년대에 전근대적 봉건 이념에서의 해방과 민주화를 노래문화 운동을 통해 실현하고자 했던 대학생 노래패들과 가수들에 의해 〈진주낭군〉, 〈타박네야〉 등이 다시 불리는 데서 나타난다.[26] 서유석, 양희은 등에 의해 다시 불린 이들 노래는 가부장제 사회 속에서 여성에게 가해졌던 부당한 삶에 대해 얘기하는 아내-딸들의 목소리를 강하고 자극적인 여느 노래들과는 달리 반복적이면서도 단조로운 리듬과 가락을 통해 무심한 듯 들려준다는 점에서 매우 큰 반향을 불러일

25 조동일, 앞의 책, 1979 증보판, 389-393면.

26 정유하, 『그래도 우리는 노래한다: 민중가요와 5월운동 이야기』, 한울, 2017, 56-59면; 서영숙, 앞의 논문, 2018, 231-271면.

으킨다. 이를 통해 서사민요는 단지 평민 여성들에 의해 불린 한정된 노래가 아니라, 전 계층이 공감하고 사회의 잘못된 악습과 제도를 개혁하기 위해 함께 부르는 노래로 확대되었다.[27]

이렇게 볼 때 서사민요는 평민 여성들의 공동체 내에서 그들의 삶을 이야기하고 내면을 표출하는 노래에서 시대에 따라 궁중의 상층 계층까지 즐기는 노래로 상승되기도 하고, 상황에 따라 평민 남성까지 아우르는 노래로 확대되기도 했다. 뿐만 아니라, 근래에 와서는 고난과 시련을 한탄하는 비극적 노래에서 서로를 위로하고 억압을 해소하는 신명의 노래로 탈바꿈하며 그 영역을 넓혔을 뿐만 아니라, 구비전승의 틀을 넘어 매체를 통한 전달방식으로 향유되기도 했다.

이렇게 한편으로는 전통을 지속하면서도 변화를 꾀하며 향유된 서사민요는 단지 슬픈 정서를 자아내는 것으로 인식된 것이 아니라, 때에 따라서는 웃음과 신명, 나아가 저항과 비판의 목소리를 드러내는 것으로 여겨졌다는 점은 주목할 만하다. 이는 노동의 현장에서 비극적으로 부르던 노래가 놀이의 현장에서 발을 구르고 춤을 추며 소리 높여 부르는 노래로, 폐쇄적인 공간에서 부르던 노래가 개방적 공간에서 부르는 노래로 변화되면서, 끊임없이 새로운 정서와 미적 특질을 자아내는 노래로 모습을 바꾸어왔음을 보여주는 것이라 할 수 있다.

3. 서사민요의 교육적 의의

앞장에서 살펴본 것처럼 서사민요의 향유층이 다양한 향유방식을 통해 서사민요를 불러 온 것은 서사민요가 단지 노동을 수월하게 하는 기능만을

27 〈진주낭군〉의 전승양상에 대해서는 서영숙, 「서사민요 〈진주낭군〉의 형성과 전승의 맥락」, 『구비문학연구』 49, 한국구비문학회, 2018, 231-272면 참조.

가지고 있는 것이 아니라, 상황에 따라 여러 가지 다양한 기능에 맞게 활용돼 왔음을 보여준다. 서사민요의 향유층은 노래 속 인물의 이야기를 통해 자신들의 감정과 경험을 함께 이야기한다. 즉 노래 속 인물들과 그 인물에 대한 상대인물들의 행동, 대화를 통해 자신의 감정을 드러내며, 이러한 감정을 청중들과 공유하고 공감을 얻고자 한다. 그러므로 서사민요의 향유집단은 단순히 노동공동체나 놀이공동체에 그치지 않고 서로의 감정을 이해하고 공감하는 감정공동체의 기능을 한다.[28]

서사민요를 함께 부르고 듣는 사람들은 서사민요 속 주인물이 받는 시련에 함께 슬퍼하고, 그 시련을 주는 상대인물의 행동과 말에 함께 분노하며 서로의 슬픔을 위로한다.[29] 필자가 조사한 〈친정부고 노래〉를 예로 들어 살펴보자.

> 하늘에다 베틀놓고 구름잡아 잉에걸어
>
> [청중 한 명(심복순)이 박자에 맞춰 손뼉을 쳤다.]
>
> 한베나무 북에다가 얼그덕절그덕 짜네랑게
>
> [심복순: "몇살 잡수셨소?" 보통 할머니들에게 그렇게 묻는다고 한다.]
>
> [청중: "아까 그래야지, 인자 그래."]
>
> 꼬깔없는 중이와서 앞문에서 받아편지 뒷문에서 읽어보니
>
> 우리부모 죽었다고 전보왔네
>
> [청중: "눈물 나오네."하자 다른 이가 받아서 "그럼마-"했다.]
>
> [재조사 시 "비녀빼서 품에넣고"가 첨가된다.]
>
> 머리풀어 산발하고 신짝봇어 손에들고

28 서영숙, 「서사민요 연행에 나타나는 서사 전개방식의 원리」, 『한국 서사민요의 짜임과 스밈』, 2018, 21면.

29 서사민요 대부분의 주인물은 서술자-창자와 비슷한 처지에 있는 여성으로, 서술자-창자는 이 여성의 입장과 시각에서 주인물에게 몰입하고 상대인물에게 거리를 두는 '몰입하기와 거리두기'의 방식으로 사건을 전개한다. 서영숙, 위의 책, 2018, 15-21면.

[청중: “혼자 밭매면서 허지마, 잉?”]

한모랭이 [“대체 눈물 나와 못허겄네.”]

[청중: 웃음.], [청중: “눈물 나와부려, 진짜.”]

[“안해, 인자.”], [조사자: “더 하세요. 좋은 노래구마.”]

한모랭이 돌아가니 깐치까마귀 뭐 지비보소리 진동허시

[울먹이는 소리로 불렀다.]

두모랭이 돌아가니 상부소리가 진동허시

세모랭이 [청중“모랭이도 많으네.”하니 다른 이가 받아서 “겁나게 멀었어, 질이.”]

세모랭이 돌아가서 오빠오빠 영창문좀 끌러주오 (이하 생략)[30]

베를 짜다가 친정부모의 부고를 받고 친정에 가는 시집간 여자의 이야기를 서술하고 있는 노래이다. 창자는 마치 자신에게 닥친 이야기를 하는 것처럼 “우리부모 죽었다고 전보왔네”라고 말하며, 서술자의 설명이나 지문 없이 자신의 시점에서 이야기를 이끌어나간다. 창자도 울먹이면서 노래를 부르고, 청중들도 “눈물나오네.”, “그럼마-”, “눈물 나와부려, 진짜.”, “모랭이도 많으네.”, “겁나게 멀었어, 질이.” 등 함께 눈물 흘리며, 당사자가 장례에 늦을 수밖에 없게 된 상황을 적극 공감하고 동조한다.

서사민요의 창자는 이렇게 주인물에 자신을 동일시하며 자신의 이야기를 서술하듯이 사건을 진행해 나간다. 청중들도 마치 자신의 일인 것처럼 감정을 이입한다. 하지만 서사민요의 창자가 모두 주인물에 감정을 이입하는 것은 아니다. 서사민요 속 인물의 이야기를 객관적으로 전하며, 그 인물에 대해 평가하기도 한다. 다음 두 경우를 예로 살펴보기로 하자.

30 새터 43 〈부모 부고 노래〉 김남순(여 47) 1981.7.21. 곡성군 곡성읍 신기리, 서영숙, 『한국 서사민요의 날실과 씨실』, 2009, 543-545면.

눈어두어 삼년 귀어두어 삼년

버버리 삼년 석삼년을 살고나면

미아리꽃이 핀다고

["그랬더니 그 각시가 말을 안 했다요. 시집가서 삼년 말을 안 해서 즈그 집에로 데려다 줄라고 아들 보고 데려다 주라고 갖다 데려다 주고 말 배워서 오라고 갖다 데려다 주라고 항게, 뎄고 가니랑게, 어디 가다가."]

[청중: "가매를 타고 가드라요."]

["가매가 어디 가 앉가, 쉴라고 앉근게 수풀 밑에서 꿩이 푸르르 날아 가드라요. 날아 강게로."]

이쭉지 저쭉지 떼고가는 저꿩아

저입을 떼서 꼭꼭 쫒아서

우리 시어머니나 드리고지고

이쭉지 저쭉지 터는저 [청중: "저 날개로."]

저날개는 떼서 우리시아버니나 드리고지고

짝짝 헤베내는 저발묵댕이는 쫒아서

우리 시아재나 드리고지고

휘휘감는 내루창자는 우리서방님이나 드리고지고

["그러드라요. 그렁게 인자 말한다고 얼른 뎃고 갔더라요. 집으로. 그래 갖고 참 더 두고 봉게 석삼년을 살고 낭게 아주 훌륭한 사람이 되어 갖고 일도 잘 하고 살었드라요."][31]

한살묵어서 어멈죽고 두살묵어서 아범죽고

열닷살에도 시집강게 시집가는 삼일만에

참깨서말도 들깨서말 양에가매에 볶으라네

참깨한말을 볶으고낭게 벌어졌네도 벌어졌네

---

31 새터 67 〈꿩노래〉 안용순(여 66), 1981.7.22. 곡성군 곡성읍 신기리, 서영숙, 『한국 서사민요의 날실과 씨실』, 2009, 504-505면.

양에가매가 벌어졌네
씨어마니가 나오셔서 아강아강도 며느리아가
느그집이가 건너가서 세간전답을 팔아서라도
양에가매를 물어오니라 (중략)
밤중밤중도 야밤중에 달과같이나 생긴몸을
바늘같이도 헐었으니
요내몸에 천냥주면 양에가매를 물어옴세
아강아강도 며늘아가 나도야야 젊어서는
[청중: "인자 회개를 하는가부네."]
죽세기 죽반도 깨어봤다
[청중: 웃음. "고 며느리가 말을 잘 했구만, 그래."][32]

앞 노래는 〈벙어리 노릇하다 쫓겨난 며느리〉이고 뒤 노래는 〈그릇 깬 며느리〉이다. 〈벙어리 노릇하다 쫓겨난 며느리〉에서는 주인물이 시집가서 벙어리 삼년, 귀머거리 삼년, 장님 삼년을 살라고 한 친정어머니의 말을 곧이곧대로 듣고 말을 하지 않고 살다가 시집에서 쫓겨나는 위기를 맞는다. 하지만 친정으로 가는 길에 날아오른 꿩을 보고 〈꿩노래〉를 부르자, 이 노래를 들은 신랑이 벙어리가 아니라며 시집으로 데리고 돌아왔다는 서사적 줄거리로 되어 있다. 가창자는 시집으로 돌아간 며느리가 석삼년 이후 아주 훌륭한 사람이 되어 일도 잘하고 살았다고 칭찬한다.[33]

32 먹굴 17 〈양동가마 노래〉 정사순(여 55), 1981.7.31. 곡성군 곡성면 고달리, 서영숙, 『한국 서사민요의 날실과 씨실』, 2009, 495-496면.

33 이는 노래 속 며느리가 친정어머니의 가르침을 곧이곧대로 해석하고 받아들인 비주체적인 인물에서, 자신의 말을 할 줄 아는 주체적인 인물로 변했으며, 이를 통해 현명하게 시집생활을 했음을 보여주는 것이라 할 수 있다. (서영숙, 「시집살이에 대한 알레고리: 〈꿩노래〉와 〈방아깨비노래〉 비교」, 『한국민요학』 31, 한국민요 학회, 2011, 47-76면; 서영숙, 『금지된 욕망을 노래하다: 어머니들의 숨겨진 이야기노래』, (주)박이정, 2017에 수정해서 수록.)

〈그릇 깬 며느리〉에서는 깨를 볶다가 벌어진 양동가마를 시집식구가 값을 물어내라고 하자, 며느리가 자신의 몸값을 물어주면 양동가마 값은 얼마든지 물어내겠다고 항의하는 내용으로 되어 있다. 이에 시어머니가 "아강 아강도 며늘아가 나도야야 젊어서는 / 죽세기 죽반도 깨어봤다"고 자신의 잘못을 시인하는 것으로 되어 있다. 청중은 이에 "인자 회개를 하는가부네.", "고 며느리가 말을 잘 했구만, 그래." 하며 시어머니의 잘못을 나무라고 며느리를 칭찬한다.[34]

두 노래 모두 시집간 여자가 흔히 겪는 시집식구와의 갈등을 다루면서도, 다른 〈시집살이노래〉와는 달리 가창자가 주인물에 자신을 동일시하기보다는 객관적 거리를 유지하면서 서술한다. 이는 가창자들의 주변에서 일어나는 일상적 경험을 전하면서도 매우 특이한 사례를 전하는 경우이거나, 가창자가 이미 시집살이의 고난에서 벗어난 노년에 들어서 있는 경우에 흔히 나타난다. 하지만 그렇다고 하더라도 가창자들은 노래 속 며느리의 행동을 지지하며, 시어머니를 비롯한 시집식구의 행동을 나무란다. 이는 본인들이 시어머니의 입장에 있다고 하더라도 노래 속 주인물의 처지와 감정에 공감하며, 부당한 시집살이에 대해 함께 분노하고 있음을 보여준다.

이렇게 서사민요는 창자와 청중이 노래를 통해 노래 속 주인물의 처지에 공감하고, 주인물이 처한 현실을 드러냄으로써, 현실의 부당함을 함께 인식하고 더 나은 현실로 나아가게 하는 주체가 되게 하는 견인차 역할을 한다. 더욱이 서사민요의 사설을 유희요의 유쾌한 가락과 후렴에 얹어 부르는 경우에는 서사민요가 더 이상 슬픔을 자아내는 비극적 노래가 그 슬픔을 강요해온 억압적 현실을 드러내는 저항의 노래로, 한 목소리로 하나의 공동체로가 되는 연대와 신명의 노래가 된다.

서사민요의 향유는 근대 이전 평민 여성들이 '자신을 성찰하고, 삶의 본

---

34 서영숙, 「〈그릇 깬 며느리 노래〉의 전승양상과 향유의식」, 『한국 서사민요의 짜임과 스밈』, 2018, 343-369면.

질을 이해하며, 공동체 구성원과 정서적으로 교류하며 상호 존중감과 유대감을 높이는'[35] 훌륭한 문학 활동이었다. 문학의 본질이 '인간과 세계에 대한 이해를 돕고, 삶의 의미를 깨닫게 하며, 정서적·미적으로 삶을 고양함을 이해'[36]하는 데에 있다고 할 때, 서사민요는 이러한 문학의 본질을 어느 다른 문학작품보다도 제대로 깨닫게 할 수 있는 훌륭한 문학 교육의 제재라 할 수 있다.

특히 현재의 교육과정이 추구하는 인간상을 구현하기 위해 학교 교육에서 중점적으로 기르고자 하는 핵심역량 중 하나가 '인간에 대한 공감적 이해와 문화적 감수성을 바탕으로 삶의 의미와 가치를 발견하고 향유하는 심미적 감성 역량'[37]임을 고려할 때, 서사민요가 지니고 있는 이러한 감정공동체로서의 기능은 이러한 핵심역량을 기르는 적절한 제재로 활용될 수 있다. 문학 교육의 목표 중 하나는 문학을 통해 타자의 아픔을 이해하고 공감하며, 비합리적이고 불공평한 사회적 여건을 개선하고 혁파해나가는 개인으로 성장케 하는 데 있다고 할 수 있기 때문이다.

서사민요는 특히 문학교육이 지니고 있는 이러한 목표를 수행하는 데 있어, 지식의 일방적인 전수가 아니라, 학습자들로 하여금 직접 그 창작과 수용 활동에 참여케 할 수 있다는 이점을 지니고 있다. 즉 학습자는 서사민요 노래 공동체의 일원이 되어 노래하고 춤추는 서사민요 향유의 즐거움을 누릴 수 있을 뿐만 아니라 서사민요의 인물들에 공감하거나 분노하며 서사민요가 제기하는 문제의식을 성찰하고, 바람직한 공동체 발전에 적극적으로 참여할 수 있는 주체로 성장할 수 있을 것이다.

그렇다면 서사민요를 교육 현장에서 어떤 방식으로 가르쳐야 할 것인가.

---

35 2015 개정 교육과정(고등학교 문학 성취기준) 고등학교 별책4–고등학교 교육과정(2018-150호), 국가교육과정정보센터, 2018.4, 117면. http://ncic.kice.re.kr/mobile.dwn.ogf.inventoryList.do

36 위 자료, 111면.

37 위 자료, 3면.

현재 중·고등학교 국어, 문학 교과서에 수록돼 있는 서사민요 제재로는 〈시집살이 노래(사촌형님 노래)〉가 대표적이다.[38] 이 노래는 친정에 다니러 온 사촌 형님에게 사촌 동생이 시집살이에 대해 묻자 그에 대해 대답을 하면서 시집살이의 고통을 하소연하는 내용으로 되어 있다. 〈사촌형님 노래〉는 질문과 대답이라는 극적 구조를 통해 시집식구에 대한 비난을 비교적 과감하게 할 수 있었던 노래로, 서사민요의 여러 특성뿐만 아니라 전통사회에서 빚어진 여성들에 대한 부당한 억압과 가부장제 사회의 질곡에 대해 성찰해 볼 수 있는 훌륭한 문학 제재이다.[39]

하지만 이 노래는 대체로 민요의 율격이나 수사법, 전통 시대 여성들의 한과 체념을 가르치는 노래로 설정돼 있어, 서사민요 자체의 기능이나 향유 방식 등과는 전혀 맞지 않는 교육 제재로 쓰이고 있음을 볼 수 있다.[40] 서사민요의 향유자들은 이 노래를 통해 소통하고 위로하였으며, 시집살이의 현실을 드러내고 그 부당함에 목소리를 높이는 공동체로 연대하였다. 서사민요의 교육은 이러한 향유방식을 학습자들이 직접 체험하고, 노래 속 인물의 처지에 공감하고 전통 사회 여성들의 현실에 대해 성찰하며 현재 사회에서의 부당한 현실을 자각하고 개선해 나갈 수 있는 공동체로 성장하는 데 목표를 두어야 하리라 본다.

---

38 제7차 개정 교과서에는 문학 교과서 18종 중 7종에 〈시집살이노래(사촌형님 노래)〉가 실려 있었으나, 2009 개정 교육과정에 따른 11종 문학 교과서에는 〈시집살이노래(사촌형님 노래)〉가 문학 1종(상문사)에만 수록돼 있다. 이외에 〈잠노래〉가 문학 1종(두산)에 수록돼 있으나 전형적인 서사민요라 보기 어렵다. (이대욱 외, 『고전운문문학』, 천재교육, 2003; 강승원 외, 『고전운문』, 천재교육, 2014 참조.)

39 마지막 부분에 "얼마나 울었던가 베개밑이 소이졌네 / 그것도 소이라고 오리한쌍 거위한쌍 떠들어노네"라는 대목은 화자가 자신의 슬픔을 희화적 표현을 통해 바라보는 구절로 되어 있는데, 여러 문학 참고서에서 오리나 거위를 자식들의 비유라고 하며, 시집살이에 대한 체념이라고 해석하는 오류를 범하고 있기도 하다. 강승원 외, 위의 책, 2014, 308면 참조.

40 서영숙, 「〈사촌형님 노래〉의 소통매체적 성격과 교육」, 『한국 서사민요의 짜임과 스밈』, 2018, 463-475면.

그러기 위해서 교육현장에서 이 노래를 가르칠 때 학습자들로 하여금 되도록 노래를 직접 부르거나 듣게 할 필요가 있다. 단 현재의 학습자들은 서사민요 원래의 향유방식을 그대로 체험하며 부르기는 어려우므로, 서사민요를 노동요나 유희요로 부르는 경우의 영상을 보여주고 각각의 경우에 달라진 양상과 느낌에 대해서 의견을 나누면 좋겠다.[41] 또한 학습자들이 가락을 익히 알고 있는 유희요인 〈둥당애타령〉, 〈강강수월래〉, 〈쾌지나칭칭나네〉의 사설로 서사민요를 부르는 경우를 들려준 뒤, 〈시집살이노래〉를 이들 노래의 가락에 맞춰 독창, 선후창, 교환창 등 가창방식을 바꾸어 부르면서 서사민요의 다양한 향유방식을 직접 체험해보면 좋겠다.

노래를 부른 뒤에는 서사민요 속 주인물, 상대인물들에 대한 느낌, 서사민요 속 현실에 대한 생각, 현대 사회에서 이러한 현실이 어떻게 지속되거나 달라졌는지에 대해 이야기를 나누고 이러한 현실을 바꿔나가기 위해 어떻게 실천해야 할 것인지에 대해 토의할 수 있을 것이다. 나아가 현재의 현실을 반영해 가사를 바꾸어보고 이를 다양한 방식으로 함께 노래하는 협동학습을 하면 좋겠다.[42] 이러한 학습활동을 통해 학습자들은 서사민요 속 인물의 처지에 공감하고, 서사민요 속 인물의 이야기가 먼 옛날, 자신과 관계없는 사람들의 이야기가 아니라 오늘날에도 여전히 지속되고 있는 우리의 이야기임을 자각할 수 있을 것이다. 또한 서사민요가 지루하고 고리타분한

---

41 유튜브에 올라와있는 다음과 같은 영상을 이용하면 수월할 것이다. 한민족의 소리 https://www.youtube.com/watch?v=_PrrT8hDOVs, https://www.youtube.com/watch?v=hS4uDQCg8ps

42 이에 대해서는 서영숙, 「〈사촌형님 노래〉의 소통매체적 성격과 교육」, 『한국 서사민요의 짜임과 스밈』, 2018, 472-475면 참조. 한국고전문학교육학회 제110차 여름 정기학술대회(2018.8.9.~8.10, 정읍 고택문화체험관)에서 발표 당시 토론을 맡은 정한기 교수는 노래 부르기 후 '서사민요의 핵심 이야기를 현실 배경의 이야기로 바꾸어 제시하기, 서사민요의 주인물을 현실에서 찾아 제시하기→학습 독자들이 자신의 경험과 비교하여 성찰하기' 등을 제안했다. 이외에도 양반 여성들에 의해 글로 쓰여 낭송 방식으로 향유된 규방가사와의 비교를 통해 여성들의 생활 경험이 향유층, 향유방식의 차이에 따라 달라지는 양상을 찾아보는 등 다양한 방법을 사용할 수 있을 것이다.

슬픈 노래가 아니라, 유쾌하고 즐겁게 부를 수 있는 신명의 노래임을 체험할 수 있으리라 본다.

4. 맺음말

서사민요는 고전문학 갈래 중에서 매우 특별하다. 여러 측면에서 중심에 있지 못하고 변두리에 있는 갈래이기 때문이다. 기록문학이 아닌 구비문학이기에, 양반의 문학이 아닌 민중의 문학이기에, 남성의 문학이 아닌 여성의 문학이기에, 이야기문학도 노래문학도 아닌 이야기노래 문학이기에, 문학과 문학 연구의 중심 영역에서 소외되어왔다. 하지만 중심과 변두리의 경계가 허물어지고 지배와 피지배의 지위가 전복되는 이즈음, 이제는 지금까지 지배적 갈래에 쏟아온 관심과 찬사에 가려져 그 가치를 제대로 평가받지 못한 서사민요에 대해 관심을 기울이고 연구를 확장해 그 결과를 교육으로 연결할 필요가 있다. 이는 예전의 서사민요가 그랬듯 서사민요가 생활 속 고난과 희망을 이야기하고 공감하는 이야기노래로 살아 숨 쉬게 하기 위해 가장 필요한 방법이기 때문이다.

이 글에서는 서사민요가 한 가지 고정된 방식으로 향유된 것이 아니라, 공간에 따라 상황에 따라 다양한 방식으로 향유되면서 서사민요의 주 향유층인 평민 여성들이 감정을 공유하고 소통하며 서로를 위로하고 연대하는 공동체를 지속할 수 있게 하는 기능을 해왔음을 고찰하였다. 서사민요의 이러한 기능은 문학 교육에서 '자아를 성찰하고 타자를 이해하며 상호 소통하는 태도'를 기르고, '인간다운 삶을 가꾸고 공동체의 문화 발전에 기여하는 태도'[43]를 익히는 데 있어 매우 적절한 제재로 활용할 수 있다. 서사민요

43 2015 개정 교육과정(고등학교 문학 성취기준) 고등학교 별책4–고등학교 교육과정(2018-150호), 앞 자료, 117면.

의 교육 방법은 특별한 데 있는 것이 아니라, 학습자들로 하여금 바로 이러한 서사민요의 다양한 향유방식을 가능한 한 가깝게 체험하는 데 있다고 판단된다. 서사민요를 다양한 방식으로 직접 부르는 활동을 통해 학습자들은 예전 여성들의 이야기에 공감하고 자신들의 이야기를 스스로 노래하면서, 자신과 자신이 속한 공동체의 문제를 적극적으로 해결해나가는 주체로 성장할 수 있을 것이다.

참고문헌

[자료]

2015 개정 교육과정(고등학교 문학 성취기준) 고등학교 별책4－고등학교 교육과정(2018-150호), 국가교육과정정보센터, 2018.4.

『洛下生集』冊十九○洛下生藁[下]/『御是齋集』秧歌五章 a290_593a (ITKC_MO_0604A_0190_010_1290_2009_A290_XML), 한국고전번역원.

『한국구비문학대계』, 전85권, 한국정신문화연구원, 1980-1989.

『한국민요대전』, (주)문화방송, 1993-1995.

한국구비문학대계 모바일웹(https://gubi.aks.ac.kr/web/Default.asp)

한민족의 소리(https://www.youtube.com/watch?v=_PrrT8hDOVs, https://www.youtube.com/watch?v=hS4uDQCg8ps)

[논저]

강등학 외, 『한국구비문학의 이해』, 도서출판 월인, 2008.

강승원 외, 『고전운문』, 천재교육, 2014.

서영숙, 『우리 민요의 세계』, 도서출판 역락, 2002.

______, 『한국서사민요의 날실과 씨실: 우리 어머니들의 노래』, 도서출판 역락, 2009.

______, 「시집살이에 대한 알레고리: 〈꿩노래〉와 〈방아깨비노래〉 비교」, 『한국민요학』 31, 한국민요학회, 2011.

______, 『금지된 욕망을 노래하다: 어머니들의 숨겨진 이야기노래』, (주)박이정, 2017.

______, 『한국 서사민요의 짜임과 스밈』, 도서출판 역락, 2018.

______, 「서사민요 〈진주낭군〉의 형성과 전승의 맥락」, 『구비문학연구』 49, 한국구비문학회, 2018.

______, 『서사민요와 발라드: 나비와 장미』, (주)박이정, 2018.

이대욱 외, 『고전운문문학』, 천재교육, 2003.

정유하, 『그래도 우리는 노래한다: 민중가요와 5월운동 이야기』, 한울, 2017.

조동일, 『서사민요 연구』, 계명대학교 출판부, 1970 초판, 1979 증보판.

______, 『한국문학통사』 3(제4판), 지식산업사, 2005.

홍귀향, 「낙하생 이학규의 농촌시에 대하여」, 『동양한문학연구』 19, 동양한문학회, 2004.

4장 문화적 맥락의 차이에 따른 설화 향유의 한 양상과 세대 간 소통을 위한 설화 교육 시론

하은하*

1. 서론

이 논문의 목적은 동일한 설화에 대한 과거와 오늘날 달라진 향유자들의 반응을 비교함으로써 설화 향유에 관여하고 있는 서로 다른 문화적 맥락의 실체를 밝히고, 중재 역할이 가능한 설화 텍스트를 활용하여 세대 간 소통을 위한 설화 교육을 모색하는 것이다.

설화의 향유에 대한 연구는 텍스트 분석을 넘어 설화가 창작되고 수용되는 시간과 공간 그리고 화자, 청자, 상황 맥락 등과 같은 다양한 문제를 아우르는 것이다.[1] 그 가운데 본고에서 대학생 향유자를 주목한 것은 의무교육 학습자의 단계에서 벗어나 선택권을 가진 학습자로서 이들이 설화에 대해 갖는 느낌과 평가가 자발적 설화 향유자로의 지속 여부를 결정짓기 때문이다.

* 서울여자대학교 국어국문학과 부교수.

1 손태도, 「고전문학의 향유방식과 교육: 과거, 현재, 미래」, 『고전문학과교육』 37, 한국고전문학교육학회, 2018.

또한 자율성을 지닌 향유자들의 기호와 평가는 설화 전승과도 긴밀한 관련이 있다. 그런데 구술문학의 대표 장르인 설화는 오늘날 대학생 학습자들에게 왕왕 오해의 대상이 된다. 설화에 대한 오해는 기술문학과 비교하면 형상화 수준이 떨어진다거나, 그 속에 담긴 앎이 소박하다는 등 장르 정체성에 대한 것에 그치지 않는다.

더욱 문제가 되는 것은 설화 텍스트가 전하려는 삶과 관련한 지혜들이, 달라진 문화적 맥락으로 인해 오해를 넘어 혐오의 대상이 되기도 한다는 점이다. 이런 현상은 "구술사회란 이미 현재와의 관련이 없어진 기억을 비림으로써 균형상태 또는 항상성을 유지하는 특징을 지닌다."[2]는 설명을 떠올려 보면 자연 상태의 이야기판에서라면 전승의 목록에서 사라질 이야기를 교육의 장에서 굳이 다루려 하고 있기 때문에 생겨난 갈등이라 볼 수도 있다. 그렇다면 향유자들이 회피하는 설화들은 당연히 교육의 목록에서 제외함이 마땅할 것도 같다.

그런데 설화 교육의 장을 이야기꾼인 교사가 청중인 학생에게 이야기를 들려주면서 이야기판과 비슷한 역동이 작용하고 현장으로 보게 되면 학생들이 설화에 보이는 반응은 "구술문화에서 항상성이란 현재의 문화적 가치체계가 과거를 기억함에 있어 자신의 인식 체계를 강요함으로써 망각을 유도하고 승리자의 (현재적) 가치관을 강화하는 측면"[3]이 있음을 고려하지 않을 수 없다. 따라서 본고에서 대학생들의 구체적인 설화 향유 사례를 분석하는 것은 설화 수업 현장을 이야기판으로 보고 대학생 학습자들의 설화 반응을 이야기판의 주요한 구성요소인 전승 집단의 의식구조의 측면에서 분석하면서 그 의미를 진단하고 그에 따른 교육적 처방을 논의해 보려 것이다.

설화 구연 상황과 이야기판에 대한 연구는 많은 논의가 진행되었다.[4] 그

2 월터 J 옹, 『구술문화와 문자문화』, 문예출판사, 2000, 77면.

3 월터 J 옹, 위의 책, 80-81면.

런데 대부분 채록 당시의 현장을 주요 분석 대상으로 삼고 있어 과거에 채록된 설화가 현재의 향유자들과 만나면서 새롭게 펼쳐지는 현장에 대한 관심은 적다. 한편 현대인들의 구비문학 향유 방식에 대한 연구는 전자 매체의 구비성에 대한 분석이나, 새로운 문화를 향유하고 있는 소비자들의 구술문화적 속성에 집중되었다.[5] 구비 설화와 오늘날 독자의 만남에 대한 관심은 문학교육이나, 문학치료 연구에서 찾아볼 수 있다.[6] 이들의 연구를 통해 설화에 대한 오늘날 학습자들의 반응이 상당량 축적되었다. 하지만 아직은 몇몇 작품에 집중된 감이 없지 않다. 특히 이들 연구에서는 대학생의 발달단계를 고려하고 시대를 초월한 보편적 문제의식과 관련한 작품들을 이용함으로써 공감이 용이한 설화들을 주로 활용해 왔다. 본 연구는 앞선 연구들에 빚진 바 크다. 특히 문학교육과 문학치료의 선행 연구들과는 맥을 같이 하지만 특별히 대학생들로부터 외면당하는 설화들로 관심을 옮기려는 점에 차이가 있다.

본고에서는 대학생들에게 부정적인 반응에 직면하고 있는 설화를 예로 들어 그러한 정서에 기반이 되는 문화적 맥락은 무엇인지 과거 향유자들의 문화적 맥락과는 어떠한 차이가 있는지? 현재 대학생 향유자들의 문화적 맥락이 갖는 특징과 설화 텍스트에 대한 부정적 정서가 갖는 문제점은 무

4 심우장, 「개론서와 구비문학의 정체성」, 『비교민속학』 59, 비교민속학회, 2016; 심우장, 「구술성 차원에서 본 구비설화의 의미구현 방식」, 『국문학연구』 37, 국문학연구, 2018. 이 외에도 많은 연구들이 있지만 논자의 능력 부족으로 모든 논의를 다 참조하지는 못했다.

5 신동흔, 「현대 구비문학과 전파매체」, 『구비문학연구』 3, 한국구비문학회, 1996.

6 황혜진, 「설화를 통한 자기 성찰의 사례 연구」, 『국어교육』 122, 한국어교육학회, 2007; 조은상, 「〈콩쥐팥쥐〉에 대한 반응을 통해 본 부모가르기서사와 우울성향 자기서사」, 「문학치료연구』 13, 한국문학치료학회, 2009; 김정애, 「설화 〈새털 옷 입고 왕이 된 남자〉에 대한 부정적 반응의 경향성과 공감적 이해의 실마리」, 『문학교육학』 49, 한국문학교육학회, 2015; 하은하, 「고전서사 속 결혼과 이혼에 대한 대학생의 반응과 '합류적 사랑'이야기로서의 〈조신〉, 〈검녀〉, 〈부부각방〉의 의미」, 『문학교육학』 50, 한국문학교육학회, 2016. 이 외에도 많은 연구들이 있다.

엇인지? 현재 대학생 설화 향유자들의 문화적 맥락을 넓히고 삶의 경험을 확장해갈 수 있는 설화 교육 방법은 어떤 것인지? 의 문제들을 탐색해 나가려 한다.

2. <가짜 삼촌 위해 치성드린 아내>에 대한 과거와 현재의 향유 양상

대학생[7]들이 싫어하는 설화는 다양하다. 예로 여성 수난이 빈번하게 출현하거나, 나이 차이가 나는 남성과 여성의 혼인 등이 삽인된 설화가 대표적이다. 현재의 독자들이 혐오하는 설화 유형에 대한 연구가 선행되어야 하겠지만, 본고에서는 우선 대학생들에게 번번이 무능한 인물의 우연한 성공담으로 이해됨으로써 공분의 대상이 되는[8] 설화를 살펴보려 한다. 먼저 자료를 소개해 보겠다.

> [한국구비문학대계] 8-13, 379-382면, 두동면 설화45, 아내의 정성으로 출세한 남편, 윤성오(여, 76) (1) 부모도 없이 외롭게 자란 남자와 여자가 결혼했는데, 하루는 아내가 남편에게 당신은 친척이 있냐고 물었다. (2) 친척이라고는 아무도 없었던 남편이 서울에 사는 정길용이 자기의 삼촌이라고 둘러댔다.

---

7 본고에서 검토한 대학생들의 감상문은 모두 여자 대학생들의 반응이다. 따라서 제목이나 분석에서 여자 대학생으로 제한하는 것이 좀 더 정확한 것일 수도 있겠다. 하지만 이 논의에서 주로 다루는 설화의 경우 성적 역할에 관한 것이기보다는 노력과 보상과 같은 보편적인 문제와 관련된 것이기에 여대생으로부터 얻은 결과임에 불과하고 대학생 전반으로 일반화하였다. 그러나 역시 한쪽 성으로만 구성된 독자들의 반응에 기반한 것이므로 앞으로 다른 성의 대학생들로부터도 동일한 반응이 되풀이 되는지 확인이 필요하다.

8 이 논문에서 분석 대상으로 삼은 설화 반응은 2014년과 2016년 결쳐 보고된 내용으로 구비문학 수업 시간에 발표를 위해 학생들이 준비한 발표문의 내용이다.

(3) 외롭게 자란 것이 한이 된 남자의 아내는 그날 저녁부터 서울에 사는 자기 삼촌 정길용이 잘 되게 해달라고 정화수를 떠놓고 빌었다. (4) 나중에 정말로 정길용이 크게 출세를 하였다는 소문이 들리자 부인은 남편에게 한번 찾아가 보라고 했다. (5) 남편이 서울에 올라가 정길용의 집을 찾아갔는데, 문지기가 들어가는 것을 막아서 실랑이를 벌였다. (6) 정길용이 어떤 사람 하나가 바깥에서 못 들어오고 있는 것을 보고서 사람을 시켜 알아보게 하였다. (7) 남편은 부인이 친척이 있느냐 물어보기에 얼떨결에 정길용이 삼촌이라 했더니 자기 아내가 정화수를 떠 놓고 빌었다는 것과 급제 소식을 듣자 찾아가게 했다는 것을 말했다. (8) 정길용이 그 사연을 듣고는 기특히 여기며 남편을 잘 대접해 주었다. 그리고 자기가 그 마을에 고을살이를 하려고 내려갈 텐데, 남편의 집을 숙소로 할 테니 잘 준비해 놓으라고 했다. (9) 정길용은 다음 날 그 가짜 조카의 집에 찾아와, 삼촌 행세를 해주었다. (10) 결국 남자는 부인 덕에 출세하여 잘살게 되었다.[9]

위 설화는 『한국구비문학대계』에서 3편 정도 발견된다. 핵심 내용은 주위에 의지할 만한 사람이 없는 고아 신세의 남자가 비슷한 처지의 여자와 살다가 팔자를 고치게 되었다는 것이다. 팔자를 고치게 된 계기가 특징적이다. 친척도 하나 없느냐는 아내의 말에 얼떨결에 서울에 사는 자신과 성(姓)이 같은 사람을 집안사람이라 둘러댔다가 아내가 가짜 삼촌을 위해 지극정성으로 기도를 올린 뒤 나중에 과거에 급제한 사람이 남자 아내의 정성을 듣고서 친척 행세를 해 주어 남자의 사정이 좋아졌다는 것이다.

이런 종류의 이야기는 왜 할까? 당시 향유자들의 관심은 무엇일까? 설화 텍스트의 논리를 그대로 인정하면, 혈연을 넘어서는 가족애에 대한 염원이 담겨 있다 볼 수 있다. 왜냐하면 이 이야기에서는 사모무친(四顧無親)의 외로

9 정운채 외, 『문학치료 서사사전』 1권, 문학과치료, 2009, 1183-1197면, 〈가짜 삼촌 위해 치성드린 아내〉.

운 부부가 타인을 위해 드린 기도의 효험이 실제 가족과 같은 역할을 자청한 타인과 인연을 맺게 되는 것으로 입증되기 때문이다. 이런 서사 진행은 내가 몰랐던 사람이 나를 위해 정성을 바치는 일은 매우 고맙고 나에게 힘이 되는 일이며 이것이야 말로 바로 가족의 본질이라는 믿음을 전제할 때 가능하다. 서로에게 마음을 다하는 이가 가족이라는 논리는 위 설화가 채록될 당시의 이야기판에서 쉽게 확인된다.

> [한국구비문학대계] 8-13, 379-382면, 두동면 설화45, 아내의 정성으로 출세한 남편, 윤성오(여, 76) …그래 내려와가 저거 삼촌 인자 고을 살러 가며 온다고 온갖 준비로 다 해 놓이 마실 사람이 마 참말로 저거 마 삼촌인 줄 알아. 삼촌인 줄로 알고 그래 그 사람이 마 떡 벌어지더란다. 냉중에. [조사자:참말 삼촌이네예.]예, 참말 삼촌이…. <u>[청중: 참말 삼촌이 됐구마는 마.]</u> 참말로 삼촌이 돼요. 그 여자로 잘 만내여. 여자가, 여자가 마 떡 벌어지도록 했어. <u>그 외롭은 기 마 [청중: 그래 여자가 출세로 안 시키나.]</u>예, 출세로 시키. <u>[청중: 아무데 없이 여자가 출세로 안 시키나.]</u>그래 출세로 시키가…. 정길룡이가 마 저거 삼촌이라 캐 놓으이까네 마 얼매나 돋기(높게) 비이노? 그래가 마 떡 벌어지더랍니더, 여자로 잘 만내가.

위 인용문에는 〈가짜 삼촌 위해 치성드린 아내〉를 채록하던 당시 이야기판의 모습이 비교적 소상히 담겨 있다. 화자는 76세 할머니이고 이야기판에서 적극적인 반응을 보이는 청중 역시 모두 여자이다.[10] 주목하고자 하는

10 『한국구비문학대계』 8-13(경상남도 울산시 울주군편), 246, 256면 참조. 울주군 두동면 조사자들의 마을 개관 및 제보자 소개를 참고하면 이 이야기를 구연한 화자와 청중의 특징을 짐작할 수 있다. "성재옥군은 조동댁에다 할머니들을 모셔 놓고 설화와 민요를 조사했다." 윤성오 구연자는 오전에 조동댁에 갔을 때 거기서 만났는데, 오후에도 계속해서 이야기를 들었다. 기억력이 아주 좋을 뿐만 아니라, 구변이 좋아서 이야기를 많이 들을 수 있었다. 이 마을에서 만났던 제보자 가운데서 기억에 가장 많이 남는 한 분이었다.

것은 구연자가 이야기의 내용을 마무리하며 '그 외롭은 기 마... 냉중에 참말 삼촌이'라고 하면서 외로운 사람이 정말로 삼촌을 얻게 되었다는 것을 강조했다는 점이다. 이것은 화자가 자신의 이야기를 정리하는 말미에 한 말로서 화자의 구연 의도가 어디에 있었는지 짐작하게 한다. 화자는 이 이야기의 결핍을 외로움으로 보고 아내의 치성 덕에 삼촌을 얻는 것으로 그것이 해소되었다는 정보를 전달하려 한 것이다.

화자의 의도는 청자들에게도 인정을 받았다. "참말 삼촌이 됐구마."라는 청자들의 호응이 이를 뒷받침한다. 아마도 그들은 '피를 나누는 것보다 중요한 것이 어려운 가족을 돌보는 마음이다. 그러므로 가짜 삼촌이 외로운 남자의 집을 찾아가는 것은 바로 새로운 가족이 탄생한 것과 같은 것이다.'라고 생각한 것이라 짐작할 수 있다.

연이어 또 다른 청자는 "여자가 출세를 안 시키나"라고 했다. 이것은 이 이야기에 대한 새로운 해석을 덧붙이는 반응이라 볼 수 있다. 단순히 아내의 내조에 대한 감탄이라기보다 남자들과는 다른 여자들만의 관계 맺기 방식과 그것이 갖는 긍정적인 힘에 대한 경험적 확신을 부여하고 있는 것이라 볼 수 있지 않을까 한다. 이에 대한 논의는 3장에서 좀 더 구체적으로 나누어 보겠다. 그 결과 위 이야기판에서 화자와 참여자들은 진정한 가족애의 구체적인 모습을 여자가 가짜 삼촌의 성공을 위해 치성을 드리는 것과, 정길용이 고아 남자와 그의 아내를 대하는 자세를 통해 거듭 확인하고 있음을 알 수 있다.

이야기판의 화자와 청자들의 생각은 앞서 논자가 이 설화의 지향이 혈연을 넘어선 가족애를 긍정하는 것에 있지 않을까? 라고 한 것과 크게 다르지 않다. 논자와 채록 당시 이야기판의 구성원들은 모두 이 이야기에 대해 긍정적인 태도를 보이면서 이야기 속 문제 해결 방식이 나름의 타당성이 있다는 점에서 공통된다.

그러나 위 설화를 수업 시간에 다룬 결과 학생들의 반응은 발표자의 예상이나 채록 당시 이야기판과는 사뭇 달랐다. 먼저 구체적인 사례를 들어 보겠다.

> 이 이야기들의 공통점과 차이점은 남편, 아내, 가짜 삼촌들로 나눠서 볼 수 있다. 첫 번째로 남편들 대부분은 친인척 없는 고아이며, 가난하거나 천대받는다는 것이다. 또한 아내에게 서울의 유명한 인물이 자신의 친척이라고 거짓말을 한다. 이 대목에서 예나 지금이나 고위관직, 부자들은 다 서울에서 살며 서울을 선망하는 것을 느낄 수 있었다. 다음으로 아내들 또한 성이 같다는 이유로 남편의 거짓말을 전혀 의심하지 않으며, 삼촌들 덕분에 자신들의 삶도 나아지길 바라며 삼촌을 위해 치성을 드리는 등 자신들의 삶을 주체적으로 이끌어 나가지 않는다. ①1,2,3번에서의 남편과 아내는 **'무능력한 사람들'**로 **'남에게 의지'**해서 **'우연'**치 않게 신분상승 하거나 부를 축적하지만 4번에서의 박돌은 부지런하게 일해서 돈을 모은 다음 계획적으로 양반을 도와주어 관직을 얻는 등의 차이점이 있다. 그리고 1~4번 이야기에서 정길용, 박문수 등 모두 아량 넓게 남편을 이해해주고 가짜 삼촌인척 해준다는 것이다. 5번 이야기는 앞에 이야기들과 다르게 남편이 거짓말을 하지도, 아내가 치성을 드리지도 않는다. 하지만 목메고 죽으려는 부인을 말리며 의남매를 맺게 되는 것은 1~4번과 같이 모두 **불쌍한 사람에게 친척이 되어주는 다는 점**에서 공통점이 있다.[11]

윗글은 대학생 A가 설화 〈가짜 삼촌 위해 치성드린 아내〉에 보인 반응 중 일부이다. A는 비교의 방식을 취하기 위해 가난한 남편, 아내, 가짜 친척이 등장하는 설화 5편을 선택하였다.[12] A가 언급한 5편 중 1번으로 소개한

---

11 위 감상문은 2014년 2학기 구비문학 수업 시간에 대학생 A가 제출한 발표문의 일부이다.

12 A는 각주 7번 설화의 내용을 1)으로 정리한 뒤 유사한 내용을 지닌 설화 네 편을 함께

작품은 앞에서 정리한 〈가짜 삼촌 위해 치성드린 아내〉 텍스트와 같은 것이고, 2~3번은 〈가짜 삼촌 위해 치성드린 아내〉의 다른 각 편이었다.[13] A는 각 편 간의 미세한 차이를 분석하는 방식 대신 동일한 요소나 문제의식을 공유하고 있지만 다른 태도를 보이는 설화와의 비교를 택했다. 4, 5번으로 소개한 설화들이 그것인데 이 두 편의 설화는 박문수가 곤경에 처한 백성을 도와주는 내용이다. A는 5편의 설화가 모두 부부가 등장하고 양반이 '불쌍한 사람에게 친척이 되어준다는 점'이 공통점이라 했다. 그런데 5번의 경우는 이웃 양반을 친척이라 속이는 행위가 없고, 백성이 처한 곤경의 종류도 앞에 있는 설화들과는 다르기에 논의에서 잠시 보류해도 좋겠다.[14] 주목할 점은 4번 설화와의 비교를 통해 〈가짜 삼촌 위해 치성드린 아내〉의 의미를 짐작했다는 것이다.

A의 글에서 인상적인 내용은 1~3번 설화와 4번 설화의 차이에 대해 언급한 부분이다. A는 ①에서 이들 세 가지(1~3번 설화 즉 〈가짜 삼촌 위해 치성드린 아내〉 각편들) 설화는 '무능력한 사람들이 남에게 의지해서 우연히 신분이 상승하거나 부를 축적'한 이야기라고 했다. A가 말한 '무능력한 사람'이란 〈가짜 삼촌 위해 치성드린 아내〉 속 고아 남자와 그의 아내를 가리킨다. 그리고 '남에게 의지해서'란 친척 덕으로 형편이 나아지기를 기대하는 것을 뜻한다. 또 '우연히'란 가짜 삼촌이 남자의 아내가 자신을 위해 치성을 드린 것을 알게 된 일과 그로 인해 부부의 상황이 변화하게 된 것을 이르는 말로 A는 이것이 모두 요행히 얻은 행운에 불과하다 보았다.

나열하였다.

13 각주 7)번에 요약한 설화 외 〈가짜 삼촌 위해 치성드린 아내〉의 다른 각 편들로 [한국구비문학대계] 2-1, 214-217면, 강릉시 설화73, 채발의 이야기, 김상경(남, 67), [한국구비문학대계] 6-10, 435-438면, 도암면 설화9, 박문수 일화, 김기수(남, 72)가 해당 자료이다.

14 A가 소개한 5번 설화의 내용은 사랑방에 묵고 있는 박문수를 남편으로 착각하고 잠자리에 들었던 아내가 사실을 눈치를 채고 나가서 목을 매려 하자 남편이 알고 아내를 만류하고, 박문수는 여자와 의남매를 맺어서 문제를 해결하였다는 것이다.

이와 같은 A의 반응은 〈가짜 삼촌 위해 치성드린 아내〉가 채록된 당시 이야기판의 그것과 매우 다르다. 채록 당시 화자와 청자에게 '외롭고 불쌍한' 사람들로 인지되던 인물은 A에게 이르면 '무능력한' 사람으로 인지된다. 또 채록 당시 이야기판에서 '아내의 정성이 끌어낸 출세'로 이해되던 것을 A는 '남에게 의지해서 우연히 얻은 성공'으로 평가절하하고 있다.

이렇게 서로 다른 반응의 차이를 보이게 된 까닭은 무엇일까? 말로 전해지던 설화를 오늘날 독자들은 문자로 정리한 텍스트, 즉 읽기 텍스트로 향유했기 때문일까? 월터 J. 옹은 '쓰기와 말하기는 복합적인 관계를 맺고 있어 개념적 양상과 매체적 양상이 종종 엇갈리고 불일치한다.'[15]라고 했다. 따라서 문자로 기록된 설화를 읽는다고 하더라도 그것은 개념적으로는 구술성을 띨 가능성이 높다.

따라서 이런 차이가 매체 전환에서 비롯한다고 볼 여지는 적다. 서로 다른 반응의 차이는 설화를 읽기 텍스트로 접한 독자의 해석 작업에 따른 결과라 보는 것이 설득적이다. 그런데 독자의 해석은 이야기판에서 화자와 청자가 서로 대면한 상황에서 상호작용적 의사소통을 나누며 이야기를 이해하고, 생성하고, 변형하는 것과 닮아있다. 더구나 설화는 작가의 권위가 약화된 장르인 만큼 학생들은 화자와 대등한 입장에서 대화에 참여한 결과 화자의 의도를 존중하기보다는 자신의 의견을 적극적으로 개진하여 마치 창조적 다툼[16]과 유사한 양상이 펼쳐진 것이라 볼 수 있다.

---

15 월터 J 옹, 위의 책, 10-11면. 이와 관련한 연구로, 최홍원, 『사고와 연행의 시각에서 바라본 구술성의 교육적 구도』, 『고전문학과 교육』 21, 한국고전문학교육학회, 2011, 17면에서는 "구술성과 기술성이 단순히 음성이나 문자와 같은 표면적인 물리적 존재양식으로 규정되지 않음을 의미한다."고 했다. 또 박진, 『구조주의 이후 서사이론의 전개에서 구술성이 지닌 의미-텍스트이론과 내러티브 탐구를 중심으로』, 『구비문학연구』 45, 한국구비문학회, 2017, 39면에서도 구술성과 기술성은 말하기, 글쓰기에 내재한 본질적 속성이기보다 그 '표상들'에 관한 이론적 구성물이라 보았다.

16 심우장, 「문화변동과 구비문학연구-구비설화의 화자론 반성」, 『구비문학연구』 32, 한국구비문학회, 2011, 275면. 이 논문에서는 이야기판을 구성하는 다수의 화자가 상호작

문제는 창조적 다툼이 설화의 풍부한 상황 맥락과 직접 대면이라는 구연 상황과 맞물려 풍부한 소통을 이루어 낼 수도 있지만, 서로 다른 정체성을 지닌 대화 참여자들 간의 혼란을 가져올 수 있다는 것이다.[17] 위에서 정리한 학생의 반응을 보면 〈가짜 삼촌 위해 치성드린 아내〉은 그들의 상식과 조응하지 못한 결과 혼란이 조정되지 못하여 현대 사회의 문화적 가치에 반하는 것으로 판단되면서 설화 전승이 폐기될 가능성이 더 높아 보인다.[18]

따라서 이 설화에 대한 교육은 먼저 두 전승 집단의 충돌에 관여하고 있는 문화적 요소가 무엇인지를 진단하고 이 둘이 접속할 수 있는 지점은 무엇이며 어떻게 가능한 것인지 탐색해야 한다. 이에 3장에서는 두 전승 집단의 충돌에 기반이 되는 문화적 맥락을 살피고, 4장에서는 세대 간 소통을 위한 설화 교육 방법에 대해 논의해 보겠다.

3. <가짜 삼촌 위해 치성드린 아내>의 해석에 관여하는 문화적 맥락들

2장에서 언급한 설화의 내용을 떠올려 볼 필요가 있다. 설화 〈가짜 삼촌 위해 치성드린 아내〉는 외롭고 불쌍한 사람들이 가족을 얻게 되는 과정을 이야기하면서 여러 해석의 가능성이 열려 있었다. 예로 가족의 진정한 의미 또는 가짜 삼촌 노릇을 한 양반의 행동이 갖는 의미, 또는 기도의 효험 등이 그것이다. 그래서 채록 당시 이야기판에서 화자의 의도는 혈연으로 맺어

용하면서 창조적 다툼을 벌여 작품이 새로운 면모를 갖도록 할 수 있는 여지는 얼마든지 있다는 것을 확인할 수 있다.

17 심우장, 앞의 글, 2018, 85면.

18 앞에서 제시한 감상문의 한 학생의 반응이지만, 2016년 학생의 반응에서도 이와 유사한 내용을 확인할 수 있다. 물론 2014년에 A가 발표했을 때 다른 학생들의 반응도 A의 반응에 동조하는 분위기였다. 그리하여 그들의 상식이라는 복수 주체를 내세우게 되었다.

진 사람이 아니라 해도 가족이 될 수 있다는 문화적 가치를 전달하는 것에 모아졌다. 그러다가 청자가 개입하여 여자가 남편을 출세시킨다는 새로운 가치가 제기되자 그것을 수용하면서 "[청중: 아무데 없이 여자가 출세로 안 시키나.] 그래 출세로 시키가…. 정길룡이가 마 저거 삼촌이라 캐 놓으이까네 마 얼매나 돋기(높게) 비이노? 그래가 마 떡 벌어지더랍니더, 여자로 잘 만내가."라는 결론을 내고 있었다.

얼핏 보면 화자가 전달하려 한 가치와 청자의 가치는 서로 달라 보인다. 그런데 이들의 대화는 다툼으로 이어지지 않는다. 이것은 화자의 의도와 청자가 덧붙인 주장 사이에 논리적 관련이 있어 서로 보완을 이루었기 때문으로 짐작된다. 그렇다면 이들이 공유하고 있는 문화적 공감은 무엇일까? 그것은 상호책임과 인간관계가 중심으로 작용하는 배려 윤리에 가까운 것이다.

채록 당시 이야기판에서 강조된, 외로운 사람들에 대한 돌봄은 왕도정치에서 강조하는 것과 비슷하다. 맹자는 왕도정치를 설명하기 위해 문왕의 정치를 언급하면서 세상에서 가장 고독한 백성이 '환과고독(鰥寡孤獨)' 네 부류의 사람들인데 이들은 아이에서부터 노인에 이르기까지 가장 열악한 존재들로 인간관계로부터 단절되어 의지하거나 호소할 대상이 없는 존재들이니 가장 앞서 어짊을 베풀어야 할 대상이라 했다.[19]

또 이들에 대한 돌봄과 배려는 왕도정치의 실현을 가늠하는 준거가 된다고 했다. 채록 당시 이야기판에서 공유된 문화적 공감대는 이런 정서와 비슷해 보인다. 관계의 단절 즉 외로움을 어떤 문제보다도 시급히 해결되어야 할 것으로 인식한다는 점에서 그러하다. 그리하여 이들 부부 각각의 외로움이 강조되고 매우 딱한 사정으로 여겨질 수 있었고, 정길용이 가족도 아닌 사람들에게 삼촌 노릇을 해 주는 것 역시 칭송될 수 있었다.

---

19 『맹자』 양혜왕 장구에서 확인할 수 있다.

앞장에서 논자는 채록 당시 이야기판에서는 남자의 아내가 가짜 삼촌을 위해 정성을 드리는 행위가 정길용의 선행과 동일한 맥락에서 이해되었다고 말한 바 있다. 그것은 정길용이 남자를 위해 삼촌 노릇을 해준 것이나, 남자의 아내가 정길용을 위해 치성을 드린 것이 신분이 다른 것에서 생겨난 행위의 차이일 뿐, 서로를 돌보는 원리에서는 같다고 보았기 때문이다. 아내의 치성은 지위는 없지만 간절한 정성을 통해 정길용의 소망에 공감하며 도움을 제공하려 한 것이라 이해한 것이다. 그녀는 타인을 위해 기도하기보다 자신의 고난을 해결해 달라고 기도할 수도 있었다. 또 자신의 복을 구하는 치성을 드릴 수도 있었다. 그런데도 그녀는 자기의 구원 대신 삼촌이라 믿는 정길용을 위해 자기의 마음을 다했다. 이것은 개인의 독립성만큼 구성원들 간의 상호의존성을 중요하게 생각할 때 가능한 선택이다. 남자의 아내에게 개인과 주변의 성취는 서로 연동된 것이라 하겠다.

물론 그녀의 행동은 삼촌이라 오해한 것에서 비롯한 것이니만큼 가족이기주의와 다르지 않다고 의심할 수도 있다. 그런데 이 이야기에서는 정길용과 남자의 아내는 실제로 타인이었음에도 그녀의 치성이 효력을 발휘하고 있다. 아니 효력이 발휘되었다고 설화 안팎에서 믿고 있다. 그것은 혈연적 공동체로서의 가족을 중요하게 생각하는 것이 아니라 정성이나 치성의 힘에 대한 믿음에 이 이야기가 기반하고 있음을 뜻한다. 따라서 가족이라는 것은 기원의 구체성과 절실함의 원천이 심리적 근접성에서 비롯한다는 것을 강조하는 서사적 장치일 뿐, 가족이기주의를 옹호하거나 정당화하기 위함이었다고 볼 여지는 적다.

나아가 이 설화의 묘미는 배려의 출발이 높은 지위에 있는 자로부터 시작되지 않고 있다는 것이다. 설화에서는 환, 과, 고, 독의 자리에서부터 배려가 시작되고 있다. 나딩스의 배려의 윤리학에 따르면 배려란 '배려하는 사람'과 '배려를 받는 사람' 간의 상호 관계에서 이루어지는 현상이다. 배려를 받는 사람이 알아차리고 응답하는 과정에서 배려는 완성될 수 있다. 이에 비추어 보면 아무런 관련이 없는 사람들의 엉뚱한 오해라 치부해 버릴 수 있는 일을 두고 정길용이 친척 행세를 하려고 방문한다는 점 역시 부부의 배려에 대해 배려 받는 사람의 응답이라 볼 수 있다.

결국 이런 이야기를 공동의 지혜라 믿고 전승하는 이야기판에서는 배려와 존중, 관계에 대한 책임과 같은 것들이 가족이라 불리는 사람들 사이에서 실행되어야 마땅하다는 지혜를 공유하고 있다 하겠다. 따라서 위 이야기판에서 '아무 데 없이 여자가 출세를 시키나.'라는 청중의 반응이나 '여자를 잘 만나 떡 벌어졌다'는 화자의 마무리는 책임과 인간관계의 맥락에서 사랑, 공감, 동정심, 도움, 존중, 상호 의존성, 유대 등의 특성이 작용하는 여성 특유의 배려 윤리에 대한 인정이라 볼 수 있다.[20]

---

20 이런 짐작은 설화 텍스트 안과 밖에서 거듭 확인된다. 텍스트 내에서는 남편과 아내의 행동은 대조적이다. 아내와 남편의 행동은 대조적이다. 서울 사는 정길용이 급제를 했다는 소문을 들은 아내는 남편에게 찾아가 볼 것을 권했다. 하지만 남편은 한 번도 본 적 없는 사람을 친척이라 둘러댄 터라 노자와 의복을 핑계로 방문을 미루었다. 결국 남편은 노자와 도포를 마련해 온 아내의 등살에 떠밀려 정길용의 집 앞에 도착하게 되지만 문지기에게 막혀 들어가지 못한다. 보편타당한 법칙에 비추어 보자면 타인을 친척이라 말한 것은 거짓에 불과하니 그를 찾아가서 축하하거나 도움을 요청할 근거와 정당성은 없다. 그래서 남편은 선뜻 나서지 못했던 것이다. 이처럼 정길용의 집 앞에서 남편이 머뭇거렸던 것은 보편적인 원칙에 비추어 보면 차마 민망하여서 할 수 없는 행동이었던 것이다. 하지만 이런 남편과 달리 그의 아내는 정길용이 혹시 이름만 알고 있는 친척이라 해도 정성을 들일 이유가 있고, 경사는 함께 나누는 것이 인간적인 도리라는 생각에 따라 행동하는 사람으로 추정된다. 그런데 아내의 태도는 이야기판의 청중인 할머니들에게서도 확인된다. 남자가 문지기에게 찾아온 이유를 설명하지 못해 실랑이만 벌이는 장면이 구연이 되자 청중들은 '우리 삼촌이라 커고 드가지'라고 안타까워한다. 이에 대해 화자가 '어애던동 모르겠다'고 하자 청중은 '세근머리도 대우(매우) 없다'는 반응을 보인다. 실제로 친척이 아니라는 사실에 붙잡혀 들어가지 못하는 남편의 행동에 대해 '시근머리도 매우 없다'는 청자들의 평가는 이야기 마지막에서 '여자가 출세를 시킨다.'는 것과 짝을 이루는 말이다. 가족과 남을 구별할 수 있으며, 타인에게 경우에 어긋나지 않는 행동을 하는 것이 '시근머리' 즉 지혜나 분별력이 없는 행동은 아니다. 따라서 남편의 행동을 타박하는 청중들의 마음에는 살다 보면 옳고 그름을 따질 줄 아는 지적인 도덕 판단만으로는 충분하지 않은 경우가 생길 수도 있다는 생각이 우세하다고 볼 수 있다. 그리하여 인간관계의 맥락과 자연적 감정을 소중히 하는 아내의 행동이 남편을 보완하고 있다고 생각한 결과 그들은 남편을 지혜가 모자라다 타박

이제 채록 당시 이야기판과는 사뭇 달랐던 대학생 A의 반응으로부터 짐작 가능한 문화적 요인을 살펴보아야 한다. A의 반응이 지닌 특징을 한마디로 정리하면 독립적, 개별적, 자족적, 주체적이다. A는 〈가짜 삼촌 위해 치성드린 아내〉에 대한 감상문에서 먼저 이들 설화에 등장하는 남자 주인공들이 "대부분은 친인척 없는 고아이며, 가난하거나 천대받는다."고 말했다. 이 언급으로 미루어 볼 때 A는 남자들의 현재 처지를 인지하고 있다. 그러나 이들이 처한 상황에 대한 정서적 공감은 일어나지 않는다. 이들의 사정이 딱하다거나 그래서 동정하기보다는 거리를 두고 평가하고 있다.

이들은 모두 무능력하다는 것이 A의 평가이다. 그들은 서울 사는 부자에 대한 선망만 가지고, 덕을 볼 수 있음직한 사람을 찾아 의지하려 했다 고 이해했기 때문이다. A가 보기에 남편은 거짓말이나 일삼는 이며 그의 아내는 남편 말이라면 믿고 따르는, 합리적 의심이라는 이성적 능력을 찾아보기 힘든 어리석은 사람이다. 남편과 아내 두 사람의 공통점은 누군가의 덕으로 자기 삶이 나아지기를 바란 다는 점이다. 한 사람은 거짓말을, 또 다른 사람은 의심하지 않고 기도를 드린 것이니 자기 삶이라는 인식도 능동적인 운영도 찾아볼 수 없는 무능력한 부부의 삶일 뿐이다.

그렇다면 A가 원하는 삶의 태도란 어떤 것일까? 그것은 A〈가짜 삼촌 위해 치성드린 아내〉과의 비교하는 4번 설화[21]에서 단서를 찾을 수 있다. A가

하고 그의 아내가 남편을 출세시킨 것이라 칭찬하게 된 것이라 볼 수 있다.

21 A가 소개한 〈백정 당숙 어사 조카〉의 내용은 다음과 같다. (설화 4)경상도에 백정 박돌이란 자가 있었다. 항상 천대받다가 어느 날 이방을 크게 도운 덕분에 좌수 자리를 하나 얻었다. 물론 근방의 양반들이 들고 일어나 무산되었지만. 박돌은 가산을 정리해서 아무 연고가 없는 함경도로 갔다. 집과 하인을 장만한 다음 양반 노릇을 하기 시작했다. 부풀리다가 그만 친척 중에 박문수가 있다고 말했다. 하필이면 박문수는 인근을 지나던 중에 이를 듣고 말았다. 그래서 박돌은 박문수를 보고 이실직고를 하였다. 곰곰이 생각하던 박문수는 근처 관아를 찾아가서는 삼촌뻘 되는 어른이 있어 내일 그 집에 들를 예정이라고 했다. 박문수 덕분에 가짜 양반을 안 들킨 박돌은 박문수 집에 재물을 보냈다. 박문수의 동생이 그 이야기를 듣고 화가 나서 잡으러 갔다. 박돌은 박문수에게서 미리 연통을 받고 잔치를 열어 마을 사람들에게 정신을 놓은 친척이 하나 오니 그

선택한 4번 설화는 〈백정 당숙 어사 조카〉라는 작품이다. 이 설화는 『한국구비문학대계』에서 17편정도 확인되며 문헌 설화로도 전승[22]되는 이야기이다. 〈가짜 삼촌 위해 치성드린 아내〉와 〈백정 당숙 어사 조카〉의 공통점은 서울 사는 높은 사람이 자기 친척이라 거짓말하는 가난한 백성이 등장하는 것이다. 〈백정 당숙 어사 조카〉의 주인공인 백정은 양반이 되고 싶은 마음에 박문수 어사가 자신의 조카라고 이웃에게 거짓말을 했다. 그런데 A는 백정을 두고 무능력한 거짓말쟁이라 하지 않았다. 왜냐하면 백정은 양반이 되기 위해 "부지런히 일해서 돈을 모으고, 양반을 도와주어 관직을 얻는" 등 노력하는 모습을 보여 주기 때문이다. 백정의 거짓말은 목표를 추구해 나가던 과정 중에 생겨난 실수이고 그가 가짜 조카인 박문수에게 인정을 받아 양반이 되는 것은 그러한 노력에 대한 보상이라 보았다.

두 설화에 대한 평가에 드러난 A의 문화적 배경을 유추해 보면 근면함과 성실함이 강조되고, 개인의 자유의지와 권리를 존중하는 사고가 깊이 관여하고 있음을 알 수 있다.

사실 〈가짜 삼촌 위해 치성드린 아내〉의 남편과 〈백정 당숙 어사 조카〉의 백정은 두 사람 모두 얼떨결에 유명한 양반을 친척이라 속인다. 그런데 A는 전자에게는 잘 나가는 친척의 덕이나 보려 한 무능력한 태도라 비하했던 것과는 다르게, 〈백정 당숙 어사 조카〉의 경우에는 그 점을 문제 삼지 않았다. 그것은 백정이 스스로 신분 상승이라는 목표를 설정하고, 그것의 성취를 위해 부단한 노력을 했다는 차이 때문이었다.

백정이 양반이 된 경우는 치열한 노력을 통해 얻은 결과이기에 누릴 권리가 있다고 보았지만, 반면 〈가짜 삼촌 위해 치성드린 아내〉의 남편이 신

리 알라고 주변 사람들에게 말하였다. 광에 가두고 굶긴지 사흘 만에 동생은 항복하고 음식을 먹은 후 한양으로 달아났다.

22 『동야휘집』 소재 〈구복자침보은정(旧僕刺鍼保恩情)〉과 『청구야담』 소재 〈宋班窮路遇舊僕〉이다.

분이 높아진 것은 스스로 정한 목표가 아니었다. 그의 아내가 기울인 노력 역시 다른 사람들과의 경쟁을 통해 살아남은 것이 아니다. 그러기에 치성을 드린 아내와 거짓말을 한 남편은 누릴 권리가 없다고 판단한 것이라 짐작된다.

그런데 A의 반응은 두 가지 점을 놓치고 있다. 첫째, 설화가 창작되고 구연되던 당시와 지금의 역사적 조건이 다르다는 것을 고려하지 않았다. 당시에는 인간답게 살 기회가 동등하게 부여되지 않았다. 고아 남자와 그의 아내는 인간다운 삶을 살 수 있는 기회가 적은 존재임을 놓치고 있다. 그런 사람들에게 능력껏 경쟁하여 성취하라는 요구는 그들이 처했던 사회 구조가 기회를 불평등하게 제공했다는 점을 무시한 채, 그들의 본성이 의존적이고, 요행이나 추구하는 무능력한 존재들이라 하면서 모든 잘못의 원인을 개인에게 전가하는 것이 될 수 있다.

둘째, A가 긍정적으로 평가한 〈백정 당숙 어사 조카〉의 경우도 역시 〈가짜 삼촌 위해 치성드린 아내〉와 유사한 속성이 있다는 점을 과소평가하고 있다. A가 긍정적으로 평가한 백정의 노력이란 '계획적으로 양반을 도와주고 관직을 얻는' 것으로 자기 주변의 관계 개선을 위해 공을 들인 것이다. 그러니까 백정이 기울인 노력은 고아 남자의 아내가 자신의 친척으로 착각하고 정길용의 과거 급제를 기원한 것과 크게 다르지 않다. 고아 남자의 아내가 그들 이웃 관계를 위해 치성을 드린 것이나, 백정이 이웃 양반의 어려움을 해결하기 위해 도움을 준 것이나 그들은 모두 관계 개선을 위해 힘을 쏟았다 하겠다.

두 사람 모두 주변 관계 개선을 위해 애쓰고 있는데 그것은 관계가 그들의 정체성과 관련되기 때문이다. 오늘날의 사회이론에서도 개인의 정체성이 관계로부터의 인정 경험과 연관이 있음을 강조한다. 이것에 비추어 보자면, 백정이나 가짜 삼촌을 위해 치성 드린 아내는 자신의 정체성을 변화시키기 위해서 그것을 인정하고 동의해 줄 수 있는 관계 구성을 위해 노력했다고 볼 수 있다. 다만 백정은 부자이기에 가난한 양반의 문제 해결을 위해 물질을 제공하였고, 고아 남자의 아내는 물질적 지원 대신 치성을 드린 것일 뿐이다. 둘의 공통점은 자신들의 비천한 상태를 인식하고 그들의 권리를 존중하며 가치를 인정해 줄 수 있는 새로운 이웃 관계를 형성하기 위해 노력한 것이리라. 이처럼 누구라도 이해받기 위해서는 그 자신이 선택한 적 없는 사회적 조건들에 의존하지 않을 수 없다는 점을 이해한다면 백정은 주체적이고, 고아 남자와 그 아내는 의존적이라 잘라 구분할 수 없다.

4. 세대 간 소통을 위한 설화 교육

앞 장에서는 세대가 바뀜에 따라 같은 설화에 대한 향유 양상이 달라졌다는 것을 확인했다. 대학생 A의 반응을 고려하면 〈가짜 삼촌 위해 치성드린 아내〉을 채록하던 당시 화자의 의도는 오늘날 대학생들에게는 왜곡되고 만다. 이 장에서는 설화 교육의 차원에서 〈가짜 삼촌 위해 치성드린 아내〉을 활용한 설화 수업은 어떻게 만들어 질 수 있는지, 그것이 갖는 교육적 의미는 무엇인지를 살펴보겠다.

먼저 이 문제에 시사점을 제공하는 논의를 살펴보겠다. 심우장은 지금까지의 구비설화 연구는 문학 작품으로서의 설화의 성격을 강조하느라 설화 구연이 갖는 대화적 상황 맥락이나 상호작용을 소홀히 다루었다고 했다. 그리고 월터 J. 옹이 이야기한 구술문화의 특징 가운데 사람과의 '대화'라는 특징을 다시 주목하고[23] 설화의 다양한 요소(붙임성)가 대화적 상황이 갖는

23 월터 J 옹은 구술문화의 주요한 특질로 패턴화 된 표현 방식과 관용구, 사람과의 대화(이야기 상대가 거의 필수적이다)를 꼽았다. 그중 패턴화 된 표현 방식은 구전공식구 개념과 더불어 많은 관심을 받음으로써 구비문학 텍스트 분석을 위한 개념들로 활용되어 왔다. 반면 구술문화의 대화성에 대한 관심은 상대적으로 크게 활용되지 못한 것을 심우장이 재주목하였다.

다성성에 얼마나 적절하게 결합되었는가? 라는 점이 설화의 의미구현과 깊은 관련을 맺음을 이야기판 사례 분석을 통해 입증하였다.[24]

위에서 언급한 구비설화 연구 경향에 대한 반성은, 구비설화 교육에서도 피해갈 수 없는 것이다. 특히 설화의 오래된 사고의 구성 및 전승은 앞에서 들어주는 사람들과의 대화를 통해 이루어져 왔다는 매우 상식적이고도 근본적인 특징을 염두에 두면, 설화의 향유 방식에 기초한 교육은 마땅히 '대화'적 성격을 갖추어야 할 것이다. 게다가 최근에는 청중과 하나가 되고 감정이입적인 일체감을 형성하는 구술문화의 의식구조가 추상적이고 탈 맥락적인 지식의 한계를 극복하기 위한 가능성으로 주목받고 있기도 하다.[25]

그렇다면 설화 교육에서 대화의 특징을 활용한다는 것은 어떤 모습이 되어야 할까? 심우장은 위 논문에서 '설화의 의미 구현은 설화의 다양한 요소가 대화 상황과 얼마나 적절히 결합하였는지'에 달렸다고 했다. 이것을 교육의 장으로 옮겨와 생각해 보면, 설화 교육의 현장이 이야기판이고 교사가 화자일 때 학습자는 일차적으로 청자가 된다. 그리고 청자들의 문화적 맥락은 이야기판을 이끌어 가는 화자가 고려해야 하는 다양한 대화 상황 중 하나라 하겠다. 텍스트의 내용, 기호, 청자의 경험과 같은 요소도 중요하지만 대화의 관점에서 볼 때 설화를 풍부하고 혼란스럽게 하는 것은 작가와 독자가 처한 상황 맥락 즉 사회 문화적 맥락이 될 수 있다. 왜냐하면 설화 구연을 통해 전달되는 정보들은 공적 지혜(communal wisdom)의 성격을 지니고 있기 때문이다.

실제로 〈가짜 삼촌 위해 치성드린 아내〉로 논의를 한정해 보아도, 개별 독자의 개인적인 경험에 기초한 맥락도 중요하지만, 세대별 사회 문화적 맥락 차이가 존재한다는 점을 전제하지 않을 수 없다. 앞서 A의 반응에서와 같이 과잉된 주체성이 개인주의로 함몰되거나 관계성을 무시하며 연대로부

24 심우장, 앞의 글, 2018, 89면.

25 박진, 앞의 글, 2017, 37-38면.

터 얻을 수 있는 이익을 의심하는 반응은 다른 학습자에게서도 쉽게 확인된다.

설화 교육의 목표를 설화 작품을 매개로 세대가 다른 설화 향유자 간의 의사소통을 도와 앞선 시대의 보편적 지식을 이해할 수 있는 사회 문화적 맥락 범위를 넓히는 것에서 찾는다면, 다양한 문화적 맥락은 선행 지식으로 학습되어야 할 것이다. 그런데 지식으로 습득한 역사 사회적 맥락은 실존적 삶과는 분리된 추상적 지식이 되면서 향유자의 흥미로부터는 멀어질 수 있다. 게다가 이와 같은 방식은 '구비문화의 지향인 과거에 관한 태만한 호기심보다 현재 사회의 문화적 가치'라는 특성에도 어긋난다.

사실 오늘날 대학생의 사회 문화적 맥락이란 자신들이 만나온 개인적, 사회적 경험이 내면화되어 만들어진 것이라 매우 제한적일 수밖에 없다. 그럼에도 이것은 그들이 처한 조건을 이해하고 적절하게 반응하는데 유용하며 안전성을 제공하기 때문에 관성적이고 타성적으로 계속 작동될 수밖에 없다. 따라서 문화적 맥락을 넓히려 할 때에도 그 출발점은 대학생들이 현재 활용하고 있는 그들의 사회 문화적 맥락과 결합 가능한 설화 텍스트를 활용하는 것이 필요하다.[26]

다시 A의 반응으로 돌아가 보자. A는 〈가짜 삼촌 위해 치성드린 아내〉를 평가하기 위해 유사한 설화 네 편을 더 들었다. 이 네 편은 A에게는 공통점이 많아 비교가 가능한 작품이라 생각된 것이다. A는 〈백정 당숙 어사 조카〉에서 백정은 박문수가 친척이라는 거짓말을 하고 덕을 보긴 했지만, 그것은 양반이 되려는 노력의 과정에서 발생한 것으로 〈가짜 삼촌 위해 치성드린 아내〉 속 남편의 거짓말과는 다르다고 평하였다. A의 반응은 다른 학생들에게서도 반복적으로 확인된다. 해당 자료를 인용해 보겠다.

26 이것은 구연자가 이야기판의 구연상황과 적절하게 결합되는 설화를 선택함으로써 이야기판의 상황을 점검하고 관리하는 것과 유사하다.

〈백정당숙어사조카〉를 해석할 때 백정이 선인인지 악인인지에 대한 의견이 대립하게 된다. 백정이 돈을 번 과정을 노력의 소산이라 생각하고 그로 인해 양반 신분이 된 것으로 본다면 백정을 선인으로 볼 수 있다. 또 다른 측면에서 백정의 신분상승을 그저 돈으로 신분세탁을 했다는 것만 강조해서 볼 경우, 백정을 그저 양반의 신분을 원하는 부패한 인물일 뿐이다. 하지만 발표자들은 백정의 인품을 판단할 때 양반이 된 후, 그의 행동에 초점을 두었다. 백정은 양반이 되고 나서도 마을 사람들에게 선행을 베풀었으며, 신분이 높아졌다고 기만하는 태도를 보이지 않았다. 이러한 그의 행동은 백정을 선인으로 바라보는 결정적인 이유가 되었다. 백정이 선인이라는 기준 하에 작품해석을 하자면 아래와 같다.

'백정당숙어사조카'는 큰 이야기 안에 몇몇 눈에 띄는 줄거리들이 보인다. 먼저, 첫 번째는 주인공의 신분상승에 대한 이야기이다. 주인공은 돈은 많지만 자신의 백정이란 신분에 의해 천대받는 현실 때문에 신분상승을 소망했다. 그는 인품이 좋아 이방을 돕고 신분 상승의 소원을 이루었으며 신분이 바뀐 뒤에도 힘든 사람을 도우며 살아가는 올바른 인품을 보인다. 이러한 주인공의 모습에는 "그 시대에도 스스로 노력한다면 신분을 바꿀 수 있다"는 교훈이 보여 진다. 이방이 축낸 나랏돈을 대신 물어주고 얻은 신분이기 때문에 백정의 신분 상승이 정당치 않아 보일 수는 있다. 하지만 상황을 감안해 보았을 때 백정이 신분에서 벗어나고 싶은 욕구를 갖는 것은 자연스러운 현상이며 그가 신분이 상승한 후에도 많은 사람들을 도왔다는 점에서 그의 행동을 무조건 부정적으로 바라보기는 힘들다.

또한 은혜를 잊지 않고 갚아야 한다는 교훈도 나타난다. 이러한 교훈은 백정이 양반으로서의 삶을 살 수 있도록 도와 준 박문수에게 감사하여 그의 집에 몰래 돈을 두고 오는 행동에서 보여 진다. 보통의 민담에서의 선인들은 은혜를 입은 일에는 마땅히 갚아야 함을 보여준다. 하지만 악인들은 은혜를 입었음에도 불구하고, 상대가 도움이 필요할 때 외면하고 만다. '백정당숙어사조카'에서 백정이 은혜를 갚는 행위는 그가 악인이 아닌 선인이라는 것을 보여주며 은혜를 잊지 않고 갚는 선한 인물이기에, 양반이 되는 것을 도울 수 있는 인물인 어사가 등장하는 것이다.

마지막으로, 이 이야기는 백정이 양반이 되었지만 아무도 그에 마땅한 취급을 해주지 않아 양반이라는 신분을 인정받기 위한 과정들로 볼 수 있다. 이러한 과정들은 이 시대에 백정이란 직업은 굉장히 천대를 받았으며 그 당시에는 신분이 모든 일에 크게 작용했다는 것을 알 수 있게 해준다. '백정당숙어사조카'에서 어사의 동생이 화가 나 백성을 찾아간 부분이 그 시대의 신분이 극명하게 나뉘었다는 것을 적나라하게 드러내는 부분인 것이다. 이러한 그의 행동은 양반이 자신보다 낮은 신분을 무시하는 기본적인 인식에서 비롯된 행위라고도 볼 수 있다. 그러나 백정의 지혜로 동생 또한 백정이 양반이 될 재목이라고 인정하게 된다. 결국 백정은 박문수의 동생을 끝으로 모든 사람에게 양반으로 인정받으며, 이야기는 끝이 난다.[27]

위 인용문은 〈백정 당숙 어사 조카〉에 대한 두 명의 대학생 B와 C의 반응이다.[28] 이들 역시 A와 마찬가지로 백정을 긍정적인 인물로 보았다. 그런데 다른 작품과의 비교 없이 〈백정 당숙 어사 조카〉 한 작품만을 평가 했기에 백정이 선인이라는 결론에 도달하기 전까지 두 사람은 한동안 의견 대립이 있었다고 했다. 백정은 신분 상승을 위해 노력하는 인물이라는 점에서 선인이지만 돈으로 신분을 세탁하려 한 점에서는 부패한 인물이기 때문이다.

교육학자인 비고츠키는 고등정신기능의 발달을 이끌어내는 내러티브의 힘을 강조했다. 특히 내러티브는 심미적 정서를 발생시킴으로써 고등정신

---

27 이 감상문은 2016년 구비문학 수업 시간에 제출한 두 명 여학생의 감상문이다. 〈백정 당숙 어사 조카〉의 이본을 비교하고 〈백정 당숙 어사 조카〉의 작품의 의미를 해석하는 과제였다.

28 감상문은 B와 C가 함께 작성한 것이다.

기능의 발달을 촉발하는바, 심미적 정서가 발생하기 위해서는 첫째, 관습적으로 표출되는 정서와 그와 대립하는 정서가 동시에 일으켜지는 상황이 선행되어야 하고, 둘째, 관습적인 정서와 그와 대립하는 정서 간의 대립과 모순으로 인해 발생하는 갈등을 겪어내는 과정을 경험하게 해야 한다고 말했다.[29]

위 인용문에서 B와 C는 이와 비슷한 단계의 변화들을 겪고 있다. B와 C는 처음에 〈백정 당숙 어사 조카〉를 접했을 때 자신들에게 내재한 사회 문화적 맥락의 관점과 그와 대립하는 정서가 동시에 일어나 선인인지 악인인지 확정을 짓지 못하고 고민을 하는 모습을 보인다. 백정이 돈으로 신분을 거래하는 탐욕스러운 인물이라면 이 설화 속 백정은 응당 벌을 받아야 하겠지만 설화는 그런 흐름을 보이지 않기 때문이다.

B와 C가 만일 자신들이 속한 문화적 맥락에 확신이 강했다면 이들은 박문수가 자신을 친척이라 속인 백정을 인정하는 설화에 대해 옛이야기는 말이 되지 않는다며 거부했을 것이다. 그런데 이들은 설화의 흐름을 이해해 보려 하고 있다. 그리하여 설화 속 배경이 되는 신분제도의 불합리함, 백정의 동기, 백정의 행동들을 두루 검토하며 현재의 문화적 맥락에서 이탈하여 다른 사고나 새로운 문제 해결 방식을 이해하면서 그 불일치를 조정하는 모습을 보여주고 있다.

B와 C가 백정을 악인에서 선인으로 이해하게 된 것이 그들의 경험 속에서 내면화되어 있는 사회적 맥락으로부터 완전히 벗어난 것이라고 할 수는 없을 것이다. B와 C는 이 설화의 주제를 '그 시대에도 스스로 노력하면 신분을 바꿀 수 있다.'고 보면서 앞서 A가 강조한 것처럼 주체적으로 노력한 것에 대한 보상을 매우 소중한 가치로 보고 있다. 그러나 이와 동시에 이 설화는 '백정이 양반이 되었지만 아무도 그에 마땅한 취급을 해주지 않아

---

29 윤초희, 「비고츠키 고등정신기능 발달의 단계와 법칙에 관한 고찰 및 교육적 함의」, 『교육사상연구』 30, 한국교육사상연구회, 2016, 163-195면.

서 생겨나는, 양반이라는 신분을 인정받기 위한 과정들로 볼 수 있다'는 것을 간파해 내고 있다. 이것은 변화를 위한 주체적인 노력이 관계 속에서의 인정, 주체를 둘러싼 인간관계의 재구성과 연결되어 있다는 점에까지 그들의 생각이 미치게 된 것을 보여준 것이다. 이것은 오늘날의 대학생 학습자들에게 익숙한 문화적 맥락에서 좋은 평가를 받는, 능력의 우월성을 확보한 개인이 타자와의 무한 경쟁 속에서 생존을 위해 노력해야 하는 것과는 다른 관점이다. 따라서 이와 같은 반응은 그들에게 관습적인 문화적 맥락을 보완할 수 있는 새로운 변화가 생겨났다 볼 여지가 있다.

이런 변화가 긍정적인 까닭은 설화 속의 사회 문화적 맥락은 옳고 현재 대학생들의 맥락은 틀렸기 때문이 아니다. 어떤 맥락에 의지하여 살아갈 것인지는 성인 학습자들 스스로 결정할 몫이다. 다만 사회 문화적 맥락이 다른 토대에서 생겨난 설화를 매개로 하는 교육은 오늘날 설화 향유자에게 자신이 만나게 될 조건들에 적절하게 대처할 수 있는 다양한 맥락을 가질 수 있도록 하는 방향성을 가져야 한다. 특정 시대에 구성된 사회 문화적 맥락 속에 고착되면 다른 조건에서 살아가는 사람 혹은 다른 역사 사회적 맥락에서 만들어진 작품과의 소통을 왜곡하고 나아가 현재 향유자들의 삶의 폭까지 제한하기 쉽다.

마지막으로 애초에 〈백정 당숙 어사 조카〉를 출발점으로 삼으려 한 까닭이 최종적으로는 〈가짜 삼촌 위해 치성드린 아내〉에 이르는 첫 번째 단계였음을 상기할 필요가 있다. 이제 다시 〈백정 당숙 어사 조카〉보다 관계성, 연대, 책임감이 더욱 강조되는 〈가짜 삼촌 위해 치성드린 아내〉에 대한 재논의 및 재평가로 건너갈 필요가 있다. 비고츠키는 익숙하고 잘 아는 것들에서 앞으로 알거나 할 수 있게 될 가능성이 있는 영역으로 넘어가는 일이 것은 독립적인 노력이 아니라 주변 사람들과의 협력을 통해 성취된다고 보았다. 좀 더 능숙하고 경험 많은 조력자들이 동기를 북돋우고 조망을 제시하며 지지를 제공해주는 '비계설정(scaffolding)'이 이루어지면 학습자들이 이

비계 또는 발판을 딛고 성장해 갈 수 있다[30]고 본 것이다.

앞서 B와 C가 설화 〈백정 당숙 어사 조카〉를 감상하면서 주체의 노력과 함께 주변 관계로부터의 인정과 이해에 대한 투쟁의 절실함을 논의했을 때 이것을 발판으로 삼는다면, 오늘날의 인간관계의 운영 방식이 갖는 특징과 관계성에 기반한 인간관계에 대해 비교하게 하고, 오늘날 강조되는 사회 문화적 맥락이 갖는 실제적 어려움들에 관해 대화를 나누며, 설화 〈가짜 삼촌 위해 치성드린 아내〉 속에서 공유되던 지혜가 오늘날 우리 삶에서도 여전히 유용한 문제 해결 방식이 될 수 있는지? 그 조건들은 무엇인지를 논하는 것이 가능해 질 것이다.

정리하면 채록 당시의 향유와 현재 대학생의 향유 사이에는 설화를 이해하는 데 개입하는 서로 다른 문화적 맥락으로 인해 설화를 매개로 한 소통은 불가능해 보인다. 이를 완화시킬 수 있는 설화 교육은 먼저 현재 대학생 독자들의 설화 이해에 개입하는 사회문화적 맥락을 인정하면서 그것을 활용하는 것이다. 이것은 설화 구연이란 대화적 상황맥락 속에서 청중과의 상호작용을 통해 특정 담론에 대한 공감대를 만들어 가는 과정임을 잊지 않는 것이다. 오늘날 대학생 향유자들이 공유하는 사회문화적 맥락이란 구연 이전에 선재하는 상황이며 이것과 적절하게 결합될 수 있는 설화를 먼저 호출하는 것이 설화 교육의 출발점이 되어야 할 것이다.

그리하여 〈백정 당숙 어사 조카〉를 통해 대학생 향유자들로 하여금 첫째, 현재의 관습적 맥락과 대립되는 사회문화적 맥락의 갈등을 경험하게 하고 둘째, 그들의 관습적 정서와 배치되는 설화 텍스트의 진행이 갖는 의미에 대해 대화를 나누게 하며, 셋째, 과거의 문화적 맥락을 이해시킨 뒤, 넷째, 〈가짜 삼촌 위해 치성드린 아내〉를 제시하면서 백정과, 양반을 친척이라고 속인 남편의 행동, 가짜 삼촌을 위해 치성 드린 아내의 행동을 비교하고 어

---

30 박진, 「이야기치료와의 연계를 통한 문학치료의 발전 방향」, 『문학치료연구』 46, 한국문학치료학회, 2018, 27-28면.

사의 인정과 양반이 친척행세의 의미에 대해 비교하도록 단계화할 것을 제안했다.

5. 결론

지금까지 설화 〈가짜 삼촌 위해 치성드린 아내〉에 대한 채록 당시 이야기판과 현재 대학생 독자의 반응 양상을 비교해 보았다. 이는 시공간적으로 거리가 있는 설화 향유자의 반응에 개입하는 서로 다른 사회 문화적 맥락을 밝힘으로써 설화를 매개로 세대 간 의사소통이 가능한 설화 교육 방법을 탐색하기 위함이었다.

이를 위해 먼저 『한국구비문학대계』 채록 〈가짜 삼촌 위해 치성드린 아내〉 가운데 이야기판의 분위기가 잘 드러나는 텍스트와 현재 대학생들의 감상문을 대비했다. 그 결과는 다음과 같다. 채록 당시 이야기판에서는 이 설화 속 인물들의 처지를 불쌍하게 여기며 그들이 새로운 가족을 얻게 됨으로써 행복한 결말에 이르는 것을 기뻐했다. 반면 오늘날 대학생들은 이 설화 속 인물이 무능력하다고 보았고, 그들의 성공을 타인에게 의지하여 우연히 얻은 것이라 평가절하 했다.

이와 같은 차이는 설화를 이해하는 데 개입한 향유 집단의 문화와 밀접한 관련이 있었다. 채록 당시 향유자들의 문화에서는 인간관계로부터 단절된 것을 매우 열악한 상태로 인식하고 우선적인 돌봄과 배려가 필요하다고 생각했다. 공감, 동정심, 도움, 존중, 상호 의존성, 유대, 배려 등이 중요한 가치로 작용하는 과거의 문화적인 맥락은 서사의 주체들이 인간관계를 맺기 위해 노력하는 것이나 주변인이 그들에게 호응하는 것 모두를 훌륭한 태도로 보게 했다.

한편, 대학생의 반응은 개인의 자유의지와 권리가 존중되며 근면, 성실함이 강조되는 문화적 맥락에 기반하고 있었다. 그 결과 아내가 가짜 삼촌을 위해 기도하는 것은 의존적인 사람의 비합리적인 행동으로 비쳤고 성공한 양반이 삼촌 노릇을 해주는 것은 요행히 착한 사람을 만나 아내와 남편이 보상을 얻게 된 것으로 보게 했다.

결국 채록 당시의 향유와 현재 대학생의 향유에는 설화를 이해하는 데 개입하는 서로 다른 문화적 맥락으로 인해 문화적 소통이 단절되는 양상을 보였다. 이를 완화시킬 수 있는 설화 교육을 위해 본고에서는 현재 대학생 독자들의 설화 이해에 개입하는 사회문화적 맥락을 인정하고 그것을 활용할 것을 제안하였다. 이것은 설화 구연이라는 것이 대화적 상황맥락 속에서 청중과의 상호작용을 통해 특정 담론에 대한 공감대를 만들어 가는 과정임을 활용하려는 것이다. 오늘날 대학생 향유자들이 공유하는 사회문화적 맥락이란 구연 이전에 선재하는 상황이며 이것과 적절하게 결합될 수 있는 설화를 먼저 호출하는 것을 설화 교육의 출발점으로 삼았다.

현재의 대학생 향유자들의 사회문화적 맥락과 유사하면서도 〈가짜 삼촌 위해 치성드린 아내〉의 문제의식을 공유하는 설화는 〈백성 당숙 어사 조카〉였다. 그리하여 첫째로는 〈백정 당숙 어사 조카〉를 통해서 오늘날 대학생들의 관습적 맥락과 대립을 경험하게 하고, 점차로 〈가짜 삼촌 위해 치성드린 아내〉에 대한 새로운 이해에 나아갈 수 있도록 단계화할 것을 제시했다. 이것은 오늘날 대학생 향유자의 문화 맥락에서 허용 가능한 설화를 발판삼아 그들이 쉽게 이해하지 못하는 과거의 문화적 맥락에 기반 한 설화에 대한 이해로 인도해 가는 설화 교육이라 하겠다.

참고문헌

[자료]

『한국구비문학대계』 8-13(경상남도 울산시 울주군편), 한국정신문화연구원, 1986.

[논저]

월터 J 옹, 『구술문화와 문자문화』, 문예출판사, 2000.

정운채 외, 『문학치료 서사사전』 1권~3권, 문학과치료, 2009.

김정애, 「설화 〈새털 옷 입고 왕이 된 남자〉에 대한 부정적 반응의 경향성과 공감적 이해의 실마리」, 『문학교육학』 49, 한국문학교육학회, 2015.

박 진, 「구조주의 이후 서사이론의 전개에서 구술성이 지닌 의미－텍스트이론과 내러티브 탐구를 중심으로」, 『구비문학연구』 45, 한국구비문학회, 2017.

_____, 「이야기치료와의 연계를 통한 문학치료의 발전 방향」, 『문학치료연구』 46, 한국문학치료학회, 2018.

손태도, 「고전문학의 향유방식과 교육: 과거, 현재, 미래」, 『고전문학과 교육』 37, 한국고전문학교육학회, 2018.

신동흔, 「현대 구비문학과 전파매체」, 『구비문학연구』 3, 한국구비문학회, 1996.

심우장, 「문화변동과 구비문학연구－구비설화의 화자론 반성」, 『구비문학연구』 32, 한국구비문학회, 2011.

_____, 「개론서와 구비문학의 정체성」, 『비교민속학』 59, 비교민속학회, 2016.

_____, 「구술성 차원에서 본 구비설화의 의미구현 방식」, 『국문학연구』 37, 국문학회, 2018.

윤초희, 「비고츠키 고등정신기능 발달의 단계와 법칙에 관한 고찰 및 교육적 함의」, 『교육사상연구』 30, 한국교육사상연구회, 2016.

조은상, 「〈콩쥐팥쥐〉에 대한 반응을 통해 본 부모가르기서사와 우울성향 자기서사」, 『문학치료연구』 13, 한국문학치료학회, 2009.

최홍원, 「사고와 연행의 시각에서 바라본 구술성의 교육적 구도」, 『고전문학과교육』 21, 한국고전문학교육학회, 2011.

하은하, 「고전서사 속 결혼과 이혼에 대한 대학생의 반응과 '합류적 사랑'이야기로서의 〈조신〉, 〈검녀〉, 〈부부각방〉의 의미」, 『문학교육학』 50, 한국문학교육학회, 2016.

황혜진, 「설화를 통한 자기 성찰의 사례 연구」, 『국어교육』 122, 한국어교육학회, 2007.

5장 20세기초 극장무대 전통공연물의 향유방식

정충권*

1. 머리말

이 글에서는 19세기 이전의 전통공연물들이 20세기초[1] 실내극장을 무대로 한, 새로운 환경 하에 놓이게 되면서 향유방식상 어떠한 변화를 보였는가 하는 문제를 다루어 보고자 한다. 이는 고전문학(예술) 향유방식의 근대적 계승, 변용 양상을 점검하는 작업의 일환이 될 것이다.[2]

20세기로 접어들면서 우리 공연사 내지 연극사상 나타난 환경적 변화 중 가장 큰 것 하나를 들라고 한다면 근대식 실내극장무대[3]의 등장이 될 것이다. 한 연극학자에 따르면, 한국근대연극사의 전환은 개화기의 도시지향적 문화형태와 관련한, 옥(실)내무대의 등장과 중국, 일본 등 주변국의 연극에

* 충북대학교 국어교육과 교수.

1 여기서 20세기초란 1900년대와 1910년대를 지칭한다.

2 고전문학(예술) 전반에 걸친 향유방식의 문제에 대해서는 손태도, 「고전문학의 향유방식과 교육; 과거, 현재, 미래」, 『고전문학과 교육』 37, 한국고전문학교육학회, 2018 참조.

3 1902년 희대(협률사) 이후 1910년대에는 일본인 극장까지 포함할 때 실내극장이 20개가량 있었다고 한다. (한상언, 「1910년대 경성의 극장과 극장문화에 관한 연구」, 『영화연구』 53, 한국영화학회, 2012, 411면 도표 참조)

의한 자극 등 요인에 의거했다고 한다.[4] 주변국의 연극 역시 서울 지역 실내극장무대에서 공연되던 것이었으므로 결국 '실내극장'이라는 새로운 무대 공간의 등장이, 전환을 야기한 가장 큰 요인이었다고 해도 과언이 아닐 것이다. 공연의 형식, 공연자와 관객의 관계 등등 공연 관련 제반 현상은 그 무대 공간의 환경적 특성에 영향을 받을 수밖에 없기 때문이다. 주로 야외무대 또는 일상공간에서 공연되다가 20세기 초 근대식 실내극장으로 무대를 옮긴 전통공연물이 맞닥뜨렸던 문제도 바로 이것이었다. 신분제 폐지로 인해 이질적인 성향의 관객들이 극장으로 모여들었을 것임은 물론이다. 전통공연물 관계자들은 기존의 공연물들을, 새로운 무대 공간에 어울리도록, 관객의 반응을 고려하면서 바꾸어나갈 필요가 있었을 것이다. 그것은 야외무대 공연물을 실내무대 공연물로 그 성격을 바꾸는 일이었을 뿐 아니라 전근대의 공연물을 근대의 공간에 배치하는 일이면서 대중의 모습을 띠어가던 관객의 새로운 취향에 대응하는 일이었기도 했다.

창극의 등장은 그러한 변화의 힘이 판소리에 작용하여 나타난 대표적인 사건이라 할 수 있을 것이다. 기존 연구에서도 실내극장무대의 등장과 관련하여 판소리로부터 창극으로의 파생 현상을 중요시하며 그 이유를 추론한 바 있다. 판소리 갈래 자체가 이미 극적 성격을 내포한 갈래이며, 거기에다 경극 등 외국 연극으로부터의 자극,[5] 실내극장의 설립과 함께 연극에 대한 요구가 급증한 것,[6] 당대 연극 인식으로서의 서사의 畵出[7] 등 요인이 작용했으리라는 것이다. 또한 판소리 갈래 자체도 실내극장무대에 놓이면서 변화를 겪지 않을 수 없었다. 여러 종목 중 하나로 공연되었으며 여러 사람이 무대에 등장하여 소리를 하게 되었는가 하면 구경거리로서의 성격이 강화

4 유민영, 『한국근대연극사』, 단국대학교출판부, 2000(증보판), 31-32면.
5 위의 책, 60-62면.
6 백현미, 『한국창극사연구』, 태학사, 1997, 45-59면.
7 사진실, 『공연문화의 전통』, 태학사, 2002, 463-474면.

되면서 음악성은 약화되었던 것이다.[8]

그런데 당시 실내극장에는 판소리, 창극 외에도 전통 시대의 여러 공연물들이 무대 위에 올려졌었음을 고려해야 한다. 애초에 궁정 연회의 여흥을 위한 공연 행사와 관련이 있던 희대의 공연종목과 민간 연희단체의 공연종목이 협률사 공연시 함께 무대 위에 올려졌으며,[9] 사설극장이 등장하면서 서울의 공연패들뿐 아니라 서도, 남도의 공연패들까지도 모여들었던 것이다.[10] 따라서 판소리와 더불어 당시 실내무대에서 공연되었던 전통공연물들 대부분도 변화의 자장 속에 놓였다고 보아야 한다. 판소리의 창극화에 작용한 힘이 여타 전통공연물들에도 작용했으리라는 것이다. 게다가 공연물들 중에는 서로 경쟁 관계에 놓인 경우도 없지 않았을 것이다. 그러므로 실내극장무대 위로 올려진 전통공연물들의 변화 양상 및 당시 향유방식에 대한 논의는 기본적으로는, 판소리와 창극을 포함한, 당시 전통공연물 전체를 염두에 둔 시각이 필요할 것이다.

하지만 전통공연물 갈래[11]들을 하나씩 점검하며 그 변화의 양상을 세밀하게 따져 나가기는 쉽지 않다. 필자의 사전 지식이 부족한 것도 문제이지만, 갈래에 따라 변화의 강도나 성격상 저마다 차이가 있었을 것이며, 어떤 경우는 원 공연의 형태를 명확히 알아내기가 어렵기 때문이다. 당시 극장무대에서의 공연 양상을 알 수 있는 자료들도 신문, 잡지에 게재된 것 정도로 제한된다. 따라서 어쩔 수 없이, 당시 기사 내용을 토대로 정황을 고려한 추론을 하고자 하며, 도수가 낮은 렌즈를 통해 전통공연물 전반에 걸친 변화의 특징적 양상을 '포괄적으로' 드러내고자 한다.

---

8 최동현, 「20세기 판소리 전승과 미적 감수성의 변화」, 『판소리연구』 42, 판소리학회, 2016, 410-411면.

9 사진실, 앞의 책, 441면.

10 권도희, 『한국 근대음악 사회사』, 민속원, 2004, 127-151면.

11 본고에서는 '종목' 대신 '갈래'라는 용어를 쓰고자 한다. 작품일 경우에는 '작품' 또는 '레퍼터리'라 이르기로 한다.

그리고 이 글에서 살피고자 하는 변화의 양상은 전통공연물의 내용적 측면보다는 형식적 측면 쪽의 것이다. 실내극장무대라는 공연 환경 변화가 원인으로서 직접적으로 작용하여 공연자들로 하여금 새로운 내용의 레퍼터리를 만들게 하거나 기존 내용을 바꾸게 하지는 않았을 것이기 때문이다. 예컨대 실내무대에서 공연하게 됨으로써 그 공연시간을 단축시켜야 할 때, 아마 공연자는 그 중 가장 호응이 높은 대목을 공연했을 가능성이 높은데, 이것을 기존 내용을 바꾼 것이라 보기는 어렵다는 것이다. 물론 〈은세계〉 같은 사례가 없는 것은 아니지만 이 경우는 또 다른 맥락 하의 해명이 필요할 것이며 설혹 그러한 의향이 있었다 하더라도 매일 공연물을 무대에 올려야 하는 당시 환경으로 인해 그러한 작업을 지속적으로 해 나갈 수는 없었을 것이다.[12] 또한 잡가 등 소리갈래와 춤, 기악 등 갈래는 기존 내용을 바꾸는 일 자체부터가 쉽지 않았을 것이다. 새로운 레퍼터리를 창작했다 하더라도 그것은 기존 내용의 재구성에 불과했다고 보아야 한다. 요컨대 당시 공연자들은 실내극장무대 및 그와 관련된 제반 환경 변화에 공연물을 적응시키는 일과, 여러 계층의 다양한 성향을 지닌, 그래서 차라리 도시 일반대중이라 불러야 할지도 모를, 새로운 관객의 기호에 맞추는 일이 더 중요했을 것이다. 그 결과 전통공연물 공연시 그 형식상 어떠한 변화 또는 경향이 나타났는가를 살펴보는 일이 이 글의 관심사이다.

따라서 본 논의에서 다룰 것은 전반적으로는 실내극장무대 전통공연물의 새로운 향유방식에 대한 것이면서, 애초 개별 공연물 갈래의 기준 하에서 보면 기존 향유방식의 변화에 대한 것이 된다. 다만 앞서 언급했듯 개별 갈래들의 변화를 세세히 살펴 귀납, 종합하기보다는 당시 신문, 기사 자료들[13]을 통해 연역, 추론하면서 포괄적으로 지적하며 논의하고자 한다.

12 시의성 있는 새로운 내용을 담아야 한다는 비판이 당시 있었지만 극장가에서는 여전히 기존 공연물을 내세울 수밖에 없었다.

13 당시 신문, 잡지 기사 자료는 단국대 공연예술연구소 편, 『근대한국공연예술사 자료집

2. 20세기초 전통공연물의 환경변화

전통 시대 공연물들은 크게 둘로 대별해 볼 수 있다. 삶을 공유하는 이들이 세시의례 등과 관련하여 일상 공간 속에서 행하는 비전문집단의 공연물들과, 의무적으로 공연을 해야 하거나 공연의 대가를 필요로 하여 행하는 전문집단의 공연물들이 그것들이다. 이 중 근대초 극장무대까지 이어진 공연물들은 후자에 속하는 것들이었다. 그 대표적인 전문집단으로는 가객, 세악수, 잡가패, 광대, 기생, 삼패, 유랑연희패, 巫 등을 들 수 있을 것이다. 이들 집단은 신분제와 맞물려 폐쇄적 성향을 띨 수밖에 없었다. 그 수용층 역시 계층상 장벽이 있었다. 공연에 따른 대가는 책무를 다하거나 예술적 성취를 위한 자족감을 추구한 것이 아니라면 사례비나 수고비 정도에 그쳤으리라 추측된다.

하지만 19세기의 어느 시기엔가부터는 "예술양식 상호간에 존재하던 계층적 장벽이 현저하게 약화"[14]되어 갔다. 수용층의 장벽이 무너지는가 하면, 어떤 경우는 유흥적 향유와 맞물리며 공연집단 간 교류가 이루어지기도 했던 것이다. 예컨대 판소리 수용층으로 상층이 참여하기에 이르렀으며, 가객이 판소리 창자와 어울림으로써 가곡, 시조, 판소리가 같은 공간에서 향유된 것을 들 수 있을 것이다. 판소리 광대는 위상이 높아졌음에도 여전히 줄타기, 땅재주 광대들과 함께 공연하기도 했다.[15] 이러한 현상은 도시 중심의 유흥문화가 활성화해 간 것과 긴밀한 관련이 있을 것이다. 하지만 그렇다

1(개화기~1910년)』, 단대출판부, 1984와 서대석 · 손태도 · 정충권, 『전통 구비문학과 근대 공연예술 II』, 서울대학교출판부, 2006에 정리된 것을 활용하고자 한다. 그 외의 자료나 위 정리 자료에 실리지 않은 기사들은 한국역사정보통합시스템(http://www.koreanhistory.or.kr) 연속간행물과 미디어가온 고신문(빅카인즈)(http://www.kinds.or.kr/news/libraryNews.do)을 참조했다. 인용시 따로 서지사항을 밝히지 않기로 한다.

14 고미숙, 『19세기 시조의 예술사적 의미』, 태학사, 1998, 106면.

15 이혜구, 「송만재의 관우희」, 『판소리연구』 1, 판소리학회, 1989 참조.

하더라도 이들 공연은 여전히 전통 시대의 일상 공간이나 야외를 무대로 한 것에서 벗어나지는 못했을 것인데, 그 후 언젠가부터 사람들이 많이 모이는 상업적 교역지를 중심으로 하여 다음 기사에서 언급하고 있는 바와 유사한 공연장이 등장했으리라 여겨진다. 이미 널리 알려진 기사이지만 논의의 단서로 삼기 위해 여기서도 인용해 본다.

> 閒雜遊戲
>
> 西江 閒雜輩가 阿峴等地에셔 舞童 演戲場을 設ᄒᆞ엿ᄂᆞᆫᄃᆡ 觀光ᄒᆞᄂᆞᆫ 人이 雲集ᄒᆞ얏거ᄂᆞᆯ 警務廳에셔 巡檢을 派送ᄒᆞ야 禁戢ᄒᆞᆫ즉 傍觀ᄒᆞ든 兵丁이 破興됨을 憤痛히 녁이어 該巡檢을 無數亂打ᄒᆞ야 幾至死境ᄒᆞᆫ지라 本廳에셔 其閒雜輩 幾許名을 捉致ᄒᆞ고 該演戲 諸具를 收入ᄒᆞ야 燒火ᄒᆞ엿다더라 (『皇城新聞』 1899.4.3)

이 기사에서 무동연희장이라는 무대 공간을 마련한 한잡배(閒雜輩)의 존재를 주목할 필요가 있다. '잡배'라는 말에서 알 수 있듯 이들에 대해 부정적으로 기술되어 있기는 하지만, 실은, 이들은 전통공연물을 일종의 상품으로 인식하여 공연자와 수용자를 매개해 주는 것을 업으로 삼는 공연기획자 혹은 공연매개자의 초기 모습이었을 것이다. 이들은 상품이 될 만한 갈래를 선정하여 공연자를 초빙하고 애초에 약속한 임금 혹은 사례비를 주었을 것이다. 관광하는 이들이 운집하였다는 언급을 통해 볼 때 그들의 시도는 어느 정도 성공했을 가능성이 높다. 흥행에 민감했을 것이므로 위와 같은 과격한 대응도 했을 것이다. 이미 이러한 류의 공연장으로 찾아와 즐기는 문화적 분위기에 관객들도 익숙해져 갔으리라 짐작된다.[16]

용산의 무동연희장에 관한 기사(『황성신문』 1900.3.3)와 견주어가며 참조할 때 이들 연희장은 노천 가설극장이며 그것도 상업적인 상설 공연장이었으

16 정충권, 「1900~1910년대 극장무대 전통공연물의 공연양상 연구」, 『판소리연구』 16, 판소리학회, 2003, 248면.

리라 여겨진다.[17] 민간 사회에 상설 공연장이 등장했음은 공연자와 관객 및 공연물들의 관계가 전통 시대와는 다른 방식으로 설정되었음을 전제로 한다. 곧 앞서 언급했듯 공연기획자의 중개 하에 특정 공연장소로 관객들이 모이게 하여 그곳에서 공연자가 공연을 하도록 했던 것이다. 이때 관객은 신분·계층상 제한된 수용자이거나 놀이판의 단순 구경꾼이 아니라, 관람료를 내고 공연장에 들어선 자들이다. 이들 관객은 기꺼이 관람료를 지불하고 공연장으로 온 만큼 대상 공연물에 대한 예상 기대치를 지녔었음에 틀림없다. 이에 따라 공연물에는 상업적 흥행성이 내재되어야 했을 것이다. 1900년 이전 어느 시기엔가부터 점차 공연자, 공연물, 관객 간의 관계는 새로운 국면으로 접어들고 있었던 것이다.

다만 아현, 용산 등지의 연희장은 노천의 가설극장이었으므로 공연 지속성을 유지하기는 쉽지 않았던 것 같다. 야간 공연은 할 수 없었고 기후 변화에도 영향을 받을 수밖에 없었다. 개방형의 공간이어서 관객의 태도도 놀이판 구경꾼의 그것에서 완전히 탈피하지는 못했을 것이며, 공연 갈래도 무동 등 특정 갈래에 국한되었을 것이다. 하지만 1902년 희대(戱臺)를 시작으로 하여 이후 여러 실내극장들이 등장하면서 공연환경에 있어 더 많은 변화가 나타났다.

일종의 연희 회사라 할 협률사(協律社)[18] 및 이후에 등장한 실내극장측은 영리를 목적으로 한 공연매개자로서의 역할을 더 분명히 드러내었다. 협률사에서는 『황성신문』 1902.10.31일자에 창부(唱夫)를 모집하는 광고를 내었는데 3등급으로 나누어 보수를 달리 정하고 있음을 볼 수 있다. 그 능력과 인기가 화폐로 계량되고 있는 것이다.[19] 이와 함께 다음 광고 역시 당시 실내극장과 관련된 중요한 정보를 담고 있다.

17 사진실, 앞의 책, 424-427면.

18 조영규, 『바로잡는 협률사와 원각사』, 민속원, 2008, 95면.

19 김종철, 『판소리사 연구』, 역사비평사, 1996, 38면.

本社에서 笑春臺遊戲를 今日 爲始ᄒᆞ오며 時間은 自下午六点으로 至十一点ᄭᅡ지요 等標는 黃紙上等票에 價金이 一元이오 紅紙中等票에 價金 七十錢이오 靑紙下等票에 五十錢이오니 玩賞ᄒᆞ실 內外國 僉君子 照亮來臨ᄒᆞ시되 喧譁와 酒談과 吸煙은 禁斷ᄒᆞᄂᆞᆫ 規則이오니 以此施行ᄒᆞ심을 望홈 光武六年十二月二日 協律社 告白 (『황성신문』 1902.12.4)

관객 역시 3등급으로 나누어 관람료를 달리 정하고 있음을 볼 수 있다. 창부 모집 광고와 관련해 볼 때 거의 오늘날에 가까운 흥행판을 짜고 있는 셈이다. 그리고 공연시간은 오후 6시에서 11시까지로 하였으며 관객들로 하여금 "喧譁와 酒談과 吸煙은 禁斷"해야 한다는 규칙까지도 정하고 있다. 공연 장소와 시간을 지정했다는 것은 실내 공간이어서 외부 기상 상태와 무관하게, 계획한 대로 안정적인 공연이 가능했음을 뜻한다. 1910년대 극장들에서는 『매일신보』 광고란을 통해 아예 공연갈래나 작품명까지 제시하기에 이른다. 조명만 제 역할을 하고 특별한 문제만 없었다면 예정된 공연이 가능했을 것이다.

그리고 그와 더불어 극장측에서 관객이 지켜야 할 규칙을 정했다는 점을 주목해야 한다. 애초 전통 시대에는 야외 원형 무대를 공연장으로 하여 대부분 공연자와 관객이 서로 소통하며 그 연행의 감성을 공유했었다. 예술적 미감을 함께 나누거나 떠들썩한 신명의 공연을 함께 즐겼던 것이다. 하지만 실내극장무대에서는 관객의 시선이 일원화되고 공연자와 관객이 공간적으로 분리되게 되어 공연자와 관객 간 소통이 거의 불가능해진다.[20] 관객들 간의 친밀도도 떨어질 수밖에 없다. 당시 극장 관객으로는 하등노동자에서부터 학생, 부녀자, 부유한 집 자제, 관리까지 포함하여 연령, 계층의 범주를 넘어선 서울 지역 전 구성원이 포함되었다.[21] 특정 계층이나 특정 갈래 중심

20 근대식 극장의 성격과 문화에 대해서는 박노현, 「극장의 탄생-1900~1910년대를 중심으로」, 『한국극예술연구』 19, 한국극예술학회, 2004 참조.

의 문화적 정체성이 소거된 관객의 양상이다. 불특정다수의 대중인 것이다. 그러므로 더더구나 공연자와 관객의 소통은 쉽지 않았으리라 생각된다. 극장측에서 내건 규칙인 "喧譁와 酒談과 吸煙은 禁斷"해야 한다는 것은 극장이 공공의 영역에 속함을 고려한 발화이지만, 실은 공연자와 관객 간의 소통과 피드백, 떠들썩한 공동체적 향유가 쉽지 않은 상황의 표현으로 읽힌다.

아무튼 이들 불특정다수 대중으로서의 관객이, 그 향유 성향은 달랐을지 모르나 극장을 찾은 목표는 하나였다. 관람료를 낸 만큼 그에 상응하는 즐거움이나 위안을 얻고자 한 것이다. 전통공연물 공연자 및 공연기획자로서의 극장측은 실내극장무대의 등장으로 인한, 이러한 여러 변화에 적응해야 했으며 그 무엇보다도 불특정 취향의 일반 대중의 기호[22]를 충족시켜야 하는 상황에 놓이게 되었다. 다음 장에서는 그 결과 나타난 형식상 특징을 '향유방식'의 개념[23]으로 포괄하여 살피고자 한다. 갈래별, 시대별 기준을 설정하여 세부적으로 살펴야 하겠지만 그렇게 하면 작업이 방대해질 것 같아 여기서는 전통공연물 전반에 걸쳐 나타났으리라 여겨지는 중요한 사항 세 가지 정도를 추출하여 지적하는 데 머물고자 한다.

---

21 정충권, 앞의 글, 266면.

22 당시 서울 지역 일반 대중에게는 실내극장 자체가 새로운 문화 경험이기도 했었다. 1910년대에는 공연을 하지 않을 때는 회적소리를 못 들어 발광증이 나겠다는 이도 있을 정도로 차차 이러한 극장 문화는 자리 잡아 갔던 것으로 보인다.

23 여기서 주로 다루고자 하는 향유방식은 당시 관객의 향유를 고려한, 그리고 그로 인한 공연 환경 변화를 계속 반영해 나간 결과로서 나타난 현상이다. 따라서 그것들은 어느 정도는 공연방식상의 특징이기도 하다.

3. 극장무대 전통공연물의 향유방식

1) 나열식 연속 공연

극장무대 전통공연물 향유방식으로서 가장 두드러진 것은, 이미 널리 알려진 바와 같이, 여러 갈래의 이질적인 공연물들이 함께 공연되었다는 점이다. 이러한 방식을 종합 공연 혹은 합동 공연이라 해도 무방할 터이나, 여기서는 '나열식 연속 공연'이라는 용어로써 일컫기로 한다. '나열식'이라는 수식어를 통해 '복수'의 공연물들이 무대 위에 한 번에 하나씩 제시된다는 뜻을, '연속'이라는 용어를 통해 그 공연물들이 차례대로 연이어 공연된다는 뜻을 더 분명히 담을 수 있다고 생각했기 때문이다. 이하에서는 1900년대와, 실내극장이 본격적으로 등장한 1900년대 후반부터 1910년대까지를 대략적으로 나누어, 이질적인 '복수'의 공연물들로 어떠한 것들이 더 많이 혹은 덜 선택되었는지, 그리고 그러한 여러 공연물들이 어떠한 틀 혹은 순서하에 '연속' 제시되었는지, 나아가 그러한 효과는 무엇이었을지 살펴보기로 한다.

근대초 실내극장무대에서, 하나를 택하여 집중적으로 무대 위에 올리는 방식이 아닌, 여러 공연물들을 모두 나열하는 방식을 택한 데는 그 나름대로의 이유가 있었으리라 생각된다. 일차적으로는, 이미 광대들이 연합, 합동 공연을 하던 관례가 있었으므로 그 형식을 그대로 받아들였다고 볼 수 있다. 그리고 공연자들이 설 수 있는 무대는 하나뿐이었으므로 한 번에 한 갈래씩 공연할 수밖에 없었다는 점도 고려되었을 것이다. 이것이 저녁 6시 혹은 7시부터 11시까지 4-5시간이나 되는 긴 공연시간을 충족시키는 자연스러운 방법이었을 것이다. 게다가 아직 극장무대라는 공간에 걸맞는 갈래를 확정할 수 없었던 데다, 다양한 성향을 지닌 관객의 취향을 만족시키기 위해서라도 여러 공연물들을 무대에 올려야 했을 것이다.

애초 희대에서는 무동연희장에서 공연되던 무동타기와, 관기 및 각각의 장기를 지닌 창우들의 공연물들을 실내무대라는 점에 대한 특별한 고려 없이 모두 무대 위에 올리려 했던 것 같다. 희대의 공연물로는 다음과 같은 것들이 있었다. 『뎨국신문』 1902.12.16. 「論說」에 따르면 춘향·이도령놀음, 쌍줄타기, 탈춤, 무동 등이 공연되었다고 한다. 그리고 1903년 협률사 희대에서 부르다레가 본 것[24]들은 북, 장구, 피리 연주, 줄타기, 땅재주, 공던지기, 무동, 가면 쓴 사내들의 소극, 희극, 기생들의 무용 등이었다. 공던지기는 줄타기나 땅재주를 하면서 하는 기예일 수 있고, 가면 쓴 사내들의 소극은 탈춤의 한 장면일 가능성이 높다. 춘향·이도령놀음과 부르다레가 희극[25]이라 한 것은 일종의 대화창 형태의 판소리 혹은 초기 창극일 것이다. 그렇다면 희대에 올려진 공연 갈래는 줄타기, 탈춤, 무동, 기악(器樂), 땅재주, 판소리 및 초기 창극, 기생 무용 등이었으리라 추측된다. 『뎨국신문』 기사에 광대, 탈꾼, 소리꾼, 춤꾼, 소리패, 남사당, 땅재주꾼 등 80여 명이 한집에서 숙식하며 지낸다고 하기도 했으므로, 이 점을 고려한다면 창우(줄타기꾼,[26] 땅재주꾼, 소리꾼 등), 소리패, 기악 연주자, 탈춤패, 무동패, 남사당, 기생 등이 희대의 주요 공연집단들이었을 것이다.

여러 갈래의 나열식 공연이므로 같은 날 한 자리에서 각 공연물의 전체를 모두 보여줄 수는 없었다. 판소리 역시 애초에 토막소리로 불렸을 것이므로 관객의 호응도를 고려하여 특정 대목들이 선택되었을 것이다. 원각사 공연시 판소리를 3일씩 분할 공연을 했다[27]고 하기는 하나 그렇다 하더라도

24 에밀 부르다레, 정진국 옮김, 『대한제국 최후의 숨결』, 글항아리, 2009, 258-259면.

25 여기서 부르다레가 희극이라 인식한 점을 주목할 필요가 있다. 본장 3절에서 논의하겠지만 웃음과 재미의 코드를 중요시해 간 결과가 아닐까 한다.

26 쌍줄타기는 솟대패의 공연갈래였을 가능성이 있다고 한다. (권도희, 「20세기 전반기 극장연희의 종목과 그 특징」, 『한국음악연구』 47, 한국국악학회, 2010, 35면.)

27 현철의 회고에 따르면 원각사에서 셋째 과장에 들어가서 판소리를 하는데 〈춘향가〉 등을 3일씩 분할 연행했다고 한다. (이두현, 『한국신극사연구』, 서울대학교 출판부, 1990(증보판), 31-32면.)

전판을 다 하기는 어려웠을 것이다. 게다가 매일 공연을 할 경우 유사한 연행 내용이나 장면들을 계속적으로 반복할 수는 없었을 것이므로 핵심 내용, 흥미로운 장면을 내세우되 그것들을 바꾸어가며 공연을 했을 가능성이 높다. 관객의 입장에서는 여러 기예가 담긴 다양한 공연물을 한 자리에서 보는 즐거움을 누릴 수 있었다.

다만, 처음에는 그렇지 않았겠으나 차차 갈래들의 특성을 고려한 공연 순서 등 전체 공연의 틀을 짜나갔던 것으로 보인다. 그렇게 하지 않는다면 전반적으로 산만한 느낌을 줄 것이었다. 부르다레가 기술한 공연 보고가 그 순서까지 감안한 것이라면, 1903년 즈음 어느 날 희대의 공연은 器樂, 땅재주, 줄타기, 무동, 탈춤, 판소리 혹은 초기 창극, 무용 등으로 이어졌을 것이다. 연주를 통해 관객의 관심을 모은 후[28] 활동적인 공연물을 제시하고 이어 후반부에 판소리 공연을 한 것이다. 마지막에는 무용으로 끝맺었던 듯하다. 물론 매일, 그리고 반드시 이러한 순서대로 한 것은 아니었을 것이다. 또한 실내극장무대의 적응 정도에 따라 공연물들 간에는 선택의 빈도수도 차이가 나게 되었을 것이다.

1900년대 후반에는 광무대(光武臺), 단성사(團成社), 연흥사(演興社), 장안사(長安社) 등 실내극장들이 등장하여 본격적인 흥행 경쟁을 한다. 특히 1913~1914년에는 『매일신보』에 공연 예고 광고가 집중적으로 게재되는데,[29] 어디까지나 예고임을 유념할 필요는 있지만, 이 광고를 통해 어떠한 공연물들이 공연되었는지 알 수 있고, 예고 게재된 빈도수를 비교하면 더 많이 공연된 것들은 무엇이었는지도 알 수 있다. 같은 레퍼터리가 다른 이름으로 게재된 경우도 있어 갈래를 분명히 판단할 수 없는 경우도 있기는 하지만, 개

28 만약 무동놀음을 서두에 배치했다면 다른 연희종목보다 빠르게 관객의 집중력을 환기시킬 수 있음이 고려되었을 것이다. (권도희, 앞의 글, 32면 참조.)

29 정충권, 앞의 글, 256-257면에 1913년과 1914년 연희기사와 광고들을 토대로 하여 광무대, 장안사, 단성사에서 공연된 갈래들을 舊劇, 판소리, 歌, 舞, 戱, 器樂, 기타 등으로 분류하여 조사한 바 있다. 이 통계표를 참조하여 여기서도 논의를 전개한다.

략적으로 판소리, 구극(舊劇), 안진소리, 선소리, 민요 계열의 잡가, 궁중무용과 민속무용, 무동, 줄타기, 땅재주, 탈놀음, 기악(器樂; 줄풍류), 무(巫) 계열 공연물(무당놀음), 웃음거리(재담 또는 화극), 꼭두각시 등이 공연되었음을 알 수 있다.[30] 공연 예고 빈도수를 계산하여 정리해 보면, 이들 중 판소리와 구극이 압도적인 우위를 차지한 공연물이었음을 대번에 파악할 수 있다. 게다가 극장측에서는 예고 광고시 아예 구극과 판소리를 맨 앞자리에 내세웠다. 그 중 하나를 인용해 본다.

> 演劇과 活動
>
> ▲광무딕(光武臺)에셔는 구극 츈향가 산옥, 옥엽의 판소릭, 안진소릭 쌍지조 기타 ▲장안사(長安社)에셔는 구극 심쳥가, 금션의 승무 가야금 희션의 판소릭 긔타 ▲단셩사(團成社)에셔는 구극 치란의 판소릭, 홍도 안진소릭, 싀타령 긔타 (…) (『매일신보』 1914.3.8)

판소리와 구극은 극장측의 가장 주된 공연물로 소개되고 있다. 그것도 명창 혹은 알려진 기생이 부른 것일 때 홍보 효과가 더 컸던 것 같다. 당시 실내극장무대에 가장 잘 적응한 공연갈래는 바로 판소리 및 그로부터 파생된 구극이었던 것이다.

그리고 안진소리, 선소리, 민요 계열 잡가들도 주요 공연물로 자리 잡았음을 볼 수 있다. 중인 가객들은 음악교육계로 물러난 반면, 사계축은 그 일부가 극장무대에도 섰으며, 관기와 삼패의 구분이 없어지고 남도의 기생들도 상경하여 서울 지역 극장무대에 함께 선 결과이다.[31] 궁중 무용도 관기의 영역을 벗어나 극장무대 위에 놓이면서 승무 등 민속 무용과 같은 공간

30 그 외 평양날탕패, 남사당패 등이 따로 제시되는 경우도 있기는 하나 선소리나 꼭두각시 등의 공연패이기도 하여 중복된다.

31 권도희, 앞의 책, 127-151면 참조

에 놓이게 되었다. 줄타기, 땅재주도 공연되기는 했지만 극장에 따라 편차가 있었다. 그 외 기악도 한편으로는 반주음악으로 다른 한편으로는 독주로 공연되었음을 알 수 있다.

그 외의 갈래들은 '기타'로 묶은 것에서 보듯 극장측의 주요 공연물이 아니었거나 여타 공연갈래에 비해 열세에 놓여 있으리라 여겨진다. 탈놀음, 남사당패 등 공연은, 빈도수 조사 정리 결과 그 횟수가 적은 것으로 보아 점차 실내극장무대로부터 멀어졌던 것 같다. 특기할 점은 무(巫) 계열 공연물들, 예컨대 무당놀음, 무당타령, 장님타령 등의 레퍼터리도 보이는데 이들은 무속의 기반을 벗어나 어느 정도 대중화한 소리 내지 놀음이었으리라 추측된다. 웃음거리와 같은 전통 시대의 화극[32]이 실내극장무대 공연갈래로 포함된 것도 중요한 양상이다.[33]

결국 사설 실내극장이 등장하면서 창우들 중 소리꾼들과, 기생들이 실내극장무대의 핵심 공연집단으로서의 위상을 차지하게 되었음을 알 수 있다. 이에 따라 그들 중심의 공연 갈래들이 주로 무대 위에 올려졌다. 그 외의 공연물들은 상대적으로 열세에 놓여 갔다. 탈춤의 경우 공연자와 관객의 공동체적 합일을 이룰 수 있는 분위기가 마련되어야 제대로 그 미학을 발현할 수 있으나 실내극장무대에서는 그렇게 하기 쉽지 않았던 것이다.[34] 줄타기나 재담 등 특정 레퍼터리들도 공연되었기는 하지만 이봉운, 박춘재 등 뛰어난 몇몇 공연자에게 의존하는 바 컸다. 요컨대, 실내무대 위에 오른 공연갈래들은, '실내'라는 특성은 물론 그때그때 공연계의 사정, 극장측의 요구, 관객의 반응 등을 포함한 당시 공연 환경 변화에 따라 재편되어 갔다.

실내극장 공연이 본격화되면서 전체 공연의 틀도 초기 희대때의 공연과

32 화극에 대해서는 손태도, 「전통사회 화극, 재담소리, 실창판소리에 대한 시각」, 『판소리연구』 39, 판소리학회, 2015 참조.

33 당시 극장무대 공연물 및 당시 공연계의 재편에 대해서는 더 깊이 있는 논의가 필요하나 여기서는 향유방식에 집중하고자 하므로 이 정도 제시하는 데 그치고자 한다.

34 사진실, 앞의 책, 459-460면 참조.

비교해 자리를 잡아갔을 것이다. 우선 판소리, 그 중에서도 극적 성격이 가미된 판소리 혹은 구극이 주 공연물(main event)의 위상을 차지하며 전체 공연의 마지막에 배치되었다. 현철의 증언에 따르면 원각사의 공연 프로그램은 세 과장 중 첫째 과장이 관기춤, 둘째 과장이 걸립(농악), 셋째 과장이 판소리였다고 하며,[35] 1909년 연흥사의 한 공연도 선소리패의 소고 유희, 난봉가, 사거리, 방아타령, 담바고타령, 그리고 기생의 잡타령과 춘향 이도령의 작별 놀음 등으로 이어졌다[36]고 한다. 기생조합의 연주회에서도, 무용을 중요시하는 경우가 아닌, 종합 공연을 할 경우 판소리나 구극 혹은 놀음을 뒷부분에 배치하였다. 1915년 단오일 다동예기조합 공연시 공막무와 첩수무로 시작하여 육자백이, 새타령, 수심가, 자진난봉가를 불렀고 그 다음 춘향가 농부가를 포함한 어사출도대목을 공연하였으며(『매일신보』 1915.6.22. 「단성사 입견」), 같은 조합의 1917년 10월 공연에서는 경풍도(慶豊圖), 선소리, 승무, 구극 〈춘향연의〉를 이어서 공연했다고 한다(『매일신보』 1917.10.17. 「다동기생 연주회 일별」). 전체 공연을 모두 포괄할 수는 없겠지만, 이러한 방식으로 주 공연물이자 흥행성이 높은 공연물을 끝에 배치했을 가능성은 높다.[37] 관객으로 하여금 끝까지 자리를 지키게 하면서 공연에 대한 기대치를 계속 유지할 수 있게 하기 때문이다. 구극의 경우 소리 갈래와 무용 갈래의 합집합인 데다 극적 성격까지 내포되므로 관객의 호응을 높이 끌어올릴 수 있

---

35 이두현, 앞의 책, 31-32면. 실은 셋째 과장의 판소리는 "여러 사람이 각각 동작과 안일이라 하는 말과 소리를 섞어서" 했다는 것으로 미루어 초기 창극의 형태였을 것이다.

36 「연극장주인에게」, 『서북학회월보』 1-16(1909.10.31). 단국대학교 공연예술연구소 편, 앞의 책, 81-82면.

37 이러한 방식은 협률사단체의 공연 및 그 후의 명창대회 등에까지 이어졌다. 한승호에 따르면 임방울과 그 일행의 공연시 먼저 승무를 추고 판소리를 했다고 하며, 정광수 역시 김창환 협률사 공연이 앞과장은 승무 같은 춤, 남도잡가, 촌극, 판소리 등으로 이어졌다고 한다. 해방 전후 조선음악단에서 활동한 바 있는 이경자는 명창대회의 순서로 승무, 좌창, 속곡, 배뱅이굿, 좌창, 대화 만담, 줄타기, 선소리, 판소리 등을 거론하였다. (서대석 · 손태도 · 정충권, 『전통 구비문학과 근대 공연예술 III』, 서울대학교 출판부, 2006, 21, 25, 79면 참조.)

었으며 공연의 흐름이 최고조에 이를 때 끝낼 수 있었기 때문이기도 할 것이다. 판소리로 끝맺을 경우는 그것이 명창의 무대였기 때문이었을 가능성이 높다.

물론 그렇다고 하여 여타 공연물들에 대한 관객의 호응도가 낮았다고는 볼 수 없다. 위에 제시한 것처럼 그 앞의 과장들에는 소리 갈래와 무용 갈래가 배치되었는데, 대체로는 무용 갈래, 특히 승무로 공연 전체의 서두를 장식하게 하는 경우가 많았다. 서두이므로 관객의 시선 집중을 의도했을 가능성이 높다. 이에 이어, 혹은 이와 함께 공연되었던 여러 소리 갈래들은 관객의 청각을 자극하며 그 나름대로의 공연 효과를 야기했을 것이다. 동적인 무대를 정적인 무대와 조화를 이루게 할 필요도 있었던 것이다. 때로는 기악, 줄타기, 땅재주 및 재담 혹은 재담극이 그 사이에 위치해 있었을 수도 있다. 이러한 순서를 통해 전반부에서는 시각과 청각에 기대어 관객의 감각을 여러 측면에서 자극하다가 끝에 주 공연물로서 구극을 내세워 관객의 호응을 최고조에 이르게 하고자 했던 것이다.[38] 따라서 당시 실내극장무대의 공연은 산만한 나열식의 공연이 아니었다. 그렇다고 해서 지속적으로 집중하게 하는 공연이 되기는 어려웠다. 이러한 틀 설정의 이면에는 각 공연 갈래의 특성을 염두에 두면서 관객의 호응을 효과적으로 이끌어내기 위한 그 나름대로의 미적 고려가 깔려 있었던 것이라 보아야 할 것이다.

2) 보여주기 지향

실내극장무대에 오르게 된 전통공연물의 향유방식으로서 또 하나 지적

38 필자는 이러한 전반적인 순서에 대해 舞→歌→戱/劇의 이어짐이라 보고 시각→청각→시·청각의 감각적 교체를 염두에 둔 그 나름대로의 계산이 있었다고 평가한 바 있다. (정충권, 앞의 글, 264-265면.) 이러한 논의가 현재로서는 매우 미진한데, 향후 더욱 깊이 있는 공연미학적 탐구가 있어야 하리라 본다.

할 수 있는 것은 보여주기(보기) 지향, 다시 말해 관객의 시각적 감각에 호소하는 특성의 강화이다. 이는 자연스럽게 사실적 현시(顯示) 혹은 재현(再現)을 통한 향유와 연결될 것이다. 물론 갈래의 성격에 따라 보여주기와 들려주기 면에 편차가 있을 수 있고, 전통 공연무대라고 해서 야외무대만 있었던 것은 아니며, 또한 야외무대에서의 공연이라고 해서 특정 감각에만 호소했던 것도 아닐 것이다. 공연 관람이란 공감각적 향유이게 마련이기 때문이다. 여기서는 다만 야외무대가 아닌, 폐쇄된 실내극장무대에서는 상대적으로 시각적 감각에 호소하는 바가 더 클 것이라는 상식적 판단에서 향유의 양상을 추론해 보려 하는 것이다. 실제로도 당시 『매일신보』 독자란에 나오는 공연 소감에는 '구경', '장관(壯觀)'이라는 어휘가 꽤 등장한다. 당시 관람기 중 하나를 통해 향유의 한 단면을 살펴 보기로 한다.

> (…) 한편 장안샤 연예장에셔ᄂᆞᆫ, 역시 수만의 군즁의게, ᄉᆞ면 침노를 맛나, 가온ᄃᆡ에ᄂᆞᆫ, 사ᄅᆞᆷ ᄒᆞᆫ아 통치 못ᄒᆞᆯ, 셩황으로, 여러 계원과 몃 경관의 취톄즁, 첫번 승무를 시작ᄒᆞ야, 밀니고 눌니ᄂᆞᆫ 즁에도, 오히려 박슈갈치ᄂᆞᆫ, ᄌᆞ못 우뢰와 ᄀᆞᆺ치, ᄭᅳᆫ이지 안이ᄒᆞ더라, 기싱의 연무ᄂᆞᆫ 졈〃 닉어, 시곡기싱 즁 유명ᄒᆞᆫ ᄎᆡ경, 도화(彩瓊 桃花)의, 두 아ᄅᆞᆷ다온 ᄭᅩᆺ은, 셔로 ᄃᆡᄒᆞ야, 승무를 시작ᄒᆞ얏ᄂᆞᆫᄃᆡ, 눈 ᄀᆞᆺᄒᆞᆫ 살빗, ᄭᅩᆺ ᄀᆞᆺᄒᆞᆫ 얼골에, 흰사곳갈은 니마를 반씀 가리여, 련〃ᄒᆞᆫ ᄐᆡ도가, 더욱 사ᄅᆞᆷ의 눈을, 미혹케 ᄒᆞ며, 혹은 나아갓다, 혹은 물너셧다 ᄒᆞᄂᆞᆫ, 외씨 ᄀᆞᆺᄒᆞᆫ 발은 음악소ᄅᆡ와, 셔로 응ᄒᆞ야, 진실로 ᄒᆞᆫ 쌍 두 나뷔가, ᄐᆡ평셰계 화원 속에셔, 펄펄 ᄂᆞᆯ아드ᄂᆞᆫ듯, 보ᄂᆞᆫ 사ᄅᆞᆷ의 졍신을, 황홀케 ᄒᆞ야, 기쟝 압헤셔 핍박을 밧ᄂᆞᆫ, ᄒᆞᆫ 부인으로, 오히려, 이런 구경 못오ᄂᆞᆫ 사ᄅᆞᆷ은, 진실로 불샹ᄒᆞ다, 말ᄒᆞᄂᆞᆫ 이가 잇셧고, (…) (『매일신보』 1913.11.2. 「鶯飛蝶舞와 鳳笙龍管」)

장안사에서의 공연 중 두 기생의 쌍승무를 본 후의 소감이다. 동작의 세부적인 부분에서부터 전반적인 감흥에 이르기까지 섬세하게 그 느낌을 표현하고 있음을 볼 수 있다. 실내조명이 어느 정도 구비되었음을 전제할 때, 당시 관객은 이처럼 어느 공연물이든 우선적으로 시각적 감각을 작동시켰을 것이다. 더구나 위 공연 레퍼터리는 기생의 승무였었다. 극장측의 홍보를 의도한 것인지는 모르겠으나 '이런 구경' 못 오는 사람은 진실로 불쌍하다는 말까지 전하고 있다.

폐쇄된 실내극장의 특성상 관객의 시선은 모두 특정 방향을 향하게 된다. 이때 관객은 관조적 향유를 하게 마련이다. 함께 즐기면서 빈틈을 메워가는 적극적인 향유가 아니라 눈앞에 펼쳐지는 그대로 받아들이는 수동적인 향유인 것이다. 물론 무용이란 갈래가 애초에 시각적 감각에 더 호소하는 갈래이기는 하다. 하지만 실내극장무대에 놓이면서부터는 더욱 더 집중적이고 섬세한 보여주기로 나아가게 되었을 것이다. 1917년 10월의 다동기생연주회에서는 무대 위에 있던 악공을 막 뒤로 옮긴 바 있는데 관객의 집중도가 약화된다고 판단했기 때문일 것이다.

공간 특성상 실내무대와 보여주기(보기)는 그 친연성이 클 수밖에 없었다. 그러한 까닭에 당시 실내극장에서 기생의 무용은 특히 호응을 받았다. 기생조합에서 아예 따로 그들끼리의 연주회를 가지기도 했던 데는 이러한 이유도 있었을 것이다. 이래저래 기생은 당시 극장의 가장 비중 있는 공연집단이 되어 갔다. 그 이면에는 극장무대 공연물로서 "창극보다는 무용이나 곡예같이 구체적인 내용이 없는 연예물쪽으로 기울게"[39] 만든 식민 권력의 간섭이 있었음은 기억해 두어야 할 것이다.

무동, 땅재주, 줄타기 등은 기생들의 무용과는 또 다른 차원에서 관객의 긴장을 유발하거나 눈을 집중시킬 수 있는 볼거리를 만들어야 했다. 1914년 4월 16일 장안사 광고에는 네층무동이 예고되는가 하면 1915년 4월 언젠가에는 광무대에서 여성무동을 등장시키기도 했다고 한다. 추측컨대, 위

39 유민영, 앞의 책, 101면.

험도를 높여 관객으로부터 긴장을 유발하거나 특별한 볼거리를 더 만들려는 의도 때문이었을 가능성이 높다. 줄타기 역시 1920년대에는 미소녀 혹은 여아를 등장시키기도 했다.[40] 기생조합측에서 '전기무'나 '서민안락무' 등 새로운 레퍼터리[41]들을 개발해 나갔던 것도 이와 무관하지 않을 것이다.

다만 기악 연주나 안진소리, 가곡 등의 경우는 다소 불리했던 것 같다. 1913~1914년 간 광무대, 장안사, 단성사 공연 예고 광고에서 연주 종목으로 제시된 악기는 거의가 가야금이었다. 다양하지는 않았던 것이다. 또한 안진소리와 선소리가 제시된 횟수를 비교하면 광무대에서는 안진소리쪽이 더 많았으나 장안사와 단성사에서는 선소리쪽이 더 많았음을 볼 수 있다.[42] 어디까지나 공연 예고일 뿐이며 실제 공연에는 그대로 반영되지 않았을 수도 있음을 감안하더라도 상대적으로 볼거리의 측면에서 선소리가 조금 더 유리하지 않았을까 한다. 물론 당시 공연 예고 광고에 안진소리가 지속적으로 거론되어 있음으로 미루어 볼 때 그 나름대로의 애호가들을 확보하고는 있었다고 보아야 한다.[43] 다만 가곡의 경우는 차차 무대 위에서 열세를 보여 간 듯하다. 가곡은 별로 부르지 않고 단장고에 함부로 부르는 잡가만 성행함을 비판하는 기사(『매일신보』 1916.2.2. 「音樂의 趣味」)가 게재된 바도 있다.

판소리 갈래에도 이러한 동력이 가해졌음은 물론이다. 실내극장무대에 적응해야 하는 한편, 관객의 시각을 자극하며 특별한 볼거리를 마련하는 여

40 권도희, 앞의 책, 35면.

41 1910년대 기생의 춤에 대해서는 김영희, 「일제강점기 초반 기생의 창작춤에 대한 연구」, 『한국음악사학보』 33, 한국음악사학회, 2004; 이정노, 「기생 사회의 재편에 따른 1910년대 춤 연행의 변동에 관한 연구」, 『동양예술』 26, 한국동양예술학회, 2014 참조.

42 이 세 극장에서는 예고 광고에서 소리 곡목을 제시하기도 하고 안진소리, 선소리, 잡가 등 소리 갈래를 제시하기도 하는데, 후자의 경우 잡가의 정체가 분명치 않아 안진소리와 선소리가 제시된 횟수만 비교해 본 것이다.

43 예전 삼패가 부르던 갈래여서 관기 출신 기생의 자존심으로 인해 불리지 않는 경우는 있었다. (『매일신보』 1916.6.15. 「광교다동 두 기싱도 안진소릐를 불너라」) 하지만 이는 극장 환경의 변화와 직접적인 관계는 없다.

타 공연물들과 경쟁해야 했으므로 판소리 자체를 변화시킬 필요가 있었던 것이다.[44] 판소리는 서사 갈래이면서 공연 갈래여서 그 나름대로 유리한 점이 있었다. 이원적 향유가 가능했기 때문이다. 창자가 인물이 되어 창을 할 때 그것은 소리 공연의 한 모습이면서 동시에 극 작품 속의 한 장면이었다. 곧 현시(顯示)이면서 재현(再現)일 수 있었다. 소리를 그대로 이으면서도 새로운 차원의 극적 보여주기를 할 수 있었던 것이다. 판소리의 극적 보여주기로서의 속성은 희대 공연 이전에도 감지되었을 것이다. 하지만 실내무대 위에 놓이면서 더 분명한 양상을 드러내었을 가능성이 높다. 이때의 극 양식을 초기 창극[45]이라 부르기로 한다. 다음은 협률사 희대에서 공연된, 초기 창극이라 할 만한 장면 하나를 서술한 것이다.

> (…) 대기 이상몃가지로만 말ᄒᆞ야도 풍악긔계와 가무의 련슉홈과 의복과 물건차린거시 별로 보잘거슨 업스니 과히초초치 아니ᄒᆞ며 츈향이 노리에 이르러는 어사츌도 ᄒᆞ는거동과 남녀 맛나노는형상 일판을 다각각 제복식을ᄎᆞ려 놀며 남원일읍이 흡샤히온듯 하더라 (…) (『뎨국신문』 1902.12.16. 「論說」)

분창이나 대화창과는 다른, 판소리 서사를 바탕으로 한 재현 중심의 극

---

44 김재석, 「1900년대 창극의 생성에 대한 연구」, 『한국연극학』 38, 한국연극학회, 2009, 11-12면.

45 필자는 이에 대해 '-노름'이라 지칭된 것까지 포함하여 초기 창극이라 명명하여 논의한 바 있다. (정충권, 「초기 창극의 공연 형태와 위상」, 『국어교육』 114, 한국어교육학회, 2004 참조) 이 외에 토막창극, 단막창극, 마디판소리 등의 용어가 사용되기도 한다. (백현미, 「창극 〈춘향전〉의 공연사와 양식상의 특징」, 『고전희곡연구』 6, 한국고전희곡학회, 2003; 권은영, 「토막창극의 공연 특성에 관한 연구」, 『공연문화연구』 14, 한국공연문화학회, 2007; 김재석, 앞의 글 등 참조)
또한 창극의 형성 문제에 대해 본고에서는 판소리의 갈래적 특성과 실내극장무대의 영향에 초점을 두어 논의하고 있지만 일찍이 박황, 『창극사연구』, 백록출판사, 1976, 17면에서 언급한, 강용환 명창이 청국의 '창희'를 모방하여 판소리를 창극으로 발전시켰다고 하는 이동백의 증언도 염두에 두어야 할 것이다.

이 이때 이미 등장했음을 알 수 있다. '노리'라 한 것은 이러한 공연물을 지칭할 만한 용어가 없었기 때문이기도 하지만, 기존의 판소리 갈래로서 이를 포괄하기 어려웠음이 의식되었기 때문일 것이다. 초기 창극은 이처럼 '노리' 혹은 '노름'과 같이 사실적인 무대 장치를 통한 극적 재현에 초점을 맞춘 공연물과 창을 중심으로 한 공연물 등[46] 여러 양식이 분화되어 갔으리라 여겨진다. 등장인물 간의 대사도 차차 첨가되어 갔을 것이다.

위의 "남원일읍이 흡샤히온듯 하더라"고 하는 평은 간략하기는 하나 초기 창극에서의 극적 재현성을 적절히 지적한 것이다. 극장측에서는 이러한 특성을, 예컨대 〈수궁가〉 공연시 "人工으로 製造ᄒᆞᆫ 獸類魚族의 各種形體가 天然히 活動ᄒᆞᆯ 뿐더러"(『대한매일신보』 1909.11.26)라고 하며 구체적으로 드러내어 홍보하고자 했고, 관객측에서는 "연방 빗취ᄂᆞᆫ 오런지식 황릉묘라ᄂᆞᆫ 현판 위로 달이 둥그런히 쩟고 츈향이가 ᄭᅮᆷ을 ᄭᅮᄂᆞᆫ 몽환극", "농부가에 모든 기싱이 머리를 동이고 졔일히 홍치 잇게 츔을 츄며 뛰노ᄂᆞᆫ 거동"(『매일신보』 1919.11.22. 「사면팔방」)이라 묘사하며 인상깊어 했다.

하지만 여전히 극중 인물의 복색과 행위를 실제 공연자의 그것으로 간주하여 비판(『매일신보』 1914.11.7. 「투서함」)하는 등 극적 재현에 익숙하지 않은 관객이 있었는가 하면, 오히려 공연자가 극중 인물에 걸맞는 표정이나 동작을 적절히 하지 못했다며 지적(『매일신보』 1919.11.20. 「사면팔방」)하는 등 극적 재현의 서투름을 인식하는 관객도 있었다. 초기 창극은 극 갈래로 나아가면서 극 일반이 지녀야 할 속성을 새로운 과제로 떠안게 되었다. 특히 실내무대라는 제한을 넘어 그럴듯함을 구현해내어야 했다. 그와 함께, 극장무대에서 흥행성을 높이려는 여타 공연물들과도 경쟁해야 했다. 여타 공연물들과

46 정충권, 「초기 창극의 공연 형태와 위상」, 『국어교육』 114, 한국어교육학회, 258면 참조. 이 〈춘향이노리〉가 창극이라기보다는 광대화극일 가능성이 더 높다는 견해(백두산, 「협률사 '소춘대유희'(1902~1903) 공연활동 재론–외국인 기행문에 등장한 개화기 광대화극과의 비교를 중심으로」, 『한국극예술연구』 64, 한국극예술학회, 2019)도 있어 이에 대한 재검토가 필요하다.

비교해 차별성을 드러낼 수 있게 되었을 때 비로소 창극으로서 자립할 수 있었다. 이러한 과정은, 판소리 갈래가 보여주기(보기) 지향이라는 향유방식을 그 나름대로 수용해 간 과정이기도 하다.

3) 대중공연물로의 재맥락화

먼저, 1903년 2월 17일자 두 신문의 기사들을[47] 통해 당시 협률사에서 일어났던 사건을 추측해 보기로 한다.

> 昨年븟터 協律會社에셔 妓女와 倡優를 會集하야 戱臺를 設하고 內(城內) 人士의 觀光홈을 以供훈다더니 再作(昨) 爲始ᄒᆞ야 倡優ᄂᆞᆫ 停止하고 妓生만 遊戱케 되얏다더라 (『황성신문』 1903.2.17. 「停優餘妓」)

> 이왕에는 협률사에셔 기싱 삼픽 광더 등을 모집ᄒᆞ야 희학ᄒᆞ야 관광자에게 돈을 밧더니 직작일 위시ᄒᆞ야 광더는 영영 물시훈지라 관광ᄒᆞ는 쟈가 업는고로 ᄉᆞ무가 뎡지되엿다더라 (『뎨국신문』 1903.2.17. 「律社自廢」)

『황성신문』에는 1903년 2월 15일부터 창우들의 공연을 정지하고 기생들의 공연만 하게 되었다고 했으며 『뎨국신문』에는 같은 사건에 대해 광대들이 영영(결국) 보이지 않아(혹은 공연을 하지 않아) 관객이 들지 않으므로 사무가 정지되었다고 하였다.

협률사측에서는 공연을 위해 바로 두세 달 전 창우를 모집한 바 있다. 따라서 창우들을 일부러 무대 위에 서지 않게 했을 리는 없다. 그렇다면 창우들이 나타나지 않았음은 그들 스스로 당시 일종의 파업을 했기 때문이라

47 단국대학교 공연예술연구소 편, 앞의 책, 19면.

추측할 수 있다. 그 이유는 알 수 없으나 임금의 문제이거나 공연 레퍼터리의 문제 때문이었을 가능성이 높다. 이러한 추측이 맞다면 이 사건은 전통공연물이 점차 근대의 대중적 소통 속에 놓여 갔음의 한 표지라 볼 수 있을 것이다.

반면, 음률을 교습받던 예기(藝妓)와 애초 궁 소속이었던 관기(官妓)들만으로는 공연을 지속하기 어려웠다고 한다. 위 문면을 기생들만으로 공연을 했다고 읽더라도, 관객은 들지 않았다고 이해할 수 있다. 후에 이들 기생이 극장의 주 공연집단이 되어 관객으로부터 높은 호응을 받았음을 고려한다면, 1903년 당시는 아직 모든 전통공연물이 대중적 소통 속에 놓인 것은 아니었음을 알 수 있다. 창우의 공연과 기생의 공연에 차별을 두고 있음이 느껴지기 때문이다. 일종의 과도적 단계가 아니었을까 생각된다.

이후, 실내극장무대에 오르게 된 전통공연물들은 새로운 환경에 놓이면서 점차 대중공연물화의 과정을 겪어 갔다. 앞서 언급한 것처럼 공연자는 계약한 대로의 임금을 받고 공연을 하게 되었으며 실내극장의 관객도 특정 신분이나 계층, 그리하여 특정 문화적 취향을 지닌 집단이라 볼 수는 없었다. 근대의 실내극장이라는 공간 자체가 대중을 탄생시키는 기제였는지도 모른다. 이로 인해 전통공연물은 불특정 다수의 향유물로 변모해 갔다. 관람료만 지불한다면 누구나 관기의 무용을 즐길 수 있게 되었고, 창우의 공연도 역시 마찬가지였다. 물론 판소리는 전통 시대에 이미 전계층을 수용층으로 확보하였다고 볼 수 있으나 한 자리에서 불특정 다수를 대상으로 하여 공연한 것은 아니었다. 판소리 역시 예외일 수는 없었다. 그 결과 전통공연물 향유방식 전반에 걸쳐 재맥락화 현상이 나타났다.

그 중 가장 뚜렷한 현상은 기생이 실내극장 무대의 주 공연자가 되었다는 점이다. 애초에 관기의 가곡, 음률, 무용, 삼패의 안진소리가 기생의 주요 공연 갈래였음은 이미 알려져 있다. 하지만 점차 관기와 삼패와 구별이 없어지면서 서로의 갈래를 공유하게 됨은 물론, 판소리와 구극, 병창, 민요까지도 배워 극장무대에서 공연해 갔다. 심지어는 앞서 언급했듯 줄타기나 무동에서도 활약했을 가능성이 있다. 기생들이 창우의 소리를 하고 삼패 출신 기생이 궁중 무용을 한다는 것 자체만으로도 성별, 계층별 경계를 넘어선 것이라 할 수 있다. 나아가 그들은 조합을 형성하여 자신들만의 연주회를 열기도 하였다. 『매일신보』에는 기생 공연 관련 기사가 많이 게재되는 바, 신문사측의 전략 때문일 수도 있겠지만, 그만큼 기생의 공연이 대중적인 관심사가 되었기 때문일 것이다. 그들 가운데에서 인기인이 배출되었고 일반 대중은 레퍼터리별로 그에 뛰어난 기생 이름들을 외울 정도였었다. 그 공과를 따지기는 쉽지 않지만, 당시 전통공연물은 기생 공연집단을 매개로 하여 깊숙히 대중적 소통 속으로 접어들었던 것이다.

당시 신문 기사에 자주 게재되던 극장 풍속 및 공연물에 대한 비판도 전통공연물이 근대 극장에서의 대중적 소통이라는 맥락 속에 놓이면서 나타난 현상이자 반응이라 할 수 있다. 극장이라는 공간의 공공성의 문제도 함께 제기되었음은 물론이다. 그 중 특히 많이 보이는 것은, 극장을 "음부탕ᄌᆞ의 ᄃᆡ합실"(『매일신보』 1914.2.27. 「연극쟝을 야학교로 아는가」)이라 한다거나, 전통공연물에 대해 "無賴子弟의 心志를 放蕩케 ᄒᆞ며 閭巷婦女의 淫風을 鼓動ᄒᆞ야 (…) 亡國의 音(淫)戱"(『황성신문』 1907.11.29. 「연희장의 야습」)라 하는 등, 극장 풍속과 공연물의 음란함에 대한 비판이었다. 후자의 비판은 여타 갈래도 예외일 수 없었지만 특히 판소리와 구극에 집중되었다.

> (…) ᄉᆞ동 연흥샤에셔, 소위 구연극이라고 ᄒᆞᄂᆞᆫᄃᆡ, 무비 음담픽셜이요, 그 즁 비비장타령인가, 무엇인가 ᄒᆞᄂᆞᆫ 것은 사ᄅᆞᆷ은, 참아 볼 수 업셔요 (『매일신보』 1913.9.7. 「독쟈구락부」)

구연극이라는 것에 음담패설 아닌 것이 없고 그 중 〈배비장타령〉은 사람으로서는 차마 볼 수 없는 공연물이라는 것이다. 〈춘향가〉, 〈심청가〉 역시 비판의 대상이 되었음은 물론이다. 그런데 애초 전통 시대에 특정 계층의 익숙한 수용층을 대상으로 공연을 할 때에는 그러한 것은 문제가 될 수 없었다.[48] 때로는 오히려 수용자들을 끌어모으는 흥미 요인이 되기도 했을 것이다. 하지만 기존의 공연 맥락을 벗어나 공공성을 띤 실내극장의, 그것도 불특정 다수 관객 앞의 공연이라는 새로운 맥락이 부여되면서 음란하다는 비판이 일종의 담론으로 내세워진 것이다. 그 뒤에는 개화 지식인이나 식민 권력이 도사리고 있을 수 있지만, 실은 "근대적 가치체계를 중심에 두고 전근대적 문화양식을 주변으로 밀어내려는 자기비하의 표현"이었다는 견해가 설득력을 지닌다고 생각된다.[49]

그래도 여전히 극장은 인산인해를 이루었다고 한다. 하지만 이러한 담론이 공연에 영향을 미치지 않았을 리 없다. 사회 문제를 극화한 〈은세계〉를 무대에 올린 것은 그 나름대로의 대응이었다. "구연극도 만히 기량되여, 음탕훈 것은 업셔지고, 볼만훈 것만, 흥힝훈눈듸"(『매일신보』 1913.2.6. 「陰曆 歲首의 演藝界」)라는 당시 진단에서 보듯 실제로 그러한 비판을 부분적으로나마 반영했을 수도 있다. 그리고 일시적으로이지만 전통공연물을 폐지하고 신연극을 무대에 올린다든지(『매일신보』 1913.10.26. 「장안사에도 신연극」), 특정 레퍼터리를 부르지 않기로 한다든지[50] 하는 것도 이와 무관하지 않을 것이다.

이와 달리 '웃음'이나 '재담'의 코드는 오히려 강화되었다. 당시 극장무대에서 공연된 갈래와 레퍼터리들을 정리해 보면 '-노름'이라 이름붙여진 것들이 꽤 많이 보인다. '방자노름', '이도령노름', '흥부노름', '무당노름', '장님노름' 등이 그러하다. 이 중 앞의 셋은 연창보다는, 사실적 재현을 위

48 우수진, 「연극개량의 전개와 극장적 공공성의 변동」, 『현대문학의 연구』 42, 한국문학연구학회, 2010, 230-231면.

49 유선영, 「극장구경과 활동사진 보기: 충격의 근대 그리고 즐거움의 훈육」, 『역사비평』 64, 역사비평사, 2003, 365면.

50 당시 세 기생조합측에서는 '수심가'가 슬프고 음란하여 사람의 마음을 쇠약케 한다고 기생조합측에서 더 이상 부르지 않기로 했다고도 한다. (『매일신보』 1916.12.20/21)

주로 한 촌극 내지 구극(초기 창극)일 텐데, 웃음과 재미를 주조로 했을 대목인 것 같다.[51] 당시는 판소리든 구극이든, 어차피 시간제한으로 인해 전판을 다 공연할 수 없으므로 며칠 동안 이어서 공연하거나, 주요 대목 혹은 흥미로운 대목들을 택해 바꾸어가며 공연하는 것이 관례였었다. 어차피 부분들이 따로이 독립성을 갖는 것이 판소리의 문법이기도 했다. 그 중 흥미로운 대목을 택해, 그것도 반복 공연할 경우 재맥락화의 변이를 겪었을 수 있다. 이때 웃음 유발 요소가 강화되었으리라는 것이다. 아마 강용환이 창작했다고 전하는 〈어사와 초동〉[52]류의 것이 되지 않았을까 하는데, 〈어사와 초동〉만 하더라도 〈춘향가〉에서의 것에 비해 풍자적 웃음보다는 웃음 그 자체를 지향하는 듯한 느낌을 준다.

그리고 아예 '우숩거리', '희극', '소극', '담배장사'라는 제명으로 공연 예고된 것들도 있는데 이들은 '무당노름', '장님노름' 등과 함께 애초에 재미와 웃음을 의도한 일종의 재담극이 아니었을까 한다. 박춘재의 레퍼터리들[53]과 비교하면 '담배장사'는 '각색 장사치 흉내', '장님노름'은 '맹인 흉내'에 각각 대응될 것이다. 특히 박춘재의 재담이 인기가 있었는데 때로는 활동사진 상영관이나 신파극의 여흥, 막간 공연으로까지 진출한 바 있었다. 급기야는 1918년 광무대의 공연 예고 중 하나에서는 아예 "구파연극으로 박춘직픽의 희극"(『매일신보』 1918.2.11)과 같이 주 공연물로 내세워지기에 이르기도 한다.

---

51 백현미, 앞의 책, 137-138면에서는 당시 창극 대본으로 쓰였으리라는 전제 하에 〈옥중가인〉을 기존 〈춘향전〉과 비교 분석한 결과 애정갈등의 강조 및 희극적 장면의 확대 현상이 나타났으며, 이는 당시 1910년대 신파극과 구연극에서 희극 혹은 희극적 장면이 독립되어 자주 공연된 점과 긴밀한 관련이 있다고 보았다. 그리고 이는 1900년대 〈은세계〉와 다른 특성인 바, 정치성이 제거된 문학을 양산한 1910년대의 시대적 경향을 반영한다고 보았다.

52 박황, 앞의 책, 47-58면에 〈어사와 초동〉 텍스트가 실려 있어 참조할 수 있다.

53 손태도, 「경기 명창 박춘재론」, 『한국음반학』 7, 한국고음반연구회, 1997, 176-177면 참조.

기존의 소학지희나 판소리의 경우와 달리 재담극의 웃음은 특정 대상을 겨냥한 웃음이라 보기는 어렵다. 하층의 삶에서 우러난 애환이 담긴 웃음은 더더구나 아니다. 차라리 웃음 그 자체가 목적이자 일종의 상품인 웃음이라 보아야 할는지 모른다. 불특정 다수를 대상으로, 짧은 시간 내에, 특별한 전후 맥락 설정 없이, 관객의 직접적 반응을 유발해야 하는 맥락적 요건을 고려한다면 이러한 웃음 외에는 다른 선택이 어려웠을 것이다. 시류성 강한 메시지를 담기도 쉽지 않았을 것이다. 그러므로 재담적 웃음 유발 및 그러한 요소의 확대는 전통공연물이 시대 변화와 공연 환경 변화 속에서도 살아남기 위해 기존의 중요한 부분을 잃는 것을 감수하면서까지 받아들일 수밖에 없었던 데 따른 결과적 현상이었다.[54]

4. 전통공연물 향유방식 변화의 의의

앞의 논의에서는, 전통공연물들이 근대 실내극장무대 공연이라는 새로운 소통 환경 하에 놓이면서 향유방식상 어떠한 변화가 나타났을까 하는 문제에 대해 살펴보았다. 그 결과 나열식 연속 공연, 보여주기(보기) 지향, 대중적 공연물로의 재맥락화 등이 그런 대로 뚜렷한 변화의 양상이라 여겨졌다.[55] 갈래별로 나타난, 미세한 변화의 양상을 읽어낼 때 논의가 더 깊어질 수 있겠으나 여기서 감당하기는 어렵다. 그래서 이 정도만의 것을 단서로 하여 그 변화의 의의를 점검하며 논의를 마무리짓고자 한다.

그 무엇보다 가장 큰 의의는 전통 시대 공연자 및 관객의 신분별, 계층별

54 이 시기 전통공연물에 나타난 웃음의 문제에 대해서는 정충권, 「근대초 전통공연물에서의 웃음」, 『판소리연구』 49, 판소리학회, 2020 참조.

55 이외에도 변화의 양상들을 더 찾을 수 있겠으나 특히 이 세 가지 사항이 당대적 대응성의 측면에서 중요하리라 보았다.

장벽이 허물어져 일종의 평등성을 구현한 것이라 할 수 있다. 실내극장 공간에서는 공연자가 그 지명도에 따라, 계약에 따라 받는 공연료 내지 임금과, 극장의 안으로 들어와 공연물을 즐길 수 있는 자격이 부여되는 관람료만이 공연의 전제로 설정되고 있을 뿐이다. 고관들이나 하등노동자나 그 자격은 별다를 바 없었던 것이다.

여러 이질적인 공연물들이 한데 모여 대등한 자격으로 나열식의 공연을 펼치게 된 것은 그러한 환경 변화와 관련된다. 앞서 논의한 바처럼 전통공연물들은 새로운 무대와 새로운 관객 앞에서 공연적 생명을 지속하기 위해 그 나름대로 대응해 갔다. 이 과정을 통해 자기 갱신을 해낸 갈래도 있는가 하면 다소 열세에 놓여 간 갈래도 있었다. 하지만 그 어느 갈래도 독자적이면서 배타적인 위상을 지니지 않았었다. 판소리로부터 파생된 구극 갈래가 주 공연물화해 가기는 했지만 그만의 단독 공연을 지속할 정도만큼은 아니었다.[56] 각각 그 나름대로의 공연적 고유성에 토대를 두고 관객의 호응을 얻으면 되었던 것이다. 관객층뿐 아니라 공연 갈래들 역시 애초 공연자의 신분에 연유하던 우열이 사라진 셈이다. 대등한 자격을 지니게 된 여러 공연 갈래들의 종합 향유는 이질적인 관객의 평등한 향유와 맞물리게 된 것이다. 나열식 연속 공연이라는 향유방식 속에는 이러한 '평등'의 함의가 내포되어 있다고 할 수 있을 것이다.

물론 그 결과 공연물의 전문성 혹은 예술성은 약화되었을 수 있다. 판소리나 구극은 더 이상 창우들만의 예술물이 아니었으며 궁중 무용 역시 기존 공연 맥락을 벗어남으로써 공연의 지향점을 새로이 설정해야 했다. 관객들의 경우도 그 취향이 다양했을 것이므로 공연자들은 소위 귀명창이 아닌 사람들도 대상으로 해야 했다. 그러한 변화로 인해 공연물을 한 단계 더 격상시킬 수도 있었겠지만, 얻는 것이 있으면 감수해야 하는 것도 있는 법이었다.

---

56 물론 1930년대 조선성악연구회 결성 이후에는 양상이 달라진다.

둘째, 전통공연물이 실내의 극장무대 위에 놓임으로써 관객으로 하여금 일종의 감각적 향유를 경험하게 했다는 점도 주목해야 할 점이다. 감각적 향유란 즉각적인 시·청각적 느낌으로서 이해, 판단 이전의 어떤 경험이다. "그 번화한 장단과 다섯 명 계집 아이의 재미있게 놀리는 손"(무동), "눈 같은 살빛, 꽃 같은 얼굴"·"나아갔다 혹은 물러섰다 하는 외씨 같은 발"(승무) 등이 그러한 경험의 표현이 아닐까 한다. 물론 그 전제 조건은 밝은 전등 아래 야간 '실내' 무대에서의 공연이라는 점이었다. 때로는 자극적이기까지 한 이러한 류의 감상평은 당시 전통공연물들이 관객들에게 얼마나 감각적으로 다가갔는가 하는 점을 알 수 있게 한다. 애초 사람들을 불러모으는 호적 소리부터가 관객의 감각을 활성화했을 터인데, 그 소리가 나지 않으면 발광증이 나겠다는 이도 있을 정도였다(『매일신보』 1914.3.8. 「독자긔별」). 때로는 "남원일읍이 흡샤히온듯 하더라"라는 평처럼 실감나는 시각적 재현의 경험으로까지 이어지기도 했었다. 실은 극장이라는 공간 자체가, 일상의 일부가 되어 가고 있던 기차, 전차 등과 함께 감각적 경험의 대상이었었다. 활동사진 역시 그러한 감각적 자극의 주요 매체이기도 했었다.

감각적 경험, 시각적 재현의 경험 등은 당시 관객 개개인으로 하여금 향유의 주체임을 느끼게 했을 것이다. 규범이나 윤리에 앞선 어떤 것이라는 점에서 그것은 새로운 경험이었다. 또한 당시 신문 기사나 독자란에서 전하는 극장 풍경에 따르면 이미 관객 각자가 서로에게 타자로서 감각적 지각의 대상이었음을 알 수 있다. 결국 애초 전통공연물에서 보이던 동질적 집단의 공동체적 향유방식은 사라지거나 약화되어 가고, 대신 불특정 다수의 개인적 향유가 새로운 방식으로 자리잡아 갔다. 그것은 실내극장이라는 공간의 근대성과 긴밀한 관련을 지닌 현상이었다.

셋째, 일종의 상품으로서 소비적으로 향유되었다는 점에서, 완전히 같지는 않겠으나, 공연예술사상 오늘날 대중적 향유에 해당하는 양상을 처음 드러내었다는 점이다. 전통공연물의 상품화 현상은 공연자와 관객의 관계에서도 알 수 있지만 애초에 당시 평민부호층이거나 상인층 출신 극장운영자들이 그것들의 상품 가치를 인식하고 이익의 방편으로 삼았다는 점[57]과도 관계가 있다. 그러한 환경 하에 놓인 전통공연물이 대중공연물로의 재맥락화 양상을 보일 수밖에 없었음은 앞서 살핀 바와 같다. 결과적으로 근대초 상품으로서의 전통공연물의 가치를 발견하고 그것을 그 나름대로 계승할 수 있었다는 점에는 긍정적인 의의를 부여할 수 있을 것이다. 하지만 당시의 향유는, 의식적으로 내용을 되새기는 진지한 향유나 일상에의 복귀를 위한 재충전 과정으로서의 축제적 향유와는 거리가 있을 수밖에 없었다. 소비적 향유이자 쾌락적 향유로서 차라리 위안(慰安)으로서의 향유에 가까웠다고 보아야 한다.

물론 당시 전통공연물에 대해 개량론이 끊임없이 제기되었다. 그 구태의 연함에 분개하여 투석(投石)까지 하는 등 심각한 상황이 벌어지기도 했었다. 이에 원각사에서는 〈최병도타령〉 혹은 〈은세계〉를 무대에 올림으로써 비판적 사회 의식을 담은 공연물을 만들기도 했으며, 〈수궁가〉도 애국단충(愛國丹忠), 권변기모(權變奇謀)의 작품이라고 하면서 무대에 올린 바 있다. 하지만 이러한 시도가 지속되지는 않았다. 매일 공연을 해야 하는 상황에 처해 있어 새로운 시도를 하기 쉽지 않았으며, 당시 전통공연물은 기능과 형식 중심으로 계승·전수되었기 때문이다. 창극을 창안해내고 후에는 신구파의 합작으로 공연을 시도하는 등 그 나름대로의 성과는 있었지만 결국 영화나 신파극, 신극 등에 밀려 파행적으로 공연된 것이 실상이다.

하지만 전통 시대에 주로 중하층에 의해 향유되던, 그리고 하층이 주 공연자이던 전통공연물들이 근대 실내극장이 등장하면서 그 무대의 첫 자리를 차지했다는 것, 그리고 그것이 우리의 대중 공연물 시대의 첫 막을 열었다는 것 등은 부정할 수 없는 사실이다.

57 김종철, 앞의 책, 135-138면.

5. 맺음말

이 글에서는 전통 시대의 공연물들이 근대초 실내극장무대 위에 놓이면서 기존의 향유방식이 변화된 양상 혹은 새로이 나타난 향유방식의 양상을 살피고자 하였다. 다만, 당시 공연 양상에 대한 기록이 남아 있지 않으므로 간접 기록물이라 할 수 있을 신문 잡지 기사와 광고를 통한 추론을 통해 논의를 진행해야 했다는 문제점은 있었다. 이 글에서의 논의가 거칠다는 점을 감안하면서 앞서 살핀 바를 정리하면 다음과 같다.

우선 20세기초 전통공연물이 실내극장무대에 등장하게 된 환경을 살펴보았다. 공연집단 간 기존의 계층이나 신분의 벽을 넘어서게 되었다는 점, 공연자는 고용을 통해 극장측에 전속되어 갔다는 점, 관람료 지불을 통해 공연을 볼 권리를 얻는 관객도 역시 기존의 공동체적 집단이 아닌 이질적인 불특정 다수의 도시 일반 대중으로 바뀌어 갔다는 점 등을 지적할 수 있었다.

그러한 변화된 환경 하에 당시 실내극장무대에서 공연된 전통공연물의 향유방식 중 주요 특성을 추론해 본 결과, 나열식 연속 공연, 보여주기(보기)의 지향, 대중공연물로의 재맥락화 등을 지적할 수 있었다. 이어서 이러한 향유방식에 담긴 의의를 살펴보았는데, 전통 시대 공연자 및 관객의 신분별, 계층별 장벽이 허물어져 일종의 평등성을 구현했다는 점, 전통공연물이 실내의 극장무대 위에 놓임으로써 관객으로 하여금 일종의 감각적 향유를 경험하게 했다는 점, 예술 상품으로서 소비적으로 향유되었으므로 그 나름대로 공연예술사상 오늘날 대중적 향유에 해당하는 양상을 드러내게 되었다는 점 등을 지적해 보았다. 이러한 사항들의 이면에는 그 나름대로의 문제점들을 안고 있음도 함께 지적하였다. 하지만 전통 시대에 주로 중하층에 의해 향유되던, 그리고 하층이 주 공연자이던 전통공연물들이 근대 실내극장이 등장하면서 그 무대의 첫 자리를 차지했다는 것, 그리고 그것이 우리의 대중 공연물 시대의 첫 막을 열었다는 것만큼은 그 누구도 부정할 수 없는 사실이다.

예전으로 돌아가 그때의 상황과 문제를 점검하는 일은 또 다른 가능성을 찾아 오늘날 지침으로 삼기 위함이다. 향후 그 공연미학의 측면부터 갈래 및 레퍼터리의 후대적 계승 문제까지 탐구하여 그에 걸맞는 의의 부여를 하는 작업이 더욱 활성화되어야 하리라 생각한다.

참고문헌

[논저]

고미숙, 『19세기 시조의 예술사적 의미』, 태학사, 1998.

권도희, 『한국 근대음악 사회사』, 민속원, 2004.

_____, 「20세기 전반기 극장연희의 종목과 그 특징」, 『한국음악연구』 47, 한국국악학회, 2010.

권은영, 「토막창극의 공연 특성에 관한 연구」, 『공연문화연구』 14, 한국공연문화학회, 2007.

김영희, 「일제강점기 초반 기생의 창작춤에 대한 연구」, 『한국음악사학보』 33, 한국음악사학회, 2004.

김재석, 「1900년대 창극의 생성에 대한 연구」, 『한국연극학』 38, 한국연극학회, 2009.

김종철, 『판소리사 연구』, 역사비평사, 1996.

단국대학교 공연예술연구소 편, 『근대한국공연예술사 자료집 1(개화기~1910년)』, 단대출판부, 1984.

박노현, 「극장의 탄생－1900~1910년대를 중심으로」, 『한국극예술연구』 19, 한국극예술학회, 2004.

박 황, 『창극사연구』, 백록출판사, 1976.

백두산, 「협률사 '소춘대유희'(1902-1903) 공연활동 재론－외국인 기행문에 등장한 개화기 광대화극과의 비교를 중심으로」, 『한국극예술연구』 64, 한국극예술학회, 2019.

백현미, 『한국창극사연구』, 태학사, 1997.

_____, 「창극 〈춘향전〉의 공연사와 양식상의 특징」, 『고전희곡연구』 6, 한국고전희곡학회, 2003.

사진실, 『공연문화의 전통』, 태학사, 2002.

서대석 · 손태도 · 정충권, 『전통 구비문학과 근대 공연예술 II』, 서울대학교출판부, 2006.

_______________, 『전통 구비문학과 근대 공연예술 III』, 서울대학교출판부, 2006.

손태도, 「경기 명창 박춘재론」, 『한국음반학』 7, 한국고음반연구회, 1997.

_____, 「전통사회 화극, 재담소리, 실창판소리에 대한 시각」, 『판소리연구』 39, 판소리학회, 2015.

_____, 「고전문학의 향유방식과 교육; 과거, 현재, 미래」, 『고전문학과 교육』 37, 한국고

전문학교육학회, 2018.
우수진, 「연극개량의 전개와 극장적 공공성의 변동」, 『현대문학의 연구』 42, 한국문학연구학회, 2010.
유민영, 『한국근대연극사』, 단국대학교 출판부, 2000(증보판).
유선영, 「극장구경과 활동사진 보기: 충격의 근대 그리고 즐거움의 훈육」, 『역사비평』, 역사비평사, 2003.
이두현, 『한국신극사연구』, 서울대학교 출판부, 1990(증보판).
이정노, 「기생 사회의 재편에 따른 1910년대 춤 연행의 변동에 관한 연구」, 『동양예술』 26, 한국동양예술학회, 2014.
이혜구, 「송만재의 관우희」, 『판소리연구』 1, 판소리학회, 1989.
정충권, 「1900~1910년대 극장무대 전통공연물의 공연양상 연구」, 『판소리연구』 16, 판소리학회, 2003.
______, 「초기 창극의 공연 형태와 위상」, 『국어교육』 114, 한국어교육학회, 2004.
______, 「근대초 전통공연물에서의 웃음」, 『판소리연구』 49, 판소리학회, 2020.
조영규, 『바로잡는 협률사와 원각사』, 민속원, 2008.
최동현, 「20세기 판소리 전승과 미적 감수성의 변화」, 『판소리연구』 42, 판소리학회, 2016.
한상언, 「1910년대 경성의 극장과 극장문화에 관한 연구」, 『영화연구』 53, 한국영화학회, 2012.

에밀 부르다레, 정진국 옮김, 『대한제국 최후의 숨결』, 글항아리, 2009.
미디어가온 고신문(빅카인즈)
(http://www.kinds.or.kr/news/libraryNews.do).
한국역사정보통합시스템(http://www.koreanhistory.or.kr).

3부

고전시가의 향유/교육

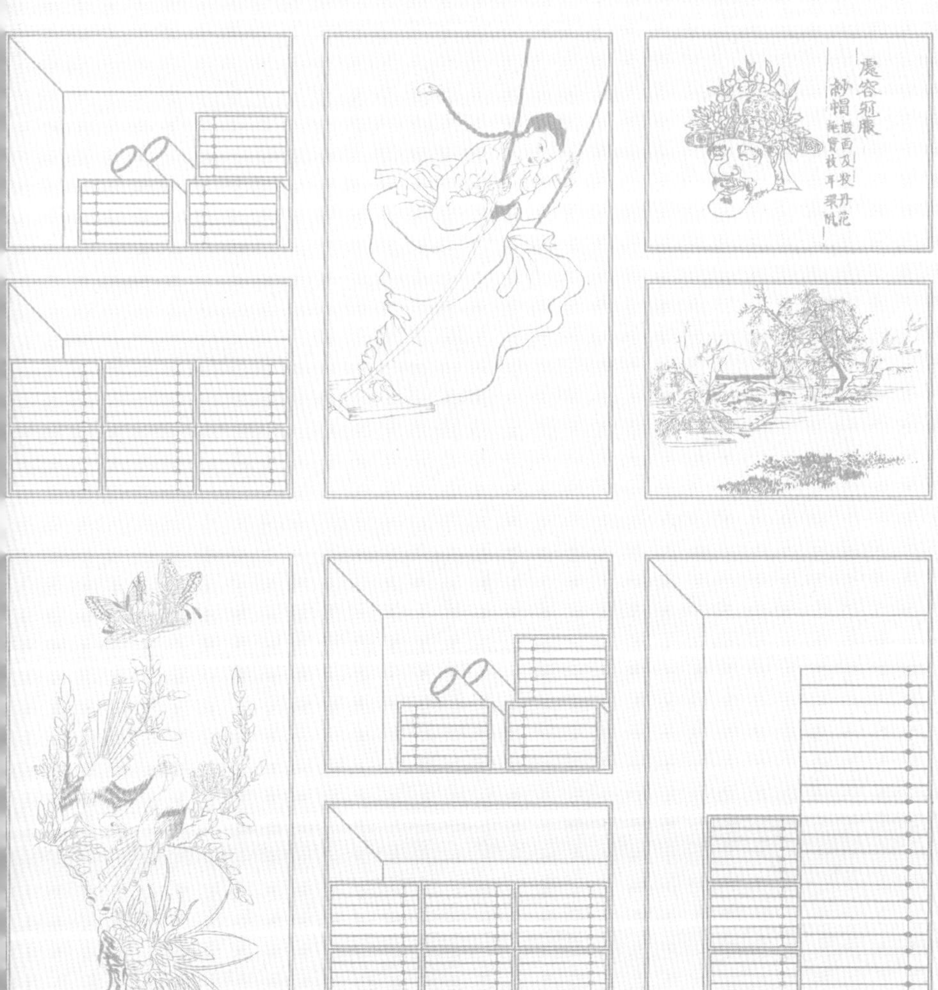

6장

<황조가>의 향유 지평 확장을 위한 수록 의도 탐색

조하연*

1. 서론

『삼국사기』의 「고구려본기」 중 유리왕 재위 3년의 기록에 수록된 고대의 짧은 노래 〈황조가〉는 그동안 수많은 연구의 주제가 되었다. 모두 합해 16자의 한자로 기록된 이 작품을 선학들은 후학들이 더 이상 새로운 관점을 제시하기 어려울 정도로 깊이 있고 다양한 방면에서 분석하였다.[1] 이를 통해 우리는 〈황조가〉가 한국문학사에서 얼마나 깊은 애정을 받고 있는지를 느낄 수 있다.

물론 작품에 대한 지극한 관심과 다각도의 탐구에는 우리가 보유하고 있는 몇 안 되는 고대가요인 이 작품의 희소성이 중요한 역할을 했으리라 생

* 아주대학교 국어국문학과 교수.

1 〈황조가〉에 대한 적극적인 관심은 다음과 같은 수십 년 전 논문의 한 구절을 보는 것만으로도 충분히 확인할 수 있다. "近來 本 〈黃鳥歌〉에 對해서는 國語 國文學을 專攻하는 분이라면, 누구도 한번은 自己나름대로의 解釋을 試圖해 보아 온 것도 事實이며, 또한 그 누구도 모두 積極的으로 이를 究明해 보지 못한 것도 現今까지의 그 實情이다." (권영철, 「〈황조가〉 신연구」, 『국문학 연구』 1, 효성여대 국문학연구실, 1968, 81면.)

각한다. 그러나 작품의 희소성이 아무리 중요하다 하더라도 이 작품에 그만큼의 탐구가 가능할 만큼의 자질이 없었다면 지금 우리가 접할 수 있는 정도의 풍부한 연구 성과가 있기도 어려웠을 것이다. 얼핏 평범해 보이는 짧은 노래 한 편이지만, 다양한 호기심을 자극하는 작품의 면모에 매력을 느낀 여러 연구자들의 적극적 탐구의 결과가 오늘날 우리가 접할 수 있는 〈황조가〉에 대한 풍부한 지식들이자 다양한 향유의 바탕이다.

이러한 지식들을 통해 우리는 이 노래가 여러 부족들이 복잡한 국제 정세 속에 하나의 나라를 이루어 가던 고구려 초의 정치 상황[2]은 물론, 신화적인 질서의 붕괴에 따른 가치관의 변화,[3] 고대의 구애 풍속[4]이나 계절제의[5] 등의 문화를 비롯한 다양한 요소들과 긴밀히 연결된다는 사실을 알게 되었다. 이제까지 축적된 지식들만으로도 우리는 한국문학의 전통을 이해하고, 고대의 모습을 여러 각도에서 조망해 보는 데 큰 도움을 얻고 있다. 짧은 노래 하나에 깊은 애정을 가질 수 있는 충분한 이유가 있다.

그럼에도 불구하고, 이 노래의 실상이 정확히 어떤 것인지에 대해서 여전히 논쟁의 여지가 있는 것도 사실이며, 그간의 접근 방식에 대해서도 연구사적인 차원에서 고려해야 할 점이 전혀 없지는 않다. 무엇보다 우리는 이 노래가 고대의 역사나 문화와 어떻게 연결될 수 있는지에 대해 자세히

---

2 당시의 정치, 사회적 상황을 적극적으로 고려한 최근까지의 연구를 정리한 것으로 다음의 논문들이 있다. 황병익, 「『삼국사기』 유리왕 조와 〈황조가〉의 의미 고찰」, 『정신문화연구』 32, 한국학중앙연구원, 2009; 박인희, 「〈황조가〉의 배경 연구」, 『한국시가문화학회』 25, 한국고시가문학회, 2010.

3 조동일, 『한국문학통사』 1, 지식산업사, 1994, 101면.

4 〈황조가〉를 고대의 문화적 특성과 연결지어 구애 풍속으로 이해한 연구는 초기 연구부터 지속적으로 제시되었다. (정병욱, 『한국고전시가론』, 신구문화사, 1997; 김승찬, 「황조가의 신고연」, 『국어국문학지』 9, 문창어문학회, 1969; 김학성, 「〈황조가〉의 작품 성격」, 『한국고전시가작품론』 1, 집문당, 1992; 조용호, 「황조가의 구애민요적 성격」, 『고전문학연구』 32, 한국고전문학회, 2007.)

5 허남춘, 「〈황조가〉 신고찰」, 『한국시가연구』 5, 한국시가학회, 1999; 강명혜, 「〈황조가〉의 의미 및 기능」, 『온지논총』 11, 온지학회, 2004.

알게 된 것에 비해 이 노래가 우리의 삶에 무엇을 말해주는지에 대해서는 상대적으로 깊은 생각을 하지 않았던 것으로 보인다.

〈황조가〉에 대한 연구가 특정한 어휘의 해석에 집중하여 오늘날의 우리에게 주는 의미가 무엇인지에 대해서는 아쉽게도 많은 관심이 나타나지 않았다라는 지적이나,[6] 〈황조가〉를 비롯한 고대가요의 교육이 작품과 현대인의 거리를 해소하지 못하고, 학습자에게 여전히 감상과 공감보다는 암기의 대상이 되고 있다는 진단[7] 등도 모두 이러한 사정과 관련된 것이라 생각된다. 다시 말해, 우리가 지금 〈황조가〉를 소중한 문화유산으로 보유하고는 있으되, 이를 우리의 삶에서 적극적으로 향유하는 수준에 이르지 못하고 있다는 점이 매우 아쉬운 상황이다.

물론 〈황조가〉에 대한 기왕의 연구들이 넓은 의미에서 보자면 후대인으로서 이 작품을 향유한 결과이기도 하고, 이 노래를 각자의 삶과 연결시켜 향유하는 것은 저마다의 몫이기는 하다. 그러나 이 노래가 말하는 유리왕의 삶이 어떤 것이고, 그런 유리왕의 삶이 우리에게 무엇을 전하는지를 생각하며 작품의 전모를 다시 살피는 일도 의미가 없지 않다고 생각한다. 이 글은 이러한 판단에 따라 우리가 만날 수 있는 〈황조가〉 최고(最古)의 향유자인 『삼국사기』 편찬자[8]의 의도를 추적하며 이 작품을 다시 한 번 살펴보기로 한다. 역사적 사실이든 아니든, 편찬자는 수많은 자료의 선별 과정에서 나름

6 김정애, 「설화 〈지네각시〉와의 서사 비교를 통해 본 〈황조가〉와 그 전승 양상의 문학치료적 의미」, 『겨레어문학』 54, 겨레어문학회, 2015, 56-57면.

7 최홍원, 「고대가요에 대한 국어교육적 탐색」, 『국어교육학연구』 38, 국어교육학회, 2010, 269면.

8 『삼국사기』에는 책임자인 김부식을 비롯하여 모두 11명의 편수관이 참여한 것으로 알려져 있다. 최고 편수관으로서 김부식의 역할이 가장 중요했을 것이나, 공동 작업으로 이루어진 것이 분명하다는 것이 학계의 입장이다. (이기동, 「삼국사기 해제」, 『동국사학』 48, 동국사학회, 2010, 316면.) 이런 점을 고려하면 〈황조가〉 관련 기사의 실제 기록자를 김부식이라고 특정하기는 어렵다. 이에 이 글에서는 〈황조가〉를 수록한 이를 '편찬자'로 부르기로 한다.

대로의 의도를 가지고 해당 기사 속에 이 작품을 기록해 두었을 것이다.[9] 그 의도를 추적해 가는 과정이 이 작품에 대한 새로운 이해를 제공해 줄 수 있으리라 생각한다.

2. <황조가> 수록의 의도를 문제 삼는 이유

이 글이 〈황조가〉 기록의 의도를 문제 삼는 이유에 대해서는 약간의 설명이 따로 필요하리라 생각한다. 앞에서 『삼국사기』의 편찬자가 우리가 만날 수 있는 가장 오래된 〈황조가〉의 향유자이고, 편찬자의 의도를 추적함으로써 이 작품에 대한 새로운 이해가 가능하리라 가정했지만, 사실 이 작품을 수록한 편찬자의 의도가 그리 쉽게 읽히지 않는다는 점이 편찬자의 의도에 관심을 가지는 근본적인 이유이기도 하다.

익히 알려져 있는 것처럼, 이 작품은 유리왕 3년의 기록 중 당시 왕비 송씨의 죽음 이후 유리왕이 계실(繼室)로 들인 화희와 치희가 서로 다투어, 치희가 고향으로 떠나 버린 사건의 말미에 수록되어 있다. 이 노래가 수록됨으로써 이 부분은 건조한 역사의 기록과 다른 분위기를 형성한다. 그런데 바로

---

9 역사학계의 연구에 따르면, 『삼국사기』에 기록된 유리왕의 모습은 다른 역사서들과 충돌하는 면이 적지 않다. 유리왕에 대한 역사적 사실을 재구하는 데에는 일연의 『삼국유사』나 이규보의 〈동명왕편〉은 물론 '광개토왕릉비'의 고구려 창업과 관련 내용 등 다양한 자료를 활용할 수 있는데, 이러한 자료들을 종합적으로 검토하면 『삼국사기』에 기록된 주몽과 유리의 관계를 근본적인 수준에서 의심하게도 된다. 예컨대 『삼국유사』에는 주몽과 유리의 성이 각각 '高' 씨와 '解' 씨로 기록되어 있는데, 이는 두 인물이 서로 다른 혈통을 가지고 있었다는 추론을 가능하게 한다. (김용선, 「고구려 유리왕 고」, 『역사학보』 87, 역사학회, 1980, 52-56면 참조.) 만일 유리왕의 가계가 동명성왕과 다른 것이 사실이라면, 〈황조가〉에 대한 국문학계의 연구에도 상당한 영향을 미칠 수밖에 없으리라 생각한다. 이 글은 유리왕의 역사적 성격에 대한 이해가 다양할 수 있음을 인정하되, 여전히 논쟁중임을 고려하여 우선 『삼국사기』 편찬자의 〈황조가〉 이해에 초점을 두어 논의를 진행하였다.

이 지점에서 편찬자의 의도에 일차적인 의문이 생긴다. 역사서로서 『삼국사기』의 성격을 고려한다면 해당 기사에서 굳이 이 작품을 말미에 기록하지 않았더라도 나름대로의 완결성이 충분히 확보될 수 있기 때문이다.

후일담처럼 덧붙여진 이야기, 그리고 그 이야기에 등장하는 한 편의 서정시라는 점에서 〈황조가〉를 수록한 기사는 여타의 기사들에 비해 매우 이질적이다. 이질적임에도 불구하고 이런 방식의 기록이 나타난 것은 이것을 기록해야 하는 편찬자 나름대로의 이유가 없이는 불가능한 일이다. 그런데 이를 주제로 한 본격적인 분석이 아직은 부족한 듯하다.

『삼국사기』 기사들의 특징을 고려하면 이것이 왜 문제가 되는지가 좀 더 분명해진다. 『삼국사기』의 「본기」에 수록된 기사들은 대개 그 길이가 길지 않을 뿐 아니라, 있었던 일을 간략하게 기록한 것이 보통이다. 비교적 긴 분량으로 서술된 기사들도 사정은 마찬가지여서 대부분 사실들을 시간과 인과 관계에 따라 건조하게 기록하고 있다. 이런 특성으로 보아 기록을 최소화하고, 사실이라고 추정되는 것 이외의 내용을 기록하는 데 절제하였던 것이 나름대로의 서술 원칙이 아니었을까 하고 추정해 볼 수도 있다.[10] 예컨대 『삼국사기』는 다음과 같은 특이한 이야기라 할지라도 있었던 일들을 그대로 기록하고 있을 뿐이고, 기록된 사항들은 서로 간의 선후 관계나 인과 관계가 명확하다.[11]

---

10 『삼국사기』 기사의 사료 선정의 기준에 대한 연구에 따르면, 기록의 시점에 따라 사료를 변경하지 않고 그대로 옮기는 '以實直書'의 원칙을 취했다고 한다. (조인성, 「삼국사기 범례의 모색: 본기 기사의 선정 기준을 중심으로」, 『한국고대사연구』 40, 한국고대사학회, 2005, 255-256면.) 이미 『삼국사기』의 편찬 동기 중에 우리 역사에 대한 기록이 부족하다는 이유가 있다는 점과 연결하면, 부족한 사료일지라도 사료에 있는 그대로 수록하는 것을 서술의 기본자세로 삼았던 것으로 보인다.

11 이 글에 인용되는 『삼국사기』의 모든 부분은 국사편찬위원회의 '한국사데이터베이스(http://db.history.go.kr/)'에 수록된 원문과 번역본임을 밝힌다.

여름 5월에 두꺼비가 궁궐 서쪽의 옥문지(玉門池)에 많이 모였다. 왕이 이를 듣고 좌우에게 말하기를, "두꺼비는 성난 눈을 가지고 있으니 이는 병사의 모습이다. 내가 일찍이 들으니 서남쪽 변경에 이름이 옥문곡(玉門谷)이라는 땅이 있다고 하니 혹시 이웃 나라의 군사가 그 안에 숨어 들어온 것은 아닐까?" 라고 하였다. 이에 장군 알천(閼川)과 필탄(弼呑)에게 명하여 군사를 이끌고 가서 찾아보게 하였다. 과연 백제의 장군 우소(于召)가 독산성(獨山城)을 습격하려고 무장한 군사 5백 명을 이끌고 와서 그곳에 숨어 있었다. 알천이 갑자기 쳐서 그들을 보두 죽였다. (신라본기 제5, 선덕왕 5년 5월)

선덕왕의 특이한 예지력을 소개한 위의 이야기를 기록하면서 편찬자 역시 그 역사적 사실성을 고민하였을 것이다. 그러나 위 기사에서 편찬자는 이에 대한 의심이나 개인적인 평가를 배제하고, 있었다고 전해지는 일들을 시간의 순서에 따라 그대로 적고 있다.

만일 『삼국사기』가 한 특별한 사정이 없는 한, 사건의 시작과 끝에 이르는 과정을 확보된 자료에 따라 기록하는 것을 나름의 원칙으로 하고 있었다면, 〈황조가〉가 수록된 기사는 이러한 원칙에서 상당히 벗어나 있다. 이미 드러내고자 하는 사건을 충분히 서술하였음에도 불구하고 성격이 모호하고, 다분히 감성적이기까지 한 내용을 굳이 첨가하고 있기 때문이다. 해당 기록까지 유리왕에 대해 기록된 사항을 정리해 보면 이 같은 사정을 좀 더 구체적으로 확인할 수 있다. 다음은 유리왕의 즉위에서 〈황조가〉가 등장할 때까지의 기사를 요약한 것이다.

1년 유리왕의 즉위. 유리왕의 가계. 동명성왕과의 만남 및 왕위 계승

2년 9월 다물후 송양의 딸과 결혼

10월 신작(神雀)의 출현

백제 온조왕의 즉위

3년 9월 골천에 별궁을 지음

10월 왕비 송 씨의 죽음

두 명의 계실을 얻음

화희와 치희의 쟁총

기산에서 7일간 사냥

치희의 도망과 설득 실패

황조(黃鳥)를 보고 느낀 것이 있어 노래함

이렇게 〈황조가〉에 이르는 기록들을 정리해 보면,[12] 왕위 계승과 혼인, 상서로운 조짐의 출현 등 1년과 2년의 기록에 이어 왕비의 죽음과 계비들의 쟁총, 그리고 파경을 기록한 3년의 기록들이 모두 재위 초기 유리왕이 왕으로서 수행한 역할들에 해당한다는 일관성이 있음을 알 수 있다.[13] 그리고 기록된 내용들이 모두 유리왕의 정치적 활동으로서의 일관성을 가지고 있다는 점을 고려할 때, 3년의 기사 말미에 굳이 유리왕이 황조를 바라보며 떠오른 느낌을 노래했다는 내용이 삽입될 필요가 있었는지가 더욱 의문스럽다.

물론 『삼국사기』에는, 드문 경우기는 하지만 시가가 수록된 또 다른 기록들이 있다. 〈여수장우중문시(與隋將于仲文詩)〉로 알려진 을지문덕의 오언고시가 대표적이다.[14] 고구려 영양왕 시대에 수와의 전쟁에서 활약했던 을지

12 '본기'에는 해당하는 월까지 기록된 것이 대부분이나 그렇지 않은 것도 혼재해 있다. 이 점을 중시하여 송 씨의 죽음 이후 사건들의 시간대를 유리왕 3년 이후로 보는 경우도 있었다. 한 해에 일어난 사건들이라 보기에는 시간이 지나치게 촉박하다는 이유에서이다. 논자에 따라 3년에서 6년 정도까지의 사건을 압축하여 기록한 것이라는 다양한 추측이 제시되고 있다. (강명혜, 앞의 글, 2004, 17-18면.)

13 이 기록들 중 백제 온조왕의 즉위 기록이 조금 특이해 보일 수 있으나, 같은 시기 〈신라본기〉 혁거세조에도 온조왕의 즉위가 동일하게 수록되어 있는 것으로 보아, 삼국 역사를 종합적으로 서술하려 한 편찬자의 의도로 판단할 수 있다.

14 역사적 사실의 기록이 목적이 된다는 점에서 『삼국사기』에는 서정적인 시가가 포함되

문덕의 열전에는 그가 수나라 장수 우중문에게 이 시를 보내어 상대의 의중을 확인했다고 기록되어 있다. 그런데 이 한시는 전쟁의 진행 과정에서 을지문덕이 전략적으로 보냈던 것이기에 그 전문의 내용이 역사적 기록으로서 의미를 지닌다. 또한 열전의 편찬자는 을지문덕의 한시를 소개하기에 앞서 이미 을지문덕이 문장을 짓고 해석할 수 있었다는 사실을 기록해 둠으로써 해당 부분에 등장하는 을지문덕의 한시 창작이 전혀 이상할 것이 없음을 미리 보여주고 있다. 『삼국사기』의 편찬자가 기록된 사실들의 연결 관계를 충분히 고려하고 있었다는 사실을 알 수 있다.

이와 비교할 때 〈황조가〉는, 특히 황조가를 화희 치희의 다툼 이후의 일이라 본다면, "감정을 절제하려고 애쓰고 있는 흔적이나 위엄과 권위도 느낄 수 없"[15]는, 너무나 서정적인 작품이어서 역사적인 자료로서 큰 의미가 있을지 의심스럽다. 이에 대해 한 연구에서는 이것을 '기술상 괴리'라 평가하고, 그 이유를 편찬자가 유리왕의 체통을 고려하여 '우회적이며 낭만적으로 묘사'한 것이라 추정하기도 하였다.[16] 그러나 이런 정도로 편찬자가 유리왕에 대해 호의적이었을지에 대해서는 재론의 여지가 있다. 이어지는 장에서 자세히 소개하겠으나, 적어도 『삼국사기』의 기록에서 유리왕은 그리 뛰어난 군주로 그려지지 않기 때문이다. 〈황조가〉의 수록에는 편찬자의 분명한 의도가 있었음을 전제해야 할 텐데, 현재로서 그 의도를 명확히 이해하기가 쉽지 않다.

따지고 보면, 기존의 연구사에서 대부분의 연구가 공유하고 있는 질문도

기 어려운 체계를 가지고 있으나 약간의 기록이 남아 있어 삼국시대 서정시의 모습을 일부 확인할 수 있다. 『삼국사기』에 수록된 시가 작품으로 가장 널리 알려지고, 또 내용 전체가 전해지는 유리왕의 〈황조가〉와 을지문덕의 〈여수장우중문시〉 외에도 〈회소곡(會蘇曲)〉, 〈우식곡(憂息曲)〉 등 몇몇의 작품이 더 전해지고 있다. (허원기, 「삼국사기의 문학사적 성격과 의미」, 『동방학』 25, 한서대학교 동양고전연구소, 2012, 51면.)

15 강명혜, 앞의 글, 2004, 20면.

16 김영수, 「〈황조가〉 연구 재고－악부시 '황조가'의 해석을 원용하여」, 『한국시가연구』 6, 한국시가학회, 2000, 41면.

결국 편찬자의 의도와 연결될 수 있다. 기존의 연구에서는 작품과 부대 설화를 역사적 사실로 인정할 것인가 하는 것이 항상 문제가 되었다. 유리왕이 아직 신화적 인물로서의 성격을 가지고 있고, 왕비 송 씨의 죽음, 계실로 등장한 화희와 치희의 쟁총 등이 다른 부분의 역사적 사실들과 충돌하면서 기록 자체의 역사성이 의심되었기 때문이다.[17] 이는 결국 편찬자가 이 이야기를 어떻게 인식하고 있는지의 문제와 이어질 수밖에 없다. 다음의 글에서 이러한 문제에 대한 고민을 확인할 수 있다.

> 지금까지 연구자들은 대개 유리왕 3년 조의 기사를 〈황조가〉의 발생과 관련된 설화로 간주해왔다. 〈황조가〉가 유리왕의 창작이 아닐 것이라고 보는 경우에도, 그 노래가 화희와 치희의 갈등과 유관할 것이라는 생각 자체까지 의심하면서 전혀 다른 논리를 전개한 경우는 거의 없었다. 노래가 두 여인이 다툼을 다룬 기사와 바로 연결되고 있기 때문에, 의심을 품지 않았던 것은 얼핏 당연해 보이기도 한다.[18]

〈황조가〉 연구의 경향을 분석한 위의 글에서 필자는 화희와 치희의 다툼 다음에 바로 이어지는 노래가 서로 자연스럽게 이어지지 않음에도 불구하고, 이 둘을 바로 연결시킨 이전 연구들의 결함을 지적하고 있다. 다음에 소개하는 글 역시 이러한 문제를 매우 심각한 것으로 인식하고 있다.

> 화희치희설화의 본래적 의미구조가 밝혀진다면 자연히 황조가의 해석 실마리도 찾게 될 것이다. 그간의 연구는 설화와 시가를 맥락지어 해석하려다 보니 설화와 시가의 유기적 관계가 잘 밝혀지지 않자, 둘을 분리하여 삽입가요라거나 부대설화라고 하며 본래의 문맥을 훼손하기도 하였다.[19]

---

17 허남춘, 앞의 글, 1999, 17면.

18 조용호, 앞의 글, 2007, 15-16면.

인용한 글은 화희와 치희의 쟁총을 역사가 아닌 설화로 이해하고 있는데, 이 설화와 이어지는 시가 〈황조가〉의 유기성이 이전까지의 연구에서는 충분히 밝혀지지 않았음을 지적하고 있다. 그리고 그 결과로 이 작품에 대한 기존의 연구들이 설화의 의미 및 시가의 실체를 오해하게 하는 원인이 되었다고 분석하고 있다. 화희와 치희의 쟁총에 대한 기록, 그리고 이어지는 〈황조가〉 사이의 관계는 관련성을 쉽게 이해하기 어려운 것이 사실이어서, 앞의 사건과 자연스럽게 이어지지 않는 〈황조가〉 수록의 의도를 묻는 일은 이 작품의 성격을 이해하기 위한 기초적인 과정이기도 하다.

3. <황조가> 수록 의도 추론을 위한 세 가지 검토

그렇다면 〈고구려본기〉의 편찬자는 어떤 이유로 〈황조가〉를 기록하였을까? 편찬자가 따로 그 이유를 기록하지 않았으므로 앞뒤의 맥락을 검토하여 간접적으로 추론할 수밖에 없다. 이에 이 장에서는 다음과 같은 세 가지 요소를 살펴 편찬자의 의도를 추리하는 데 도움을 얻고자 한다. 우선 유리왕조의 기록 전체에 나타나는 유리왕에 대한 편찬자의 인식을 확인하여 편찬자의 전반적인 서술 기조를 이해하려고 한다. 다음으로는 유리왕조의 전체 기사 수록 양상을 정리하여 이 기록의 객관적인 위치와 의미를 생각해 보려고 한다. 끝으로 기록 내 해석이 분분한 '王嘗息樹下'에서 '嘗'의 의미를 다시 검토하여 해당 기사의 이해에 참조해 보고자 한다.

① 유리왕에 대한 편찬자의 인식

『삼국사기』의 편찬자는 유리왕을 어떤 군주로 생각하고 있었을까? 우선

---

19 허남춘, 앞의 글, 1999, 6면.

『삼국사기』의 기록들 몇몇을 간략히 살펴보기로 하자.

(가) 19년 가을 8월에 제사지낼 돼지가 달아나므로 왕이 탁리(託利)와 사비(斯卑)를 시켜 이를 쫓게 하였다. 장옥(長屋)의 늪 가운데에 이르러 이를 찾아내어 칼로 그 다리의 힘줄을 끊었다. 왕이 듣고 화를 내며 말하기를 "하늘에 제사지낼 희생을 어찌 상처를 낼 수 있는가?"하고, 드디어 두 사람을 구덩이 속에 던져 넣어 죽였다. 9월에 왕이 질병에 걸렸다. 무당이 말하기를 "탁리와 사비가 빌미가 되었습니다."고 하였다. 왕이 이를 사과하도록 하니 곧 병이 나았다.

(나) 22년 12월에 왕이 질산(質山) 북쪽에서 사냥을 하면서 5일이나 돌아오지 않자, 대보(大輔) 협보(陜父)가 간하여 말하기를 "왕께서 새로 도읍을 옮기고 백성들이 마음을 놓지 못하므로, (중략) 정치는 거칠게 되고 백성은 흩어져서 선왕의 위업이 땅에 떨어질까 신은 두렵습니다." 하였다. 왕이 이를 듣고 크게 화가 나서 협보의 관직을 그만두게 하고 관원(官園)을 맡아보게 하였다. 협보는 분하여 남한(南韓)으로 달아났다.

(다) 28년 봄 3월에 왕이 사람을 보내 해명에게 말하기를 "나는 도읍을 옮겨서 백성을 편안하게 하고 나라를 튼튼하게 하고자 하였다. 너는 나를 따르지 않고 힘 센 것을 믿고 이웃나라와 원한을 맺으니, 자식의 도리가 이럴 수 있느냐?"하고, 칼을 주어 스스로 목숨을 끊게 하였다.

(라) 28년 가을 8월에 부여왕 대소(帶素)의 사신이 와서 왕을 꾸짖어 말하기를 "나의 선왕과 당신의 선군 동명왕은 서로 사이가 좋았는데, (중략) 지금 왕이 만약 예와 순리로써 나를 섬긴다면 하늘이 반드시 도와서 나라의 운수가 오래 갈 것이고, 그렇지 않으면 사직을 보존하려고 하여도 어려울 것이다." 하

였다. 이에 왕이 스스로 말하기를 "나라를 세운 날이 얼마 되지 않고, 백성과 병력이 약하니 형세에 부합하여 부끄러움을 참고 굴복하여 후의 성공을 도모하는 것이 합당하다." 하였다.

위에 소개한 내용들처럼 '고구려본기'의 기록에는 유리왕을 부정적으로 볼 수 있는 기사가 상당하다. (가) 19년의 기록에서 유리왕은 잘못을 저지른 책임을 물어 사람을 구덩이에 묻을 정도로 잔인했고, (나) 22년의 기록에서 잦은 사냥의 문제를 간하는 선친의 신하를 포용하지 못해 놓치는가 하면, (다) 28년의 기록처럼 외교관계를 우려하여 자신의 아들이 스스로 목숨을 끊게 하는 비정한 아버지의 모습을 보여주었다. 같은 해, (다)의 기록에서는 외세의 부당한 압력에 스스로를 합리화하는 비굴한 모습도 나타난다.

물론 위의 기사들에 대한 긍정적인 해석도 가능할 수 있다. 19년의 기록은 신성한 제사를 훼손한 관리의 책임을 엄중히 물은 것이고, 22년의 기록은 선친의 창업을 이은 왕으로서 창업 공신과의 이해 가능한 갈등으로 볼 수도 있다.[20] 28년의 비극과 비굴한 모습은 국가의 안정을 위해 냉철하게 국제 관계를 관리하는 태도로 달리 생각해 볼 수 있다.

그러나 당시의 법제와 국제 관계를 고려한다 해도 사람을 묻고, 자식을 죽음에 이르게 하는 것은 어느 시대에나 적용될 수 있는 보편적인 윤리에 비추어 문제적인 행동이라는 점에는 이의가 있기 어려울 것이다. 19년 9월의 기록에 왕이 탁리와 사비를 죽인 일로 인해 질병에 걸렸다는 무당의 말에 왕이 유감을 표명하였다는 데에서도 유리왕 재위시기의 기준으로도 유리왕의 처분이 과한 것이었음을 알 수 있다.

---

20 고대 제왕의 사냥이 여러 지역의 순행으로서의 의미가 있다는 점을 고려하면 유리왕의 사냥을 부정적으로만 볼 일은 아니다. 특히 유리왕은 24년 9월의 사냥에서 양쪽 겨드랑이에 깃이 난 이를 만나 그에게 '羽'씨 성을 내리고 왕녀와 혼인시키기도 했는데, 이는 통치자로서의 정치 행위로서 여러 지역의 세력과 결합한다는 의미로 해석할 수 있다. (황병익, 앞의 글, 2009, 229-230면.)

『삼국사기』의 편찬자가 참고한 자료는 우리가 지금 알고 있는 것보다 훨씬 다양했겠지만, 위에 소개한 기록들만 보더라도 『삼국사기』에 기록된 내용들은 대부분 유리왕에 대해 긍정적으로 평가하기 어려운 것들이 많다. 특히 『삼국사기』의 편찬자는 위에서 소개한 태자 해명의 죽음에 대해 다음과 같은 평을 남기고 있는데, 여기에서 유리왕에 대한 편찬자의 관점이 명확하게 드러난다.

> 논하여 말한다. 효자가 부모를 섬김에는 마땅히 좌우를 떠나지 않고 효를 다함이 문왕(文王)이 세자였을 때와 같아야 한다. 해명이 별개의 도읍에 있으면서 무용(武勇)을 좋아하는 것으로 알려졌으니, 죄를 얻어 마땅하다. 또 들으니 좌전(左傳)에 말하기를 "자식을 사랑함에 있어 그를 가르치는 것은 의로운 방도로서 하고, 나쁜 길로 들지 않게 하여야 한다."고 하였다. 지금 왕은 처음에 이를 가르치지 않다가 그것이 악하게 됨에 몹시 미워하여 죽이고 말았다. 아비는 아비 노릇을 하지 못하였고 자식은 자식노릇을 하지 못한 것이라 말할 만하다.

『삼국사기』의 편찬자는 특히 유교적인 기준에 비추어 문제가 되는 상황에 대한 포폄을 덧붙이고 있는데,[21] 위의 사례도 그에 해당한다. 아버지와 아들 모두 각자의 역할을 하지 못하였다는 양비론으로써 유리왕과 해명 모두를 비판하고 있으나, 왕으로서의 덕이 부족하고, 자신의 가족은 물론 주변 인물들에게 인색했던 유리왕을 유교적 세계관을 가지고 있던 『삼국사기』의 편찬자가 긍정적으로 평가하기는 그리 쉽지 않았을 것이다.

---

21 『삼국사기』에는 모두 31건의 논찬(論贊)이 등장하는데, 그 내용은 유교적 명분, 예법, 그리고 군신의 행동 등으로 분류되고 있다. 이들 논찬의 내용을 통해 유교사관에 입각한 『삼국사기』의 관점을 구체적으로 확인할 수 있다. (조이옥, 「삼국사기에 나타난 김부식의 국가의식」, 『동양고전연구』 11, 동양고전학회, 1998, 227-228면.)

② 유리왕에 대한 전체 기사 분석

『삼국사기』에 기록된 유리왕의 치세는 37년이고, 이 기간 중 기사에 등장하는 해는 총 열 아홉 해이다. 동일한 해에 여러 개의 사건이 기록되어 시기가 모호한 경우도 있으나, 대개는 앞 뒤 사건의 시간적 흐름이 명확하다. 이를 종합하여 정리해 보면 다음과 같은 표를 얻을 수 있다.

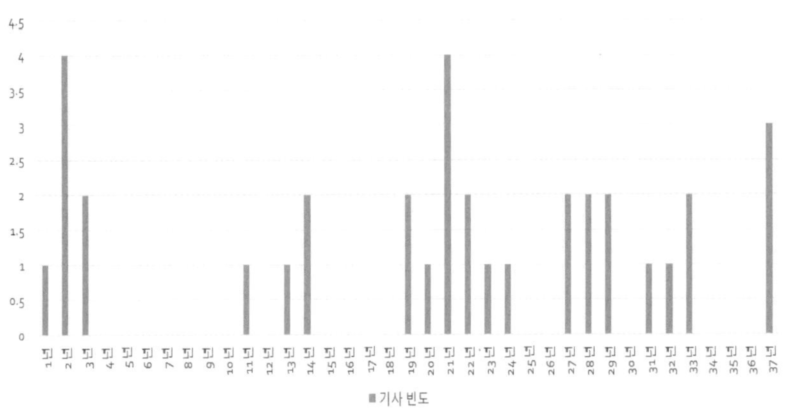

기사의 내용에 따른 빈도를 보면 결혼(2회), 태자나 왕자와 관련된 일(8회) 등 왕실의 일들이 가장 많은 횟수를 보이고, 그 뒤를 이어 천도(3회), 별궁 건설과 행차(2회), 사냥(2회) 등 국내 정치와 관련된 일들의 빈도가 높다. 정복 전쟁기였던 만큼 인접 국가 부여와의 갈등(3회)이나 전쟁(3회)에 대한 기록도 자주 등장한 것으로 보인다. 신이한 일들(2회), 지진(1회), 천문(1회) 등 자연 현상에 관한 일들도 기록되었다. 이렇게 정리해 보면 고대 왕의 기록으로 보편적인 모습을 확인할 수 있다.

그런데 이들 기록의 시간적 분포를 보면 조금 특이한 점을 발견하게 된다. 즉위 초 3년의 기록에서부터 11년까지 7년의 공백기가 그것이다. 『삼국사기』의 편찬에 참고한 이전의 역사서들에 이 시기에 대한 기록이 따로 없었을 수도 있고, 편찬자의 입장에서 이 시기의 사건들 중에 기록할 만한 것이 없었을 수도 있다. 그런데 어떻게 보더라도 기록의 공백이 상당히 길어 보이는 것은 사실이다.[22] 이 공백이 의미하는 것은 무엇일까?

앞에서 확인했던 것처럼 초기 3년의 기록은 유리왕이 갑작스럽게 즉위한 이후의 정치적 사건들로 볼 수 있고, 또한 치희의 도망으로 마무리되는 것으로 보아 여전히 안정적인 기반을 마련하지 못한 모습을 보여 준다. 그리고 다시 기록이 등장하기 시작하는 11년 이후는 본격적으로 유리왕의 내치와 외치에 관련된 사항들이 나타나고 있다. 특히 11년은 유리왕이 비로소 주목할 만한 성공을 이룬 때이다. 평소 갈등 관계에 있던 선비족과의 전쟁에서 큰 승리를 거두기 때문이다. 다음에 그 기사 앞부분을 소개해 본다.

> 11년 여름 4월에 왕이 여러 신하들에게 말하기를 "선비(鮮卑)가 험준함을 믿고 우리와 화친하지 않고, 이로우면 나와서 노략질하고 불리하면 들어가 지켜서 나라의 걱정거리가 되었다. 만일 누가 이들을 굴복시킬 수 있다면 나는 장차 그에게 후한 상을 줄 것이다." 하였다. 부분노(扶芬奴)가 나와서 아뢰기를 "선비는 험준하고 견고한 나라이고 사람들이 용감하나 어리석으므로, 힘으로 싸우기는 어렵고 꾀로 굴복시키기는 쉽습니다." 하였다. 왕이 "그러면 어찌하면 좋겠는가?"고 물었다. 대답하여 말하기를 "사람을 시켜 배반한 것으로 꾸며 저들에게 들어가게 해서, 거짓말로 '우리는 나라가 작고, 병력이 약하고 비겁하여 움직이기 어렵다.'고 하면, 선비는 반드시 우리를 업신여기고 대비하지 않을 것입니다. 신은 그 틈을 기다렸다가 정예 병력을 이끌고 샛길로 가서 산림에 숨어서 그 성을 바라보겠습니다. 왕께서 약한 병력을 시켜서 그 성 남쪽

22 3년에서 11년 사이의 공백이 짧지 않다는 점은 이미 이전의 연구들에서도 언급된 바 있다. 일례로 권영철의 연구에서는, 기록의 공백이 길다는 점과 3년의 기록 중 화희와 치희의 쟁총, 그리고 〈황조가〉에 대한 서술에 특정한 월이 기록되어 있지 않다는 점을 고려하여 두 명의 계비를 얻은 일부터 나머지는 3년에서 11년 사이에 일어난 일이라 추정하였다. (권영철, 앞의 글, 1968, 90-91면 참조.)

으로 나가게 하면 저들이 반드시 성을 비우고 멀리 추격해올 것입니다. 신이 정예 병력으로서 그 성으로 달려 들어가고 왕께서 친히 용맹스런 기병을 이끌고 저들을 협공을 하면, 이길 수 있습니다." 하였다. 왕이 그 말에 따랐다.

위의 내용처럼 신하인 부분노의 전략을 받아들인 유리왕은 자신이 직접 전쟁에 참가하여 선비와의 전쟁에서 승리를 얻는다. 3년까지의 기사들이 보여주는 모습과 비교해 보면 이 기사에서 유리왕은 괄목할 만한 변화를 보여준다. 비로소 왕으로서의 성취와 위엄을 보이기 시작하기 때문이다.

유리왕의 즉위와 관련된 『삼국사기』의 기록을 그대로 인정한다면, 미처 준비하지 못한 왕위 계승에 따라 유리왕이 느꼈을 부담이 상당했을 것으로 보인다. 동명성왕의 다른 아들들인 비류와 온조가 유리의 왕위 계승에 따라 고구려를 떠난 것은 이들 사이의 정치적 갈등을 암시한다. 이제 막 타지에 온 유리로서는 부여에서 함께 온 옥지, 구추, 도조 정도의 인물들에 대한 의존도가 높을 수밖에 없었을 것이다. 유력가인 송양의 딸을 아내로 맞았으나, 송양 역시 이전에 유리왕의 아버지인 동명왕과 경쟁 관계에 있었던 것을 고려하면, 유리왕의 정치적 입지는 그리 튼튼하지 못했을 것이라 짐작할 수 있다. 이렇게 이전의 상황과 11년의 전쟁 승리 기록을 서로 대비하여 추측해 보면, 3년에서 11년 사이는 제왕으로서의 도약을 위해 그가 암중모색한 시기였음이 드러난다.[23]

물론 위에 인용한 기사 내용을 자세히 보면 여기에서 돋보이는 사람이 유리왕이 아니라 신하인 부분노라는 점도 무시할 수 없다. 그러나 왕으로서 외부의 위협을 제거하기 위해 문제를 먼저 제안하고, 스스로 전쟁을 지휘하는 모습에서 선왕의 서거 이전에 갑자기 등장한 외부인의 위축된 모습을 찾아보기 어렵다.[24] 최소한 정치권력의 차원에서 초기 3년과 상당히 달리

23 박인희, 앞의 글, 2010, 178-179면 참조

24 『삼국사기』의 기록에 따르면, 유리왕이 아버지 동명성왕을 만난 것은 동명성왕 19년

유리왕의 입지가 전에 비해 상당히 안정된 것을 확인할 수 있다. 앞에서 살핀 유리왕의 인간적 면모를 고려하면, 3년에서 11년 사이가 비록 유리왕의 내적 성장을 이루는 시간이 되지는 못하였겠지만, 최소한 국내의 정치적 입지를 튼튼히 하는 시간은 되었을 것이다.[25]

이렇게 유리왕 기사의 전제적인 분포를 고려할 때, 초기 3년의 기록은 준비되지 않은 즉위, 갑작스런 결혼, 상서로운 징후, 그러나 결혼 실패와 정치적 위기로 마무리되는 유리왕의 서사로, 이후의 기사들과 구별된다. 이러한 초기 서사의 완결 뒤에 붙여진 것이 〈황조가〉이다.

③ "王嘗息樹下" 의미

연구 초기는 물론 지금까지도 유리왕이 〈황조가〉를 부른 계기가 치희와의 결별이라는 생각은 쉽게 바뀌지 않는 듯하다. 이는 유리왕이 〈황조가〉를 부른 다음의 사연이 치희와의 재회가 불발된 직후 이어져 있기 때문이다. 해당 기사에 보면 "왕이 일찍이 나무 아래에서 쉬다가 황조가 날아 모여드는 것을 보고 이에 감응하여 노래하였다."고 되어 있는데, 자세한 논의를 위해 해당 부분의 원문을 그대로 제시하면 다음과 같다.

王嘗息樹下 見黃鳥飛集 乃感而歌曰 翩翩黃鳥 雌雄相依 念我之獨 誰其與歸

4월이고, 동명성왕이 세상을 떠난 것은 같은 해 9월이다. 이 기록을 그대로 믿는다면, 유리왕은 아버지로부터 군왕으로서의 훈련을 받을 기간은 물론 오랜 시간 동안 헤어져 있던 부자간의 정을 느껴볼 시간도 없었을 것이다. 고구려 내 별다른 기반을 가지지 못한 상태로 이주 후 불과 5개월 후에 왕으로 등극했다면, 유리왕은 즉위 초기 자신의 세력을 부재로 인한 불안에 시달릴 수밖에 없다. 따라서 초기의 혼인 기록들은 유리왕이 지지 기반을 확장하기 위한 노력의 흔적이기도 하였을 것이다.

25 유리왕의 정치적 입지가 초기와 달라지기는 하였으나 11년 이후 유리왕이 감당해야 했던 정치적 상황이 안정적이었다고 보기는 어려울 듯하다. 유리왕이 여러 자식들을 정치적 사건이나 원인을 알 수 없는 사고로 잃게 되는 것도 유리왕 통치기의 불안정을 보여주는 증표로 보인다. 유리왕의 가족사에 대해서는 4장에서 다시 설명하기로 한다.

자세히 보지 않으면, 누구나 자연스럽게 치희가 자신을 따라 돌아오지 않은 데에서 오는 비감이 노래를 부른 이유라 생각하게 될 것이다. 그러나 일찍이 권영철의 연구[26]에서 분석된 것처럼 이 구절은, 기록된 그대로 해석할 때, 치희와의 결별 이전의 사건이 된다. '嘗'의 자전적 의미는 물론, 다양한 용례를 고려할 때 〈황조가〉가 불려진 것은 치희와의 결별보다 '일찍이'가 될 수밖에 없기 때문이다.

이 구절에 적용 가능한 '상'의 의미가 '일찍이'일 수밖에 없다고 할 때, 유리왕이 황조가를 부른 것이 치희가 돌아간 이후가 되려면 '상'이 『삼국사기』 편찬 시점으로 '일찍이'가 될 때 가능하다. 그러나 『삼국사기』에 사용된 '상'의 용례를 확인해 보면 '상'은 기록된 사건을 기준으로 과거를 의미한다. 용례의 일관성을 고려할 때, 〈황조가〉를 소개할 때 사용된 '상'은 치희의 도망 이전을 의미하기 매우 어렵다.

그러나 이러한 주장 이후에도 여전히 이 노래가 불린 시점을 치희와의 결별 이후로 연결시키는 관점은 유효하다. '상'이 명백히 과거의 의미를 가지고 있음에도 여러 연구가 이러한 관점을 버릴 수 없는 것은 나름대로의 이유가 있기 때문이다. 우선 '상'을 '일찍이'로 풀었을 때 기사 전후의 문맥이 아무래도 자연스럽게 연결되지 않는다는 점에서 여러 연구자들은 '상'의 의미를 과거로 풀이하는 데 쉽게 동의하지 못하는 듯하다. 이에 '상'의 사전적 의미에서는 다소 멀다 하더라도 '어느 해' 정도의 의미로 보아야 한다는 의견이 제시되기도 하였다.[27] 게다가 〈황조가〉를 모티브로 제작된 여러 악부시가 이런 방식으로 해석하고 있다는 것은 치희와의 결별과 〈황조가〉를 선후 관계로 보는 강력한 근거가 된다.[28] 〈황조가〉의 제작 연대에 대한

26 권영철, 앞의 글, 1968.

27 정무룡, 「〈황조가〉 연구 II」, 『국어국문학』 7, 동아대 국어국문학과, 1996, 54-55면.

28 『삼국사기』의 〈황조가〉는 조선 시대 이익, 이복휴, 강준흠 등이 유학자들에 의해 악부시로 재탄생하였다. 그리고 이들 악부시들은 오늘날의 여러 연구자들이 이 노래를 실연을 모티브로 한 낭만적 서정시로 보는 데 반해, 실패한 군주의 면모를 드러내는 것으

여러 의견들이 모두 "선인들의 견해를 염두하지 않은 점"[29]에서 비롯되었다는 지적을 외면하기는 결코 쉬운 일이 아니다.

그렇다면 오늘날과 비교할 수 없을 정도로 한문에 익숙한 조선 시대의 유학자들이 해석한 방식을 수용하면서, '상'이 기본적으로 과거의 의미를 갖는다는 점을 함께 고려할 수는 없을까? '상'이 가지고 있는 '일찍이'의 의미가 일회적인 행위가 아니라 '거듭'이라는 의미도 가지고 있다는 점을 고려하면[30] 완전히 불가능한 일은 아닐 수 있을 것 같다. 즉 〈황조가〉 부르기를 유리왕의 오래된 취미, 또는 습관으로 본다면 어느 정도 자연스러운 맥락이 만들어질 수 있다.

앞서 언급한 대로 권영철은 '상'이 '증(增)'과 통용되는 글자로 '일찍이'라는 뜻을 갖는다는 점을 분명히 밝히고 있다. 그런데 이 연구에서 언급하지는 않았지만, '상'이나 '증'의 '일찍이'는 모두 '거듭하다'는 의미를 함께 가지기도 한다. 용례로서 다음의 구절을 제시해 본다.

陳涉少時 嘗與人傭耕

위의 구절은 사마천의 〈사기〉에 수록된 '진섭 세가'의 일부이다. 진섭(진승)은 제비나 참새가 기러기나 고니의 뜻을 알 수 없다는 말로 널리 알려진 인물로, 중국 최초의 농민 봉기를 이끈 사람으로 알려져 있다. 진섭의 과거를 소개한 위의 구절은, "진섭은 젊었을 때 다른 사람들과 함께 고용되어 밭을 갈았다."라고 해석할 수 있다. 그런데 여기에서 진섭이 과거에 고용되

로 보고 있다는 점에 특색이 있다.(김영수, 앞의 글, 22-23면.) 악부시들에 나타난 〈황조가〉에 대한 이해를 그대로 수용해야 하는 것은 아니지만, 지금보다 유리왕이나 『삼국사기』 편찬의 시기에 훨씬 가까웠던 때의 해석인 만큼 이 노래의 이해에 적극적으로 활용할 필요가 있다.

29 박준규, 「〈황조가〉의 이해」, 『도남학보』 10, 도남학회, 1987, 98면.

30 단국대학교 동양학연구소, 『漢韓大辭典』 3, 단국대학교출판부, 2000, 288면.

어 밭을 간 행위를 일회적인 것으로 보기는 어렵다. 오히려 진섭이 어려웠던 과거에 남에게 고용되어 밭을 가는 일을 반복했다고 이해하는 것이 적절할 것이다.

이를 활용하여 해석해 보자면, "왕은 '일찍이' 나무 아래에 쉬면서 황조가 날아드는 것을 보면 이에 감응하여 … (〈황조가〉를) '부르곤' 했다."고 해석하는 것이 가능해진다. 만일 왕이 일찍부터 이러한 취미를 가지고 있었다면, 그것은 과거의 일이면서도 치희와의 결별 이후, 혹은 그 이후에도 언제는 충분히 일어날 수 있는 사건이 된다.[31] 그리고 앞에서 살핀 사항들을 종합하면 편찬자는 부정적으로 인식하고 있는 유리왕이라는 인물의 즉위 초기 실패에 대한 마무리에 그가 과거부터 가지고 있던 취미, 또는 습관을 기록한 것이 된다.

4. <황조가> 수록의 효과, 그리고 편찬자의 의도

이제까지의 논의를 통해 우리가 알고 있는 〈황조가〉가 놓인 자리를 다시 한 번 확인해 보았다. 이를 바탕으로 이 장에서는 이 글의 화두인 편찬자의 의도를 집중적으로 추론해 보기로 한다. 앞에서 논의를 바탕으로 할 때, 편찬자의 의도에 대한 질문은 결국 편찬자가 어떤 이유로 유리왕의 초기 실패에 대한 서술의 끝자리에 유리왕이 평소 즐기던 이 노래를 수록했을까 하는 것으로 좀 더 구체화해 볼 수 있다. 그 이유는 물론 편찬자가 생각하는 이 기록의 의미와 관련될 것이다. 〈황조가〉는 편찬자가 생각하는 이 기

31 "〈황조가〉는 치희가 친정으로 도망가는 사건 이전에도 둘 사이가 갈등을 빚을 때는 언제나 탄식처럼 되뇌이던 노래"(김영수, 앞의 글, 2000, 43면.)라고 하는 것처럼 위와 비슷한 의견들이 있었으나 한자의 의미보다는 맥락을 강조한 해석들이라 볼 수 있다. 그러나 '상'을 반복적인 행위의 의미로 이해한다면, 한자의 의미를 근거로 해서도 〈황조가〉가 불린 시기를 다양하게 설정할 수 있다.

록의 의미를 더 잘 드러내기 위하여 나름대로의 효용을 가져야 한다.

이에 대해 우선 생각할 수 있는 가설은, 〈황조가〉가 앞에서 일어난 사건의 개연성을 확보해 주는 측면이 있다는 점이다. 노래가 앞으로 일어날 일의 전조가 되기도 한다는 생각이 오래전부터 있었다는 점을 고려한다면 편찬자가 황조가를 일종의 참요로 이해하고, 이 노래를 통해 치희와의 결별을 미리 예견한 것이라고 보는 것도 가능하다. 즉, "유리왕이 언젠가 '홀로 돌아간다.'는 내용의 노래를 부르더니, 과연 그러한 사건이 일어났다."[32]고 본다면, 이 노래로 인해 유리왕의 실패에 약간의 개연성이 확보된다.

또한 이 노래의 삽입은 유리왕 초기 실패를 더욱 비극적으로 보여주는 효과도 있을 수 있다. 이 노래가 담고 있는 짙은 외로움에 초점을 두어 본다면, 아끼던 계비를 잃어버린 왕의 후회가 얼마나 깊었는가를 느끼게 해 주기 때문이다.[33] 유리왕이 평소 자신의 외로움을 자주 읊곤 했다는 것은 그가 그만큼 안정에 대한 욕구가 강했음을 말해 준다. 아버지 없이 보낸 유년기의 상처, 재회한 뒤 얼마 지나지 않아 바로 맞이하게 된 아버지의 죽음과 왕위 계승은 왕이 아닌 개인으로서 유리왕에게는 견디기 어려운 수준의 부담과 고통이었을 것이다. 누군가 자신을 인정해주고 지지해 줄 사람을 그리워하는 마음이 유리왕에게 유독 강했으리라 짐작할 수 있다. 이런 면에서 〈황조가〉가 담고 있는 유리왕의 평소 내면과 대비되어 유리왕이 즉위 초기에 겪었던 관계의 실패는 더욱 비극적인 성격을 갖게 된다.

그러나 이렇게 〈황조가〉를 통해 앞선 사건의 개연성이 확보되고, 그 사건의 비극성이 강조된다고 하려면 이 노래의 자탄적 성격을 강조하고, 상대

32 김동욱, 「현실이 된 노래, 〈황조가〉」, 『문헌과 해석』 53, 태학사, 2010, 136면.

33 이 노래가 치희와의 결별 이후에 불릴 경우, 이 노래는 화자가 느끼는 외로움, 고독 등의 정서를 대변하게 된다. 그리고 여기에는 즉위 초반의 여러 정세로 인해 유리왕이 느꼈을 무기력함이나 새삼스럽게 확인하게 되었을 치희에 대한 그리움 등 여러 가지 감정이 복합적으로 얽히게 된다. (한예찬, 「유리명왕의 황조가 연구-작품 속에 드러난 정조를 중심으로」, 『온지논총』 25, 온지학회, 2010, 311면 참조)

적으로 해당 시기 기록들의 정치성을 상대적으로 무시해야 한다는 난점이 있다. 그러나 이 노래와 관련된 기사의 사건이 지닌 정치적인 의미를 고려한다면, 편찬자가 막연한 개연성의 확보나, 사랑의 실패에 따른 비애를 두드러지게 하기 위해 이 노래를 수록했다고 보기 어렵다. 『삼국사기』 편찬의 기본적인 취지는 무엇보다 후세의 권계를 위해 선대의 역사를 남기는 데 있기 때문이다.[34]

그렇다면 초기 서사의 성격을 고려해 좀 더 설득력 있는 측면에서의 효과를 생각해 보지 않을 수 없다. 일찍부터 예견된 일이었으며, 유리왕의 개인적 특성과 연결되면서, 또한 당시의 정치적 상황과 연결될 수 있는 효과는 어떤 것이었을까? 노래에 대한 다음의 풀이를 통해 실마리를 찾아보기로 한다.

> '誰'는 의문대명사이다. 한문에서 이 글자가 문두에 나오면 동사가 아닌 그 동사의 행위 주체가 핵심이 된다. 그런데 기왕의 논자들은 대개 제4행을 '뉘와 함께 돌아갈까' 정도로 번역함으로써, 초점이 자동적으로 '함께 돌아가다'라는 서술어에 맞춰지게 하였고, 당연한 결과로 '歸'의 행위 주체를 '유리왕'으로 볼 수밖에 없도록 만들었다.[35]

위의 설명대로 '誰其與歸'의 구절이 '뉘와 함께 돌아갈까'의 의미가 아니라 '누가 나와 함께 갈까'의 의미로 해석되어야 한다면, 이 노래는 자탄의 성격보다는 적극적인 구애의 노래로서의 성격을 강하게 갖게 된다. 그리고 누가 나와 함께 할 것인가라는 풀이는 항상 외부에서 자신의 편이 되어 줄

34 김부식이 『삼국사기』를 인종에게 올리며 지은 표문 〈진삼국사기표(進三國史記表)〉에는 『삼국사기』가 "군왕의 선악과 신자(臣子)의 충사(忠邪)와 국가의 안위와 백성의 치란을 모두 들추어내어 권계(勸戒)"할 수 있도록 하라는 왕명에 의한 것임을 밝히고 있다.

35 조용호, 앞의 글, 2007, 13면.

사람을 찾았던 유리왕의 개인사에 부합한다. 아버지를 찾는 과정, 송양의 딸을 아내로 맞이하는 과정이 모두 이에 해당한다. 유리왕은 왕비 송 씨의 죽음 뒤에 왜 동시에 서로 다른 배경과 기반을 가진 두 명을 계비로 들였을까? 기왕의 연구에서는 이 부분을 근거로 하여 이 사건을 실제 사실이 아닌 모의적인 죽음으로 풀이하기도 하였으나,[36] 유리왕의 낮은 정치적 기반을 고려한다면 오히려 안정적인 자신의 위치를 확보하기 위한 적극적인 노력으로 볼 수 있는 가능성이 더 높을 것으로 생각된다.

물론 이러한 노력에도 불구하고 유리왕의 초기는 실패의 연속이다. 그리고 『삼국사기』에 나타난 유리왕의 인품으로 볼 때, 실패의 원인은 다른 곳이 아니라 자기 자신에게 있었던 것으로 보인다. 노래에 등장하는 '상의(相依)'는 그 용례로 보아 '서로 돕고 의지하지 않으면 보전하기 어려운 관계, 즉 부모와 자식, 형제처럼 서로 의지하고 기대는 것'을 의미한다고 한다.[37] 그런데 이렇듯 자신의 편이 되어 줄 사람은 결국 자신이 그만한 사람이 되었을 때 확보되는 것이고, 서로 믿고 의지하는 것은 '깊은 신뢰와 애정을 공유'할 때 가능한 일이다.[38]

그러나 유리왕에 대한 기록들은 한결같이 '상의'와는 거리가 먼 자기중심적인 면모를 보여주어, 그가 인간적, 혹은 인격적인 한계를 지닌 사람임을 부각시키고 있다. 실수한 관리를 잔인하게 매장하고, 선친과 함께 창업한 공신을 잃고, 능력이 출중한 태자가 스스로 목숨을 끊게 하는 데에서 유리왕은 사람을 얻기보다는 자기중심적으로 지배하는 사람으로 그려진다. 만일 유리왕이 진정으로 누군가를 얻고, 그와 '상의'하고 싶었다면 유리왕은 누가 나와 함께 해 줄 것인가를 노래하지 말고, 내가 누구의 편이 되어 줄 수 있는가를 노래했어야 했다. 이런 면에서 〈황조가〉는 유리왕의 인간적

36 허남춘, 앞의 글, 1999, 17면.
37 황병익, 앞의 글, 2009, 237면.
38 조용호, 앞의 글, 2007, 11면.

한계를 더욱 두드러지게 한다.

사실 『삼국사기』의 기록을 종합적으로 살펴보면 편찬자는 유리왕의 인간적 한계에 대해 지속적인 정보를 기록해 두고 있다. 특히 그의 비극적 가족사는 유리왕을 이해하는 데 매우 중요한 요소라고 할 만하다. 『삼국사기』에 따르면 유리왕은 즉위 20년에 첫 번째 태자였던 도절(都切)을, 즉위 28년에는 도절의 뒤를 이었던 해명(解明)을, 그리고 즉위 37년에 왕자 여진(如津)을 잃는 등 모두 세 명의 아들을 앞세운 불행한 아버지였다. 해명의 죽음은 이미 앞에서 소개한 비와 같고, 도절의 죽음에 대해서는 특별한 설명이 없다. 세 번째 여진의 죽음은 익사인데 도절의 죽음과 마찬가지로 특별한 사유가 기록되어 있지는 않다.

해명과 달리 다른 아들들의 죽음에 대해서는 자세한 설명이 없으나 이들에게 붙여진 이름과 죽음의 갑작스러움을 고려할 때 이들 모두 자연사로 보기가 어렵고, 또한 그 이면에 숨겨진 사연이 없지 않았으리라 충분히 짐작할 수 있다. 이들의 죽음이 모두 자연사가 아니라고 볼 때, 왕가의 특성을 고려하더라도 유리왕의 삶이 그리 평탄하지 않았음을 알 수 있다. 유리왕은 즉위 기간 내내, 현재로서는 짐작하기 어려운 곤란한 상황을 감당해야 했던 것으로 보인다. 이러한 비극의 책임을 모두 유리왕에게만 전가할 수는 없겠으나, 일련의 사건들을 통해 유리왕의 한계가 더욱 두드러진다고는 할 수 있을 것이다.

〈황조가〉의 삽입으로 인한 효과가 곧 편찬자의 의도와 일치하지는 않을 수 있다. 그러나 효과를 통해 편찬자의 의도를 유추해 볼 수는 있다. 『삼국사기』에 나타난 편찬자의 일관된 태도로 미루어 보아, 편찬자는 일차적으로 계비를 다스리지 못한 유리왕의 통치능력을 보여주고 이를 후세에 전하려는 의도가 있었을 것이다.[39] 그러나 편찬자가 이를 태자 해명의 죽음에

39 김영수, 앞의 글, 2000, 43면.

대한 것처럼 따로 '논'하여 말하지 않고 굳이 한 편의 노래를 삽입한 이유는 무엇일까? 아마도 이는 편찬자가 이 문제를 표면적인 수준에서의 통치 능력이 아니라 그의 인간적인 한계라는 좀 더 포괄적인 수준에서 접근했기 때문은 아닐까라고 짐작해 볼 수 있다.

앞에서 언급한 것처럼 『삼국사기』의 곳곳에는 인물이나 사건에 대한 편찬자의 '논'이 수록되어 있다. 그리고 이들은 대체로 유교적 관점에서 문제가 되는 일들에 대한 것으로 후세에 경계를 주기 위한 목적을 가지고 있다. 그런데 유리왕이 즉위 초기에 보여준 인간적인 한계는, 물론 성왕의 자질을 갖추지 못했다는 점에서 문제가 될 수는 있지만, 그가 아들인 해명을 죽음에 이르게 했던 것과는 다분히 다른 성질의 문제이다. 편찬자는 '논'하여 따로 말할 정도는 아니나 유리왕의 내면에 대한 나름대로의 평가를 이 노래를 통해 남긴 것이라 조심스럽게 추정해 본다.

5. 결론

이제까지 『삼국사기』 편찬자의 의도를 염두에 두고 〈황조가〉의 면모를 살펴보았다. 이에 따라 필자가 얻게 된 편찬자의 수록 의도에 대한 이해는 다음과 같다. 즉 굳이 따로 '논'하여 기록하지는 않되, 유리왕의 내면이 담긴 한 취미를 소개함으로써 그가 겪은 실패와 이후의 통치에 나타난 불안과 실수들이 모두 그의 자질과 인간적 한계에서 비롯된 것임을 암시하였다는 것이다.

만일 이러한 분석에 일리가 있는 것이라면, 유리왕이 평소 불렀던 짧은 노래로써 유리왕의 삶의 한 단계를 압축적으로 보여준 편찬자는 우리가 알 수 있는 〈황조가〉 최고(最古)의 향유자를 넘어 우리가 지향하는 최고(最高) 수준의 향유자라고 볼 수도 있을 듯하다. 유리왕이 즐겨 부르던 노래를 통해 그의 내면을 이해하고, 항상 외적인 대상을 통해 안정을 추구했던 삶의 자세가 어떤 결과를 낳았는지를 성찰하며, 후대인으로서 삶에 대한 깨달음을 얻고자 했다고 볼 수 있기 때문이다.

문학의 향유는 문학을 통해 누군가의 삶을 이해하고, 그것을 다시 자신의 삶으로 끌어들여 의미를 찾는 데에서 즐거움을 느끼는 일일 것이다. 이런 점에서 편찬자의 의도를 추적하는 과정은 우리가 소중한 문화유산인 〈황조가〉가 지닌 문학사적, 역사적 의의를 자세히 드러냄으로써 이를 온전히 보유하고 보전하는 데에서 더 나아가 유리왕의 삶 전체와 이 노래에 담긴 유리왕의 내면에 대한 탐구로 나아가야 한다는 점을 다시 한 번 확인하게 해 준다.

참고문헌

강명혜, 「〈황조가〉의 의미 및 기능」, 『온지논총』 11, 온지학회, 2004.
권영철, 「〈황조가〉 신연구」, 『국문학 연구』 1, 효성여자대학교 국문학연구실, 1968.
김동욱, 「현실이 된 노래, 〈황조가〉」, 『문헌과 해석』 53, 태학사, 2010.
김승찬, 「〈황조가〉의 신고연」, 『국어국문학지』 9, 문창어문학회, 1969.
김영수, 「〈황조가〉 연구 재고-악부시 '황조가'의 해석을 원용하여」, 『한국시가연구』 6, 한국시가학회, 2000.
김용선, 「고구려 유리왕 고」, 『역사학보』 87, 역사학회, 1980.
김정애, 「설화 〈지네각시〉와의 서사 비교를 통해 본 〈황조가〉와 그 전승 양상의 문학치료적 의미」, 『겨레어문학』 54, 겨레어문학회, 2015.
김학성, 「〈황조가〉의 작품 성격」, 『한국고전시가작품론』 1, 집문당, 1992.
단국대학교 동양학연구소, 『漢韓大辭典』 3, 단국대학교출판부, 2000.
박인희, 「〈황조가〉의 배경 연구」, 『한국시가문화연구』 25, 한국고시가문학회, 2010.
박준규, 「〈황조가〉의 이해」, 『도남학보』 10, 도남학회, 1987.
이기동, 「삼국사기 해제」, 『동국사학』 48, 동국사학회, 2010.
정무룡, 「〈황조가〉 연구 II」, 『국어국문학』 7, 동아대 국어국문학과, 1996.
정병욱, 『한국고전시가론』, 신구문화사, 1997.
조동일, 『한국문학통사 1』, 지식산업사, 1994.
조용호, 「〈황조가〉의 구애민요적 성격」, 『고전문학연구』 32, 한국고전문학회, 2007.
조이옥, 「『삼국사기』에 나타난 김부식의 국가의식」, 『동양고전연구』 11, 동양고전학회, 1998.
조인성, 「『삼국사기』 범례의 모색: 본기 기사의 선정 기준을 중심으로」, 『한국고대사연구』 40, 한국고대사학회, 2005.
최홍원, 「고대가요에 대한 국어교육적 탐색」, 『국어교육학연구』 38, 국어교육학회, 2010.
한예찬, 「유리명왕의 〈황조가〉 연구-작품 속에 드러난 정조를 중심으로」, 『온지논총』 25, 온지학회, 2010.
허남춘, 「〈황조가〉 신고찰」, 『한국시가연구』 5, 한국시가학회, 1999.
허원기, 「『삼국사기』의 문학사적 성격과 의미」, 『동방학』 25, 한서대 동양고전연구소, 2012.
황병익, 「『삼국사기』 유리왕 조와 〈황조가〉의 의미 고찰」, 『정신문화연구』 32, 한국학중앙연구원, 2009.

7장

정치적 텍스트로서의 <쌍화점>

하윤섭*

1. 연구사의 추이와 문제의 소재

이 글은 엉뚱하게도 〈청산별곡〉에서 출발하였다. 주지하듯, 〈청산별곡〉의 주제와 관련된 숱한 논의들 가운데 '삶의 터전을 잃어버린 유랑민의 노래' 혹은 '정권의 횡포나 외세의 침략 등으로 속세를 떠나버린 지식인의 노래' 등은 학계의 인준을 거쳐 문학교육 현장에서도 빈번하게 꺼내드는 해석적 선택지 가운데 하나이다.

그런데 문제는 그 기원이 무엇이든 간에 이 노래가 임금 앞에서 불렸다는 데에 있다. 좀 더 과감하게 말하자면, 〈청산별곡〉에 대한 이러한 류(類)의 해석들이 가리키는 바는 결국 왕의 실정(失政)을 직간접적으로 담고 있는 내용의 노래를 왕의 면전에서 연행했다는 의미일 텐데, 그것이 과연 가능한 일일까?[1] 오늘 우리가 제법 긴 시간 동안 고민해볼 문제인 〈고전문학의 향

* 충북대학교 국어교육과 부교수.

1 이와 유사한 문제의식 하에 〈청산별곡〉을 다룬 최근의 논의로는 염은열, 『공감의 미학, 고려속요를 말하다』, 역락, 2013; 최홍원, 「고전문학 텍스트의 경험적 자질 탐색: 〈청산별곡〉을 대상으로」, 『국어교육』 147, 한국어교육학회, 2014.

유와 작가/작품〉이 적어도 고려속요를 둘러싼 논의의 장(場)에서 보다 비중 있게 다루어져야 하는 이유도 여기에 있다.

〈쌍화점〉[2]에 대한 두 개의 경쟁적인 해석 가운데 첫 번째에 해당하는 견해들은 남성 혹은 남성성을 지닌 타자에게 여성 화자가 손목을 잡혔다는 작중의 사태에 주목하여 바로 그 사태의 어름에서 주제[3]를 도출한다.[4] 그래서인지 이러한 견해를 지지하는 논의들에서는 고려 후기 사회의 말폐적 정황과 충렬왕의 퇴폐적 성향을 입증하는 데에 상당한 공력을 기울였다. 예컨대, "마조히즘적 변태성욕자인 충렬왕의 비위 맞추기에 안간힘을 다하던 오잠의 의도적 소산",[5] "과도할 정도로 사냥과 향연을 즐기고 가무와 여색에 도취한 그를 퇴폐적인 성향이 뚜렷한 호걸형의 풍류아로 규정하였고, 그렇기 때문에 음탕한 노래로 간주되는 〈쌍화점〉 가무를 즐기게 되었다고 판단하였다.",[6] "그런 차원에서 보면 시적 화자는 누구라고 단정하기보다는

---

2 본고에서 지칭하는 〈쌍화점〉은 『악장가사』 소재 〈쌍화점〉을 가리키며, 이 작품과 친연성을 공유하고 있는 작품들을 묶어 '유관 텍스트'로 이름한다. '유관 텍스트'에 속하는 텍스트로는, 『대악후보』 〈쌍화점〉, 『시용향악보』 〈쌍화곡〉, 『고려사』 「악지」의 〈삼장〉·〈사룡〉, 급암 민사평의 소악부, 〈삼장〉·〈사룡〉을 연의한 서포 김만중의 악부시 등이 있다.

3 이 의미는 성적 소재와 근접한 범위 내에서 그 주제를 파악한다는 것으로, 여기에는 해당 작품의 주제 혹은 그것과 연계되어 있을 창작 목적 등을 성적 욕망의 문제와 직결되어 있는 것으로 보는 일련의 해석들이 포함된다.

4 이러한 해석은 그 유래가 상당히 오래되었을 뿐만 아니라 비교적 최근에 이르기까지 〈쌍화점〉에 대한 영향력 있는 해석으로 인정받고 있다. 조윤제는 『조선시가사강』(도남학회 편, 『도남조윤제전집 1』, 태학사, 1988, 114면.)에서 "다만 한首 남은 雙花店으로 두고 볼지라도 너머 輕薄하야 이것을 가지고 嚴嚴한 宮中 至尊한 國王 앞에서 불렀는가 할 때 스사로 苦笑를 안 할 수 없다. 이러케 되면 文學의 墮落이라 밖에 볼 수 없다."라고 하여 이 작품을 '너무 경박'한 작품으로 인식하고 있으며, 최근 제출된 성호경의 논의(「〈쌍화점〉의 시어와 특성」, 『한국시가연구』 41, 한국시가학회, 2016, 105면)에서도 "오락 본위의 경시가 또는 유희시가로서의 성격을 지녔다고 할 수 있을 것이다."라고 하여 작품의 문면에 드러난 상황을 작품의 전부인 것으로 읽어내고 있다.

5 여증동, 「〈雙花店〉 考究_其三: 臺本 解釋을 中心으로」, 『국어국문학』 53, 국어국문학회, 1971, 348면.

6 박노준, 「〈쌍화점〉의 재조명」, 『고려가요의 연구』, 새문사, 1990, 204면.

당대 민중의 성적 욕망을 대변하고 있다고 보는 편이 옳다고 생각한다."[7] 등은 그 단적인 사례들로, 각각이 지닌 중요한 논점의 차이에도 불구하고 작품에 보이는 성적 소재를 작품의 전반적인 주제와 등가적으로 인식한다는 점에 있어서는 동일하다.

물론, 〈쌍화점〉에 대한 이러한 해석들은 기본적으로 옳다. 앞서 언급한 작중 사태의 심각성이 우선 그러하고, 이 작품의 소재와 구조는 독자로 하여금 야릇한 상상을 불러일으키기에 충분하며, 무엇보다 궁중 밖의 공간에서 이 작품이 연행되었던 흔적을 보여주는 후대의 몇몇 기록들이 이러한 해석의 정당성을 어느 정도 뒷받침해 주기 때문이다.[8] 그런데 해당 성과들은 중요한 사실 하나를 별반 고려하지 않은 것으로 보이는바, 그것은 민간의 작품을 궁중 안으로 들여올 때에 발생하는 '의미와 기능의 이전가치'[9]이다. 이는 곧 '민간→궁중'이라는 연행 공간의 변동이 작품이 원천적으로 지니고 있던 의미와 기능의 변화까지도 동반했음을 의미할 터, 따라서 우리가 고려속요 작품들을 읽을 때 유의할 점은 작품 자체만이 아니라 '궁중'이라는 변수까지도 함께 염두에 두어야 한다는 것이다. 당연한 말이지만, 현

7 이정선, 「〈쌍화점〉의 구조를 통해 본 성적 욕망과 그 의미」, 『대동문화연구』 71, 성균관대학교 대동문화연구원, 2010, 133면.

8 주세붕, 〈答黃學正仲擧〉, 『무릉잡고』 권5, 『한국문집총간』 27, 한국고전번역원, 1988, 12면. "如雙花店淸歌之屬, 皆誘人爲惡, 此何等語也?", 이황, 〈書漁父歌後〉, 『퇴계집』 권43, 『한국문집총간』 30, 한국고전번역원, 1988, 458면. "而此詞與霜花店諸曲, 混載其中. 然人之聽之, 於彼則手舞足蹈, 於此則倦而思睡者, 何哉?" 참고로, 어강석(「'男女相悅'의 含意와 고려가요 〈雙花店〉의 性格」, 『고전과 해석』 25, 고전문학한문학연구학회, 2018.)은 남녀상열지사의 역사적 용례들을 검토한 후 이를 〈쌍화점〉에 적용하여, "〈쌍화점〉을 '남녀 간의 정사'를 의미하는 '淫辭'로 보지 않아도 존재의 가치를 설명할 수 있을 것으로 생각된다."(39면)라고 결론지었는데, 이 말의 의미가 〈쌍화점〉이 "음사이기만 한 것은 아니다."라면 동의할 수 있지만, "음사인 것은 아니다."라면 동의하기 어렵다. 주세붕·이황이 증거하듯 궁궐 밖의 공간에서는 이 작품에 내재된 음사로서의 측면에 더 주목한 것으로 보이기 때문이다. 이는 해당 작품을 궁궐로 유입되게 한 분명한 요인 가운데 하나였을 텐데, 필자는 여기에다 궁궐이라는 공간의 특수한 성격상 또 다른 메시지 하나가 더해진 것이라 생각한다. 이에 대해서는 후술할 것이다.

9 김흥규, 「고려속요의 장르적 다원성」, 『욕망과 형식의 시학』, 태학사, 1998, 102면.

전하는 고려속요 작품들은 모두 유입된 이후의 결과물이기 때문이다.[10]

따지고 보면, 〈동동〉, 〈정석가〉, 〈이상곡〉, 〈만전춘별사〉 등 남녀 사이의 사랑과 이별을 소재로 하는 상당수의 고려속요 작품들은 그것이 궁중 안에서 연행될 때 신하들이 임금에게 보내는 비유적 서신(書信)으로의 전환이 가능하며, 이로 인해 신하들의 손을 거쳐 궁중 안으로 유입될 수 있었다. 이에 반해 〈쌍화점〉을 상기한 방식으로만 이해할 경우 여타의 작품들과는 달리 의미와 기능이 이전될 수 있는 여지가 그리 많지 않다. "당대의 독자들은 〈쌍화점〉에 담긴 '성적인 의미'가 주는 재미를 즐기기 위해 〈쌍화점〉을 향유하였다."[11]라는 진술은 결국 이 작품에 대한 민간에서의 독법과 궁궐에서의 독법이 동일하다는 점을 전제하고 있기 때문이다. '의미와 기능의 이전가치'라는 잠정적 공식에다 〈쌍화점〉을 꿰맞춘다는 비판이 없을 수는 없겠으나, 혹시라도 〈쌍화점〉 역시 군신 관계를 염두에 두고서 읽어볼 수는 없는 것일까? 다시 말해 작품에 내재한 성적 소재는 그것 자체가 주제라기보다는 그것을 통해 다른 것을 말하기 위한 일종의 전략 혹은 경유지에 해당될 수 있다는 것이다.[12]

---

10 김명호는 현전하는 고려속요 작품들이 당시 존재하던 수많은 민요들을 무차별적으로 받아들인 것이 아니라 선별적으로 수용한 것임을 전제하고서, "왜 하필이면 당시의 여러 민요 가운데서 相思를 주제로 한 노래만이 궁중무악으로 활발히 전승되었던가 (…중략…) 기존 민요 가운데서 이러한 부류의 노래는 그 주제의 성격상 쉽사리 이른바 '忠臣戀主之詞'로 전용될 수 있다는 점에서 그 이유의 일단을 찾고 싶다."라고 하였다. (김명호, 「고려가요의 전반적 성격」, 김학성 · 권두환 편, 『고전시가론』, 새문사, 1984, 208면.) 최미정 역시 이와 유사한 문제를 제기한 바 있는데, 논자는 무가계를 제외한 13편의 고려속요 작품 가운데 '사랑'이라는 동류항으로 귀속되는 작품을 10편으로 상정하고, 이와 같은 편향적 비중의 원인 중 하나로 '충신연주지사'나 '송도가'로의 전용 가능성을 꼽고 있다.(최미정, 『고려속요의 전승 연구』, 계명대학교 출판부, 1999, 21 · 103면.) 김흥규의 개념을 빌자면, 민간에서 궁중으로의 유입이 '相思→戀主'라는 이전가치를 발생시킨 셈인데, 이를 거꾸로 말하면 이전가치의 발생 가능 여부는 특정 노래가 민간에서 궁중으로 유입될 수 있는 필요조건에 해당한다고 할 수 있다.

11 황보관, 「〈쌍화점〉의 시상구조와 소재의 의미」, 『한국고전연구』 19, 한국고전연구학회, 2009, 323면.

12 〈쌍화점〉을 '풍자'의 관점에서 접근하는 일련의 견해들 역시 여기에 해당할 수 있겠으

이러한 의문에 대한 모범답안은 이미 마련되어 있다. 정운채는 〈쌍화점〉 및 유관 텍스트를 대상으로 한 일련의 논문[13]을 통해 〈쌍화점〉의 주제가 "뜬소문에 현혹되지 말고 사태의 진실을 마음으로 짐작해야 한다."는 것임을 설득력 있게 논증하였다.[14] 논자의 견해는 〈쌍화점〉에 대한 기존의 독법

나 풍자의 대상 혹은 내용이 "간음과 능욕이 횡행하는 그런 상태, 그것이 곧 이 쌍화점이란 작품의 주제가 되는 것이다."(정병욱, 『한국고전시가론』, 신구문화사, 1983, 121면.) 혹은 "성의 타락상을 적나라하게 드러내어 고발하는 방식은 곧 총체적 퇴폐상을 야유의 방법으로 역설적으로 드러내는 것"(김영수, 「삼장·사룡 연구 재고」, 『국문학논집』 17, 단국대학교 국어국문학과, 2000, 154면.)이어서 이 작품의 생성과 관련한 부대상황과 맞지 않는다. 뿐만 아니라 〈쌍화점〉을 통해 문란한 당대의 현실을 읽어낸다는 것은 〈쌍화점〉을 문란한 작품으로 해석한다는 의미이며, 따라서 어떤 측면에서는 이 작품에 대한 주류적인 해석들과 동일하다.

13 정운채, 「〈쌍화점〉의 주제」, 『논문집』 49, 한국어교육학회, 1993; 「〈삼장〉과 〈사룡〉의 원심력과 구심력」, 『국어교육』 83, 한국국어교육연구회, 1994(a); 「『악장가사』의 〈쌍화점〉과 『시용향악보』의 〈쌍화곡〉과의 관계 및 그 문학사적 의미」, 『인문과학논총』 26, 건국대학교 인문과학연구소, 1994(b).

14 정운채의 논의를 출발점으로 삼아 새롭고 참신한 해석을 시도한 고정희·최은숙의 논의에도 이 글은 적지 않은 빚을 졌다. 먼저 고정희(「〈쌍화점〉의 후대적 변용과 문학치료적 함의」, 『문학치료연구』 5, 한국문학치료학회, 2006)는 오이디프스 개념을 작품 분석에 활용하여 '죠고맛감 삿기광대' 등을 여성 화자의 상대 남성과 경쟁하면서 여성 화자에 대한 애정을 표출하는 주인공으로 자리매김하였는데, 필자는 중세 국가의 이미지가 '擬似가족'의 형태임에 착안하여 왕의 총애를 두고 서로 경쟁하는 두 개의 신하 집단을 상정할 수 있었다. 다만, 7행("그 자리예 나도 자라 가리라")의 발화자를 '삿기광대'로, 9행("귀 잔 딕 ᄀᆞ티 덦거츠니 업다")의 발화자를 손목을 잡힌 여성 화자로 보게 되면 이는 '소문'이라기보다는 '대화'에 가깝다는 점, 그리고 3연의 '드레바'와 4연의 '싀구비'가 '우뭇龍룡'과 '그짓아비'에게 애정을 느낀다는 사실이 1연과 2연의 경우에 비해 어색하다는 점은 재고의 여지가 있는 것으로 보인다. 다음으로 최은숙(「〈쌍화점〉 관련 텍스트에 나타난 소문의 구성 양상과 기능」, 『동양고전연구』 39, 동양고전학회, 2010)은 소문이 형성되고 유통되는 일련의 과정을 통해 〈쌍화점〉과 유관 텍스트들을 분석해 냄으로써 이 글의 3장을 구상하는 데에 상당한 도움을 주었다. 다만, 〈쌍화점〉 연구사에서 지속적으로 제기되어 온 쟁점들, 예를 들면 작품에서 감지되는 다성적인 목소리의 존재라든지 '덦거츠니'의 어석과 그것이 작품 전체에서 담당하는 역할 등에 대해서는 다소 소홀한 것으로 보인다. 뿐만 아니라 중요한 것은 〈쌍화점〉이 소문에 대한 텍스트라는 점 자체보다는 이 작품을 궁중 안으로 들여온 수용주체(오잠 무리)들에게 소문의 문제는 왜 그렇게 중요했던가를 따져 묻는 일이라고 생각한다. 이에 대해서는 4장에서 다룬다.

과는 제법 거리가 멀어 보이는데, 재래의 논의들이 문면에 드러난 성적 소재를 작품의 주제와 동일한 것으로 인식한 반면, 논자의 경우 그 둘을 분리하여 파악한다. 그리하여 〈쌍화점〉 역시 여타의 고려속요 작품들과 마찬가지로 의미와 기능의 이전가치를 담보하게 되는바, 우리네 삶 속에서 발생하곤 하는 오해와 해명의 과정을 빌어 군신 간에 구축되어야 할 믿음과 신뢰의 당부를 표출하게 된 것이다. 필자는 이러한 논자의 해석이 본 작품을 훨씬 더 섬세하고 정확하게 읽어내는 방법이라고 확신하면서도 다음과 같은 지점에 대해서는 생각을 달리한다.

첫째, 논자는 〈쌍화점〉 및 유관 텍스트를 분석하는 유용한 도구로 '욕망'과 '도덕'을 설정하고, 두 개의 길항 관계에 따라 개별 텍스트의 변별점을 확보한다. 예를 들어, 〈삼장〉의 경우 욕망과 도덕의 힘이 대등하나 그것과 이웃한 〈사룡〉은 도덕의 힘이 우세하여 〈삼장〉 역시 도덕 쪽으로 견인되는 반면, 〈삼장〉과 등가적인 4개의 연이 조합되어 있는 〈쌍화점〉의 경우 욕망이 힘이 훨씬 더 우세하다는 것이다.[15] 그러나 〈삼장〉을 "도덕에 근거하여 시적 자아와 사주 사이에 교감이 이루어진 종교적 법열"[16]로 읽어내기는 아무래도 어려워 보인다.[17] 그렇게 읽을 만한 정보가 별로 없을 뿐더러 '휘휘아비'와 '우뭇龍룡', '그짓아비'에게는 도덕 내지는 종교적 법열을 적용할 만한 틈새가 거의 보이지 않기 때문이다. 따라서 그들에게도 적용 가능한 해석적 도구가 필요한데, 본고에서는 이를 '소문'으로 상정한다.[18] 뒤에서

---

15 정운채, 앞의 논문, 1994(b), 57-65면.

16 정운채, 위의 논문, 60면.

17 이 점은 논자가 이와 같은 해석의 단초를 마련한 김만중의 악부시 역시 마찬가지이다. 후술하겠지만 해당 작품에서 시적 자아와 사주 사이에 교감이 이루어졌다고 볼 만한 근거가 적어도 표면적으로는 없어 보인다.

18 앞서 언급한 정운채 · 고정희 · 최은숙의 논의 이외에도 본 작품을 소문의 관점에서 접근한 논의로는 김유경(「〈쌍화점〉 연구」, 『열상고전연구』 10, 열상고전연구학회, 1997); 박상영(「〈쌍화점〉의 담론 특성과 그 문학사적 함의」, 『국어국문학』 159, 국어국문학회, 2011) 등이 있다. 그러나 필자는 해당 논의들에 대해 다음과 같은 지점에서 선뜻 동의

살펴보겠지만, '샤쥬'까지 포함하여 이들은 모두 소문의 대상이 되기에 안성맞춤이다.

둘째, 〈쌍화점〉을 "뜬소문에 현혹되지 말고 사태의 진실을 마음으로 짐작해야 한다."라는 관점에서 읽는다고 할 때 순차적으로 제기될 수 있는 질문은 충렬왕 대의 대표적인 간신(姦臣)으로 손꼽히는 오잠 등이 이와 같은 메시지를 임금에게 전달하려 했던 이유는 무엇인가이다. 그저 임금과 신하 사이에 흔히 오고 가는 상투적인 클리셰에 불과한 것인가, 아니면 이를 전달해야만 했던 구체적이고 절박한 사연이 있었던 것인가? 〈쌍화점〉에 대한 연구사에서 이러한 질문은 이상하리만치 '덜' 던져졌는데,[19] 이것이 어느 정

하기 어렵다. 먼저, 김유경은 〈쌍화점〉의 시적 화자가 "자신이 겪은 사건이 소문으로 퍼질까봐 노심초사하고 그것을 사전에 막으려 단속하는 것이 아니라 손목 잡힌 것으로 은유된 그 이상의 사건을 즐기고 있으며 그것을 자랑삼아 공개하는 것으로 자리가 잡히게 되는 것이다."(18면)라고 함으로써 텍스트 해석에 있어 소문의 비중을 낮추고 선정성의 비중을 높였다. 후술하겠지만 필자는 사건 자체의 선정성이 소문의 확산에 대단히 기여했다고 주장할 것이다. 이어 박상영은 기왕의 논의와 달리 소문의 발설자가 '삿기 上座'가 아니라 사건의 주인공이라는 점을 작품 해석의 단초로 삼고 있는데, 문제는 이러한 단초의 근거가 된 민사평의 소악부에 대한 번역이 그다지 매끄럽지 않다는 데에 있다. 논자는 "上座閑談是必應"을 "상좌의 閑談에 오르내릴 것이네."로 번역하고, 이에 대해 "그 소문이 났을 때에야 비로소 이를 거듭 입에 올리는 주체가 바로 상좌임을 말해준다."(92-93면)고 했으나 해당 구절은 한국고전번역원의 번역과 같이 "이는 반드시 상좌의 수다 때문이리" 혹은 "이는 응당 상좌의 한담이리라" 정도가 작품의 맥락이나 유관 텍스트들을 고려할 때 훨씬 자연스러워 보인다. 뿐만 아니라 논자는 성호 이익의 〈남장가〉 중 "三藏上座語不洩 / 誰向靑編書色荒"을 통해 "삼장사의 상좌는 이 모든 일을 목격했으나 감히 발설하지 못한 인물"이라고 주장하였으나(각주 18) 해당 구절은 인과가 아니라 가정, 즉 "삼장사의 상좌가 발설하지 않았더라면 / 그 누가 역사책에 색황이라 적었겠는가?"로 새기는 것이 옳다. 이렇게 보면 삼장사의 상좌 덕분에 고려의 弊政을 역사책에 남길 수 있게 되었다는 것이어서 외려 논자의 주장과는 정반대가 된다. 따라서 필자는 기존 논의와 같이 소문의 진원지를 해당 사건의 주인공들이 아니라 '삿기 上座'로 본다.

19 필자가 참고한 성과들 가운데 이 문제에 천착한 논의로는 유일하게 임주탁(「고려가요의 텍스트와 맥락: 〈가시리〉와 〈쌍화점〉을 중심으로」, 『국문학연구』 35, 국문학회, 2017, 46-61면)을 들 수 있다. 논자는 이 작품이 충렬왕과 충선왕의 강제적 왕권 교체라는 역사적 배경과 긴밀하게 연관되어 있음을 끈기 있게 주장하였는바, 필자가 생각하기에 논자의 견해는 구체적인 참고문헌과 관련 사료가 제시되어 있지 않음에도 불구하고 상

도 해명된다면 작품에 대한 본고의 독법이 과히 틀리지 않는다는 사실 또한 역으로 입증될 수 있을 것이다. 이를 위해서는 〈쌍화점〉의 개작 혹은 편사 시기를 가능한 좁혀 특정 시기로 비정하는 일과 해당 시기 오잠 등의 무리가 처해 있던 정치적 조건을 탐색하는 작업이 필수적으로 요청된다. 이 과정에서 『고려사』의 관련 기록들과 이제껏 다루어지지 않은 오잠의 묘지명은 긴요하게 활용될 것이다.

2. 작품 해석을 위한 몇 가지 전제

본격적인 논의로 들어가기에 앞서 필자는 이 글이 가질 수밖에 없는 불가피한 한계에 대해 간단히 언급하고자 한다. 사실, 고려속요 작품을 해석의 대상으로 삼는 일은 상당히 곤혹스러운데, 텍스트만 존재할 뿐 해당 텍스트의 이모저모를 확인할 수 있는 구체적인 정보가 부재하기 때문이다. 이런 측면에서 부재하는 정보의 자리를 추정과 추론이 대신하는 것은 어찌보면 매우 자연스러운데, 문제는 바로 그 정보의 부재로 인해 수다한 가설들의 우열조차 가려내기가 힘들다는 데에 있으며, 이는 〈쌍화점〉 역시 마찬가지이다.

당한 설득력을 지닌 것으로 판단된다. 이에 대해서는 이 글의 4장에서 다루게 될 텐데, 다만 회회아비를 비롯하여 〈쌍화점〉의 각 장에 등장하는 인물들을 충렬왕의 측근으로 부상한 세력 집단 혹은 그 우두머리를 상징한 것(위 논문, 57면)으로 보는 데에는 동의하기 어렵다. 이렇게 되면 결국 자신과 한편이었던 이들을 부정한 셈이 되는데, 이는 사료를 통해 확인 가능한 성질 혹은 수준의 것이 아니다. 4장에서 상세히 논의하겠지만, 충렬왕 복위 이후 오잠 무리에게 가장 큰 위협이 되었던 것은 非사족 출신의 측근 세력이 아니라 외려 충선왕의 복위를 도모했던 사족 출신의 세력이었으니, 이는 오잠의 우군이었던 석주 집안의 인물들, 예컨대 석천보, 석천경 등이 사족 출신이 아니라 내료 출신이었다는 점에서도 짐작 가능하다. 사족 출신의 오잠이 비사족 출신인 석주 집안의 인물들과 결탁했음을 감안하면, 적어도 이 작품을 둘러싼 해당 시기의 정치적 대립 구도를 '사족↔비사족'으로 파악하는 것보다는 '충렬왕계↔충선왕계'로 파악하는 편이 보다 적실해 보인다.

이런 상황에서 취할 수 있는 방법은 크게 두 가지이다. 하나는 작품을 둘러싼 여러 쟁점들을 먼저 해명한 후 작품에 대한 해석을 수순대로 진행하는 일이요, 다른 하나는 그 해명이 불투명한 현재의 상황을 있는 그대로 수용한 상태에서 해당 쟁점에 대한 여러 가설들 중 하나를 선택하여 작품 해석을 감행하는 일이다. 이 가운데 필자가 취한 것은 후자이니, 구체적인 자료에 기반한 쟁점들의 명확한 해명을 당분간 기대하기 어렵겠다는 개인적 판단 때문이기도 하지만 선택한 어느 가설의 모형을 지금보다 완정하게 만드는 것 또한 무의미하지 않다고 생각하기 때문이다. 단, 이를 위해서는 〈쌍화점〉의 몇몇 쟁점들에 대한 필자의 입장이 우선적으로 제시될 필요가 있는데, 선행되어야 할 단계를 건너뛰었다는 예상 가능한 비판을 염두에 두면서 〈쌍화점〉의 소종래에 관한 문제, 〈삼장〉과 〈쌍화점〉의 관계, 어석적 차원에서의 이견이 가장 분분한 '덦거츠니'의 의미 등에 대해 간단히 정리하면 다음과 같다.

첫째, 〈쌍화점〉의 소종래에 관한 문제는 오잠 등의 무리가 궁중에서의 연행을 위해 해당 작품을 창작한 것으로 보는가, 아니면 본래 민간에 있던 작품을 궁중 안으로 들여온 것으로 보는가와 같은 두 개의 대립적인 질문 하에 하나의 견해 내에서도 다기한 방향으로 분화되어 있다. 이 작품을 유흥과 향락의 수단으로만 읽어내는 대신 작품의 수신자[임금]에게 어떤 사태에 대한 구체적인 태세(態勢)의 견지를 촉구하려는 의도로 해석하고자 하는 필자의 입장에서는 아무래도 그러한 의도를 담아내기에 수월한 '창작'으로 보는 편이 유리하다.

그러나 '개작'으로 가정하는 것도 얼마든지 가능한데, 수많은 텍스트 가운데 하나를 골라내는 선별의 과정에 이미 선별자의 의도가 개입되기 마련이며, 원래의 텍스트를 개작하는 과정에서도 그 의도를 달성하기란 과히 어렵지 않기 때문이다. 서사의 영역에 흔히 존재하는 상당수 이본들의 존재는 분명, 개작자들이 원본에 느꼈을 그 나름의 불만과 그 불만을 해소하기 위한 의도의 결과일 텐데, 따라서 본고에서는 학계의 통설에 따라 현전하는 〈쌍화점〉이 민간가요를 원천으로 하되 궁중에서의 연행을 위해 현저한 정도로 윤색·개편한 결과물로 본다. 또한 '작자', '편사자' 등의 용어가 유발하는 불필요한 오해를 피하기 위해 '수용주체' 혹은 '형성주체'라는 보다 중립적인 용어를 사용할 것이다.

둘째, 〈삼장〉과 〈쌍화점〉의 관계를 둘러싼 논란은 양자의 동일 여부를 따지는 문제를 거쳐 결국 후자의 형성에 오잠 등의 무리가 얼마나 관여했을 것인가의 문제로 귀결된다. 그도 그럴 것이 〈삼장〉의 형성에 오잠 등이 주도적으로 개입했다는 근거는 『고려사』 등을 통해 확인되지만, 〈쌍화점〉의 경우는 그렇지가 않기 때문이다. 〈쌍화점〉을 오잠이라는 문제적 인물과 그가 처해 있던 역사적 조건 하에서 해석하려는 필자의 입장에서는 두 작품을 동일한 것으로 간주하고 싶지만, 그럴만한 객관적 자료가 확보되어 있지 않은 상태에서 전체 가운데 일부만을 공유하는 두 개의 작품을 동일작이라 단언할 수는 없다.

다만, 〈삼장〉과 〈쌍화점〉을 별개의 작품으로 인정한다 하더라도, 후자의 형성에 오잠 등이 개입했을 가능성은 여전히 남아 있다. 다수의 연희자들을 모아 '별대(別隊)'를 만들고 장시간에 걸친 대규모의 가무희(歌舞戲)를 연출하기 위해서는 그에 상응하는 연행 요소의 창출과 확장 및 재구성이 필요[20]했을 터, 필자는 〈삼장〉이 〈쌍화점〉으로 발전했다는 선행 연구[21]를 참조하여 현전하는 〈쌍화점〉은 바로 이 과정에서 "寺院을 배경으로 한 일경(一景) 형식의 가무희로부터 네 종류의 배경 및 남성 상대역이 등장하는 사경(四景) 형식의 가무희로 확장되었을 것"[22]이라 본다. 좀 더 과감한 추정을 보태자면, 〈삼장〉이 형성된 것으로 알려진 1300년부터 원으로 압송되어 간 1303

20 김흥규, 앞의 책, 109면.

21 최용수, 『고려가요 연구』, 계명문화사, 1993, 255-256면.

22 김흥규, 앞의 책, 109면.

년까지 오잠에게는 3년의 시간이 있었으니, 오잠이 〈쌍화점〉의 형성과 무관하지 않다면 그 형성 시기는 바로 그 어름일 것이다. 따라서 필자는 〈삼장〉과 〈쌍화점〉이 서로 다른 주제를 지니고 있다고 생각하지 않으며, 〈삼장〉에는 없고 〈쌍화점〉에는 있는 6~9행 역시 〈삼장〉의 주제와 동일한 선상에 있다고 본다.

셋째, 〈쌍화점〉에 대한 어석 가운데 '덦거츠니'는 결과에 따라 작품 전체의 해석이 달라질 정도로 그 견해 차가 크다. '덦거츠니'는 필경 그 앞에 제시된 '잔 ᄃᆡ'에 대한 어떤 설명일 텐데, 논자에 따라서 해당 부분을 '잔 ᄃᆡ'에 대한 긍정적 평가로 읽기도 하고, '답답하다', '거칠다', '어수선하다', '지저분하다' 등과 같이 부정적 평가로 읽어내기도 한다. 전자의 입장에 서 있는 논자들은 '덦거츨다'의 의미를 '무성하다'로 풀고, 이를 다시 확장하여 '무성하며 아늑하고 둘러싸이는 기분을 느끼는 곳'으로 해석하지만,[23] '덦거츨다'의 적지 않은 용례 가운데 '아늑하다'는 의미를 갖는 경우가 보이지 않는다는 점[24]에서 필자는 후자 가운데 하나를 선택하고자 한다.

최근 김태환은 '덦거츨다'에 대한 방대한 문헌 조사를 통해 해당 단어의 의미역은 '좋다/나쁘다' 식의 선악을 가려서 부정적 판단을 내리는 경우와 '사실이다/아니다' 식의 진위를 가려서 부정적 판단을 내리는 경우를 동시에 갖는다는 사실을 밝혀낸 바 있다. 논자는 이 가운데 뒤의 것을 택했으니, '거츨'의 의미를 '사실이 아니다'로 봐서 이 문장의 축자적 어석을 "그 잔 데 같이 아닌 것 없다"로 푼 것이다. 그리하여 마지막 발화의 주체를 손목을 잡힌 여성으로 상정한 후 해당 여성이 자신의 결백을 주장하는 것으로 파악하였다.[25] 십분 동의할 수 있는 해석이지만, '사실이다/사실이 아니다'

---

23 최미정, 앞의 책, 202-203면 참조.

24 이에 대해서는 김태환, 「쌍화점 결구 "덦거츠니"의 재해석」, 『정신문화연구』 35-2, 한국학중앙연구원, 2012, 230-235면 참조.

25 김태환, 위의 논문, 236-247면.

와 같은 가치 판단이 어떤 행위가 이루어진 장소['잔 데']를 대상으로 행해진다는 점은 다소 어색하며, 이는 '같이'의 의미와 기능을 함께 고려할 때 더욱 그러하다.

그리하여 본고에서는 '덦거츨다'의 의미역 가운데 '선악을 가려서 부정적 판단을 내리는 의미'를 선택하고자 한다. 이에 따르면 해당 단어는 '더럽다', '지저분하다' 정도의 의미가 될 텐데, 필자는 해당 발화의 주체 역시 손목을 잡힌 여인이 아니라 제3의 화자로 상정한다. 이 작품이 터무니없는 소문의 광포적 현상을 보여줌으로써 이를 통해 어떤 메시지를 전달하려는 데에 목적이 있다면, 소문을 유포하거나 수용한 이들의 존재[화자]는 많으면 많을수록 효과적이기 때문이다.

3. 소문의 와전, 사실로의 정착, 그리고 윤리적 평가

단순하게 말하자면, 대개의 작품 해석은 작은 것에서 큰 것의 순서로 진행된다. 작품을 이루는 가장 작은 단위인 시어의 의미에서부터 하나의 행, 하나의 연을 차례대로 이해한 후 이른바 '주제'라고 하는 최종의 단계에 도달하는 것이다. 그런데 본고에서는 이와 같은 순서와는 사뭇 다르게 진행하고자 하는바, 그것은 이 글의 목적이 〈쌍화점〉에 대한 새로운 주제를 도출하는 데에 있는 것이 아니라 이미 제출되어 있는 두 개의 선택지 가운데 어느 하나를 선택하고, 해당 선택지의 관점에서 작품을 재해석해 봄으로써 〈쌍화점〉을 둘러싼 몇몇의 쟁점들을 가능한 선까지 해명해 보려는 데에 놓여 있기 때문이다.

(1행) 雙花店솽화뎜에 雙花솽화 사라 가고신던

(2행) 回回휘휘아비 내 손모글 주여이다

(3행) 이 말솜이 이 店뎜 밧긔 나명들명

(4행) 다로러거디러

(5행) 죠고맛감 삿기 광대 네 마리라 호리라

(6행) 더러둥셩 다리러디러 다리러디러 다로러거디러 다로러

(7행) 긔 자리예 나도 자라 가리라

(8행) 위위 다로러거디러 다로러

(9행) 긔 잔 듸 ᄀᆞ티 덦거츠니 업다

〈쌍화점〉의 작가나 개작 시기 등과 같은 작품 외적인 문제들을 제외하고서 작품 자체에 대한 쟁점들은 다음과 같이 요약 가능하다. 첫째, 남성 혹은 남성성을 지닌 타자에게 여성 화자가 손목을 잡혔다는 진술을 어떻게 이해할 것인가(2행), 둘째, "긔 자리예 나도 자라 가"겠다는 목소리는 도대체 누구의 것인가?(7행), 셋째, '덦거츠니'의 의미는 무엇이며, 그것은 9행 혹은 작품 전체에서 어떤 기능을 하는가? 필자가 생각하기에 이 세 가지 문제는 '소문'의 속성을 고려할 때 좀 더 그럴 듯하게 이해된다.

첫째, 〈쌍화점〉에 대한 대부분의 연구들에서 '손목을 잡혔다'는 2행의 진술은 손목을 잡힌 이후의 성적 관계를 가리키는 제유의 일종으로 파악하였다. 그러나 이 작품을 "뜬소문에 대한 경계"로 읽는다고 할 때 해당 진술은 말 그대로 손목을 잡힌 것으로만 이해하는 것이 바람직할 듯한데,[26] 이는 뜬소문을 경계한다는 말 속에는 바로 그 소문이 사실이 아니라는 의미가 전제되어 있기 때문이다. 일어나지 않은 일이 일어난 일로, 아주 작은 일이 아주 큰 일로 둔갑하는 게 소문의 속성일 텐데, 이렇게 볼 때 '손목을 잡힌' 행위가 '잔'(7행) 것으로 알려지는 쪽이 실제 일어난 성적 관계가 '잔' 것으

26 이에 대해서는 윤영옥, 『高麗詩歌의 硏究』, 영남대학교 출판부, 1991, 250면; 김명준, 「〈쌍화점〉: 부당한 오해와 사회적 폭력」, 민족문학사연구소 편, 『한국고전문학작품론』 3, 휴머니스트, 2018, 172-173면.

로 알려지는 쪽보다 소문의 실체에 보다 가깝다. 소문의 터무니없음을 보여주는 게 수용주체의 목적이라면, 그 목적을 달성하는 데에는 전자가 더 유리하다는 것이다.[27]

사실, 이 작품에 나타난 여성 화자의 태도는 지극히 모호한 것으로 논의되어 왔다. 그도 그럴 것이 상대 남성과의 사이에서 일어난 심상치 않은 사태에 대해서는 일절 언급하지 않는 대신 그녀의 관심은 온통 해당 사건의 누설 여부에 있는 것으로 보이기 때문이다. 그리하여 이 사건에 대해 "애정으로 보는가, 아니년 능욕으로 보는가? 그렇지 않으면 불륜으로 보는가?"[28]와 같은 말초적인 질문들도 제출된 바 있으나, 이러한 모호함은 손목을 잡힌 것을 그 이상의 행위로 가정한 데에서 비롯한 것으로 보인다. 환원론적인 추정이긴 하나 손목을 잡혔다는 진술을 액면 그대로 받아들이는 구도 하에서 여성 화자의 모호함은 조금 더 선명해 질 수 있다. 손목을 잡혔고, 하필 목격자가 있었으며,[29] 이로 인해 사건 자체보다는 해당 사건이 와전될 수 있는 가능성에 마음이 쏠렸던 것이다.

염려했던 일은 실제로 일어난다. "가장 순수한 상태에 가까운 존재이자 자연의 상태에 유사한 존재"[30]인 '죠고맛감 삿기 광대'는 아마 자신이 본

---

27 1~2행 자체를 간접화법으로 보면 해당 부분이 말해주고 있는 사건 자체가 아예 없었던 것이 될 수도 있으므로 이런 가정 하에서라면 본 작품은 소문에 대한 텍스트에 한층 더 가까워진다. 그러나 그렇게 볼 수 있는 어석적 근거가 최소한 작품의 문면 안에서는 보이지 않으며, 또한 소문이 형성될 수 있는 아주 조그만 단초가 없는 것보다는 있는 것이 소문의 속성에 보다 가깝다. 따라서 본고에서는 이 부분을 대개의 해석들과 마찬가지로 손목을 잡힌 여성이 자신의 경험을 직접 말한 것으로 본다.

28 신영명, 「〈쌍화점〉의 어조와 미의식」, 『우리어문연구』 8-1, 우리어문학회, 1994, 206면.

29 『고려사』「악지」에 실려 있는 〈제위보〉와 〈쌍화점〉은 외간남자에게 손목을 잡혔다는 소재 자체는 동일하나 두 가지 점에서 차이가 있다. 첫째, 해당 사건에 대한 여성 화자의 입장이 표출되어 있는가, 둘째, 해당 사건을 유포할 수 있는 목격자가 있는가 인데, 필자는 이 두 가지가 서로 연관되어 있을 것이라 생각한다. 즉, 〈제위보〉의 경우 목격자가 없어서 손목을 잡힌 일에 대한 화자의 감정이 우선적으로 표출["恨其手爲人所執, 無以雪之, 作是歌以自怨"]되었지만, 〈쌍화점〉의 경우는 목격자의 존재로 인해 자신의 불쾌한 감정보다는 그것이 와전될 것에 대한 염려가 먼저 드러나게 되었다.

대로 말했을 것이다. 그러나 소문이란 "사건을 구성하는 여러 가지 사실들과 이 사실들 사이의 틈을 메우는 상상력에 의해 구성되는 것"[31]이기 때문에 손목을 잡혔다는 사실은 어떤 전체 행위의 출발점을 알리는 말로 의미의 실질이 변경되었고, 그 전체 행위 가운데 진술된 부분을 제외한 나머지 부분은 사람들의 상상력으로 채워지게 된다.

그 결과가 7행이니, 손목을 잡혔다는 피동이 잤다는 능동으로 바뀌었을 뿐만 아니라 "긔 자리예 나도 자라 가리라"는 말을 거침없이 내뱉는다.[32] 여러 논자들이 지적한 바와 같이 '도'라는 보조사에는 몇몇의 의미가 담겨 있는바, '휘휘아비'와 여성 화자 사이의 정사(情事)는 이미 의심할 수 없는 '사실'이 되었으며, 그 정사의 강렬함 역시 얼마간의 과장을 보태 여기저기 부유하고 있었던 것이다. 따라서 소문의 속성으로 볼 때 7행의 화자는 앞서 나온 등장인물들 가운데 한 사람이기보다는 해당 소문을 수용하고 다시 유포하는 복수의 사람들일 가능성이 높다.

그렇다면 남은 하나의 문제인 9행은 어떻게 이해할 수 있는가? 앞서도 말한 바와 같이 '덦거츠니'의 의미를 '더럽다, 지저분하다' 등으로 해석하게 되면 이 문장은 일종의 평가에 가깝게 된다. '귀'라는 대명사가 가리키는 바가 1~2행까지인지, 아니면 7행인지 선뜻 확신이 서지 않지만, 필자는 거리가 가까운 7행으로 보고 싶다. "긔 자리예 나도 자라 가리라"는 말들이

---

30 이인영, 「한국 근대 아동잡지의 '어린이' 이미지 연구: 『어린이』와 『소년』을 중심으로」, 이화여자대학교 석사학위논문, 2015, 30면. 논자에 따라 '삿기 광대'와 '삿기 샹좌'의 성별에 주목하는 경우 이를 욕망의 관점에서 보기도 하지만, 3연의 '드레바'와 4연의 '싀구비'가 사물이라는 점을 감안하면 순진과 무구의 대리자로 보는 편이 옳을 듯하다. 즉, '광대'와 '상좌'보다는 '삿기'에 방점이 찍혀 있다는 것이다.

31 시미즈 이쿠타로 지음, 이효성 옮김, 『유언비어의 사회학』, 청람, 1977, 29-31면. 윤정화, 「재일한인의 소문적 정체성과 그 서사적 응전」, 『현대소설연구』 51, 한국현대소설학회, 2012, 77-78면에서 재인용.

32 일반화시킬 수는 없겠지만, 일상의 언어생활에서 우리는 자주 어떤 유명인의 연인이 되곤 한다.

다시 소문이 되어 세간에 떠돌았고, 그 소문이 또 하나의 사실이 되어 복수의 '나'들이 그 자리에 '이미 다녀온 것'으로 되었다면 지나친 억측일까?

필자가 생각하기에 소문에 대한 윤리적 평가는 소문이 다다를 수 있는 종착역이다. 진위의 여부를 가리는 단계는 이미 한참 전에 지나갔으며, 소문의 주인공에 자신을 대입시켜 보는 과정 또한 벌써 지나친 후이다. 손목을 잡힌 것이 '잔' 것으로, 한 명이었던 여성이 복수의 여성들로 확산되어 가면서 커질 만큼 커져버린 이 소문의 최종 버전을 맞닥뜨린 또 다른 누군가는 '더럽다'고 평가했다. 윤리적 평가란 심정적 단죄의 다른 말이기도 하니, 이렇게 해서 형성, 확산, 행동으로 진행되는 소문의 제반 과정[33]은 완성된 것이다.

물론, 여기서 말하는 '윤리적 평가'가 '뜬소문에 대한 경계'를 의미하는 것은 결코 아니다. 다시 한 번 말하건대, 어떤 소문에 대해 윤리적 평가를 내린다는 것은 평가의 주체가 이미 그 소문을 사실로 받아들인다는 의미이므로, 9행에서는 윤리적 평가를 내리는 제3의 화자를 통해 해당 소문이 7행의 단계까지보다 더 많은 이들에게 유포된 정황을 보여주기만 할 뿐이다. 필자는 〈쌍화점〉 안에 뜬소문의 경계를 직접적으로 지시하는 언사는 나타나지 않는다고 생각한다. 뜬소문이 사실화되어 걷잡을 수 없이 확산되는 과정을 '그저' 보여줌으로써 수용자 스스로 뜬소문에 대한 경계의 필요성을 느끼게 하거나 혹은 이 작품의 형성주체가 그 필요성을 사후에 말할 수도 있다. 현재 단계에서 확언하기는 어렵지만 〈삼장〉과 〈사룡〉이 동일한 공간에서 연행되었다는 『고려사』의 기록을 참조할 때 만약 두 작품이 하나의 묶음으로 불렸다면, 〈삼장〉(〈쌍화점〉)에는 뜬소문의 유포 과정이, 〈사룡〉에는 그것에 대한 뚜렷한 당부의 메시지가 각각 배당된 것은 아닐지. 이쯤에서 〈쌍화점〉의 나머지 부분들로 눈을 돌려보자.

---

33 한스 J. 노이바우어 지음, 박동자 · 황승환 옮김, 『소문의 역사: 역사를 움직인 신과 악마의 속삭임』, 세종서적, 2001, 192-195면.

(1행) 三藏寺삼장ᄉᆞ애 블 혀라 가고신ᄃᆞᆫ

(2행) 그뎔 社主샤쥬ㅣ 내 손모글 주여이다

(3행) 이 말ᄉᆞ미 이 뎔 밧긔 나명들명

(4행) 다로러거디러

(5행) 죠고맛간 삿기 上座샹좌ㅣ 네 마리라 호리라

(6행) 더러둥셩 다리러디러 다리러디러 다로러거디러 다로러

(7행) 긔 자리예 나도 자라 가리라

(8행) 위위 다로러거디러 다로러

(9행) 귀 잔 ᄃᆡ ᄀᆞ티 덦거츠니 업다

(1행) 드레우므레 므를 길라 가고신ᄃᆞᆫ

(2행) 우뭇龍룡이 내 손모글 주여이다

(3행) 이 말ᄉᆞ미 이 우믈 밧긔 나명들명

(4행) 다로러거디러

(5행) 죠고맛간 드레바가 네 마리라 호리라

(6행) 더러둥셩 다리러디러 다리러디러 다로러거디러 다로러

(7행) 긔 자리예 나도 자라 가리라

(8행) 위위 다로러거디러 다로러

(9행) 귀 잔 ᄃᆡ ᄀᆞ티 덦거츠니 업다

(1행) 술ᄑᆞᆯ지븨 수를 사라 가고신ᄃᆞᆫ

(2행) 그짓 아비 내 손모글 주여이다

(3행) 이 말ᄉᆞ미 이 집 밧긔 나명들명

(4행) 다로러거디러

(5행) 죠고맛간 싀구비가 네 마리라 호리라

(6행) 더러둥셩 다리러디러 다리러디러 다로러거디러 다로러

(7행) 긔 자리예 나도 자라 가리라

(8행) 위위 다로러거디러 다로러

(9행) 귀 잔 딕 ᄀ티 덦거츠니 업다

이 작품의 주제가 "뜬소문에 대한 경계"라고 한다면 이 작품의 형성주체는 사건이 소문이 되고, 소문이 사실처럼 되는 일련의 과정을 하나의 연 안에서 구현한 셈이다. 주목할 것은 이러한 주제를 구현하기 위한 집요한 노력이 작게는 소재의 선택에서부터 크게는 작품의 구성에 이르기까지 곳곳에서 관철되고 있다는 데에 있다.

첫째, 이 작품에는 사건이 벌어지는 구체적인 장소와 인물이 매 연마다 제시되어 있다. '솽화뎜', '삼장ᄉ', '드레우믈', '술풀집'과 '회회아비', '샤쥬', '우뭇룡', '싀구비'가 그것인데, 이들은 소문을 사실로 믿게 하는 데에 일정 정도 기여한다. 이와 같은 방법은 자신이 말하고자 하는 내용이 믿기 어려운 내용임에 반해 그것이 실제 있었던 일임을 강조하고자 할 때 흔히 동원되는 방법으로,[34] 소문의 속성과 유사한 텍스트를 다루는 구비서사물에서 어렵지 않게 확인 가능하다. 그러고 보면 각 연의 1~5행 가운데 여음을 제외한 4개의 행 안에는 '왜'를 제외한 육하원칙이 모두 포함되어 있으며, 그 '왜'에 해당하는 것 역시 굳이 제시할 필요가 없는 성질의 것이다.

둘째, 소문이 단절되지 않고 지속되기 위해서는 소문 자체가 사람들의 흥미를 끌어야만 하는데, 이런 차원에서 볼 때 가장 먼저 주목되는 것은 손목을 잡은 주체들의 공통된 특징이다. 이들은 각각 외국인, 승려, 용, 술집아비 등으로 개개의 정체성은 한결같지 않지만 "자국과 타국이라는 공간적 경계, 속세와 탈속이라는 종교적 경계, 인간과 비인간이라는 존재론적 경계, 술이 암시하는 이성과 비이성간의 경계"[35] 저 너머에 있다는 점에서 모두

34 이에 대해서는 김창원, 『향가로 철학하기』, 보고사, 2004, 36-42면.

35 고정희, 앞의 논문, 49면.

'이방인', 곧 '타자들'이다.

인간이 낯선 타자를 처음 조우하게 될 때 그 대상을 '괴물'이나 '거인'으로 인지하고 두려워하는 것[36]은 흔한 일이다. 인간의 문명으로 질서화 되지 않는 원초적이고 야만적인 존재로 인식하는 것인데, 그들에게는 자신들이 갖지 못한 어떤 특별한 능력이 있는 것으로 상상된다. 성적 능력 또한 그 상상의 목록 안에 포함되어 있는바, 이런 점에서 플로렌스 지역의 성화(聖畵)들에 그려진 악마의 모습이 "이교도들, 이단자, 남색, 성도착, 색마, 요녀"라는 지적[37]은 특히 흥미롭다. 이교도와 이단자를 제외한 나머지 캐릭터들은 성적 취향이 이질적이거나 성적 에너지가 남다르다는 점에서 공통적인데, 〈쌍화점〉에 등장하는 이방인들 역시 동일하게 상상되었음은 앞서 확인한 것과 같다.

그런데 이들 이방인의 존재는 '괴물'로밖에는 정의되지 않는다는 점에서 공포의 대상이기도 하면서 동시에 같은 이유에 의해서 매혹적이다. 프로이트 식으로 말하자면, '친숙한 낯설음' 혹은 '낯설은 친숙함'에 해당될 텐데, 이는 우리가 이방인에게서 발견해 낸 괴물로서의 특징들이 현재의 우리에게는 없지만 과거의 언젠가에는 있었던 것이기 때문이다.[38] 현재의 결여를 메우기 위한 심리적 기제 가운데 하나가 환상의 축조인바, 자신들이 누리지 못한 '향락'을 1~4행의 여성 화자가 대신 누린 것으로 상상되고, 그 향락을 자신도 누리겠다는 (환상에 가까운) 선언이 7행으로 나타난 것이다. 이방인이라는 타자, 그리고 그가 지녔다고 상상된 탁월한 능력은 이렇게 사람들의 호기심을 자극하면서 떠들썩한 소문이 되었다가 이내 사실로 굳어진다.

셋째, 소문이 자신의 모습을 반만 보여주듯 이 작품 역시 사람들이 보고

---

36 신지은, 「공포의 매혹」, 『문화와 사회』 11, 한국문화사회학회, 2011, 160면.

37 리처드 커니 지음, 이지영 옮김, 『이방인, 신, 괴물』, 개마고원, 2004, 55-56면.

38 '친숙한 낯설음'에 대해서는 임옥희, 「문학과 정신분석학의 "기괴한Unheimlic" 관계에 관하여」, 『한국고전여성문학연구』 70, 한국고전여성문학회, 2003, 6-29면.

싫어 하는 작중의 전모를 반만 보여준다. 실제로 벌어진 일이야 제시된 그대로가 다이겠지만, 마치 이 텍스트는 드러내 놓고 보여줄 수 없는 무언가가 더 있다는 것처럼 말하고 있는 듯하다. 더구나 자신들이 보지 못한 나머지 부분을 목격한 이도 있는데, 문제는 하필 그 목격자가 어린 아이 혹은 그에 준하는 사물이어서 그 아이의 말 역시 온전해 보이지 않는다는 것이다. 심증이 확정될 수 있는 단서가 절반밖에 되지 않을 때 그 나머지를 궁금해 하는 것은 인간의 기본적인 속성이므로, 이러한 조건은 소문이 숙성될 수 있는 최적의 조건이다.[39]

넷째, 이런 관점에서 볼 때 여음의 위치 역시 예사롭게 보이지 않는다. 위에서 확인할 수 있듯 한 개의 연에서 여음이 등장하는 위치는 4행과 6행, 8행으로, 모두 '말ㅅ미' 유포되는 길목에 자리하고 있으며, 그 길목을 전후하여 소문의 유포자와 수용자의 존재가 드러난다. 4행의 경우 바로 위의 3행과 아래의 5행에서 확인 가능하며, 6행 역시 5행의 '네 마리라 호리라'와 7행의 "나도 자라 가리라" 사이에 위치함으로써 '네 말'이 과장된 채로 복수의 '나'에게 전달되는 과정을 재현한 것으로 보인다. 이 점은 8행 역시 마찬가지여서, 추정컨대 '여러 명의 여성들이 그 자리에 다녀왔다더라'는 소문이 그 실질적인 의미일 것이다. 이런 측면에서 이 작품에 등장하는 모든 여음들은 각 단계의 소문들이 유포되는 과정을 음성적으로 재현한 것으로 보인다.[40]

다섯째, 이 작품의 형성주체는 4개의 연을 배치하는 문제에 있어서도 각별한 주의를 기울인 듯하다. 1연과 2연의 경우, 이방인의 범주에 속한다고 할지라도 사건의 당사자와 목격자 모두 사람이어서 충분히 일어날 수 있는 일이지만, 3~4연은 그렇지 않다. 우물 안의 용[41]이 사람의 손목을 잡는다는

39 이런 차원에서 보자면 이 작품에 유독 3인칭 대명사가 많이 쓰인 것도 심상치 않다. '이 말ㅅ미', '그 자리예', '귀 잔 듸 ᄀᆞ티' 등이 여기에 해당하는데, 주지하듯 대명사는 어떤 대상을 대신 지칭하는 말이어서 그것이 가리키는 대상을 상상하게 만든다.

40 이에 대해서는 김명준, 앞의 글, 173면 참조

41 '용'의 정체 역시 논자에 따라 견해가 분분하지만 여기서는 "그저 우물에 있는 龍"으로

설정도, 그것을 목격한 두레박이 이를 발설한다는 것도 있을 수 없는 일이며, 이는 4연의 상황도 마찬가지이다. 그런데도 소문이 사실처럼 되는 것은 동일하지 않은가? 일견, 1~2연과 동일한 상황이 사건에 관여하는 인물들만 달리한 채 3~4연에도 고스란히 반복되기 때문에 해당 부분의 무게가 동일한 것처럼 보이지만 양자 사이에는 '있을 수 있는 일'과 '있을 수 없는 일'이라는 적지 않은 차이가 있으며, 그 차이에도 불구하고 결과는 동일하다는 점에서 이는 소문의 터무니없음을 보여주려는 형성주체의 의도에 효과적으로 복무한다.

이렇듯 이 작품의 모든 구성 요소들은 소문이 사실로 변해 가는 과정을 보여줌으로써 "항간에 떠도는 소문들은 모두 사실이 아니"라는 것을 믿게 만들려는 단 하나의 의도로 수렴되어 있다. 이제 남은 일은 소문의 실체에 대해 좀 더 가까이 다가가 보는 일일 터, 이에 대해서는 장을 달리하여 살펴보도록 하자.

4. 충렬왕대의 정치적 상황과 <쌍화점>

〈쌍화점〉과 어떤 식으로든 관련되어 있을 〈삼장〉에 대해 『고려사』「악지」에서는 "노래의 고저와 장단이 모두 절조에 맞았다."[42]고 평가한다. 이는 이 노래의 형성주체가 이 작품을 연행하기 위해 아주 세심한 부분에 이르기까지 신경을 썼다는 사실을 의미하는바, 그러한 신경은 비단 악곡적인 측면에서뿐만 아니라 메시지를 구현하는 내용적 측면에까지 두루 걸쳐 있는 것으로 보인다. 지금까지의 논의대로라면 해당 메시지는 무근(無根)한 소문이 사

본 김대행의 견해를 따른다. (김대행, 「쌍화점과 반전의 의미」, 『고려시가의 정서』, 개문사, 1986, 197면.)

42 『고려사』「열전」 권38, 〈간신_오잠〉.

실화되는 전도된 현실에 대한 경계 정도가 될 텐데, 이 작품이 형성주체가 맞닥뜨린 어떤 문제에 대한 답이라면 이와 같은 답을 산출하게 만든 문제 자체는 무엇인가? 이를 위해 다음의 자료부터 살펴보도록 하자.

君演三藏經	그대는 삼장의 경문을 연의하고
妾散諸天花	저는 천화를 뿌렸지요
天花撩亂殊未央	천화는 어지러이 날려 아직도 한창인데
井上梧桐啼早鴉	우물가 오동나무에 아침 까마귀 울어댑니다
不愁外人說長短	바깥 사람들 이러쿵저러쿵 하는 말이야 근심할 것이 없으되
傳茶沙彌是一家	차 나르던 사미는 한 집안 사람인 걸요.[43]

주지하듯 상기한 작품은 서포 김만중(1637~1692)이 〈삼장〉을 모티프로 하여 지은 작품 중 일부로, 〈쌍화점〉의 후대적 변용을 논의하는 자리에 자주 소환되었다. 〈삼장〉(내지는 〈쌍화점〉)과 비교할 때 우선적으로 주목되는 바는 '사주(社主)'에게 손목을 잡혔다는 사건을 변용하여 소문의 터무니없음을 한층 강화시켰다는 것인데, 〈삼장〉의 경우 손목을 잡힌 사건이 '잔' 것으로 되어 상대적으로 작은 일이 큰 일로 되었지만, 김만중의 작품은 사주는 사주대로, 여인은 여인대로 각자의 일을 한 것으로 설정됨으로써 애당초 '없던 일'이 '있던 일'로 된 것이다. 그렇다면 서포가 원작의 작중 상황을 변경하면서까지 이 작품을 지은 까닭은 어디에 있는가?

선행 연구에 따르면 서포의 시세계 가운데 특기할 만한 지점은 '여인'을 소재로 한 작품이 상당하다는 것이다. 그 중에서도 특히 많은 비중을 차지하는 것이 '버림받은 궁녀', '인고하는 아내', '절행의 여인' 등인데, 여기에

---

43 김만중, 〈樂府〉, 『서포집』 권2, 『한국문집총간』 148, 한국고전번역원, 1995, 23면.

속하는 작품들의 대개가 정치적으로 수세에 몰렸던 시기에 지은 것들임[44]을 고려할 때 남녀 관계가 군신 관계로 치환되곤 하는 오래된 전통에 따라 위축/방축된 자신 혹은 자신이 속한 자당의 처지를 빗댄 것이리라.

위 작품 역시 마찬가지인데, 정확한 창작 시기를 특정하긴 어렵지만 바로 앞에 실린 〈의사수시(擬四愁詩)〉가 1677년에, 4번째 뒤에 실린 〈차비파행운(次琵琶行韻)〉이 1679년에 창작되었음[45]을 감안하면 1677~1679년 사이에 지어졌음이 분명하다.[46] 주목할 것은 〈의사수시〉와 〈차비파행운〉 모두 창작의 연유[47]가 심상치 않다는 것이니, 두 작품 공히 갑인환국(1674)을 기점으로 서인 계열이 직면하게 된 정치적 패퇴의 울분을 남녀 사이의 이별에다 부친 것이다.

필자는 창작된 시기로 보나 작품의 내용으로 보나 상기한 〈악부(樂府)〉 역시 동일한 정치적 조건 하에서 산출되었다고 생각한다. 그 자신이 서인의 영수로서 극심한 당쟁의 한가운데에 서 있었음을 감안하면 그를 둘러싼 이러저러한 소문도 무성했을 것이다. 이를테면 다음과 같이 말이다.

> 신[송시열]이 또 듣건대, 성명께서 김만중(金萬重)이 상신을 공척한 것에 대

---

44 이에 대해서는 김병국, 「西浦 金萬重의 詩世界: 여성을 제재로 한 작품을 중심으로」, 『한국문화』 14, 서울대학교 한국문화연구소, 1993, 54-55면.

45 두 작품의 창작 시기에 대해서는 김병국 외, 『서포연보』, 서울대학교 출판부, 1992, 110-113면.

46 해제에 따르면 『서포집』 권1~6에는 詩를 수록해 놓았는데, 전체 360여 수가 오언과 칠언의 古詩, 律詩, 絶句 순으로 각기 1권씩 편차되어 있고, 각 체 내에서는 연도순으로 배치되어 있다. 이에 대해서는 한국고전종합 DB 〉 해제 〉 한국문집총간 해제 〉 서포집 참조

47 "〈의고사수시〉를 짓다: 우암은 동해가로, 초려는 서새로, 문곡은 남황으로 유배를 가게 되니 상께서 고립되어 뭇 간신들에게 속임을 당하고 계셨으므로, 부군이 시에 의탁하여 두루 사방을 말하는 것으로 근심스럽고 그리워하는 마음을 펼쳤다. 문집에 실려 있다." / "백낙천의 〈비파행〉을 차운하다: 부군이 이별의 심사로 실의한 슬픔에 寓意하였는데 말을 엮고 일을 정리해 나가는 것이 지극히 悽惋하였으니, 대개 詩詞를 빌려 임금께 살펴주실 것을 풍유하고자 한 것이다." 두 기록은 김병국 외, 앞의 책, 110-113면. 번역은 부록된 원문을 참조하여 현대적 어법에 좀 더 가깝도록 가다듬었다.

해 기댈 데가 있어서 한 것이라 하셨다는데 외간에 떠들썩하게 전파되기를, "김만중이 기대려 한 것은 곧 송시열이다."라고 합니다. 아, 만중이 비록 지극히 어리석다 하더라도 어찌 신의 지금의 처지가 스스로를 구제하기에도 겨를이 없다는 것을 모르고서 신에게 기대려 했겠습니까?[48]

1673년 9월, 당시 부수찬이었던 김만중은 좌상 허적(1610~1680)을 임금의 면전에서 공박한다. "임금의 뜻을 엿보아 의심을 불러 일으켰"다는 혐의였는데, 이 일로 인해 김만중은 강원도 금성으로 유배를 가게 된다. 상기한 기록은 김만중의 행위에 대한 당시의 여론을 말해주는바, 그가 송시열(1607~1689)을 구제하기 위해 허적을 논척했다는 것이 주된 내용이었다. 서포의 입장에서 볼 때 자신이 조정에서 한 제반 언동들이 자파의 유리함을 도모하기 위한 당파적 행위로 오인된 셈인데, 이런 측면에서 상기한 작품의 마지막 행은 그 의미가 심장하다. 이는 바로 그가 생각하는 소문의 진원지가 정적(政敵)들임을 강하게 암시하기 때문인데, 자신을 둘러싼 소문의 거짓됨을 강변하고, 자신의 결백함을 주장하기 위해서는 소문이 될 법한 아주 작은 단초조차도 존재하지 않는 것이 유리할 터, 이 때문에 그는 손목을 잡혔다는 원작의 설정을 이와 같이 변경한 것으로 보인다.

물론, 이러한 구도를 〈쌍화점〉에 그대로 적용하는 것은 무리이다. 모작을 통해 원작의 상황을 유추하는 것도 문제이거니와 무엇보다 이러한 구도 하에서라면 '사주'는 임금이 되어야 할 텐데, 여성의 손목을 잡는 인물을 왕으로 비정하는 것은 일반적인 군신 관계 하에서라면 상상하기 어렵기 때문이다. 그럼에도 서포의 작품이 〈쌍화점〉의 작중 상황을 추정하는 데에 적지 않게 도움이 되는 것은 (오잠의 인물됨에 대한 호오와 선악의 여부를 괄호에 넣는다고 할 때) 서포가 놓여 있던 정치적 조건과 오잠이 놓여 있던 그것이 매우

48 『현종실록』「부록」〈현종대왕 행장〉.

유사하다는 데에 있다. 아래의 자료를 참고해 보자.

[1] 오잠(吳潛)의 초명(初名)은 오기(吳祁)이고, 동복현(同福縣) 사람이다. 부친인 오선(吳璿)은 관직이 찬성사(贊成事)에 이르렀다. 오잠은 충렬왕 때 과거에 급제한 후에 여러 관직을 거쳐 승지에 이르렀다. (…중략…) 왕이 수강궁(壽康宮)으로 행차하자 석천보 등은 궁궐 곁에 장막을 치고 각자 이름난 기생과 사통하면서 밤낮으로 가무를 즐겼다. 그 모양이 더럽고 추악하여 군신의 예를 회복할 수 없었고 경비와 상금으로 나가는 비용이 헤아릴 수 없을 정도였다. (오잠은) 이후 지신사(知申事)로 전임되었다가 지밀직사사(知密直司事)로 승진하였고, 감찰대부(監察大夫) · 지도첨의사사(知都僉議司事)를 역임하였다.[49]

[2] 대덕(大德) 원년(충렬 23, 1297) 8월에 죄 없이 교동(喬桐)으로 유배되었으니, 세자[忠宣王]가 명한 것이다. 이 해 10월 서울로 소환되어 대덕 2년에 정방(政房)에 들어갔으며, 12월에는 기거랑(起居郎)을 더하였다. 3년(1299) 정월에는 (…중략…) 12월에는 조봉대부 밀직사좌부승지 비서윤 지제고(朝奉大夫 密直司左副承旨 秘書尹 知制誥)를 더하였는데, 이는 1년 동안 옮긴 것이다. 4년(1300) 3월 (…중략…) 7월에는 조의대부 밀직사지신사 지제고 지감찰사사(朝議大夫 密直司知申事 知制誥 知監察司事)를 더하고, (…중략…) 6년(1302) 정월 지밀직사사(知密直司事)가 되었는데 나머지는 전과 같았다. (…중략…) 7월에는 감찰대부(監察大夫)를 더하였고 나머지는 전과 같았으며, 10월에 광정대부 지도첨의사사사 보문각대사학 동제수사 상호군(匡靖大夫 知都僉議使司事 寶文閣大司學 同提修史 上護軍)을 더하였다.[50]

---

49 『고려사』 「열전」 권38, 〈간신_오잠〉.

50 〈오잠 묘지명〉, 『CD-ROM 원문 · 역주 고려묘지명집성』(http://www.krpia.co.kr/).
"八月, 以非罪流喬桐, 世子命也. 是年十月, 還京師. 大德二年, 入政房, 十二月, 加起居郎. 三年正月, (…중략…) 十二月, 加朝奉大夫 · 密直司左副承旨 · 秘書尹 · 知制誥, 此一年遷轉也. 四年三月, (…중략…) 七月, 加朝議大夫 · 密直司知申事 · 知制誥 · 知監察司事. (…중

[1]은 『고려사』 「열전」에 수록된 오잠 관련 기록이고, [2]는 윤혁(尹奕) · 이훤(李暄)이 쓴 오잠의 묘지명 가운데 일부로, 두 자료 모두 〈쌍화점〉과 관련한 소중한 정보들을 제공해 준다. 특히 [2]의 경우 [1]만으로는 알기 어려웠던 〈쌍화점〉의 개작 및 연행 시기를 구체적으로 확인시켜 줄 뿐만 아니라 오잠이 이 작품을 왕에게 진상하려 했던 절박한 곡절의 단서를 짐작케 한다는 점에서 꼼꼼히 살펴볼 필요가 있다.

[1]에 따르면 〈쌍화점〉의 개작 및 연행 시기는 오잠이 승지가 된 이후부터 시신사로 선임되기 이전까지이다. 문제는 오잠이 승지가 된 구체적인 시기가 『고려사』를 비롯한 일련의 사서들에 나오지 않아서 개작 및 연행 시기의 상한선을 점칠 수 없었다는 것이다.[51] 이를 [2]가 보정해 주는바, 오잠이 승지가 된 것은 충렬왕 25년(1299) 12월이었으니 〈쌍화점〉이 개작되어 연행된 시기는 그 이후부터 지신사로 전임되는 1300년 7월 이전까지이다.[52] 그러니까 6개월 남짓한 기간 동안 그는 남장별대를 조직하고, 새로운 노래를 지었으며, 그들을 동원한 큰 규모의 가무희를 연출했던 것이다.

[2]의 쓰임새는 이뿐만이 아니다. 여기에는 오잠 자신이 소문의 문제에 그토록 민감했던 이유를 추정할 수 있는 단서가 제시되어 있는데, 그것은 바로 1297년 8월의 유배가 세자인 충선왕의 명에 의해 이루어졌다는 것이다. 고려의 왕위를 둘러싼 부자간의 싸움, 그리고 서로 다른 왕을 지지하는 측근세력 간의 정치적 쟁투와 오잠은 생각보다 긴밀하게 연관되어 있다. 그리고 이

략…) 六年正月, 知密直司事, 餘如故. (…중략…) 七月, 加監察大夫, 餘如故. 十月, 加匡靖大夫 · 知都僉議使司事 · 寶文閣大司學 · 同提修史 · 上護軍.”

51 이에 대해 여증동(「〈雙花店〉 考究_其一: 發源的 考察을 中心으로」, 『어문학』 19, 한국어문학회, 1968, 50면)은 충렬왕 5년(1279)~11년(1285) 사이로, 박노준(「雙花店攷」, 『한국학논집』 11, 한양대학교 한국학연구소, 1987, 24-25면)은 충렬왕 22년(1296) 7월~25년(1299) 5월, 여운필(「〈雙花店〉 硏究」, 『국어국문학』 92, 국어국문학회, 1984, 72면)은 충렬왕 25년(1299) 초쯤에 지어서 5월에 공연한 것으로 추정하였다.

52 물론 이러한 진술은 〈삼장〉이 확장되어 〈쌍화점〉으로 개작된 시기가 아주 가까웠음을 전제로 한다.

러한 조건과 상황은 〈쌍화점〉의 메시지와도 무관하지 않은 것으로 보인다.

주지하듯 충렬왕은 왕권의 유지와 강화를 위해 비칙치[必闍赤]와 같은 새로운 기구를 편성하거나 응방, 역관, 환관, 내료 등 천계 출신 인물들을 중용한다.[53] 이는 거대한 가문에 기반한 기존의 정치세력들이 자신의 왕권을 침해할 것이라는 판단에서 기인한 조치일 텐데, 천계 출신 인물들은 충렬왕의 비호 아래 부귀와 권세를 축적하면서 재래의 관료 집단을 압박할 정도로 성장하고 있었다. 이러한 조치들이 조정 관료들의 불만을 야기할 것은 비교적 자명한바, 그들은 원에 있던 세자 충선왕을 지지함으로써 자신들이 처한 정치적 위기를 타개하려고 했다.

이러던 차에 원나라의 황제가 세조에서 성종으로 바뀐 것을 계기로, 충선왕은 왕위에 오르기 전부터 국정을 장악한다. 충렬왕 21년(1295) 9월, 원은 세자에게 의동삼사상주국 · 고려국왕세자 · 영도첨의사사에 책봉한 후 고려로 귀국시키는데,[54] 귀국 후에 그는 인사권을 비롯한 왕의 제반 권한들을 적극적으로 행사한다. 뿐만 아니라 충렬왕 23년(1297) 7월에는 자신의 어머니이기도 한 제국대장공주의 죽음을 빌미로 최세연 · 전숙 · 방종저 등 충렬왕의 심복 40여 명을 죽이거나 유배 보낸다. 구체적인 자료가 없어서 확정하긴 어려우나 오잠이 세자의 명에 의해 유배가게 된 시기가 그로부터 한 달 뒤인 동년 8월이라는 점, 그리고 '죄 없이(非罪)'라는 [2]의 말이 심상하게 보이지 않는다는 점 등을 고려하면 아마도 이때 오잠은 충렬왕의 측근세력으로 분류되어 유배를 가게 된 것으로 보인다.

한편, 충선왕이 왕위에 오른 지 8개월 만에 폐위되고 충렬왕이 복위한 후에도 두 세력 간의 다툼은 치열하게 전개된다. 충선왕의 집권 과정에서 살아남은 오잠의 집안[55]은 송분을 위시한 여양 송씨 집안과 석천보 · 석천경 ·

53 해당 시기의 정치사에 대해서는 김당택, 『원간섭하의 고려정치사』, 일조각, 1998, 5-42면; 김광철, 『원간섭기 고려의 측근정치와 개혁정치』, 경인문화사, 2018, 17-103면 참조.
54 『고려사』 「세가」 권33, 〈충렬왕 21년(1295) 8월 무오〉.

석천기 등 우리에게도 과히 낯설지 않은 석주 집안과 더불어 충렬왕의 최측근으로 부상하게 된다. 이로 인해 오잠은 충선왕 지지세력들의 정치적 표적이 되는바, 특이하게도 충렬왕의 복위 이후에만 등장하는 『고려사』의 오잠 관련 기록들은 이러한 연장선상에서 비로소 이해된다.

[1] 오잠이란 신하는 실로 모든 악행의 우두머리로서, 재능도 없고 공적도 없으면서 다만 간사한 아첨으로 출세하였습니다. 그는 지난날 전왕(前王)에게 죄를 지어 어떻게든 후환을 모면하기 위해 밤낮으로 전왕을 모략하여 왕의 부자 사이를 이간시켰습니다. 그럼에도 스스로 큰 공을 세웠다고 여기면서 권위와 복록을 농단하였으니, 자기 형제를 끌어들여 국가의 중대사에 참여시킴으로써 몇 년 안에 모두 장군이나 재상이 되게 하였습니다. 본국의 신하들은 존비를 막론하고 오잠과의 사이가 조금이라도 틀어지면 문득 죄의 함정에 빠지게 되니 억울하게 쫓겨난 사람이 온 나라에 가득하며, 심지어는 각 도의 안렴사와 수령에 이르기까지 자신이 좋아하고 꺼리는 바에 따라 관직의 진퇴와 폄출이 결정됩니다.[56]

[2] 홍자번이 다시 재상이 되어 임시변통으로 조정하고 보살펴서 국왕 부자로 하여금 처음과 같이 사랑하고 효도하게 하려고 하였으나 오기와 석주 일당은 자주 왕에게 (홍자번의) 단점을 말하였다.[57]

충렬왕 29년(1303) 7월, 원충갑 등 50여 명과 홍자번 · 윤만비 등 30여 명은 오잠의 죄를 낱낱이 적어 원의 사신에게 보낸다.[58] 이러한 흐름은 건을

55 오잠은 동복 오씨로, 오천 · 오연 · 오형 · 오련 등 오잠의 동생들 모두 충렬왕의 복위 후에 정치적으로 급성장하게 된다. 이에 대해서는 김광철, 『고려후기 세족층 연구』, 동아대학교 출판부, 1991, 88면.

56 『고려사』 「열전」 권38, 〈간신_오잠〉.

57 『고려사』 「열전」 권18, 〈제신_홍자번〉.

수 없이 커져서 치사한 재상 채인규 등의 18명과 김심 등 군관 150명이 여기에 가담했고, 박전지 등 70여 명 또한 원의 사신을 찾아가 오잠의 처벌을 요청했다.[59] 현직과 전직, 문반과 무반을 가릴 것 없이 오잠을 치죄(治罪)하는 데에 동참한 셈인데, [1]은 이들이 거론한 죄목의 일부이다.

이 가운데에서도 특별히 주목되는 것은 "지난날 전왕(前王)에게 죄를 지어 어떻게든 후환을 모면하기 위해 밤낮으로 전왕을 모략하여 왕의 부자 사이를 이간시켰"다는 것인데, 여기에 등장하는 전왕은 바로 충선왕이다. 즉, 충렬왕의 최측근으로 정권을 장악하고 있던 그에게 가장 두려운 일은 충선왕의 복위였으니, 부자 사이를 멀어지게 함으로써 충선왕이 입국하는 것을 막으려 했던 것이다. 충선왕의 입국을 저지하려는 노력은 비단 여기에만 그치지 않았는데, 오잠을 비롯한 충렬왕의 측근세력들은 충선왕의 비(妃)였던 계국대장공주를 개가시킴으로써 충선왕의 왕위계승권 자체를 박탈시키고자 할 정도였다.[60] 행위 자체의 옳고 그름을 떠나 그들에게는 사활이 걸려 있는 문제였던 것이다.

반면, [1]의 작성을 주도한 충선왕의 지지세력들 역시 만만치 않았다. 특히 홍자번의 경우 충선왕 지지세력의 영수로서 상대측의 공세에 주도적으로 대처해 나갔다. 그는 오잠을 고발하는 일뿐만 아니라 임금 곁에 숨어 있던 그를 직접 체포하였으며, 70세의 노구를 이끌고 원에 들어가 계국대장공주의 개가를 몸소 저지하기도 했다.[61] 이런 측면에서 볼 때 [2]에 보이는 그의 노력은 국왕 부자의 사이를 도탑게 해야 한다는 명분도 명분이겠으나 이를 통해 충선왕의 귀국을 도모하고자 하는 정치적 계산 역시 잠복되어 있을 것이다. 부자 사이의 도타움이야 탓하기 어려운 당위에 속하니, 오잠

58 『고려사』「세가」 권33, 〈충렬왕 29년(1303) 7월 신사〉.

59 『고려사』「열전」 권38, 〈간신_오잠〉.

60 이에 대해서는 김광철, 앞의 책, 2018, 98-99면; 김현라, 「원간섭기 忠宣王妃 薊國大長公主의 위상 정립과 의미」, 『지역과 역사』 39, 부경역사연구소, 2016, 258-266면.

61 김광철, 위의 책, 221면.

과 석주 일당이 말했다고 하는 단점은 아마도 후자 쪽에 좀 더 가까우리라.

이와 같이 〈쌍화점〉의 개작 및 연행 시기를 전후하여 오잠 및 그들의 무리들은 자신들과 정치적 견해를 달리하는 일군의 세력들과 팽팽하게 맞서 있는 상태였다. [1]에 열거된 그들의 혐의가 하루아침에 만들어지지는 않았을 테니, 어떤 경우에는 소문의 형태로 항간에 유포되기도 했을 것이고, 또 어떤 경우에는 기개 있는 인물들이 간언의 형태로 올리기도 했을 것이다. 오잠의 입장에서 볼 때 가장 염려되는 것은 임금이 그 말들을 수용하여 자신을 향한 마음을 거두는 일이었을 터, 그가 관여한 〈쌍화점〉이 소문의 문제에 그토록 매달렸던 것은 이러한 정치적 조건에서 기인한 것으로 보인다.[62] 즉, 자신에 대한 숱한 말들은 손목을 잡힌 일이 잔 것이 되었다가 그 자리에 너 나 할 것 없이 다녀간 것으로 되는 것처럼, 또 "뱀이 용의 꼬리를 물고 태산 봉우리를 넘어갔다."(有蛇含龍尾 / 聞過太山岑)는 말처럼 터무니없는 소문에 불과하니, "만인이 만 가지 말을 하더라도 님과 나와의 마음으로만 헤아리자."(萬人各一語 / 斟酌在兩心)는 것이다.

---

62 여기서, "오잠과 같은 형성주체는 소문의 와전, 사실로의 정착, 그리고 윤리적 평가로 이어지는 일련의 과정을 왜 하필 '손목을 잡히는 것'과 '잠자리를 갖는 것' 같은 퇴폐적이고 향락적인 사례를 통해 보여주고자 했는가?"라는 질문을 던져볼 필요가 있을 것으로 보인다. 이 문제는 각주로 해명하기 어려울 만큼 그 규모가 큰데, 이에 대해 필자가 준비한 답변은 다음과 같다. 먼저, 소재 자체의 자극성과 그로 인해 확보될 수 있는 관심의 정도이다. 범상치 않은 남성적 인물과 가녀린 여인 사이에 벌어진 내밀한 사건은 작품 속에서 확인되는 바와 같이 여러 사람들의 열광적인 흥미를 이끌었으니, 이는 충렬왕에게도 마찬가지였을 것이다. 여러 사료들이 증거하듯 선정적이고 자극적인 演藝에 대한 충렬왕의 갈구는 통상적인 범위 이상의 것이었다. 둘째, 정치적 언어의 모호함이 가져다 줄 수 있는 모종의 이득이다. 정치적 메시지를 남녀 사이의 성적 관계로 포장할 때 그 메시지는 모호해질 수밖에 없는데, 이는 선명한 메시지가 감수해야 하는 위험의 가능성을 그만큼 덜어줄 것이다. 더구나 당시의 상황은 충선왕을 복위시키고자 하는 일군의 세력들이 궁궐 안팎의 상황을 예의주시하고 있던 때였으니 말이다.

5. 결론

〈쌍화점〉을 '정치적'으로 해석한다 함은 다음과 같은 의미들을 자동적으로 내포한다. 첫째, 이 작품에는 정치적으로 해석할 여지가 제법 많다는 것, 둘째, 그럼에도 이 작품에 대한 주류적 독법들은 '비'정치적이거나 '덜' 정치적이었다는 것. 주지하듯 해당 작품에 부여된 '남녀상열지사'의 이미지는 생각보다 힘이 커서 다른 방향에서의 접근을 쉽사리 허용하지 않았던바, 그로 인해 이를 시도한 몇몇 논의들조차 〈쌍화점〉의 해석사(史)에서 온당한 대우를 받지 못했다는 것이 필자의 판단이다.

지금껏 살펴본 바와 같이 본 작품은 '소문'의 관점에서 해석할 여지가 상당하다. 작품에 내재되어 있는 소재 자체의 자극성에다 범상치 않은 등장인물들의 배치, 소문의 수용과 유포를 보여주기 위한 다성적인 목소리의 존재 등이 바로 그것으로, 이 작품의 주제가 "뜬소문에 대한 경계"라고 할 때 이러한 주제를 구현하기 위한 형성주체의 집요한 노력은 작게는 소재의 선택에서부터 크게는 작품의 구성에 이르기까지 곳곳에서 관철되고 있다.

결국 중요한 것은 이 작품을 통해 임금에게 말하고자 했던 메시지의 정체이다. 〈쌍화점〉의 형성 시기를 전후하여 이 작품의 형성주체인 오잠의 무리들은 정치적 견해를 달리하는 이들의 강력한 도전에 직면해 있었다. 더구나 적지 않은 사료들이 증거하듯 오잠 등은 권력의 획득과 유지를 위해 권모와 술수를 서슴지 않는 간신이었으니, 이들의 비리를 고발하고 척결을 요구하는 목소리 또한 만만치 않았을 것이다. 이 작품이 소문의 터무니없음을 보여주는 데에 그토록 주력했던 것은 이와 무관하지 않을 터, 이런 점에서 〈쌍화점〉은 정치적이다.

참고문헌

[자료]

김만중, 『서포집』, 『한국문집총간』 148, 한국고전번역원, 1995.

이황, 『퇴계집』, 『한국문집총간』 30, 한국고전번역원, 1988.

주세붕, 『무릉잡고』, 『한국문집총간』 27, 한국고전번역원, 1988.

『고려사』 · 『조선왕조실록』(http://db.history.go.kr/index.do)

『CD-ROM 원문 · 역주 고려묘지명집성』(http://www.krpia.co.kr/)

[논저]

고정희, 「〈쌍화점〉의 후대적 변용과 문학치료적 함의」, 『문학치료연구』 5, 한국문학치료학회, 2006.

김광철, 『고려후기 세족층 연구』, 동아대학교 출판부, 1991.

______, 『원간섭기 고려의 측근정치와 개혁정치』, 경인문화사, 2018.

김당택, 『원간섭하의 고려정치사』, 일조각, 1998.

김대행, 「쌍화점과 반전의 의미」, 『고려시가의 정서』, 개문사, 1986.

김명준, 「〈쌍화점〉: 부당한 오해와 사회적 폭력」, 민족문학사연구소 편, 『한국고전문학작품론』 3, 휴머니스트, 2018.

김명호, 「고려가요의 전반적 성격」, 김학성 · 권두환 편, 『고전시가론』, 새문사, 1984.

김병국 외, 『서포연보』, 서울대학교 출판부, 1992.

김병국, 「西浦 金萬重의 詩世界: 여성을 제재로 한 작품을 중심으로」, 『한국문화』 14, 서울대학교 한국문화연구소, 1993.

김영수, 「삼장 · 사룡 연구 재고」, 『국문학논집』 17, 단국대학교 국어국문학과, 2000.

김유경, 「〈쌍화점〉 연구」, 『열상고전연구』 10, 열상고전연구학회, 1997.

김창원, 『향가로 철학하기』, 보고사, 2004.

김태환, 「쌍화점 결구 "덦거츠니"의 재해석」, 『정신문화연구』 35-2, 한국학중앙연구원, 2012.

김현라, 「원간섭기 忠宣王妃 薊國大長公主의 위상 정립과 의미」, 『지역과 역사』 39, 부경역사연구소, 2016.

김흥규, 「고려속요의 장르적 다원성」, 『욕망과 형식의 시학』, 태학사, 1998.

리처드 커니 지음, 이지영 옮김, 『이방인, 신, 괴물』, 개마고원, 2004.
박노준, 「〈쌍화점〉의 재조명」, 『고려가요의 연구』, 새문사, 1990.
______, 「雙花店攷」, 『한국학논집』 11, 한양대학교 한국학연구소, 1987.
박상영, 「〈쌍화점〉의 담론 특성과 그 문학사적 함의」, 『국어국문학』 159, 국어국문학회, 2011.
성호경, 「〈쌍화점〉의 시어와 특성」, 『한국시가연구』 41, 한국시가학회, 2016.
시미즈 이쿠타로 지음, 이효성 옮김, 『유언비어의 사회학』, 청람, 1977.
신영명, 「〈쌍화점〉의 어조와 미의식」, 『우리어문연구』 8-1, 우리어문학회, 1994.
신지은, 「공포의 매혹」, 『문화와 사회』 11, 한국문화사회학회, 2011.
어강석, 「'男女相悅'의 含意와 고려가요 〈雙花店〉의 性格」, 『고전과 해석』 25, 고전문학한문학연구학회, 2018.
여운필, 「〈雙花店〉 硏究」, 『국어국문학』 92, 국어국문학회, 1984.
여증동, 「〈雙花店〉 考究_其三: 臺本 解釋을 中心으로」, 『국어국문학』 53, 국어국문학회, 1971.
여증동, 「〈雙花店〉 考究_其一: 發源的 考察을 中心으로」, 『어문학』 19, 한국어문학회, 1968.
염은열, 『공감의 미학, 고려속요를 말하다』, 역락, 2013.
윤영옥, 『高麗詩歌의 硏究』, 영남대학교 출판부, 1991.
윤정화, 「재일한인의 소문적 정체성과 그 서사적 응전」, 『현대소설연구』 51, 한국현대소설학회, 2012.
이인영, 「한국 근대 아동잡지의 '어린이' 이미지 연구: 『어린이』와 『소년』을 중심으로」, 이화여자대학교 석사학위논문, 2015.
이정선, 「〈쌍화점〉의 구조를 통해 본 성적 욕망과 그 의미」, 『대동문화연구』 71, 성균관대학교 대동문화연구원, 2010.
임옥희, 「문학과 정신분석학의 "기괴한Unheimlic" 관계에 관하여」, 『한국고전여성문학연구』 70, 한국고전여성문학회, 2003.
임주탁, 「고려가요의 텍스트와 맥락: 〈가시리〉와 〈쌍화점〉을 중심으로」, 『국문학연구』 35, 국문학회, 2017.
정병욱, 『한국고전시가론』, 신구문화사, 1983.
정운채, 「〈삼장〉과 〈사룡〉의 원심력과 구심력」, 『국어교육』 83, 한국국어교육연구회, 1994(a).
______, 「〈쌍화점〉의 주제」, 『논문집』 49, 한국어교육학회, 1993.
______, 「『악장가사』의 〈쌍화점〉과 『시용향악보』의 〈쌍화곡〉과의 관계 및 그 문학사적

의미」, 『인문과학논총』 26, 건국대학교 인문과학연구소, 1994(b).
조윤제, 『조선시가사강』, 도남학회 편, 『도남조윤제전집 1』, 태학사, 1988.
최미정, 『고려속요의 전승 연구』, 계명대학교 출판부, 1999.
최용수, 『고려가요 연구』, 계명문화사, 1993.
최은숙, 「〈쌍화점〉 관련 텍스트에 나타난 소문의 구성 양상과 기능」, 『동양고전연구』 39, 동양고전학회, 2010.
최홍원, 「고전문학 텍스트의 경험적 자질 탐색: 〈청산별곡〉을 대상으로」, 『국어교육』 147, 한국어교육학회, 2014.
한스 J. 노이바우어 지음, 박동자 · 황승환 옮김, 『소문의 역사: 역사를 움직인 신과 악마의 속삭임』, 세종서적, 2001.
황보관, 「〈쌍화점〉의 시상구조와 소재의 의미」, 『한국고전연구』 19, 한국고전연구학회, 2009.

8장 고전시가 향유 및 학습 방법으로서의 번역

—시조를 예로

염은열*

1. 시조 번역 수업에 대한 경험

참여나 실천을 통해 교육적 효과를 확인했을 때 그 참여나 실천의 경험은 그 자체로 교육 연구의 대상이 된다. 교육방법 혹은 접근 방법으로 '번역'에 주목한 것은 2017년 부분적으로 참여하고 관찰한 럿거스 대학에서의 시조 강의와 관련된다. 그 강의는 미국 동부의 대학들이 참여한 Korean Studies e-school 프로그램의 하나로 진행된 원격 강좌였다.[1] 수업은 한국어 수강생을 대상으로 한 한국어 수업이 아니라 한글을 읽을 줄 아는 정도의, 한국 문학과 한국에 관심이 있는 학생들을 대상으로 한 수업이었으며 영어

---

* 청주교육대학교 국어교육과 교수.

1 럿거스 대학 8명, 미네소타 대학 6명, 미시건 대학 1명이 참여했는데, 한국어를 전혀 모르는 학생은 없었지만, 한국어 초급 수준 수업을 듣는 학생부터 한국어가 모국어이고 미국 대학원 과정에서 영어로 한국학 수업을 듣는 대학원생 1명까지 수강생들의 한국어 능력에는 큰 개인차가 있었다. 한국어 능력을 전제로 하지 않았지만 초보자인 경우도 한글을 읽는 훈련을 개별적으로 해서 시조를 읽고 들을 수 있게 만들었으며 각 학생들의 언어능력을 고려해서 개별화된 과제를 내주기도 했다.

로 진행되었다.

개강 전에는 여러 영역 시조집을 참고하면서 교재에서 100편 가량의 작품을 뽑고 추가로 사설시조와 현대시조 작품까지 선정하여 읽어야 할 작품 목록을 구축하는 일에 참여하였다. 한두 번 직접 참여하기도 하였지만 강의는 럿거스 대학의 교수가 주관하였고 필자는 관찰자로 참여하였다.[2] 그 경험을 통해 필자는 영미 시조가 시조이지만 동시에 영시임을 알았다. 그리고 번역의 과정에서 제기된 여러 문제에 주목할 수밖에 없었는데, 시조 미학의 전차원이 검토되고 해석되고 재창조되는 양상을 포착할 수 있었다.

학생들은 Sakai라는 온라인학습지원시스템에 매주 탑재되는 수많은 자료들을 매번 읽고 와야 했으며 과제로 시조를 암기하고 위키피디아에 소개하는 글을 쓰기도 했다. 그러나 무엇보다도 강의의 초점은 시조의 번역에 놓여 있었다. 동아시아 시가 속에서 시조의 위상과 특성을 개괄한 후, 번역의 어려움과 가능성에 대해 공부하고 토론하고 여러 번역 시조들을 비교 분석하는가 하면 번역가를 초청해서 번역 시 발생하는 실질적인 문제들에 대해 검토하는 한편 학생들 각자가 스스로 시조 작품을 번역하는 활동을 수행했다. 강의는 매우 밀도 있게 진행되었고 학생들은 그 많은 과제에도 불구하고 불만을 제기하지 않았으며 시조에 대한 흥미를 더해가다가 급기야 마지막 날 시조 낭송 대회를 할 때는 무척 들뜬 모습을 보여주었다. 놀라운 것은 한국어를 거의 사용하지 못하는 학생들의 시조에 대한 이해의 깊이였다. 그리고 번역의 차원에서 제기되는 여러 문제들이 시조 읽기 및 쓰기의 본질에 맞닿아 있다는 사실의 발견이었다.

목표어를 도착어로 바꾸는 과정은 언어적 · 텍스트적 · 문화적 · 미학적 차원의 모든 문제들을 검토하고 해석하는 과정이자 새롭게 창안하는 과정

---

2 강의를 준비하고 실행하는 전 과정에서 유영미 교수님이 보여준 열정과 헌신은, 교육연구자로서의 그간의 삶을 반성하게 했다. 교육과정 구성 및 시조 수업 참여의 기회를 제공해주신, 럿거스 대학 동아시아학과의 유명미 교수님께 감사드린다.

이었다. 수업을 참관하는 한 학기 내내 필자는 다소 엉뚱하게도 오래 전 고전시가 작품을 '발견'했던, 작품 강독 경험을 떠올리곤 했다. 단어나 특정 어구, 문장 하나를 해독하기 위해 고어 사전을 찾아보고 연구사를 검토하며 작품 속으로 들어가, 작품의 의미를 조금씩 이해하기 시작했던, 과거의 경험이 수시로 떠올랐다. 깊이 있는 강독의 결과 필자는 비로소 '나'의 말로 시조 갈래와 시조 작품에 대해 설명하고 가르칠 수 있게 되었는데, 그 해독과 강독의 과정이 번역의 과정과 구조적으로 다르지 않았다. 이것이 번역에 주목하게 된 이유이다.

2장에서 시조 향유나 학습의 방법을 논하기 전에 확인하거나 전제해야 할 사항을 살핌으로써 번역에 관심을 갖게 된 까닭을 보강하여 설명하고, 3장에서는 시조 번역의 과정에서 그리고 그 결과로 제기된 해석의 여러 차원이나 문제를 예시하여 드러낸 후, 4장에서는 3장에서의 논의를 바탕으로 시조 향유와 관련된 시사점이나 향유까지 나아가기 위하여 시조 교육의 장에서 고려해봐야 할 과제 등에 대해 탐색해 보려 한다.

2. 시조 향유 및 학습의 전제 혹은 가설

1) 타자로서의 존재 인정

한글 창제 이후 기록된 고전시가를 현대어로 풀이하는 것은 시조를 영어로 번역하는 것과 분명히 다르다. 한 언어의 통시적 변화를 이해하는 차원이, 두 언어와 문화 간의 차이를 넘나드는 번역의 차원과 같을 수는 없다.

그럼에도 불구하고 "번역"이라는 용어를 전면에 내세우고 시조 번역의 사례로부터 고전시가인 시조 향유 및 학습의 방법에 대한 시사점을 얻고자 한 까닭은, 한국문학의 정체성과 성취를 이해하고 공유하기 위한 교육 실천의 역사와 전통이 부실한 까닭에, 고전시가에 대한 현대 독자들의 심리적-문화적-미적 거리가 대단히 멀다는 사실에 대한 인정과 관련된다. 사실 연구자 역시 고전문학 연구 1세대와 달리, 학교에서 서구에서 기원한 문학관 및 문자중심의 접근 방법을 배웠고 뒤늦게 익숙한 시각과 접근에 맞서 고전시가의 가치와 미학을 '발견'[3]하고자 고군분투한 배움의 여정 혹은 경험을 가지고 있다. 지금도 그 여정은 진행 중이다.

그 배움의 여정에서 확인한 것은 시조의 발견이 단순히 낯선 단어나 어구, 문장이나 비유 등을 해독함으로써 가능한 차원을 넘어선다는 사실이다. 옛 말을 오늘날의 말로 대체하는 차원을 넘어, 미적 감수성의 각성 및 확장으로까지 나아가야 한다는 점이다. 사실 시조에 대한 배움은, 학습자인 나의 외부에 존재하는, 시조 작품과 나와의 관련성을 발견하는 일이자 시조를 통해 나의 인식 지평 혹은 미적 지평을 확장하는 일이며, 구체적으로는 시조 작품이나 시조 갈래가 지닌 개인적 · 사회적 의미가 무엇인지를 나의 말로 설명할 수 있는 것으로 나타난다. 이를 위해서는 학습자의 적극적인 참여 및 탐구로서의 해석 활동이 전제되어야 하고, 그러한 수준에까지 이르렀을 때 시조를 '향유한다'고 말할 수 있고 또 '향유'할 수 있게 된다. 향유[享有; 누려서 가짐]란 이러한 배움 혹은 성장의 결과로 가능한 미적 전유의 한 방식이며, 그 배움과 성장의 과정이 즐거움을 동반한다면 그 역시 고전시가를 '누리는 행위', 즉 향유라 부를 수 있다.

지금까지는 우리 문학임에 주목하여 민족문학으로서의 정체성이나 당위를 앞세우거나 우리에게 잠재되어 있는(혹은 잠재되어 있을 수 있는) 문화적 코드나 문법을 일깨우려는 식으로 접근했다면, 이 연구에서는 전략을 바꿔 시조를 번역해야 할 대상 언어이자 문화로 적극 타자화함으로써, 말을 바꾸면 이해의 대상이자 소통의 한 축으로 시조를 적극 소환함으로써, 보다 적극적

3 염은열, 『고전문학의 교육적 발견』, 역락, 2007.

인 이해 및 해석 활동을 시도해볼 필요가 있다고 주장하려 한다. '번역'처럼 뚜렷한 목표의식을 가지고 '번역'하듯이 해석의 과정에서 제기된 문제들에 대해 주체적-적극적으로 답을 찾을 때 현대 학습자들의 시조에 대한 이해가 깊어질 것이라고 가정한 것이다. 나아가 그렇게 접근했을 때 현대 독자들 역시 시조를 향유할 수 있을 것이라고 보았다.

2) 배움의 방식으로서의 참여

번역이라는 목표지향적인 개념에 주목한 다른 배경으로는 기존의 교육 방법으로는 학생들의 무관심 혹은 소극적 학습 태도를 해결할 수 없다는 인식 또한 자리하고 있다. 필자는 지금까지 어떻게 가르칠 것인가의 문제보다는 무엇을 가르칠 것인가가 중요하다고 생각해 왔다. 가르칠 '무엇'에 따라 '어떻게' 가르칠 것인가가 결정된다고 생각한 것이다. 지금도 그 생각은 변함이 없다. 다만, '어떻게' 역시 중요한 한 축으로, '무엇'을 탐구하는 데 적극 고려되어야 한다는 생각이다. 수업지도안 제안 수준의 논문이나 마치 새로운 접근인양 유행하는 교수법이나 수업 모델을 단순 적용한 연구, 이런 교수법을 적용했더니 이런 효과가 나타났다는 식의 양적 연구 등등에 대한 거부감이 교육 방법에 대한 진지한 탐구를 뒤로 하게 한 것은 아닌지 반성하게 된다.

교육 방법에 대한 관심은 학습자인 학생들이 달라졌기 때문에, 그리고 달라지고 있기 때문에 절실하게 필요하다. '요즘 학생들은 이러저러한 특성을 가지고 있다'고, 성급하게 규정하고 대상화화기에 앞서, 먼저 그들의 언어와 그들의 삶을 살펴볼 필요가 있다. 분명한 것은 매체 환경의 변화로 인해 학생들의 학습 경험과 그 경험으로부터 형성한 학습 습관이 달라졌다는 점이다. 학생들의 학습 경험이나 습관은 물론 필자를 포함한 교수들의 그것과 다르다. 이러한 변화의 흐름을 거스를 수 없다면 그 변화를 적극 인정하고 이해할 필요가 있다. 유명한 매체학자들의 말을 인용하지 않더라도, 듣고 읽으면서 혹은 듣고 읽은 내용을 바탕으로 생각하며 지식을 얻고 성장해온 세대와 달리, 강의실에서 만나는 90년대 이후 출생한 학습자들은 넘쳐나는 정보와 콘텐츠들 속에서 여러 유혹과 싸우며 혹은 유혹에 굴복하며 선택적으로 어떤 것을 '소비하면서' 자신만의 세계를 구축해온 세대들이다. 음악적 취향이나 향유 습관을 예로 들어 살펴보면, 감각적으로 자신에게 부딪쳐 오는 음악을 '선택하여' 누리면서 취향을 형성하고 자신의 취향에 '맞는' 음악이라면 '기꺼이' 더 찾아 공부한 경험이 있는 세대들이다. 클릭이나 터치 한번으로 최적의 것을 끊임없이 선택하여 소비하면서 음악에 대한 취향과 감상 습관을 내면화한 세대들이다. 경계가 없는 배움의 장을 넘나들면서 '다시 듣기'나 '건너 띄기' 기능을 활용하여 선택적으로 소비하거나 경험하거나 학습한 세대인 것이다. 이렇게 내면화한 학습 방법이나 습관은, 교수가 열정적으로 강의하고 때로 장차 가르칠 자로서의 소명의식을 일깨운다고 해도, 그 결과 학습자들이 학습에 대한 의지를 불태우며 참여하는 경우에도, 수업에 대한 몰입을 어렵게 한다. 교수자 중심의 지루하기만 한 수업, '다시 듣기'는 물론이고 '건너 띄기'도 불가능한 수업을 2~3시간 동안 집중하여 듣는 것 자체가 학생들에게는 자신들의 의지와 무관하게 물리적·정신적으로 견디기 힘든 고문일 수 있다.

대신 요즘 학생들은 만들며 배우고 참여하여 배우는 데 능하다. '무엇'이 얼마나 중요한지 설명할 때는 설득되지 않다가, 분명한 과제를 주고 과제 수행 원칙이나 규칙을 주면 예상 외의 성과를 보여 놀라움을 선사하곤 한다. 작품에 대해 정확하면서도 그럴듯한 해석을 내놓기도 하고 그 내용을 발표하는 연행 능력은 수준급이다. 흔히 말하는 것처럼 19세기 교실에서 20세기 교수가 가르치는 21세기 학생들이라고나 할까. 설명식의 전통적인 교수법은 이제 더 이상 강의실에서 설 자리를 찾기 어려워 보인다. 이런 상황을 감안한다면 이제 학생들이 작품 세계에 직접 뛰어들어 탐구 활동을 할 수 있게 촉진하는 것, 학생 스스로 작품의 의미를 탐구하여 자기화하는 과정을 조력하는 일이 우리 교수자의 역할은 아닐까. 촉진자이자 조력자의 입장에서 필요한 경우 전문 지식이나 역량을 유연하게 발휘하는 일이 선진(先進)인 교수자의 역할이 아닐까 한다. 이런 상황 인식과 대안 모색의 차원에서, '번역'의 원칙과 번역시 제기되는 여러 문제 등에 대해 성찰함으로써 새로운 접근 방법 및 교육 방법에 대한 시사점을 찾아보려 한다.

3. 시조 번역의 여러 차원과 어려움

안젤렐리(Angelelli)는 번역가에게 필요한 역량을 "특별한 형태의 소통 역량(a specialized type of communicative competence)"이라고 하고, 언어적 역량과 텍스트적 역량, 화용적 역량과 전략적 역량을 그 하위 요소로 규정했다.[4] 전략적 역량은 다른 세 역량을 선택하고 적절하게 구사하는 능력과 관련되는 상위의 역량이라는 점에서 제외하면, 실제 번역시 고려해야 할 것들은 어휘나 문장 등과 관련된 언어적 차원과, 응집성 등을 포착하여 살려내야 하는 텍스트 차원, 사회 문화적 지식의 활용과 관련되는 화용의 차원이 있다고 할 수 있다.

시조 번역에도 이러한 역량이 요구되고 각각의 역량이 발휘되는 차원 혹은 국면이 존재한다. 그런데 시조는 단형의 시가인 까닭에, 언어적 역량과 텍스트 역량의 구분이 모호하고, 어휘나 문장 대부분이 사회 문화적 함의를 담고 있어 이를 번역하기 위해서는 화용적 역량 또한 동시에 요구되는 경우가 대부분이다. 어휘 하나를 번역하더라도 전체 텍스트 안에서 다른 어휘나 문장, 전체 구조와 어떻게 연관되는지는 따져야 할뿐만 아니라 비유어이

4 마승혜, 「소통적 문학 번역 사례 연구 및 교육적 함의」, 『통역과 번역』 18-1, 한국통역번역학회, 2016, 48면 재인용.

거나 문화적 요소를 담고 있는 어휘들이 많아 화용적 역량 또한 발휘해야 하는 경우가 대부분인 것이다. 그런 점에서 시조 번역시 발생한 어려움이나 문제 역시 언어적 · 텍스트적 · 화용적 차원이 겹쳐 있다.[5] 이런 이유에서 여기서는 텍스트-문화적 차원을 묶어 살펴보려 한다.

한편 기능주의적 관점으로 보면 대상 텍스트가 목표 텍스트로 번역되었을 때, 설득, 정보 전달 등 텍스트의 본래적 기능이 의도한 대로 달성되어야 한다.[6] 이 관점에 따르면 문학 작품인 시조를 번역할 때는 미학적 기능 혹은 미적 경험이라는 본래적 기능을 살려내야 하는 숙제가 생겨난다. 사실 시조를 번역한 수많은 번역가들이 이 숙제를 풀기 위해 고민했고 그 답을 내놓았다. 미학적 문제는 텍스트 · 문화적 차원과도 긴밀하게 관련되어 있는데, 그 문제에 대해 고심함으로써 영역자들은 각자 자기 나름대로 시조의 '미학'을 발견하였고, 그 결과 시조이자 영시이며, 시조도 아니고 영시도 아닌, 새로운 미학의 문학작품을 창안하였다고 할 수 있다. 시조를 외국어로 번역하는 과정은 모어화자인 우리 학생들이 시조를 해석하는 과정과 분명 구별되어야 한다. 다만 그 차이를 인정함과 더불어, 해석 및 새로운 미학의 창안 과정이 모어화자의 시조 이해 및 해석, 재구성의 과정에서도 일어나야 하며 그런 점에서 번역의 최종적인 도달점이 우리가 시조 교육을 통해 경험하게 하고 도달하게 하고자 하는 바와 본질적으로 다르지 않다는 점 또한 인식할 필요가 있다.

---

5 번역의 어려움은 문화적 요소의 번역 불가능성에서 나온다. 기능주의 학파에서도 텍스트 내적 요소에 결부되어 있는 문화적 요소들을 번역하고자 고심하고 있는데, 예를 들면 생성어휘부 이론을 도입하여 특질 구조라는 개념을 제기하면서 언어적 현상의 구조와 문법에 영향을 미치는 행위, 목적, 원인, 전제 등의 정보까지 분석하고자 하였다. 양청수, 「통역번역에서의 문화적 맥락: 분석과 대응」, 『통역번역에서 문화요소의 전이: 아시아를 중심으로』 Vol.2007, 이화여자대학교 통역번역연구소, 2007, 63-100면.

6 마승혜, 앞의 논문, 48면.

1) 텍스트-문화적 차원의 어려움

시조 번역시 제기된 문제들을 살펴보기 위해, Rutt의 『The Bamboo Grove』[7] 첫 장에 등장하고 책의 제목에도 영향을 미친 권호문의 〈한거십팔곡〉 11번째 작품을 예로 살펴보고자 한다.

> 바람은 절로 맑고 달은 절로 밝다
> 죽정송함(竹庭松檻)에 일점진(一點塵)도 없으니
> 일장금(一張長) 만축서(萬軸書) 더욱 소쇄(蕭灑)하다

> The wind is pure and clear,
>   the moon is pure and bright.
> The bamboo grove within the pines
>   is pure of worldly cares:
> But a lute and piles of scrolls
>   can make it purer still. —KWŎN HOMUN(1532-1587)

번역의 첫 단계는 출발어의 단어나 구문, 표현 등을 도착어로 바꾸는 일이다. 심재기[8]는 출발어와 도착어 어휘들 간의 관계를, 일대일 대응 관계, 일대 다수 대응 관계, 다수대 일 대응 관계, 대응이 되는 게 없는 일대 영(0)의 관계, 일대 부분 대응의 관계, 이렇게 다섯으로 분류한 바 있다. 넷째와 다섯 번째가 번역의 어려움을 야기한다고 하였는데, 사실은 첫 번째 경우인 '바람'과 'wind' 등 일대일 대응 관계에 있는 어휘들 외에 거의 모든 어휘나

---

7 Richard Rutt, *The Bamboo Grove*, Uni. of California Press, 1971.

8 심재기, 「문화적 전이로서의 번역: 문학번역에 있어서의 「토속적인 표현」의 번역의 문제」, 『번역문학』 5, 연세대학교 출판부, 2004, 36-38면.

구문, 표현들이 번역의 어려움을 야기한다.

'절로'나 '일장금', '만축서'는 물론이고, 심지어 '맑다'와 '밝다'조차 도착어와 일대일로 대응되는 단어가 없어 번역의 어려움을 야기한다. 어휘에 붙어 있는 출발어의 색채 때문이다. 출발어의 색채는 시어들이 대개 '시간적 · 공간적으로 특정한 대상을 지칭하는 표현'이라 생겨난 것인데, 마크슈타인은 일반적으로 특정한 민족, 국가, 지역의 일상생활, 역사, 문화, 정치 등의 요소를 지칭하는 표현으로서 다른 민족, 다른 국가, 다른 지역에 대응어가 없을 경우, 이를 토속적인 표현("Realien")이라고 정의하였다.[9] 문학 작품, 특히 시조의 시어가 대부분 토속적 표현, 즉 토속어라 부를 수 있는데, 마크슈타인은 도착어 텍스트의 독자가 토속적인 표현을 이해하기 위해서는 다소간의 "변형", 즉 최소한의 "문맥상의 설명"이 필요하다고도 했다. 사실 토속어는 호칭과 관직, 인사말이나 감탄사, 분위기 묘사 등 다양한 차원에 걸쳐 있다.

번역시 미묘한 뉘앙스로 인해 어려움을 야기하는 것으로 평가어(appraisal)[10]도 있다. 굳이 따지자면 평가어의 대부분이 토속어이고 문학 작품의 경우에는 특히 그러하다. 사물이나 인물, 현상 및 상태에 대해 기술하는 평가어는 어휘나 문장 차원에 걸쳐 있는 표현으로, 정도나 가치의 값을 매기거나 수준을 기술하는 표현이라는 점에서 번역의 어려움을 야기한다. 때로 번역의 성패를 결정하는 요소가 된다. '(바람이) 맑다'와 '(달이) 밝다', '(일장금 만축서) 소쇄하다'가 그 예가 된다. Rutt는 '맑다'와 '밝다'를 모두 두 개의 단어로 번역하여 토속어의 뉘앙스를 살리고자 하였는데 '맑다'와 '밝다'는 어려움이 상대적으로 덜하지만, 같은 평가어이긴 하지만 '소쇄하다'는 토속적인 색채가 더 짙어서 번역이 쉽지 않다. '소쇄하다'를 번역하기 위해서는 문장 나아가 전체 작품 안에서 그 표현의 의미에 대한 탐색이 더 깊은 수준에서

9 심재기, 앞의 논문, 35면.
10 마승혜, 앞의 논문, 51-52면.

심각하게 전개되어야 한다.

이상에서 간단히 예를 든 바와 같이 번역의 어려움 혹은 불가능성[11]은 문학 작품의 경우 표현의 전 차원에서 발생하는데, 이는 목표어와 도착어 정보의 부등성(不等性)[12]으로 인해 빚어진 문제이다. 번역자는 한편으로는 일부 핵심적 정보 또는 기능을 선택적으로 취하고 다른 한편으로는 도착어 문법 및 양식에 따른 다양한 제약을 받아들임으로써 일부 정보와 기능을 포기해야 한다. 그 과정에서 잃어버리는 것[lost]과 새로 생겨나는 것[found]이 있을 수밖에 없다. 그런데 그러한 손실과 보상은 어디까지나 번역가의 고민과 선택의 결과이다. 목표어의 무엇을 포기하고 무엇을 선택할 것인가, 도착어의 무엇을 고려할 것인가 등등에 대해 고민하고 모종의 선택을 한 결과인데, 이는 작품과 독자가 만났을 때 발생할 수 있는, '의미의 거래'에 다름 아니며, 이 과정을 거쳐야만 작품에 대한 주체적 해석 및 배움이 일어난다.

기억해야 할 것은 시어 해석의 차원에서도 문화적 이해를 시도할 수밖에 없다는 점이며, 이때 중요한 것이 바로 출발어 텍스트에 담겨 있는 토속적인 색채를 어떻게 포착하여 가능한 한 많이 도착어 텍스트에 보존할 것인가이다. 이는 한국학 수업 시간 시조를 영역할 때뿐만 아니라 우리 교실에서 고전시가를 현대어로 풀이할 때도 똑같이 제기되는 문제이다.

2) 미학적 차원의 어려움

시조 영역시 발생하는 미학적 차원의 문제는 음악성의 재현과 관련된다. 자모 결합의 방식이 다른 까닭에 3, 4, 혹은 5 음절어의 배치 혹은 반복으로

11 번역의 불가능성과 가능성에 대한 논의는 원영희의 논문을 참고할 수 있다. 원영희, 「번역의 가능성과 불가능성: 시 번역을 중심으로」, 『번역학 연구』 7-2, 한국번역학회, 2006, 127-149면.

12 양청수, 앞의 논문, 63면.

인해 생겨나는 음악성을 번역하는 것은 사실상 불가능하다. 그러나 거의 모든 영역자들이 조윤제가 제안한 시조의 기본형에 대해 인식하고 있으며 그에 대한 나름의 이해를 바탕으로 시조 영역을 시작하고 있다.[13] Rutt 역시 'syllable count of the Sijo'라는 제목 아래 기본형(The basic standard)과 변이형(Variants which occur)의 음절 수를 예시하고 있다.[14]

시조의 음절수 규칙을 영어로 재현할 수는 없지만, 번역가들은 시조의 미적 구조인 3줄 형식 및 그 각각의 행에 대한 탐구 및 이해를 시도할 수밖에 없다. 언어의 차이로 인해 음절수와 관련된 자수율을 포기할 수밖에 없지만 다른 규칙이나 질서를 발견하고자 노력하였고, Rutt와 McCann 같은 대표적인 번역가들은 4음보를 의식하여 한 행의 의미 단위가 네 덩이가 되도록 번역하였다.

한 행의 의미와 음악적 실현에 대한 탐색은, 행들 간의 관계 및 전체 작품의 구조에 대한 이해 및 탐구로 확장되었다. 우리가 시조의 3장 구조에 대해 연구한 역사를 반복이라도 하듯이 번역가들 역시 시조의 3장 구조에 대해 탐색하였고, Rutt는 물론이고 McCann이나 Peter Lee와 같은 번역가들은 시조를 "반복–전환의 미적 구조를 최대한 살리는 3장의 완결 구조"의 문학이라고 보고 그러한 미적 구조와 질서를 도착어인 영어 텍스트로 옮겨놓고자 각자 노력하였다.

Rutt[15]를 예로 번역시 제기되었던 문제를 구체적으로 살펴보면 시조의 미

---

13 Rutt 외에 대표적인 논자로는 Peter H. Lee와 David R. McCann을 들 수 있다. Peter H. Lee, Korean Literature: Topics and Themes, tucson: University of Arizona Press, 1965. David R. McCann, Early Korean Literature, New York: Columbia University Press, 2000.

14 Rutt, 앞의 책, 10면.

15 Rutt는 1954년 한국에 도착하였고 1956년 평택 근처 안중에서 번역을 시작했다. 번역 전에 James Scarth Gale과 Hulbert가 번역한 짧은 시로 시조를 접한 경험이 있지만 그 시들이 시조인지 알아보기 어려웠다고 한다. 게일은 이후 달라졌지만 당시 두 선교사들은 시조를 빅토리아 시대 경구로 간주했고 둘 다 한시가 아니라는 이유로 열등한 문학으로 간주했다고 술회하고 있다. 변영태의 번역 또한 접한 적이 있는데, 변영태의 번

학에 대한 접근 및 해석의 과정이 보다 분명하게 드러난다. Rutt는 자신이 학술계 바깥에 있는 사람으로, 자신을 둘러싼 그리고 자신을 매료시킨 살아 있는 전통을 즐기기 위해, 연구를 위해 텍스트를 기록한 것이 아니라 완전한 즐거움을 위해 번역(sheer pleasure)을 했다고 서문에서 밝히고 있다. 이호우의 『고시조정해』를 흥미롭게 읽었고 정병욱의 『시조문학사전』을 사용했다고도 밝히고 있다.

그는 먼저 3줄 형식에 대한 미학적 질문을 던졌다. 3줄 형식이면 모두 시조인가 하는 질문이 바로 그것이다. 그 질문에 대해 Rutt[16]는 단순한 3줄 형식을 뛰어넘는, 의미와 형식의 미적 긴장감이 존재한다고 답한다. 1줄, 즉 한 행(a couplet)이 두 개의 구문으로 구성되어 있고, 그렇게 두 개의 구문으로 구성된 초장(1행)과 중장(2행)이 병렬되는데, 초장에서 주제가 진술되고 중장에서 발전되다가, 종장(3행)에 이르러 의미의 전환[anti-theme or twist]이 일어나면서 시가 종결된다고 보았다. "반복-전환의 미적 구조"[17]에 주목한 것이다.

위 인용한 영역 시조로 돌아가 보면, 종장 첫 구의 "But"은 시조의 종결 방식에 대한 Rutt의 이해를 반영한 결과라고 할 수 있다. Rutt는 초장과 중장을 병렬하되, 각각을 비슷한 길이와 형식의 의미 덩이 2개로 구분하였는데, 종장을 번역할 때 돌연 "But"을 첨가했다. 원 시조에는 명시적으로 드러나지 않는 전환의 의미를 살리고자, 굳이 "But"이라는 접속어를 첨가한 것이다. 영역된 시조나 영미에서 창작된 시조들에서 유독 눈에 띄는 것이

역시조에 대해서는 'de-Koreanized'되어 시조의 천연성(spontaneity)와 활력(vigor)이 드러나지 않았다고 평가하였다. 이후 Peter Lee와 시조 번역에 대해 의견을 나누고 그의 의견을 반영하여 번역을 수정하기도 하였는데, Peter Lee의 번역 시조에 견주어 볼 때 자신의 시조에 흙이 더 묻어 있다고 하였다. Rutt에 대한 언급은 위의 책(1971)의 서문과 책의 끝부분 'Text and Sources'의 글을 참고했고 2008년 이루어진 인터뷰("A conversation with Richard Rutt") 내용을 참고했다.

16 Rutt, 위의 책, 11면.

17 김학성, 「시조 3장의 구조와 미학적 지향」, 『한국 시조시학』 창간호, 고요아침, 2006, 118-119면.

바로 종장에서 전환이나 반전이 일어나고 있다는 점이다. 물론 '종장의 파격적 성격을 간파하고 그 파격성을 전달하고자 파격적인 시행으로 종장을 번역한 경우, 이러한 번역을 실패한 번역 또는 미달의 번역으로 받아들여서는 안'[18]된다. 그 역시 시조 미학에 대한 하나의 해석이자 재구성이기 때문이다. 더 많은 자료들을 통해 검증할 필요가 있기는 하지만 종장에서의 전환을 시조 고유의 미학으로 간주하는 것 자체가 서구 번역가들의 시조에 대한 보편적인 이해이며, 영역시조나 창작 시조에 두루 나타나는 영미시조 고유의 미학으로 보인다.

한편 다음을 보면 종장의 번역이 시조 연구사 및 연행사에 대한 이해와 직결되어 전개되었음을 더욱 잘 알 수 있다.

어리고 셩근 梅花(매화) 너를 밋지 안얏더니
눈 期約(기약) 能(능)히 직켜 두세 송이 푸엿고나
燭(촉) 잡고 갓가이 ᄉᆞ랑할 졔 暗香浮動(암향부동)하더라

I didn't believe you
　　　　　on that weak, scraggy branch.
You've kept your snow pledge: two, three flowers have bloomed.
Candle in hand,
I approach in administration: a delicated fragrance wafts through the air

(R'Ouke, 2002)

Immature, gaunt branches,
　　　　　I did not believe your promise.

---

18 박진임, 「문학 번역과 문화 번역: 한국 문학 작품의 영어 번역에 나타나는 문제점 연구」, 『번역학연구』 5-1, 한국번역학회, 2004, 162면.

But I see you have kept faith

　　　　　　with a few handfuls of blossom.

When I come with a candle to tend you,

　　　　　　The faintest fragrance floats on the air. (Rutt 48)

어리고 가지도 드문드문한 매화 너를 믿지 아니하였더니

눈 내리는 때 피겠다는 약속 꼭 지켜 두세 송이 피었구나

촛불 켜 들고 가까이 사랑할 때 그윽한 향기가 떠다니는구나

(네이버 지식백과)

케빈 오록[19]은 종장의 특수성을 인식하여 위에서 보듯이 시조 작품을 5행으로 번역했다. 이에 대해 박진임[20]은 3장이 어떻게 해서 종결되고 있는가를 탐색한 김대행의 논의를 반영한 결과라고 해석하였다. 시조의 종장이 4보격이라기보다는 5보격 정도로 길이가 길어지고 있음을 지적하고 종장을 율독하는 3가지 방법적 가설을 제시한 김대행의 논의[21]를 반영한 것이라는 주장이다. 그러한 가능성과 함께 오록이 시조가 5장 형식으로 불린 노래라는 점을 의식한 것은 아닌가 조심스럽게 추정해 본다. 한편 Rutt는 보다 분명하게 시조를 3행이 아닌 6행으로 번역한 이유에 대해 밝혔는데 그 내용이 흥미롭다. 20세기 전까지 마침표도 없이 산문처럼 기록된 시조를 3행으로 문자화한 것은 한국에서의 합리적인 선택이지만, 자신이 6줄로 번역한 것은 시조를 3줄이 아니라 5줄로 노래하던 전통을 의식한 선택이라는 것이다. 덧붙여 구술적 전통 속에 있는 시조에 대해서도 관심을 기울여야 한다

19 Kevin O'Rouke, *Mirrored Minds: Thousand Years of Korean Verse* (Seoul: Literature Translation Institute of Korea, 2016).

20 박진임, 「한국문학의 세계화와 번역의 문제—시조의 영어 번역을 중심으로」, 『번역학연구』 8-1, 한국번역학회, 2007, 151-173면.

21 김대행, 『한국 시가구조연구』, 삼영사, 1976, 223면.

고 하였다. 사실 Rutt는 기차 안에서 들은 시조에 대해 기록하기도 하였고 최남선 등에 의해 시조가 노래가 아닌 시로 정착되어 가는 과정에 대해서도 정확히 알고 있었으며, 전문 가객인 홍원기와도 교류했던 인물로 시조가 노래로 연행되었던 사정을 잘 알고 있었다. Rutt의 시조 영역이 시조의 미학뿐만 아니라 연행 방식에 대한 이해까지 동반하고 있음을 확인할 수 있다.

이상에서 번역의 과정을 살펴봤는데 시조의 영역이나 현대어역을 시도할 때는 물론이고 심지어 시조를 해석할 때도 시조의 미적 구조 및 형식에 대한 해석의 과정이 뒤따라야 한다. 그리고 어떻게 하면 시조의 미학을 최대한 포착하여 도착어 텍스트나 현대어 텍스트, 나아가 자신의 인식 지평 안에 자리잡게 할 것인가가 중요한 문제가 된다.

4. 시조 향유 및 문화적 소통을 위한 가능성 탐색

앞서 번역이 언어 지식과 기능이 요구되는 가장 확실한 해독 활동이자 배경 지식과 문화적 문식성이 요구되는 적극적인 이해 및 해석 활동이며 다른 언어로 새로운 미학을 창조하는 활동이자 새로운 소통 및 공유 행위임을 살펴보았다. 그리고 현대 독자가 옛 시조 작품을 해독하고 해석하며 재창조하는 행위와 구조적으로 유사하며 본질적으로 다르지 않음을 또한 보여주고자 하였다.

1) 미래 가치를 지니는 타자로서의 발견

번역이라는 독특한 참여 행위, 즉 목표어 텍스트에 대한 해석과 도착어 텍스트로의 재창조[재구성] 행위는, 고전시가 작품인 시조에 대한 오늘날의 접근 방법에 대해 반성하게 한다. 훔볼트식의 언어관에 입각하여 국어가 곧 국가 혹은 민족이고 국문문학이니 곧 민족문학이라는 논리를 암암리에 전제하고 있었던, 기존의 관점과 논리에서 벗어날 수 있는 가능성을 열어준다. 과거의 문학을 적극적인 해석이 필요한, 그러나 완전하게 이해하는 것은 불가능한, 언제나 나의 언어와 세계 속에서 재창조되어야 할, 낯선 언어이자 낯선 문화로 인정하게 한다. 사실 생산 및 향유 맥락을 떠나 유통되는 문학은 그 어떤 작품도 독자에게 낯선 언어이자 낯선 세계일 수밖에 없다. 동질감의 확인이나 민족적 정체성의 확인 역시 낯선 세계에 대한 해석 및 탐색의 결과로서 도달하게 되는 인식이다. 그리고 내용과 형식을 모두 살리는 완벽한 번역이 불가능한 것처럼, 과거의 문학인 고전시가에 대한 완벽한 이해 역시 불가능하며, 해석은 언제나 내 언어와 내 세계 속에서의 변형이자 재창조를 의미한다.

그런 점에서 고전시가인 시조가 민족 문학이기에 가르쳐야 한다는 논리보다는 우리의 인식 지평을 넓혀줄 과거의 타자, 곧 미래 가치를 지니는 새로운 형식이자 문화이며 미학이기에 적극적으로 해석하고 재창조해야 한다는 관점과 논리 또한 유용하며 적극 검토되어야 한다고 생각한다. 당위를 넘어서 과거가 지닌 미래적 가치를 적극 탐구하게 한다는 점에서 그러하다. 물론 이러한 관점과 논리가 자리를 잡기 위해서는 타자를 이해하기 위한 문화적 소통의 시각과 방법에 대한 탐구가 뒤따라야 하고 그 결과로서는 학생들이 시조 작품을 자신만의 방식으로 향유할 수 있어야 한다.

2) 문화 간 소통 및 갈등의 중요성 인식

목표어를 도착어로 바꾸기 위한 일련의 탐구 과정은, 낯선 과거의 시가를 이해 가능한 자신만의 텍스트로 받아들이는 과정에 다름 아니다.

번역이 축자역 혹은 직역을 한 축으로 하고 의역 혹은 완전한 재창조, 심지어 오역까지를 다른 한 축으로 하는 다양한 스펙트럼의 어딘가에서 일어나는 일이듯이, 학생들의 시조 이해 및 해석, 나아가 적극적인 재구성이나 재창조 행위 또한 다양한 스펙트럼의 어딘가에 위치하는 행위일 것이다. 중요한 것은 낯선 시조를 해석하여 풀이할 때 자신의 해석 행위가 스펙트럼의 어디에 위치하는지 인식할 수 있어야 하고 다른 해석의 가능성에 늘 열려 있어야 한다는 점이다.

학생들로 하여금 해독과 재창조의 스펙트럼 중 어느 지점을 지향할 것인가를 결정하게 한 후, 학생들로 하여금 낯선 언어이자 세계와 직접 대면하도록 해야 한다. 대면이란 교수자의 설명이나 중개 이전에 일어나야 하는, 익숙하면서도 낯설고 알 듯 하면서도 모를 듯도 한, 옛 텍스트와의 만남을 일컫는다. 학생들은 자신의 언어 감각에 낯선 단어나 어구, 문장, 즉 오늘날에는 사용되지 않는 단어나 어구, 문장을 직접 찾아 확인해야 하는데, 그 이후에 낯선 언어를 이해 가능한 표현이자 가독성을 지닌 표현으로 바꾸기 위한 탐구 활동으로 나아갈 수 있다. 낯선 언어를 해독하기 위한 탐색을 본격화하면서 대체할 수 있는 오늘날의 표현의 목록을 작성하거나 대체했을 때 발생하는 정보의 손실[혹은 잃는 점]과 새로 생겨나는 보상[혹은 얻는 점]이 무엇인지에 대해 고민해야 한다. 시조를 영어로 번역할 때와 마찬가지로 옛 시조를 오늘날의 말−학생 자신의 말−로 풀이할 때도 의미의 부등성으로 인한 어려움이 발생한다는 점을 확인할 필요가 있다. 학생들은 의미와 형식을 모두 살려내기 위해 고군분투하고 갈등해야 하며 그 갈등의 결과로 어떤 표현을 주체적으로 선택할 수 있어야 한다.

이러한 탐색과 갈등, 선택의 과정이 바로 서로 다른 언어와 언어, 서로 다른 문화와 문화가 만나는 소통의 현장인바, 이러한 소통의 과정이 전제되었을 때만 배움, 즉 인식의 지평의 확장이 일어난다. 프랑스 번역가 르네는 '번역된 텍스트의 문체는 낯설고 새로우면서도 역사 및 타문화와의 접촉을 통해 형성된 프랑스의 감수성과 맞아떨어져야'[22] 한다고 했는데, 이는 시조와 학생들 간의 소통을 통해 도달해야 할 방향 혹은 교실에서의 해석 활동이 지향해야 할 바를 잘 말해 준다. 시조의 낯설고 새로운 면을 발견하되 그 발견이 오늘날 학습자들의 감수성에도 맞아 떨어지는 것이어야 하는바, 이 수준에 이르러야만 시조를 향유할 수 있게 되었다고 볼 수 있다.

한편 시조 번역시 제기되었던 여러 문제[23]는 그 자체로 시조 교육의 내용이자 방법이 될 수 있다. 영어를 모어로 사용하는 번역가가 겪은 번역의 어려움은 모어 화자인 우리 학생들이 겪는 해석의 어려움과는 다를 수밖에 없다. 번역가들에게 번역 불가능했던 단어나 구절이 모어 화자에게는 전혀 문제가 되지 않을 수도 있다. 그러나 낯선 단어나 어구, 문장 등 역시 있을 수밖에 없으며, 시조의 미적 형식을 번역하는 데 제기되었던 여러 문제들 –시조의 1줄은 어떻게 구성되어 있는가, 3줄을 병렬하면 시조가 되는 것일까, 시조 종장의 첫 구는 어떤 기능 혹은 역할을 하는 것일까 등등– 또한 모어 화자가 시조의 미학을 탐색할 때 여전히 답을 내야 하는 질문임에 틀림이 없다. 그리고 이 질문들에 대한 답을 찾는 과정에서 탐구 활동이 본격화되고 탐구 활동의 결과 여러 가능성들이 제기되고 그 중에서 어떤 것을 선택할 것인가 갈등하며 갈등의 결과 어떤 선택을 함으로써, 시조에 대한 자신만의 해석 혹은 재구성이 종결될 것이다. 이 일련의 과정은 시조의 언어와 문화를 나의 언어와 문화로 통합하고 재구성하기 위한 소통 및 갈등, 화해의 과정에 다름 아니다.

3) 현대어역의 교육적 가능성 탐색

다시 〈한거십팔곡〉으로 돌아가 보자.

---

22 르네 드 세까티, 「2인의 번역자, 두 개의 세계」, 『한국문학번역원 제5회 한국문학 번역 출판 국제워크숍: 번역, 그 소통의 미학: 출판의 기준에서 본 번역 평가』, 이화여자대학교 통역번역연구소, 2006, 6면.

23 문학 번역의 어려움과 의의에 대해서는 다음 논문을 참고할 수 있다. 나윤숙, 「문학번역 교육: 타자와의 신비한 만남」, 『번역학 연구』 10-1, 한국번역학회, 2000, 65-82면.

ᄇᆞ람은 절노 몱고 ᄃᆞᆯ은 절노 ᄇᆞᆰ짜
竹庭 宋檻애 一點塵도 업ᄉᆞ니
一張琴 萬軸書 더욱 蕭灑ᄒᆞ다

고어 표기와 한자어도 낯설지만 어투나 문장 역시 오늘날의 학생들에겐 해독이 필요하다. 교수자가 몇 개의 시어에 대해 설명해주고 〈한거십팔곡〉이 지닌 시가사적 의미에 대해 설명해주지만, 그렇게 수업이 끝난다면 위 작품은 학생들에게 여전히 '낯선' '과거의' 문학으로 기억되고 만다. 작품 세계에 들어가지 못한 채 주변부만 맴돌다 끝나고 말았기 때문이다.

대신 위 작품을 고시조의 고유의 미학을 최대한 살려서 가독성이 있는 현대어로 번역하게 하면 상황이 달라질 수 있다. 학습자들을 믿고 그들에게 자유를 허용함으로써 오히려 책무감을 이끌어낼 수 있다. 비로소 학생들이 작품 세계에 들어가고자 노력하게 되고 그 결과 모종의 경험이 일어나게 되기 때문이다. 학생들 또한 위 시조를 번역할 때 제기되었던 여러 문제에 직면하게 되는데, 현대독자들은 무한에 가까운 정보의 바다를 유영하면서 클릭과 터치를 거듭하며 탐구의 과정을 거치게 되고 거듭 고민하고 여러 번 선택함으로써 현대어역을 완성하게 될 것이다.

주체적인 탐구의 과정에서 학생들은 반복되는 '절로'의 묘미를 느낄 수 있다. '저절로'나 '꾸미거나 어떤 힘의 개입 없이' 등의 복합적인 의미를 지니는 '절로'를 그대로 둘 것인가 오늘날 사용되어 다른 말로 바꿀 것인가 고민하는 가운데, 즉 원전성과 가독성 사이에서 고민하는 가운데, 시어의 의미뿐만 아니라 시조의 음악성이나 미학을 의식 혹은 무의식적으로 경험하게 될 것이다. 어떤 학생들은 '절로'가 사대부 문인들이 도달하고자 했던 정신적인 경지와도 관련되는 단어임을 발견할 수도 있다.

'죽정송함'에 대한 탐구는 한국의 전통 가옥 구조나 사대부들의 공간에 대한 이해를 동반하게 된다. 물론 낯선 한자어를 현대어로 풀어쓰려 할 때 자수율을 대체할 음악성에 대해서도 고민하게 된다. 동시에 일장금을 '거문고 하나'로, 만축서를 '만권의 서책'으로 번역하면서 얻는 점과 잃는 점에 대해서도 성찰할 수밖에 없다. 사실 만축서는 만권의 책 이상의 의미를 지닌다. 이 시조 텍스트 안에서 사대부들이 욕망해도 되는, 즉 욕심을 내도 되는 유일한 것이 바로 책[萬卷書]이기 때문이다.

문화적 함축을 담고 있는 시어나 표현들에 대한 탐구 다음에는 초장과 중장, 종장의 구조 및 전체 작품의 구조에 대한 이해로까지 나아가야 한다. 그렇게 그 전 과정을 거치면서 위 시조 작품에 대한 현대어역이 다양한 차원에서 시도될 수 있다. 학생들의 현대어역이 축자역이나 의역, 완전한 재창조까지 다양한 양상으로 전개될 수 있음은 물론이다. 파운드가 10줄로 번역되는 "황제를 위한 부채(Fan piece, for her Imperial Lord)"라는 한시를 단 3줄로 번역한 사례도 있듯이 현대어역 역시 고시조의 내용과 형식을 완전히 재창조할 수도 있다. 그 경우에는 이해를 넘어 창작에 방점이 놓이게 되지만, 중요한 것은 그러한 재창조를 위해 시조의 미학과 작품 세계에 대한 치열한 탐구 및 해석의 과정이 있었는가, 그리고 그 과정과 결과로써 시조의 어떤 미적 형식이나 작품 세계에 대한 이해가 깊어졌는가 하는 점이다.

4) 비교문학적 접근의 가능성 인식

최근 시조가 여러 사람들에 의해 영역되고 있다. 한국어화자로 영어 및 영문학에 대한 이해가 절대적으로 부족하기는 하지만, 우리 학습자들에게 여러 영역본들을 보여주는 것은 보는 것만으로도 교육적 효과가 발생할 수 있다. 비교문학적 접근을 통해 배울 수 있는 여러 가지 효과가 발생하는데, 무엇보다도 외부자의 눈에 비친 우리 문학의 정체나 고유성을 목격함으로써, 시조 고유의 미학에 대한 고민이 촉발될 수 있다. 그리고 앞 장에서 살핀 바 있는 오루크와 Rutt의 안민영 시조가 달랐던 것처럼, 번역자에 따라 작품 세계가 완전히 달라진다는 점을 확인함으로써 해석의 다양성을 경험하게 되고, 번역의 과정에서 불거진 문제나 갈등에 대해 역추리해봄으로써 시조 미학의 본질에 다가가는 경험도 할 수 있다.

서론에서 언급한 바 있는 럿거스 대학 강의에서는 청구영언 처음에 나오는 다음 시조를 번역하여 그 번역한 결과를 공유하는 활동을 하였다. 번역하기 전, 번역 관련 논문들을 여러 편 읽고 논의했으며, 전문 번역가이자 작가를 조정하여 〈Lost or Found?—Process and Problems in Korean Sijo Translation〉이라는 주제 발표를 하였으며, 작가가 실제로 3개의 각기 다른 버전의 번역물을 예시하여 보여주었다.

번역한 작품 중에 같은 작품이 한 편도 없는데, 학생들이 번역한 시조 작품 3편과 전문 작가가 번역한 3개의 버전[(1)~(3)]을 예시하면 다음과 같다.

오늘이 오늘이소서 매일이 오늘이소서 /저물지도 새지도 말으시고 /새려면 늘 언제나 오늘이소서

학생 a : I wish today was today, I wish today was every day / I don't want the new day to break / If it breaks, I wish today was always forever,

학생 b : Today, I wish for today, I wish everyday was today / Do not end, do not begin again, / If it begins again I wish for today, whenever and always,

학생 c : I wish today is today; I wish everyday is today / Don't let the sun go down or rise. / If the sun rise, I wish it would always be today.

(1) May today be today / May everyday be today / Don't let the sun go down or rise again / But if it must rise / May it always be today

(2) May today be today / May everyday be today / May each day never end / But if it does, / May it dawn into today

(3) May today be today / May ev'ryday be today / May it ne'er end nor break / But if so, / May it dawn t'wards today

한국학 수업 사례를 우리 시가 수업의 국면으로 바로 끌고 올 수는 없지만, 영역물들이나 현대어역 작품들이 그 자체로 비교문학적 가치를 지닌다는 점은 분명하다. 물론 비교문학적 관점을 어떻게 수업에서 구현할 것인가의 문제는 별도의 탐색을 필요로 한다. 수업의 목표와 성격 등에 따라 다양한 차원에서 다양한 방식으로 구현될 수 있을 것이다. 한국학 종주국으로서 세계 속의 한국 문학을 이해하기 위해 영미시조들을 비교하게 할 수[24]도 있을 것이고, 여러 교과서와 참고서들에 등장하는 현대어역들을 비교 대조하면서 고시조의 무엇을 선택함으로써 무엇을 얻고 잃었는지를 검토하게 할 수도 있을 것이다. 그런가 하면 수업 시간에 현대어역을 하도록 한 후 그 결과를 공유하는 차원에서 비교문학적 접근을 시도할 수도 있다. 이 경우에 학생들은 축자역부터 의역에 이르기까지 다양한 수준에서 진행한 현대어역 텍스트들을 비교함으로써 해석의 다양성을 경험할 수도 있을 것이다. 보다 체계적이고 구체적인 논의가 뒤따라야할 터인데, 여기서는 비교문학적 관점이 지닌 교육적 가치를 언급하는 선에 머물고자 한다.

5. 결론

세대 간 단절 및 불통이 우리 사회 큰 문제로 부각되고 있다. 고전문학을 가르치는 대학 교실에서도 이 문제는 심각하다. 교실에서의 불통은 후진(後進)인 학생이 선진(先進)인 교수의 행위와 권위를 인정하지 않거나 수업 시간 내내 '죽은 체 하는' 현상으로 나타난다. 그 상태로 3시간을 견디는 학생들의 인내심이 경이롭지만 안타깝다. 가장 큰 문제는 수업 시간에 '배움'이 전혀 일어나지 않는다는 점이다. 그리고 그런 수업 경험이 누적되면서 단절

24 이와 관련해서는 다음 논문을 참고할 수 있다. 김효중, 「재미 한인문학에 인용된 고시조 영역 고찰」, 『비교문학』 39, 한국비교문학회, 2006, 101-121면.

과 불통이 더욱 깊어진다는 점이다. 교수는 유행하는 아이템이나 문화를 끌어와 일시적으로 관심을 끌기도 하지만 끝내 좌절하여 학생들을 원망하고 학생들은 고전문학을 왜 배워야 하는지 깊은 의심과 회의를 깊이 내면화한다. 교수자가 예비교사 혹은 한국인으로서의 정체성을 언급하며 적극적인 참여를 호소하는가 하면, 문화 산업과 관련된 부가가치를 과장하고 임용고시 등 현실적인 필요를 언급하기도 하지만 그 역시 교실에서의 상황을 해소하거나 해결하기엔 역부족이다.

우리 문학이지만 고전시가는 학생들에게 낯선 나라, 낯선 언어일 수밖에 없다. 이 말은 단지 비유적인 것이 아니다. 언뜻 보기엔 이해 가능한 자료로 보이지만, 그 의미를 알아채고 향유하려고 하면 전혀 이해할 수 없거나 이해하기 어려운 텍스트이자 문화 현상으로 다가온다. '번역'이 필요한 작품인 것이다. 마치 번역의 상황처럼, 목표어(고어)를 도착어(현대어)로 바꿔야 하고, 그 변환의 과정에서 텍스트 차원과 문화적 차원, 미학적 차원에 걸쳐 여러 가지 문제들을 해결해야 하는 것이다. 이 연구는 번역 불가능성과 가능성에 대한 오랜 고민과 '번역'시 야기되는 여러 문제나 질문들이, 현대 독자들이 고전시가인 시조를 이해하고 향유하는 데 꼭 필요한 질문이나 문제, 나아가 그 해결 방안을 시사해주리라는 가정에서 출발하였다.

시조 이해의 과정은 번역의 과정과 구조적 유사성을 지닌다. 원론적으로 말하면, 모든 이해 및 해석 활동은 일종의 번역 활동이기도 하다. 시조 이해의 과정은 우선적으로 시조와 독자와의 만남을 전제로 하며, 그 만남이란 결국 특수성과 역사성을 지니는 낯선 언어이자 세계인 시조를, 나의 언어로 이해하고자 도전함으로써 궁극적으로는 나의 언어를 확장하고 나의 세계를 넓히는, 문화적 대화에 다름 아니기 때문이다.

번역 행위의 특성이나 번역의 딜레마 혹은 어려움에 대한 탐구는 해석 행위의 본질에 대한 성찰을 가능하게 한다. 한편 번역가이자 영미 시조작가인 Flora Kim은 시조 번역의 과정과 문제에 대해 논의하는 자리에서 여러 어려움에도 불구하고 왜 번역을 하는가에 대해 번역이 우리의 이해를 깊게 하고 우리의 언어를 풍요롭게 하며 공동체를 창안한다고 답한 바 있다. 번역의 메카니즘에 입각한 해석 활동 역시 학생들로 하여금 시조에 대한 이해는 물론이고 자신들의 언어를 풍요롭게 하며 결국에는 우리 언어 및 문화 공동체의 형성에도 기여할 수 있다고 생각하며 또 그렇게 되기를 희망한다.

참고문헌

[논저]

김대행, 『한국 시가구조연구』, 삼영사, 1976.

김학성, 「시조 3장 구조와 미학적 지향」, 『한국시조시학』 창간호, 고요아침, 2006.

김효중, 「재미 한인문학에 인용된 고시조 영역 고찰」, 『비교문학』 39, 한국비교문학회, 2006.

나윤숙, 「문학번역 교육: 타자와의 신비한 만남」, 『번역학 연구』 10-1, 한국번역학회, 2000.

르네 드 세까티, 「2인의 번역자, 두 개의 세계」, 『한국문학번역원 제5회 한국문학 번역 출판 국제워크숍: 번역, 그 소통의 미학: 출판의 기준에서 본 번역 평가』, 이화여자대학교 통역번역연구소, 2006.

마승혜, 「소통적 문학 번역 사례 연구 및 교육적 함의」, 『통역과 번역』 18-1, 한국통역번역학회, 2016.

박진임, 「문학 번역과 문화 번역: 한국 문학 작품의 영어 번역에 나타나는 문제점 연구」, 『번역학연구』 5-1, 한국번역학회, 2004.

박진임, 「한국문학의 세계화와 번역의 문제-시조의 영어 번역을 중심으로」, 『번역학 연구』 8-1, 한국번역학회, 2007.

심재기, 「문화적 전이로서의 번역: 문학번역에 있어서의 「토속적인 표현」의 번역의 문제」, 『번역문학』 5, 연세대학교 출판부, 2004.

양청수, 「통역번역에서의 문화적 맥락: 분석과 대응」, 『통역번역에서 문화요소의 전이: 아시아를 중심으로』 Vol.2007, 이화여자대학교 통역번역연구소, 2007.

염은열, 『고전문학의 교육적 발견』, 역락, 2007.

원영희, 「번역의 가능성과 불가능성: 시 번역을 중심으로」, 『번역학 연구』 7-2, 한국번역학회, 2006.

Lee, Peter H.. *Korean Literature: Topics and Themes*. tucson: University of Arizona Press, 1965.

McCann, David R.. *Early Korean Literature*. New York: Columbia University Press, 2000.

O'Rouke, Kevin. *Mirrored Minds: Thousand Years of Korean Verse*. Seoul: Literature Translation Institute of Korea, 2016.

Park, Linda sue. *The Dancing on the roof: Sijo*. Houghton Mifflin Harcourt, 2007.

Rut, Richard. *The Bamboo Grove*. Berkeley: University of California Press, 1971.

4부

고전소설의 향유/교육

9장

음양오행적 상상력에 기반한 <구운몽>의 창작과 향유 방식 연구

황혜진*

1. 서론

이 글에서는, 음양오행과 관련된 '문화적 상상력'[1]의 소산이자, 그러한 상

---

* 건국대학교 국어국문학과 교수.

1 상상력(imagination)이란 일반적으로 외부 대상으로 인한 감각적 자극이 활성화되어 창조적으로 사고하는 정신 능력을 말한다. 상상력은, 정신이 신체의 영향을 차단한 채 순수하게 논리적, 추상적으로 사고하는 지성 능력과 달리, 신체와의 관계에 입각하여 구체적이고 구상적으로 사고하는 능력이다. 이러한 구체적이고 구상적인 사고 능력의 산물이 심상, 이미지이며 이런 점에서 상상력은 통상 '이미지를 형성하는 힘', '현존하지 않는 것을 표상할 수 있는 능력'으로 이해된다. 한편, 철학적 · 미학적 논의에서 상상력은 현실에 존재하는 것을 지각하는 활동에서도 작용하는 것으로 취급된다. 인식주체는 인식대상에 의해 수동적으로 규정되기만 하는 것이 아니라 대상을 능동적으로 규정하기도 하는데 이 때 상상력이 중요한 역할을 한다. 상상력에 힘입어 인식주체는 직접 주어진 것 이상을 볼 수 있으며, 이를 바탕으로 주어진 것을 생산적으로 변형하고 재창조할 수 있다.(김소영, 「상상력」, 『미학의 문제와 방법』, 서울대학교출판문화원, 2008, 363-365면 참조) 이렇게 상상력은 심상(心象)이나 가상(假像)을 생산할 수 있는 능력인 동시에 그것을 생산적으로 변형하고 재창조하는 능력이기도 하다. 이런 점에서 상상력은 예술작품의 생산과 수용 모두에 관여한다고 볼 수 있다. 그리고 이 연구에 말하는 상상력은 천재적 개인의 능력이 아닌 문화적인 속성을 갖는다. 상상력은 개인의 사고 능력일 뿐만 아니라, 심상이나 가상을 생성하고 향유하는 문화적인 사유 방식이기도

상력에 기초한 창작과 향유의 대상으로 〈구운몽〉을 연구하고자 한다. 음양오행은 중국 전국시대에 유행한 음양과 오행이 합쳐진 말로[2] 우리 역사에서도 그 연원이 매우 깊다.[3] 《삼국사기》의 고구려본기에는 대무신왕 3년, 부여의 대소왕이 머리는 하나요, 몸뚱어리가 둘인 붉은 까마귀를 보냈다는 기사가 실렸다. 이 상서로운 까마귀에 대해 대무신왕은 '검은 것은 원래 북방의 빛인데 이제 변하여 남방의 빛으로 변했다'[4]라는 오행적인 해석을 내놓았다. 그리고 같은 상상력으로써 남방에 해당하는 고구려가 장차 북방의 부여를 통합하게 될 징조라는 의미를 부여하였다.

한편, 백제 말기 의자왕 때, "백제동월륜 신라여월신(百濟同月輪 新羅如月新)"이라는 글이 거북의 등에서 발견되었다고 《삼국사기》가 전하는데,[5] 이는 음양의 순환 이치를 함축하고 있는 것으로서 "달도 차면 기우나니"라는 속담이나 경기민요의 가사로 이어진다. 특히 조선 후기에 이르기까지 음양

하다는 점에서 이 연구는 '문화적 상상력'이라는 용어를 사용하도록 한다.

2 음양과 오행은 원래 그 연원이 다르며 서로 다른 경로로 발전해 왔는데 전국시대 중기에 이르러 '음양오행론'으로 정착하였다고 한다. 이 과정에서 일정한 역할을 했을 것으로 추정되는 집단은 연(燕)과 제(齊) 지역의 방사(方士)들인데, 그 가운데 가장 중요한 인물이 추연(騶衍: B.C.305?~240?)이다. 종교학사전 편찬위원회, 「음양오행설」, 『종교학대사전』, 한국사전연구사, 1998.

3 일설에는 음양오행이 중화족의 산물이 아니라 동이족에서 비롯된 것이라고 한다. 안병섭, 「책을 발간하며」, 한동석, 『우주변화의 원리』, 대원출판, 2008, 445면.

4 黑者北方之色, 今變而爲南方之色, 〈고구려본기(高句麗本紀)〉, 《삼국사기(三國史記)》, 한국사데이터베이스(http://db.history.go.kr/)

5 "귀신이 하나 대궐 안에 들어 와서 "백제가 망한다. 백제가 망한다."고 크게 외치다가 곧 땅으로 들어갔다. 왕이 이상하게 생각하여 사람을 시켜 땅을 파게 하였다. 석 자 가량 파내려 가니 거북이 한 마리가 발견되었다. 그 등에 "백제는 둥근 달 같고, 신라는 초승달 같다."라는 글이 있었다. 왕이 무당에게 물으니 무당이 말하기를 "둥근 달 같다는 것은 가득 찬 것이니, 가득 차면 기울며, 초승달 같다는 것은 가득 차지 못한 것이니, 가득 차지 못하면 점점 차게 된다."고 하니 왕이 노하여 그를 죽여 버렸다. 어떤 자가 말하기를 "둥근 달 같다는 것은 왕성하다는 것이요, 초승달 같다는 것은 미약한 것입니다. 생각건대, 우리나라는 왕성하여지고 신라는 차츰 쇠약하여 간다는 것인가 합니다."라고 하니 왕이 기뻐하였다." 〈백제본기(百濟本紀)〉, 《삼국사기(三國史記)》, 한국사데이터베이스(http://db.history.go.kr/)

을 대표하는 남녀의 결합에 있어서는 오행적 관계가 매우 중시되어, 〈변강쇠가〉에서 '천하 잡놈' 변강쇠도 궁합을 보았으며,[6] 서민의 의혼(議婚) 풍속에도 먼저 사주팔자(四柱八字)를 물었다.[7] 이런 흐름은 명리학(命理學)에 근거한 상담업의 성행으로도 이어진다.

이렇게 음양오행의 상상력이 오랜 세월에 걸쳐 생활문화에서 작용하였으며 여전히 영향을 끼치고 있는 데 비하여, 문학예술에 대해서는 그 적용과 관련한 심도 있는 분석이 미진하였다고 판단된다.[8] 그러나 생활문화는

---

6 "예, 나는 변서방인데 궁합을 잘 보기로 삼남에 유명하니, 마누라 무슨 생이요." "갑자생(甲子生)이오." "예, 나는 임술생(壬戌生)이오. 천간(天干)으로 보거드면 갑은 양목(陽木)이요, 임은 양수(陽水)이니, 수생목이 좋고, 납음(納音)으로 의논하면 임술계해 대해수(壬戌癸亥 大海水) 갑자을축 해중금(甲子乙丑 海中金) 금생수(金生水)가 더 좋으니 아주 천생배필(天生配匹)이오. 오늘이 마침 기유일(己酉日)이고 음양부장(陰陽不將) 짝 배자(配字)니 당일 행례(行禮)합시다." 강한영 교주, 「변강쇠가」, 『신재효 판소리 사설집』, 민중서관, 1971, 537면.

7 이능화, 김상억 역, 『조선여속고(朝鮮女俗考)』, 1994. 이능화는 이런 풍속이 생긴 이유에 대해 상극살을 서로 피하고자 함이나, 매파나 점쟁이들 사이에 내려오는 관언(慣言)으로서 사람을 미혹케 하는 수단이 되었기 때문이라 하였다. (이능화, 같은 책, 158면.)

8 중국문학 영역에서 〈서유기〉를 대상으로 음양오행적 인물의 특성과 관계를 파악한 연구가 있다.(서정희, 「〈서유기〉의 주제 연구－오행의 상생상극론을 중심으로」, 『중국학연구』 15, 중국학연구회, 1998; 박춘영, 「〈서유기〉의 사오정 인물 형상 연구」, 『중국소설논총』 21, 한국중국소설학회, 2005. 등) 한편, 국문학 영역에서 음양오행적 상상력이 적용된 작품은 흥미롭게도 〈구운몽〉이다. 김학돈은 〈주역〉의 관점에서 서사 전개를 분석하면서 사건의 전환을 주역의 괘로 풀이하였다.(김학돈, 「한국소설의 시간과 공간 연구: 역경(易經)의 관점에서」, 충남대 박사학위논문, 2005.) 배영희도 〈주역〉의 일건(一乾)과 팔괘(八卦)의 관점에서 양소유와 팔선녀의 특성과 관계를 이해하였다.(배영희, 「『九雲夢』에 投影된 '九'의 易學的 分析」, 경원대 박사학위논문, 1994.) 한편, 박상만은 팔괘에 대응시켜 팔선녀의 특성과 관계를 파악하며 팔선녀의 방위를 분류하였다.(박상만, 「〈구운몽〉에 나타난 시공철학관 연구」, 수원대 박사학위논문, 2010.) 이렇게 선행 연구들은 주역의 괘를 중심으로 〈구운몽〉을 이해하였는데 이 연구는 음양오행적 상상력으로 작품을 조명하며 인물이나 인물관계뿐만 아니라 배경과 사건 등을 포괄한다는 차별성을 갖는다. 한편, 오행을 형상화한 5명의 주인공들이 등장하는 〈남정팔난기〉가 음양오행론을 창작원리로 삼아 창작되었다는 전제 하에 인물의 유형 및 관계를 분석한 논의가 있다. (조희경, 「〈남정팔난기〉 연구」, 서울대 석사학위논문, 1998; 최윤희, 「〈남정팔난기〉 영웅 형상과 소설사적 의미」, 고려대 박사학위논문, 2004; 최윤희, 「〈남정팔난기〉의 인물 관계와 그 의미」, 『고전과 해석』 7, 고전문학한문학연구학회, 2009.)

예술문화에 반영되며, 예술문화는 전체문화의 상상력이나 사유방식을 공유하기 마련이다. 이런 관점에서 문학예술작품에도 음양오행적 상상력이 적용되었을 것이라 충분히 짐작할 수 있다. 특히 다채로운 남녀의 애정관계를 중심 내용으로 삼아 서사를 구성한 〈구운몽〉에서는 남녀관계의 인연과 조화를 만들어내는 시학(詩學)으로, 이를 향유하는 수용자에게 있어서는 상상적 (재)구성의 기본 틀로 작용하지 않았을까 한다.

〈구운몽〉의 제목에 9란 수가 들어간 까닭은 양소유가 살았던 세계에 9명의 인물이 등장하기 때문이다. 한 명이 주인공인 양소유라면 나머지 8명은 팔선녀에 해당한다. 양소유와 팔선녀에 해당하는 개별 인물들이 각자의 사연을 지닌 채 관계를 맺고 시련을 겪으며 결국 인연을 이루는 과정은 작은 구름이 되어 〈구운몽〉이란 큰 구름을 만들어낸다. 한편, 양소유가 팔선녀를 만나 이루는 인연이 다채로울 때 〈구운몽〉의 서사가 흥미로울 수 있다. 같은 패턴의 애정사가 되풀이되면 지루한 반복일 뿐이기 때문이다. 아마 김만중도 어떻게 서로 다른 작은 '구름들'을 만들어내고 이들을 모아 장엄한 구름을 만들어낼 것인가를 고심했을 게다.

양소유라는 항은 고정되어 있기 때문에 다채로운 인연을 이룰 또 다른 항인 팔선녀의 형상을 서로 달리 설정하는 방식이 유효하다. 이 연구에서는 작가인 김만중이 아직 팔선녀들의 이름과 개성을 구체화하기 전의 구상 단계에서 갑녀, 을녀, 병녀, 정녀 등으로 순서를 정하고 해당 천간(天干)이 지닌 음양오행적 속성을 고려하여 형상화 작업을 시도하지 않았을까 가정한다. 다양한 천간의 특성을 핵으로 삼아 서로 다른 색깔과 모양의 수정(crystal) 같은 개성적 인물을 만들어낼 때, 중첩되는 인물 창조를 피하고 이들이 만드는 다채로운 관계의 양상과 사연을 구성하기 용이한 까닭이다.

본고는 이렇게 〈구운몽〉의 창작 과정에서 음양오행의 문화적 상상력이 발휘되었으며, 향유 과정에서도 음양오행론이 상상력의 내용과 형식을 제공하였을 것이라는 가정을 갖는다. 특히 천간과 같은 음양오행이 인성적 범주로 기능함으로써 작가는 다양한 개성을 가진 인물을 창조할 수 있었고, 수용자는 팔선녀를 각기 다른 개성을 지닌 인물로 향유할 수 있었다. 나아가 부분들이 서로 간의 힘을 제어해 극하거나[相克], 서로를 도와 생하게[相生] 함으로써 역동적인 전체성과 항상성을 유지하게 하는 음양오행의 관계적 구도는 〈구운몽〉 특유의 조화롭고 안정된 서사세계를 구성하는 데 기여하였다고 판단된다.

이처럼 이 논문은 '음양오행적 상상력'을 창작과 향유의 생성적 틀로 설정해 〈구운몽〉의 당대적 창작과 향유에 대한 이해를 도모하고, 이를 현대의 고전문학 향유의 한 방식으로 제안하려는 목표를 갖는다. 이를 위해 먼저 2장에서는 문화적 참조 체계로서 음양오행적 상상력의 의미와 작동 방식을 이해하고, 3장에서는 작품 안에서 음양오행적 상상력이 구현된 인물 형상을 분석해 보고자 한다. 한편, 음양오행적 상상력은 인물 형상화에만 적용되는 것이 아니라 심상지리적 배경, 서사세계의 인물 관계 및 사건의 연관성에 대한 상상적 구성, 수용자에 의한 작품의 의미 구성 등 수용자들이 작품을 향유하는 방식에도 영향을 끼치는데 이와 관련된 논의를 4장에서 이어가도록 하겠다.

2. 문화적 참조 체계로서 음양오행적 상상력

원시 종교의 기초 위에서 발전해 나간 동양의 사유는 원시시대의 음양관념을 이어받아 남녀 양성의 결합에 기초하여 세계의 생성과 변화를 해석하는 상상력을 발전시켰다. 그런데 이런 상상력은 현실 경험과 사회적 실천에서 비롯되었으나 한번 생겨난 다음에는 사람들의 사유를 지배하여 현실적인 대상이나 사회적 현상을 이해하는 기본 틀로 작동하고 그에 대한 상징적 의미나 개념을 덧씌우는 방식을 결정하기도 하였다.[9] 처음엔 소박했던 관념이 상상력의 기본 구조를 갖춘 이후에는 그 영역을 넓혀갈 뿐만 아니라 점차 복잡해지고 세련되어졌으며, 상상력의 구조를 형성한 인식주체의 상상력을 지배하게 된 것이다.

이런 의미에서 음양오행적 상상력은 천재적 개인에 속한 것이 아니라 문화적인 성격을 갖는다고 할 수 있다. 리빙하이는 원시시대의 남녀 결합에 대한 관념에서 비롯되었으며 주(周)에서 확립된 음양론이, 움직임과 고요함[動靜], 맑음과 흐림[淸濁], 굳셈과 부드러움[剛柔], 은미함과 드러냄[隱現], 굽음과 올곧음[曲直] 등 미학적 개념으로 확장되고 오랜 역사 시기에 걸쳐 널리 적용되었음을 밝히기도 하였다. 음양의 차이에 대한 관념은 이렇게 풍부해지는 과정을 거치는 동시에 그 변화와 교체의 원리[道]인 '해가 가면 달이 오고, 추위가 가면 더위가 오는'[10] 일왕일복(一往一復)에 대한 탐구도 지속적으로 이어졌다.

한편, 목화토금수의 오행(五行)도 안팎의 음과 양이 서로 반응하며 작용하는 것으로 이해되기도 한다. 가령 목의 경우, 내면에 축적된 양을 외부로 용출하려 하는데 외부의 음의 세력이 강해 포위된 상태에 있다. 그럴 때 내면에 잠복한 양은 그 힘을 더욱 강화시켜 탈출하려고 하는데 이 때 생기는 반응이 목 기운이다. 화는 외부의 음이 내면의 양의 힘에 밀려 분열해 흩어지는 기운이며, 금은 외부의 음을 단단히 함으로써 내면의 양을 포장하려는 기운이고, 수는 내면의 양을 강력하게 수장하여 새로운 생명의 씨로 응결시키는 기운이다. 토는 상반되는 화와 금의 상쟁을 막고 중(中) 작용을 하는 불편부당(不偏不黨)한 기운이다.[11]

따라서 오행을 나무, 불 같은 실체적 자연물로만 여겨서는 안 될 것이다.

---

9 리빙하이, 신정근 역, 『동아시아 미학』, 동아시아, 2010, 538-551면 참조.

10 "해가 가면 달이 오고, 달이 가면 해가 온다. 해와 달이 서로 밀어주면서 밝은 빛이 생긴다. 추위가 가면 더위가 오고, 더위가 가면 추위가 온다. 추위와 더위가 서로 밀어주면서 한 해가 이루어진다."(김경탁 역, 「계사전」, 『신 완역 주역』, 명문당, 2011, 418면.)

11 이하의 내용은 한동석, 앞의 책 참조.

오히려 행(行)이란 글자의 조합처럼 자축거리거나[다리에 힘이 없어 잘름거리며 걷다] 앙감질[한 발은 들고 한 발로만 뛰어가는 짓]하면서 힘들여 나아가는 기의 움직임[氣運]으로 볼 수 있다. 이런 의미에서 오행은 형이하학적 특성과 함께 형이상학적 속성을 가진 것으로 파악된다.[12] 이렇게 오행이 형이상과 이하를 포괄하는 '은유'[13]로 성립되자 오행은 문화적 상상력을 구성하는 데 대단한 확장성과 자기완결성을 가질 수 있게 되었다. 오행론은 색, 맛, 소리, 계절, 방위, 천문, 풍수, 감정, 신체 기관, 도덕, 인성, 역사 영역 등으로 확장하고, 나아가 구조적 상동성을 바탕으로 전우주가 보편적으로 연결되어 있다는 천인합일의 우주적 인식에 이르게 하였다.[14]

그런데 이렇게 오행이 끝없이 확장되면서도 그 기본 체제를 유지하는 까닭은 무엇일지 궁금해진다. 이것이 바로 상생상극의 관계론이다. 장파는 이런 오행의 관계를 정체 공능(整體功能)이라 칭하였다.[15] '정체'란 분할할 수 없는 유기적 전체성을 말하는 것이요,[16] '공능'은 상생상극의 역동적 균형을 맞춰나가는 오행의 조화 방식을 이른다.[17] 오행 중 상호 모순되는 것들은 직접적 대결이 아닌 조절 혹은 피드백과 같은 방식으로 유기체적 평형과 조화를 이루어나간다. 이를테면 물의 제약을 받는 불은 흙을 낳아 물을 제압한다는 것이다. 상당히 모호하지만 그래서 검증·비판할 수도 없고 변화시키기 힘든 자연관, 세계관, 인간관이라 할 수 있다.

---

12 한동석, 앞의 책, 60면 참조.

13 로저 에임즈는 음양과 오행을 '우주론적 은유'로 보았다. (로저 에임즈, 장원석 역, 『동양철학, 그 삶과 창조성』, 유교문화연구소, 2005, 80면.)

14 장파는 이에 대해 "소농경제와 통일된 농업 사회에서 생활하고 사유하던 사람들이 사회 형태와 자연 법칙을 서로 참조, 비교, 교류하여, 사회 속에 자연을 짜 넣고 자연 속에 사회를 짜 넣어 만들어낸 천일합일의 우주"(장파, 백승도 역, 『장파 교수의 중국미학사』, 푸른숲, 2012, 62면)라고 표현하였다.

15 장파, 위의 책, 2012.

16 위의 책, 212면.

17 위의 책, 214면.

이런 모호성을 두고 문화적 정체(停滯)의 원인이라 할 수 있지만,[18] 사실 '무언가 묘하게 들어맞는다'는 느낌을 지울 수 없다. 즈량즈는 이 느낌을 '무언의 어둑함'으로 규정하며 아무 분별없이 알게 되는 것이자, 무언의 큰 아름다움과 하나 되는 것이라 설명하기도 했다. "아는 자는 말하지 않으니 말하는 자는 알지 못한다. 말하는 자는 모르는 자다."(노자, 〈도덕경〉)라는 격언처럼, 자체적인 생명력으로 무한히 확장하며 영구히 지속되는 음양오행의 원리[道]를 명료히 밝히기는 힘들다. 그러나 그것이 문화적 상상력의 기본 구조가 되어 작품을 창작하고 향유하게끔 하였다면 〈구운몽〉의 참조 체계로서 활용될 수 있다고 판단된다.

작품의 '향유'[19]에 있어 참조 체제는 작품의 성격과 의미를 결정하는 중요한 요인이다.[20] 그래서 장파는 "한 작품이 어떤 성격으로 드러나는가는 당신이 그것을 어떤 참조 체계로 끌어들이느냐에 달린 것"[21]이라 하였다. 즉, 작가의 생애와 개성을 통해 작품을 이해한다면 작품은 그러한 의미를 드러내며, 동류의 작품 속에 놓고 작품을 보면 작품은 또 다른 성격을 드러내고, 일정한 사회적 배경 속에 놓고 작품을 보면 또 다른 성격을 드러낸다는 것이다. 이어지는 장에서는 '음양오행적 상상력'이란 새로운 참조 체계를 도입하여 〈구운몽〉의 인물을 이해하고 그들이 인연을 맺는 서사세계를 탐색하며 그 음양오행적 의미를 조명해 보도록 하겠다.

---

18 장파는 모호성을 비판하는 관점에서 "모호성은 중국 문화의 도(道)의 수호자이다."(장파, 앞의 책, 84면)라고 말하였다.

19 이 연구에서는 미적경험이나 예술감상을 포괄하는 의미로 향유라는 용어를 사용하도록 하겠다. 그렇게 하는 까닭은 작품을 향유한다는 것은 미적 가치뿐만 아니라 인식적 가치, 도덕적 가치, 치유적 가치, 자기계발적 가치 등 제 가치의 발견과 실현 과정이 될 수 있기 때문이다.

20 장파, 유중하 외 역, 『동양과 서양, 그리고 미학』, 푸른숲, 1999, 26면.

21 위의 책, 26면.

3. 천간(天干)에 대응되는 팔선녀와 양소유, 성진의 형상

명리학[22]에서 천간(天干)은 태어날 때 품수 받은 하늘의 기운을 말하는데 그것을 구성하는 글자가 열 개라 십간(十干)이라고도 불린다. 목화토금수의 오행은 천간에 골고루 존재하는데 오행이 열로 나뉜 까닭은 음과 양으로 다시 분류될 수 있기 때문이다. 이를테면, 갑과 을은 모두 목에 해당하는 성질을 갖고 있으나 갑은 양의 목이요, 을은 음의 목에 해당한다는 것이다. 음양과 오행을 함께 고려하여 천간의 자리를 다음의 표에 매기고 그에 해당하는 〈구운몽〉의 인물을 대응시키면 다음 표와 같다.

	목(木)	화(火)	토(土)	금(金)	수(水)
양(陽)	갑(甲) 진채봉	병(丙) 정경패	무(戊) 성진	경(庚) 적경홍	임(壬) 이소화
음(陰)	을(乙) 계섬월	정(丁) 가춘운	기(己) 양소유	신(辛) 심요연	계(癸) 백능파

[도표 1] 천간과 <구운몽>의 인물 대응표

천간의 순서와 천간에 대응되는 인물에 따라 양소유와 팔선녀의 인연의 큰 줄기를 정리하면 다음과 같다. 양소유는 초나라 땅 회음현 출신으로 14세의 나이에 과거 길에 올라 진채봉을 만나 〈양류사〉를 나누지만 그날 밤 갑작스러운 정변으로 헤어진다.(甲) 이듬해 봄 과거를 보러 가던 중 낙양의 시회(詩會)에서 계섬월을 만나 인연을 이룬다.(乙) 두연사의 도움으로 여도사 행색으로 들어가 거문고를 타며 정경패를 엿본 양소유는 장원 급제 후 정

22 음양오행론과 명리학의 관계에 대해서 강헌은 다음과 같이 정리하고 있다. "수천 년간 동양 인문학은 우주 원리론의 뿌리가 된 음양과 오행 사상에 기반하고 있지만 명리학은 철저하게 인간의 구체적인 성격의 파악과 행동결정에 개입한다."(강헌, 『명리: 운명을 읽다』, 돌베개, 2015, 10면.)

사도 집안과 정혼하였다.(丙) 어머니인 유씨부인을 모셔오기 전까지 정경패의 몸종인 가춘운이 양소유를 모시는 역할을 담당한다.(丁)

한림으로 봉직하던 양소유는 반란을 도모한 연왕의 항복을 받아내 돌아오는 길에 적경홍을 만나 계섬월의 집에서 인연을 이룬다.(庚) 이어 토번이 침략해 오자 양소유는 장수가 되어 출정하는데 양소유는 자객으로 잠입한 심요연과 인연을 맺고(辛), 반사곡에서 용녀 백능파의 도움으로 토번을 물리치고 개선한다.(癸) 양소유가 이렇게 새로운 인연을 이루는 사이, 난양공주 이소화는 정경패, 가춘운, 진채봉을 받아들이며 성대한 혼례를 주도한다.(壬) 이하의 내용에서는 이러한 순서에 따라 각 천간과 인물의 형상을 대응시켜 논하고자 한다.

1) 갑목과 을목: 진채봉과 계섬월

갑과 을에 해당하는 오행은 목(木)으로 계절적으로는 봄, 방위로는 동에 해당한다. 아래에서 위로 자라는 나무의 생태적 특성을 본떠 성장을 지향하며, 한 방향으로 자라나는 의지를 지니고 있다. 떳떳하고 당당한 나무의 모습처럼 명예를 중시하는 한편 자신의 모습에 스스로 만족하며 자기중심적인 오만한 면모도 지닌다. 또, 살아있는 나무는 따뜻한 느낌을 주어 친근하고 편하다. 다른 사람을 불쌍히 여기고 도움을 주려는 마음(惻隱之心, 仁)이 나무의 대표적인 인성이 되는 것도 이와 관련된다.[23] 〈구운몽〉의 인물로 갑목과 을목에 대응되는 인물은 진채봉과 계섬월이다. 둘은 모두 목의 성격을 공유하지만 각각 양과 음의 속성을 더하여 그 성격과 분위기, 사연 등은 판이하게 달라진다.

15세 소년 양소유가 청운의 꿈을 안고 과거를 보아 공명을 이루기 위해

23 천간에 대한 명리학적 설명은 주로 강헌, 『명리: 운명을 읽다』(돌베개, 2015)와 강헌, 『명리: 운명을 조율하다』(돌베개, 2016)를 참조하여 재구성한 것이다.

길을 떠난 봄, 화주(華州) 화음현(華陰縣)에서 처음 만난 이가 바로 진채봉(秦彩鳳)이다. 둘의 만남은 초봄, 새잎이 돋은 연한 가지를 드리운 버드나무를 소재로 〈양류사〉를 읊는 것으로 시작된다. 버드나무는 양소유에게 흠씬 다정한 느낌을 주어 양소유는 "원군막만절 차수최다정(願君莫漫折 此樹最多情, 원컨대 그대는 부질없이 꺾지 말라/ 이 나무 가장 정이 많으니라)"[24](47)라고 읊었다. 초봄은 갑목이 인연 맺기에 적절한 시기이자, 풍류의 정을 자아내는 생기 있는 나무를 매개로 한 만남은 갑목에게 잘 어울린다.

〈양류사〉에 화답하는 진채봉의 시에서는 갑목의 성격적 특징을 엿볼 수 있다. 진채봉은 양소유가 떠나자 유모에게 화답시를 전하였다. 여기에는 원래 버드나무를 심은 뜻이 '낭군의 말을 매어 머물게 하렸더니(擬繫郎馬住)'라는 솔직한 표현이 담겨 있었다. 그리고 그런 행위 자체는 자모혼(自募婚)을 결행하려는 진채봉의 적극적이며 진취적인 성격을 짐작할 수 있게 한다. 그러나 진채봉은 달빛 아래 찾아오겠다는 양소유의 청을 거절하는데, "밤에 서로 보면 사람의 의심이 있을 것이요 부친이 들으셔도 더욱 그릇 여기실 것"(59)이라는 이유에서이다. 이처럼 자기감정에 솔직하고 이를 적극적으로 표현하지만 명예와 체면을 중시하는 갑목의 성격은 양소유와 인연을 이룰 기회를 놓치게 만들고 있다.

또한, 갑목은 휘기보다 부러지기 쉬우며, 오히려 꺾이고 다듬어져야 재목(材木)으로 쓰이는데 이러한 특성은 진채봉의 서사적 행로와 닮아 있다. 만남을 이루지 못한 밤, 갑작스런 정변이 일어나 진채봉의 부친은 역적으로 참형을 당하게 되며, 양소유와 기약 없이 헤어진 진채봉은 액정(掖庭)의 궁녀 신세가 된다. 후에 진채봉은 황제의 눈에 들어 궁중문서를 맡으면서 난양공주를 모시는 일을 하다가 요행히도 양소유와 다시 맺어지게 되는데 이런 인생의 파란(波瀾) 역시 갑목의 속성이 될 수 있으니 갑목은 인물의 성격

24 김병국 교주·역, 『구운몽』, 서울대학교출판문화원. 2009. 이하 인용문은 이 책의 유려하고 고아한 현대어역을 취하며 면수를 병기하도록 한다.

뿐만 아니라 그 인물이 겪는 서사적 행로를 특징짓는 데도 영향을 끼치고 있다 하겠다.

갑목이 수직으로 성장하는 교목(喬木)이라면, 을목은 수평적으로 확장하는 관목(灌木)이라 할 수 있다. 갑목과 비교할 때 을목은 수평적 리더십을 발휘하며 섬세하고 부드럽다. 또한 위로 올라가는 데만 신경 쓰느라 상황을 잘 살피지 못하는 갑목과 달리 상황 판단이 빠르고, 대처 능력이나 적응력도 뛰어나다.[25] 이런 을목에 해당하는 이는 계섬월(桂蟾月)이다. 계섬월과 양소유가 만난 시기는 진채봉과 헤어지고 난 뒤 이듬해 늦은 봄[26]이며, 둘이 인연을 이룬 장소는 "분칠한 담 밖에 앵도화가 한창 핀"(91) 계섬월의 집이다. 이렇게 을목에 해당하는 시기와 물상(物像)은 양소유와의 인연을 이루는 배경이 되며 그 분위기를 주조하고 있다.

낙양 서생들의 시 모꼬지에서 계섬월의 상황 판단력은 빛을 발한다. 계섬월이 양소유의 시를 노래하여 서생들의 흥이 깨지자 양소유는 길이 바쁘다는 핑계로 자리를 피하는데 계섬월은 양소유에게 몰래 자기 집에 먼저 가 기다리라 전하였다. 다시 자리로 돌아온 계섬월은 혹시 모를 서생들의 해코지를 우려하여 "노래 곡조로 오늘 밤 인연을 점복하였더니 이제 장차 어찌 하리이까?"(91)라고 물어 "양가는 본디 판 밖 사람이니 어찌 그로써 거리끼리요."(93)라는 허락을 얻어낸다. 그럼에도 병을 핑계로 자리를 떴으며, 다음날 양소유를 일찍 보내는 것[27]을 보면 상황 판단이 뛰어나고 치밀하게 행동하는 을목의 성격을 알 수 있다.

이런 성격은 양소유와 화촉을 밝힌 후에 자신을 의탁하는 말에서도 잘 드러난다. 기생으로서 양소유와 대등하게 맺어지기 어려운 처지에서 계섬

25 강헌, 『명리: 운명을 조율하다』, 돌베개, 2016, 31면.

26 양소유가 읊은 삼장시(三章詩)에 "열두 거리 위에 봄이 늦었으니 / 버들꽃이 눈 같으니 근심을 어이 하리오"(87)라는 구절에서도 이때가 늦은 봄임을 알 수 있다.

27 "이곳이 낭군이 오래 머물 땅이 아니라, 작일에 모든 공자의 뜻이 자못 앙앙하여 하나니 두려워하건대 이롭지 않음이 있을까 하나니 일찍 행할지어다."(105)

월은, “낭군이 첩을 더럽다 않을진대 낭군의 물 긷고 밥 짓는 종이 되어도 부디 좇을 것”(95)이라 하면서 사랑을 독차지[專寵]하고자 하는 뜻이 없음을 밝혔다. 또 계섬월은 양소유가 출세한 후 부인을 얻고도 자기를 거둘 수 있게끔, 기생 중에서는 적경홍을 천거하고, 양가 규수 중에서는 정경패를 추천하였다. 심지어 나중에는 자기 잠자리까지 내주며 적경홍과 양소유의 인연을 맺어주는데 여기서 계섬월이 홀로 돋보이기보다는 넝쿨 식물처럼 타인과 공존하려는 횡적인 확장에 능한 면모도 확인된다.

2) 병화와 정화: 정경패와 가춘운

병과 정에 해당하는 오행은 화(火)로, 계절적으로는 봄에서 여름으로 가는 기운에 해당한다. 화는 활활 타오르는 불꽃의 화려함과 뜨거움을 지니고 그러한 자기 모습에 대한 자신감도 강하다. 불의 아름다운 모습도 눈길을 끈다. 격식 있고 아름다운 인간관계의 형식인 예(禮)가 화에 속하는 것도 이 때문이다. 병화는 태양처럼 천지를 뒤덮는 빛으로 그 대표적 성격은 활발하고 명랑하며 거침이 없다는 것이다. 정경패가 병화에 해당함은 “청천의 백일(白日)은 사람마다 청명함을 우러르나니”(113), 눈 없는 사람이 아니라면 그 고움을 알 수 있다는 두연사의 말로 제시되기도 하였다.

양소유는 정경패를 만나기 전부터, “어떤 여자이기에 두 서울 사이에 이렇듯이 이름을 얻었는고?”라고 그 명성에 놀랐다. 계섬월은 정경패에 대하여 “용모와 재덕이 당금 여자 중 제일”(103)이라 전했으며 두연사도 “하늘 사람”(111)이라 칭할 정도였기 때문이다. 이렇게 태양처럼 화려한 명성을 얻은 데에는 그 집안 배경도 일조하였다. 정경패의 집안은 여섯 대 공후(公侯)에 삼대에 걸쳐 정승을 지낸 명문가였으며, 계극(棨戟, 적흑색의 비단으로 싼 나무창)을 배설(排設)한 붉은 대문의 집치레도 호화롭다. 이런 정사도 집의 무남독녀 정경패는 그야말로 하늘에 뜬 유일한 태양 같은 존재였다.

늦봄에 계섬월과 인연을 맺은 후 양소유는 병화의 계절인 여름의 길목에서 정경패를 만났다. 정경패와 양소유가 만난 계기는 양소유가 여도사로 변장하여 정경패의 집에서 거문고를 연주한 일로 마련되었다. 이때 정경패는 모든 것을 환히 비추는 태양과 같은 병화의 능력을 발휘하여 양소유가 연주하는 곡의 의미와 의도를 꿰뚫어 볼 수 있었다.[28]

> 다시 거문고를 떨쳐 시울을 조화(調和)하니 곡조가 유향(悠響)하고 기운이 태탕(駘蕩)하여 뜰앞에 일백 꽃이 봉오리 벌어지고 제비와 꾀꼬리 쌍으로 춤추더니, 소저가 취미(翠眉)를 나직이 하고 추파(秋波)를 거두지 아니하더니 문득 양생을 두어 번 거들떠보고 옥 같은 보조개에 붉은 기운이 올라 봄술이 취한 듯하더니 몸을 일으켜 안으로 들어가거늘 (131)

정경패는 여도사가 연주하는 곡조가 탁문군을 유혹한 사마상여의 〈봉구황(鳳求凰)〉임을 알아채자 여도사를 두어 번 거들떠보고는 그가 남성이며 자신을 유혹하려는 의도가 있음을 간파한다. 자신을 속인 데 화가 난 정경패는 비취빛 눈썹을 나직이 한 채 음율을 감상하던 태도를 돌변하여, "옥 같은 보조개에 붉은 기운이 올라 봄술이 취한 듯" 마음속 불꽃을 겉으로 드러낸다. "간사한 사람이 춘색을 엿보려 하여 변복을" 한 것이라 분해하고, "규중처자의 몸으로 천하 남자를 대하여 반일을 언어로 수작하였으니 어이 이런 일이 있으리오?"(139)라 부끄러워하는 정경패는 역시 예(禮)[29]를 중시하는

28 후에 정경패는 이런 능력으로 가춘운의 시를 보고, 자신과 더불어 한 사람을 섬기고자 하는 마음을 읽어내기도 하였다.

29 정경패가 예를 중시하는 인물임은 두연사의 소개에서부터 강조되고 있다. "재상 집 깊은 문이 다섯 층이요 화원 담이 두어 길이니 볼 길이 없고, 정소저가 시를 외우고 예를 익혀 한번 움직이고 한번 그치기를 구차히 아니하여 도관(道觀)과 이원(尼院)에 분향하지 아니하고, 상원일(上元日)에 관등(觀燈)하지 아니하고, 삼월 삼일에 곡강에 가 놀지 아니하니 밖 사람이 만날 길이 있으리오?"(113-115)

병화이다.

화를 참기 힘들어하는 병화의 성격을 가진 정경패는 자신의 분노를 누그러뜨리며 스스로 조절하기보다는 적극적으로 표현하려는 활동성을 갖는다. 정경패는 양소유에게 당한 수모를 갚기 위한 계교를 낸다. 내용인즉슨, 가춘운을 여신으로 나타나게 하여 가연을 맺게 한 후, 원래는 귀신이라 하여 의혹에 빠뜨리고 이별의 상심을 겪게 했다가, 병풍 뒤의 가춘운을 불러내 놀래키는 것이다. 가춘운을 보고 "사람이냐? 귀신이냐? 어이 귀신이 백주에 뵈느뇨?"(193)이라며 놀란 양소유는 모두의 웃음거리가 된다. 이는 정경패의 한바탕 분풀이라고 할 수 있다.[30]

말을 하는 데 있어서도 정경패는 병화답게 거침없이 당당하다. 자신이 정경패임을 숨긴 채 영양공주가 되어 양소유와 혼인 후, 양소유와 가춘운의 사연을 전하는 장면을 보자.

> 난양이 웃고 정부인더러 물어 왈,
>
> "춘랑의 말을 자세히 듣지 못하였으니 승상이 과연 속으셨나이까?"
>
> 부인이 왈,
>
> "어이 속지 않았으리오? 다만 겁내고 두려워하는 양을 보려 하였더니 이완(弛緩)하기가 심하여 귀신 싫어할 줄을 모르니, 호색하는 사람을 색중아귀(色中餓鬼)라 함이 옛날이 그르지 아니하니 귀신이 어찌 귀신을 두려워하리이까?"
>
> 모두 대소하더라.

정경패가 죽은 줄로만 알고 있던 양소유는 이 말을 엿듣고 비로소 영양공주가 정경패임을 알고 자신이 속았음을 깨닫게 된다. 이런 맥락에서 이 장면은, 정경패가 지아비를 두고 '색중아귀(色中餓鬼)'라 거리낌 없이 말할

30 다음과 같은 정경패의 말에서도 이를 확인할 수 있다. "사람을 속이고 부끄럽기가 오히려 사람에게 속고 부끄럽기보다 나을까 하노라"(163)

정도로 거침없는 성격의 소유자임을 잘 보여주는 한편 병화가 무언가 속이고 숨기려 한다 해도 결국 드러나기 마련이라는 것을 말해주기도 한다.

병화가 한낮의 작렬하는 태양이라면 정화는 밤에 빛나는 달이나 촛불에 가깝다. 가춘운이 양소유 앞에 처음 모습을 보일 배경도 "해 이미 지고 산에 달이 떠오르거늘 달빛을 좇아가며 잘 곳을 얻지 못"(167)할 때였다. 양소유는 다행히도 시냇물에 임해 있는 정갈한 집과, 달빛을 조명 삼아 벽도화(碧桃花) 아래 홍초의(紅綃衣)를 입고 비취잠(翡翠簪)을 꽂고 백옥패(白玉佩)를 찬 선녀 같은 모습의 가춘운을 발견한다. 양소유의 눈에 가춘운은 달빛 받은 여신이요, 헤매던 중 만난 반가운 등불이었을 게다. 이렇게 단아하고 신비로운 분위기를 풍기며 나긋나긋한 정화의 매력[31]이 양소유의 마음을 사로잡은 비결이 아니었을까 한다.

한편, 불꽃의 모양은 수시로 변화하는데 이런 속성처럼 정화는 예측불가능한 면이 있다. 이런 면모는 가춘운이 신선이 되었다가 귀신도 되고 다시 사람이 되는 변화무쌍한 서사적 내용으로 구현되기도 하였다. 가춘운이 이런 작은 속임수의 연행에 주인공 역할을 떠맡기 위해서는 '침착하고 감정을 잘 제어해서 예쁨을 받는' 정화의 능력이 요구된다. 전날 선녀 역할을 하다 다음날 귀신으로 분하는 연기나, 정경패의 거짓 죽음을 슬퍼하면서도 그 유언을 능청스럽게 전하는 연기를 위해 반드시 필요한 것은 바로 이런 능력이다. 가춘운이 현대에 태어났다면 섬세한 내면을 절제된 연기로 보여주는 여배우가 되지 않았을까 한다.

정화는 병화에 비해 작지만 실속이 있다. 병화는 햇빛과 같아 만물을 비추되 태우진 못하나 병화의 불꽃은 태울 수 있는 힘을 갖고 있기 때문이다. 실제로 가춘운은 양소유의 애를 태우며 열정적 사랑의 대상이 되기도 한다. 또 가춘운은 부드럽고 은은한 듯 보여도 불꽃의 심지 같은 고집스러움이

31 강헌, 앞의 책, 2015, 39면.

있다. 황제의 사혼(謝婚)으로 정경패와의 혼인이 무산될 위기에 처했을 때 가춘운은 양소유에 이별을 고하며 "춘운이 소저를 좇음이 얼굴과 그림자 같으니 얼굴은 이미 가고 그림자 홀로 머물러 있으리오?"(263)라고 말하고, 폐백이 다시 정경패의 방으로 가지 않으면 "금일이 곧 영별"(265)라고 하는 데에서도 정화의 내강(內剛)한 모습을 엿볼 수 있다.

3) 경금과 신금: 적경홍과 심요연

금은 여름에서 가을로 가는 기운이다. 서늘해지는 기운에 열매는 단단히 여문다. 냉정하고 비판적이며 결실을 맺는 숙살(肅殺)의 기운이 엄습하는 듯하다. 인생의 시기로는 천명(天命)을 아는 50대 장년에, 방위로는 서에 해당한다. 금(쇠)으로 만들어진 단단하고 날카로운 칼을 상상하면 차갑고 섬뜩한 살기가 느껴지며 인성적으로는 비판정신과 의협심을 떠오른다. 그래서 베어낼 잘못을 베어내고 옳은 것으로 다듬어내는 정의로움[義]이 금의 덕이 된다. 양금인 경금과 음금인 신금에 해당하는 인물은 각각 의기 있는 적경홍(狄驚鴻)과 협객이었던 심요연(沈裹烟)이다.

적경홍은 자주적이며 결단력 있는 경금의 특성을 잘 보여준다. 적경홍의 자기주도성은 자기 인생을 스스로 계획하고 실행하는 데에서 찾을 수 있다. 계섬월이 적경홍을 소개하는 말에 따르면 적경홍은 하북(河北) 패주(貝州)의 양가집에서 태어났으나 조실부모하고 숙모 밑에서 자랐다. 14세에 이르자 미려한 용모로 이름이 높아 중매가 끊이지 않았지만 적경홍은 사람을 듣보기 어려운 궁벽한 고을을 떠나 영웅호걸을 마음대로 고르기 위해 자신을 창가에 팔았다. 실로 과감한 계획이요 대범한 실행력이어서 여성이지만 호남형이라 할 만하다. 이런 면모 때문인지 남장을 하고 양소유를 따를 때에도 양소유가 눈치를 채지 못했다.

양소유를 만나기 전, 적경홍은 '군자를 만나 따른다'는 분명한 목표 의식을 갖고 있었으나 연왕의 위력으로 그 첩이 되었다. 그러나 목표 의식이 강한 경금은 상황이 변해도 계획한 것은 반드시 이루고자 한다. 그래서 적경홍은 연왕의 첩으로 호사스러운 생활을 하여도 "외로운 새 농중에 듦"같이 괴로워하고 답답해하였다. 계획한 것을 꼭 실행하고 성취해내고자 하는 경금의 성격 때문에 그 고통이 가중된 것이리라. 적경홍은 양소유가 따를 만한 이임을 확인하자 곧 경금답게 결단하고 뜻한 바를 계획적으로 실행에 옮겼다. 연왕이 깨닫고 쫓아올까봐 양소유가 떠난 지 열흘 후에 연왕의 천리마를 훔쳐 타고 이틀 만에 한단(邯鄲)에 도달해 양소유를 만났다.

이때의 양소유는 연왕의 항복을 받아내고 한껏 의기가 양양해진 상태였다. 그래서 "한 조각 마음이 오히려 지기(知己)를 위하여 죽고자"(211) 한다는 결의를 보이는 경금의 적경홍을 '같은 기운은 서로 구한다'며 더욱 기꺼워하였다. 후에 월왕이 겨루기를 청하자 적경홍이 분연히 나서는 모습을 본 계섬월이, "홍랑이 처음으로 승상을 좇을 제 연왕의 천리마를 타고 한단 소년인 체하여 승상을 속이니, 얼마나마 경영(輕盈) 요나(嫋娜)한 태도가 있었다면 남자처럼 여겨 보셨으리오?"라고 하고, 월왕도 새사냥 하는 적경홍의 모습을 보고 그 '협기(俠氣)'를 인정할 정도이니 적경홍의 의기 있는 면모를 재확인할 수 있다.

칼과 같은 신금에 대응하는 인물은 심요연이다. 토번 오랑캐가 변방을 함락시키고 나서 장안에 가까이 쳐들어오자 황제는 양소유를 장수로 삼아 출정시킨다. 양소유는 위교에서 1차 승리를 거둔 후 칼같이 날카로운 기세[銳氣]로 적국 깊숙이 들어가 진을 쳤다. 양소유가 촛불을 밝히고 병서를 보던 늦은 밤, 홀연히 "찬바람이 촛불을 불고 서늘한 기운이 사람에게 침노"하더니 "서리 같은 비수검(匕首劍)"을 들고 등장한 이가 바로 날카로운 신금의 기운을 지닌 심요연이다. 머리를 쓸어 올려 금잠을 꽂고 소매 폭이 좁은 전복을 입었으며 가죽 장화를 신어 몸놀림을 더욱 날래게 한 심요연의 차림새 역시 날쌘 신금에 어울리는 모습이라 하겠다.

심요연은 도술이 있는 여관(女冠) 문하에서 3년을 배워 바람을 타고 번개를 따라 천리를 가는 재주를 익혔다. 신금의 총명하고 명석한 기운이 발휘되었기에 학습 능력이 뛰어났던 것이다. 그러나 뛰어난 재주에도 심요연은 인명을 살생하는 데는 투입되지 않았다. 스승의 예언에 따라 '창검 가운데 아름다운 인연'을 이룰 때를 기다렸던 심요연은 실로 장중에서 양소유를 보고는 그 앞에 칼을 던지며 무릎을 꿇었다. 이어 양소유와 창검 빛으로 화촉을 대신하며 인연을 맺었다. 이런 사연은 칼의 살기를 조심히 다룰 수 있는 절도 있는 분별력이야말로 신금이 갖춰야 할 미덕임을 암시하고 있다.

세월이 흘러 월왕과의 잔치 자리에 나아간 심요연은 검무를 춘다. 이 춤을 추는 장면은 신금의 아름다우면서도 서늘한 기운을 잘 표현하고 있어 심요연의 형상과 분위기를 압축적으로 대변하고 있다 할 만하다.

> 드디어 각각[월왕와 양소유] 허리에 찬 보검을 내어 요연을 주니 요연이 소매를 걷고 띠를 끄르고 금연(錦筵) 위에서 한 곡조를 추니, 붉은 단장(丹粧)과 흰 칼날이 서로 부시어 삼월 눈이 도화수풀에 뿌리는 듯하더니, 점점 높이 추니 칼 빛이 장중에 가득하고 사람은 보지 못할러라. 이윽고 흰 무지개 하늘에 쏘이어 찬바람은 장막을 찢으니 좌중 사람이 뼈가 차겹고 머리털이 곤두서지 않을 이 없더라.(493)

4) 임수와 계수: 이소화와 백능파

수는 겨울의 기운이고 인생에 있어서는 노년에 해당한다. 물은 계속 흐르면서 어떤 용기에 담아도 그 용기에 맞추어 자기의 모습을 변형한다. 또한 낮은 데로 임하면서 하방(下方)의 존재와 연대하고 조화를 이룬다. 이렇듯 상황에 따른 융통성과 겸손함, 포용력이 인생을 살아오면서 깨달은 노년의 지혜라고 할 수 있다. 그래서 수는 사덕(四德)의 지(智)에 해당한다. 한편,

몸이 흥분할 때 체액이 나오는 것처럼 물은 육체적 사랑의 상징이자 이로 인한 생명의 잉태를 의미하기도 한다. 같은 물이지만 작은 못에 담긴 물은 계수이고 너른 바다에 담긴 물은 임수인데 여기에 대응되는 인물은 각각 백능파(白能波)와 난양공주 이소화(李簫和)이다.

백능파는 용왕의 작은 딸로 너른 동해 바다에서 유유히 움직이던 존재였으나 양소유와 만나는 즈음에는 반사곡(盤蛇谷)이란 어두운 골짜기에서 옴짝달싹하지 못하는 신세가 되었기에 계수로 보았다. 용녀(龍女)가 반사곡에 있던 이유는 상압적으로 구혼하려는 남해용왕의 아들 오현이 계속 핍박하고 있었기 때문이다. 용녀의 괴로움과 원통함에 응한 천지신령이 용녀가 있는 물의 수성(水性)을 변화시켜 한빙지옥 같은 상태로 만들어놓아 용녀는 어둡고 찬 작은 못에서 간신히 몸을 보존하고 있었다. 이렇게 계수인 용녀는 차갑고 깊은 물과 물상적 특성을 공유하며 시련을 겪고 있는 계수의 특징인 우울한 심리 상태를 보여주고 있다.

또한 물은 애욕과도 밀접한 관련이 있는데 남해용왕의 아들 오현의 집착도 애욕의 산물이었고, 부디 지느러미와 비늘을 떨어뜨리고 나서 인간의 몸으로 교합하자는 용녀의 청을 물리치고 "달이 밝고 바람이 맑으니 좋은 밤을 어이 허수히 지내리오?"(299)라며 용녀를 품으려 하는 양소유도 애욕에 휩싸여 있었다. 애욕 대상을 차지하기 위한 승부가 치러지는 것도 이 날 밤이다. 백능파는 양소유와의 잠자리에서 애욕의 정을 나누고 있었지만 남해태자는 애욕이 만든 질투심으로 양소유를 공격하여 자멸하고 만다. 이런 일화의 구성은 애욕을 일으키거나 애욕에 지배되었을 때의 위험성을 보여주고 있다.

이 사건에 앞서 백룡담(白龍潭)의 물을 마신 양소유의 군사들이 몸을 상하는 변을 겪었다. 용녀의 원통함이 사무쳐 청수담(淸水潭)의 맛 좋은 물이 사람이 마실 수 없게끔 변해버렸기 때문이다. 그래서 심요연도 못의 물을 마시지 말고 우물을 파라고 일러준 바 있으나, 아무리 깊이 우물을 파도 물이

샘솟지 않아 양소유의 군대는 심각한 물 부족에 시달리고 있었다. 이 때 용녀는 양소유의 꿈에 들어 괴로운 마음을 '그윽한 골에 양춘(陽春)이 돌아옴'과 같이 풀고 양소유의 문제도 해결해 주었다. 물이 마실 수 있게 됨은 물론이요 상한 몸을 치료하는 약수(藥水)로 변하는데 이는 생명의 원천이기도 한 물 본연의 특성을 드러낸다 하겠다.

마지막으로 난양공주인 이소화를 임수로 다룰 차례이다. 순서상 '임계'여야 할 것 같은데 이소화의 본격적인 등장과 양소유와 인연 맺기는 계수인 백능파를 만난 이후 이루어져 '계임'이 되었다.[32] 이는 아마도 모든 인물들을 한데 모으고 포용하는 임수의 미덕이 있음을 강조하면서 임수로 하여금 팔선녀와의 인연을 마감하는 대단원을 이루게끔 하는 전략적인 배치가 아닐까 한다. 이소화의 태몽에서부터 신선이 바다의 진주를 건넸다고 하며, 정경패는 "남해의 진주가 스스로 광채를 수렴하여 사람으로 하여금 알지 못하게 하나니"(335)라고 이소화의 본질을 꿰뚫어 보기도 하는데 이는 이소화가 바다와 같이 큰물의 보배임을 상징적으로 드러낸다.

임수의 대표적인 미덕은 겸손함과 포용력이다. 스스로 빛을 거두어들이는 진주처럼 난양공주 이소화는, 정경패와 가춘운의 사연과 인물됨을 알게 되자 태후에게, "한 사람의 혼사를 위하여 두 사람의 인연을 파하니 두려워하던데 음덕(蔭德)에 해로울까 하나이다."(325)라고 자기를 낮추었다. 게다가 정경패를 형으로 삼아 양소유의 첫째 부인으로 높이기도 하였다. 뿐만 아니라 양소유가 공주를 부인으로 두고 여러 첩을 받아들이는 것도 실은 이소화의 승인과 권유에 의해서였다. 이처럼 임수인 이소화는 겸손하게 아래로 흘러 2처 6첩이 서로 자매로 일컫는 평등한 관계를 만들어내었다.

---

32 이소화가 소설에 처음 소개되거나 등장한 시기는 황태후가 양소유와 공주를 맺어주려 하던 때로 양소유와 만나기 훨씬 전이라 이러한 순서가 의아해 보일 수 있다. 그러나 이 글에서는 양소유와 여성들이 인연을 맺는 시점을 기준으로 하여 둘이 직접 만나는 것으로 삼았다. 이소화를 직접 본 때는 혼례식 이후이기에 순서를 이렇게 잡아보았다.

한편, 이소화는 음악적 능력이 뛰어난데 그 능력은 인간의 영역을 넘어설 정도이다. 서역에서 바친 백옥 퉁소를 유일하게 다룰 수 있었고, 꿈에 선녀를 만나 곡조를 전해 듣고 학을 춤추게 할 정도로 신묘한 경지의 연주를 한다.[33] 이렇게 이소화가 악기 연주에 능했다는 것은 의미심장하다. 인간과 자연의 조화, 그리고 자연 질서와 긴밀하게 연관된 사회 질서의 조화를 이루게 하는 것이 바로 음악이기 때문이다.[34] 높고 낮은 다양한 소리들이 어울려야만 만들어내는 좋은 음악은 조화를 상징한다. 음악은 "산천의 바람을 열"[35]어 바람을 조율하고 이로써 풍속을 조화롭게 하여 만물을 생성시키는[36] 힘을 갖고 있다고 여겨져 왔다. 서로 다른 2처 6첩의 개별성을 긍정하고 조화롭게 함께 하여[和而不同], 인생의 아기자기한 기쁨과 행복을 만들어내는 임수의 지혜로움이 조화를 만들어내는 음악적 능력으로 표상되고 있다 하겠다.

5) 기토와 무토: 양소유와 성진

팔선녀를 중심으로 서술한 이 장에서 빠진 천간이 있으니 바로 무토와 기토이다. 토는 천간의 순서상 목, 화의 양의 기운과 금과 수의 음의 기운

---

33 임수뿐만 아니라 계수도 예술적인 능력이 뛰어나다고 하는데 계수인 백능파 역시 이십오현금의 연주로 자연을 움직일 수 있는 신령스러운 능력을 보유하고 있었다. 백능파가 이십오현의 곡조를 타자, "애원(哀怨)하고 청절(淸絶)하여 삼협(三峽)에 물이 떨어지고 구추(九秋)에 기러기 부르짖으니 온 자리가 아연하여 슬픈 빛이 있더니, 이윽고 일천 수풀이 삽삽(颯颯)하여 가을 소리 나며 병든 잎이 떨어지니 왕이 크게 기이히 여겨 가로되, '인간 곡조가 능히 천지조화를 돌이킨다 함을 믿지 아니하였나니, 뜻하건대 낭자는 인간 사람이 아니라.'"(497)

34 장파, 앞의 책, 2012, 53면 참조

35 "음악으로써 산천의 바람을 연다.(夫樂, 以開山川之風.)" 〈국어, 진어8〉 임동석 역, 『국어』, 동서문화사, 2009.

36 "우막은 조화로운 바람 소리를 듣고 음악을 만들어 만물이 생겨나게 할 수 있었다.(虞幕能聽協風, 以成樂, 物生者也.)" 〈국어, 정어〉, 임동석 역, 『국어』, 동서문화사, 2009.

사이에 존재하면서 음과 양의 직접적인 부딪침을 막는 역할을 한다. 그래서 토는 계절상으로 환절기에 해당하는 기운이 된다. 계절의 변화를 받아들이면서 조율하는 기운을 가지려면 무엇보다 자신이 안정적이어야 한다. 이로 인해 토는 40대 불혹(不惑)의 중년에 해당한다. 청년기의 상승보다는 안정을 추구하며 변화를 주도하기보다는 관망하며 기다릴 줄 알아야 하기 때문이다. 땅을 이루는 토는 그 자리에서 움직이지 않는 중심성을 가지기에 신(信)이라는 덕목을 상징하기도 한다.

이 연구는 무토를 성진으로, 기토를 양소유로 보았다. 특히 팔선녀와 개별적인 인연을 맺는 양소유는 부드러운 흙인 기토에 해당한다. 섞일 수 있기에 조절할 수 있으며 다른 오행의 성질을 변화시킬 수 있는 것이다. 이렇게 양소유가 대상에 스며들고 동화되기에 각색 인연의 형태와 분위기를 주도하는 주체는 팔선녀가 될 수 있었다. 그래서 조동일은 〈구운몽〉에는 "애정 성취를 둘러싼 남녀의 경쟁을 여성 주도로 해결하는 것이 마땅"[37]하다는 이면적 주제가 있음을 통찰하기도 하였다. 이 글에서 양소유에 집중해 다루지 않은 까닭도 여기에 있다. 즉, 〈구운몽〉의 서사를 이루는 주역들은 바로 팔선녀들이기 때문이다.

대신 양소유는 〈구운몽〉이라는 팔선녀를 그린 서사세계의 '여백'으로 기능하는 존재이다.[38] 청대의 호방한 화가였던 화림의 문장을 통해 여백의 기능을 이해해 보자. 화림에 의하면, "백(白)이란 종이의 바탕색이다. 무릇 산과 돌의 밝은 곳, 바위 언덕의 평평한 곳, (…) 나무 끝의 허령(虛靈)한 곳은

---

37 조동일, 『한국문학통사 1』, 지식산업사, 2005, 48면.

38 팔선녀와의 다양한 인연과 농염한 애욕의 관계 안에 있는 양소유를 비유적으로라도 '여백'으로 이해하는 것에 대해 이론(異論)이 있을 수 있다. 양소유 자체의 성향은 부드러운 흙이어서 쉽게 섞이고 상대와 하나가 되는데 이는 사랑하는 이와 섞여 하나됨을 추구하는 에로스(eros)적인 자질의 발현이라 이해될 만하다. 본고는 이러한 점을 인정하지만 그렇게 섞일 수 있음으로 인해 팔선녀와의 관계맺음이 가능했으며, 완고한 자기 주도성을 갖지 않고 상대와 관계하는 양소유의 기능에 초점을 맞춰 '여백'으로 파악하고자 한다.

백으로 처리한다." 그렇게 함으로써 화가는 "하늘과 물, 끊어진 안개, 끊어진 구름, 길, 햇빛"을 만들어낸다. 이렇게 백은 필묵이 미치지 않는 곳이나 '그림 속의 백'이 되어야지 그냥 종이의 바탕색으로 머물러서는 안 된다. "그렇게 되어야 정이 드러난다. 그렇지 않으면 그림에 생기가 없"[39]기 때문이다.

형과 색으로 채워지지 않은 그림 속의 빈 곳이지만 정을 드러내며 생기를 생성하는 '그림 속의 백'처럼, 양소유는 팔선녀의 정을 드러내며 그 사연을 생기 있게 만드는 역할을 하고 있다. 팔선녀가 각자의 개성으로 움직인다면 양소유는 그 작용에 대해 작위적으로 반작용하지 않는다. 오히려 팔선녀의 특성을 되비춰줄 뿐이다. 그러나 "진정한 도는 그림 속의 백에서 나오니 (백이야말로) 그림 속의 그림"[40]이라고 하듯, 우리는 양소유를 매개로 팔선녀와의 다채로운 인연과 정감으로 채워진 세계를 노닐며 그를 주인공이라 인정하게 된다. 그리고 바로 이런 무색무취한 양소유야말로 화순(和順)하며 불편부당(不偏不黨)한 "절대중화지기(絶對中和之氣)"[41]를 가진 토의 특성을 잘 보여준다고 할 수 있다.

작고 무른 흙인 기토에 비해 넓고 단단한 흙인 무토는 성진에 해당한다. 이때 성진은 서두에 등장하여 갈등을 겪던 성진이 아니라 취미궁에서 연화봉으로 돌아온 성진이다. 무토 천간은 너른 대지처럼 자기 확신과 안정감이 있고, 산전수전 겪은 노련함이 있다고 한다. 팔선녀와 인연으로 얽힌 양소유의 삶까지 품으면서도 안정된 자기중심을 지닌 성진은 이런 특성을 잘 보여준다. 덧붙여 이런 특성은, 육관대사를 이어 연화봉의 도반(道伴)을 이끄는 지도자 역할을 하는 성진에게 필요한 역량이기도 하다.

---

39 화림, 〈남종결비〉, 주량즈, 신원봉 역, 『미학으로 동양인문학을 꿰뚫다』, 알마, 2013, 283면 재인용.

40 위의 글, 283면 재인용.

41 한동석, 앞의 책.

한편, 〈구운몽〉의 제목과 관련하여, 다니엘 부셰는 '운몽'을 초땅의 숲이 우거진 광활한 습지 지역의 이름이라 하면서 아홉 개의 운몽이란 "옛 황제들과 같이 천하의 어디든지 다 다녀보았고 대장과 승상 자리까지 올라 온 세상의 주인으로 자처할 수 있었다는 사람에 대한 이야기에 알맞은 서명"[42]이라고 했다. 그리고 오춘택은 "길이 부질없는 세상 분쟁을 사절하여, 가슴 속 구운몽을 한바탕 씻노라.[永辭角上兩蠻觸 一洗胸中九雲夢]"(소식, 〈동정보표형유백수산(同正輔表兄游白水山)〉)라는 구절을 인용하며, '구운몽'은 '가슴이 매우 넓음'을 뜻하는 관용적 어휘임을 논의한 바 있다.[43] 이런 의미에서 성진은 아홉 개의 너른 땅을 품은 광활한 대지와 같은 존재임을 알 수 있다.

또한, 무토는 너럭바위처럼 통이 크고 중후하며, 흔들림 없는 성격을 지니기에 고집불통이란 비난을 듣기도 한다. 그러나 불도에 정진하는 성진에겐 이런 면모가 오히려 미덕이 될 수 있다. 이와 더불어 무토는 신비롭고 고독한 힘을 갖는다고 하는데 이는 구도자(求道者) 성진의 특징이기도 하다. 팔선녀와의 애련(哀憐)에 물들고 관계로 인해 희로(喜怒)를 겪어왔던 양소유에 비하여 성진은 "아예 애련(愛憐)에 물들지 않고 희로에 움직이지 않"는다. 또 흔들리지 않는 구도의 자세로 결국 "비와 바람에 깎이는 대로 억년(億年) 비정의 함묵(緘默)에 안으로 안으로만 채찍질하여 드디어 생명도 망각하고 흐르는 구름 머언 원뢰(遠雷) 꿈꾸어도 노래하지 않고 두 쪽으로 깨뜨려져도 소리하지 않는"(유치환, 〈바위〉) 바위와 같은 존재가 된다.

42 다니엘 부셰, 「〈구운몽〉의 제목에 대하여」, 『동방학지』 136, 연세대학교 국학연구원, 2006, 403면.

43 오춘택, 「18세기의 소설비평 - 〈창선감의록〉, 〈사씨남정기〉, 〈구운몽〉, 〈춘향전〉을 중심으로」, 『어문논집』 64, 민족어문학회, 2011, 66면.

4. 음양오행적 상상력으로 구성한 서사세계의 양상과 의미

〈구운몽〉은 서두에서부터 오악(五嶽)을 배치함으로써 음양오행적 상상력을 작동시킨다. 즉, 동 태산, 서 화산, 중 숭산, 북 항산, 남 형산을 차례로 소개하여 오행의 심상지리를 구성하고서야 비로소 서사세계의 배경이 되는 형산에 초점을 맞추는 것이다. 한편, 빼어난 다섯 봉우리를 갖춘 형산은 위부인이 선녀를 거느리고 있는 곳이자, 육관대사의 도량이 있는 곳으로, 전자는 여성들이 자리 잡은 음의 세계요, 후자는 남성들이 차지한 양의 세계이다. 위부인의 양보로 남성이 자리를 잡게 하였다는 것으로 음의 덕을 드러내고, 불도로써 교화하는 숭고한 기풍을 가진 양의 덕을 제시하였다. 이러한 음양오행의 심상지리적 배경은 수용자들이 인물과 서사, 주제를 음양오행적 상상력으로 '구성'[44]하게끔 예비하는 역할을 한다.

3장에서 분석한 인물의 특성은 인물들 가운데 대화를 나누는 장면에도 나타난다. 자연스럽게 의론이 펼쳐지는 대목에서 인물들의 개성이 드러날 수 있다고 보아 월왕과의 낙유원 풍류 겨루기를 준비하는 장면을 인용하도록 하겠다.

> 하루는 두 부인이 여러 낭자로 더불어 말씀하더니 승상이 손에 한 편지를 가지고 들어와 난양을 주며 왈, "이 곧 월왕의 편지라." 난양이 펴 보니 하였으되, "저적에 국가가 다사하고 공사가 피폐하여 낙유원과 곤명지에 노는 사

44 여기서 구성이란 수용자들의 상상적 구성을 말하는 것이다. 배경을 구성한다고 함은 수용자의 상상 속에서 서사가 펼쳐지는 공간을 구조적으로 형성하는 것을 의미하며, 인물을 구성함은 수용자가 허구적 존재를 개성을 가지고 살아있는 것처럼 상상함을 의미하고, 서사의 구성은 수용자가 서사적 인과성과 개연성을 부여하여 의미 있는 연쇄와 구조로 받아들임을 의미한다. 이런 수용자의 상상적 구성도 작품과의 상호작용을 통해 이루어진다. 이 연구는 음양오행적 상상력으로 서사세계를 생성한 작가를 '내포작가'라고 보고, 음양오행적 상상력을 기반으로 '내포작가'의 의도를 추론할 수 있는 '내포독자'를 수용자로 상정하여 그 심상의 구성을 위주로 논하도록 하겠다.

람이 끊어져 가무하는 땅이 오히려 거친 풀이 되었더니, (…) 원컨대 승상으로 더불어 낙유원에 모여 사냥하여 태평 기상을 돕고저 하나니 승상이 만일 마땅하다 하실진대 기약을 정하소서" 하였더라.

공주가 웃고 승상더러 왈, "월왕형의 편지 뜻을 아시나이니까?"

승상 왈, "무슨 깊은 뜻이 있으리오? 불과 화류시절에 놀고자 함이니 귀공자의 예사 일이라."

공주 왈, ㉠"승상은 모르시나이다. 이 형이 좋아하는 바는 미색과 풍악이라. (…) 내 뜻에는 월왕이 우리 궁중에 미인이 있음을 듣고 왕개, 석숭과 겨루기를 효칙함인가 하나이다."

승상이 웃어 왈, "나는 범연히 보았더니 월왕의 뜻을 공주가 알리로다."

정부인 왈, ㉡"비록 놀음놀이 일인들 어이 남에게 지리이꼬?"

눈으로 경홍과 섬월 두 사람을 보며 이르되, ㉢"'군사를 십 년 길러도 쓰기는 하루아침에 있다' 하였으니, 오늘날 일은 오로지 그대 두 사람에게 달렸으니 모름지기 힘쓸지어다."

섬월 왈, ㉣"천첩은 감히 감당치 못하리로소이다. 월궁 풍악이 천하에 이름나고 무창 여기 옥연의 이름을 뉘 아니 들었으리이까? 첩이 남에게 웃음을 받음은 관계치 아니하되 실로 우리 위부를 욕 먹일까 두려워 하나이다."(…) "첩은 실로 이기기를 정치 못하나니 홍랑더러 물으소서. 첩은 담약한 사람이라 이 말을 들었더니 목구멍이 가닐가닐하여 노래를 못 부를까 싶고, 낯갗이 따끈따끈하니 분가시조차 돋으려 하나이다."

경홍이 분연하여 가로되, ㉤"섬낭자야, 거짓말인가 참말인가? 우리 두 사람이 관동 칠십여 주에 횡행하여 유명한 미색과 이름난 풍류를 아니 본 것이 없으되, 아무 때도 남에게 져보지 않았으니 어찌 홀로 옥연에게 사양하리오?"(…)

정부인 왈, ㉥"홍랑의 태도가 섬약함이 부족함이 아니라 승상의 한 쌍 눈이 본디 청명치 못하니 이로써 홍랑의 값이 내리지 않으려니와, 섬랑의 말은 확론이라. 여자가 남복으로 사람 속이는 이는 필연 부녀의 자태가 부족함이요,

남자가 여장으로 사람 속이는 자는 필연 장부의 기골이 없는 자라."

승상이 웃어 왈, "부인의 말은 나를 기롱함이거니와 이 또한 한 쌍 눈이 청명치 못함이라. 부인은 내 얼굴을 잔망타 나무라나 능연각은 나무라지 아니하더이다."

모두 대소하더라.

섬랑 왈, ㈀"강적과 대진하여 회해만 하리이까? 우리 두 사람으로만은 미덥지 못할 것이니 가유인을 데려가사이다. 월왕은 밖 사람이 아니시니 숙인인들 무슨 일로 못 가리이까?"

진씨 가로되, ⓞ"경홍, 섬월 두 낭자가 여진사를 뽑는 과거의 장에 들어가며 우리를 가자하면 한 끝이 되어 도우려니와, 가무하는 땅에 우리를 데려다가 무엇에 쓰리오?"

춘운 왈, ㉢"가무를 못할지라도 다만 춘운만 남에게 웃음을 당할 것이면 거룩한 모꼬지에 구경코자 않으리이꼬마는, 첩이 가게 되면 승상이 남에게 웃음을 당하시고 공주낭랑 근심을 끼칠 것이니 춘운은 못가겠소이다." (…)

㉣"비단 행보석을 펴고 구름 장막을 걷어치우며 '양승상 총첩 가유인이 나온다' 하고 봉두구면으로 사람을 놀래면, 우리 승상을 등도자의 병을 두어 계시다 아니하리이까? 월왕 전하는 하늘 사람이시니 일생 더러운 것을 보지 않아 계시다가 속이 언짢아 토하시면 공주낭랑이 어이 아니 근심하시리이까?"

공주 왈, ㉠"심하다, 춘랑의 겸사여. 춘랑이 사람으로서 귀신인 체하더니 이제는 서자를 무염이라 하니 춘랑의 말은 믿을 것이 없으리로다."

승상더러 묻되, ㉫"답장을 어느 날로 맞추시니이까?"

답 왈, "명일로 모이자 하였나이다."

먼저 ㉠에서 타인의 깊은 의중을 잘 헤아리는 난양공주의 임수적 특성이 잘 드러난다. ㉡에서 정경패는 승부에 대한 강한 의욕을 보이며, ㉢에서는 그 수직적 리더십을 발휘한다. ㉣에서는 조심스럽게 일을 처리하는 을목 계섬월의 면모가 두드러지고, ㉤에서는 경금인 적경홍의 의기가 돋보인다. ㉥에서는 분별하고 평가하는 정경패의 병화적 태도와 함께 양소유를 앞에 두고 장부의 기골이 없다고 말하는 거침없는 말하기 특성도 확인된다. ㉦에서 을목의 계섬월은 되도록 여러 사람을 끌어들이려는 의존적인 태도를 보이고, ㉧에서 진채봉은 한 방향으로 그 능력을 뻗으려 하며 굳이 다른 것을 신경 쓰지 않는 갑목의 태도를 보여준다.

㉨과 ㉩은 정화인 가춘운이 말하는 부분인데 ㉨에서는 부끄러움을 많이 타는 듯하다가도 ㉩에서는 아기자기하면서도 능청스럽게 과장하는 말재간을 보인다. 이에 대해 난양공주는 ㉪과 같이 겸사(謙辭)라 인정해주면서도 심하다는 결론을 내리면서 자칫 말장난으로 흘러갈 논의를 마무리 짓고, ㉬에서처럼 낙유원 모꼬지를 준비하는 데 있어 핵심적인 문제로 의론의 방향을 튼다. 잘 움직이지는 않지만 한 번 움직이면 큰 흐름을 잡는 임수의 능력이다. 이처럼 인물의 말하기에도 그 개성이 반영되어 있다. 즉, 각 천간의 인물은 장면마다 천간다운 역할을 하며 천간적 특성을 살리는 말하기를 하는 것이다. 그럼으로써 장면은 다양한 천간적인 기운의 생동하는 생생함을 얻게 되는 구성적 효과를 동반하고 있다.

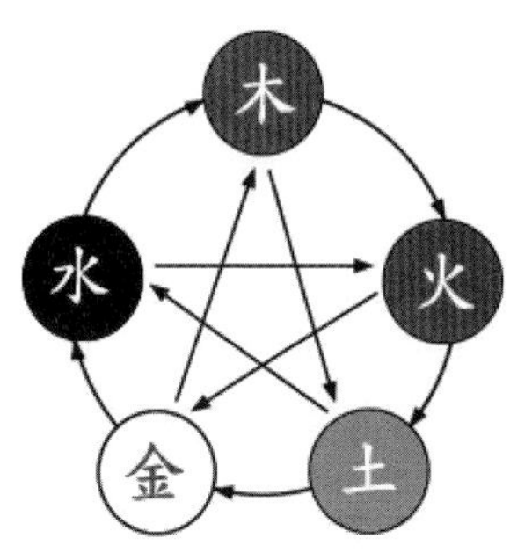

[도표 2] 오행의 상생상극 관계

팔선녀의 관계 역시 오행의 순환에 따른다고 할 수 있다. 왼쪽 그림과 같이 오행이 상생하고 상극하는 구조[45]는 등장인물의 관계에도 어느 정도 반영된다. 예를 들자면, 계섬월이 '어진 중매'로써 정경패를 추천하고[木生火], 가춘운이 양소유를 가장 친밀하게 섬기며[火生土], 심요연은 용녀가 있는 반사곡의

45 목생화(木生火), 화생토(火生土), 토생금(土生金), 금생수(金生水), 수생목(水生木)의 상생과 수극화(水克火), 화극금(火克金), 금극목(金克木), 목극토(木克土), 토극수(土克水)의 상극을 말한다.

존재를 미리 알려주었다[金生水]. 한편, 진채봉은 양소유에게 실연의 상처를 남겼으며[木克土], 공주인 이소화는 사부의 딸인 정경패를 그 지위에서 압도하였고[水克火], 적경홍은 양소유 곁에 있었던 계섬월의 잠자리를 차지할 수 있었다[金克木].

이들의 조화로운 관계는 상극 관계의 인물들이 직접 부딪치지 않는 방식에서 마련될 수 있었다. 이는 간접적인 조율로써 유기체적 항상성과 전체성을 유지하는 오행의 상호작용 방식과도 유사하다.

> 불은 물의 제약을 받는다. 하지만 불이 물을 제압하는 작용을 하기도 한다. 불은 흙을 낳을 수 있는데 흙은 물을 제압하는 작용을 한다. 불은 물의 제약에 대해 흙을 통해 간접적으로 반작용을 함으로써 물의 제약으로부터 불이 일방적으로 쇠하는 것을 막는다.[46]

이를 팔선녀의 관계에 대응시켜 볼 수 있다. 난양공주[水]는 정경패와 가춘운[火]을 물리치고 혼인을 강제할 수 있는 권력을 갖고 있었다. 그러나 정경패와 가춘운이 일방적으로 당하지만은 않았다. 이들은 이미 양소유[土]로 하여금 인간관계의 형식인 예(禮)를 중시하게끔 하고 친밀한 애정관계에서 비롯된 정을 끊을 수 없게 하였기에, 양소유[土]는 황제의 사혼(謝婚)을 세 번씩이나 완강히 거절하였다. 이렇게 토를 생하게 하여 수를 극하게 함으로써 화를 보존하는 방식으로 〈구운몽〉은 상극 관계의 갈등을 첨예화하거나 비화시키지 않는다. 이로써 〈구운몽〉은 화해로운 인간관계와 조화로운 세계를 수용자의 마음속에 만들어낼 수 있었다.

작은 사건들을 엮어가는 데에서는 음양의 원리가 활용되는데 진채봉과 양소유의 재결합이 이루어질 수 있었던 사연을 그 예로 들고자 한다. 양소

---

46 장파, 앞의 책, 2012, 139면.

유는 봉래전에 불려나가 왕과 함께 시를 논하고 궁녀들에게 시를 지어준다. 양소유의 경사이나(+) 진채봉은 눈앞의 자신을 알아보지 못하는 양소유를 보고 가슴 아파하였다.(-) 이후 황제가 양소유의 글을 사랑하여 궁녀들이 받은 글을 모은다. 이 또한 양소유의 영광이나(+) 양소유의 시에 이어 자신의 심정을 드러낸 시를 써놓은 진채봉에게는 자살을 결행하려 할 정도의 괴로운 일이 되었다.(-) 그러나 이로 인해 왕이 진채봉과 양소유의 사연을 알게 되어 둘이 재결합하는 데 도움을 줄 수 있었으니 진채봉의 시련이 깊어지는 과정은 곧 행복 실현의 과정이 되었다 할 수 있다.

이렇게 한 사건에 빛과 그림자가 존재하고, 새옹지마(塞翁之馬)의 격으로 좋은 일이 나쁜 일로 변하고, 나쁜 일이 좋은 일로 화하는 구성에서 각각은 서로의 계기가 되는데 이는 양을 품고 있는 음이 양으로 전화하며, 음을 품고 있는 양이 음이 되는 교체의 원리가 반영된 것이라 할 수 있다.[47] 미시적으로는 음양의 교체 원리가 이렇게 사건의 연쇄를 만드는 원리로 작용하지만, 거시적으로는 불도의 세계에서 세속의 욕망을 품고 있었던 성진이 양소유로 변하며, 세속에 살면서도 '물외(物外)의 한가한 사람'이 되기를 원했던 양소유가 다시 성진이 되는 구조 역시 음양의 속성과 교체의 원리를 보여준다 하겠다.

[도표 3] 태극도

또한 서사 구조뿐만 아니라 서사세계 내에서도 양 속에 음이 있는 음 속에 양이 있는 구조가 나타난다. 이런 구조는 "음양호장기택(陰陽互藏其宅)"이라고도 불리며,[48] 왼쪽 그림과 같은 태극도의 점으로 표상되기도 한다. 성진이 있던 숭고한 양

47 "행운은 불행에 기대어 있다. 행운 속에 불행이 엎드려 있다. 이 뒤바뀜은 어디에서 그칠까?" 임동석 역, 『노자』 58장, 동서문화사, 2009.

48 김진근, 「'호장기택(互藏其宅)'의 논리와 그 철학적 의의」, 『유교사상문화연구』 33, 한국유교학회, 2008.

의 세계에도 술과 팔선녀의 유혹이 있었으며, 양소유가 사는 음의 세계에도 신선이 머무는 남전산이 있었다. 또한 양소유는 꿈에서 아버지의 지인인 신선을 만나 거문고의 음률을 전수받으며, 꿈에서 용궁 잔치에 다녀오던 길에 들린 형산에서 육관대사를 만나 아직은 올 때가 아니라는 말을 듣기도 하는데 이런 일화들이 왼쪽 태극도의 점에 해당한다.

이 장의 내용을 정리하면, 음양오행에 따른 배경을 배치한 작품의 서두에서부터 작동시키는 음양오행적 상상력은 천간적 특성을 갖는 인물들의 개성을 감지하게 하는 생성적 틀로 작용하며, 나아가 인물의 개성이 잘 발현된 대화 장면에서 생동감 있게 움직인다. 인물의 형상뿐만 아니라 인물간의 관계에 대해서도 오행의 상생상극의 기운은 역동적으로 상호작용한다. 또 음과 양이 꼬리를 무는 미시적 사건의 연쇄, 양과 음의 세계를 오가는 거시적인 서사의 움직임, 그리고 음과 양이 서로를 품고 있는 구조 등을 갖춘 서사세계에 노닐며 수용자들은 마음속의 태극도가 움직이는 것 같은 느낌을 갖게 된다. 이로써 〈구운몽〉의 수용자들은 작품 향유를 통해 아득한 도(道)를 어둑하게나마 체득한 듯한 깨달음의 감흥도 느꼈으리라.

5. 결론

이 연구에서는 음양오행의 문화적 상상력을 일종의 참조 체계로 삼아 인물의 형상을 이해하고 서사세계의 상징적 의미를 파악하려 하였다. 음양오행의 상상력은 오랜 세월 생활문화뿐만 아니라 예술문화의 생성과 향유에도 영향을 끼쳤다. 김만중이 〈구운몽〉을 쓸 때에도 이러한 상상력을 기반으로 인물과 관계, 인연을 이루는 사건과 분위기 등을 구성했을 수 있다. 특히 이 연구는 김만중이 아직 팔선녀들의 이름과 개성을 구체화하기 전의 구상 단계에서 갑녀, 을녀, 병녀, 정녀 등으로 순서를 정하고 해당 천간(天干)이 지닌 음양오행적 속성을 고려하여 형상화 작업을 시도하지 않았을까 가정하였다. 다양한 천간의 특성을 핵으로 삼아 개성적 인물을 만들어낼 때, 중첩되는 인물 창조를 피하고 이들이 만드는 다채로운 관계의 양상과 사연을 구성하기 용이한 까닭이다.

초봄의 버드나무를 연상시키는 갑목의 진채봉은 솔직하고 적극적인 한편, 분칠한 담을 배경으로 하여 만개한 앵두꽃 같은 을목의 계섬월은 을목답게 섬세하고 부드럽다. 해로 비유되기도 하는 병화의 정경패는 화려한 정사도 집의 무남독녀로서 모든 것을 환히 비추는 병화의 능력을 발휘하여 양소유가 연주하는 곡의 의미와 의도를 꿰뚫어보기도 한다. 또 정경패는 예를 중시하고 화를 참지 못하는 병화의 성격으로 양소유에게 속은 것에 대한 앙갚음을 반드시 하고야 만다. 병화가 한낮의 작렬하는 태양이라면 정화는 밤에 빛나는 달이나 촛불에 가깝다. 정화의 가춘운은 단아하고 신비로운 정화의 매력으로 양소유의 마음을 사로잡으며, 수시로 변화하는 불꽃처럼 여선이 되었다 귀신이 되었다 하는 연기에도 능하다.

영웅호걸을 마음대로 고르기 위해 자신을 창가에 팔거나 양소유를 따르기 위해 연왕의 천리마를 타고 도주하는 적경홍은 자주적이며 결단력 있는 경금의 특성을 잘 보여준다. 칼과 같이 날카로운 신금에 대응하는 인물인 심요연은 서늘한 기운과 함께 양소유 앞에 등장하여 창검 빛으로 화촉을 대신하며 그와 인연을 맺었다. 계수의 백능파는 물과 관련된 애욕으로 인한 고난을 겪으며 반사곡이란 차갑고 깊은 계곡에 유폐된 신세였다. 마지막으로 난양공주 이소화는 물처럼 아래로 흘러 하방의 존재를 감싸는 겸손함과 포용력으로 2처 6첩이 서로 자매로 일컫는 평등한 관계를 만들어내는 데 주도적인 역할을 하였다. 마지막인 수(水)에 이르러 양소유와 만나는 순서가 바뀌는 까닭은 모든 인물들을 한 데 모으고 포용하는 임수의 미덕이 있음을 강조하면서 임수로 하여금 팔선녀와의 인연을 마감하는 대단원을 이루게끔 하기 위함이리라.

한편, 무토는 성진에, 기토는 양소유에 해당한다. 기토인 양소유는 무른 흙으로 팔선녀와 스며들고 동화되어 각색의 인연을 만들기에 적합한 기질을 함축하고 있는 한편. 그림의 '여백'처럼 자신은 비어 있으나 대상의 정을 비춰내는 기능을 담당한다. 무토인 성진은 너르고 단단한 무토의 기질답게 팔선녀와 양소유의 꿈[九雲夢]을 흉중에 품으면서도 단단한 자신중심을 지키며 불도에 정념하고 안정적으로 도반을 이끌 수 있었다.

개개 인물뿐만 아니라 서사세계를 구성하는 데 있어서도 〈구운몽〉은 음양오행적 상상력을 발휘한다. 〈구운몽〉은 음양오행에 따라 오악(五嶽)을 배치한 작품의 서두에서부터 음양오행적 상상력을 작동시키며. 인물의 등장 순서 및 성격을 형상화하며 그들이 겪는 서사적 행로에도 적용한다. 또한 여러 인물들의 의론이 펼쳐지는 장면에서도 음양오행적 상상력은 천간적 특성을 갖는 인물들의 개성을 드러내고 감지하는 생성적 틀로 작용하였다. 인물의 형상, 인물의 개성이 살아있는 장면뿐만 아니라 인물간의 관계에 대해서도 오행의 상생상극의 기운은 역동적으로 상호작용한다. 또 음과 양이 꼬리를 무는 미시적 사건의 연쇄, 양과 음의 세계를 오가는 거시적인 서사의 움직임, 그리고 음과 양이 서로를 품고 있는 구조 등을 갖춘 서사세계에 노닐며 수용자들은 마음속의 태극도가 움직이는 것 같은 느낌을 갖게 된다.

이런 점에서 〈구운몽〉은 추상적 음양오행론을 서사적으로 구현한 커다란 상징이라고 할 수 있다. 물론 작가인 김만중이 의도적으로 음양오행의 원리(道)를 상징화하려 하지 않았을 수도 있다. 그러나 그 역시 오랜 세월에 걸쳐 형성되어 이미 다른 학문과 종교 영역에 습합된 음양오행적 상상력의 자장(磁場) 안에 있는 존재였으며 의식적이든 무의식적이든 영향을 받을 수밖에 없었다. 〈구운몽〉의 당대 향유자들도 마찬가지이다. 굳이 이 소설을 분석적으로 읽지 않아도 그들은 자연스럽게 음양오행적 상상력을 적용할 수 있었다. 그렇게 하여 그들은 〈구운몽〉의 '구체적인 인물, 배경, 사건의 형상에 깃든 보편적이고 커다란 의미'[微言大義][49]를 체득하며 익숙한 세계관과 인간관이 강화되는 만족감과 함께, 미묘한 언어로써 만물과 세상사의 도를 잠시 붙잡아 보았다는 보람을 느끼지 않았을까 한다.

그렇지만 이렇게 새로운 참조 체계를 도입하는 것은 사실 교육현장에서 어렵다고 하는 〈구운몽〉을 더 어렵게 만들고 이 작품과 관련된 지식을 추가하는 것이 될 수 있다. 또한 이런 참조 체제로써 새로이 밝혀진 의미가 〈구운몽〉의 본질에 더 가깝다고 할 수 없으며, 이전에도 있었고 앞으로 나올 모든 참조 체계를 종합한다고 해도 〈구운몽〉의 총체적 의미가 구성되는 것은 아닐 것이다. 그럼에도 불구하고 '그때 거기'에 있었다고 (주장)하든 '지금 여기'에서 생성된 것이든 새로운 참조 체계의 도입은 창조적 예술작품과의 자유롭고 참신한 유희를 보장한다.

물론 음양오행적 상상력에 터한 〈구운몽〉 해석이 단지 유희에 그치는 것은 아니다. 이를 통해 팔선녀의 다양한 개성을 구별하고 기억할 수 있으며, 부드러운 흙에서 단단한 대지처럼 변하는 남성 주인공의 변모 양상을 은유적으로 포착해 낼 수도 있다. 그러나 무엇보다 중요한 것은 음양오행적 상상력을 적용하는 이런 시도가 녹슨 상상력을 작동시키며 이 상상력을 움직이는 톱니바퀴를 다시 굴리게 하는 데 있다. 이를 통해 다른 작품들에도 이런 상상력이 어떻게 작용, 변용되고 있는지 확인하고 나아가 그러한 상상력이 작품의 주제와 어떤 연관을 갖는지 밝히는 것을 후속 연구의 과제로 남긴다.

---

49 리빙하이는 이를 '미묘한 말에 깃든 결정적 의미'라 풀이하며 구체적 형상 속에서 보편적 의의를 발견하려는 대표적인 동양예술 감상의 방법이라고 하였다. (리빙하이, 앞의 책.)

참고문헌

[자료]

김병국 교주·역, 『구운몽』, 서울대학교출판문화원, 2009.

강한영 교주, 「변강쇠가」, 『신재효 판소리 사설집』, 민중서관, 1971.

김경탁 역, 「계사전」, 『신 완역 주역』, 명문당, 2011.

김부식, 《삼국사기(三國史記)》, 한국사데이터베이스(http://db.history.go.kr/)

임동석 역, 『국어』, 동서문화사, 2009.

______ 역, 『노자』, 동서문화사, 2009.

[논저]

강　헌, 『명리: 운명을 읽다』, 돌베개, 2015.

______, 『명리: 운명을 조율하다』, 돌베개, 2016.

김소영, 「상상력」, 『미학의 문제와 방법』, 서울대학교출판문화원, 2008.

김진근, 「'호장기택(互藏其宅)'의 논리와 그 철학적 의의」, 『유교사상문화연구』 33, 한국유교학회, 2008.

김학돈, 「한국소설의 시간과 공간 연구: 역경(易經)의 관점에서, 충남대 박사학위논문, 2005.

다니엘 부셰, 「〈구운몽〉의 제목에 대하여」, 『동방학지』 136, 연세대학교 국학연구원, 2006.

박상만, 「〈구운몽〉에 나타난 시공철학관 연구」, 수원대 박사학위논문, 2010.

박춘영, 「〈서유기〉의 사오정 인물 형상 연구」, 『중국소설논총』 21, 한국중국소설학회, 2005.

배영희, 「『九雲夢』에 投影된 '九'의 易學的 分析, 경원대 박사학위논문, 1994.

서정희, 「〈서유기〉의 주제 연구－오행의 상생상극론을 중심으로」, 『중국학연구』 15, 중국학연구회, 1998.

오춘택, 「18세기의 소설비평－〈창선감의록〉, 〈사씨남정기〉, 〈구운몽〉, 〈춘향전〉을 중심으로」, 『어문논집』 64, 민족어문학회, 2011.

이능화, 김상억 역, 『조선여속고(朝鮮女俗考)』, 1994.

조동일, 『한국문학통사 1』, 지식산업사, 2006.

조희경, 「〈남정팔난기〉 연구」, 서울대 석사학위논문, 1998.
종교학사전 편찬위원회, 「음양오행설」, 『종교학대사전』, 한국사전연구사, 1998.
최윤희, 「〈남정팔난기〉 영웅 형상과 소설사적 의미」, 고려대 박사학위논문, 2004.
______, 「〈남정팔난기〉의 인물 관계와 그 의미」, 『고전과 해석』 7, 고전문학한문학연구학회, 2009.
한동석, 『우주변화의 원리』, 대원출판, 2008.
로저 에임즈, 장원석 역, 『동양철학, 그 삶과 창조성』, 유교문화연구소, 2005.
리빙하이, 신정근 역, 『동아시아 미학』, 동아시아, 2010.
장파, 백승도 역, 『장파 교수의 중국미학사』, 푸른숲, 2012.
장파, 유중하 외 역, 『동양과 서양, 그리고 미학』, 푸른숲, 1999.
주랑즈, 신원봉 역, 『미학으로 동양인문학을 꿰뚫다』, 2013.

10장

<춘향전> 향유에서 방자 삽화의 변이 양상과 의미

서보영*

1. 머리말

판소리(계 소설)에서 삽화의 변이는 창자나 작자는 물론 향유층과 밀접한 관련이 있다. 판소리는 대중문학이고 대중의 향유를 통해 유지될 수 있기 때문이다. 흥미로운 점은 주인공이 아닌 주변 인물들에 대한 향유자들의 관심과 그로 인한 인물들의 변화이다. 여기서는 서사 전개에서 상대적으로 비중이 낮은 인물들이 어떻게 생성되고 변이되어 가는지를 논구하고자 한다. 왜냐하면 주인공의 변이가 문학을 향유하는 과정에서 일견 당연하게 일어나는 반응이라면 변화된 주변 인물의 경우 특정한 이유가 존재할 것으로 생각되는 까닭이다.

본고에서 주목하는 인물은 판소리 〈춘향가〉와 고전소설 〈춘향전〉[1]의 방

* 선문대학교 교양학부 조교수.

1 이후에서는 판소리 〈춘향가〉와 고전소설 〈춘향전〉을 함께 〈춘향전〉으로 칭하고자 한다. 판소리 〈춘향가〉와 고전소설 〈춘향전〉은 변별되는 차이점이 있지만 향유의 과정에서 방자의 변이 양상을 살피기 위해 양자를 함께 논의하였다.

자이다. 꾀쇠, 초득이, 꼴두쇠, 뺄작쇠, 나용쇠 등으로 칭해지는 방자는 〈춘향전〉에만 등장하는 것은 아니지만 〈춘향전〉의 모든 이본에 등장하는 인물이다. 방자는 시골 관청에 예속된 종의 명칭의 하나로 일개 노비에 불과하지만 일부 작품에서는 전복(顚覆)의 상징이기도 하다. 또한 작품 속 역할이나 기능은 정해져 있지만 단순히 거기에만 고착된 인물은 아니다. 그는 다양한 이본에서 변화무쌍한 모습과 성격을 드러낸다. 보조 인물이며 부수적 인물이지만 서사적 의미를 창출하기 위해 반드시 필요한 인물이다.

이처럼 독특하고 개성적인 방자의 서사적 위상과 역할을 고려하여 방자에 대한 선행 연구에서의 평가를 수용하고 〈춘향전〉에서 방자 삽화의 변화를 추동하는 힘을 독자의 관심과 향유라는 관점에서 접근하고자 한다. 판소리(계 소설)의 향유자들은 이본의 수용을 통해 작품의 역사적·문학적·예술적 가치를 발견하고 삽화 단위의 개작을 통해 새로운 이본을 생산하여 왔다. 이에 〈춘향전〉 이본을 통시적으로 조망하고 방자가 등장하는 삽화와 장면을 중심으로 방자 삽화의 변이 양상과 삽화 변이의 의미를 살펴보겠다. 대상 이본은 한문본, 소설본(판각본, 필사본, 활자본), 창본 〈춘향전〉 및 〈춘향가〉로 이본으로서의 가치가 상대적으로 떨어지는 임서본(臨書本)은 제외하였다. 자세한 사항은 각주로 제시하였다.[2]

---

2 대상 이본은 아래와 같다. 이후에는 '소장'과 '작품명'을 생략하여 〈경판 35장본〉, 〈박순호 68장본〉, 〈남창〉, 〈김여란 창본〉 등과 같이 줄여 표기하기로 한다.

한문본		유진한(柳振漢)의 〈만화본 춘향가(晩華本 春香歌)〉, 목태림(睦台林)의 〈춘향신설(春香新設)〉, 수산(水山)의 〈광한루기(廣寒樓記)〉, 윤달선(尹達善)의 〈광한루악부(廣寒樓樂府)〉
소설본	판각본	〈경판 35장본 춘향전〉, 〈경판 30장본 춘향전〉, 〈경판 23장본 춘향전〉, 〈안성판 20장본 춘향전〉, 〈경판 17장본 춘향전〉, 〈경판 16장본 춘향전〉, 〈완판 26장본 별춘향전〉, 〈완판 29장본 별춘향전〉, 〈완판 29장본 별춘향전〉, 〈완판 33장본 열녀춘향수절가〉, 〈완판 84장본 열녀춘향수절가〉
	필사본	〈남원고사〉, 〈동양문고본 춘향전〉, 〈사재동 소장 70장본 춘향전〉, 〈사재동 소장 52장본 별춘향전〉, 〈사재동 소장 87장본 춘향전〉, 〈사재동 소장 68장본 춘향전〉, 〈사재동 소장 51장본 춘향전〉, 〈박순호 소장 48장본 춘향가〉, 〈박순호 소장 50장본 열녀춘향수절가〉, 〈박순호 소장 69장본 별춘향전〉, 〈박순호 소장 94장본 별춘향전〉, 〈박순호 소장 55장본 춘향전〉, 〈박순호 소장 49장본 춘향전〉, 〈박순호 소장 59장본 춘향전〉, 〈김

2. 방자에 대한 평가와 본 연구의 관점

방자 혹은 방자형 인물에 관한 선행 연구는 방자가 등장하는 작품들의 연구사에 비추어 볼 때 많지 않은 편이다. 그러나 방자가 작품에서 주변 인물임을 생각해 볼 때 이러한 관심 역시 적다고만 할 수는 없다. 선행 연구에서 방자에 대한 평가는 두 가지로 대별된다. 하나는 판소리(계 소설)의 특징을 적확하게 보여주는 인물이라는 점이며 다른 하나는 조선후기 사회상을 여실하게 반영하는 인물이라는 것이다. 판소리(계 소설)는 언제나 사회적 기반 안에서 형성된다는 점을 생각할 때 두 가지가 별개의 것은 아니지만 전자는 문예적 측면에 후자는 사회적 의미에 중점을 두고 있다는 점에서 일정 정도 차이가 있다.

김현룡은 노(奴)의 도움 없이 하루도 생을 누릴 수 없던 이조 소설에서의 중요한 모티프로 방자를 보고 있다. 그 존재는 〈운영전〉에서 처음 등장하지만 〈운영전〉에서는 그 형상이 악인으로 나타난다. 방자라는 명칭이 직접적으로 거론되며 독자들의 관심을 받은 것은 〈춘향전〉이고 〈배비장전〉에서

		광순 소장 28장본 별춘향가〉, 〈김광순 소장 61장본 춘향전〉, 〈계명대도서관 소장 52장본 춘향전〉, 〈한중연 소장 59장본 춘향전〉, 〈한중연 소장 94장본 춘향전〉, 〈고려대도서관 소장 54장본 춘향전〉, 〈고려대도서관 소장 64장본 춘향전〉, 〈충남대도서관 소장 72장본 춘향전〉, 〈하버드대 연경도서관 소장 94장본 춘향전〉, 〈충주박물관 소장 67장본 춘향전〉, 〈동국대도서관 소장 69장본 춘향전〉, 〈일사문고 소장 42장본 춘향전〉, 〈김진영 소장 50장본 춘향전〉, 〈이명선 소장본 춘향전〉, 〈김동욱 소장 49장본 춘향전〉, 〈신학균 소장 39장본 별춘향가〉, 〈홍윤표 소장 45장본 성춘향가〉, 〈김종철 소장 56장본 춘향전〉, 〈김종철 소장 69장본 춘향전〉
	활자본	이해조의 〈옥중화〉
창본	〈박순호 소장 68장본 춘향가〉, 〈박순호 소장 99장본 춘향가〉, 〈경상대도서관 소장 75장본 별춘향전〉, 〈홍윤표 소장 154장본 춘향가〉, 〈남창 춘향가〉, 〈동창 춘향가〉, 〈장자백 창본 춘향가〉, 〈백성환 창본 춘향가〉, 〈박기홍 창본 춘향가〉, 〈이선유 창본 춘향가〉, 〈성우향 창본 춘향가〉, 〈조상현 창본 춘향가〉, 〈김여란 창본 춘향가〉, 〈김소희 창본 춘향가〉, 〈박동진 창본 춘향가〉, 〈정광수 창본 춘향가〉, 〈김연수 창본 춘향가〉, 〈박봉술 창본 춘향가〉	

완전히 상전을 무시하는 존재로 자리 잡는다. 이러한 소설사를 따져 볼 때 소설 속 방자라는 소재는 사회 변천의 한 단면을 보여 준다.[3] 이 연구는 사회적으로 낮은 노비 계층이며 관청에서 큰 역할을 차지하지 않는 방자가 소설의 소재로 등장하게 된 배경과 맥락에 주목했다는 점에서 의미가 있다. 그러나 그 관심이 소재적 차원에 머물러 있으며 노비로서의 방자에 초점을 두고 있어 여러 면에서 차이를 보이는 특과 방자가 동일선상에서 비교되고 있다.

방자와 말뚝이가 지닌 작품의 내적 역할과 성격을 규명하는 일이 판소리와 가면극 이해에 도움이 된다는 김흥규의 연구는 판소리(계 소설)의 발생과 성장에 밀접하게 관련되는, 특징적인 인물 유형으로 방자를 파악한다. 판소리 문학이 창조한 전형으로서의 방자는 봉건적 관념의 허위에 대해 풍자적 거리를 두고 우회적인 방법으로 빈정대며 조롱하는 풍자적 동반자이다. 방자의 이러한 특징은 19세기 후반 양반층의 기호를 강하게 의식하는 판소리 창자들에 의해 일어난 결과이다.[4]

이와 유사한 맥락에서 판소리계 소설 〈춘향전〉, 〈배비장전〉, 〈화용도〉를 중심으로 인물 유형으로서 방자형 인물에 주목한 논의를 참고할 수 있다. 방자형 인물이란 말뚝이와 유사하게 상층에 저항하는 기능을 수행하며 안내자, 사자, 중개자, 주인공의 상대역으로 등장하여 작품 구조에 중대하게 개입하는 주동적 인물이다. 형식적으로 주인공에게 예속되어 있으나 기능상으로 주인공의 성격을 변용시키고 결정하는 작중 화자이며 희극미를 창출하는 주체이다. 나아가 그의 상전까지를 변모시키는 주체적 인물(round character)로 가면극의 말뚝이와 동일한 기능을 한다.[5]

3 김현룡, 「고소설의 방자 소재」, 『국어국문학』 79, 국어국문학회, 1978, 176-180면.

4 김흥규, 「방자와 말뚝이: 두 전형의 비교」, 『한국학논집』 5, 계명대학교 한국학연구원, 1978, 889면.

5 권두환 · 서종문, 「방자형 인물고, 판소리계 소설을 중심으로」, 『한국소설문학의 탐구』, 한국고전문학회, 1978, 8-16면.

박영철은 방자를 선인형도 악인형도 아닌 인간형으로 양반사회의 부정을 조롱하고 고발하는 반사회적 성격을 지녔다고 보았다. 방자의 성격은 '그 자체로서의 방자'라는 신분상의 성격과 신분제도에서 이탈하려는 '자아 각성의 방자'의 성격으로 이루어진 이중구조를 형성하고 있다. 작자의식의 한계로 인해 이조 사회의 신분제도나 윤리적인 도그마를 벗어나지 못한 것이다.[6] 최혜진 역시 〈춘향전〉의 인물군이 당시 해이해진 신분 구조의 가치관과 사회상을 반영한다고 본다. 방자는 봉건사회 신분 구성의 최하층에 해당하는 천민이란 점에서 당대 민중의 한 성원으로 포함되지만, 그 기회주의적 속성으로 인해 춘향으로 전형화되는 일반적인 민중의 성격과 구별된다.[7]

이상의 연구들은 방자가 판소리(계 소설)의 특징을 여실하게 보여 준다는 점, 방자를 통해 사회반영적인 변화를 읽을 수 있다는 점을 논증함으로써 방자가 당대 판소리 향유층의 의도를 살펴보기에 적합한 대상임을 보여 준다. 그러나 방자에 대한 독자의 관심은 단지 판소리가 융성하던 영·정조 시대[8]에 머물러 있었던 것은 아니다. 방자의 출현 빈도가 가장 많은 작품은 창본으로는 〈박기홍본〉이며 소설본으로는 〈옥중화〉이다. 〈옥중화〉는 〈박기홍조 춘향가〉를 이해조가 산정한 것으로 두 작품은 20세기 초엽의 〈춘향전〉의 모습을 보여 준다.[9]

또한 판소리나 고전소설의 향유가 예전 같지 않고 신분제가 완전히 사라

---

6 박영철, 「방자의 민중의식과 한계: 〈열녀춘향수절가〉 〈배비장전〉을 중심으로」, 『국어국문학』 15, 국어국문학회, 1978, 142-157면.

7 최혜진, 「춘향전 인물군의 사회적 성격」, 『한국어와 문화』 20, 숙명여자대학교 한국어문화연구소, 2016, 173면. 이외에도 "정출헌, 「춘향전의 인물형상과 작중역할의 현실주의적 성격, 이고본 〈춘향전〉을 중심으로」, 『판소리연구』 4. 판소리학회, 1993, 112-118면." 역시 방자의 인물 형상과 작중역할을 논의하고 있지만 이는 이고본에 특정되어 있다.

8 방자의 자아 각성 시기를 숙종 말과 영조 초에서 정조 연간까지로 〈춘향전〉과 〈배비장전〉의 소설로서의 성립은 영·정조 시대로 보고 있다. (박영철, 앞의 논문, 1978, 141면.)

9 김종철, 「춘향전 교육의 시각 (1)」, 『고전문학과 교육』 1, 청관고전문학회, 1999, 148면.

진 후에도 방자 이야기가 사라진 것은 아니다. 방자는 1972년 3월 25일 영화 〈방자와 향단이〉에서 해학적인 특징을 고스란히 간직한 채 재등장한다. 근래에도 영화 〈방자전(2010)〉, 드라마 〈방자전(2011)〉, 마당극 〈떴다, 방자(2012)〉 등이 인기를 끌고 있다는 점에서 방자라는 인물과 방자에 대한 서사는 여전히 다양한 방식으로 향유되고 있다. 이를 통해 본다면 18세기의 방자와 20세기 방자의 형상과 양상, 의미는 같지 않을 것이며 방자가 판소리(계 소설)의 향유를 통해 만들어진 인물이면서 중간자적 특징으로 인해 향유자들의 현실 인식을 드러내기에 가장 적합한 인물이라면 당연한 현상이라 할 수 있다.

〈춘향전〉의 독립된 인물로 방자에 초점을 맞춘 것으로는 곽정식의 연구가 유일하다. 〈춘향전〉 이본을 통해 방자의 작중 기능의 변이 양상을 밝힌 이 연구에 따르면[10] 〈춘향전〉의 최고본(最古本)으로 알려진 〈만화본〉에서부터 방자는 춘향과 이 도령의 결연 과정에 해당하는 전반부의 부수적 인물로 등장한다. 이에 〈경판 30장본〉, 〈경판 16장본〉, 〈남원고사〉, 〈완판 30장본〉, 〈완판 84장본〉, 〈남창〉을 대상으로 공통으로 존재하는 부분[11]을 비교하고 있다. 안내자적 기능과 비판자적 기능을 함께 수행하는 이중성을 지닌 중간자로 방자를 파악하고 있으며 이는 방자라는 신분이 갖는 양면성을 제대로 인식한 것이다.

비교 대상인 판본들이 대표적이고 각 부분을 삽화별로 비교하여 본 연구에 시사하는 바가 있지만, 대상 이본의 수가 적고 비교 부분이 작품의 전반부에 그치고 있다는 점에서 추가 연구의 과제를 남겼다. 다음에서는 이본의 수를 확대하여 〈춘향전〉 이본군에 대한 전체적인 조망 아래 방자 삽화의

10 곽정식, 「춘향전 개작에 따른 방자의 작중기능 변이양상」, 『한국문학논집』 11, 한국문학회, 1990, 158면.

11 이 도령과 방자의 경개 풀이, 춘향 초래 과정에서의 이 도령과 방자의 수작, 방자와 춘향의 수작, 이 도령과 방자가 춘향의 집에 가기까지의 장면이 그것이다.

변이 양상과 의미를 밝혀 보고자 한다. 이러한 방식은 여러 작품의 방자형 인물을 살펴보는 방식이나 〈춘향전〉의 부수적 인물들을 엮어 보는 방식과 비교할 때 〈춘향전〉에서 방자에 대한 다양한 정보를 추출함으로써 구체적이고 심도 있는 논의가 가능하다는 이점이 있다.

3. <춘향전> 이본에 나타난 방자 삽화의 변이 양상

〈춘향전〉의 서사를 만남담, 결연담, 이별담, 시련담, 재회담의 단위담으로 나누었을 때 방자가 등장하는 삽화 및 장면이 ① 만남담 부분에 등장하는 경우, ② 만남담과 이별담에 등장하는 경우, ③ 만남담, 이별담, 재회담에 등장하는 경우로 정리된다.[12] 이를 중심으로 이본을 분류하면 방자의 출현 양상은 크게 세 가지로 나눌 수 있다.

〈만화본〉에서는 '翩翩青鳥乍去來'를 통해 방자의 존재를 추측할 수 있을 뿐 직접적으로 방자가 등장하는 것[13]은 아니지만 이를 제외한 한문본, 창본, 소설본에는 모두 등장한다. 1804년 작품으로 알려진 〈춘향신설〉에서 방자는 예의 바른 관복의 모습으로 만남담의 일부 삽화에만 등장한다. 〈남원고사〉, 〈광한루악부〉 등에서는 그 모습이 구체적이고 삽화의 위치도 고정된다. 초기 작품에서는 서사 전개상의 비중이 높지 않았다가 1850년대 이전을 즈음하여 방자의 성격과 역할이 고정된 것으로 보인다.

---

12 여기서는 텍스트를 구성하는 단위들을 단위담≧삽화≧장면으로 나누어 분석하였다. 자세한 사항은 서보영, 「고전소설 삽화 재구성 교육 연구–〈춘향전〉이본을 중심으로」, 서울대학교 박사학위논문, 2017, 49면을 참고할 수 있다.

13 김동욱 교수는 한무제의 고사에 의거하여 청조를 편지(message), 또는 使者(messenger)로 해석하고 이를 방자의 존재 단서로 삼고 있다. (권두환 · 서종문, 앞의 논문, 1978, 11면.) 〈광한루악부〉에도 '何來青鳥弄斜暉/ 忽漫風前尺素飛'를 통해 춘향의 편지를 전달하는 사람을 청조로 나타내고 있으나 이를 '방자(官僮)'라는 인물로 특정하기는 어렵다.

〈동창 춘향가〉의 이별담에 방자가 개입하고 있는 것으로 보아 방자의 출현이 만남담에서 이별담으로 확대된 것은 오랜 시간이 걸리지 않았을 것이다. 〈춘향전〉이 인기를 끌면서 만남담에서 방자에 대한 서술이 구체화되고 이별담에서 방자의 역할이 확대되었을 것으로 생각된다.

편지를 전달하던 아이가 방자로 변하여 나타나는 이본은 〈광한루기〉와 〈옥중화〉를 제외하면 대개 창본 계열이다. 〈광한루기〉에서는 방자 대신 모란의 오라버니인 김한이라는 인물이 새롭게 설정되면서 인물 간의 관계 설정 역시 달라지기 때문에 동일 선상에 두고 비교하기가 어렵다. 그런 이유로 어사의 노정 과정에서 편지를 전달하는 삽화가 등장하고 후에 통인이나 마부, 아이 등의 역할이 방자로 수렴되면서 편지를 전하는 인물 역시 방자로 바뀌었다고 보는 것이 자연스럽다.

춘향의 편지를 방자가 전달하면서 〈옥중화〉와 〈박기홍 창본〉에서는 방자가 비밀을 누설할 것을 염려하여 어사가 방자를 운봉 영장에게로 보내기도 하고 만복사 절에 동행하기도 하는 등의 이야기로 확대된다. 어사출두 후 옥에 갇혔던 방자가 도망하여 어사에게 잘못을 따지고 그간의 수고에 대해 보상을 받는다. 또한 어사 노정기에서 방자의 편지 전달이 주요한 삽화가 되면서 〈김연수 창본〉에서는 삽화의 위치가 재회담의 앞쪽으로 이동하는 현상이 나타난다. 이는 방자의 편지 전달이 재회담의 주요 사건이 된 것으로 해석할 수 있다. 아래에서는 구체적인 이본들을 통해 방자 삽화의 변이 양상을 살펴보았다.

1) [만남담] 춘향과 이 도령의 만남을 주선하고 춘향 집으로 안내함

만남담은 이 도령과의 산천경개 문답에서부터 춘향과 이 도령의 결연 삽화까지이다. 〈춘향신설〉, 〈남원고사〉, 〈경판 30장본〉, 〈경판 35장본〉, 〈경판 23장본〉, 〈안성판 20장본〉, 〈경판 17장본〉, 〈완판 26장본〉, 〈광한루악부〉,

〈남창〉, 〈장자백 창본〉, 〈완판 84장본〉, 〈충주박물관 67장본〉, 〈일사문고 42장본〉, 〈김진영 50장본〉, 〈김동욱 49장본〉, 〈사재동 52장본〉, 〈신학균 37장본〉, 〈박순호 50장본〉, 〈박순호 69장본〉, 〈박순호 94장본〉, 〈박순호 49장본〉, 〈충남대 72장본〉, 〈사재동 70장본〉, 〈김종철 56장본〉으로 방자가 등장하는 삽화의 위치나 내용이 대체로 고정되어 있다. 방자는 만남담에만 등장하며 상경 소식을 전하는 경우도 있으나 이는 하나의 삽화로 처리되지 않거나 매우 소략하다. 이 도령을 서울로 모셔가는 사람도 마부로 나타난다. 춘향의 편지를 전달하는 사람 역시 방자가 아니다. 공통적으로 나들이, 일견경심, 도령초래, 첫 만남, 책방독서, 춘향집 방문 삽화로 이루어져 있으며 삽화의 전개 양상은 약간씩의 차이가 있다.

방자를 중심으로 1852년 작품인 〈광한루악부〉를 살펴보겠다. 방자가 이 도령과 함께 광한루에 간다(約伴官僮到廣寒). 이 도령이 방자를 시켜 춘향을 부른다(官僮隔水喚春娘). 잠자던 방자를 깨워 춘향에게로 간다(喚起眠僮乘夜出). 춘향 집으로 가는 길에 방자가 담벼락에 숨어 이 도령에게 장난을 친다(怪底官僮魔好事/打深人意憑廻廊). 춘향의 집에 도착하여 월매가 방자에게 화를 낸다(無端遷怒及官僮). 편지를 전달하는 것은 청조(青鳥)이다. 〈김진영 50장본〉, 〈박순호 69장본〉 역시 위의 삽화들을 포함하고 있으나 도서원을 시켜 주겠다는 확답을 받은 후에야 춘향이 있는 곳으로 간다거나[14] 춘향을 부르러 가는

---

14 방자다려 이른 마리 졔가 분명한 창열진ᄃᆡ 한 번 귀경 못할손야 밧비 가셔 불너오라 방자놈 일은 마리 이 말삼이 어인 말삼이요 제가 비록 창녀라도 아즉 입번 안이ᄒᆞ고 남녀유별 분명커던 남의 안녀자를 긔탄읍시 부르난 법 어ᄃᆡ서 보신잇가 그런 분부 다시 마소 도련임 일른 마리 졔가 일경 창녈진ᄃᆡ 남녀유별 웨 잇시리요 네 말노 잘 달ᄂᆡ여 한 번 귀경 식여쥬면 공형창식 도셔원을 ᄂᆡ 솜시로 식키리라 밧비 가셔 불너오라 방자놈 엿자오ᄃᆡ 분부가 그러하오면 슈푀를 쥬시면 시각 ᄂᆡ로 부루이다 도련님 낙담하여 조흔 간지 쎄여 ᄂᆡ여 슈긔 사년 잠간 젹어 방자놈 쥬며 일은 말리 만일 잡담 잇실진ᄃᆡ 고관변정 못할손야 방자놈 슈긔 바다 금낭의 간슈ᄒᆞ고 도련임 분부 픠와 춘향 부르러 갈야 할 졔 날나룡자 즐입의 유문 갑사 ᄭᆞᆫ을 다라 뒤희로 잣쳐 씨고 남항나 쾌ᄌᆞ의 남젼ᄃᆡ로 ᄯᅴ을 ᄆᆡ고 산호편을 손의 들고 자밍방촌 너른 들노 이리저리 건너가셔 (김진영 50장본, 13권, 234-235면.)

방자의 복색이 자세하게 묘사된 것은 차이점이다. 〈박순호 94장본〉에서는 춘향의 집에 도착하고도 춘향을 부르지 못하는 방자의 모습이, 〈박순호 50장본〉에서는 춘향의 집으로 가던 도중 길을 돌아 시간을 지체하는 방자의 장난이, 〈충남대 72장본〉에서는 춘향에게 넋이 빠져 떨며 자신을 부르는 상전에게 한껏 떨며 대답하는 방자의 응대[15]가 비중 있게 다루어진다.

한편 〈남창〉, 〈완판 84장본〉, 〈일사문고 42장본〉, 〈사재동 52장본〉, 〈김종철 56장본〉에서는 통인이나 마부 등을 출현시킴으로써 방자의 역할을 축소하고 있거나 방자에 관한 삽화를 따로 설정하지 않는 경향이 보인다. 방자를 표면상의 상하 예속 관계에도 불구하고 실제로는 독자적 성격을 가지며 이 도령과 춘향의 안내자이자 비판자로서의 이중적 기능을 수행하는 것[16]으로 볼 때 그 역할은 안내자에 많은 부분 경도되어 있다. 그러나 이는 이 시기의 전체적인 경향이라기보다 개별 이본이 갖는 특수한 성격일 수 있다. 〈경판 35장본〉, 〈경판 30장본〉, 〈완판 26장본〉을 비롯한 절략본에서 역시 방자는 주로 춘향과 이 도령을 비롯한 주동 인물들에 관한 정보를 주는 역할에 제한되어 있다.

방자의 형상이 작품 초두에 매우 상세하게 제시되며 그 성격이 개성적으로 설정된 이본으로는 〈남원고사〉가 대표적이다.

칙방 슈쳥을 드리되 귀신 다 된 아희놈을 드리거다 상모를 넉넉히 쓰더보

15 春香의 집 차자갈 제 방ᄌᆞ 연석이 이 도령을 가지고 놀고 시푼듸로 노라 □□오든 골목으로 ᄯᅩ 도라오고 이 도령 민망ᄒᆞ야 엇ᄶᅡ 표를 ᄒᆞ고 본니 니 연식이 ᄀᆡ미 체박ᄭᅮ 도라가듯 ᄒᆞᆫ야 엽바라 방ᄌᆡ야 방ᄌᆡ야 예 예 웬 ᄃᆡ답이 그리 열어 번 안야 여러 번 부르닛가 그렬 박긔 슈 잇쇼 春香의 집이 어ᄃᆡ미요 캉캄한 금음밤의 닥치난ᄃᆡ로 가르쳐 이리로 가다 이방네 집 압푸로 □장ᄂᆡ 집 뒤로셔 도셔원ᄂᆡ 담못통이로 상쳥골목 얼픗 지ᄂᆡ 긱□□□로셔 비각 뒤로셔 孝子門거리로 돌다리 건너 둑게 우물 압푸로셔 김별장ᄂᆡ 보리밧틔로 이좌슈ᄂᆡ 수문통으로 쑥 드려갓ᄃᆞ 저리저리 가옵넌ᄃᆡ 그리ᄒᆞᆫ니 어듸로 간단 말인야 나도 캉캄ᄒᆞ야 자□의 몰어것쇼 시럽부 아들이로다 (박순호 50장본, 9권, 176-177면.)

16 곽정식, 앞의 논문, 1990, 175면.

니 ᄃᆡ고리ᄂᆞᆫ 북통 ᄀᆞᆺ고 얼골은 밀ᄆᆡ판 ᄀᆞᆺ고 코ᄂᆞᆫ 어러쥭은 초빙 쥴기만ᄒᆞ고 넙은 귀가지 도라지고 눈구멍은 총구멍 갓ᄒᆞ니 깁던지 마던지 이달의 울 일이 이시면 ᄂᆡ월 초ᄉᆡᆼ의 눈물이 밋쳣다가 스므날졍게 되어야 낙구ᄒᆞ고 얽던지 마던지 얽은 구멍에 탁쥬 두 푼어치 부어도 잘 ᄎᆞ지 아니ᄒᆞ고 몸집은 동ᄃᆡ문안 인졍만ᄒᆞ고 두 다리ᄂᆞᆫ 휘경원 졍ᄌᆞ각 기동만ᄒᆞ고 ᄏᆡ는 팔쳑댱신이오 발은 계요 ᄀᆡ발만ᄒᆞᆫᄃᆡ 죵아리ᄂᆞᆫ 비상먹은 쥐다리 갓ᄒᆞ니 바람 부ᄂᆞᆫ 날이면 간드렝간드렝 ᄒᆞ다가 된통 바람이 부ᄂᆞᆫ 날이면 각국 낙셩ᄒᆞ는 아희놈을 명식으로 슈쳥을 드리니(남원고사, 5권, 5-6면)

방자를 들이게 된 경위는 이 도령의 부친이 아들이 색에 빠질까 염려하여 귀신과도 같은 인물을 책방 수청으로 선택한 것인데 그 모습이 매우 과장되고 우스꽝스럽게 묘사되어 있다. 겉모습과 달리 그는 매우 현실적 이익에 밝은 인물로 나타난다. 춘향의 정체를 이 도령에게 알려줄 때나[17] 춘향을 초래하라는 분부를 받았을 때[18] 그는 관청의 것을 모두 갖다 바치겠다는 이 도령의 약속을 받고서야 명을 따른다. 춘향을 설득하는 과정에서도 그는 성공에 대한 야심을 숨기지 않는다.[19] 또한 이 도령에 대해 풍자와 우회적

17 그랴셔 범연이 ᄒᆞᆯ가보냐 ᄂᆡ 셔울 가거든 셰간 밋쳔ᄒᆞ랴 ᄒᆞ고 돈 오ᄇᆡᆨ냥 봉부동으로 두어시니 너ᄅᆞᆯ 쥴 거시오 장가 들거든 녜물 쥬랴고 어루신ᄂᆡ 평양셔윤 가 계실 졔 ᄎᆞ쳔 슈식 당만ᄒᆞᆫ 것 두어시니 너ᄅᆞᆯ 쥴 거시오 가가ᄒᆞ거든 쓰랴ᄒᆞ고 창방졔구 츌혀둔 거 이시니 너ᄅᆞᆯ 쥴 거시오 모도 궁통 모라 휘쓰러다가 뮬슈이 너ᄅᆞᆯ 다 쥴 거시니 졔발 덕분 바로 닐러라 (남원고사, 5권, 15면.)

18 방ᄌᆞ 이놈은 팔ᄌᆞ업시 늘ᄀᆡ시니 그런 ᄉᆡᆼ각과 이런 분부ᄂᆞᆫ 쑴의도 마옵소셔 니도령 니른 말이 쥭기 술기ᄂᆞᆫ 십왕젼의 ᄆᆡ엿다 ᄒᆞ니 경망스레 구지 말고 져만 어셔 불너오라 ᄂᆡ일붓터 관쳥의 나ᄂᆞᆫ 거슬 도모지 휩스러다가 닭피바로 즐ᄭᅳᆫ즐ᄭᅳᆫ 묵거다가 방ᄌᆞ 형님 ᄃᆡᆨ으로 씽 진상 알외오 ᄒᆞ고 모도 다 송일 거시니 다른 념녀ᄂᆞᆫ 쑴의도 말고 어셔 밧비 불너오라 (남원고사, 5권, 16면.)

19 네 만일 향기로온 말노 ᄆᆡᆸ시 잇게 ᄉᆡᄅᆞᆯ 부려 초친 무럼을 ᄆᆡᆫ든 후의 항나 쇽것가리ᄅᆞᆯ 싱슝상슝 쎄혀ᄂᆡ여 아조 똘똘 마라ᄃᆞ가 왼편 볼기짝의 븟쳐시면 긔 아니 묘리가 잇깃ᄂᆞ냐 남원 거시 네 것시오 운향고이 아름치라 네 덕의 나도 관쳥고ᄌᆞ나 ᄒᆞ여 거드러거려 호강 좀 ᄒᆞ여보ᄌᆞᆺ고나 (남원고사, 5권, 18면.)

조롱을 여과 없이 드러내는데 이는 춘향의 집으로 이 도령을 안내하는 장면을 통해 확인할 수 있다.

> 방ᄌᆞ놈이 별안간의 ᄒᆞᄂᆞᆫ 말이 야반무례오 구식친구라 ᄒᆞ니 심심파젹 ᄒᆞ량으로 골치기나 ᄒᆞ나식 ᄒᆞ여 가셰 니도령이 어히업셔 니르되 방ᄌᆞ야 상하쳬통 외ᄌᆞᄒᆞ고 발셔 통치 못ᄒᆞᆫ 거시 닉가 숀을 ᄲᅢ져고나 방ᄌᆞ놈 ᄃᆡ답ᄒᆞᄃᆡ 으라쳥쳥이 맛 보계 피ᄎᆞ 평발 아희드리 야심즁이 ᄀᆡ롱ᄒᆞ니 무어시 망발이며 ᄌᆞᄂᆡ 뒤히 냥반 두 ᄌᆞ ᄲᅧ 븟쳣나 말이 이러ᄒᆞ니 쳬증일셰 그리 말소 쇽담의 니ᄅᆞ기룰 시로ᄲᅧ 가ᄂᆞᆫ ᄃᆡ ᄀᆡ ᄯᅡ로기ᄂᆞᆫ 졔격이라 ᄒᆞ려니와 ᄌᆞᄂᆡ 계집ᄒᆞ라 가ᄂᆞᆫ ᄃᆡ 나ᄂᆞᆫ 무숨 ᄶᅡᆨ으로 ᄯᅡ라가다 말인가(남원고사, 5권, 31면)

위의 인용문은 ‘밤중 아이들끼리 장난을 치는 것이 큰 문제일까’, ‘자네의 계집질에 내가 무슨 이유로 따라가야 하는가’ 등의 대거리를 통해 방자의 인물 형상과 성격을 구체적으로 보여 주고 있다. 한편 〈신학균 39장본〉에서는 방자의 작중 출현 빈도가 높다는 점이 특징적이다. 광한루에 당도하여 방자는 후배사령, 책방 통인, 이 도령과 더불어 술을 마시고 이 도령의 책 읽기에 관여하며 사또의 취침을 살피고 춘향의 집으로 가는 길에 이 도령에게 역정을 내는 등 만남담에서 이 도령에 못지않은 비중을 차지하고 있다.

2) [만남담, 이별담] 이별 소식을 전달하고 이 도령을 따라 상경

다음의 이본들에 일어난 변화는 방자가 춘향과 이 도령의 이별에 적극적으로 개입하여 상경을 재촉하고 이 도령을 따라 남원을 떠나는 부분이 추가된 것이다. 방자가 마부의 역할을 대신하여 남원을 떠나게 된다는 점[20]이 달라졌는데 이후 춘향의 편지를 이 도령에게 전달하는 사람이 방자가 아니라는 점 역시 공통적이다.

여기에 속하는 이본들은 〈완판 29장본〉, 〈완판 33장본〉, 〈동창〉, 〈고려대 64장본〉, 〈동국대 69장본〉, 〈이명선본〉, 〈홍윤표 45장본〉, 〈김종철 69장본〉, 〈백성환 창본〉, 〈사재동 87장본〉, 〈사재동 51장본〉, 〈박순호 48장본〉, 〈박순호 55장본〉, 〈박순호 59장본〉, 〈김광순 28장본〉, 〈김광순 61장본〉, 〈계명대 52장본〉, 〈한중연 59장본〉, 〈한중연 94장본〉, 〈고려대 54장본〉, 〈하버드 연경 94장본〉이다. 대개의 경우 춘향과 이 도령이 오리정에서 재차 이별을 하고 이를 방자가 만류하여 도령을 모시고 가는 것으로 되어 있다.

> 이러타시 이별ᄒᆞᆯ 졔 방자놈 거동보소 와당퉁탕 밧비 와셔 안아 이 ᄋᆡ 츈향아 이별이라 ᄒᆞ난 거시 도련임 부ᄃᆡ 편이 가오 오냐 츈향네 잘 잇거라 이것시 여께 나리 지우도록 이별이란 말리 되단 말가 단 삼초의 ᄉᆞᄯᅩ 알으시면 도련임 ᄉᆞ종 듯고 나난 곤장 맛고 네의 늘근 어미 형문 맛고 귀양가면 네게 유익ᄒᆞ리요 아셔라 우지 말고 잘 잇스라 ᄒᆞ며 나구를 치처 모라 이 모롱이 지ᄂᆡ여 저 모롱이 지ᄂᆡ여 박석틔를 너머서니 요만금 뵈이다가 저만금 뵈이다가 밤지ᄂᆡ을 지ᄂᆡ여 가뭇업시 올나가니 츈향이 ᄒᆞᆯ일업셔 잔디를 와드득 와드득 주여쓰듸며 울 제(완판 33장본, 4권, 269면)

인용문은 〈완판 33장본〉의 오리정 전송 삽화의 일부분이다. 춘향이 오리정으로 배웅을 나와 이 도령과 이별하는 시간이 길어지자 방자가 개입하여 춘향을 어르고 협박하여 이 도령을 모시고 상경한다. 〈완판 29장본〉도 이와 별반 다르지 않다. 〈이명선본〉에서는 방자가 이 도령과 함께 상경하였다가 이 도령의 편지를 전달하러 남원으로 돌아온다.[21] 〈백성환 창본〉에서는

---

20 방자가 이 도령을 따라 상경한 것을 두고 방자가 官奴가 아닌 私奴로 해석될 수 있는 가능성을 보이는 것으로 당대 사회제도가 弛緩되는 현상으로 보고 있다. (권두환·서종문, 앞의 논문, 1978, 11면.) 여기에 관해서는 추가적인 논의가 필요하다.

관청에 소속된 방자가 이 도령을 따라 상경하게 되는 것을 두고 이 도령이 사또께 청을 하여 방자가 함께 따라가는 것[22]으로 부언하고 있다. 이별담에서 방자가 가장 폭넓게 개입하고 있는 이본은 〈계명대 52장본〉으로 이 도령과 방자가 상경한 후의 사정을 덧붙이고 있다.[23] 〈사재동 87장본〉에서 방자의 형상은 특징이 있다. 유식한 척하는 방자가 등장하여 이 도령과 시를 짓고[24] 책방 독서 삽화에서는 장타령을 하는 등 다른 이본에서 찾기 힘든 방자에 관한 이야기가 등장한다. 또한 오리정 이별시에 향단이가 방자에게

21 그렁저렁 수일 만의 경성의 득달하여 고을 하일 보낼 때의 만지장설 편지 써서 방자 주며 하는 말이 편지 갓다 춘향이 주고 몸 조이 잘 잇다가 후기를 기달이라 하여라. 방자놈 하직하고 떠나가고 (이명선본, 13권, 362면.)

22 도련임 셧ᄃᆞ 청을 ᄒᆞ여 방ᄌᆞ을 오릐 ᄃᆞ리고 잇ᄃᆞ ᄯᅩ 다리고 갈 테온니 신연급장 차졍니나 쥬워 공뇌잇계 하옵쇼셔 (백성환 창본, 1권, 199면.)

23 잇ᄃᆡ 도련임은 경셩의 올나가셔 츈향이만 ᄉᆡᆼ각ᄒᆞ고 운다 ᄋᆡ고 ᄋᆡ고 방ᄌᆞ놈은 덩달너 ᄯᅩ 우지 ᄋᆡ고 ᄋᆡ고 이놈아 너은 웃지 우난야 쇼인도 졀로 우름이 나오 쇼인도 경상도 나려가셔 지지비 ᄒᆞ나 친ᄒᆞ야 두어던니 그 ᄉᆡᆼ각이 남네다 여바라 츈향이와 어더 허던야 츈향이버덤 일ᄉᆡᆨ이지오 두 눈이 웃지 집던지 홰불을 잡고 둉일 더러가도 시오리가 남뭅듸다 허리가 무명 사십쳑이 허릿듸을 ᄒᆞ면 죄오 이가 맛고 코가 웃지 코그늘의 경상도 칠십일쥬가 흉연이 드려 말리 못됩데다 ᄋᆡ고 ᄋᆡ고 도련임이 긔가 막켜 ᄒᆞ난 말이 울리 츈향이가 일ᄉᆡᆨ이지 눈을 의논ᄒᆞ여도 ᄉᆡᆨ별갓턴 고은 눈뫼이요 입으로 의논ᄒᆞ여도 단슌호치 고은 입쇼 향ᄂᆡ가 물큰물큰 나고 이 거동 어너 ᄯᆡ아 다시 볼가 그 거동 글어헌거 이연이와 잠ᄌᆞ리로 일어도 원앙금침 잣베ᄀᆡ 활활 모다 제쳐놋코 여보 도련님 지무시오 ᄂᆡ 팔 지가 바고 졔 팔 ᄂᆡ가 비고 ᄒᆞᆫ충 이리 노일다가 둘의 잠니 흠셕 들어 경신읍시 좀을 ᄌᆞ다가 알심인나 츈향ᄂᆡ가 슬리 슬리 흔들면셔 여보시오 일어나오 일어나오 (계명대 52장본, 10권, 454-455면.)

24 잇 ᄯᆡ 방ᄌᆞ 듯던니 여보 도련임 글만 외우시고 풍월은 ᄒᆞ실 쥴 모로시오 소인 무식ᄒᆞ여도 이갓치 조흔 경쳐을 본니 글보이 터져 ᄉᆞ람 죽계소 너도 무엇 할 쥴 아넌야 소인니 글 ᄒᆞᆫ 귀 지여보리라 ᄒᆞ고 이 놈 ᄒᆞᆫ참 ᄉᆡᆼ각ᄒᆞ던니 ᄒᆞᆫ 귀을 외우는ᄃᆡ 마상의 봉ᄒᆞᆫ식ᄒᆞ니 도즁의 속모츈이라 가련강 포만ᄒᆞᆫ니 불견낙교인이라 엇서디요 도련임 듯더니 그계 풍월이야 오원당음이지 ᄂᆡ ᄒᆞᆫ 귀 짓계신니 운ᄌᆞ ᄒᆞᄂᆞ 불너라 이 놈이 운ᄌᆞ을 불으되 양ᄌᆞᄒᆞᄂᆞ만 부르고 안니 불른니 ᄯᅩ 불너라 소인는 그 박계 모로온이 도련임 마음ᄃᆡ로 지시오 잇 ᄯᆡ 도련임 무론 무신 양ᄌᆞ던지 양ᄌᆞ로 ᄂᆡ 외졉운을 다러쩐 거시엿다 누임남토슈지양 삼월화풍시우양 십벽연젼유져양 풍광안계무ᄀᆡ양 진셰환졍부담양 슈ᄉᆞᆫ가조쥬아양 층난잠의 몽ᄒᆞ양 월노졍신괘녹양이라 여보아라 ᄂᆡ 글 웃더ᄒᆞᆫ야 방ᄌᆞ 듯던니 문ᄌᆞ을 씨되 도련임 글 본니 남칠여구올시다 (사재동 87장본, 8권, 167면.)

술을 먹여 시간을 지체하는 부분이 삽입되어 있다. 〈동국대 69장본〉에서는 결말부에 방자와 향단을 맺어 주기도 한다.

이상의 이본들의 공통점은 두 사람의 만남을 주선하였던 방자가 두 사람의 이별에도 주도적 역할을 하게 된 것이다. 이는 오리정으로 이별 이야기가 확대되면서 수반된 결과로 보인다. 몇 가지 이본을 제외하고 만남담에서 방자의 성격 및 기능은 큰 변화가 없다.

3) [만남담, 이별담, 재회담] 춘향이 쓴 편지 전달 및 관련 파생

마지막은 방자 삽화가 만남담, 이별담, 재회담의 전 부분에 걸쳐 등장하고 있는 이본들로 주로 창본 계열들이다. 여기에 속하는 이본은 〈광한루기〉, 〈옥중화〉, 〈박기홍 창본〉, 〈김여란 창본〉, 〈이선유 창본〉, 〈박봉술 창본〉, 〈경상대 75장본〉, 〈박순호 99장본〉, 〈사재동 68장본〉, 〈성우향 창본〉, 〈조상현 창본〉, 〈김소희 창본〉, 〈박동진 창본〉, 〈정광수 창본〉, 〈김연수 창본〉이다. 만남담과 이별담에서 방자 삽화의 내용이 정련되고 춘향의 편지를 전달하러 가는 역할이 방자에게 주어진다. 이 도령이 방자의 발설을 염려하여 그를 가두라는 편지를 써서 운봉을 비롯한 지방 수령에게 보내는 내용으로 이야기가 확장된다. 〈김연수 창본〉에서는 방자가 편지를 전달하는 삽화가 매우 확대되며 더불어 삽화의 위치도 변경된다. 어사출두 후에 옥에 갇혔던 방자가 도망하여 이 도령에게 따지러 오기도 한다.

방자가 편지를 전달하는 삽화를 장면에 따라 세부적으로 분류하면 첫째, 방자가 이 도령에게 편지를 전달하고 방자를 돌려보내는 것으로 〈이선유 창본〉, 〈박봉술 창본〉, 〈경상대 75장본〉이 여기에 속한다. 둘째, 방자의 발설을 염려한 이 도령이 뒤처리를 하여 방자가 옥에 갇히는 것으로 〈김여란 창본〉, 〈박순호 99장본〉, 〈사재동 68장본〉, 〈이선유 창본〉, 〈성유향 창본〉, 〈조상현 창본〉, 〈김소희 창본〉, 〈박동진 창본〉, 〈정광수 창본〉을 예로 들 수 있다. 셋째, 옥에 갇혔던 방자가 어사출두 소식을 듣고 탈출하는 이본들로 〈옥중화〉, 〈박기홍 창본〉, 〈김연수 창본〉 등이 있다.

(가) 잇ᄯᅢ 중노의셔 어ᄉᆞ도가 방ᄌᆞ을 만닌지라 져 방ᄌᆞ 거동바라 반보짐을 눌너메고 ᄃᆞ직지을 ᄭᅳ을며셔 올나오ᄂᆞᆫᄃᆡ 〈중략〉 이렷탓 노릐ᄒᆞᆯ 졔 어사도 먼첨 보고 아히 방ᄌᆞ야 네 어ᄃᆞ뢴 향ᄒᆞ나야 방ᄌᆞ ᄶᅡᆷᄶᅡᆨ 반겨 셔방님 왼일이요 조흔 살님은 어이ᄒᆞ고 걸인 모양이 되야시며 조흔 입셩은 어ᄃᆡ 두고 폐입팔입이 왼일이요 〈중략〉 셔방님 춘향 셔간을 다 본 후의 춘향 셩설은 더옥 할 말이 업고 변ᄉᆞ도 소위을 ᄉᆡᆼ각ᄒᆞ니 일변의 분심이 칙양업ᄂᆡ 어허 분한지고 변ᄉᆞ도 인가 무어신가 졔 그리 ᄒᆞ고 졔의 신명이 온젼할가 방ᄌᆞ야 너는 압픠 나려가ᄌᆞ 나는 존치ᄒᆞᄂᆞᆫ 그날노 맛초아 나려갈 터이다 너 이놈 나려가셔 비불발셜ᄒᆞ여라 방ᄌᆞ놈 ᄃᆡ강 찰식ᄒᆞ고 나려가니라(경상대 75장본, 13권, 66-68면)

(나) 방자는 올라가고 어사또 내려오시다 방자 하는 소리를 들으시고, 저 놈이 내 앞에서 수년 거행하던 방자놈이 분명한데, 저 놈의 천성이 방정맞은 놈인지라, 내 본색을 알게 되면 누설이 될 것이니 잠시 속일 수 밖에 없지. 〈중략〉 어사또 방자가 방정맞은 놈인 줄 아는지라 본색이 누설될까 염려가 되어 편지 써 주시며 "방자야. 너이 아씨 생사가 경각에 있으니, 이 편지 가지고 운봉영장을 찾아가면 너희 아씨는 살릴 도리가 있을 것이다. 지체 말고 속히 내려가거라." "예에. 서방님 편히 가십시오." 그 편지는 방자 가두어 두라는 편지 것다.(김여란 창본, 2권, 72-76면)

(다) 이ᄯᆡ에 어ᄉᆞ도ᄂᆞᆫ 력마력졸 셔리즁방 각쳐로 다 보ᄂᆡ고 독힝으로 나려올 졔 건너 빗탈 좁은 길노 아히 ᄒᆞ나 올나온다 쵸록단임 감ᄀᆡ발 륙승마포 왼골 젼ᄃᆡ 허리 둘너 잘끈 ᄆᆡ고 ᄒᆞᆫ 발 넘은 육노릐치 량숫 잘나 ᄯᅮᆨᄯᅮᆨ 집고 셜넝셜넝 올나오며 졔 셜은 신세ᄌᆞ탄 노릐를 ᄒᆞᆫ다 〈중략〉 이ᄉᆞ디 그 ᄋᆞ히 볼ᄶᅡᆨ쇠

는 남원칙방 방ᄌᆞ로 춘향에게 청조 되야 오리 거힝 ᄒᆞ얏스니 십년이 되얏기로 어ᄉᆞ도를 몰나볼 리가 잇깃ᄂᆞ냐 이것은 모다 광ᄃᆡ의 롱담이던 것이엿다 〈중략〉 잇ᄃᆡ 운봉읍에 가든 방ᄌᆞ놈이 어ᄉᆞ도 남원츌도 ᄒᆞ야 운봉영장이 보션발로 도망ᄒᆞ야 왓단 말을 듯고 간다 온다 말도 업시 도쥬ᄒᆞ야 와서 어ᄉᆞ도ᄭᅴ 문안ᄒᆞ니 어ᄉᆞ도 우스시며 이 놈 운봉에 가둔 놈이 내 령 업시 왓단 말이냐 이놈아 어ᄉᆞ도로 드려ᄃᆡ는ᄃᆡ 소인을 무슴 죄로 가두엇소 마마님 셔간에 소인 가두라는 부탁이 잇셔 가두웟소 수년 뫼시고 거힝ᄒᆞ던 놈을 그러케 괄시ᄒᆞ셔오 어ᄉᆞ도 우스시며 네가 죄가 잇셔 가둔 게 아니라 네가 방졍마진 놈이 되야 루셜이 될 터기로 잠시 너를 가두엇다 즉시 방자로 남언 관로청 일과소임을 식이시고 십년한뎡ᄒᆞ야 완문ᄭᅡ지 ᄒᆞ여 주시니라(옥중화, 15권, 137-139면)

(가)는 〈경상대 75장본〉을 인용한 것으로 노상에서 방자와 이 도령이 만나 그간의 춘향에 관한 사연을 주고받고 춘향의 편지를 읽은 이 도령이 크게 슬퍼하며 분노한다. 어사가 된 사실을 발설하지 말라고 방자에게 당부한 뒤 방자를 남원으로 돌려보낸다. (나)는 〈김여란 창본〉으로 방자를 만난 이 도령이 편지를 읽고 방정맞은 방자가 미덥지 못하여 그를 운봉영장에게로 편지 심부름 보내는 부분이다. 편지는 어사출두 시까지 방자를 가두어 두라는 내용으로 방자는 운봉으로 떠나게 된다. (다)는 〈옥중화〉의 일부분으로 춘향이 방자에게 돈 열 냥을 주며 편지를 전달하라고 하여 방자가 길을 나서고 다른 이본들과 달리 방자가 이 도령을 단번에 알아본다. 지면에서 인용하지 않았지만 방자가 이 도령과 함께 만복사로 갔다가 운봉에게로 편지 심부름을 간다. 인용문은 그로 인해 갇혀 있던 방자가 어사출두 소식을 듣고 탈출하여 자신의 공과를 보상받는 부분이다.

춘향 편지 삽화는 이본마다 큰 차이 없이 유사하지만 재회담 내에서 삽화의 위치는 조금씩 차이가 있다. 춘향 편지 삽화가 길어질수록 재회담의 앞쪽으로 이동하는 경향을 보인다. 이로 인해 이 도령이 남원으로 내려오는 과정에서의 사건들이 약화되고 춘향의 편지가 주요한 사건으로 확장된다. 결말부의 변화에 비해 만남담, 이별담에서는 특징적인 변화가 없으며 관련하여 특징적인 이본도 찾을 수 없다. 이상의 창본들과 비교할 때 〈광한루기〉에서는 재회담에서 김한이 화경을 만나 자신의 누이인 모란에게 들은 그간의 사정을 전달하고 남원까지 동행하는 것으로 되어 있다. 〈광한루기〉에서 김한은 의리가 있어 자발적으로 춘향의 소식을 전하고자 화경을 만나러 간 것으로, 결말부에서 기다리던 어사가 성 밖으로 나오지 않자 월매를 찾다가 소식을 듣고 월매와 더불어 기쁨을 만끽하는 것으로 나타난다.

4. 삽화 변이의 방향과 의미

이상의 양상을 통해 삽화 변이의 방향과 의미를 정리하면 다음과 같다.

첫째, 〈춘향전〉에서 방자의 기능이나 역할은 유사해 보이지만 시대나 이본에 따라 방자를 향유하는 방식이나 인물에 대한 생각은 자못 달라져 왔다. 그런 이유로 방자를 시대적이고 문화적인 전형으로 파악하기 위해서는 각 이본의 특수한 성격이 고려되어야 한다. 〈만화본〉이나 〈춘향신설〉을 비롯한 〈춘향전〉의 초기 이본에서의 '청조'나 '관복'이라는 표현에 비추어 볼 때 방자의 존재감이나 역할이 크지 않았음을 가늠할 수 있으나 이는 한문본의 특수성을 감안하여야 한다.

〈남원고사〉에서는 기괴한 외모를 가진 잇속에 밝은 인물로, 〈남창〉에서는 양반을 보필하기에 부족함이 없을 정도의 영리한 인물로, 〈김여란 창본〉에서는 세파에 닳아 눈치가 비상한 인물로 편폭이 다른 결을 보인다. 또한 절략본들에서는 주동 인물에 대한 정보를 전달하는 역할 중심으로 재편되며 〈완판 84장본〉의 경우 춘향의 상승된 신분이라는 서사적 변화에 맞추어 〈남창〉에서는 이 도령의 형상에 따라 그 역할이 축소된 반면 〈신학균본〉에서는 그와 반대의 현상이 나타나고 있다.

판소리(계 소설)의 특징을 반영하듯 〈춘향전〉의 방자는 서사의 맥락이나 개작 의식에 따라 특정 성격이 강화되고 약화되는 식의 다면적인 모습 그대로 향유되어 왔다. 이런 까닭으로 방자는 월매나 향단이와 달리 주동 인물에 잠식되지 않고 독자성을 지닌 채 서사 변이의 추동력이 될 수 있었다. 이는 〈배비장전〉의 방자나 말뚝이와 비교할 때 〈춘향전〉의 방자가 가지는 한계로 지적될 수도 있지만 서사를 변이시키고 형상을 변모시킬 수 있는 추동력이 되었다는 점에서 다른 보조 인물 혹은 다른 작품의 방자와 〈춘향전〉의 방자를 변별하는 지점이 되기도 한다.

독자의 관심과 향유라는 관점에서 〈춘향전〉 이본에 나타난 방자 삽화의 변이는 방자를 판소리를 대표하는 인물, 조선후기 민중의 전형으로 파악하는 것에서 인간적이고 반규범적인 인간형으로 파악하는 것으로 변모하였음을 보여 준다. 이 역시 방자라는 인물에 대한 향유자들의 관심이 다변화되면서 나타난 결과로 보인다.

둘째, 방자 삽화의 변이는 마부, 통인, 농부 등의 인물들을 수렴하는 방향으로 이루어졌다. 이별담에서 이 도령을 상경시키는 임무를 맡은 마부가 방자로 바뀌면서, 재회담에서는 편지를 전달하는 주막 노인의 아들인 복실이 등이 방자로 대체되면서 방자가 등장하는 삽화는 변모한다. 이 외에도 작은 부분이긴 하지만 만남담에서 광한루의 경치를 소개하거나 광한루에서 이 도령과 함께 술을 마시며 춘향의 정체를 알려주는 사람은 통인이 되기도 하고[25] 방자가 되기도 한다. 또한 춘향의 집을 방문한 이 도령을 춘향에게 주선하는 사람은 방자이기도 하고 월매이기도 하다. 어사가 남원으로 내려오는 과정에서 방자의 작중 역할이 확대될수록 변학도의 학정을 고발하는 농부들의 반응은 상대적으로 줄어든다.

---

25 〈완판 84장본〉, 〈사재동 52장본〉, 〈사재동 51장본〉에서는 통인이 등장하여 방자의 역할을 대신한다.

이처럼 방자와 기능적으로 유사한 인물들이 방자로 변화한 것은 서사적 통일성이나 기억의 용이함을 위한 것으로 보이며 이는 결과적으로 〈춘향전〉의 연극성을 강화하는 결과를 낳는다. 그러나 이는 역으로 〈춘향전〉에 등장하는 다양한 인물들을 소거하고 그 특성을 사장시킴으로써 서사적 입체성은 물론 각양각색의 인물들이 자아내는 재미를 약화시키고 있다.

셋째, 방자 삽화와 장면들의 양적 비중은 후대로 갈수록 확대되는데, 이 과정에서 정보제공자로서의 기능은 강화되지만 비판자로서의 기능은 약화된다. 20세기 인기를 끌었던 〈옥중화〉에 이르면 방자는 이 도령과 함께 작품에 등장하고 이 도령과 함께 퇴장하며 이른바 이 도령의 그림자로 자리 잡는다. 작중 출현 비중은 전대에 비해 대폭 증가한 것이지만 작중 기능은 정보를 제공하는 자로 국한되며 전대 〈춘향전〉에서 보여 주었던 비판자로서의 모습이 확연하게 줄어든다. 어사출두라는 비밀을 유지하기 위해 방자가 옥에 갇히고 또한 그런 이유로 공로를 인정받아 상을 받게 된다는 삽화가 〈옥중화〉와 창본들에 첨가된 것은 방자의 정보를 주는 자로서의 기능이 강화된 것을 여실히 보여 준다.

방자는 작품 속에서 다양한 정보를 전달하고 안내한다. 이는 남원의 풍광에서부터 춘향의 신상에 관한 것은 물론 한양에서 내려온 이 도령의 집안 내력에 관한 것, 춘향모의 명성과 사또의 성품에 이르기까지 지역과 대상을 막론하여 넓은 범위에 걸쳐 있다. 방자의 이러한 역할은 직접적인 발화를 통해 혹은 은연중의 태도를 통해 자신은 물론 상대 인물의 이미지를 형성하는 데 기여한다. 또한 공개된 것은 물론 발설해서는 안 되는 것까지를 가리지 않는 방정맞은 인물로 방자가 간주되면서 그가 등장하는 부분을 주도하게 되고 방자의 개입에 의하여 사설들이 삽입되고 작품 구조 속에 정착될 수 있는 여지를 만들게 된다.[26]

---

26 "권두환 · 서종문, 앞의 논문, 1978, 15면"에서는 팔도경개풀이, 금옥사설, 춘향집사설, 책방 뒤풀이, 천자뒤풀이 등의 방자와 이 도령의 문답으로 이루어진 부분을 방자가 개

방자의 비판자로서의 기능이 약화되고 정보자로서의 기능이 강화되는 이유 중의 하나로 춘향의 신분 상승을 생각해 볼 수 있다. 방자가 이별담에서 마부를 대신하여 등장하게 되는 것은 오리정 전송 삽화의 첨가로 인한 것으로 〈완판 29장본〉와 〈완판 33장본〉에서 찾아볼 수 있다. 그러나 이어지는 판본인 〈완판 84장본〉에서 오리정에서의 이별은 춘향의 상승된 신분에 격이 맞지 않아 의도적으로 변개된다. 오리정 전송을 부정하며 관련 삽화를 삭제하였으나 방자의 상경 장면을 그대로 전승하고 있는 〈옥중화〉, 〈조상현 창본〉, 〈성우향 창본〉, 〈박기홍 창본〉의 경우 춘향의 신분 변화에도 불구하고 방자의 안내자 혹은 정보 전달자로서의 역할은 유지되고 있음을 알 수 있다.

5. 맺음말

방자는 시골 관청에 예속된 종의 명칭 중 하나로 일개 노비에 불과하며 작품 속에서도 보조 인물일 뿐이지만 〈춘향전〉에서의 역할과 위상은 결코 적지 않다. 특히 그는 조선후기 사회상을 반영하고 당대 민중을 대변하는 인물의 하나로 독자들의 지속적인 관심과 애정을 누려 왔다. 그런 까닭으로 〈춘향전〉의 향유에서 방자는 다양한 변모 과정을 겪어왔다. 〈운영전〉, 〈배비장전〉, 〈화용도〉, 〈춘향전〉 등에 등장하는 방자라는 인물의 형상과 기능이 균일하지 않다는 점을 고려하여 방자는 '방자형 인물'이라는 하나의 전형으로 간주되어 왔다. 그러나 방자가 판소리(계 소설)의 특징을 여실히 보여주는 인물이면서 〈춘향전〉이 향유자에 의해 형성되어 온 작품임을 고려할

입하지 않으면 안 되는 부분으로 보고 이 도령의 물음에 방자가 답하는 형식이 아니라 방자의 물음에 이 도령이 답하는 형식으로 변화하는 현상을 방자의 주도적 기능이 강화된 것으로 보고 있다.

때 〈춘향전〉에 존재하는 개별적 인물로서 방자에 대한 향유자들의 관심과 의미를 읽을 필요성이 제기되며 그 존재 양상은 다양한 이본을 통할 때 실재를 확인할 수 있다.

〈춘향전〉 이본에서 방자가 출현하는 단위담은 만남담, 이별담, 재회담이다. 만남담에서는 이 도령에게 남원에 대한 정보를 주고 춘향을 소개하며 춘향과 이 도령을 주선한다. 춘향의 집을 알려주고 춘향의 집까지 안내하며 월매에게 이 도령을 소개하기도 한다. 방자가 없는 춘향과 이 도령의 결연은 이루어지기 어렵다. 이별담에서는 사또의 상경 소식을 춘향과 이 도령에게 전달한다. 춘향과 이 도령의 이별을 재촉하며 이 도령을 따라 상경한다. 재회담에서는 춘향의 편지를 어사에게 전달하고 그간의 사정을 알리지만 그가 비밀을 발설할 것을 우려한 어사로 인해 옥에 갇힌다. 초기 이본에서 방자는 대체로 만남담에만 등장하며 만남담, 이별담, 재회담까지 방자가 등장하는 이본들은 주로 창본 계열이다.

독자의 관심과 향유라는 관점에서 방자 삽화의 변이는 방자를 하나의 전형으로 파악하는 것에서 인간적이고 반규범적인 인간형으로 파악하는 것으로 변모한다. 이는 방자가 당대 민중의 반영 혹은 판소리 〈춘향가〉를 대표하는 인물로의 위상을 획득하면서 방자라는 인물 자체에 대한 향유자들의 서사적 관심이 추동된 것으로 보인다. 더불어 〈춘향전〉의 이본에서 방자의 출현이 확대된 것은 마부나 통인, 농부 등의 인물을 수렴하는 방향으로 이루어졌다. 이는 춘향과 이 도령을 매개하는 인물에서 이 도령을 수행하는 인물로의 변화라는 점에서 방자와 이 도령의 관계성이 공고화된 것으로 볼 수 있다. 마지막으로 방자의 작중 출현 빈도는 잦아지고 양적 비중은 확대되지만 방자가 기존에 갖고 있던 상전에 대한 비판자로서의 기능이 약화되고 정보자로서 기능이 강화되었다는 점에서 사회적 의미는 다소 축소된다.

방자는 〈춘향전〉의 주동 인물이 아니고 그런 까닭으로 이 도령이나 춘향과의 관계 속에 국한되어 논의되어 왔다. 그러나 이상의 연구를 통해 볼 때

〈춘향전〉이라는 하나의 작품, 다양한 이본을 통해, 방자가 향유자들에게 오랜 관심의 대상이었으며 그 결과 다소 결이 다른 모습으로 존재하고 있다는 점을 확인할 수 있었다. 주인공이 아닌 특정 인물이 향유자들의 관심을 통해 회자되고 변모해간다는 것은 문학의 향유에서 매우 유의미하고 흥미로운 현상이다. 방자의 변이는 판소리나 고전소설 향유의 활력이 전과 같지 않은 상황에서도 장르와 매체를 달리하여 거듭되고 있는 것을 볼 때 현대의 향유자들에게도 방자는 여전히 매력적이며 향유자와 함께 변화해 가는 인물이라 평가할 수 있다.

참고문헌

[자료]

김진영 · 김현주 · 김희찬 편저, 『춘향전 전집』 1, 박이정, 1997.

________________ 편저, 『춘향전 전집』 2, 박이정, 1997.

________________ 편저, 『춘향전 전집』 3, 박이정, 1997.

김진영 · 김현주 · 김희찬 · 백미나 · 사성구 편저, 『춘향전 전집』 8, 박이정, 1999.

김진영 · 김현주 · 손길원 · 진은진 · 김희찬 편저, 『춘향전 전집』 4, 박이정, 1997.

____________________________ 편저, 『춘향전 전집』 5, 박이정, 1997.

김진영 · 김현주 · 차충환 · 김동건 · 이정원 · 김희찬 · 서유석 편저, 『춘향전 전집』 13, 박이정, 2004.

김진영 · 김현주 · 차충환 · 김동건 · 조현우 · 김희찬 편저, 『춘향전 전집』 14, 박이정, 2004.

김진영 · 김현주 · 차충환 · 김동건 · 진은진 · 이재영 · 김희찬 편저, 『춘향전 전집』 12, 박이정, 2004.

김진영 · 김현주 · 차충환 · 김동건 · 진은진 · 정인혁 · 김희찬 편저, 『춘향전 전집』 15, 박이정, 2004.

김진영 · 김현주 · 홍태한 · 진은진 · 서유경 · 김희찬 편저, 『춘향전 전집』 9, 박이정, 1999.

김진영 · 김현주 · 홍태한 · 차충환 · 김동건 · 이재영 · 김희찬 편저, 『춘향전 전집』 11, 박이정, 2004.

김진영 · 김현주 · 홍태한 · 차충환 · 김희찬 편저, 『춘향전 전집』 10, 박이정, 2001.

柳振漢 지음, 김석배 역주, 「晩華本 春香歌」, 『판소리연구』 3, 판소리학회, 1992.

[논저]

곽정식, 「춘향전 개작에 따른 방자의 작중기능 변이양상」, 『한국문학논집』 11, 한국문학회, 1990.

권두환 · 서종문, 「방자형 인물고, 판소리계 소설을 중심으로」, 『한국소설문학의 탐구』, 한국고전문학회, 1978.

김종철, 「춘향전 교육의 시각 (1)」, 『고전문학과 교육』 1, 청관고전문학회, 1999.

김현룡, 「고소설의 방자 소재」, 『국어국문학』 79, 국어국문학회, 1978.

김흥규, 「방자와 말뚝이: 두 전형의 비교」, 『한국학논집』 5, 계명대학교 한국학연구원,

1978.
박영철, 「방자의 민중의식과 한계: 〈열녀춘향수절가〉 〈배비장전〉을 중심으로」, 『국어국문학』 15, 국어국문학회, 1978.
서보영, 「고전소설 삽화 재구성 교육 연구-〈춘향전〉이본을 중심으로」, 서울대학교 박사학위논문, 2017.
정출헌, 「춘향전의 인물형상과 작중역할의 현실주의적 성격, 이고본 〈춘향전〉을 중심으로」, 『판소리연구』 4, 판소리학회, 1993.
최혜진, 「춘향전 인물군의 사회적 성격」, 『한국어와 문화』 20, 숙명여자대학교 한국어문화연구소, 2016.

11장 고전문학 향유 리터러시의 위계화 시론

—<토끼전>을 중심으로

류수열*

1. 안내된 읽기로서의 고전문학 향유

소설 〈모비 딕〉의 주인공은 자신의 다리를 앗아간 흰고래[白鯨]를 복수의 일념으로 추적하는 '아합'(Ahab, 번역본에 따라 '에이햅'으로 표기되기도 한다)이다. 광기에 가까운 아합의 집착에 제동을 걸곤 하는 인물이 바로 '스타벅'이다. 그런데 스타벅스에서 커피를 마시는 사람들 중 그 상호의 기원이 〈모비 딕〉에 등장하는 부차적인 인물에 있다는 실체적 사실을 아는 사람이 그다지 많지는 않을 것이다. 그 사실을 모른다고 해도 우리가 그 커피의 맛을 즐기는 데는 아무런 지장이 없다. 안다고 한들, 그것은 스타벅스라는 상호의 기원이 스타벅이라는 〈모비 딕〉의 한 인물의 이름에 있다는 단순한 기억의 인출에 가까울 따름이다. 다만 우리는 그러한 실체적 사실을 안다는 것이 고전문학 리터러시의 한 층위임은 충분히 수긍할 수 있을 것이다. 어떤 정보를 많이 알면 알수록 이른바 교양인으로서의 정체성을 뚜렷이 확보

* 한양대학교 국어교육과 교수.

하게 되는 것임은 굳이 상론할 필요가 없겠다.

그렇다면 다음과 같은 질문을 던져본다. 고전 문학에 대한 앎은 정말 필요한가? 필요하다면 왜 필요한가? 고전 문학 읽기는 독서교육에서나 문학교육에서나 일관되게 강조하는 것이고, 어느 나라의 교육 제도에서도 이를 소홀히 다루는 법은 없다. 자국어 교육과정에 대한 논쟁을 거쳐 자국어 교육의 목적을 5가지로 정리한 바 있던 영국의 경우에도, '문화유산(cultural heritage)의 전수'를 그 중의 하나로 설정하고 있다. 이러한 목적을 강조하는 관점은 언어 중에서도 문학 작품을 가장 정련된 것으로 간주하고, 작품 감상으로 학생들을 이끌어야 하는 학교의 책임을 강조한다.[1] 여기에서 문화유산이란 고전의 반열에 오른 문학작품에 다름 아니다. 이러한 관점에 따르면 〈모비 딕〉도 인류의 한 구성원으로서 충분히 읽어야 할 가치가 있는 작품이고, 이 작품을 읽은 독자라면 스타벅이라는 인물을 추상적으로라도 기억해 둘 만하다.

그럼에도 불구하고 이런 우문을 던지는 것은, 등장인물의 이름을 파편처럼 기억하는 일이 문학 작품의 감상(appreciation)을 통해 문화유산의 전수를 추구하는 국어교육의 궁극적인 목적과는 거리가 멀기 때문이다. 도대체 왜 고전문학은 지속적으로 국어 교실 혹은 문학 교실에서 배제될 수 없는가? 교육은 학습자로 하여금 고전문학 학습을 통해 어떤 인간으로 성장해 갈 것을 기획하고 있는가? 이것이 이 글의 포괄적이면서도 추상적인 촉발점이 되는 의문이다.

오늘날 고전문학이 향유되는 장은 크게 교실 내부와 외부로 나누어 볼 수 있겠다. 교실 외부에서 향유되는 고전문학은 대부분 성인이 독자의 자격

---

1 a 'cultural heritage' view emphasizes the responsibility of schools to lead children to an appreciation of those works of literature that have been widely regarded as amongst the finest in the language. (Brian Cox, *Cox on cox: An English Curriculum for the 1990s*, Hodders & Stoughton, 1991, pp.21-22)

으로 자발적으로 참여하는 방식으로 이루어진다. 자발적 참여라는 점에서 그 의의가 매우 중하긴 하나 현대문학에 비해 그 향유층은 극히 제한적이다. 언어 자체에 접근하기 어렵고 당대의 사회적, 문화적 맥락을 조회하며 읽어야 하는 번거로움이 그 제한성의 일차적인 원인이라 할 것이다. 게다가 현역 작가들에 의해 생산되는 무수한 작품들이 지니는 리얼리티를 외면하고 굳이 고색창연한 고전의 바다로 뛰어드는 수고로움을 감수할 독자가 많지는 않을 것이다. 현대어로 풀어낸 새로운 판본들이 접근을 용이하게 한다 하더라도 당대의 문학을 압도하는 매력을 찾기는 쉽지 않을 것이다.

따라서 자연스럽게 현재의 고전문학 향유에 대한 관심은 청소년 학습자들이 모여 있는 교실 내부로 옮겨간다. 추천 도서 목록에 호출되는 고전문학 작품이 있어 교실 밖의 문학 향유가 성립되지 않는 것은 아니지만, 그것은 대체로 과제의 형태로 제시되기 때문에 결국 교실 내부 문학 향유의 연장선상에 놓이는 것이다. 이 경우 자발적인 성인 독자들에 의해 수행되는 고전문학 향유와 달리 어느 정도 강제성을 띨 수밖에 없으며, 일종의 '안내된 읽기(guided reading)'를 수행하는 형식으로 향유된다. '안내된 읽기'를 수행하기 때문에, 그에게는 읽기 전부터 혹은 읽은 이후에 주어지는 과제가 있을 수 있다. 이 과제를 수행하는 데는 당연히 어떤 지적 에너지가 필요할 것이고, 읽기 자료가 고전문학이므로 그 지적 에너지는 곧 고전문학 향유 리터러시라 할 수 있겠다. 그런데 고전문학의 향유란 결국 고전문학을 읽고 이를 다양한 방법으로 수용하는 일로 수렴된다. 고전문학을 패러디하는 일이 없지는 않겠지만, 그것은 또 다른 설계를 요구하는 창작의 국면으로 넘어가는 일이다. 그렇다면 고전문학 향유 리터러시는 결국 고전문학 수용에 요구되는 리터러시를 가리키게 된다.[2]

2 '고전문학 리터러시'의 내포와 관련하여 '고전 리터러시'의 역사적 변화 과정을 살피면서, 중세의 고전 리터러시가 근대 계몽기 이후에는 고전문학 리터러시로 전이되고, 이것이 다시 해방 직후부터는 화석화되기 시작했다고 평가한 연구를 주목해 볼 만하다.

이 글은 이와 같은 맥락에서 고전문학 향유의 몇 가지 국면을 설정하여 각각의 국면에서 어떠한 종류의 리터러시가 요구되는가를 살피면서, 그 리터러시들이 어떠한 위계적 질서를 지니는지를 탐색하고자 한다.

일찍이 스피로는 문학 학습자의 역할 모델을 문학 비평가, 문학 연구자, 작가, 감식력 있는 독자, 인문주의자, 능력 있는 언어 사용자로 설정한 바 있다. 각각은 문학을 철학으로서, 정전으로서, 창조성을 훈련하는 자료로서, 자율적인 읽기를 촉발하는 자료로서, 인문주의적 훈련의 자료로서, 언어사용의 실례로서 바라보는 관점에 대응된다.[3] 이러한 역할 모델 설정은 중고등학교 교육과정의 위계성을 기준으로 볼 때 과도한 면이 없지 않다. 그러나 어디까지나 '모델'이라는 점을 감안한다면 고전문학을 읽는 청소년 학습자가 수행해야 하는 역할의 단면을 보여주는 데는 부족함이 없다. 각각은 배타적이지 않아야 하며 서로 혼재되어 발휘될 가능성이 크다 하겠다. 다만 이 글에서는 '감식력 있는 독자'를 중심으로 하여 인문주의자나 능력 있는 언어 사용자를 포섭하는 구도 내에 이상적인 독자를 배치해 두고 논의를 전개하고자 한다.

이를 위해 먼저 고등학생 수준의 학습독자로서 수행할 수 있는 여러 층위의 학습 과제와 그 결과물을 연구자 스스로 구성하여 여기에 어떤 종류의 고전문학 리터러시가 소용되는지를 분석할 것이다. 나아가 과제를 수행하는 데 작용하는 사고의 성격, 과제 수행 결과물의 내용이 지닌 성격에 따라 위계를 설정해 보고자 한다. 그리고 연구자 개인의 주관적, 자의적 판단

여기에서 필자는 현재의 공교육에서는 문학이라는 범주에 수렴되지 않는 수많은 고전 텍스트를 포섭할 수 있다는 이점 등에 근거하여 고전문학 리터러시보다는 고전 리터러시의 가치를 주창한다. 그러나 본고에서는 이러한 이점을 존중하면서도 논의의 대상이 문학에 국한된다는 점에서 고전문학 리터러시를 유지하기로 한다. '고전 리터러시'의 개념과 역사적 변전에 관해서는 조희정, 「고전 리터러시(Literacy) 교육을 위한 새로운 구도 –근대적 변화 양상의 검토를 통해」, 『국어교육학연구』 21, 국어교육학회, 2004 참조.

3 J. Spiro, "Assessing Literature; Four Papers", *Assessment in Literature Teaching* (ed. C. Brumfit), Modern English Publ., 1991, p.18.

을 보완하기 위해 고전문학 교육의 현장에서 관록을 쌓은 교사들의 직관적 혹은 분석적 판단을 참조하여 그 위계를 점검해 보고자 한다. 10명의 교사(A~J)에게 각각의 과제를 수행하는 데 필요한 학습독자들의 리터러시 중 기준 과제에 요구되는 리터러시를 준거 점수 5로 상정하여 나머지 리터러시들의 강약이나 경중, 우열을 판단하여 점수(1~9점)로 표시해 달라고 요청하였다. 필자가 스스로 판단한 위계와 교사들이 경험에 의거하여 판단한 위계 사이에 차이가 있는 경우에는 교사들의 경험적 판단을 신뢰하면서 그 위계의 타당성을 점검할 것이다. 이와 더불어 리터러시의 우열과 무관하게 각각의 과제가 지니는 교육적 가치에 대해서도 판단을 요청하는 설문을 추가하였다. 기준 과제의 준거 점수를 5로 상정하였을 때, 나머지 과제는 어느 정도인지 판단하여 점수(1~10점)로 표시해 달라고 요청하였다.

다만 그렇다 하더라도 이 글은 어디까지나 시론 차원에서 시도되는 작업으로서의 한계가 없지 않다. 문학 교수 · 학습이 이루어지는 교실의 현실적 여건을 총체적으로 고려하지 못하고 있고, 설문에 참여하는 교사들의 수가 제한적이라는 데서 오는 한계이다.

2. 학습자의 수행 과제와 그 결과물

이제 현대에 살고 있는 어느 가상의 고전문학 독자가 작품을 읽어가는 과정을 가상적으로 구성하여 각각의 국면에서 어떠한 문식성이 요구되는지를 살펴보기로 한다. 그는 고전문학 중에서도 〈토끼전〉을 골랐다. 그리고 각각의 국면에서 요청되는 과제를 염두에 두면서 작품을 읽고 그 후에 과제를 수행하였다.

교육과정 설계에서 내용이나 과제의 위계를 설정하는 것은 무엇보다 학습자 변인을 고려하기 때문이다. 그리하여 그 위계에 따라 교육 내용이나 과제를 투입하는 시기의 선후가 결정되고 학습량이 조절된다. 이는 위계가 상대적임을 말해준다. 이러한 상대성을 고려하여 본문을 독해하는 과제를 기준 과제로 설정하였다. 이 과제를 기준으로 삼은 것은 이것이 고전문학의 독자가 작품을 읽어갈 때 가장 먼저 겪는 인지적 부담에 해당되기 때문이다. 고어 표기는 현대어로 풀어서 제시되는 경우가 많아서 직접적인 난점이 아니라 하더라도, 작품에 동원되는 어휘의 생경함은 익숙해지기 전까지는 난공불락의 성과 같은 장애가 된다. 그리하여 다음과 같은 형식으로 과제를 구성하였다. 이 과제는 임의로 설정된 기준 과제로서 리터러시 수준과 교육적 가치 면에서 모두 5에 해당된다.

[기준 과제] 다양한 자료를 조사하여 다음 대목을 현대어로 풀어 쓰시오.

한 꾀를 생각하고 복지(伏地)하야 아뢰되,

"대왕은 수궁 전하옵시고 소토는 인간미물이라 어찌 죽기를 사양하오리까. 상주(上奏)키 황송하오되 옛글을 생각하온즉 옛적에 상주(商紂) 포악하야 성인의 심중에 일곱 구멍 있다 하고 비간(比干)을 죽였더니 일곱 구멍은 없사옵고 헛배만 갈랐으니 대왕께서도 간신의 말을 듣고 소토의 배를 갈랐다가 간이 있으면 좋으려니와 없사옵고 보면 소토만 횡사하고 대왕 병을 못 고치면 그 아니 원통하오."

용왕이 하교하되,

"간(肝)이라 하는 것은 오행 중 목궁(木宮) 소속이오 비(脾)라 하는 것은 오행 중 토궁(土宮) 소속이라. 비위수병즉(脾胃受病則) 구불응식(口不應食)하고 간수병즉(肝受病則) 목불능시(目不能視)하나니 네가 능히 시물(視物)을 하며 간이 어찌 없으리오. 어서 바삐 배를 갈으라."

토끼 여짜오되,

"대왕은 단지기일(但知基一)이오 미지기이(未知基二)로소이다. 천생만물이 한 가지 이치오면 복희씨는 어이하야 사신인수(蛇身人首) 되얐삽고 신농씨는 어이하야 인신우수(人身牛首) 되얐삽고, 대왕은 어찌하야 꼬리가 저리 길고 웬 몸에 비늘이오 소토는 어찌하야 꼬리가 이리 뭉특하고 웬 몸에 털이 송송하오니까. 소토의 간이 있사오나 지금은 간이 없나이다.

(※심정순·곽창기 구술 창본(김진영 외 편, 『토끼전 전집』, 박이정, 1997)을 현재의 표기에 가깝게 풀어서 제시함.)

이 대목을 이해하는 데 요구되는 것은 인명을 포함한 개별 단어와 구절, 문장 단위에서 요구되는 것은 한자 문화권의 중심이었던 중국의 역사와 문화에 대한 식견이다. 구체적으로는 '비위수병즉(脾胃受病則) 구불응식(口不應食)하고 간수병즉(肝受病則) 목불능시(目不能視)하나니', '사신인수(蛇身人首)', '인신우수(人身牛首)'와 같은 한문 문화권의 전고에 대한 리터러시, '상주', '비간', '복희씨', '신농씨' 등 신화적, 역사적 인물에 대한 리터러시이다. 이러한 지식이 없이는 토끼가 어떤 거짓말을 하는지도 이해하기 어렵다. 이를 포괄적으로 '전고 리터러시'로 분류해 둔다.

사실 이러한 과제는 문학 연구자를 모델로 삼는다. 달리 말해 학습독자가 직접 이러한 일을 수행하는 일은 드물다는 뜻이기도 하고, 그들에게 필수적으로 요구되는 리터러시가 아닐 수 있다는 뜻이기도 하다. 현대문학 작품을 읽는 상황에서라면 이러한 리터러시는 그 필요성이 상대적으로 덜하거나 거의 작동하지 않을 것이다. 일반적으로 교실 내부에서라면 교사에 의해, 혹은 자료에 부가되는 주석의 형식으로 제공되는 정보에 의존하여 접근 가능한 것이다. 다만 이런 과제를 수행하는 상황이 주어진다면, 자료를 찾아 가면서 읽는 능동적 활동이 동반될 수밖에 없다. 그만큼 학생들에게 요구되는 지적 에너지가 커서 부담스러울 수 있다. 이 연구에서는 이 과제를 기준 과제로 설정하여 다음에 제시되는 여러 과제의 수행 과정에서 동반되어야 하는 리터러시의 수준을 평정하는 데 준거로 활용한다. 과제 제시

순서는 대체로 '부분→전체', '작품→독자'의 구도를 따랐다.

1) 문맥을 고려한 해석

'전고 리터러시'를 발휘하여 개별적인 어휘나 구절을 이해했다면, 해당 장면에서 인물들이나 서술자의 말이 어떠한 의미를 지니는지, 그리고 인물이 어떠한 말하기 전략을 구사하는지를 해석하는 단계로 넘어가야 한다. 이는 현대어로 풀이하는 수준을 넘어서서 추론을 동반해야 한다는 점에서 '해석 리터러시'로 규정할 만하다. 이에 따라 '기본 과제'에서 활용된 장면을 활용하여 구성한 과제와 이에 대한 모범적인 결과물은 다음과 같다. 이 대목을 자료로 택한 것은 〈토끼전〉 전체를 통틀어 위기감이 가장 고조되는 장면으로서 토끼의 성격이 선명하게 드러나기 때문이고, 그만큼 전체 서사 전개에서 중요한 역할을 맡고 있다고 보기 때문이다.

[과제 1] 다음 장면에서 토끼가 하는 말을 해석하시오.

※위의 기준 과제에서 제시된 자료임.

[과제 1 수행 결과물]

토끼는 '상주'와 '비간'의 고사를 인용하여 예상된 결과가 나오지 않았을 때 받을 수 있는 불이익을 제시한다. '상주'와 '비간'의 전고를 들어 배를 갈라서 만일 간이 없을 경우에 청자인 용왕이 난처한 상황에 처하게 될 것이라고 예고하는 것이다. 이를 통해 청자인 용왕이 염려하고 있는 미래 시점의 부정적 결과를 현재 사건의 근거로 사용하여 그를 설득하려 한다. 아직 존재하지도 않은 사건에 대한 청자의 불안감을 자극함으로써 토끼의 전략은 성공으로 귀결된다.

또한 화자와 청자가 공유하고 있는 구체적인 사례로서 '복희씨'와 '신농씨' 고사와 자기 자신과 용왕의 신체를 제시하고 있다. 반인반수(半人半獸)의 인물인 '복희씨'와 '신롱씨'는 공유된 표상이며, 꼬리가 길고 비늘로 덮여 있는 '용왕'과 꼬리가 뭉툭하고 몸이 털로 덮여 있는 '토끼'의 외양은 현재 의사소통 상황에 가시적으로 확인할 수 있는 구체적인 증거물로 기능한다.

이에 대해 교사들은 다음과 같이 반응하였다.

교사	A	B	C	D	E	F	G	H	I	J	평균
리터러시 수준	6	6	6.5	9	5	7	7	8	6.5	6.5	6.75
교육적 가치	7	6	5	5	6	6	8	5	6	6	6.00

2) 서사적 전개의 이해

세부적인 어휘와 구절을 이해하면서 한 편의 소설을 완독한 독자라면 당연히 전체적인 줄거리를 기억해야 할 것이다. 작품에 의존하여 이루어지는 이 과제의 수행 결과는 소설의 경우 텍스트를 완독했음을 보여주는 가장 명시적인 증거가 될 것이다. 이를 '스토리 리터러시'라 지칭하고자 한다. 작품의 세부적인 사항까지 일일이 기억하기는 어렵겠지만 다음과 같은 수준으로 포괄적인 줄거리는 충분히 기억할 수 있을 것이다. 이와 관련하여 제시된 과제와 모범적인 결과물은 다음과 같다. 〈토끼전〉은 이본별로 결말이 아주 다양한 편이므로 토끼의 육지 귀환 대목까지만을 제시하였다.

[과제 2] 〈토끼전〉 전편을 읽고 그 줄거리를 제시하시오.

[과제 2 수행 결과물]

용왕이 병을 얻어 탄식을 하는데, 명의가 등장하여 토끼의 간을 명약으로 처방한다. 이에 누가 토끼를 데려올 것인지를 두고 어족 회의가 열린 자리에서 별주부가 토끼를 데려오겠다고 자원한다. 별주부는 가족과 동료들에게 이별을 고하고 육지로 떠난다. 마침 산중에서 왕을 가리는 모족 회의가 열리고 호랑이가 횡포를 부려 왕으로 등극한다. 별주부는 호랑이를 만나 위기에 처하나 도망을 치다가 토끼를 만난다. 별주부는 안온하고 영화로운 삶을 약속하며 토끼를 유혹한다. 토끼는 유혹에 넘어가 수궁으로 향한다. 위기에 처한 토끼는 궤변으로 용왕을 속여서 수궁을 탈출하여 육지로 귀환한다.

이에 대한 교사들의 반응은 다음과 같다.

교사	A	B	C	D	E	F	G	H	I	J	평균
리터러시 수준	4	3	3.5	3	6.5	5	3	3	6.5	3.5	4.1
교육적 가치	6	5	3	7	6	8	6	3	7	5	5.60

3) 주제 분석

소설 읽기에서 주제 찾기가 목적이 되는 것은 아니다. 읽어가는 과정에서 문체의 힘에서 느끼는 즐거움도 있을 수 있고, 인물이나 서술자의 말에서 얻는 깨달음도 즐길 수 있다. 서사적 구성의 묘미에서 오는 긴장감도 소설을 읽은 즐거움이 될 수 있다. 그럼에도 불구하고 인물과 사건을 통해 형상화된 전체적인 주제의식을 놓치고 만다면 소설을 읽는 보람도 반감될 수밖에 없다. 주제의식은 명시적으로 제시될 수도 있지만 작품의 세부로부터 독자에 의해 추상의 과정을 거쳐 발견되는 것이 일반적이다. 능동적인 독자라면 이러한 과제를 스스로 선택하여 고전문학 향유에 한 걸음 더 육박해 들어갈 것이다. '감식력 있는 독자'로서의 역할에 가깝다 할 것이다. 이를 '주제 리터러시'로 명명하기로 하자.

〈토끼전〉을 읽은 독자라면 그 주제가 '중세적 절대 가치인 충에 대한 권장과 찬양'이나 '충을 앞세우는 봉건적 지배층의 무능과 위선에 대한 풍자적 해학'[4]이라는 데 동의할 수 있을 것이다. 여기에 더하여 토끼를 통하여 정직과 성실에 뿌리를 둔 재주, 별주부를 통하여 맹목적이지 않은 올바른 충성과 신념, 용왕을 통하여 능력에 의해 뒷받침되는 권위를 인간의 덕목으로 제시한 것이라는 견해[5]의 설득력에도 동조할 수 있을 것이다. 〈토끼전〉의 주제를 하나로 집약하기 어려운 이유는 이본에 따라 결말이 다양하게 분화되어 있기 때문이다. 이 연구에서는 그중에서 하나를 선정하여 자료로 활용하는 상황을 상정하고, 다음과 같이 과제를 제시하였다.[6]

[과제 3] 다음과 같은 결말을 중심으로 〈토끼전〉의 주제를 서술하시오.

[다양한 이본 중 다음과 같은 결말을 가진 작품을 자료로 제시함.]

토끼가 별주부의 눈앞에서 도망치자, 별주부는 분함을 이기지 못하여 바닷가 바위에 글을 써 붙이고는 머리를 박아 자결하며, 거북이가 물가에 올라왔다가 자

4 인권환, 「토끼전」, 김진세 편, 『한국고전소설작품론』, 집문당, 1990.

5 김대행, 「비꼬기와 비웃기-〈수궁가〉의 웃음에 담긴 인간관」, 『시가시학 연구』, 이화여대출판부, 1991.

6 이 연구에서 선택된 이본의 결말과 다른 내용은 다음과 같이 정리될 수 있겠다. 첫째, 토끼가 자신의 목숨을 빼앗으려 한 용왕에게 분노한다. 하지만 토끼는 용왕 역시 목숨이 위태로운 상황에서 저지른 잘못으로 양해를 하고는, 토끼 똥을 아픈 아이들에게 먹이는 어머니들을 기억하며 자신의 똥을 자라에게 준다. 자라는 똥을 가져다가 토끼의 간이라고 용왕에게 먹이고 용왕은 병이 낫는다. 이러한 결말은 지배층이 피지배층의 은혜를 입는 것으로 설정되어 있으며, 피지배층의 상대적 우월감을 드러낸다.

둘째, 토끼가 도망가자 별주부는 용왕에게 벌을 받을 것이 두려워 소상강 대나무 숲에 숨어들어가 살게 된다. 약을 먹지 못한 용왕은 죽고 새로운 이가 용왕이 된다. 소상강 대숲에는 이후 자라의 자손이 널리 퍼져 살게 되었다. 이런 식의 결말은 별주부 또한 피해자임을 드러내면서, 권력의 지나친 횡포가 결국에는 화를 불러 그 자신이 피해를 입는다는 것을 보여준다.

셋째, 토끼에게 속은 것을 깨달은 자라는 용왕을 볼 낯이 없어 벼랑에서 떨어져 자결하려고 한다. 그 순간 구름 속에서 자신을 화타라고 칭한 도사가 충성심에 감복하였다면서 준 선약을 가지고 들어가 용왕의 병을 고친다. 이러한 결말은 우연적이고 초월적인 요소를 통해 토끼의 지략보다는 별주부의 충성심을 높이 평가하는 경향을 보여준다. 유교적 윤리가 바탕에 깔려 있는 결말이라 할 수 있다.

라가 남긴 글을 보고 용왕에게 자초지종을 설명하자 용왕은 토끼의 목숨을 빼앗으려는 죄를 뉘우치고는 결국 죽음을 맞이한다.

[과제 3 수행 결과물]

이런 결말은 당시 지배층의 허욕을 풍자하고 비판하는 데 초점이 있는 것으로 보인다. 용왕을 속인 토끼를 통해 지배계층의 무능과 이기심을 드러내는 결말이다. 용왕이 어족회의에 등장한 중신들을 '밥반찬거리와 술 안주거리'로 희화화하고, 용왕 자신을 포함한 조정을 '칠패 저잣거리'로 비하함으로써 스스로 웃음거리가 되는 장면에서도 이러한 주제는 선명히 드러난다. 용왕이 자신의 허욕과 이기심을 반성하는 것으로 마무리된다는 점도 결국에는 그 허욕과 이기심의 부당성을 더욱 강조하는 효과를 낳는다.

이에 대한 교사들의 판단은 다음과 같다.

교사	A	B	C	D	E	F	G	H	I	J	평균
리터러시 수준	7	5	5	7	6.5	7	8	6	8.5	6.5	6.65
교육적 가치	8	6	5	10	7	8	9	5	8	9	7.50

4) 작품 및 인물 평가

감상(鑑賞)은 작품에 대해 주체적으로 반응하고 평가하는 활동이고,[7] 필연적으로 작품의 자기화 과정과 맞물리게 된다. 이런 점에서 감상은 객관성과 타당성을 지향하는 해석(解釋)이나 이해(理解)와는 구별된다.[8] 문학교육에서 작품에 대한 접근의 단계로 보면 최종적인 도달점에 있는 감상은 특히 자

7 조하연, 「감상(鑑賞)의 개념 정립을 위한 소고(小考)」, 『문학교육학』 15, 한국문학교육학회, 2004.

8 류수열 외, 『문학교육개론II－실제 편』, 역락, 2014, 22면.

발적인 독서에서는 배제될 수 없고, 교수 · 학습의 설계에서도 외면할 수 없다. 그런데 감상도 서로 상반된 방향의 동선을 그릴 수 있다. 작품의 완성도나 특정 구성 요소 등 작품 내부를 향하는 동선과, 작품 외부에 있는 독자 자신이나 독자가 포함되어 있는 공동체를 향하는 동선이 그것이다. 이중에서 작품 내부를 향하여 그 완성도를 평가하거나 인물의 성격을 평가하는 국면은, 블룸(B.S.Bloom)의 교육 목표 분류의 한 단계인 '평가(evaluation)'에 매우 적실하게 부합한다. 이에 따라 이러한 리터러시를 '평가 리터러시'라고 일러둔다. 이와 관련한 과제와 그 결과물은 다음과 같다.

[과제 4] 〈토끼전〉에 등장하는 '토끼'의 성격에 대해 평가하시오.

[과제 4 수행 결과물]

토끼는 지혜로운 민중의 표상으로 이해되기도 하지만, 허영심을 지닌 인물의 전형으로 간주되기도 한다. 과연 그는 다채로운 캐릭터의 소유자이다. 작품의 전반부에서는 어리숙하고 후반부에서는 전략적 거짓말로 위기에서 스스로 탈출한다. 어떤 면에서 일관성이 부족한 캐릭터라 할 수 있다. 그런데 그를 두고 과연 지혜의 소유자라 할 수 있을까?

처음 자라가 토끼를 만났을 때의 모습은 한마디로 경망스러웠다. 방정맞게 촐랑거리며 천지사방을 뛰어다니는 토끼는 용궁에 가면 높은 벼슬을 할 수 있고 예쁜 여자도 가질 수 있다는 자라의 유혹에 쉽게 넘어간다. 토끼가 자신의 삶의 방향과 터전을 바꾸는 문제에 대해, 종합적으로 판단하고 행동했어야 함에도 불구하고, 자라의 유혹에 넘어간 것은 토끼의 허영과 과욕 때문이었다. 현재의 삶이 고난으로 가득하다 하더라도, 자신에게 어떤 유혹이 왔을 때는, 그것이 자신의 능력과 분수에 맞는 것인가를 충분히 고려해야 한다.

더욱이 그에게는 인간은 그 누구나 시련이나 고난을 겪으며 산다는 사실에 대한 통찰이 결여되어 있었다. 인간은 고난을 겪고 이를 극복해가는 시도를 하면서 자아를 실현하게 된다. 현재의 삶에서 겪는 고난을 회피하고 도망가는 것은 자신의 존재 조건 자체를 부정하는 꼴이 된다. 따라서 토끼가 육지의 삶을 버리고 자라를 따라 용궁으로 간 일 자체가 용인되기 어렵다.

물론 토끼의 수궁행을 무턱대고 악평할 수만은 없다. 육지에서 그는 사냥꾼에게, 독수리에게, 사냥개에게, 농부에게 항시적으로 생명을 위협받기 때문이다. 그렇다 하더라도 더 깊이 생각해 보아야 할 것이 있다. 육지에는 이렇게 토끼의 삶을 위협하는 존재만 있는 것이 아니라 위안이 되는 존재도 공존할 것이며, 또 반대로 수궁에도 토끼의 삶을 위협하는 또 다른 존재가 있을 것이라는 점이 그것이다. 경험해보지 않은 세계에 대해 장밋빛 미래만 그리는 것은 그의 통찰력 부족을 증명한다. 여러 인물과의 대화 속에서 토끼는 자신의 지식을 노골적으로 자랑하고 있었다. 하지만 삶에 대한 지혜는 아무래도 많이 부족했던 것이 분명하다. 그런 면에서 토끼를 지혜로운 민중의 표상으로 간주하고 그의 거짓말을 지혜의 반열에 놓는 것은, 지나치게 일면적이고 표층적인 관찰이라 하지 않을 수 없다.

교사들은 이에 대해 다음과 같이 판단하였다.

교사	A	B	C	D	E	F	G	H	I	J	평균
리터러시 수준	7	8	3.5	7	8.5	6	8	7	5	6.5	6.65
교육적 가치	9	7	4	8	8	7	7	7	5	7	6.90

5) 성찰

'감(鑑)'이 본래 '거울'이라는 의미를 지니고 있는 데서 알 수 있듯이, 감상(鑑賞)의 최종적인 귀결점은 작품을 자기 자신과 사회 혹은 공동체를 비추어 보는 거울로 활용하는 국면이라 할 수 있다. 이는 '느낌'의 뜻에 가까운 감상(感想)과는 다른 층위의 개념으로서, 문학을 읽는 쾌락의 한 정점이다.[9] 문학, 특히 인생의 탐구 혹은 인간성의 창조로서의 소설은 가장 효과적인 도덕적 상상력의 자극물로 기능한다. 현실이 제도적 · 인습적 교육이 가르치는 당위와 얼마든지 다를 수 있음을 시사하면서, 독자로 하여금 자신의 삶을 반성케 함으로써 정신적 성장을 이끌어낼 수 있는 매우 훌륭한 장르인 것이다.[10] 이런 능력은 성찰 리터러시로 명명하기로 한다. 성찰 리터러시는 사유의 수준에서 발휘될 수도 있겠지만, 그 결과를 문장화하여 한 편의 글로 완성해 갈 수도 있을 것이다.

만일 앞에서 평가 리터러시의 예로 든 글에서 글을 쓴 독자 자신의 삶을 투영하여 성찰한 결과가 반영된다면 그것은 곧 바로 성찰 리터러시로 연장될 수 있다. 허영심 때문에 위기에 처한 토끼라는 인물을 거울삼아 자신의 과오를 성찰해 보거나, 거짓말에 초점을 맞추어 그 윤리적 정당성에 대해 가치 판단을 내려 보는 것이 그 예라 하겠다. 이러한 국면에 초점을 맞추어 설정된 과제와 그 결과물은 다음과 같다.

[과제 5] 〈토끼전〉에 비추어 자신의 삶이나 우리 사회를 성찰하는 글을 쓰시오.

[과제 5 수행 결과물]

자라는 충성심 하나로 거짓말을 했다. 자라의 이런 거짓말에 대한 평가는 엇갈릴 수 있다. 그 평가는 충성심에 박수를 보낼 것인가, 아니면 그 충성의 맹목성을 응징할 것인가로 집약되는 듯하다. 자라의 거짓말은 왕을 모시는 신하로서의 충성심에서 나왔으므로 정당화될 수 있는 여지가 아예 없지는 않다. 더욱이 그 당시에 왕은 절대적인 지존이었으므로 일개 백성의 희생은 지극히 당연한 시대이기도 했

9 다음과 같은 진술도 같은 맥락에서 이해된다. "문학은 억압 없는 쾌락을 우리에게 느끼게 해준다. 그러면서 그것은 그것을 읽는 자에게 반성을 강요하여, 인간을 억압하는 것과 싸울 것을 요구한다. '인간은 이런 수모와 아픔을 당할 수도 있다, 그러니 그것을 안 당하도록 해야 한다'라고 느끼게 한다. '인간은 이래야 행복하다, 그러니 그렇게 해야 한다'라고 느끼게 하는 것이다." 김현, 『한국문학의 위상/문학사회학–김현 문학전집 ①』, 문학과지성사, 1991, 50-51면.

10 유종호, 『문학이란 무엇인가』, 민음사, 1989, 296면.

다. 토끼에 대해서도 마찬가지이다. 절대 권력을 속이는 거짓말을 응징해야 할 것인가, 생명을 건지기 위한 불가피한 전략이므로 양해를 해야 할 것인가?

자라의 거짓말을 곧 국가의 거짓말로 치환하는 것이 비약이라 하더라도, 왕권을 대행하는 자의 입에서 나온 거짓말인 이상 이러한 논리가 아예 어불성설은 아니다. 토끼가 일개 백성에 불과할지라도 그를 죽음으로 몰아넣을 만큼 부당한 거짓말을 행한 부도덕한 관리로 볼 수밖에 없다. 오히려 토끼가 백성이기 때문에 오히려 더 부당한 거짓말이 되는 것이고, 자라가 왕권을 대행하는 자이기 때문에 오히려 더 부도덕한 거짓말이 되는 셈이다. 토끼의 허영심에 대해서는 우리도 얼마든지 비난을 퍼부을 수 있겠지만, 자신의 생명을 구하기 위한 거짓말을 일방적으로 부당하다고 몰아 부칠 수는 없다. 더욱이 토끼는 국가 권력의 대행자에게 속아서 함정에 빠졌으므로 윤리적 평가의 잣대를 이미 초월한 상황이라 보는 것이 옳을 것이다. 국가 권력의 거짓말과 국민 개인의 거짓말. 이 두 가지를 동일한 잣대로 평가해서는 안 될 일이다.

국가가 백성을 속이고 국민을 배반하는 것은 권력의 속성상 언제든지 빠지기 쉬운 유혹이다. 그러나 국가 권력이 백성을 속이고 국민을 배반한다는 것은 스스로 그 권력의 원천을 부정하는 것이다. 그런 국가 권력은 결국 국민으로부터 배척받을 수밖에 없다. 지난 몇 년 간 우리가 몸소 겪은 역사의 현장에서 우리가 배운 것이 있다면, 국가의 거짓말은 그 어떤 명분으로도 정당화될 수 없다는 점이다.

이에 대해 교사들은 다음과 같이 판단하였다.

교사	A	B	C	D	E	F	G	H	I	J	평균
리터러시 수준	9	7	3.5	8	8.5	8	7	7	8.5	6.5	7.3
교육적 가치	10	8	4	10	9	10	8	9	9	10	8.7

3. 고전문학 향유 리터러시의 위계 설정

앞에서 몇 가지로 항목화된 리터러시는 다음과 같이 정리된다.

항목	과제의 중점	성격	교사들의 평정	
			리터러시 수준	교육적 가치
기준 과제	본문 독해	전고 리터러시	5	5
과제 1	문맥을 고려한 해석	해석 리터러시	6.75	6
과제 2	서사적 전개의 이해	스토리 리터러시	4.1	5.6
과제 3	주제에 대한 접근	주제 리터러시	6.65	7.5
과제 4	작품 및 인물 평가	평가 리터러시	6.65	6.9
과제 5	성찰	성찰 리터러시	7.3	8.7

이를 과제 해결에 간여하는 사고의 성격에 따라 구별해 보고자 한다. 기준 과제는 작품을 구성하는 가장 작은 단위인 어휘나 고사에 대한 앎이다. 이 리터러시는 기성의 자료를 바탕으로 이루어지는 반복적인 학습의 형식으로 작동되고 성취되므로 수렴적 사고가 지배적이다. '과제 1'과 '과제 2'는 작품을 읽은 독자들마다 약간의 차이는 있겠으나 큰 틀에서는 일치할 것이다. '과제 1'은 독자로서 추론적, 분석적 사고를 발휘해야 하므로 단순 기억의 재생을 넘어서는 리터러시에 해당되는 데 비해, '과제 2'는 재생되는 기억이 충실할수록 더 완성도가 높은 결과물이 나올 것이다. '과제 1'은 '과제 2'에 비해 상대적으로 발산적 사고를 필요로 한다. '과제 3'은 이본에 따른 차이도 있겠지만 무엇보다 독자들의 접근 각도에 따라서 큰 차이를 보일 것이다. 이러한 차이는 '과제 4'에서는 더 커질 것이고 '과제 5'에서는 더더욱 커질 것이다. '과제 3'에서 '과제 5'로 갈수록 발산적 사고가 더 활성화되는 형국이라 하겠다.

이를 다시 결과물의 내용적 성격을 기준으로 정보와 지식, 지식과 지혜의 위계로 설명해 보고자 한다. 우선 정보와 지식은 모두 앎과 관련된 의미를 지니고 있기 때문에 피상적 수준에서는 같은 말로 생각하기 쉽다. 그러나 '체계'나 '구조', '맥락'의 확보 여부를 기준으로 보면, 이 두 용어 간에는 현저한 개념적 차이가 있다.

지식은 어떠한 형태로건 체계성이나 구조성을 띤다. 예컨대 어느 학생이 나무에 대해서 지식을 가지고 있다는 것은, 토양이나 수분, 태양, 식물 등의 요소들을 포함하는 전체적인 체계나 구조와의 관계 속에서 나무를 이해하고 있다는 것을 의미한다. 지식은 또한 맥락성을 가진다. 단편적인 지식을 나타내는 개별적인 문장이나 용어의 의미는 전체적인 사건과 현상의 맥락 내에서만 확보될 뿐 아니라, 그것이 어떠한 맥락에서 파악되느냐에 따라 전혀 다른 의미를 지니기 때문이다. 가령 '빛'이란 용어는 물리학적 맥락, 성경과 관련된 종교적 맥락, 그리고 회화 작품과 관련된 예술적 맥락에서 제각각 다른 의미로 사용된다. 체계 혹은 구조, 맥락으로부터 분리되어 떠돌아다니는 분절적이고 단편적인 것이 바로 정보이다. 어떤 정보를 그 체계나 구조, 맥락과 더불어 자신의 의식 속으로 수용하고, 기존의 지식 체계 속에 통합시킬 때, 그 정보는 비로소 지식으로서의 자격을 갖는다. 정보가 지식으로 질적 상승을 하는 데에는 정확한 회상과 반복적 숙고, 그리고 내면적 성찰을 위한 지속적인 지적 노력이 요구된다.

이런 점에서 지식은 필연적으로 자기화의 속성을 가진다. 우리가 지식을 소유한다는 것은 그것이 비록 낱개의 단편적 지식이라고 하더라도, 참으로 '나'의 지식으로서 의미를 지닌 것이라면 나의 경험의 총체적 구조의 한 부분으로 소유한 것이다. 지식과 정보는 그것이 학습자의 내면적 상태와 관계되는 양상의 차이를 중심으로 하여 정의되기도 한다. 아무리 근사한 지식이 개인 외부에 자료로서 주어진 다고 하더라도 그것이 개인에게 이해되지 않는 한 그것은 지식이라 하기 어렵다. 지식은 그것을 소지한 사람의 인식 체계의 맥락 속에서 재해석되어야 하며 그러한 의미에서 아무리 교과서적 지식이 체계성을 가지고 있다고 할지라도 학생들이 구조로서 그 지식을 파악하지 않는 한 그것은 지식이라고 할 수 없는 것이다. 교과서나 교사를 통해 제공되는 정보가 아무리 체계적이고 구조적이라 하더라도, 결국 학생이 자기화를 거치지 않고 보존하는 한은 지식이 될 수 없는 것이다.[11]

지혜는 한 걸음 더 나아간다. 지혜는 기본적으로 삶의 운영에 대한 메타적 지식이므로, 그 메타적 성격으로 인해 자신이나 공동체에 대한 반성적 혹은 성찰적 사고를 요구한다. 지혜는 성격적 요소들과 조합되기도 하고, 행위나 상황과 관계에서 규정되기도 하지만, 사적 이해관계들 간, 자신과 타인의 이해관계들 간, 자신과 집단의 이해관계 간, 장 · 단기적 안목들 간, 그리고 상황 적응, 상황 조성/변화, 상황의 선택 간에 균형을 이루어, 공공선을 실현해 내는 방향으로 자신의 묵시적 및 명시적 지식들을 적용하는 것이 지혜다.[12]

그렇다면 '기준 과제'와 '과제 2'에서 각각 겨냥하고 있는 전고 리터러시와 스토리 리터러시는 단순한 정보의 형태로 유통되는 것이고, '과제 1'에서 초점이 되는 해석 리터러시는 지식의 수준에 오른 것으로 구별해 볼 수 있다. '과제 3'의 주제 리터러시와 '과제 4'의 평가 리터러시 또한 자기화된 결과이므로 지식으로 간주될 수 있다. 다만 주제 리터러시에 비해 평가 리터러시는 적극성의 정도 면에서 차이가 있다. '과제 5'와 관련된 성찰 리터러시는 자기화의 산물이라는 점에서 평가 리터러시와 그 성격을 공유하지만, 작지 않은 차이가 있다. 주제 리터러시와 평가 리터러시가 작품에 밀착되어 수행되는 읽기의 산물인 데 비해, 성찰 리터러시는 작가(층)의 의도나

---

11 정보와 지식의 차이에 대한 이상의 기술은 다음의 논의를 참조하였다. 구연상, 『매체 정보란 무엇인가』, 살림, 2004; 이돈희, 「지식기반사회의 도래와 교육의 새로운 위상」, 『지식기반사회와 교육』, 교육부 정책과제 보고서, 1999; 장상호, 『학문과 교육』(상), 서울대학교 출판부, 2000; 허경철 외, 「지식 생성 교육을 위한 지식의 성격 분석」, 『교육과정연구』 19, 한국교육과정학회, 2001.

12 지혜의 성격에 대한 이상의 기술은 다음 논의를 참고하였다. 이기홍, 「'지혜' 규정을 위한 소고-지식기반 시대에서 지혜의 변호를 위하여」, 『인문학연구』 41, 조선대학교 인문학연구원, 2011.

작품이 비교적 객관적으로 가지고 있는 의미와는 어느 정도 거리를 두고 수행되는 발산적 읽기의 산물이기 때문이다. 이 정도면 지식을 넘어 지혜의 수준에 이른 것으로 볼 수 있을 것이다.

이를 다시 스피로의 역할 모형에 기대어 설명해 보고자 한다. 스피로에 의하면, 감식력 있는 독자는 텍스트나 대상이 되는 문화가 무엇이든지 간에 읽기를 통해 자율성, 향유, 감상 능력을 계발하는 데, 인문주의자는 인간 조건에 관한 공감과 이해를 계발하는 데, 능력 있는 언어 사용자는 언어기능을 계발하고 모든 장르와 맥락 안에서 언어 기능을 인식하는 데 역할의 초점이 있다. 그렇다면 위에서 제시된 리터러시는 모두 감식력 있는 독자라면 당연히 지녀야 할 자질로 볼 수 있겠고, 평가 리터러시는 인문주의자로서의 소양에 해당될 것이며, 성찰 리터러시는 표현 능력을 동반하고 있으므로 능력 있는 언어 사용자의 소양에 해당될 것으로 보인다.

이상을 종합하면 고전문학을 향유하는 데 요구되는 리터러시의 위계는 다음과 같이 설정될 수 있을 것이다.

<table>
<tr><th>리터러시 종류</th><th>전고—스토리—해석—주제—평가—성찰</th></tr>
<tr><td>사고의 성격</td><td>수렴적〈----|-----|-----|-----|----〉발산적</td></tr>
<tr><td>내용의 성격</td><td>정보-----|〈-----지식-----〉|--지혜</td></tr>
</table>

이제 교사들의 분석적 혹은 직관적 판단에 의존한 위계성을 보기로 한다. 교사들의 판단은 연구자의 견해와 일치되지 않지만, 바로 그 점 때문에 요긴한 참조 사항이 될 수 있다. 우선 논의의 편의를 위해 그래프로 제시하면 다음과 같다.[13]

13 설문 참가 인원이 제한적이어서 이를 절대적으로 신뢰하기는 어렵다. 그리고 그 결과에 대해서는 좀 더 상세한 질적 분석이 뒤따라야 하나, 제한적인 인원을 대상으로 실시한 설문이어서 이마저도 쉽지 않은 과제이다. 좀 더 많은 표집과 이에 대한 질적 분석

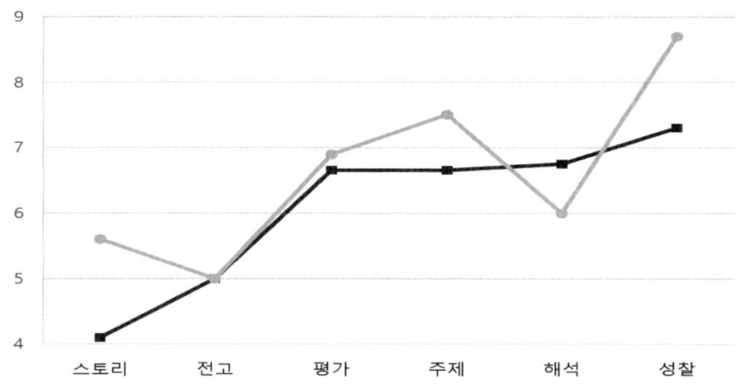

고전문학 리터러시의 수준과 교육적 가치에 대한 교사들의 평정

이 그래프에서 확인할 수 있듯이, 성찰 리터러시를 제외하면 연구자가 설정한 리터러시 수준과 교사들이 판단한 수준은 일치하지 않는다. 교사들은 무엇보다 이야기의 흐름을 정리하는 과제보다 전고를 찾아내는 과제에 소용되는 리터러시를 더 높게 평정했다. 이는 아마도 전자가 주어진 작품을 읽는 것만으로도 해결될 수 있는 과제인 데 비해 후자는 다른 자료를 동원해야 하는 부가적인 활동을 요구하는 과제로 보았기 때문인 것으로 판단된다. 또한 평가와 주제 리터러시를 동등한 수준으로 평정하였고, 미세한 차이이긴 하나 평가와 주제보다 해석 리터러시를 더 상위 수준으로 평정하였다. 추정컨대 특정 대목의 의미를 해석하는 것은 꼼꼼한 읽기와 추론적 사고를 동반해야 한다는 점에서 집중적인 몰입을 요구하는 것으로 보았기 때문이 아닌가 한다. 이와 같은 차이는 교수·학습의 현장에서 고전문학을 지도하는 교사의 경험적 판단이 강하게 작동된 데서 비롯된 것으로 보인다.

한편 리터러시의 수준과 무관하게 교육적 가치 면에서 접근한 평정은 매

을 추후의 과제로 남긴다.

우 흥미로운 정보를 담고 있다. 우선 교사 스스로 판단한 리터러시의 수준과 일치하지 않는다. 즉 리터러시의 수준이 교육적 가치를 고스란히 담보하지는 않는다는 결론에 도달하게 되는 것이다. 더 흥미로운 점은 그 가치의 위계에서 발견된다. 전고, 스토리, 해석, 평가, 주제, 성찰 순으로 그 가치를 매기고 있는데, 이것이 연구자가 설정한 리터러시의 위계와 일치하기 때문이다. 이는 연구자가 설정한 위계가 어떤 면에서 현실적인 위계가 아니라 추상적이고 관념적인 층위에서 연역적으로 도출된 기준에 의거하여 설정되었음을 암시한다.

4. 시사점 및 남는 과제들

이제 이상의 논의를 바탕으로 도출되는 시사점을 서술하기로 한다. 청소년으로 범칭되는 중등학교의 학습독자는 스피로가 제시한 역할 모델 중 문학비평가, 문학연구자, 작가보다는 감식력 있는 독자, 인문주의자, 능력 있는 언어 사용자를 모델로 삼는다. 문학비평가, 문학연구자, 작가 모델은 기실 고등교육의 문학교육에서도 감당하기 어려운 수준이다. 또한 수렴→발산, 정보→지혜로 나아가는 위계가 반드시 사고 능력의 우열과 일치하지는 않는다. 특히 문학비평가, 문학연구자 모델은 오히려 수렴적 활동에서 더 정통할 수 있기 때문이다. 수렴적 활동에 소용되는 리터러시는 고전문학 읽기의 기초에 해당되지만 학습독자는 이보다는 발산적 활동에서 더 강점을 발휘할 수 있을 것이다. 수렴적 활동은 자료 의존형 혹은 기억 재생형이어서 학습독자 입장에서는 접근이 더 어렵다. 전고와 스토리 리터러시에 대해 교사들이 그 수준도 교육적 가치도 낮게 평가한 것도 이런 이유 때문이었을 것으로 추정된다.

따라서 만일 중고등학교 고전문학 교육이 학습자를 문학비평가, 문학연구자, 작가로 길러 내는 데 목적을 둔 것이 아니라면, 우리의 고전문학 교육은 자료 의존형의 수렴적 활동보다 평가와 감상에 초점을 맞추는 것이 자연스럽다. 전고를 찾고 확인하는 등의 자료 의존형의 수렴적 활동에 필요한 지적 에너지를 아끼도록 해 주고, 그 대신에 더 상위의 리터러시라 할 수 있는 발산적 활동에 이를 투입하도록 설계되어야 한다는 것이다.

그러나 이러한 전망이 실현되기 위해서는 여러 가지 과제가 남는다. 앞에서 설정한 위계는 연역적 과정을 통해 구성되어 있어 문학 교육의 현장과는 거리가 있다. 더욱이 잠정적이고 주관적이다. 객관성 확보를 위해 교사들의 평정을 제시하였으나 그 수가 제한적이어서 한계가 뚜렷하다. 좀 더 풍부하고 충분한 수준에서 검증이 이루어져야 할 것이다.

그리고 왜 고전문학을 읽는가 하는 근본적인 물음에 대한 답변은 아직 미확정적이다. 당위론적 주장은 힘을 얻을 수 없다. 다만 〈모비 딕〉을 읽은 스타벅스의 창업주야말로 진정한 인문주의적 모델을 닮은 독자가 아닐까 하고 추측할 뿐이다. 그것은 단지 그 창업주가 창의적인 경영에 성공했기 때문이 아니다.[14] 스타벅이 강인한 체력을 가지고 있으면서도 자연에 대한 경외감으로 추적을 만류하는 한편 '따뜻한 가정', '여성적 가치'를 추구한다는 점[15]에 착목을 했다는 점에서 그 의의를 찾을 수 있다. 주인공도 아닌 인물을 전면에 내세우는 안목이야말로 작가의 의도에 포획되지 않는 발산적 읽기의 결과물일 것이기 때문이다. 고전문학 읽기의 의의가 기업 경영의 성공과 실패에 따라 좌우되지는 않을 것이기 때문이다. 고전문학을 왜 읽어야 하는가 하는 질문에 대해 이것이 당위론적 규범을 넘어서는 정당한 이유가 된다면 고전문학 교육 또한 발산적 읽기를 권장하고 유도하도록 설계되어

14 이런 점에서 '스타벅스'와 '야후'의 사례를 중심으로 고전에 대한 소양, 곧 리터러시가 창의적 경영에 미치는 영향을 경제 교육적 관점에서 접근한 다음 글도 주목해 볼 만하다. 고정희, 「고전에 대한 소양이 창의적 경영에 미치는 영향」, 『경제교육연구』 21-1, 한국경제교육학회, 2014.

15 신문수, 『모비 딕 읽기의 즐거움-진실을 말하는 위대한 기예』, 살림, 2005.

야 할 것이다.

그러한 방법 중의 하나로 고전문학을 인용하는 말하기나 글쓰기의 전범도 발굴하고 그러한 리터러시의 위상도 정립해 볼 만하다. 신문의 칼럼이나 영화 등의 다양한 문화적 양식에서는 고전문학이 끊임없이 호출된다. 기원이 되기도 하고, 재료가 되기도 하며, 수사가 되기도 한다. 생산자가 독자를 염두에 두고 자신의 텍스트에 고전문학을 살려내는 것은, 그것이 독자 대중이 공유하고 있는 혹은 공유되어야 마땅한 문화적 레퍼토리라는 판단이 선행되었기 때문일 것이다. 요컨대 고전문학의 생명력은 담화 공동체 구성원들의 공유 정도에 있다고 해도 과언이 아니다. 이는 거꾸로 현대의 독자들이 교양을 갖춘 시민으로서 사회적 의사소통 활동에 참여할 때 고전문학 리터러시를 갖추고 있어야 함을 말해준다. 이때의 리터러시는 능력 있는 언어 사용자를 모델로 하여 추구될 수 있을 것인바, 그것은 또 어떤 위계에 놓일 수 있는가 하는 점도 추가적으로 탐구되어야 할 문제이다.

참고문헌

고정희, 「고전에 대한 소양이 창의적 경영에 미치는 영향」, 『경제교육연구』 21-1, 한국경제교육학회, 2014.

구연상, 『매체 정보란 무엇인가』, 살림, 2004.

김대행, 「비꼬기와 비웃기-〈수궁가〉의 웃음에 담긴 인간관」, 『시가시학 연구』, 이화여대출판부, 1991.

김 현, 『한국문학의 위상/문학사회학-김현 문학전집 ①』, 문학과지성사, 1991.

류수열 외, 『문학교육개론Ⅱ-실제 편』, 역락, 2014.

신문수, 『모비 딕 읽기의 즐거움-진실을 말하는 위대한 기예』, 살림, 2005.

유종호, 『문학이란 무엇인가』, 민음사, 1989.

이기홍, 「'지혜' 규정을 위한 소고-지식기반 시대에서 지혜의 변호를 위하여」, 『인문학연구』 41, 조선대학교 인문학연구원, 2011.

이돈희, 「지식기반사회의 도래와 교육의 새로운 위상」, 『지식기반사회와 교육』, 교육부 정책과제 보고서, 1999.

인권환, 「토끼전」, 김진세 편, 『한국고전소설작품론』, 집문당, 1990.

장상호, 『학문과 교육』(상), 서울대학교 출판부, 2000.

조하연, 「감상(鑑賞)의 개념 정립을 위한 소고」, 『문학교육학』 15, 한국문학교육학회, 2004.

조희정, 「고전 리터러시(Literacy) 교육을 위한 새로운 구도-근대적 변화 양상의 검토를 통해」, 『국어교육학연구』 21, 국어교육학회, 2004.

허경철 외, 「지식 생성 교육을 위한 지식의 성격 분석」, 『교육과정연구』 19, 한국교육과정학회, 2001.

Cox, Brian, *Cox on cox: An English Curriculum for the 1990s*, Hodders & Stoughton, 1991.

Spiro, J., "Assessing Literature; Four Papers", *Assessment in Literature Teaching* (ed. C. Brumfit), Modern English Publ, 1991.

5부

한문학의 향유/교육

12장

조선후기 금·원대시 수용의 제양상*

—홍한주의 사례를 중심으로

김기완**

1. 들어가며

필자는 최근 조선후기 시론에서 금(金)·원대시(元代詩)가 차지하는 위상과 의미를 밝히는 일련의 작업을 진행[1]해오고 있으며, 이러한 관점에서 특히 18세기 후반~19세기 조선에 주목하고 있다. 이는 이 시기가 갖는 조선후기

* 본 논문은 필자의 박사학위논문 준비 및 집필 과정에서 이루어진 것이었기에, 본 논문의 내용은 김기완, 「조선후기의 금·원대시 수용 연구: 19세기 시론과 시선집을 중심으로」, 연세대학교 국어국문학과 박사학위논문, 2017 내에 논문의 전체 체제에 맞추어 편입, 재서술되었다.
홍한주와 교유했거나 그와 동시기에 활동했던 문인들의 금·원대시 차운 및 그 시학적 의미에 관해서는, 박사논문 이후의 후속 연구인 김기완, 「19세기 조선 문인간 교유에서의 금·원대시 차운과 그 의미」, 『우리어문연구』 61, 우리어문학회, 2018에서 일부 보충해 보았다.

** 연세대학교 강사.

1 졸고, 「조선후기의 금·원대시 수용 연구: 시선집을 중심으로」, 『대동한문학』 48, 대동한문학회, 2016; 졸고, 「19세기 조선 학시론에서의 금·원대시 수용: 신헌과 신위의 사례를 중심으로」, 『대동한문학』 51, 대동한문학회, 2017; 졸고, 「조선후기의 금·원대시 수용 연구: 이덕무의 『청비록』을 중심으로」, 『대동한문학』 52, 대동한문학회, 2017. 이 방면의 상세한 연구사 정리와 연구 목적, 기대효과 등은, 상기 논문 참조.

금·원대시 수용사에서의 위치와 의미를 고려한 선택이다. 19세기는 18세기 조선에도 이미 보였던 금·원대시 수용의 제 양상이 더욱 다변화되는 시기이다. 예컨대 18세기부터 보였던 금·원대시 수록 시선집이, 청대 강희·건륭 연간 금·원대시 관련 문헌들의 다종다기한 유입과 맞물려 계속 출현한다. 한편 학시문경론적(學詩門徑論的) 언술 속에서 금·원대시를 포함시키는 문인들의 사례가 다수 보이는데, 이는 주로 신위, 김정희, 신헌과 같은 추사일파의 문인들 사이에서 두드러지며, 정약용이 초의에게 준 편지에서도 보인다. 금·원대시에 대한 차운이나, 시화·필기 속에시의 언급 역시 18세기에 이어 19세기에 수량적 증대 양상을 보인다.

이러한 18~19세기 금·원대시 수용은, 다종다기함이라는 면에서 그 자체로 전 시대의 그것과 차별화된다. 즉 금·원대시에 대한 차운이나 시화·필기류 속에서의 언급은 물론 조선 초중기에도 종종 보이는 것이다. 그러나 18~19세기에는 차운시와 시화·필기류 속 관련 언술의 증가와 더불어, 금·원대시 수록 시선집이 급증한다든지, 학시문경론 차원에서 금·원대시의 위상이 정립되는 유의미한 변화가 복합적으로 함께 일어나고 있다. 특히 "학자의 입장에서 배울 만한 좋은 시"를 엄격하게 걸러내는 제한된 지면으로서의 성격이 강한 시선집과 학시론 속에 금·원대시가 재편되는 점은, 금·원대시에 대한 일독(一讀)과 교양 차원의 부분적 수용과 또 다른 무게를 지닌다.

이하에는 필자가 생각하는 조선후기 금·원대시 수용 연구의 활용방안을 몇 가지로 요약·제시해 본다.

(1) "조선후기 종합적 시론의 형성과정(및 이에 미친 명청대 시학의 영향)"에 대한 보다 세밀한 연구로서의 역할을 수행할 수 있으며, 조선후기 시론 연구 방면에서 새로운 논제 내지 의제를 계발하는 시고(試考)가 된다. 한중 간 문헌 및 지식정보·시학 교류의 한 구체적 일면을 밝히는 작업에 기여한다.

(2) '금·원대시'라는 테마를 중심으로 시선집, 학시론, (학시론의 반영이자

물질적 구현으로서의) 서화고동, 차운시, 시화 · 필기, 여러 작가 사례와 시 · 문을 아우르는 다양한 성격의 자료 및 장르들을 두루 섭렵함으로써, 한문학 연구의 새로운 방법론적 모색을 확장해가는 데 기여할 것이다.

(3) 향후의 다양한 문학사(한국한문학사 / 중국문학 및 명청문학 수용사 / 동아시아 한문학사 / 전통시대 주제사 등) 서술을 위한 기본 자료가 된다. 특히 중국한문학 · 일본한문학 등까지 아우르는 한문학사의 동아시아적 접근[2]을 지향하고자 할 때, 당 · 송뿐만 아니라 금 · 원의 비중 역시 하나의 비교적 척도가 될 수 있다.

본고에서는 이러한 금 · 원대시 수용사 재구 작업의 일환으로서 특별히 홍한주(洪翰周)(1798~1868)의 사례[3]에 주목하기로 한다. 우선 홍한주의 저작인

---

2 이러한 방법론과 관련된 기본사항은, 조동일, 『하나이면서 여럿인 동아시아문학』, 지식산업사, 1999을 참조함. 특히 조동일, 위의 책, 308-309면에서 중국 · 한국 · 월남 · 일본 · 유구 · 시인들이 한시라는 문학형식을 공유하고 경쟁하면서 동아시아 중세문명의 이상을 함께 구현하고자 한 점, 공동문어문학이 華의 규범에서 벗어나 夷를 긍정하는 방향으로 나아갔던 세계문학사의 공통 현상에 대한 향후의 연구필요성이 언급되기도 하였다.

3 홍한주 연구사에서는 그의 유명 필기류 저작인 『지수염필』이 특히 주목되어 왔고, 일기와 한시에 대한 연구도 일부 진행되었다. 관련 연구들을 열거해 보면 다음과 같다. 강혜선, 「홍한주의 한시 연구」, 『돈암어문학』 17, 돈암어문학회, 2004; 김윤조, 「19세기 중반 경화 지식인의 독서와 세상 읽기-홍한주 일기 해제」, 『문헌과해석』 53, 태학사, 2010; 김윤조, 「홍한주의 일기와 『지수염필』 저작」, 『한문학보』 19, 우리한문학회, 2008; 김윤조, 홍한주 『辛酉日史』 · 『癸亥日史』 · 『丙寅日史』 해제, 고려대학교 해외한국학자료센터 홈페이지(http://kostma.korea.ac.kr/); 김혜경, 「해사 홍한주의 『智水拈筆』 연구」, 경북대학교 석사학위논문, 1999; 진재교, 「『지수염필』 연구의 일단: 작가 홍한주의 가문과 그의 삶」, 『한문학보』 12, 우리한문학회, 2005; 진재교, 「19세기 箚記體 筆記의 글쓰기 양상: 『智水拈筆』를 통해 본 지식의 생성과 유통」, 『한국한문학연구』 36, 한국한문학회, 2005; 진재교, 「경화세족의 독서성향과 문화비평-19세기 洪奭周家의 경우」, 『독서연구』 10, 한국독서학회, 2003; 진재교, 「(『지수염필』) 해제 1」, 홍한주 저, 김윤조 · 진재교 역, 임완혁 윤문, 『19세기 견문지식의 축적과 지식의 탄생: 지수염필』 상, 소명출판, 2013; 최식, 「조선후기 필기의 특징과 양상: 풍산 홍씨 필기류를 중심으로」, 『한문학보』 22, 우리한문학회, 2010.
본고는 이러한 선행연구들을 바탕으로, 홍한주가 남긴 여러 장르의 시문 속에 동시에

『지수염필(智水拈筆)』에 산견되는 금 · 원대시 관련 언술을 통해 그의 금 · 원대시관이 갖는 성격을 추출해 본다. 또 그러한 금 · 원대시 인식이 창작의 장에 발현된 사례로서 홍한주 『해옹시고(海翁詩藁)』 내의 금 · 원대시 대상 차운시를 살펴본다. 다만 본고 내에서 그러한 차운시의 특징을 구체적으로 분석하는 데까지 아직 가지는 못하였고, 금 · 원대시 차운의 토대가 되는 중국측 문헌[4]의 개략을 실증적으로 조사하는 작업을 위주로 한다.

다른 한편으로 "고전문학의 향유"라는 차원에서 볼 때, 홍한주의 사례는 독서 · 인지와 창작, 읽기와 쓰기가 통합된 차원의 문학 향유 양상을 보여준다. 본고에서 연구대상으로 삼은 홍한주는 다량의 금 · 원대시 차운을 통한 실제 창작상의 활용을 보여준 보기 드문 작가이므로, 우선 '향유'와 '차운'이라는 문학적 행위 간의 연관을 생각해볼 필요가 있다. 조선의 작가가 역대 중국시에 차운하려면 우선 중국시가 실린 시선집 등의 서적에서 시를 보고 그 가운데 조선인 작가의 작시(作詩) 정황과 취향에 따라 차운할 만한 원운시(原韻詩)를 선별하는 과정을 거치며, 원운시의 운자(韻字) 배열 순서[5] 등을 기본적으로 고려하면서 본인의 시상을 조직해야 한다. 독서가 창작의

발견되는 유의미한 시학적 인자로서 금 · 원대시 관련 사항들을 재발견해 보았다.

4 금 · 원대시 관련 문헌의 유입은 조선후기 금 · 원시 담론의 기저를 이루고 있는 성격 이해에 중요하며, 그런 문헌들의 목록을 파악하는 일은 이후 조선후기 금 · 원대시 수용 연구의 기본적인 토대가 된다. 본고의 3장에서는 그러한 작업의 일환으로 금 · 원대시 대상 차운시의 원운시와 그 원운시의 소재(문헌 출처)를 추적하는 방식을 시도해 보았다.

문헌학의 개념과 범주에 관해서는, 심경호, 「조선시대 문학 연구과 문헌학」, 『고전과 해석』 17, 고전한문학연구학회, 2014 참조.

5 명 徐師曾의 『文體明辨』 序說 韻文編 '和韻詩' 부분을 보면, 화운시의 세 가지 문체를 依韻, 次韻, 用韻으로 분류했으며 이 중 次韻은 韻字의 선후 차례까지도 모두 原韻에 따르는 것이라고 하였다(해당 부분 원문과 번역은 박완식 편역, 『한문 문체의 이해』(原題 文體明辯 序說 / 文章辯體彙選 序說), 전주대학교출판부, 2001, 35-39면 참조). 원운시에서 사용된 운을 일부러 사용하지 않고 '餘韻'을 가지고 쓰는 방식도 있는데(박완식 편역, 위의 책, 37-39면 참조), 이 역시 방식은 다르지만 원운시의 운을 면밀하게 의식하는 위에서만 가능한 창작 형태라 할 수 있다.

틀을 구성·조율하는 '차운'이란 문학 향유의 장에서, 최소한 원운시의 수준에 동조하고 존중하는 것이 차운 시작의 전제가 되며, 원운시에 공명하거나 그 뜻을 연장시키는 등의 재창작이 이루어진다. 평소의 독서가 시가창작에 초점을 두어 진행됨으로써 독서 자체가 창작준비로서의 성격을 띠는 양상[6]은 동아시아 전통시대 문인들에게서 두드러지는데, 차운이야말로 독서와 창작이 긴밀하게 결합[7]된 형태의 문학 향유를 보여주는 한 사례라고 할 수 있다.

한편 문학의 향유에는 감상과 심미적 차원 외에도, 본격적인 향유의 층위로 나아가기 이전 단계에서 지식과 정보 및 그에 대한 이해가 필요하기도 하다. 본고의 2장에서 홍한주의 금·원대시 인식이 어떤 내용을 담고 있으며 중국시론과 어떤 관련을 맺고 있는지 『智水拈筆』 속의 관련 내용을 통해 구체적으로 살펴보려는 이유도 이 때문이다. 이러한 작업은 홍한주 나름의 적극적인 금·원대시 차운이 가능했던 배경을 이해하는 데 긴요하므로 먼저 점검할 필요가 있다. 즉 『智水拈筆』 내의 금·원대시 관련 언술은 문학 향유의 바탕이 되는 정보의 집적과 상호 연맥, 이론의 수수(授受) 관계를 보여준다. 한편 본고의 3장에서 다룰 『해옹시고』 내 금·원대시 차운시 개관에서는 작품의 내용적 분석 면에서는 미진하지만, 홍한주의 차운시에 일대일로 대응되는 금·원대의 원운시를 조사, 제시함으로써 해당 원운시들이 수록된 중국의 문헌·서적들이 지적 기반을 이룬 가운데 가능해진 실제 금·원대시 향유의 윤곽을 보이고자 하였다.

6 강필임, 『시회의 탄생』, 한길사, 2016, 250-251면 참조

7 창화시의 화시 작자가 창시에 대한 독자이자 화시의 창작자라는 점에서 특별함은, 강필임, 위의 책, 206면에서 서술되었다.

2. 『지수염필』 내 금·원대시 인식과 명말청초 시학 간 상동성(相同性)

『지수염필』에 보이는 홍한주의 금·원대시 관련 언술은 매우 적극적·우호적이며, 이는 종래 조선중기·중국 명대 시론에서의 그것과는 상당히 다른 성격을 지닌다. 간단히 말하자면 이는 명말청초(특히 청 강희·건륭 연간) 금·원대시 재평가 이후에야 나타날 수 있으며, 청대 시학 동향에서의 금·원대시 인식과 긴밀하게 조응되는 언술로 생각된다. 아래에서는 이를 잘 보여주는 『지수염필』의 특정 항목을 집중적으로 분석해 보기로 한다.

> 원나라 한 시대가 정통을 이은 것은 고작 89년으로 국가적으로 볼 때 세조·인종 외에는 어지럽고 질서가 없어 전연 볼 만한 것이 없지만, ① 인물로는 재주와 지식, 학술과 문장에 뛰어난 사람들이 빽빽하게 늘어서 서로 바라보아 송·명에 부끄럽지 않으니 또한 기이하다 할 만하다. ② 재주로는 야율초재와 유병충이 있는데 송나라에 없는 자이고, 학술로는 허평중이 있어 락(洛)·민(閩)(정자程子·주자朱子)의 사이에 둘 만하며, 그 밖에 유정수, 오초려, 김인산, 구양규재, 황진, 조동산, 왕극관이 모두 큰 학자이다. 문장으로는 우백생, 요수, 게해사, 살도랄, 유관이 모두 시가를 잘하고 고문을 잘 지어 일세의 거장이 된다. ③ 또 그 외에 소소하게 이학을 담론하는 학자와 문장에 해박한 선비와 시에 능한 이가 이루 다 셀 수 없으니, ④ 이는 모두 그 전 시대인 송이 끼친 공적[宋遺烈]이다. ⑤ 또 유산 원호문은 재주가 뛰어나고 박학하여 금·원 간의 원로로 문장의 거장이 되어 **소동파에 비견**되는 자이니, 또한 성대하지 아니한가?[8]

8 『智水拈筆』 권2 소재(위 본문 중의 번호매김과 밑줄 강조는 분석상의 편의를 위해 필자가 표시해 넣음.), "(〈元之人物〉) 有元一代, 紹正統者, 纔八十九年, 國家則世祖·仁宗外, 淆褋無倫, 全無可觀, 而人物則才智學術文章, 蔚然相望, 無媿於宋明, 亦可異也. 才智之有耶律楚材·劉秉忠, 宋之所無也, 學術之有許平仲, 可在洛閩之間也, 其他劉靜修·吳草廬·金仁山·歐陽圭齋·黃溍·趙東山·汪克寬, 皆大儒也. 文章之有虞伯生·姚燧·揭傒斯·薩都

위 인용문의 내용은 하나하나가 홍한주 금·원대시 인식의 성격을 시사하는 중요한 언술 지표로 판단되므로 번다하지만 상세하게 들여다볼 필요가 있다. 또한 홍한주의 위 말을 조선후기 및 명말청초 문인들의 관련 언술과 비교해보면서 상호간의 거리를 가늠해보고자 한다.

우선 명 의고파의 주요 인사인 왕세정(王世貞) 「예원치언(藝苑巵言)」에서의 금·원대시 관련 내용[9]과 비교해보자. 왕세정 역시 홍한주의 위 인용문처럼 원시인(元詩人)과 원문인(元文人), 금시인(金詩人)들 중 주요인물의 목록을 비교적 길게 나열했지만, 그 나열 이후에 도출되는 최종 결론은 서로 전혀 다르다. 즉 왕세정은 원시인(元詩人) 관련 내용의 말미에서 각 원대시인의 장단점을 병기하면서 단점 쪽에 더 무게를 실었고, 원문인(元文人)들은 비록 몇 사람이 더 있기는 하지만 요약해서 말하자면 "문(文)이 없다고 해도 가하다"[然要而言之曰無文可也]라며 더 냉정한 판단을 내린다. 「예원치언(藝苑巵言)」에서의 금대시 관련 언술도 이와 유사해서, 주요 금시인(金詩人)들의 명단은 제시하지만 끝에 가서는 오히려 (특히 송과 비교하며) 금시의 단점만을 들추어낸다.

왕세정의 금·원대시 저평가와 달리, 홍한주의 위 인용문에서는 원대에

剌·柳貫, 皆能善歌詩治古文, 爲一世鉅匠. 又其外小小談理之儒·博文之士·能詩之人, 不可勝計, 是皆前宋遺烈也. 且元遺山好問, 才雄學博, 金元間耆宿, 而爲文章鉅公, 比之東坡者也, 不亦盛乎?"

상기 원문은 홍한주 저·이우성 편, (栖碧外史海外蒐佚本 13) 『智水拈筆』, 아세아문화사, 1984, 102-103면에서 접함. 본문 중의 위 번역은 홍한주 저, 김윤조·진재교 역, 임완혁 윤문, 『19세기 견문지식의 축적과 지식의 탄생: 지수염필』 상, 소명출판, 2013, 109-200면을 참조하면서 필자 식으로 일부 고쳐 본 것임.

9 (이하 본문에서의 「藝苑巵言」 관련 서술은 옆 원문에 근거하므로 해당 부분 전체를 인용해 본다.) 王世貞, 『弇州四部稿』, 卷148 說部, 「藝苑巵言」 4, "元裕之好問, 有中州集, 皆金人詩也, 如宇文太學虛中·蔡丞相松年·蔡太常珪·党承旨懷英·周常山昂·趙尚書秉文·王內翰庭筠, 其大旨不出蘇黃之外, 要之直於宋而傷淺, 質於元而少情.

元詩人元右丞好問·趙承旨孟頫·姚學士燧·劉學士因·馬中丞祖常·范應奉德機·楊員外仲弘·虞學士集·揭應奉傒斯·張句曲雨·楊提擧廉夫而已. 趙稍淸麗而傷於淺, 虞頗健利, 劉多傖語而涉議論爲時所歸, 廉夫本師長吉而才不稱, 以斷案雜之, 遂成千里.

元文人自數子外則有姚承旨樞·許祭酒衡·吳學士澄·黃侍講溍·柳國史貫·吳山長淶·危學士素, 然要而言之曰無文可也." (원문은 中國基本古籍庫 DB에서 접함.)

뛰어난 인물이 매우 많다고 전제한 후(①) 재주 · 학술 · 문장 등 다방면에서 특출난 원대인들의 명단을 세세히 나열했으며(②), 그 밖에도 이루 다 꼽을 수 없는 뛰어난 원대의 학자 · 문인들이 많다고 하였다(③). 왕세정 「예원치언(藝苑巵言)」과 비교할 때 주요 원 문학가들의 명단 나열 이후 문맥의 흐름과 서술의도가 전혀 다름을 확연히 볼 수 있고, 홍한주의 금 · 원대시 관련 평가가 얼마나 적극적인지를 비교 · 판단할 수 있다. 홍한주가 『지수염필』 위 인용문의 바로 앞 항목에서 송대를 논하며 그 성쇠기의 장단점을 모두 거론하면서도, "의론만 많고 이룬 공은 적다"는 원인(元人)의 송나라 비판을 굳이 동의조로 기록하고 송대의 문약한 기풍을 비판한 것[10]과 비교한다면, 원대의 문화와 관련된 평가는 오히려 선명한 긍정적 어조에 가까운 감이 있다. 즉 원대에 대해 갖기 쉬운 편견이나 선입견과는 달리 실상은 의외로 원나라의 인물과 학술 · 문화가 성대하다고 호평한 것이다.

다음으로 주목할 점은, 홍한주가 위 인용문에서 원대에 수많은 뛰어난 인물들이 나온 이유를, 전 시대인 송나라가 끼친 공적이라고 파악한 부분(④)이다. 얼핏 보면 짧고 단순해 보이는 언술이지만, 송-원간 계승성을 인정하는 문학사적 시대인식론 역시 적극적인 금 · 원대시 인식의 언술 지표 가운데 하나로서 다시 읽힐 필요가 있다. 이러한 언술이 갖는 시학상의 의미와 맥락을 이해하기 위해, 〈도협총설(陶峽叢說) 일백사칙(一百四則)〉에서 명청대 문학과 함께 원대시, 원 문장, 원나라 작품이 담긴 시문집, 원호문 등의 원 작가에 관한 다수의 기록을 남긴 이의현(李宜顯)의 아래 말을 함께 본다.

> 원나라 문장은 시보다 낫다. 원나라 사람 소천작(蘇天爵)은 『원문류(元文類)』를 편집했는데, 시문의 각 체가 구비되어 있다. … 원(元)이 호로(胡虜)로서 중국에 들어가 주인 노릇하면서 이학(理學)과 문사(文詞)로 세상에 이름난 자가

10 『智水拈筆』 권2 소재.

뇌락상망(磊落相望)하니, 대개 송의 여향을 계승하고 명의 운수를 열었기에 능히 이와 같이 성대할 수 있었던 것이다.[11]

이의현은 원(元)이 '호로(胡虜)'이긴 하지만 문(文)에 있어 볼 만한 내용과 수준을 이루었다고 일단 긍정적인 평가를 내리면서, 원대의 문장이 송(宋)의 여향을 계승하고, 명(明)의 운수를 열었다고 말하였다. 이민족 왕조라는 원대의 특징이 원 문학 전반에 대한 부정적 인식과 소거로 이어지지 않으며, 송–원–명으로 이어지는 시대적 연속성을 언급하고 있는데, 이런 식의 시대간 연계성을 언급하는 담론 구조는 명청대 반의고론자들의 논리에서 곧잘 보이는 것이기도 하다.

> 아아! 天地가 재주(재주 있는 이)를 내리고 우리 인간에게 영심(靈心)과 묘지(妙智)를 주는 것이, 나고 나서 다함이 없고, 새롭고 새로워 서로 이어진다[生生不窮, 新新相續]. 그리하여 삼백편이 있으면 반드시 초사·이소가 있고, 한위·건안이 있으면 반드시 육조가 있고, 경륭(景隆)·개원(開元)이 있으면 반드시 중(中)·만(晩)과 송(宋)·원(元)이 있는 법인데도, 세상에서는 모두 엄우·유진옹·고병의 어리석은 설만을 받들고 지켜, 시대를 나누어 분리시켜 놓고[限隔時代] 격률에 지루하게 집착하기를 …[12]

전겸익(錢謙益)은 당시(唐詩)를 초(初)/성(盛)/중(中)/만(晩) 4기로 구분하고 그 중 성당시만을 골라내 문학적 전범으로 국한시키는 의고파 계열의 논리를 분쇄하는 가운데, 의고파가 의식적으로 걸러냈던 중당·만당과 송(宋)·원

11 이의현, 『陶谷集』, 권28 「雜著」, 〈陶峽叢說 一百四則〉, "元文勝於詩, 元人蘇天爵輯元文類, 詩文各體具焉. … 元以胡虜, 入主中國, 而以理學文詞名於世者, 磊落相望, 盖承宋之餘而啓明之運, 故能如是彬彬耳."

12 전겸익, 〈題徐季白詩卷後〉 (원문은 吳宏一, 葉慶炳 編輯, 『中國文學批評資料彙編 五 清代』, 臺北: 成文出版社, 1979, 57-58면에서 접함. 위 본문의 번역은 필자 역.)

(元)의 존재 의미를 환기시킨다. 이러한 가운데, 『시경』부터 송(宋)·원(元)까지 각 시대 간의 연계적 연쇄 고리를 중시하는 문학사 파악의 구조가 형성되어 있다. 이와 유사한 예로 명 공안파의 주요인물인 원중도(袁中道) 역시 의고파들의 "송원무시(宋元無詩: 송대와 원대에는 시가 없었다)"설을 직접적으로 반박하며 당(唐) 시인과 같은 전인들을 답습·모방하려 하지 않았다는 점에서 송(宋)·원(元) 작가들을 역으로 옹호하는 논리를 계발하는 가운데, "송원(宋元)은 삼당(三唐)을 계승[宋元承三唐]"하였다고 언급하고 있다.[13]

특히 금·원대시와 『중주집(中州集)』의 편자 원호문 같은 금·원대의 대표 작가에 관해 큰 관심을 보였던 전겸익의 경우, 이러한 연속적 문학사관 내지 시사(詩史)관은 의고파들에 의해 무시되어 왔던 금·원대 문학의 가치를 옹호하기 위한 논리로서 활용되고 있다는 점에 주목해야 한다. 그 한 예로 전겸익은 절친한 친구 정가수가 원호문 편 『중주집(中州集)』에서 가려 뽑은 『중주집초(中州集鈔)』에 서문을 부치면서, "금나라 한 대에 들어와 뛰어난 인물들이 마침내 사승할 바를 얻어 다들 두 소씨를 잘 본받고 위로는 삼당(三唐)으로 거슬러올라갈 줄 알아서, 각자 일가의 말을 이루고 일대의 소리를 갖추었다"[14]라고 평하였다. 금나라를 당·송의 훌륭한 발전적 계승자로 인정하는 연계적 시사(詩史) 인식의 기반 위에서 금나라 작가들이 이룬 성취를 긍정적으로 평가하고 있는 것이다.

지금까지 길게 살펴본 바를 잠시 요약해 본다. 당-송-금-원 간의 문학사적 연속성을 인정하고 중국 역대 시사(詩史) 내에 금·원대시의 자리를 마련하는 형태의 언술 방식은 명대 의고파 이후부터 청초까지의 변화된 시학적 기류를 반영하는 것이며, 홍한주 『지수염필』에서의 위 언급(인용문 중 ④ 부

13 袁中道, 〈宋元詩序〉 (원문은 葉慶炳, 邵紅 編輯, 『中國文學批評資料彙編 四 明代』, 臺北: 成文出版社, 1979, 711면에서 접함.)

14 전겸익, 『牧齋初學集』, 권83 「題跋」 1, 〈題中州集鈔〉, "入金源一時, 豪俊遂得所師承, 咸知規摹兩蘇·上泝三唐, 各成一家之言, 備一代之音" (원문은 中國基本古籍庫 DB에서 접함.)

분) 역시 그 연장선상에서 이해할 수 있다. 한편 『지수염필』의 위 인용문 중 금·원의 대표적 문학가 원호문을 소동파에 비겨 고평가한 언술(⑤)은, 청 옹방강(翁方綱)의 저작에서 산견되는 원호문-소동파 비교론[15]과 성격이 유사하다. 이는 명 왕세정이 원호문과 금대시인들에 대해 소(蘇)·황(黃)의 테두리에서 벗어나지 못하되 [其大旨不出蘇黃之外] 송시만 못하다고 평가했던 것(「예원치언(藝苑卮言)」)과 대조를 이룬다. 홍한주나 옹방강의 경우에는 원호문과 소동파 간의 비교가 상호간의 우열론으로 귀결되기보다는, 중국 시사(詩史) 내에 금·원대시의 위상을 확보하고 그 대표시인인 원호문의 성취를 적극 인정하는 방향으로 이어지기 때문이다.

『지수염필』 내에 산견되는 금·원대 관련 여타 항목들에서도, 금·원대의 인물과 문학을 재평가하는 기조는 여전히 일관되게 유지된다. 예컨대 홍한주는 송말(宋末) 원초(元初)의 경학가인 허형(許衡)(호는 노재(魯齋))을 대학자로 높이 평가하였고, 우암(尤菴)(송시열宋時烈) 외 여러 조선 문인들이 원나라에 벼슬했다는 출처상(出處上)의 문제로 허형(許衡)을 저평가하고 배척한 데에 반대하는 논리를 길게 폈다.[16] 또 홍한주는 『지수염필』에서, 문견이 적은 자는 당송의 문인 8명의 글을 뽑은 명 모곤(茅坤) 『팔대가문초』의 8가만이 뛰어난 줄 알지만 그 외에도 (모곤보다 오히려 더 뛰어난) 한 시대의 탁월한 문장가들이 많다고 하면서 금·원대에서는 원호문, 요수, 우집, 황진, 유관을 꼽고 있다.[17] 이렇듯 홍한주가 지금껏 잘 거론되지 않았던 금·원대 문인들의

15 翁方綱, 『石洲詩話』, 臺北: 廣文書局, 1971 중 특히 권5의 내용 중에 많이 보인다.

16 『智水拈筆』 권1 소재. 홍한주 저, 김윤조·진재교 역, 임완혁 윤문, 『19세기 견문지식의 축적과 지식의 탄생: 지수염필』 상, 소명출판, 2013, 150-152면.

17 『智水拈筆』 권1 소재. 홍한주 저, 김윤조·진재교 역, 임완혁 윤문, 『19세기 견문지식의 축적과 지식의 탄생: 지수염필』 상, 소명출판, 2013, 106-108면.

물론 『당송팔대가문초』의 체제나 내용을 수정, 보완하려는 시도는 이전에도 있었다. 일례로 김만중은 당송8대가중 4명에 대한 총평을 추가하고, 이미 모곤이 논평한 네 사람에 대해서도 독자적인 논평을 시도했다고 한다(심경호 옮김, 『서포만필 하』, 437면). 하지만 홍한주의 경우, 총평이나 논평의 추가 및 수정보완에 그치지 않고, '당송'이라

저작을 독서하고 우호적으로 언급하는 일은, 일종의 박학 취향 내지 문학 취향의 다양화와 연관된 것이라고 보인다.

3. 『해옹시고』 내 금 · 원대시 차운시 개관

홍한주는 『해옹시고(海翁詩藁)』 내에 수십 편에 이르는 금 · 원대시에 대한 차운시를 남겼다. 지인들과의 시회에서 창수하면서 중국 각 시대의 다양한 시들에 차운하는 가운데 나온 시들이 대부분인데, 이는 이런 식의 금 · 원대시 수용 방식이 이 교유집단이 공유하는 것이며 일종의 공동 창작의 결과임을 시사한다.

몇 가지 사례를 통해 그 구체적인 양상을 살펴본다. 홍한주는 지인인 송주헌(宋柱獻)에게 보낸 편지에서 한가로운 가운데 친구들과 송(宋) · 금(金) · 원(元) · 명(明)의 시를 취해 시재(詩才)를 겨루며 자적하는 일상을 전한 바 있다.[18] 요컨대 홍한주와 그 지인들의 시회에서는 금(金) · 원(元)을 포함 전(全) 시대 시에 두루 차운하는 경향이 있었다. 홍한주가 송주헌(宋柱獻), 서유영(徐有英) 외 지인들과의 시사에서 지은 고시와 근체시를 모은 『남원창수집(南園唱酬集)』에 부친 서문의 아래 대목 역시, 이들의 이러한 문학 취향과 상응한다.

는 문장 전범의 구획을 벗어나 금 · 원 · 명을 포함한 전 시대에서 뛰어난 문장가를 고루 뽑을 수 있다고 함으로써 더욱 급진적인 관점을 펴고 있다. 또한 『서포만필』에서 김만중이 명대문학에 관해서는 깊은 관심을 보였지만 아직 元詩에 대해서는 부정적 평어에 그쳤던 것을 보면, 홍한주 『지수염필』에서의 금 · 원대시 담론이 더욱 우호적 · 적극적임을 다시 확인할 수 있다.

(이상의 서술은 김만중 지음, 심경호 옮김, 『서포만필 하』, 문학동네, 2010, 436-437, 480, 637면 등의 원문 및 번역과 심경호 교수의 평설에 도움을 받음.)

18 홍한주, 『海翁文藁』, 권1 「書鈔」, 〈與宋石經英老 柱獻 書〉, "弟一直坯居, 睡罷則繙書, 書了則復睡, 自餘或偕如雲友輩酸措大, 取宋金元明詩, 射蠟賭勝, 以自適也."

① 漱鮑謝沈庾之芳潤　포조(鮑照)·사영운(謝靈運)·유신(庾信)·심약(沈約)의 향기롭고 윤택한 문장을 머금고

擷宋元明清之英華　송(宋)·원(元)·명(明)·청(淸)의 영화(英華)를 취한다.

② 耳食紛紛　남의 말만 믿고 따르는 이들이

笑三唐之皮膜　삼당(三唐)의 껍데기만 본뜸을 비웃고

心思乙乙　갑갑한 심사로

掃西崑之粃糠　서곤체(西崑體)의 찌꺼기를 쓸어버린다.

③ 絶句論詩　논시절구(論詩絶句)에서는

追遺山池北之踵　유산(遺山)(원 원호문)과 지북(池北)(청 왕사정)의 자취를 좇고

樂府徵史　악부징사(樂府徵史)에서는

嗣鐵崖懷麓之音　철애(鐵崖)(원 양유정)와 회록(懷麓)(명 이동양)의 소리를 잇는다.

④ 擊鉢而催　동발(銅鉢)을 쳐서 빨리 짓길 재촉하니

陳思之七步非速　진사왕(陳思王) 조식(曹植)의 일곱 걸음 사이도 빠른 게 아니고

刻燭而就　촛불에 금 그어놓고 나아가니

溫岐之八叉何遲　온정균(溫庭筠)의 여덟 번 팔짱낄 사이도 어찌 이리 더딘가.[19]

위 인용문은 시회에 임하는 홍한주와 지인들의 문학적 지향과 그것이 집약된 강령을 구체적으로 보여준다. 요컨대 당시(唐詩)의 외피만 본뜨는 식의 의고는 비판되고(②, 일련번호는 분석의 편의를 위해 필자가 임의로 붙임), 남조(南朝) 및 송(宋)·원(元)·명(明)·청(淸)의 좋은 점을 두루 아우르는 시작(詩作)이 요

19 홍한주, 『海翁文藁』, 권3 「序鈔」, 〈南園唱酬集序〉.

구된다(①). 이 점은 장르별 시사(詩史)의 인식 및 계승에서도 중요해서, 특히 논시절구(論詩絶句)와 악부(樂府) 방면에서는 원대와 명청시대가 고루 배합된 전(全)시대적 계보가 사전에 인지된다(③). 재치 있는 속작(速作)이 요구되는 시회의 유희성과 경쟁적 성격(④)을 고려할 때, 전(全)시대 중국 역대시에 대한 학습과 재창작에 일단 동의하는 것이 이들의 문학적 놀이에 참여할 수 있는 기본 요건이었다. 이들의 시회에서 당시(唐詩) 제일주의 식의 의고적 시론을 피력하는 문인은 핀잔을 듣거나 사고의 전환을 요구받기 일쑤였을 법하다.[20] 사언이 홍한주가 포함된 시회에서의 차운 양상은, 명대 의고파식의 전형적 문학 전범에 크게 구애되지 않는 면모를 종종 보인다. 일례로 홍한주가 벗들과 장편의 가행체 고시를 연달아 창작하는 자리에서도 하필 금·원대 원호문의 작품에 차운한 경우[21]는, 고시(古詩)와 악부 방면에서 한(漢)·위(魏) 시대를 제일로 치고 의식적으로 본받고자 했던 명대 의고파의 취향과는 상당히 거리가 멀다 하겠다. 또한 홍한주와 벗들이 주도하는 시회의 우정과 흥취를 표현하고자 할 때, 원인(元人)의 시에 차운하거나 원대시인의 고사를 끌어오는 경우도 더러 보인다.[22]

---

20 홍한주, 『海翁詩藁』, 권2 南園唱酬集鈔, 〈病枕無聊, 偶得絶句十二首 … 兄須覽而和之, 又轉致石湖否〉, "(其七) 不及三唐更不陳, 君言直欲踵前塵, 如將古調論今調, 箕雅編中見幾人."

21 본고 내(아래) 표("『海翁詩藁』 내 금·원대시 대상 차운시")에서의 연번 14번과 15번 작품에 해당되는 내용임. 강혜선, 「홍한주의 한시 연구」, 『돈암어문학』 17, 돈암어문학회, 2004, 360면에서는 홍한주가 40, 50대에 이르러 특히 歌行體 고시를 많이 남겼음을 언급하면서 이 작품을 그 예로 들기도 하였다.

22 본고 내 표("『海翁詩藁』 내 금·원대시 대상 차운시")에서의 연번 8번 작품과 '비고'의 내용 참조. 연번 8번 작품(〈四月十九日, 風雨冥冥, 會飮雲皐玉磬書屋, 拈元人詩, 追賦一律〉)의 내용은 다음과 같다.

君如辛老在溪南　그대는 溪南에 있는 辛老(원호문의 절친인 辛願)와 같아
詩學古人青出藍　시는 고인을 배워 청출어람했지.
長調常教滄生服　長調는 늘 滄生을 복종시켰고
短詞猶見海翁慙　短詞로는 海翁을 부끄럽게 해.
二三子外誰同席　二三子 외에는 누가 동석했으며
十五年間幾盍簪　십오년간 몇 번이나 만났던가.

한편 홍한주 혼자서 시를 짓거나 여행하는 개인적 창작 상황에서 금·원대시에 차운하는 경우도 있었다. 일례로 홍한주, 『해옹시고(海翁詩藁)』, 권2 「호계집초(壺谿集鈔)」, 〈유거잡흥(幽居雜興)〉의 제3수에, "우야율진경담연거사집운(右耶律晉卿湛然居士集韻)"이라는 정보가 부기되어 있다.[23] 즉 홍한주는 야율초재(耶律楚材)의 시에 대한 차운시를 자신의 문집에 남기기도 했던 것인데, 〈유거잡흥(幽居雜興)〉이란 제목으로 개인적 시정과 소회를 풀어나가는 자리에서 야율초재(耶律楚材)의 시에 차운함으로써 원시의 문학성을 기본적으로 인정하는 위에서 그에 공명한 것이 특기할 만하다. 차운이란 남이 지은 원운시의 운자를 따르는 위에서 시재(詩才)를 과시하거나 새로운 뜻의 창출을 꾀하는 것이므로,[24] 최소한 원운시의 수준에 얼마간 합의하는 위에서 차운이 이루어진다고 볼 수 있다.[25] 야율초재는 원나라 때의 명신으로서 조선에서는 역사기록류에 그 행적이 언급되곤 하지만, 홍한주와 같은 문학적 수용은 드문 예가 아닌가 싶다. 또한 홍한주와 같은 19세기 문인들에게 있

玉磬山窓花藥裏　玉磬書屋 山窓과 화초 약초 속에서
白頭相對又閒譚　흰 머리로 마주보고 또 한담 나누네.

또한 홍한주 작 〈會飮梣溪 尹定鉉 尙書書樓呼韻〉 끝 구절에서는 홍한주 자신과 벗 윤정현 간의 우정을, 원호문과 그 절친 辛愿 간의 마음에 비기는 표현을 썼다("이로써 알겠네, 원호문의 野史亭이 낙성되던 날 / 溪南老子 辛愿의 정이 어떠했을지를[從知野史亭成日, 倘有溪南老子情].").

23 참고로 이 홍한주 〈幽居雜興〉의 제 2수에는 "右蘇長公雪詩韻"이라는 정보가 붙어 있다. 소식의 잘 알려진 작품에 대한 차운시와, 문학적으로 덜 알려진 耶律楚材에 대한 차운시가 이렇게 나란히 배치된 점도 흥미롭다.

24 차운에 대한 기본적인 사항은, 이규호, 『한국고전시학론』, 새문사, 1985, 23-26면 「Ⅱ. '차운법'과 정지상의 「送人」 중 '1. 차운의 역사와 효용' 부분을 참조함.

25 차운시의 특성에 대한 연구로는 강민호, 「押韻의 미학으로 본 次韻詩의 특성에 대한 연구: 元白과 蘇軾의 차운시를 중심으로」, 『중국문학』 72, 한국중국어문학회, 2012가 특히 참조할 만한데, 여기서는 차운시가 원래의 시와 그 작가에 대한 존중과 함께 은근히 (차운시를 짓는 본인) 자신의 재주를 과시하기 쉽다는 점, 애초에 유희적 속성이 강하며 사교적 목적도 지니고 있다는 점 등이 거론되었다.
이 밖에 전통시대 중국 詩會의 특징과 제반 양상에 관해서는, 강필임, 『시회의 탄생』, 한길사, 2016 참조.

어 금·원시가 차운과 같은 창작의 영역에서 낯설거나 이질적인 대상에 머무르지 않음을 볼 수 있는데, 앞선 연구[26]에서 한중 시선집 문헌 비교를 통해 밝혔듯 청 강희·건륭 연간 금·원대시 문헌이 18세기 중후반 이래 조선에 들어와 읽히면서 양적·질적인 두 측면 모두에서 금·원대시 인지에 대한 접촉면이 늘어나는 현상과 무관치 않다.

이런 홍한주의 차운시들은, 홍한주의 일기에서 지인과 원대시 관련 문헌을 돌려가며 읽은 기록들,[27] 그리고 『지수염필』에서 원나라의 인물과 시문이 성대하다고 호평하는 내용들과 안팎을 이루고 있다. 홍현주(洪顯周)의 원대시에 대한 차운시가 1편 정도에 불과하고,[28] 홍길주(洪吉周)나 홍석주(洪奭周)에게서는 그러한 차운시를 볼 수 없는 양상과 대비되기에 홍한주의 사례가 풍산(豊山) 홍씨(洪氏) 일문에 대한 대표성을 담보하지는 않지만, 금·원대시에 대한 독서와 실제 문학적 활용(차운)이 가장 활발해진 양상을 보여주기에 홍한주의 (학)시론/문학론 및 독서취향과 박학취향의 구체적인 한 발현 양상이라는 측면에서 향후 더 면밀히 고찰될 필요가 있다.

아래의 표는 홍한주가 차운한 다량의 금·원대시들이 어떤 중국 문헌에 실려 있는지와, 금·원대시인 누구의 시인지를, 사고전서 DB를 통해 필자가 조사해 본 결과이다. 요컨대 홍한주의 사례는 이 시기 문인들이 접한 다

---

26 졸고, 「조선후기의 금·원대시 수용 연구: 시선집을 중심으로」, 『대동한문학』 48, 대동한문학회, 2016.

27 홍한주, 『丙寅日史』(버클리대본－국립중앙도서관 소장 마이크로 형태자료로 열람함), "六日甲子晴 權仁汝訪, 又以邵子全書十七冊及元詩七冊見還."; "十二日丁酉晴寒 … ○ 權南瑞索還元詩選二十四卷明詩選三十卷."

홍한주, 『辛酉日史』, 고려대학교 해외한국학자료센터 홈페이지(http://kostma.korea.ac.kr/) 제공 원문, (원문상 45면) "七日壬戌晴 … ○ 看元遺山詩."

28 홍현주, 『洪顯周詩文稿, 其他』, 규장각 소장본, 「吟詩居士未定稿」 2集, 〈三月晦夜與而奭成汝共拈金詩〉. 문연각 사고전서 DB의 상세검색 기능(韻字의 순서와 조합을 검색하는 방식)을 통해 홍현주가 차운한 이 金詩의 原韻詩를 찾아낸 결과, 원호문 〈秋雨得雲字〉에 차운했음을 알 수 있었다.

홍한주의 『海翁詩藁』에서도, 海居書室에서 원 우집의 시에 차운한 경우가 있다(이와 관련된 보다 자세한 사항은, 본문 중의 표 연번 17번 참조).

수의 금·원대시 관련 문헌 및 시선집들이, 독서와 인지를 거쳐 실제 창작 경험(차운)으로 재산출되는 일련의 과정을 보여준다.

〈아래 표 설명〉

- 이하 표의 수록문헌 관련 설명

원호문, 유산집(遺山集)

어선송금원명사조시(御選宋金元明四朝詩)-어선금시(御選金詩): 표 안에서 "사조시-금"으로 표기함.

어정전금시증보중주집(御訂全金詩增補中州集): 표 안에서 "증보중주집"으로 표기함.

석창역대시선

원시선 초집 / 원시선 2집-청 고사립 편, 『원시선』을 가리킴.

『海翁詩藁』 내 금·원대시 대상 차운시				原韻詩 (*필자 조사. 문연각 사고전서 DB 內 운자 검색)			
연번	차운 대상	시제	수록 권	原韻詩人	原韻詩題	수록 문헌	비고
1	금시	夜偕陶雲, 雲臯, 翠田, 白陵。餞歲尹石醉書室。共次金人詩韻。	卷五 雙松館集鈔 [上]	高憲	題新山寺壁	중주집, 사조시-금, 증보중주집	
2	금시	臘月十八夜。偕雲臯, 翠田訪石醉。次金詩韻。	卷五 雙松館集鈔 [上]	미상	미상	미상	미상
3	금시	澹湖, 雲臯, 東樊來會雙松館夜飮。次金詩韻。	卷五 雙松館集鈔 [上]	吳激	過南湖偶成	중주집, 사조시-금, 증보중주집	
4	금시, 원호문	喚睡亭第四日。次金詩韻。	卷六 朱溪紀遊集	元好問	寄劉繼先	유산집, 원시선 초집, 송원시회,	

						사조시, 석창	
5	원시	春日山居褉詠。 次元人詩集。	卷二 壺谿集鈔	楊維楨	訪倪元鎭不遇	사조시-원, 원시선 초집	
6	원시	東江暎波亭月夜。 又次元人詩韻。	卷三 南園唱酬集鈔下				南宋末~元初의 시인 汪元量 작 〈和人賀楊僕射致政〉(宋詩鈔에 실림)과 운이 같음.
7	원시, 조맹부	又拈元人詩韻	卷三 南園唱酬集鈔下	趙孟頫	弁山佑聖宮次孟君復韻	원시선 초집, 元文類	
8	원시	四月十九日。 風雨冥冥。 會飮雲皐玉磬書屋。 拈元人詩。 追賦一律。	卷五 芸堂二集鈔	謝應芳	荅徐伯樞見寄二首 중 제1수	원시선 2집	원호문의 절친인 辛願(溪南詩老 혹은 溪南辛老)이 언급됨. 참고로 홍한주 작 〈會飮梣溪尹定鉉 尙書書樓呼韻〉도 그러함
9	원시	偕陶雲, 翠田, 雲皐, 白陵, 竹史。 夜會石醉書室。 拈元人韻共賦。 二律。	卷五 雙松館集鈔[上]	程鉅夫	寅夫惠敎遊鼓山四詩細讀如在岃前杖屨間想像追和用堅重遊之約四首 중 제4수	원시선 초집, 사조시-원	
10	원시	雲皐, 圭庭, 竹史聯訪。 病餘喜甚。	卷五 雙松館集鈔[上]	미상	미상	미상	미상

		共登雙松前麓。 次元人韻。					
11	元好問	又明日下山。 拈元遺山韻。	卷五 雙松館集鈔 [上]	원호문	張村杏花 丁巳二月 初二日	유산집, 사조시-금, 증보중주집, 원시선 초집, 御製佩文齋詠 物詩選, 御製佩 文齋廣羣芳譜	
12	원호문	三月四日。 發寶城赴任之行。 歷公山道中。 次元遺山韻。	卷六 山陽集鈔	원호문			원호문 〈歸義僧 山水卷 (유산집, 증보중주 집 소재)〉 과 운자는 같으나, 시체상 (율시와 절구)의 차이가 있음.
13	원호문	淳昌道中。 又次元遺山韻。	卷六 山陽集鈔	원호문	張村杏花 丁巳二月 初二日	연번 11번 참조	
14	원호문	雲臯, 古心, 圭庭。 又集雙松館夜飮。 次元遺山.	卷五 雙松館集鈔 [上]	원호문	愚軒爲趙宜 之賦	유산집, 증보중주집	
15	원호문	醉時歌。 次古心控字第二韻。	卷五 雙松館集鈔 [上]	원호문	愚軒爲趙宜 之賦	유산집, 증보중주집	연번 14번 시에 바로 이어지는 시임.
16	虞集	山中春事。 次虞伯生韻。	卷二 壺谿集鈔	우집	미상	미상	미상

17	우집	夜飮海居書室。拈虞道園韻。	卷四 芸堂初集鈔	우집	集與諸公遊尙書何公山莊公孫斯明先爲剪薙荊榛幷致酒饌遂得瞻敬尙書墓道盡日乃還偶成四詩酬斯明兄弟幷簡同遊者 (총 4수 중 제3수)	道園學古錄	
18	우집	六月二十日雨中。澹雲二友偶來。共拈虞文靖詩韻。	卷五 芸堂二集鈔	우집	미상	미상	(우집의 시는 아니나) 원 柳貫 작 〈送李士弘侍讀歸祠王屋〉(사조시-원, 원시선 초집 소재)과 운자는 같음.
19	趙孟頫	夜訪李石農大汝鍾愚。會者八人。次趙子昂詩集。	卷五 雙松館集鈔[上]	조맹부	鶴歸亭	松雪齋集	
20	조맹부	李約園 曾愚 書速。故往會石農梅室。會者如前。而加三人焉。賦一律。次趙松雪集。	卷五 雙松館集鈔[上]	조맹부	次韻李秀才見贈	송설재집, 원시선 초집	
21	(元) 耶律楚材	幽居雜興 其三 (총 3수 중 제 3수)	卷二 壺谿集鈔	야율 초재	繼武善夫韻	湛然居士集, 원시선초집	홍한주 幽居雜興 其三에, "右耶律晉卿湛然居

							士集韻"이 라는 自註가 부기되어 있음.

위 표를 통해 살펴본 홍한주의 사례는 금·원대시에 대한 다량의 차운과, 그것을 통한 금·원대시의 실제 창작상의 활용상을 보여준다. 또한 이는 이 시기 문인들의 금·원대시 관련 문헌 및 시선집 독서[29]와 안팎을 이루는 것이기도 하다. 홍한주를 포함한 조선후기 문인들이 차운한 금·원대시들이 애초에 어떤 문헌에 실려 있는지를 조사해 본 결과, (홍한주의 사례는 위의 표로 제시함) 조선후기 문인들의 금·원대시 독서가 청초에 편찬된 관련 문헌들의 유입에 힘입은 부분이 있음을 확인할 수 있었다. 원호문의 『유산집』, 원호문이 편찬한 금대시 선집인 『중주집』, 우집의 『도원학고록』, 야율초재의 『담연거사집』, 조맹부의 『송설집』 등 금·원대에 나온 문헌들도 조선 문인들에게 물론 인지되고 있었지만, 청 고사립(顧嗣立)(청 왕사정의 문인)이 편찬한 원시(元詩)의 집대성격인 『원시선(元詩選)』(일명 『원백가시선(元百家詩選)』)이나, 청 강희황제의 명으로 편찬된 『어정사조시(御定四朝詩)』의 독서를 보여주는 흔적들도 중요하다. 홍한주 등의 조선후기 작가들이 원호문, 원시 4대가, 살도랄,[30] 楊廉夫 같은 유명 시인들 외에 다양한(오늘날의 관점에서, 상대적으로 덜 유명하고 인지도가 낮은) 금·원대시를 접하고 그에 차운할 수 있었던 것은, 『원

29 이 문제에 관해서는 졸고, 「조선후기의 금·원대시 수용 연구: 시선집을 중심으로」, 『대동한문학』 48, 대동한문학회, 2016에서 보다 상세히 다룸.

30 吉川幸次郎, 『宋元明詩概說』, 上海: 復旦大學出版社, 2012, 195면에서는 '非한족이 지은 한시' 항목의 대표적인 예로서 薩都剌을 다루고 있다. 비한족 시인인 薩都剌의 생애와 시, 한자 이름의 발음 및 표기 문제에 관해서는, 서성, 「살도랄(薩都剌)」, 『중국문학이론』 11·12, 한국중국문학이론학회, 2009 참조.

시선(元詩選)』과 같이 청대에 편찬된 총집류의 유입이 있었기에 가능했던 것으로 보인다. 예컨대 박제가[31]와 홍한주가 "금시(혹은 금나라 사람의 시) · 원시(혹은 원나라 사람의 시)에 차운한다"는 제목으로 지은 시들의 원운(原韻)을 필자가 조사해 본 결과, 진기(陳基), 사응방(謝應芳), 정거부(程鉅夫) 등의 시에 차운한 것이 확인되었는데, 이 원운시(原韻詩)가 실린 중국 문헌들이나 당시 조선에 유입되었던 시선집 및 관련 서적들을 살펴보면 박제가나 홍한주는 주로 청 『원시선(元詩選)』 외 이런 부류의 청대문헌들에서 이러한 작가들의 시를 접했던 것으로 추정된다.[32]

31 박제가, 『貞蕤閣初集』, 「詩」, 〈元夕集觀齋(觀齋는 徐常修의 호)次元詩 二首〉.
문연각 사고전서 DB의 상세검색 기능(韻字를 검색하는 방식)을 통해 박제가가 차운한 이 元詩의 原韻詩를 찾아낸 결과, 陳基 〈將往三沙有懷玉山徵君會稽外史〉에 차운했음을 알 수 있었다.

32 함께 살펴볼 만한 예로 崔憲秀나 홍현주처럼 홍한주와 실제 교유했던 인사들에게서 금 · 원대시 대상 차운시가 확인된다. 이들이 구체적으로 누구의 시에 차운했는지를 제목이나 작품 내에 명시하지는 않았지만 문연각 사고전서 DB의 상세검색 기능(韻字의 순서와 조합을 검색하는 방식)으로 그 原韻詩人을 조사해 보면, 원호문과 같은 금대의 대표시인뿐만 아니라 傅若金, 張翥, 袁易, 段成已 등 상대적으로 낯선 금 · 원대시인들의 작품에도 고루 차운하고 있음을 볼 수 있다. 이런 작품들은 각 금 · 원대시인들의 개별 시문집보다는, 금 · 원대시의 총집류인 청 顧嗣立 편 『元詩選』(일명 『元百家詩選』)이나 대표적인 금대시 수록 문헌인 『中州集』과 같은 시선집을 통하여 조선 문인들에게 읽혔을 가능성이 더 높다고 추정된다(이와 관련하여 보다 자세한 사항은 김기완, 「19세기 조선 문인간 교유에서의 금 · 원대시 차운과 그 의미」, 『우리어문연구』 61, 우리어문학회, 2018, 238-240면 참조).

4. 홍한주의 바깥, 19세기 금·원대시 수용사의 지형도: 홍석주와의 비교

추사 김정희와 그 교유인사들에게서 확인되는 바[33] 금·원대시의 학시론으로의 편입이 금·원대시에 대한 가장 적극적인 재인식을 보여준다면, 금·원대시에 대해 "(교양 내지 독서대상의 차원에서) 읽을 만하고 알아야 하지만" 본격적인 학시대상과는 차등을 두는 식의 수용상도 한편에 존재했다. 홍석주의 경우가 이러한 사례를 잘 보여준다. 홍석주는 청대에 편찬된 『원시선(元詩選)』을 읽기는 했으나, 홍석주의 원시선 일독은 "원시가 한퇴지의 시만 못하다"는 비교론으로 귀결된다.[34] 홍한주가 『원시선(元詩選)』을 읽고 지인들과의 시회에서 다수의 차운시들을 남긴 것과는 대조되는데, 『원시선(元詩選)』의 독서가 이 시기 지식인들 사이에서 곧잘 이루어졌으나 원시(元詩)에 대한 최종적 평가와 실제 창작상의 취사선택(차운 여부)은 문인들마다 층차가 있었음을 보여준다. 홍석주가 분별없는 마구잡이식 독서를 경계하고 후학들의 독서방향을 잡아주려는 의도로 집필한[35] 『홍씨독서록』 권4 '집부'에서는 『중주집』, 『원문류』, 청 고규광 편 『원시선』(7권)이 포함되었으나, 금·원대 시문의 가치에 일정한 제한을 두는 관점은 여전하다. 홍석주는 『중주집』에 관해 금나라 사람의 시는 본디 족히 말할 만한 것이 없으나 기가 날

---

33 여기에 대해서는 졸고, 「19세기 조선 학시론에서의 금·원대시 수용: 신헌과 신위의 사례를 중심으로」, 『대동한문학』 51, 대동한문학회, 2017에서 다루었음.

34 홍석주, 『淵泉集』, 권3 詩[三], 〈한퇴지의 시가 좋다는 것을 세상에서 아는 사람이 없게 된지가 오래되었다. 근래에 우연히 『元詩選』을 얻게 되어 며칠 동안 펼쳐 보다가, 다시 한퇴지의 시를 읽어보았더니 그의 수준에 미칠 수 없다는 사실에 더욱 경탄하였다. 마침내 절구 한수를 지었는데 결어에는 장난삼아 俳體를 사용하였다(韓退之詩, 世無知好之者久矣. 近偶得元詩選, 披繙數日, 復讀韓詩, 益歎其不可及, 遂成一絶, 結語戱用俳體).〉

35 홍석주의 『홍씨독서록』 서문과, 홍길주의 〈제홍씨독서록후〉(현수갑고 권3 잡문기 3 제발)의 내용 참조. 홍길주는 〈제홍씨독서록후〉에서 널리 배우면서도 간략하게 지키는, 요점이 있는 박학을 강조하고 있다.

래고 재주가 뛰어난 북방의 특성으로 인해 남송 명가들의 시보다 더 나은 경우가 왕왕 있다고 하였고, 금대의 역사와 사실을 담은 각 시인별 소전(小傳) 부기의 서술형식 쪽에 의미를 부여하였다. 이런 『중주집』에 대한 평가는 꽤 우호적인 부분들을 포함하고 있으나, 소천작 편 『원문류』에 대해서는 원나라 문장이 남송과 명나라 초기에 미치지 못하며, 수록된 원대 문장 약 천 편 가운데 외울 만한 것은 100분의 1도 되지 않아 "폐하고 보지 않더라도 가하다"라고 정리하였다. 또한 홍석주가 더욱 유명한 거질의 고사립 편 『원시선(元詩選)』을 『홍씨독서록』에 포함시키지 않고, 그 대신 청 고규광이 줄여서 간략하게 만든 『원시선(元詩選)』 7권을 대신 포함시키면서 그 이유를 밝힌 다음 부분은 주목할 만하다.

> 원시를 뽑은 책으로는 고사립의 책이 크게 갖추어졌다. 고규광이 그 책을 줄여서 이 책을 만들었는데, 기록한 내용은 열 개 중에 한 개도 안 되니, 아주 간략하다고 말할 수 있다. 그러나 도를 배우는 사람들은 문장을 마음에 두지 않으므로 비록 이백, 두보, 한유, 구양수의 문집이라 한들 두루 읽을 틈이 없기도 하는데, 하물며 원나라의 경우에 대해서는 어떠하겠는가? 그 시문을 남겨둔 것은 한 시대의 체제를 갖춘 것뿐이니, 또 어찌 많을 필요가 있겠는가?[36]

원나라 일대(一代)의 구색을 맞추기 위해 원시 선집을 『홍씨독서록』에 포함시키기는 하지만, 시사상의 중요성과 비중은 떨어진다는 판단 하에, 더 적은 분량의 청 고규광 편 『원시선』을 택하고 있다. 본디 고규광 편 『원시선』은 그 서발문에 드러난 편찬의식 면에서 볼 때 문학적 가치를 지닌 원시를 정선하여 원시의 가치를 입증하려는 의도를 담고 있는 시선집이었다.[37]

---

36 홍석주 저, 리상용 역주, 『역주 홍씨독서록(개정판)』, 아세아문화사, 2012, 321-322면.

37 관련 내용은 졸고, 「조선후기의 금·원대시 수용 연구: 시선집을 중심으로」, 『대동한문학』 48, 대동한문학회, 2016, 108면에 보다 상세함.

홍석주는 이러한 편자 고규광의 원의에서 완전히 벗어나, 고규광 편 『원시선』을 본인 나름대로의 방식으로 수용한다.

요컨대 홍석주의 사례는 원대시에 대한, 애호—예컨대 전겸익 등 반의고 계열의 금·원대시에 대한 적극적 옹호—와는 또 다른 차원의 취사선택적·선별적 인지 내지 수용상을 보여주는 것이다. 다만 명청대의 금·원대시에 대한 폄하와 옹호 과정을 거친 이후 홍석주의 시대에 와서 금·원대시는 그 성취에 동의하든 그렇지 않든 최소한 독서범주의 한켠에 두고 일독할 만은 한 대상으로 분류되고 있음이 감지된다. 이런 부분은 정조가 『시관(詩觀)』을 편찬하면서 금·원대의 시에 대한 정리는 간략히 하는 것을 원칙으로 하여 번다함을 피하고 원호문 한 명만을 수록하는 것으로도 충분하다고 한 관점과 상통되는 면이 있다.[38]

5. 나가며

본고는 조선후기 금·원대시 수용사의 재구 면에서 중요한 작가 사례로 홍한주를 발굴하고, 그의 필기와 시집에서 산견되는 금·원대시 관련 자료들을 분석하는 하나의 시각—청대 시학과의 개괄적 비교—을 제시하고자 하였다. 특히 홍한주가 남긴 다량의 금·원대시 차운시는 조선후기 시단의 실제 창작의 장에서 금·원대시가 읽히고 활용되는 양상을 보여준다. 또한

38 홍석주 학시론의 연원을 정조의 시론과 문학관에서 찾는 작업은, 권경록, 「19세기 학시론 연구: 홍석주와 김정희를 중심으로」, 동국대학교 석사학위논문, 2003에서 이루어진 바 있다. 또한 홍석주가 문학전범을 설정하는 문제에 있어, 기본적으로 문장과 시를 각 부류에 따라 차등적으로 등급을 나누어 보았다는 점은 김새미오, 「연천 홍석주 산문 연구」, 성균관대학교 박사학위논문, 2009, 81면에서 서술된 바 있다. 기본적으로 이러한 문학적 태도를 지니고 있었던 홍석주가 금·원대시에 관해 다소간의 소극적 수용을 보이는 것은 일견 논리상 자연스럽게 생각된다.

홍한주와 그 지인들 간의 시사(詩社)[39]에서 금·원대시가 다수 차운된 점은, 19세기 시단의 동향과 금·원대시 수용 문제를 연결지을 수 있는 향후 과제의 단초를 열어준다.

『玲瓏集』(일본 靜嘉堂文庫 소장본, 6책)[40]·『詩宗』[41]·『性靈集』[42] 등의 조선후기 주요 시선집들 속에 적지 않게 실려서 독서와 인지의 불완전한 '흔적'

---

39 홍한주의 詩社 활동과 관련해서는, 진재교, 「(『지수염필』) 해제 1」, 홍한주 저, 김윤조·진재교 역, 임완혁 윤문, 『19세기 견문지식의 축적과 지식의 탄생: 지수염필』 상, 소명출판, 2013, 33-38면. 홍한주의 시사 활동과 관련된 시의 구체적인 내용에 대해서는, 강혜선, 「홍한주의 한시 연구」, 『돈암어문학』 17, 돈암어문학회, 2004, 361-371면 참조.

40 유득공이 편찬했다는 설이 있다. 김윤조, 「18세기 후반 한중 통합 시선집의 출현과 『玲瓏集』」, 『한문학보』 18, 우리한문학회, 2008에서 정가당문고본 『영롱집』이 이미 소개되었는데 정가당문고본 『영롱집』 소재 다량의 금대시들이 어떤 금대시 관련 문헌에 기반한 것인가의 문제는 이 논문에서 미상으로 남겨둔 바 있다(김윤조, 위의 논문, 868면). 필자가 판단하기에 이 정가당문고본 『영롱집』의 금시 부분은, 수록시들의 등재 순서 등으로 볼 때 (사고전서본 『御選宋金元明四朝詩－御選金詩』와도 일부 유사성이 있지만) 중국시선집들 중 원호문 편, 『中州集』과 가장 유사성이 높다. 『玲瓏集』의 편자는 『中州集』을 앞에 놓고, 그 중에서 일부 시를 추려 뽑는 식으로 작업한 듯하다.

41 특히 하버드대 옌칭도서관 소장 『歷代詩選』이라는 자세한 사항 미상의 고서 원문을 웹 원문자료로 접하게 되었는데, 그 내용은 필자가 장혼 『시종』과 비교해 보니 『시종』에서 일부를 골라 뽑은 것으로 元詩 부분도 마찬가지이다. 이런 자료는 『詩宗』 계열 시선집으로서 금·원대시를 포함하는 사례라 할 수 있다.

『歷代詩選』은 하버드대 옌칭도서관 소장본으로 "Harvard University Library Page Delivery Service"(http://nrs.harvard.edu/urn-3:FHCL:1199462)에서 원문 이미지(실물 칼라 사진 형태)로 열람하였다. 웹상에도 별다른 고서관련 상세 정보가 없어, 하버드대 옌칭도서관 사서에게 한중일 중 어느 나라 고서인지 질문하는 메일을 보내 보았는데, 사서로부터 자세한 것은 알 수 없지만 장정이 오침으로 되어 있다는 답변을 받았다. 다섯 구멍을 뚫어 장책하는 것은 조선서책의 특징으로 알려져 있으니(조계영, 「조선 후기 중국서책의 수용과 형태 인식」, 『동아시아의 문헌 교류: 16~18세기 한·중·일 서적의 전파와 수용』, 소명출판, 2014, 50·67면 참조), 이 『역대시선』은 일단 한국 고서일 확률이 높은데, 필자의 각종 한·중 시선집 수록시 상호비교 결과 장혼 『시종』과 유사성이 매우 높았다.

42 경희대 소장 『송금원시』(실제 열람만 가능, 복사 및 촬영불가)라는 자료는 필자가 확인해 보니 최성환의 『성령집』에서 일부 시를 가려 뽑은 것이었다. 허경진 교수의 논의를 보면 『성령집』 중 "여류시인들의 시를 모은 『역대명원시』 등은 따로 돌아다니기도 한다"(허경진, 『조선위항문학사』, 태학사, 1997, 231면)고 되어 있는데, 이 경희대본은 성령집의 '송금원시' 부분만 독립적으로 재편집, 유통된 사례라고 볼 수 있다.

내지 '편린'으로만 남아 있지만 현대의 연구자들에게조차 너무도 낯설고 많은 금·원대 시인들의 존재상은 하나의 물음표와도 같다. 요컨대 본고에서 살펴본 홍한주의 사례는 그런 낯선 금·원대시들이 조선후기 문인들에게 어떻게 읽히고 창작과 문학적 향유의 장에서 활용되었는지까지를 구체적으로 보여주는 사례로서, 조선후기 금·원대시 수용사 재구의 일각을 담당하는 유의미한 자료이다.

한편 본고에서 밝힌 바 홍한주『海翁詩藁』내 금·원대시 차운시들 중 다수는 지인들과 가진 시회에서의 공동 창작에서 지어진 것이었으며, 홍한주 개인의 작시나 여행 중의 차운에서도 종종 금·원대시가 소환된다. 시회를 통한 집단적 창작과 개인적 소회의 토로 양 방면에서 금·원대시가 차운, 공명하기에 부족함이 없는 시상의 재료이자 향유 대상으로 합의되고 인지되었음을 간취할 수 있다. 특히 여기서 시회라는 차운의 배경은 향유의 파급, 취향의 공유를 보여주는 장으로서 주목할 필요가 있다. 문인들의 시회에서 차운시나 화운시가 다수 지어지는 방식은 일반적인 것[43]이었으며, 홍한주의 경우 (본고에서 다룬 일부 시 작품들에 국한해서 말할 때) 원운시가 동시대 지인의 시가 아닌 고인의 시라는 특기점은 있으나 그의 금·원대시 차운 사례 역시 이러한 시회의 경향에 따른다. 시회에 대한 선행연구에서 시와 시회가 "지적 향유", 경쟁과 유희, 오락성과 즐거움을 동반하는 "지적 유희"로 기술[44]된 점은, 문학 향유의 장으로서의 시회와 그 산물로 지어진 차

43 강필임, 앞의 책, 214면. 강필임, 같은 책, 242면에서는 창화시가 2인 이상의 집체적 창작에 적합한 시체로서 시를 통한 능동적 관계맺기, 즉 시회에 적합한 형식이며 창화시를 통해 문인들이 정서적 동질감을 표현할 수 있음을 서술하기도 하였다. 여기서의 논의는 동시대인 간의 창화시에 관해 기술한 것으로 보이나, 시회에서 금·원대시와 같은 전대 중국 문인의 시를 기본 주제 내지 제재로 놓고 지인들과 함께 차운하는 홍한주의 사례에도 어느 정도 적용될 수 있는 분석이라 보인다.

44 강필임, 앞의 책 참조. 강필임, 같은 책, 242면에서는 창화시에서 화시 작자가 창시라는 특정 작품을 염두에 두고 그 작품의 내용과 형식에 대한 수용 및 재창조를 시도하며, 화답에 자신의 독창성을 발휘한다는 점이 서술되었다.

운시들을 재조명하도록 촉구한다. 한편 국어교육 방면의 선행연구에서 '향유'의 의미망은 '즐김', '자발성, 능동성, 주체성', '심미성', '지속성' 등의 내포와 결합되는 것으로 정리[45]되었는데, 홍한주의 금·원대시 차운 사례는 이러한 향유의 여러 속성들을 고루 보여주기에 한문학의 당대적 향유라는 맥락에서 일람할 가치가 있다.

본고의 개괄적인 접근법은 청초(淸初)의 시학 동향과 조선후기 작가 사례 간의 친연성—시론과 문헌 양 방면—을 부각시키는 데 주안점을 두었지만, 세부적인 측면에서는 조-청 간의 정황이 상이한 부분도 적지 않을 것이다. 일례로 홍한주처럼 금·원대시에 대해 20~30여 편의 차운시를 의식적·의도적으로 남긴 중국 문인은 쉽게 확인되지 않는다.[46] '한시'라는 비자국어의 문학 형식을 배우고 익혀 써야 하는 조선 문인의 입장에서는, 중국 역대시의 학습과 이를 통한 습작 과정이 더욱 긴요하지 않았을까 한다. 결국 금·원대시 수용이라는 주제에 관해서도, 홍한주의 문학론과 독서취향 같은 조선문인—그룹 내부의 특성으로 귀인시켜야 할 측면들이 여전히 존재한다 하겠는데, 이에 대한 보다 세밀한 고찰은 일단 후일의 과제로 미뤄둔다.

---

45 조희정, 「고전문학 교육에서 학습자의 감상 질문 생성 경험 연구」, 『고전문학과 교육』 36, 한국고전문학교육학회, 2017, 35-36면 참조.

46 '중국기본고적고' 등의 검색 DB를 이용해 본 결과를 서술한 것임.

참고문헌

[자료]

中國基本古籍庫 DB(북경)

문연각 사고전서 DB

翁方綱, 『石洲詩話』, 臺北: 廣文書局, 1971.

葉慶炳, 邵紅 編輯, 『中國文學批評資料彙編 四 明代』, 臺北: 成文出版社, 1979.

한국문집총간(주로 한국고전번역원 DB로 이용함) 소재 자료들: 위 글에서의 각주로 대신함. 각주에서 특별한 출처가 명시되어 있는 않은 조선 자료들의 원문은, 모두 한국문집총간 소재 자료들임. 특히 홍한주『海翁詩藁』는『한국문집총간』306권을 DB와 함께 이용함.

『玲瓏集』(6책), 일본 靜嘉堂文庫 소장본.

『歷代詩選』, 하버드대 옌칭도서관 소장본. "Harvard University Library Page Delivery Service" (http://nrs.harvard.edu/urn-3:FHCL:1199462)에서 원문 이미지(실물 칼라 사진 형태)로 열람함.

『宋金元詩』, 경희대본.

洪顯周, 『洪顯周詩文稿, 其他』, 규장각 소장본.

홍한주, 이우성 편, (栖碧外史海外蒐佚本 13)『智水拈筆』, 아세아문화사, 1984.

______, 『辛酉日史』, 고려대학교 해외한국학자료센터 홈페이지(http://kostma.korea.ac.kr/) 제공 원문.

______, 『丙寅日史』(버클리대본), 국립중앙도서관 소장 마이크로 형태자료로 열람함.

______, 김윤조 · 진재교 역, 임완혁 윤문, 『19세기 견문지식의 축적과 지식의 탄생: 지수염필』 상 · 하, 소명출판, 2013.

홍석주, 리상용 역주, 『역주 홍씨독서록(개정판)』, 아세아문화사, 2012.

김만중, 심경호 옮김, 『서포만필 하』, 문학동네, 2010.

박제가, 정민 · 이승수 · 박수밀 외 옮김, 『정유각집 상』, 돌베개, 2010.

박완식 편역, 『한문 문체의 이해』(原題 文體明辯 序說/文章辯體彙選 序說), 전주대학교출판부, 2001.

[논저]

吉川幸次郎,『宋元明詩概說』, 上海: 復旦大學出版社, 2012.
강민호,「押韻의 미학으로 본 次韻詩의 특성에 대한 연구: 元白과 蘇軾의 차운시를 중심으로」,『중국문학』 72, 한국중국어문학회, 2012.
강필임,『시회의 탄생』, 한길사, 2016.
강혜선,「홍한주의 한시 연구」,『돈암어문학』 17, 돈암어문학회, 2004.
권경록,「19세기 학시론 연구: 홍석주와 김정희를 중심으로」, 동국대학교 석사학위논문, 2003.
김기완,「조선후기의 금 · 원대시 수용 연구: 시선집을 중심으로」,『대동한문학』 48, 대동한문학회, 2016.
______,「19세기 조선 학시론에서의 금 · 원대시 수용: 신헌과 신위의 사례를 중심으로」,『대동한문학』 51, 대동한문학회, 2017.
______,「조선후기의 금 · 원대시 수용 연구: 이덕무의『청비록』을 중심으로」,『대동한문학』 52, 대동한문학회, 2017.
______,「조선후기 금 · 원대시 수용의 제양상: 홍한주의 사례를 중심으로」,『고전문학과 교육』 36, 한국고전문학교육학회, 2017.
______,「조선후기의 금 · 원대시 수용 연구: 19세기 시론과 시선집을 중심으로」, 연세대학교 국어국문학과 박사학위논문, 2017.
______,「19세기 조선 문인간 교유에서의 금 · 원대시 차운과 그 의미」,『우리어문연구』 61, 우리어문학회, 2018.
김새미오,「연천 홍석주 산문 연구」, 성균관대학교 박사학위논문, 2009.
김윤조,「19세기 중반 경화 지식인의 독서와 세상 읽기－홍한주 일기 해제」,『문헌과해석』 53, 태학사, 2010.
______,「홍한주의 일기와『지수염필』 저작」,『한문학보』 19, 우리한문학회, 2008.
______,「18세기 후반 한중 통합 시선집의 출현과『玲瓏集』」,『한문학보』 18, 우리한문학회, 2008.
______, 홍한주『辛酉日史』·『癸亥日史』·『丙寅日史』 해제, 고려대학교 해외한국학자료센터 홈페이지(http://kostma.korea.ac.kr/).
김혜경,「해사 홍한주의『智水拈筆』 연구」, 경북대학교 석사학위논문, 1999.
서 성,「살도랄(薩都剌)」,『중국문학이론』 11 · 12, 한국중국문학이론학회, 2009.
심경호,「조선시대 문학 연구과 문헌학」,『고전과 해석』 17, 고전한문학연구학회, 2014.
조계영,「조선 후기 중국서책의 수용과 형태 인식」,『동아시아의 문헌 교류: 16~18세기

한 · 중 · 일 서적의 전파와 수용』, 소명출판, 2014.
조동일, 『하나이면서 여럿인 동아시아문학』, 지식산업사, 1999.
조희정, 「고전문학 교육에서 학습자의 감상 질문 생성 경험 연구」, 『고전문학과 교육』 36, 한국고전문학교육학회, 2017.
진재교, 「『지수염필』 연구의 일단: 작가 홍한주의 가문과 그의 삶」, 『한문학보』 12, 우리한문학회, 2005.
_____, 「19세기 箚記體 筆記의 글쓰기 양상: 『智水拈筆』를 통해 본 지식의 생성과 유통」, 『한국한문학연구』 36, 한국한문학회, 2005.
_____, 「경화세족의 독서성향과 문화비평－19세기 洪奭周家의 경우」, 『독서연구』 10, 한국독서학회, 2003.
_____, 「(『지수염필』) 해제 1」, 홍한주 저, 김윤조 · 진재교 역, 임완혁 윤문, 『19세기 견문지식의 축적과 지식의 탄생: 지수염필』 상, 소명출판, 2013.
최 식, 「조선후기 필기의 특징과 양상: 풍산 홍씨 필기류를 중심으로」, 『한문학보』 22, 우리한문학회, 2010.
허경진, 『조선위항문학사』, 태학사, 1997.

13장

자찬묘지명(自撰墓誌銘)의 글쓰기 문화

—자찬묘지명의 창작 동기를 중심으로

주재우*

1. 들어가며

한문 양식 가운데 자신의 일생을 글쓰기의 대상으로 삼은 양식이 여럿 있다. 이러한 글을 망라해 보면 첫째 자전(自傳) 계열, 둘째 운문 술회(述懷) 계열, 셋째 탁전(托傳) 계열, 넷째 자찬(自撰) 묘도문자(墓道文字) 계열, 다섯째 자만(自挽) 계열 등이 이에 해당한다.[1] 이러한 유형들은 산문이냐 운문이냐에 따라, 혹은 자신을 직접 드러냈는지 아니면 다른 가상의 인물에 의탁했는지에 따라, 혹은 죽음을 의식하고 썼는지에 따라 구분된다.

한편, 한문 양식 중에서는 비지체(碑誌體) 양식이 존재한다. 묘비(墓碑)와 묘지(墓誌)로 대표되는 이 양식의 글은 금석(金石)에 새겨 기록한다는 공통점을 지니는데, '금석에 새긴다'는 행위에서 알 수 있듯이 오랫동안 인멸되지

* 전북대학교 국어교육과 부교수.

1 심경호, 「전근대 시기 자서전적 글쓰기의 종류」, 『나는 어떤 사람인가』, 이가서, 2010, 622-649면; 김성룡, 「중세 글쓰기에 나타난 자아정체성의 교육적 가치」, 『작문연구』 11, 한국작문학회, 2010, 115-124면 참조. 심경호 교수는 위 다섯 가지 외에 몇 가지 양식을 묶어 기타로 분류했고, 김성룡 교수는 자호설과 화상자찬을 포함시킨 바 있다.

않도록 할 수 있다는 장점을 띠는 반면 분량에 제약이 따른다는 단점을 지니고 있다. 비지체 산문 중 하나인 묘지명(墓誌銘)은 죽은 사람의 덕행이나 선행, 공적 등을 사기판[器]에 새겨 무덤 옆에 묻는 전통에 따라 시작되었다고 하며, 지상에 세우면 묘비(墓碑)라고 하고 땅에 묻으면 묘지(墓誌)라고 부른다고 한다.[2]

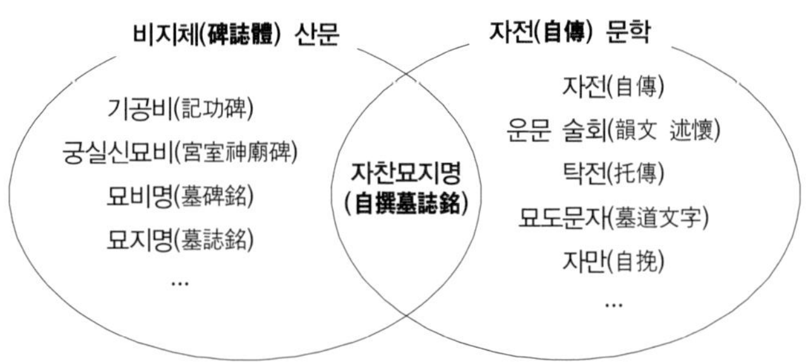

[그림 1] 한문학에서 자찬묘지명(自撰墓誌銘)의 위상

[그림 1]에서 보는 바와 같이 비지체 양식 중 하나인 묘지명과 자전 문학의 하나인 묘도문자(墓道文字)의 교집합에 해당하는 자찬묘지명(自撰墓誌銘)을 연구해 보고자 한다. 묘지명은 원래 망자의 명성을 기리기 위해 다른 사람이 기록하는데, 자기 스스로 묘지명을 지어 후세에 남겼다는 점에서 특별한 글쓰기 양식이라 할 수 있다. 자찬묘지명(自撰墓誌銘)이라는 양식명은 명나라 서사증의 『문체명변(文體明辯)』에서는 찾아볼 수 없다. 대신 현대 일본의 한문학자 가와이 코오조오(1948~)가 『중국의 자전문학』에서 '죽은 자의 눈으

2 묘비명은 묘비(墓碑), 묘갈(墓碣), 묘표(墓表)로 구분되는데 이러한 구분은 죽은 사람의 신분에 따라 결정된다. 벼슬이 5품 이상이면 묘비, 그 이하면 묘갈이며, 신분과 관계없이 묘표를 썼다. 이에 따라 제작 방식도 달라지는데 비(碑)는 뿔 없는 용을 머리로 하고 거북모양의 빗돌받침을 하여 9척을 넘지 않으며, 갈(碣)은 규홀의 머리에 사각 빗돌받침을 하여 4척을 넘지 않는다고 한다. 묘비명을 비롯한 비지체 산문에 대한 설명은 '진필상 · 심경호 역, 『한문문체론(2판)』, 이회, 2001, 264-288면'을 참조했다.

로 본 나'라는 제목과 함께 이러한 글을 자찬묘지명(自撰墓誌銘)이라 칭하였고, 묘지명이라는 표제를 달고 있지 않아도 자찬묘지명의 정의에 부합하면 이를 포괄하여 다루고 있다.[3] 이러한 자찬묘지명은 중국뿐 아니라 우리나라에서도 창작되고 향유되었다. 고려시대 김훤(金愃, 1258~1305)의 〈자찬묘지(自撰墓誌)〉가 현재까지의 최초 자찬묘지명으로 알려져 있고 이 양식의 글쓰기는 한문 글쓰기의 종말을 고한 일제강점기까지 이어져 왔다.[4]

앞서 언급한 대로 자신의 삶을 대상으로 삼고 있는 글쓰기 양식은 많이 있어 왔고 현재에도 다양하게 존재한다. 그 가운데 자찬묘지명은 자신의 죽음을 상정하고 지어졌다는 점에서 일반적인 자서전 쓰기와 다른 문화적 관습에서 창작되었으리라 추정할 수 있다. 따라서 여기에서는 이러한 자찬묘지명 글쓰기 양식이 무엇이며, 이러한 양식이 우리나라에서 어떻게 향유되어 왔는지 창작 동기를 중심으로 살펴보고자 한다. 창작 동기는 이 양식의 정체성과 함께 이러한 글쓰기가 소통되는 맥락을 이해하는 데 중요한 단서를 제공해 줄 것이다. 이를 통해 과거의 자찬묘지명 글쓰기가 오늘날 우리 사회의 글쓰기 문화에 시사하는 바는 무엇인지 모색하고자 한다.

---

3 가와이 코오조오, 심경호 옮김, 『중국의 자전문학』, 소명출판, 2002, 179-229면. 이 책에서는 자찬묘지명으로서 최초의 글을 도연명(陶淵明, 365~427)이 지은 〈자제문(自祭文)〉으로 꼽고 있는데, 제목에서 알 수 있듯이 도연명은 자찬묘지명이라 표방하고 있지는 않다. 자찬묘지명이라는 명칭은 왕적(王績)이나 두목(杜牧)의 작품에 등장한다.

4 자찬묘지명 작품은 '심경호, 『내면기행』, 이가서, 2009'를 참조했다. 이 책은 우리나라의 자찬묘지명에 해당되는 작품 57개를 모아 해설을 덧붙인 책이다. 특별한 언급이 없는 한 본고에서 언급되는 작품 해석은 이 책을 참고한 것이다.

2. 자찬묘지명(自撰墓誌銘)의 정체성

1) 자찬묘지명의 내용 요소

자찬묘지명에 대해 탐구하기 전에 중세의 장례문화에서 묘지명(墓誌銘)의 쓰임과 의미를 파악해 보고자 한다. 조선 후기 관혼상제(冠婚喪祭)에 관한 백과사전이라고 할 수 있는 『사례편람(四禮便覽)』에 소개된 장례 절차를 보면 다음과 같다.[5] 고인이 돌아가신 후 3개월 만에 장사를 치르는데[治葬], 먼저 땅을 고르고 날을 가려 땅을 파고[開塋域], 토지 신에게 제사를 지낸 후[祀后土] 마침내 광(壙)을 판다. 이때 상가에서는 상여와 삽(翣)을 준비하고, 신주(神主)와 더불어 지석(誌石)을 만든다. 매장 당일에는 천구(遷柩), 발인(發引), 급묘(及墓)를 거쳐 하관한다. 토지 신에게 제사하고 신주에 글을 쓰며 지석을 내린 후 흙을 채워 단단히 다지고 집으로 돌아오는[反哭] 과정 등으로 서술되어 있다.

이처럼 묘지명의 제작과 함께 매장하는 관습은 장례의 과정 중 빼놓을 수 없는 과정 중 하나로 자리 잡고 있었다. 그러므로 한문문화권의 전통에서 묘지명은 망자의 생애를 기록하는 필수 항목들에 대한 합의가 오래전부터 이루어져 왔던 것으로 보인다.

> (가) 장례를 치를 적에 그 사람의 세계(世系), 명자(名字), 작위(爵位), 향리(鄕里), 덕행(德行), 치적(治積), 수년(壽年), 졸(卒), 장(葬)의 날짜와 그 자손의 대개(大槪)를 서술한다.[6]

---

5 이하의 내용은 '문옥표 외, 『조선시대 관혼상제Ⅱ－상례편(1)』, 한국정신문화연구원, 1999, 126-162면'을 참조

6 葬時, 述其人世系, 名字, 爵, 里, 行治, 壽年, 卒葬日月, 與其子孫之大略. 서사증, 『문체명변(文體明辯)』, 1570 / 박완식 편역, 『한문 문체의 이해』, 전주대 출판부, 2001, 137면 참조

(나) (내가 죽거든) 비석을 세우지 말고, 단지 조그마한 돌에다 앞면에는 '퇴도만은진성이공지묘(退陶晩隱眞城李公之墓)'라고만 새기고, 뒷면에는 향리, 세계(世系), 지행(志行), 출처를 간단히 쓰되, 가례(家禮)에서 말한 대로 하라.[7]

(가)는 명(明)나라 서사증(徐師曾)이 지은 『문체명변』에서 묘지명에 들어가는 내용을 언급한 것이며, (나)는 퇴계 이황(1501~1570)이 별세하기 전에 조카 영(甯)에게 당부한 유언으로, 비문에 새겨야 할 내용들이 언급되어 있다. 먼저 (가) 글을 보면 대체로 묘지명이라는 양식이 관습적으로 포함하고 있는 내용 요소들을 확인할 수 있다. (나) 또한 비문에 들어갈 내용을 적시하고 있는데, 간소하게 작성하라는 당부와 함께 비문이 갖추고 있어야 할 필수 내용 요소를 언급하고 있다.

이를 좀 더 자세히 살펴보겠다. 묘지명을 작성하기 위해서는 먼저 망자의 이름과 조상, 그리고 고향에 대한 정보가 필요하다. 이러한 정보는 전(傳) 양식의 인정기술(人定記述)에 해당한다. 입전인물의 신원 확인이 필요하듯 묘지명을 통해 묘(墓) 주인의 신원을 확인하도록 하는 기능을 담당한다. 그리고 이어지는 내용은 덕행(德行)이나 치적(治績), 출처(出處)와 같이 망자의 행적과 관련된 정보이다. 관직의 이름과 함께 관직을 제수 받은 시기가 기록되어 있다. 끝으로 망자의 사망과 관계된 숫자 정보(날짜, 향년 등)와 배우자와 자녀에 대해 언급한다.

위와 같은 요소를 실제 자찬묘지명 작품에 적용하여 설명해 보겠다. 아래 작품은 자찬묘지명의 전형적인 모습을 띠고 있는 조선 중기의 문인 송남수(宋枏壽, 1537~1626)가 지은 〈자지문(自誌文)〉을 내용 요소별로 분석해 본 것이다.

---

7 勿用碑石, 只以小石書其前面云, 退陶晩隱眞城李公之墓, 其後略敍鄕里世系志行出處, 如家禮中所云. 이황, 《퇴계집(退溪集)》, 퇴계선생연보 2권(원문과 번역은 한국고전번역원(db.itkc.or.kr) 참조. 이하 우리나라 문집에 수록된 원문은 여기를 참조함.)

	본문	내용 요소
1	송은 그의 성이고 남수는 그의 이름이며 영로는 그의 자이다. 본관은 은진이다.	명자(名字)
2	부친은 안악군수를 역임하고 호조참의를 추증 받은 세훈이고 모친은 영일정씨이다. 조부는 양근군수를 지낸 여림이고, 증조는 군자감정 겸 교서관 판교를 지낸 요년이며, 고조는 사헌부 지평을 지낸 계사이다. (중략)	세계(世系)
3	만력 무인년에 음직으로 사포서 별제에 임명되고, 의영고 직장, 사헌부 감찰로 진급되었다. 병술년에 정산현감을 임명받고, 임진년에 다시 감찰을 제수받았다.(중략)	관력(官歷)
4	나는 일찍이 고인이 몸을 닦고 학문을 한 이야기를 듣고 개연히 공경하고 사모하는 뜻을 가졌으나 성질이 지중하지 못한데다가 소시에 가정교육을 지키지 못하고 자라서는 사우가 없어 날로 혼명하게 되어 드디어 스스로 떨치지 못했다. 슬픈 일이다.	지행(志行)
5	초취는 이씨로 현감 한의 따님이다. 아들을 두지 못했다. 재취는 유시로 형필의 따님이요, 고려 대승 차달의 후손이다. 금슬 좋게 한 집에 살기를 50년 동안 하다가, 경술년 먼저 떠났다.	혼인(婚姻)
6	내가 평생 남이 지나치게 찬양하여 적어주는 것을 싫어해서 스스로 이렇게 기록한다.	집필 동기
7	가정 정유년에 태어나 90세에 졸하다. 모년 모월 공주 사한산 건좌 손향의 근원에 유씨와 함께 묻혔다.	수년(壽年)
8	3남 2녀를 두었다. 장남은 희원으로 계해년에 출생하여 문과에 급제하였고, 성균관 학유를 지냈다. (후략)[8]	자손(子孫)

[표 1] 송남수의 <자지문> 내용 요소별 분석

8 宋其姓, 枏壽其名, 靈老其字, 恩津其本貫. 其父曰安岳郡守贈戶曹參議諱世勛, 其母曰迎日鄭氏. 其祖曰楊根郡守諱汝霖, 其曾祖曰軍資監正兼校書館判校諱遙年, 其高祖曰司憲府持平諱繼祀. (중략) 萬曆戊寅, 蔭補司圃署別提, 進義盈庫直長, 尙衣院主簿, 司憲府監察, 丙戌拜定山縣監, 壬辰復拜監察. (중략) 嘗聞古人脩身爲學, 慨然有歆慕之志, 而性不持重, 踈懶無立, 少失庭訓, 長無師友. 日就昏冥, 竟不自振. 悲夫. 初娶李氏, 縣監翰之女, 無子. 再娵柳氏, 亨弼之女, 高麗大丞車達之後, 同住瑟堂五十年, 庚戌, 先逝. 俺平生, 不欲人溢美稱述, 自書此而誌之. 生嘉靖丁酉, 歿得年九十, 某年某月某日, 葬于公州沙寒山乾坐巽向之原, 與柳氏同壙. 有三男二女, 男長希遠。癸亥, 登文科, 成均館學諭. (후략) 송남수, 자지문(自誌文), 《송담집(松潭集)》 卷之二

묘지명(墓誌銘)은 지(誌)와 명(銘)으로 나뉘고, 이 둘은 각각 기록함[記]과 이름함[名]을 뜻한다고 한다.[9] 기록의 글인 지(誌)는 산문의 형태를 띠고 함축적인 글인 명(銘)은 운문의 형태를 띠어 하나의 작품을 이루는데, 위 작품은 지(誌)만으로 이루어진 글이라 할 수 있다. 송남수는 글쓴이에 대한 개인 정보에서부터 묘지명에 담겨야 할 관습적인 내용 요소들을 거의 빠짐없이 언급하고 있다. 자찬묘지명에는 입전 인물, 즉 글쓴이의 개인 정보가 세세하게 담겨 있는데, 분량 면으로 보자면 조상에 대한 정보[세계(世系)]와 벼슬살이의 이력[관력(官歷)]이 전체의 절반 정도를 차지하고 있다.

자찬묘지명을 읽어보면 대체로 위와 같은 내용 요소의 순서가 크게 달라지지 않고 제시됨을 확인할 수 있다. 이러한 글쓰기의 규범이 꽤 견고하게 자리 잡았다. 장례와 같은 의례를 위해 실제적인 목적을 띠고 지은 글이기에 관습적인 특성이 더 강하다. 그렇기 때문에 이러한 양식의 글은 쓰기뿐 아니라 읽기도 상당히 수월한 편이다. 이를테면 이름에 대한 설명이 끝나면 조상과 부모에 대한 정보가 나올 것을 기대하게 되고, 글의 끝에는 자손들에 대한 정보를 기대하게 된다.[10] 그러한 까닭에 입전 인물에 대한 관심이나 관련성을 찾기 어려운 독자라면 객관적인 사실 정보의 나열로 이루어진 묘지명에 흥미를 갖기 어렵다.

전형적인 묘지명은 대체로 위와 같은 내용 요소를 기본으로 하되, 몇 개의 요소가 가감되는 형태가 일반적이다. 그런데 자찬묘지명의 경우 내용 요소 가운데 4와 같이 자신의 성품과 행실을 드러내는 부분에서는 작가의 목소리를 드러내며, 6과 같이 이 글을 쓰게 된 동기를 밝히는 부분에서 자신의 인성을 나타내기도 한다. 윗글의 경우 송남수는 자신의 성품에 대해

9 誌者記也, 銘者名也. 서사증, 『문체명변(文體明辯)』, 오성사, 1984, 449면. 번역은 박완식 편역, 『한문 문체의 이해』, 전주대 출판부, 2001 참조

10 이러한 점을 들어 "동아시아인들은 어떠한 필요에 의해서 글을 쓰려고 하면, 이미 주어진 형식이 있으므로 무엇을 써야 할지 고민하지 않아도 된다"고 평가한다. 배수찬, 「근대적 글쓰기의 형성 과정 연구」, 서울대 박사논문, 2006, 46면.

'몸가짐이 점잖지 못하다[性不持重]'는 부정적인 평가를 내리고, 그렇게 살아온 삶에 대한 회한을 표현하고 있다. 이는 일반적인 묘지명(墓誌銘) 글쓰기가 갖는 제약, 즉 제삼자가 부탁을 받고 쓴 글이기 때문에 갖는 제약에서 벗어나 좀 더 인간적인 면모를 드러낸 것이다.

이상에서 살펴본 바와 같이 자찬묘지명의 내용 요소는 크게 두 부분으로 구분된다. 하나는 입전 인물에 대한 사실 정보로 구성되며, 이 부분은 관습적으로 기록되며 객관성을 띤다. 즉 누가 적더라도 그 내용이 크게 달라지지 않을 만한 내용 요소이다. 또 하나는 낭사자만이 표현할 수 있는 내용으로서 자신의 삶에 대한 평가라든지 특별한 기억이라든지 글을 쓰게 된 동기 등이 이에 해당한다. 이 부분은 글쓴이의 개성이 드러나기에 문학성을 띤다. 여기에서 주목해 보고자 하는 부분은 이 후자에 해당한다.

2) 자찬묘지명과 자전의 비교

자찬묘지명은 '나에 대한 글쓰기'라는 점에서 자전(自傳)과 공통점을 갖지만 자신의 죽음을 상정하고 글을 쓴다는 점에서 결정적인 차이가 있다. 그렇다면 과연 '죽음을 상정하고' 쓰는 글은 그렇지 않은 글과 어떤 양상의 차이를 보일까? 즉 자기 자신을 성찰할 때 죽음을 상정하는 필자의 태도가 작품에 어떻게 반영될까? 이와 같은 의문을 해소할 수 있는 단서로 한 작가가 자전 계열의 글과 자찬묘지명을 모두 지은 경우를 살펴보고자 한다.

대표적 사례로 유한준(兪漢雋, 1732~1811)이 지은 〈자전(自傳)〉과 〈저수자명(著叟自銘)〉을 비교해 보고자 한다. 20년의 시간적 간격이 있는 두 작품의 경개는 다음과 같다.

	자전(自傳)	저수자명(著叟自銘)
저작 시기	1788년(57세) 무렵[11]	1808년(77세)
구성 (내용 요소)	명자(名字) + 유년시절 + 성품 + 학습의 편력 + 문장관 피력(박윤원 서찰에 대한 답) + 점쟁이와의 대화(운수를 물음) + 남공철과의 대화(저술 활동에 대한 변(辯)) + 아들의 요절에 대한 애도 + 관력(官歷)	서문(저술동기) + 명자(名字) + 세계(世系) + 유년 시절 + 혼인 + 관력(官歷) + 성품 + 지행(志行) + 삶에 대한 소회 + 자손(없음)
중심 내용	자신의 인생관과 문장관 피력	자신의 생애에 대한 객관적 정보

[표 2] 유한준의 <자전>과 <저수자명> 비교

유한준은 57세 무렵에 자전(自傳)을 짓고, 인생의 만년에 다시 자찬묘지명을 지었다. 이 두 작품은 일부 동일한 내용이 담겨 있기는 하지만, 전체적으로 전혀 다른 의도와 내용으로 이루어졌다. 유한준의 〈자전〉은 점쟁이와의 대화를 통해 '바라는 바[현달]는 얻지 못하고 바라지 않는 바[곤궁]에서 벗어나지 못하는 자신의 삶'을 자문자답하였다. 그러면서 두 번째 대화(남공철과의 대화)를 통해 세상적으로 현달하지 못한 자가 뛰어난 저술을 남긴다는 남공철의 위로에 대해 자신은 글쓰기를 좋아하나 이를 함께 해 주었던 아들 만주가 세상을 떠났기에 더 이상 글쓰기를 즐기지 않는다고 마무리하였다. 남공철은 아들 만주의 친구이며, 이 시기에 〈자전〉을 기록한 배경에는 아들의 죽음이 자리하고 있음을 알 수 있다.

한편, 자찬묘지명인 〈저수자명〉은 유한준 자신이 후사가 없으므로 개인

11 유한준이 지은 〈자전(自傳)〉의 저술 시기에 대해 박경남, 「유한준의 도문분리론과 산문세계」, 서울대 박사논문, 2009, 54면에서는 1786년(55세)로 적고 있다. 이렇게 추정한 근거는 이 자전이 1786년에 지은 가전(家傳)의 맨 뒤에 붙어 있기 때문이다. 그러나 그의 아들 유만주(1755~1788)의 요절을 기록한 것으로 보아 이 작품은 적어도 1788년 이후 지은 작품임을 알 수 있다. 유만주의 생애는 김하라, 「유만주의 『흠영』 연구」, 서울대 박사논문, 2011, 11-16면 참조. 이 〈자전(自傳)〉에서 아들 유만주의 요절이 부각된다는 점에서 창작 시기를 그 무렵으로 추정한다.

정보를 스스로 남김으로써 훗날을 기약하고자 한다는 집필 목적을 밝히고 있다. 그리하여 전형적인 묘지명이 담고 있어야 할 내용들을 포함하는 자찬 묘지명을 남겼다. 그런데 이 내용 요소 중에서 죽음에 임박한 인간의 실존적인 고뇌가 그려진 지행(志行)에 해당하는 부분이 눈길을 끈다.

> 본성상 아무 즐기는 것이 없고, 즐기는 것은 문사(文辭)에 있었다.
> (중략)
> 결국 무엇을 얻었단 말인가, 서글프게 지녁나절에 돌아간다.
> 여우는 죽을 때 언덕으로 머리를 하고, 사람은 궁하면 근본으로 돌아가나니
> 도는 육경과 사서에 온축이 있도다.
> 처음에 헷갈려서 깨닫지도 못하다가 깨닫고 보니 죽음이 가깝구나.
> 지혜는 투철하지도 심오하지도 못하고, 행실은 급수를 따라 나아가지 못하니
> 후회한들 어찌 뒤미칠 수 있으며, 정성을 발해도 노령에 미쳤도다.
> 밤이 고요한데 잠을 이루지 못하고, 이리저리 생각해보니
> 문도(文道)는 정수가 아니고, 저술은 그저 껍질일 따름이다.[12]

중국의 자찬묘지명을 살핀 가와이 코오조오는 자찬묘지명의 한 유형으로 도연명의 〈자제문(自祭文)〉 유형을 꼽았는데 이 유형은 작가가 자전과 자찬묘지명을 모두 남겼다는 특징이 있다. 도연명은 〈오류선생전〉과 〈자제문〉을, 왕적(王績)은 〈오두선생전〉과 〈자찬묘지문 병서〉를, 백거이(白居易)는 〈취음선생전〉과 〈취음선생묘지명〉을 지었다. 이 작가들은 자전을 통해 '이러하고 싶은 삶'을, 그리고 묘지명을 통해 '이러하리라고 생각되는 죽음'을 그려내어 둘 사이가 표리(表裏) 관계를 이룬다고 해석하였다.[13] 이러한 관점

12 性無所嗜 嗜在文辭 (중략) 竟亦何得 怊悵夕返 狐死首邱 人窮反本 道在六經 四書之蘊 始迷罔覺 及覺死近 知莫透奧 行莫循級 悔何可追 誠發耄及 夜靜無寐 上下思之 文道非髓 著述徒皮 유한준, 《자저속집(自著續集)》, 冊三, 著叟自銘

을 적용해 보자면 유한준의 자찬묘지명에는 죽음을 상정해 두고 성찰한 자기 삶의 의미가 드러나 있다고 볼 수 있다. 자전에서는 살아가고 있는 삶에 초점이 놓여 있다면 자찬묘지명에는 죽음으로서 종결된 한 인간으로서의 삶에 대한 평가가 드러나 있다.

이외에도 이식(李植, 1584~1647), 이재(李栽, 1657~1730), 남유용(南有容, 1698~1773) 등이 두 종류의 '나에 대한 글쓰기'를 남겼다. 택당 이식은 1637년에 자전 계열에 속하는 〈택구거사 자서(澤癯居士自敍)〉를, 그리고 10년 후인 1647년 자찬묘지명에 속하는 〈자지(自誌) 속(續)〉을 지은 바 있다. 이식의 〈자지 속(續)〉은 제목에서 알 수 있듯이 이전에 지은 작품 즉 자전의 속편에 해당한다. 이식은 이 자찬묘지명에서 〈택구거사 자서〉에 대해 언급하면서 "정축년 겨울에 고질병에 걸려 신음하면서 이제는 반드시 죽을 것이라고 스스로 여긴 나머지 지나온 행적의 대체적인 내용을 직접 적어 놓고 묘지(墓誌)에 갈음하려고 생각하였다"[14]고 했다. 여기에서 주목할 점은 자전 계열의 자서(自敍)와 묘도문자 계열의 묘지(墓誌)가 크게 구별되지 않는다는 것이다. 실제로 이식의 〈자지(自誌) 속(續)〉은 죽을 줄만 알았던 자신이 몸을 회복하고 십 년의 세월을 보내면서 그간의 행적을 추가한 것이므로 두 작품은 시간적 선후 관계를 띠면서 서로 보완하고 있다.

이재는 1723년 자전 계열에 속하는 〈밀암자서(密菴自序)〉를 짓고 그 이후에 자찬묘지명에 속하는 〈자명(自銘)〉을 지었는데, 이것 역시 산문과 운문으로서 성격을 띠고 있어 지(誌)와 명(銘)이라는 관계로 이해할 수 있다. 남유용은 〈자서(自敍)〉와 〈자지(自誌)〉를 남겼는데, 69세의 나이에 지었던 〈자서〉에는 명자(名字), 세계(世系), 관력(官歷) 등 묘지명의 관습에 따른 핵심적인 정보가 기록되어 있는 반면, 이듬해 70세에 지은 〈자지〉에는 본인의 인생관 및

---

13 가와이 코오조오, 앞의 책, 196면.

14 居士於丁丑冬, 在疚嬰瘵, 自分必死, 手草行迹大略, 擬以誌諸墓矣. 이식, 《택당집》 별집 제16권 잡저(雜著) 자지(自誌) 속(續)

삶에 대한 평가가 주를 이루고 있어서 역시 서로 보완 관계를 이루고 있다.

자전 계열의 자전과 묘도문자 계열의 자찬묘지명은 크게 구별되지 않고 통용될 수 있는 글이다. “지(誌)라 말하고 있으면서도 명(銘)이 있기도 하고 명(銘)이라 말하면서도 도리어 지(誌)가 있는 것”[15]처럼 글쓴이가 한문 양식의 명칭과 그 규범을 엄격하게 따르고 있지 않는 측면도 있다. 그러나 앞서 살펴 본 것처럼 중세에 ‘나에 대한 글쓰기’는 끊임없이 다시 쓰일 수 있는 다양한 양식이 존재했으며, 인생의 중요한 변곡점이 중요하게 저술 의지를 불러일으켰다고 볼 수 있다. 다만, 자찬묘지명의 글의 경우 죽음을 상정해 둔 만큼 살아온 인생 전반을 평가하고 그에 대한 자신의 심정을 드러낸다는 점에서 특징적이라 할 수 있다. 아울러 자찬묘지명은 송남수의 자찬묘지명([표 1]의 ⑦)에서처럼 글쓴이의 사후에 그 자녀가 몰년을 추기하여 완결 짓는다는 점에서도 차이가 있다.

3. 자찬묘지명의 창작 동기

여기에서는 자찬묘지명의 창작 동기, 즉 작가가 자찬묘지명을 언제, 왜 지었는지 살펴보고자 한다. 이들은 각각 자찬묘지명 창작의 ‘외적인 동기’와 ‘내적인 동기’에 해당한다. 외적인 동기란 글쓴이의 외부적인 환경이나 사태의 변화가 글쓰기에 영향을 미치는 경우이고, 내적인 동기란 글쓴이 내부에서 스스로 생성해 낸 동기를 뜻한다. 사실 이미 안대회 교수는 17세기 이후 자찬묘지명이 등장하게 된 동기를 실질적 동기와 더 중요한 동기로 구분하여 설명한 바 있다. 실질적 동기로 후사가 없다는 점과 미리 묘지를 장만한 점을 들었고, 더 중요한 동기로는 문예적 취향을 들었는데, 이는 일

15 서사증, 『문체명변(文體明辯)』, 1570 / 박완식 편역, 『한문 문체의 이해』, 전주대 출판부, 2001, 137면.

반 묘지명이 생동감을 잃은 폐단에 대한 반발이라고 보았다.[16] 여기에서 실질적 동기는 외적인 동기에 대응되는바, 이에 대한 내용은 간략하게 소개하고 더 근원적인 동기라 할 수 있는 내적인 동기에 대해 집중적으로 살펴보고자 한다.

1) 외적인 동기에 의한 창작

이유원(李裕元)은 『임하필기(林下筆記)』에서 '산 사람의 무덤[生壙]'이라는 제목 하에 생전에 무덤[수장(壽葬)]을 만드는 관습을 소개하면서 그러한 대표적 사례로 주희(朱熹)를 들었다. 그리고 우리나라 사람들 중에 이를 모방하여 따르는 자가 있고 이에 따라 생갈(生碣)과 생뢰(生誄)도 창작되었다고 하였다.[17] 갈(碣)이나 뇌(誄)는 원래 죽은 사람을 애도하기 위해 쓴 글인데, 살아 있을 때 무덤을 만든 자를 위해 지인들이 지어준 글을 생갈(生碣)과 생뢰(生

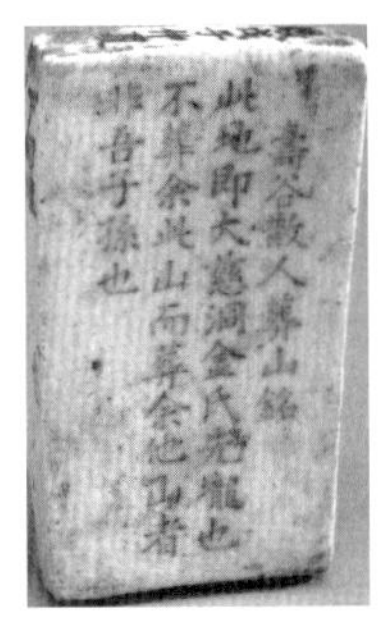

[그림 2] 김주신의 <수곡산인장산명(壽谷散人葬山銘)>

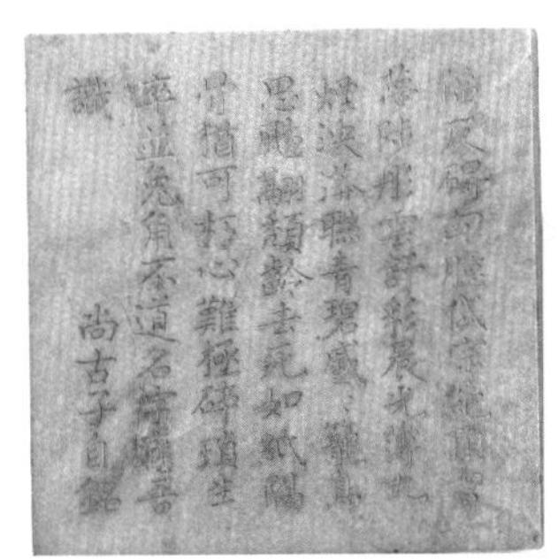

[그림 3] 김광수의 <상고자김광수생광지(尙古子金光遂生壙)> 3판의 뒤[18]

---

16 안대회, 「조선후기 자찬묘지명 연구」, 『한국한문학연구』 31, 한국한문학회, 2003, 240-249면.

17 朱夫子亦爲壽葬, 東人倣之. 國初, 多有之. 生碣生誄亦有之. 이유원, 《임하필기(林下筆記)》 제33권, 生壙.

18 [그림 2]와 [그림 3]은 국립중앙박물관 소장 『조선묘지명 1』, 64면, 207면에서 가져옴.

誄)라고 한다. 이러한 관습이 더욱 확대되어 생갈이나 생뢰를 본인이 직접 짓기도 하였으니, 이러한 글을 자갈(自碣), 자작뇌문(自作誄文)이라고 한다. 이러한 글을 쓰게 된 동기는 역시 자신의 무덤을 만든 데 있다.

대표적으로 수곡(壽谷) 김주신(金柱臣, 1661~1721)의 〈수장자지(壽葬自誌)〉는 그의 30세(1690)에 지은 작품으로 부모의 묘와 가까운 곳에 묏자리를 정하고 조실부모했던 자신은 꼭 이곳에 묻히고자 한다는 희망을 담아 글로 남겼다. [그림 2]의 〈수곡산인묘지명(壽谷散人葬山銘)〉에도 그의 나이 48세인 무자년(1708년)에 사신의 매장지를 김씨 선영, 즉 부모님 묘역에 해 달라는 당부를 기록하고 있다. 이외에도 김광수(金光遂, 1699~1770)[19]와 서유구(徐有榘, 1764~1845)는 생광(生壙)을 마련한 후 각각 〈상고자김광수생광지(尙古子金光遂生壙誌)〉([그림 3])와 〈오비거사생광자표(五費居士生壙自表)〉를 지었다. 이와 같은 작품들은 본인의 무덤을 만든 일이 글을 쓰게 된 계기가 된 셈이다.

한편, 앞서 언급한 대로 후사가 없는 것이 자찬묘지명을 짓게 되는 중요한 외적 동기가 된다.[20] 망자의 묘지명이 당연하게 여겨지던 문화 속에서 후사가 없으면 자신에 대해 묘지명을 주도적으로 지어줄 자가 없게 된다. 이러한 상황에 놓인 작가는 그야말로 문예적인 취미가 아닌 현실적인 문제, 즉 자신이 아니면 법도에 맞게 자신의 묘지명을 쓸 사람이 없기에 자찬묘지명을 짓지 않을 수 없게 된다.

그런데 생광을 마련했다거나 후사가 없다는 사실 외에도 자찬묘지명을 쓰게 되는 직접적인 동기들이 있다. 아래 글은 그러한 동기를 추정할 수 있는 단서들을 모아 본 것이다.

---

19 김광수의 생몰연대는 '오상욱, 「상고당 김광수의 고동서화 취미와 계승에 대하여」, 『민족문화』 46, 한국고전번역원, 2015, 147면' 참조.

20 안대회 교수는 자찬묘지명을 짓는 실질적 동기 가운데 하나로 후사(後嗣)가 없음을 들었으며, 본인이 조사한 50여 편의 작품 중 절반 이상이 이에 해당한다고 보았다. 안대회, 앞의 글, 246면.

(다) 높은 관직에 이르렀으나 사실은 한 번도 관직을 소유한 적이 없었고 한 가지도 제대로 직임을 맡은 적이 없었으니, 모두 타인에 의해 억지로 이름이 붙여져 마침내 이 때문에 세상의 화를 취하였다. (중략) 옛사람 중에 또한 묘 앞에 관직을 쓰지 말도록 명한 자가 있는데, 그는 깊은 뜻이 있어서였지만 나로 말하면 죄가 있으므로 스스로 폄하해서 성명만 쓰는 것이다.[21]

(라) 거사가 아내의 묘갈에 글을 새기고 나서 또 스스로 명을 지어 왼쪽에 다음과 같이 새겨 넣었다.[22]

(마) 봉성인(鳳城人) 금각(琴恪)은 자는 언공(彦恭)이다. 7세에 공부하기 시작하고 18세에 죽었다. 뜻은 원대하나 명이 짧으니 운명인가 보다.[23]

(다)의 글을 쓴 이는 성혼(成渾, 1535~1598)으로 1587년 53세의 나이에 자찬 묘지명인 〈묘지(墓誌)〉를 지었다. 그는 세상의 화(禍)를 당했고, 죄인이 되었기에 묘비에 이름만 적을 것을 당부하였다. 이 때 '세상의 화'란 외척의 간당으로 지목받아 탄핵을 당한 일을 말한다.[24] 탄핵을 당하여 관직에서 물러난 성혼은 아들에게 위와 같은 유언이 담긴 묘지를 작성하는 데 이른다.

또한 (라)는 조경(趙璥, 1727~1787)이 지은 〈자명(自銘)〉인데, 이 글을 짓게 된 직접적인 계기는 아내의 죽음이었다. 그는 자신의 글 첫머리에 아내의 묘갈에 글을 새긴 후 자신의 자명도 함께 새겨 넣었다고 하였다. 그는 아내를 위해 지은 〈망실묘명(亡室墓銘)〉에서 자신과 아내를 해와 달에 비유하여

---

21 以至高官, 其實一無所有, 一不能任職, 皆他人所强名者, 而卒以此取世患. (중략) 古人亦有命勿書官於墓者, 其意有在, 若我則有罪自貶而書姓名. 성혼《우계집(牛溪集)》 제6권 墓誌.

22 居士旣銘其婦碣, 又自爲銘銘于左曰. 조경, 《하서집(荷棲集)》 제9권, 自銘.

23 鳳城人琴恪字彦恭, 七歲而學, 十八而沒. 志遠年夭, 命矣也夫. 허균, 《성소부부고(惺所覆瓿藁)》, 제17권, 금군언공(琴君彦恭) 묘지명

24 심경호, 앞의 책, 2009, 25면. 성혼《우계선생연보》에는 그 때의 정황이 기록되어 있다.

아내의 현숙함을 칭송하며 애도했다.[25] 이러한 아내의 죽음 때문인지 조경은 공교롭게도 그 해에 세상을 떠났다.

한편 (마)는 18세의 나이에 요절한 금각(琴恪, 1569~1586)의 '자지(自誌)'이다. 이 작품은 허균이 지은 〈금군언공 묘지명(琴君彦恭墓誌銘)〉에 들어 있어서 작품이 창작된 경위를 제삼자인 허균의 시각에서 파악할 수 있다. 금각은 허균과 동문수학하던 사이였는데 폐결핵에서 회복되지 못할 것을 직감하고 지(誌)를 남겼다고 한다. 짧은 자찬묘지명을 지어 자신의 삶을 기록해 두었다.

신조들은 (다)의 경우처럼 탄핵을 당하거나 고신(告身-직첩)을 빼앗기거나 관직을 삭탈 당하는 등 자신의 정치적 생명이 다할 때 자찬묘지명을 남기곤 했다. 혹은 (라)의 경우에서처럼 오랫동안 함께 지내던 배우자나 자녀를 잃고 글을 남기기도 하였다. 그러나 무엇보다도 (마)와 같이 자신의 생이 끝나가는 것을 직감할 때 글을 지었다. 묘지명과 죽음은 떼려야 뗄 수 없는 관계이기 때문이다.

오래 몸담았던 정치 세계에서의 몰락, 가장 가깝고 오래 함께 했던 가족의 상실, 그리고 무엇보다도 평생 함께 했던 자신의 육체가 종결을 고할 때 선조들은 자찬묘지명이라는 양식을 통해 자신의 삶을 성찰하고 소회를 글로 남겼다. 이처럼 자신에게 견디기 힘든 시련과 충격이 외부로부터 주어졌을 때 글쓰기는 극복의 수단이 될 수 있었다. 일찍이 한유(韓愈)는 〈송맹동야서(送孟東野序)〉에서 "만물은 평정을 얻지 못하면 소리를 내게 된다[凡物不得其平則鳴]"고 하면서 역시 어려움을 겪는 맹동야에게 저술 활동을 권하고 위로했다. 인간을 포함한 자연 만물이 소리[혹은 글]를 내게 하는 원인에는 불평지심이 있기 때문이다. 작가 자신에게 닥친 원치 않는 외부적인 환경과 변

25 오호라. 부부는 마치 해와 달 같아서, 달빛이 어두워짐을 좇아 해가 떠오르는 것처럼 부인의 목숨이 남편의 목숨으로 이어졌네. 그대는 비록 정숙하나 나는 어리석음을 어찌하리오. 嗚呼夫婦猶日月, 月之光闇從日出, 婦人之命命於夫. 君雖淑德奈吾愚. 조경, 앞의 책, 〈亡室墓銘〉.

화는 불평지심을 낳고, 이 불평지심은 글쓰기를 통해 표출되기도 한다. 그러한 글은 이러한 어려움을 견디고 극복하려는 악전고투의 산물이라 볼 수 있다.[26]

2) 내적인 동기에 의한 창작

자찬묘지명을 지은 작가는 작품 속에서 스스로 묘지명을 지은 동기를 대체로 밝히고 있기에 집필 동기를 파악하기는 어렵지 않다. 그런데 그 중에서도 유한준의 〈저수자명(著叟自銘)〉 서문에는 그 정황이 좀 더 자세하게 설명되었다.

> 내가 세상 사람들을 보니, 그 부모가 돌아가시면 이른바 행장이라는 것을 갖추는데, 나날의 사실과 행적, 음식, 들고 기거하는 일을 마치 터럭 하나 지푸라기 하나도 빠짐없이 적지 않는 것이 없이 해서, 그것을 가지고 나가 진신(縉紳) 사대부들을 훑어보아 그 가운데 관직이 높고 권세가 있는 자를 골라서 명을 부탁한다. 명을 쓴다는 자가 어찌 능히 명 짓는 법에 통달해 있겠는가? 그저 망자 자제들의 뜻을 어기지나 않을까 두려워해서 그 자제들이 적어주기를 바라는 것을 전부 적어서 하나도 빠짐이 없게 한다. 그렇기에 그 글은 믿을 수가 없다. 나는 빠짐없이 적은 행장을 근거로 믿을 수 없는 글을 빌려서 무궁하게 이름을 썩지 않도록 도모하기보다는 내가 내 일을 적고 내가 내 행실을 명으로 짓는 것이 차라리 진실하면서 정확하고 간결하면서 무람하지 않아 오히려 믿을 만하지 않겠는가 생각한다. 그래서 스스로 명을 지었다. 명을 지은 해는 나이 일흔일곱 되는 무진년이다. 졸년과 장지는 뒷날 마땅히 추가로 적어 넣으면 된다.[27]

26 이러한 관점을 담은 연구로 '이주영, 「정약용의 〈자찬묘지명〉에 대한 문학치료적 고찰」, 『문학치료연구』 34, 한국문학치료학회, 2015, 221-241면'이 있다.

위 서문에서 유한준은 당시 묘지명이 만들어지는 과정에서 망자의 자제들이 부탁하는 묘지명이 진실하지 않고 장황해지는 폐단이 생겨날 수밖에 없는 경위를 소상히 밝히고 있다. 묘지명이란 망자의 덕을 칭송하고 그의 행적을 기록하여 기억하기 위한 좋은 취지에서 비롯했음에도 불구하고, 망자의 자제들이 청탁하여 지어지는 글이기에 취지는 무색해지고 과장된 포장만 넘쳐났던 것이다. 그 결과 진실하지 않고 그래서 믿을 수 없는 장황한 글보다는 본인 스스로 짓는 묘지명이 더 믿을 만하다고 말하고 있다. 이러한 공허하고 정형화된 묘지명 쓰기 관습은 입전자 자신에게만 민망한 일에 그치지 않고 그러한 글을 부탁받은 사람에게도 괴로운 일이 되었다. 그래서 박필주(朴弼周, 1665~1748)와 같은 문인은 누군가에게 폐를 끼치게 되므로 "다른 사람에게 묘도 문자를 구하지 말라"고 당부의 글을 남기기도 하였다.

한편 조선 말기의 이유원(李裕元)의 경우 자찬묘지명 향유 문화와 관련하여 아래와 같은 글을 남겼다.

> 자신의 묘지명을 손수 쓴 사람은 참으로 많지만, 끊임없이 전송(傳誦)되고 있는 것은 오직 뇌연(雷淵) 남공 유용(南公有容)이 지은 것뿐이다. 그 글에서, "조정에서는 뛰어난 절의가 없고 집에서는 특이한 행적이 없으니 굳이 남에게 명(銘)을 청할 것이 없다." 하였다. 대체로 공의 깨끗한 명성과 곧은 절의는 당대에 추중(推重)되었는데 제(題)하기를 이와 같이 하였으니, 스스로 겸손히 한 말이기는 하지만 진실로 달관(達觀)한 것이라 하겠다.[28]

---

27 余觀世之人, 其父母卒, 具所謂行狀者, 凡其日事時行飮食興居, 毫毛塵芥, ■■■■靡不畢書, 持而出流目縉紳中揀官高有力勢者謁銘焉. 銘之者又惡能通銘法, 懼失子弟意, 悉書所欲書. 無一觖落, 是以其辭不可信. 余謂與其以靡不書之狀, 借不可信之辭, 以圖其無窮, 無寧吾書吾事, 吾銘吾行, 眞而確, 簡而不溢, 爲猶可信. 乃作自銘. 銘之年, 年七十七歲之戊辰也, 其卒年葬地, 後當追附. 유한준, 『자저속집(自著續集)』 冊三, 〈著叟自銘〉.

28 人之自銘固多, 而傳誦不置者, 惝雷淵南公有容之作, 是已. 其詞曰, "在朝無奇節, 在家無異行, 不必請銘於人." 蓋公之淸名直節, 推重當世, 而其題如是, 雖爲自謙之辭, 誠達觀也. 이유원, 《임하필기(林下筆記)》 권27 達人自銘

이유원은 조선 말기에 자찬묘지명을 짓는 풍습이 만연해 있음을 지적하면서 아무 자랑할 게 없어서 스스로 묘지명을 지었다는 남유용(南有容)을 소개하고 있다. 여기서 언급하고 있는 남유용의 묘지명은 〈자지(自誌)〉인데, 여기에는 '뛰어난 절의도 없고 특이한 행적도 없기에 남에게 묘지명을 청하지 말라'는 내용이 담겨 있고, 아이러니하게도 이러한 묘지명이 세간에 전송(傳誦)되고 있었다. 남유용은 영조대의 명문장가 중 한 사람이며, 정조가 원손 시절에 스승이었고, 문장가로 명성을 떨친 남공철(南公轍)의 아버지이기도 하다. 그런 인물이 자신에게 자랑할 게 없다는 말은 단순한 겸사(謙辭)일까?

잘 알려진 바와 같이 대인 관계에서 인식의 틀을 제공한 '조하리의 창(Johari window)'은 대인 관계에서 나와 남, 아는 영역과 모르는 영역의 기준에 따라 4가지로 구획한 바 있다.[29] 이를 자서전 쓰기에 적용하여 변형시켜 보면 아래와 같이 4영역이 만들어질 것이다.

	내가 알려주고 싶은 영역	내가 알려주고 싶지 않은 영역
남이 아는 영역	㉠ 공개적 영역 (open area)	㉡ 보이지 않는 영역 (blind area)
남이 모르는 영역	㉢ 숨겨진 영역 (hidden area)	㉣ 미지의 영역 (unknown area)

[표 3] 조하리의 창에서 4 영역

일반적인 묘지명, 즉 제3자가 쓰는 묘지명은 ㉠+㉡의 영역을 다루게 된다. 반면에 자찬묘지명은 ㉠+㉢의 영역을 다루고자 한다. 여기에서 문제가 되는 부분은 ㉡와 ㉢ 영역 중 어느 영역이 더 자신을 잘 드러내 주는가에 대한 판단이다. 이에 대해 자찬묘지명의 작가들은 다음과 같이 답하고 있다.

29 Luft, Joseph, *Group Process: An Introduction to Group Dynamics [2nd ed.]*, National press books, 1970, pp.11-20.

(바) 남이 어찌 알랴 나 혼자서 낙으로 삼는다 人那得知 我自爲樂

(사) 내가 비록 스스로 알지라도 남들은 아직 알지 못하네 吾雖自知 人則未知

(바)는 강세황(姜世晃)이 1782년에 그린 자화상에 남긴 찬의 일부이며, (사)는 이유원(李裕元)이 〈부지옹(不知翁)〉이라고 제목을 붙인 그림의 찬이다. 강세황과 이유원은 자화상을 그리고 여기에 자찬(自讚)을 남겼는데 공교롭게도 위와 같이 비슷한 문구가 담겨 있다.[30] 강세황의 〈표옹자지(豹翁自誌)〉에서 그는 매우 자의식이 강한 인물로 자신을 표현했다. '속된 화공들은 외모를 전하는 데 초점을 두지만 자신은 그 정신의 본질만을 파악해서 그린다'고 말할 정도로 자신의 그림에 대한 자부심이 있었으나 그런 자신을 알아주지 못하는 현실에서 "다른 사람에게 묘지나 행장을 구하느니 차라리 내 스스로 평소 경력의 대략을 적는 것"을 택하였다. 이유원 역시 "나도 나에 대해서 잘 모르지만 남들은 더 모른다"고 생각하여 자신에 대한 글을 남겼다.

자찬묘지명을 짓는 내적인 동기는 외부의 과장된 평가에 대한 반발이며, 여기에서 비롯하여 진실함을 추구하는 데 있다. 이때의 진실함이란 나에 대해서는 내가 가장 잘 안다는 의식을 바탕으로 하고 있다. '남이 알고 있는 나'보다는 '남이 모르지만 내가 알고 있는 나'가 더 진실에 가깝다는 것이다. 그렇기에 임희성(任希聖, 1712~1783)은 자신이 죽은 후에 다른 사람이 기(記)를 덧붙이지 않도록 당부했으며, 정약용(丁若鏞, 1762~1836)은 스스로 묘지명을 지어 자신의 일생이 타인에 의해 왜곡되지 않기를 바랐다.[31]

---

30 '남이 모르는 나'는 화상자찬류(畵像自贊類)에서 나타나는 자아 형상화 방식 중 하나이다. 즉 자화상이라는 그림으로는 자신을 온전히 드러낼 수 없다는 의식이다. 그러나 자화상뿐 아니라 남이 나에 대해 쓴 글도 자신을 온전히 드러낼 수 없다는 점에서 이러한 의식은 연결될 수 있다. 화상자찬류에 대한 설명은, 임준철, 「화상자찬류(畵像自贊類) 문학의 존재양상과 자아형상화 방식의 특징」, 『고전문학연구』 36, 한국고전문학회, 2009, 259-300면.

4. 자찬묘지명 쓰기의 현대적 의의

현재 우리 사회에서 자찬묘지명 쓰기는 더 이상 이루어지지 않는다. 자찬묘지명을 만나려면 박물관에 가거나 고전문학 자료를 뒤적여야 한다. 오늘날 자찬묘지명과 가까운 글을 생각해 본다면 유언(遺言)이 있을 수 있으나 유언은 확실한 독자를 두고 법적이며 실용적인 목적을 띠고 있다. 물론 자찬묘지명에도 오늘날 유언과 같은 성격을 띤 글도 있기는 하지만 그보다는 더 문학적인 성격을 띤다고 할 수 있다. 그 이유는 앞서 살핀 바와 같이 개인 신상에 관한 객관적 정보 이외에 지행(志行)이나 글을 쓴 동기에서 나타나는 자신의 지켜왔던 가치관이나 삶에 대한 평가를 표현한 부분에서 잘 드러난다. 그렇기에 자찬묘지명은 오늘날 노인 자서전과 상통하는 측면이 있다고 본다. 자찬묘지명은 아무래도 젊은이의 글로 보기 어렵기 때문이기도 하다.

최근 우리 사회가 고령화되면서 사회 복지 차원에서 평생교육에 대한 관심이 높아지고 있다. 그 일환으로 '노인 자서전 쓰기'가 주목을 받고 있다. 노인 자서전은 개인적인 자존감을 높여 주고, 과거와의 화해를 가능케 하며, 현재의 문제를 돌파할 수 있는 지혜를 떠올리게 한다는 점에서 노년에 향유할 수 있는 좋은 활동이라고 할 수 있다.[32] 뿐만 아니라 주변 사람, 특히 가족들에게 자신이 겪은 인생의 경험과 지혜를 전해 주고 시간이 만든 오해를 해소할 수 있으며 사후에 자신을 추억할 수 있는 자료를 제공해 준다.[33] 이러한 환경에서 자찬묘지명 쓰기는 다음과 같은 점에서 시사하는 바가 있다고 하겠다.

31 심경호, 앞의 책, 2009, 76면, 586면.

32 한정란 외, 『노인 자서전 쓰기』, 학지사, 2004, 20-21면.

33 정대영, 『자서전 특강』, 뭉클스토리, 2021, 11-23면. 이 책의 저자는 자서전 쓰기를 전문으로 하는 사회적 기업을 운영하면서 일반인들의 자서전 출판을 돕고 있다.

첫째, 자서전 쓰기에 담길 내용 요소에 대한 시사점이다. 과거 우리 선조들은 묘지명에 담길 내용 요소에 대해 어느 정도 합의가 이루어져 있었고 대체로 그 범위 내에서 묘지명을 작성했다. 묘지명의 내용 요소로 명자(名字)에부터 세계(世系), 행적(行績), 자손(子孫)으로 정하고 서술 순서도 이에 준해서 이루어졌다. 여기에서 인상적인 부분은 묘지명이 나의 출생에서 시작하여 나의 죽음으로 끝이 나지 않는다는 것이다. 묘지명에는 자신이 존재하기 전에 있었던 먼 조상들로부터 자신의 부모에 대해 서술하고 이어서 나의 행적을 서술한 후 나를 이어 기계(家系)를 이어갈 자손들을 서술하는 것으로 끝을 맺는다. 비록 '나'의 묘지명이지만 독립적인 개인으로서가 아닌 끊임없이 이어지는 가계의 일부분으로서의 '나'를 인식한 것이다.

둘째, 자찬묘지명이 개인의 기록에서 그치지 않고 많은 사람들에게 전송(傳誦)되었던 까닭에서 교훈을 도출할 수 있다. 대표적으로 남유용의 자찬묘지명 〈자지(自誌)〉의 내용을 살펴보면 관습적으로 포함시켰던 내용 요소보다는 지나온 삶을 성찰하고 자신의 삶을 평가하여 자기만의 삶에 대한 정체성을 찾았음을 알 수 있다. 그는 자신의 삶을 '도는 맛없는 것을 맛있게 먹는 데 두었고, 몸은 재주 있음과 없음 사이에서 노닐었다(道在味其無味處 身游才與不才間)'라고 평가하였다. 이런 점에서 가장 개별적인 것이 가장 창의적인 글을 만들어낸다고 볼 수 있다.

반면 현대의 자서전에는 개인의 인생을 고난과 역경, 인생의 전환점을 중심으로 파악하고자 한다. 최인자 교수는 이를 자서전에 담긴 '성공의 플롯'이라고 보았는데, 자서전에는 한 사람의 인생이 주체의 목표에 도달하기 위한 고통과 극복의 반복으로 이루어진 플롯으로 나타나며, 과거의 불행과 현재의 행복이 대비되는 것이 특징이라고 설명하였다.[34] 노인 자서전도 이러한 현대의 조류에서 자유롭지 못한 면이 있다.[35] 세상에서 나만 쓸 수 있

34 최인자, 「장르의 역동성과 쓰기 교육의 방향성」, 『문학교육학』 5, 한국문학교육학회, 2000, 37면.

는 글은 자기 입장에서 구성할 때 가능해질 것이다.

셋째, 자서전 쓰기의 실행 방법 중 협동 작문에 대한 시사점이다. 현대 작문이론에서는 사회구성주의의 영향에 따라 필자 개인의 쓰기 어려움을 극복하고 글쓰기의 맥락 이해를 돕기 위해 협동 작문을 권장하고 있다. 노인 자서전 쓰기도 예외는 아니어서 개인적 자서전 쓰기 외에 그룹 자서전 쓰기를 하나의 방법으로 제시하고 있다. 자서전을 쓰기 위해 집단이 모여서 함께 쓸거리를 논의하고 발표함으로써 개인의 경험을 그룹의 경험으로 확대해 나갈 수 있다고 한다.

그런데 자찬묘지명의 향유방식을 살펴보면 자찬묘지명이야말로 협동 작문의 산물임을 확인할 수 있다. 자찬묘지명은 작가 혼자 쓰는 것이 아니라 뒤를 이어서 자녀와 지인들이 함께 함으로써 완결된다. 이를테면 망자의 졸년(卒年)은 단순한 내용이지만 자신이 아닌 자녀가 기록해야 했다. 뿐만 아니라 자찬묘지명의 작자는 자신의 삶에 대한 평가를 박(薄)하게 하여 겸손을 드러낸다면 망자의 지인은 작가가 미처 적지 못한 공적(功績)들을 추기(追記)함으로써 입전자의 인물됨을 더 입체적으로 드러낼 수 있게 했다. 이와 같이 자서전 쓰기에 참여하는 자의 역할과 집필 방향들이 결정되어 자서전 쓰기를 수행할 수 있다. 이러한 관점이 반영될 때 협동 작문이 단순한 기법 차원을 넘어설 수 있을 것이다.

35 글쓰기 강사인 은유는 이를 '특정한 서사를 주어진 틀 안에서 되풀이하기'라고 규정한다. 어린 시절 난치병을 앓았던 중년 여성이 자신이 살아온 생애를 풀어나갈 때 '장애 극복의 휴먼 스토리로 일반화'하는 식이 그러한데, 좋은 글은 그렇지 않아야 한다고 말한다. 은유, 『쓰기의 말들』, 유유, 2016, 95면.

참고문헌

[자료]

국립중앙박물관 소장 『조선묘지명 1』, 국립중앙박물관, 2011.

서사증, 『문체명변(文體明辯)』, 오성사, 1984.

심경호, 『내면기행』, 이가서, 2009.

______, 『나는 어떤 사람인가』, 이가서, 2010.

박완식 편역, 『한문 문체의 이해』, 전주대 출판부, 2001.

성 혼, 『우계집(牛溪集)』

송남수, 『송담집(松潭集)』

유한준, 『자저속집(自著續集)』

이 식, 『택당집(澤堂集)』

이유원, 『임하필기(林下筆記)』

이 황, 『퇴계집(退溪集)』

조 경, 『하서집(荷棲集)』

허 균, 『성소부부고(惺所覆瓿藁)』

(문집 자료는 한국고전번역원(db.itkc.or.kr) 데이터베이스를 활용)

[논저]

가와이 코오조오, 심경호 옮김, 『중국의 자전문학』, 소명출판, 2002.

김성룡, 「중세 글쓰기에 나타난 자아정체성의 교육적 가치」, 『작문연구』 11, 한국작문학회, 2010.

김하라, 「유만주의 『흠영』 연구」, 서울대 박사논문, 2011.

문옥표 외, 『조선시대 관혼상제Ⅱ－상례편(1)』, 한국정신문화연구원, 1999.

박경남, 「유한준의 도문분리론과 산문세계」, 서울대 박사논문, 2009.

배수찬, 「근대적 글쓰기의 형성 과정 연구」, 서울대 박사논문, 2006.

심경호, 「전근대 시기 자서전적 글쓰기의 종류」, 『나는 어떤 사람인가』, 이가서, 2010.

안대회, 「조선후기 자찬묘지명 연구」, 『한국한문학연구』 31, 한국한문학회, 2003.

오상욱, 「상고당 김광수의 고동서화 취미와 계승에 대하여」, 『민족문화』 46, 한국고전번역원, 2015.

은　유, 『쓰기의 말들』, 유유, 2016.
이주영, 「정약용의 〈자찬묘지명〉에 대한 문학치료적 고찰」, 『문학치료연구』 34, 한국문학치료학회, 2015.
임준철, 「화상자찬류(畵像自贊類) 문학의 존재양상과 자아형상화 방식의 특징」, 『고전문학연구』 36, 한국고전문학회, 2009.
정대영, 『자서전 특강』, 뭉클스토리, 2021.
진필상·심경호 역, 『한문문체론(2판)』, 이회, 2001.
최인자, 「장르의 역동성과 쓰기 교육의 방향성」, 『문학교육학』 5, 한국문학교육학회, 2000.
한정란 외, 『노인 자서전 쓰기』, 학지사, 2004.
Luft, Joseph, Group Process: An Introduction to Group Dynamics[2nd ed.], National press books, 1970.

14장

화가(和歌)와 한시(漢詩)의 혼효(混淆) 양상과 특징

최귀묵*

1. 머리말

이 글에서 필자는 대략 10~17세기에 걸쳐서 일본의 상층 귀족이 화가(和歌)와 한시(漢詩)를 '혼효(混淆)'하여 창안해서 향유한 세 가지 양식의 양상과 특징을 살펴보고자 한다. 세 가지 양식이라고 한 것은 '화한낭영(和漢朗詠)', '시가합(詩歌合)', 그리고 '연구연가(聯句連歌)'를 가리킨다. '화한낭영'은 10세기에, '시가합'은 12세기에, '연구연가'는 14세기에 각각 등장했으며, 그 후 일본 문학사에 지속적으로 영향을 끼쳤다.[1]

중세 시기 동아시아 여러 나라에서는 자국어 노래와 한시를 근접시키려고 한 시도가 공통적으로 나타났다. 그중 일본에서는 '화한(和漢)', 곧 화가(和

* 고려대학교 국어국문학과 교수.

1 이들 세 양식은 헤이안 시대(平安時代, 794~1185 또는 1192) 중기, 가마쿠라 시대(鎌倉時代, 1185~1333), 무로마치 시대(室町時代, 1336~1573), 전국시대(戰國時代, 1467 또는 1493~1590), 에도 시대(江戶時代, 1603~1868) 초기에 걸쳐서 존속했다. 10세기에서 17세기는, 한국에서 널리 받아들여지고 있는 문학사 시대 구분을 따른다면, 중세 전기와 중세 후기에 해당한다. 일본 문학사 시대 구분에서는 중고(中古)와 중세(中世)에 해당한다.

歌)와 한시(漢詩)를 혼효하는 움직임이 나타났다. 그런데 화한혼효의 세 가지 사례(양식)는 시가의 표현이나 시구의 수용 차원을 훌쩍 넘어서서 자국어 노래와 한시의 '병렬'(화한낭영), '경합·교대'(시가합), '운율의 결합'(연구연가)에까지 이르고 있어서 일본의 독자적 면모로 이해할 수 있는 가능성이 충분하다. 또 한걸음 더 나아가 한시가 화가와 병렬, 경합·교대, 결합되면서 어떤 위상 변화가 나타났는지 확인함으로써 세 가지 양식이 존재한 시기의 한시에 대한 일본인의 태도, 거기에 상응해서 발현된 일본 한시의 특징에 대해서도 논의할 단서를 빌견힐 수 있을 깃이다.

과문의 소치이겠으나 이들 세 가지 양식을 함께 거론하면서, 그 특성과 의미에 대해서 논의한 국내의 연구는 아직 없는 듯하다. 그래서 이 글에서는 국내외에서 이루어진 개별적인 연구의 도움을 받으면서 필자의 견해를 한두 가지 제시해 보고자 한다. 2장부터 4장에서는 세 가지 양식의 개별적인 면모를 차례로 살핀다. 5장에서는 혼효 현상의 특성, 일본 한시의 특징에 대해서 생각해 보고자 한다. 비록 소략한 논의이지만 다른 나라(일본)의 사례를 소개함으로써 장차 한국 고전문학의 향유 방식에 대한 이해를 심화하고자 하는, 학회의 기획 의도에 부합할 수 있기를 바란다.

2. 화한낭영(和漢朗詠)

일본에서는 延喜(901~923), 天曆(947~957)으로부터 一條朝(986~1011)[2] 연간에 걸쳐서 조정(朝廷)을 위시해서 섭관(攝關)·귀족(貴族)의 사저(私邸)에서 가회(歌會)나 시회(詩會)가 빈번하게 개최되었고, 가합(歌合)(=화가 겨루기 시합)이나 시합(詩合)(=한시 겨루기 시합)도 개최되었다. 그런데 이때는 이미 한시 창작 능

2 一條朝 시기에는 '寬和, 永延, 永祚, 正曆, 長德, 長保, 寬弘'라는 연호를 사용했다.

력이 전반적으로 감퇴된 시기였다. 그러다 보니 시회에서 고인(古人)의 작품을 낭영(朗詠)하여 그때그때의 책임을 때우는 일이 유행하기 시작했다. 그 때문에 한시문 수구집(秀句集)이 필요해졌는데, 이러한 시대적 요구에 부응해서 大江維時(888~963)가 한시 수구(秀句) 선집인 〈천재가구(千載佳句)〉를 엮었다.[3]

'낭영'은 넓은 의미로는 시가에 가락(선율)을 붙여 소리 높여 읊는 일을 말한다. '음영(吟詠)'이라는 말과 상통한다. 낭영(음영)은 헤이안 시대 초기부터 행해졌다. 그런데 헤이안 시대 중기(10세기 중반)에는 '화한(和漢)의 시문에 가락을 붙여 생황(生篁), 필율(篳篥), 횡적(横笛)의 반주에 맞춰 노래하는', 가요(歌謠)의 일종인 화한낭영이 시작되었다. 좁은 의미의 낭영이 탄생한 것이다. 일찍이 977년에 궁중에서 화한낭영이 성대하게 이루어졌다는 기록이 전한다. 1013년경에는 大江維時의 저술에 자극을 받은 藤原公任(966~1041)에 의해서 〈화한낭영집(和漢朗詠集)〉[4]이 편찬되었다. 〈화한낭영집〉의 출현으로 말미암아 화한낭영이라는 용어가 정착되고 작품집의 전범이 마련되었다.[5] 화한낭영은 헤이안 시대 후기에서 가마쿠라 막부 시대까지 궁정과 귀족 사회에서 성행했다.

이 장에서는 〈화한낭영집〉에 초점을 맞추어서 화한낭영의 면모를 살펴보고자 한다. 〈화한낭영집〉은 낭영하기에 적합한 한시문의 수구(秀句) 588수, 화가 216수, 총 804수를 상하 2권에 수록했다. 상권은 사계절에 따른 항목, 하권은 기타 항목('雜')[6]으로 나누어 모두 114항목(부가 항목을 포함하면 125항목) 아래에 작품을 분류 · 수록했다.

한시는 대부분은 7언 2구인데,[7] 그것도 7언 율시의 함련(頷聯)과 경련(頸聯)

---

3 7언의 2구 190여 수를 모았다.

4 〈왜한낭영집(倭漢朗詠集)〉이라고도 한다.

5 이에 대해서는 大曾根章介 · 堀内秀晃 校注, 『和漢朗詠集』(新潮日本古典集成), 新潮社, 1983, 313면; 이노구치 아츠시, 『일본한문학사』(심경호 · 한예원 역), 소명출판, 1999, 205-206면을 참조.

6 천체 현상 · 동식물 및 인사에 관한 잡제(雜題).

7 오언 절구, 부, 악부, 사륙문의 대구가 화가에 대응하는 경우도 일부 있다.

가운데 한 연을 취한[=摘句] 경우가 많았다.[8] 중국 한시는 234구를 수록했다. 거의가 당시(唐詩)인데 특히 중 · 만당(中晩唐) 시기 시인의 시구가 많다. 작가로는 백거이(白居易, 772~846), 원진(元稹, 779~831)의 순으로 많은 작품이 실렸는데, 특히 백거이의 작품 수가 135구로 압도적으로 많다. 일본 한시는 354구를 수록했다. 작가로는 菅原道眞(845~903), 紀長谷雄(845~912), 大江朝綱(886~957), 菅原文時(899~981), 源順(911~983) 등의 작품이 수록되었는데, 天曆期(947~957) 시인의 작품이 주류를 이룬다.

화가는 〈고금화가집(古今和歌集)〉(905년경)으로부터 〈습유화가집(拾遺和歌集)〉(1006년경)에 이르는 시기의 대표적인 가인(歌人)의 작품이 다수를 차지한다. 화가 작가로는 특히 紀貫之(868~946), 凡河內躬恒(859?~925?)이 존중 받았다. 전체적으로 염려 우아(艶麗優雅)한 당시 궁정 귀족 사회의 미의식을 보여주고 있다.

〈화한낭영집〉은 귀족(貴族) · 무가(武家)의 학문과 교양의 기본 도서로 받아들여졌으며 화 · 한 문학을 막론하고 후대 문학에 큰 영향을 미쳤다. 〈신찬낭영집(新撰朗詠集)〉(12세기 초)을 위시한 유서(類書)를 낳았는가 하면, 이 책에 수록된 시구와 장구(章句)가 낭영을 통해서 다른 계층에도 침투해서 중세 시기 군기물어(軍記物語)나 요곡(謠曲)의 사장(詞章)에 인용되어서 가나문학(假名文學)에도 영향을 주었다. 또한 화한혼효문(和漢混淆文)의 성립에도 기여했다.

실제 작품을 수록한 방식을 살펴보기로 한다. 다음은 상권의 대항목 '춘(春)' 아래에 맨 처음 나오는 '입춘(立春)' 항목인데, 그 아래에 일곱 작품이 뽑혀 있다. 작품의 제목과 작자는 다음과 같다.

春

一 立春

〈內宴進花賦〉　　　　紀淑望(或　公乘億)

---

8 한시 작품을 선발할 때는 〈천재가구〉의 전례를 참고했다. 〈천재가구〉에 실린 작품 가운데 50여 수의 작품을 재수록했다.

〈立春日書懷呈芸閣諸文友〉　菅篤茂

〈府西池〉　白居易

〈山寺立春〉　良岑春道

'舊年に春立ちける日詠める'　在原元方

'春立はるたちける日詠ひよめる'　紀貫之

'平定文家歌合によみはべりける'　壬生忠岑

각 항목은 중국인의 장구(長句), 시구를 앞세우고 이어서 일본인의 장구, 시구·화가를 배열하는 것을 원칙으로 했다. 이제 실제 수록된 작품을 구체적으로 살펴보기로 한다. '춘' 아래 있는 네 번째 항목인 '춘야(春夜)'에 뽑힌 두 작품은 다음과 같다.[9]

春夜

〈春中與盧四周諒華陽觀同居〉

燭(ともしび)を背(そむ)けては共に憐(あは)れぶ深夜(しんやう)の月

花を踏んでは同じく惜(を)しむ少年の春

背燭共憐深夜月　踰花同惜少年春[10]　白居易

'春夜, 梅花を詠める'[11]

春の夜(よ)の　やみはあやなし　梅(むめ)の花　色こそ見えね　香(か)やは隱るる[12]

躬恒[13]

9　원문은 大曾根章介·堀内秀晃 校注, 같은 책, 20면을 따랐다.

10　"촛대를 뒤에 두고 함께 한밤중 달을 아끼고, 꽃 그림자 밟으며 젊은 시절의 봄을 아쉬워했다."

11　봄날 밤, 매화를 노래함.

12　〈고금화가집〉 41번 작품이다. "봄날 저녁의 어둠은 덧없어라 활짝 핀 매화 / 모습 안 보이더라도 향기마저 감추랴." (기노 쓰라유키 외 엮음, 구정호 옮김, 『고킨와카슈』 상, 소명출판, 2010, 66면의 번역을 따랐다.)

13　凡河內躬恒.

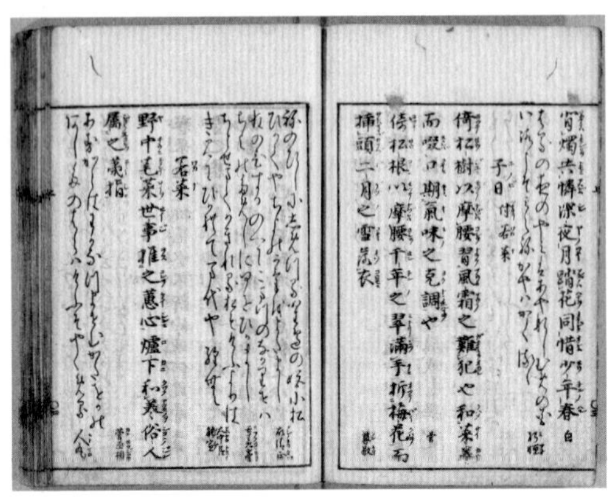

[그림 1][14]

위의 사진 자료에서 볼 수 있듯이 〈화한낭영집〉 저본에는 한시 원문과 히라가나로 쓴 훈독문(訓み下し)을 병기하고 있는데, 그것은 한시문을 훈독해서 낭영했기 때문이다. “背燭共憐深夜月”은 “燭(ともしび)を背(そむ)けては共(とも)に憐(あは)れぶ深夜(しんやう)の月(つき)”라고 낭영한 것이다. 위의 인용문에서는 편의상 한시 원문과 훈독문을 별도로 적어 두었다.

백거이의 시구는 7언 율시 원작의 함련이다.[15] 율시의 함련답게 대구를 잘 맞추고 있는 구절이다. 아래의 화가는 봄밤 어둠 속에 피어 있는 매화가 눈에 보이지 않는다고 해도 암향(暗香)이 떠서 움직이니 꽃이 있다는 사실을 알 수 있다는 뜻이다.

위의 예에서 보듯이 5·7·5·7·7의 음수율을 갖는 화가 한 편에 7언 율시 2구(=한 연)이 대응하는 경우가 다수인데, 화가 한 편에 대응하는 율시 한 연은 주로 함련과 경련이다. 함련과 경련은 대구 표현이 두드러지고, 기

14 https://www2.dhii.jp/nijl/kanzo/iiif/200008375/images/200008375_00007.jpg

15 작품의 전문은 다음과 같다. “性情懶慢好相親 門巷蕭條稱作鄰 背燭共憐深夜月 蹋花同惜少年春 杏壇住僻雖宜病 芸閣官微不救貧 文行如君尚憔悴 不知霄漢待何人”

발한 착상이 기대되는 곳이라는 점을 생각해 보면, 한시에서 대구와 기상(奇想)의 묘(妙)를 주로 취하고자 했음을 알 수 있다. 그렇다고 하더라도 율시의 한 연을 따로 떼어내서, 그것과 상통하는 자국어 노래와 한데 엮어서 감상(향유)하는 이런 사례는 동아시아 문학사의 견지에서 볼 때 이채를 띤다고 할 수 있다.

3. 시가합(詩歌合)

'시가합(しいかあわせ)'이란 동일한 시제(詩題) 하에 좌우, 곧 짝이 된 두 사람이 각각 한시와 화가를 지어 그 우열을 겨루는 행사를 말한다. 한시와 화가의 거리가 아주 가까워져 서로 결합하기에 이르러 행해지게 되었다. 작품집으로는 1133년에 藤原忠通(1097~1164)이 찬집(撰集)한 〈스마이다테 시가합(相撲立詩歌合)〉이 현존 최고(最古)의 것으로, 고인(古人)의 시가(詩歌)의 수일(秀逸)을 뽑아 20번까지 이어진다.[16]

시가합이 성행한 것은 가마쿠라 시대부터로, 藤原良經(1169~1206)이 1205년(元久 2) 기획한 시가합(〈元久詩歌合〉)이 유명하며, 이를 본떠서 1213년에는 〈內裏詩歌合〉[17]이 열렸다. 또 비평 없는 자시가합(自詩歌合)으로 〈定家卿獨吟詩歌〉,[18] 〈和漢名所詩歌合〉, 〈和漢朗詠題詩歌〉 등이 있으며, 그 후 1343년 〈五十四番詩歌合〉, 〈文安詩歌合〉, 1482년 〈三十六番詩歌合〉, 이듬해의 〈六十番歌合〉으로 이어졌다. 이렇게 시가합은 12세기에 등장해서 15세기까지 이어진 독특한 양식이었다.

이 장에서는 〈원구시가합(元久詩歌合)〉의 한두 대목을 취해서 구체적으로

---

16 한시와 화가 작품 한 쌍에 번호를 부여한다.

17 '內裏'는 궁중을 뜻한다.

18 定家卿은 곧 藤原定家(1162~1241)이다.

살펴보고자 한다. 시제[句題]는 '수향춘망(水鄕春望)'과 '산로추행(山路秋行)'이었다.

三番

左 良輔

渭北晩霞消雁陣　江南春柳隔漁鄕

右勝 通光

三嶋江や霜もまたひぬ蘆のはにつのくむ程の春風そ吹く[19]

"江南春柳隔漁鄕"으로 시제인 '수향춘망'을 잘 살리고 있다고 할 수 있다. 세 번째 경합[三番]의 승패를 표시했는데, 화가를 창작한 通光이 이긴 것으로 되어 있다.[20] 한시에서는 봄을 표현하는 소재로 '버들'을, 화가에서는 '갈대'를 택했는데, 다음 34번에서도 되풀이되고 있다.

三十四番

左 行長

楊柳一村江縣綠　煙霞萬里水鄕春[21]

右 秀能

夕つくよ鹽みちくらし難波江の蘆のわか葉を越る白浪[22]

---

19 "미시마 강은 아직 서리에 젖은 갈댓잎으로 싹트게 할 것 같은 봄바람 불어오네." 〈원구시가합〉의 작품 원문은 『군서유종(群書類從)』 권223에서 가져 왔다. 작품의 번역은 구정호 역주, 『신코킨와카슈』 상, 삼화, 2016, 75면을 따랐다.

20 두 사람의 경합은 다시 한 번 이어진다. 네 번째 번 경합에서는 "百花亭外胡天遠　五鳳樓前伊水長"이라고 한 良輔가 이겼다. 〈본조일인일수(本朝一人一首)〉 권7에 "渭北曉霞消雁陣 江南春柳隔漁鄕 百花亭外胡天遠 五鳳樓前伊水長"으로 수록되어 있다.

21 앞에 나오는 한시구와 합하면 "海隅求泊雲無跡　湖上停船月作鄰　楊柳一村江縣綠　烟霞萬里水鄕春"이 된다. 역시 〈본조일인일수〉 권7에 수록되어 있다.

3번을 보든 34번을 보든 한시의 요체는 '대구'의 묘미에 있다는 생각이 지속되고 있음을 확인할 수 있다. 또한 화가가 계절감을 표현하는 데 집중하고 있듯이(시제부터가 그러하다), 한시구(漢詩句) 역시 계절감을 드러내는 구절이 집중적으로 창작된다. 그러다 보니 '풍경'을 '감각적으로/회화적으로' 묘사해 낸 한시구가 높은 평가를 받는 것이(=시합에서 이기는 것이) 당연했다.

애초에 한 수의 온전한 시를 창작했다고 하더라도 시가합에서는 수련(首聯)(=發句)과 미련(尾聯)(=落句)은 버려두고, 함련(頷聯)(=胸句)과 경련(頸聯)(=腰句)도 각각 따로 떼어내서 2구 1연이 화가 한 수와 한 번호로 묶여서 감상된다. 그러다 보니 함련과 경련의 '낙차(落差)'로부터 생겨나는 재미, 곧 경련에 어떤 기발한 비유나 예상치 못한 전고(典故)를 사용한 표현을 하고 있는가 하는 점보다는 각각이 독립되어 읽힐 때 얼마나 깔끔하게(또는 정밀하게) '수향춘망'이나 '산로추행'이라고 하는 구제(句題)의 각 요소를 읊고 있는가 하는 점에 중점이 놓이는 것은 당연한 일이었다.[23] 기성의 작품에서 함련과 경련을 가져 오는 화한낭영의 한시(구)와 비교할 때, 이는 크게 달라진 면모라고 할 수 있다.

4. 연구연가(聯句連歌)

[1]

연구연가(和漢聯句, 漢和聯句)는 여러 사람[連衆]이 참여해서 화구(和句)(5 · 7 · 5

---

22 "저녁달 뜬 밤 조수 밀려오는 곳 나니와 강의 갈대의 어린잎을 넘나드는 흰 파도" 작품의 번역은 구정호 역주, 같은 책, 76-77면을 따랐다.

23 堀川貴司, 「'元久詩歌合'について－'詩'の側面から」, 『詩のかたち · 詩のこころ－中世日本漢文學研究』, 東京: 若草書房, 2006, 91면. 이런 점에서 이미 당대에도 "此事頗無益事也"라고 하면서 시가합을 비판하는 시각도 있었다. (堀川貴司, 같은 글, 98면)

또는 7·7음절의 일본어 시구)와 한시구(5언 한시구)를 교대하며 길게 이어가는 형태이다.[24] 화한연구(和漢聯句)는 작품의 첫 행(구)이 화구이고 두 번째 행(구)이 한시구이며 한시구에만 압운(押韻)을 한다. 한화연구(漢和聯句)는 작품의 첫 행이 한시구이고 두 번째 행이 화구이며 화구에도 압운을 한다. 화한연구, 한화연구를 아울러 연구연가라고 불러 왔다.[25]

두 양식은 한문학의 연구(聯句)와 화가 문학의 연가(連歌)가 결합된 형태로서, 무로마치 시대로부터 에도 시대 초기에 걸쳐서(대략 14~17세기), 조정(朝廷)의 군신(君臣), 또는 선승(禪僧), 유자(儒者), 연가사(連歌師)들의 모임에서 때로는 연가를 능가할 만큼의 인기를 끌었다고 한다.[26] 둘 가운데 한화연구가 화한연구보다 나중에 문학사에 등장했는데, 한화연구 양식이 자리 잡은 것은 14세기 후반 무렵인 것으로 보인다.[27]

화한연구는 5·7·5·7·7이라는 화가 형식을 근간으로 하고서 화구와 한시구를 결합한다. 5·7·5·7·7을 양분해서 5·7·5 / 7·7의 두 구를 기본 단위로 삼는데, 5·7·5의 17음절 또는 7·7의 14음절 자리에 화구나 5언의 한시구를 대응시켜 연가처럼 길게 이어진다. 100구에 이르는 장편도

---

24 연구연가에 대해서는 졸고, 「중세시기 민족어시가와 한시의 운율 결합-일본과 베트남의 사례를 중심으로」, 『비교문학』 65, 한국비교문학회, 2015에서 한 차례 논의한 바 있다. 이 글에서는 운율과 작시 원리를 다룬 부분을 간추려서 가져왔다.

25 명칭에 대한 논의는, 京都大學 國文學硏究室·中國文學硏究室 編, 『良基·絶海·義滿等一座 和漢聯句譯注』, 京都: 臨川書店, 2009, 31면을 참조했다.

26 大谷雅夫, 「和漢聯句ひろいよみ」, 『歌と詩のあいだ』, 東京: 岩波書店, 2008, 203면. 하지만 지금은 극소수의 전문 연구자들이나 관심을 가지는 문학 양식이라고 한다.

27 오산 선승(五山禪僧)인 義堂周信은 〈空華日用工夫略集〉['康曆 3년(1381) 11월 2일']에서, 한시구뿐만 아니라 화구에도 압운을 하는 변화가 당대에 나타났다고 기록하고 있는데, 이를 근거로 삼아 한화연구 성립 시기를 14세기 후반이라고 추정한다. (辜玉茹, 「中近世における日本の韻書の利用」, 『通識教育學報』 第十期, 台中: 中國醫藥大學通識教育中心, 2006, 32면) 한편 連歌總目錄編纂會 編, 『連歌總目錄』, 東京: 明治書院, 1997에는 1332년부터 1600년까지의 작품으로, 화한연구 218건, 한화연구 31건이 올라 있다. 『連歌總目錄』은 화한연구, 한화연구가 공가(公家)·무가(武家)·선승(禪僧)을 중심으로 해서 성행했다는 사실도 말해 주고 있다. (辜玉茹, 같은 글, 33면)

적잖이 보인다.

화구와 한시구가 바로 연접해서, 일대일로 교대되어야 하는 것은 아니다. 예컨대 〈良基・絶海・義滿等一座 和漢聯句〉(1386년경)를 보면 총 100구 가운데 화구가 41개 구, 한시구가 59개 구인데, 화구는 한 구만 있는 경우도 있고 두 구에서 네 구까지 연속되는 경우도 있다. 한시구 역시 한 구만 있는 경우도 있고 두 구에서 다섯 구까지 연속되는 경우도 있다.[28]

먼저 화한연구의 운율 규칙을 정리하면 이렇다. 화구의 경우 홀수 행은 5・7・5, 짝수 행은 7・7의 음수율에 따라야 한다. 한시구는 평측(平仄)을 안배해야 하고 짝수 행에는 압운을 해야 한다. 이러한 규칙들 이외에, 화구와 한시구를 동시에 제약하는 운율 규칙은 없다.

그런데 한화연구에 오면 규칙이 추가되는데, 새로이 추가되는 규칙은 화구와 한시구를 동시에 제약하는 운율 규칙이다. 다음은 1628년 3월 13일에 光勝・慶純・東・梵崟-이들 네 명의 연중(連衆)이 함께 창작에 참여한 한화연구 작품 〈참유화취우(僭踰花取友)〉(총 100구)의 첫머리다.[29] 한화연구이니 첫 행은 한시구로 시작한다. (번역은 이해를 돕기 위해 의역했다.)

1 僭踰花取友[30]	光勝
2 袖わけて入門の春楊[31]	慶純
3 すゑひろくかへす田面の明初て	東
4 啼鴉多遶塘	梵崟
5 江の波のかけて汀やさえぬらん	慶純
6 颸飂芦倒霜	光勝

28 京都大學 國文學研究室・中國文學研究室 編, 같은 책, 11-17면.

29 光勝(?~1647)은 동복사(東福寺) 승려다. 慶純은 地下連歌師이며 東은 後陽成天皇의 아우인 曼殊院 良恕法親王(1574~1643)이다. 梵崟(?~1663)은 상국사(相國寺) 승려다.

30 첫 행을 第唱句 또는 發句라고 한다.

31 두 번째 행을 入韻句 또는 脇句라고 한다.

7 滿圓無礙月　　　　　　　　　　梵崟

8 雲にへだてぬ山の端の商　　　　東[32]

1 분수도 모르고 꽃이 벗을 고르니

2 봄버들 소매(같은 가지)를 헤치며 문 안으로 들어가네

3 널찍한 논바닥이 보이는 새벽녘

4 울어대는 까마귀 가득 둑을 두르네

5 강 물결 밀려와 물가는 으스스 차가운데

6 윙윙 (소리 내며) 바람 불고 갈대는 서리 맞아 쓰러져 있네

7 원만하고 걸림 없는 달

8 구름에 가리지 않은 산마루의 가을 경치 (보이네)

홀수 행이 5·7·5에, 짝수 행이 7·7에 해당하는 것은 화한연구의 경우와 마찬가지다. 한시구는 평측과 압운을 안배하고 있다. 한시구의 평측과 압운을 보이면 다음과 같다.

1 僭踰花取友 ●○○●●

4 啼鴉多遶塘 ○○○●◎

6 颼飂芦倒霜 ○○○●◎

7 滿圓無礙月 ●○○●●　　　　(○=平聲, ●=仄聲, ◎=韻字 -필자)

그런데 이 작품은 짝수의 한시구는 물론이거니와 짝수의 화구에도 압운을 하고 있는 것이 발견된다. 한화연구에서 새로 추가되는 규칙이라고 한 것이 바로 이것이다. 운을 밟은 부분을 밑줄을 그어서 보이면 다음과 같다.

32 深澤眞二, 『'和漢'の世界』, 大阪: 淸文堂, 2010, 295-302면.

2 袖わけて入門の春楊

4 啼鴉多遶塘

6 颭颺芦倒霜

8 雲にへだてぬ山の端の商

'楊'·'塘'·'霜'·'商'은 평성 양운(平聲陽韻)에 속한다. 2행과 8행은 화구인데 마지막 시어를 한자로 표기하고 한시구와 운을 맞추고 있다. '(春)楊'과 '商'을 어떻게 읽을까? '春楊'은 봄버들이라는 뜻인데, 일본어로는 '아오야기(あおやぎ)'라고 읽는다. 다시 말해서 '楊'을 '야기(やぎ)'라고 훈독하지, 중국어 'yáng'에 가깝게 '요오(よう)'라고 음독하지 않는다는 뜻이다. '야기(やぎ)'로 읽어서는 압운이 될 리 없지만 한자 '楊'의 운을 따져서 압운한 것으로 간주하는 것이다.

8의 '商'은 어떠한가? '雲にへだてぬ山の端の商'은 'くもにへだてぬ やまのはのあき'로 읽어 7·7이 된다. '商'은 '가을'을 뜻하기 때문에 '아키(あき)'라고 훈독한다. 중국어 'shāng'에 가깝게 '쇼오(しょう)'라고 음독하는 것이 아니다. 하지만 '商'은 한자로 표기하고 압운하는 글자로 인정하는 것이다. 가을을 뜻한다면 '秋'를 쓰는 것이 흔한 일인데 굳이 '商'을 쓴 것은 '秋'가 평성 우운(平聲尤韻)에 들어 있다 보니, 같은 뜻이면서 평성 양운에 든 글자로 바꿔야 했기 때문이다.

총 100구 가운데 짝수 행에는 그것이 한시구이든 화구이든 평성 양운으로 압운하고 있다.('一韻到底') 만일 짝수 행에 화구가 연속되면 어떻게 하는가? 짝수 행에 해당하는 화구에는 어김없이 압운을 한다. 훈독 자여서 오쿠리가나(送り仮名)가 덧붙어 있는 경우는 어떻게 하는가? 오쿠리가나가 붙은 한자의 운을 따져서 압운한다.

23 音希松立雪　梵崟

24 こととふさとのみち茫なり　東

25 幽邃同栖鳥　光勝

26 山のあはひにしけ呉篁　東[33]

23 희미한 송뢰(松籟) 속에서 소나무는 눈 속에 서 있고

24 어느 마을을 찾아 가는가, 거기 이르는 길 아득하구나

25 깊은 산 속에서 새 둥지 곁에서 함께 살아가네

26 산과 산 사이 능선이 만나는 곳에 오죽(吳竹)(=솜대)이 무성하구나

짝수 행인 24와 26은 모두 화구다. 24의 '茫(はるか)なり'와 26의 '篁'이 압운 자인데, 오쿠리가나가 붙어 있지만 '茫'을 운자로 간주한다. 26에서 '竹'이 아니라 '(吳)篁(くれたけ)'을 쓴 것은 앞서 8에서 '秋'가 아니라 '商'을 쓴 것과 마찬가지로 평성 양운에 해당하는 글자를 쓰기 위함이다.

한화연구에서는 짝수 행에 화구가 오든 한시구가 오든 모두 압운을 한다는 사실을 알았다. 근체시의 경우 짝수 행에는 으레 압운을 한다는 규칙을 화구에까지 일관되게 적용하는 것이다. 화구의 경우라면 굳이 훈독 한자어를 사용하면서까지 압운을 한다. 5·7·5·7·7이라는 음수율을 근간으로 하고 있다는 점에서는 화가의 율격을 따르고 있다면, 한시구든 화구든 짝수 행에는 압운을 한다는 점에서는 근체시의 운율을 따르고 있다. 화가와 한시의 운율 규칙을 이렇게까지 결합시키고 있는 점이 참으로 독특하다고 하겠다.

2

연구연가의 시상 전개는 '연상(聯想)'에 크게 의지한다. 다음은 〈良基·絶

33 深澤眞二, 같은 책, 313-316면.

海·義滿等一座 和漢聯句〉의 한 대목이다.

9 商霖民慰望　　大淸
10 舟のやすきもただかぢのまま　　二條
11 松原の雪もなびきて吹風に　　通鄕
12 月の氷は雲のなきほど　　師綱[34]

9 상(商)나라에 삼일우(三日雨) 내려 백성은 그 희망을 이루었고
10 배는 노를 저어 어디든 뜻대로 간다네
11 송원(松原)의 나뭇가지 끝에 내린 눈도 불어오는 바람에 나부끼고
12 얼음 같은 달은 구름이 사라지는 동안(에 보이네)

9는 천자의 뛰어난 치세를 찬미한 8을 이어서[35] 현상(賢相)을 찬미하고 있다. 단비 같은 존재인 부열(傅說)을 얻어 상(商)나라 백성들은 그 희망을 이루었다는 뜻이다. '商霖'은 《상서(尙書)》 〈열명(說命) 상(上)〉에서 현상 부열을 얻은 은(殷)(商)의 고종(高宗)이 말하기를, "朝夕納誨 以輔台德 (…) 若歲大旱 用汝作霖雨"(조석으로 가르침을 바쳐 나의 덕을 도우라 … 만약 큰 가뭄이 든 해라면 너를 써서 삼일우를 짓게 하리라)라고 했다는 데서 나온 말이다. 여기서는 뛰어난 재상을 가리키고 있는데, 그런 용례가 《송사(宋史)》 〈장상영전(張商英傳)〉이나 《고금사문유취(古今事文類聚)》에 보인다. '慰望'은 사람들의 바람을 충족시킨다는 뜻인데, 역시 그런 용례가 《송사》 〈장상영전〉이나 《고금사문유취》에 보인다.

---

34 京都大學 國文學硏究室·中國文學硏究室 編, 같은 책, 47-54면. 大淸은 오산승려 太淸宗渭(1321~1391)이고, 通鄕은 波多野通鄕(?~?)으로 무로마치 막부 評定衆이고, 師綱은 朝山師綱(1349~?)으로 무로마치 막부에 출사(出仕)한 무사(武士)다.

35 "7 바로 지금은 유능한 인재가 (은둔하지 않고) 세상 가운데 나와서 / 8 (天子의) 위대한 공덕을 칭송하며 노래하네"

이어지는 화구인 10은 갑작스럽게 '배'와 '노'에 대해서 말하고 있다. 9에서 '배'와 '노'가 연상되는 이유는 무엇일까? 9의 전고가 된 《상서》 〈열명 상〉의 바로 앞 구절이 "若濟巨川 用汝作舟楫"(만약 큰 내를 건넌다면 너를 써서 배와 노로 삼으리라)이었다.[36] 10의 작자는 9의 이면에 그러한 구절이 있다는 사실을 알고서 '배'와 '노'를 거론하고 있는 것이다.

9에서 오산(五山)승려 太清宗渭가 현상이라고 한 이는 다름 아니라 연중 가운데 있는 二條良基(1320~1388)라고 보아야 한다. 이런 찬사를 받은 二條良基는 10에서, 정치가 순조로운 이 시대에 자신이 보필한 공은 극히 적다고 겸손하게 말하고 있다. 연중이든 독자든 이러한 찬사와 겸사가 이어지고 있는 줄을 알려면 한문학 소양이 상당해야 한다.

11은 '노를 저어 가는 배'를 받아서 해변의 경관을 묘사하는 전환을 이루고 있다. 배가 순조롭게 나아간다는 표현이 '吹風'을 이끌어 왔다. 또한 11에서 제시된 '雪'의 흰색으로부터 12의 '月'과 '氷'이 이끌려 나왔다.

이처럼 연구연가 작시법의 핵심은 '연상'이며, 특히 한시구를 매개로 한 연상이 관건이 된다고 할 수 있다.[37] 일좌(一座)의 연중은 화구와 한시구를 모두 짓는 것이 일반적이니 연중이 되려면 한문학에 조예가 깊어야 한다. 소수의 상층 문인이나 연구연가의 창작과 감상에 참여할 수 있었던 것은 바로 이러한 제약이 있었기 때문이다.

---

36 《상서》의 해당 부분을 모두 들면 다음과 같다. "朝夕納誨 以輔台德 若金 用汝作礪 若濟巨川 用汝作舟楫 若歲大旱 用汝作霖雨"(조석으로 가르침을 바쳐 나의 덕을 도우라. 쇠라면 너를 써서 숫돌을 지으며, 만약 큰 내를 건넌다면 너를 써서 배와 노로 삼으며, 만약 큰 가뭄이 든 해라면 너를 써서 삼일우를 짓게 하리라.)

37 和漢聯句가 연상에 의거한다는 점을 大谷雅夫, 같은 글, 204-208면에서 상세히 논의하고 있다.

5. 화한혼효의 특성

1

앞서 본 바와 같이 화한혼효가 진행되면서 화가와 한시의 거리가 점차 가까워지더니 마침내 둘이 결합해서 한 작품을 이루게 되었다. 즉 화가와 한시는, 낭영하기에 적합한 작품이라고 해서 한데 모였고(화한낭영) 경합을 위해 작품 대 작품으로 맞섰으며(시가합) 종국에는 장시(長詩)를 구성하는 행으로 갈마드는 데까지 이르렀다(연구연가). 이질적인 화가와 한시를 근접시키자면 가장 먼저 운율 규칙을 정할 필요가 있었다.

화한낭영에서는 화가 한 수(5 · 7 · 5 · 7 · 7)가 7언 2구에 대응하는 경우가 우세를 점했다. 화가 한 수의 시상(詩想)과 (낭영할 때의) 길이에 대응하는 한시구는 7언 2구(율시의 한 연)이라는 인식이 자리 잡아 가고 있었던 것으로 보인다. 화가와 한시구의 이와 같은 대응 관계는 시가합으로 이어졌다.

연구연가에 이르면 화가가 5 · 7 · 5 음절(홀수 행) 또는 7 · 7 음절(짝수 행)의 화구로 양분되고, 각각에 5언 한시구가 대응되는 변화가 나타난다. 5 · 7 · 5 또는 7 · 7에 대응하는 한시구가 7언 구라면 정보량이 다소 넘친다고 느껴졌을 수 있다.[38] 첫 행이 한시구로 시작하는 한화연구에서는 짝수 행의 화구에도 압운을 했다. 훈독 자여서 오쿠리가나가 덧붙어 있는 경우는 오쿠리가나가 붙은 한자의 운을 따져서 압운했다.

화한혼효가 진행되면서 운율 대응 규칙이 정립되고, 작시법 상의 여러 규칙을 더하면서[39] 미학적 세련화가 심화되어 갔다. 작시 규칙이 복잡해지면서 창작 자체가 까다로운 일이 되어 갔다. 아마도 작가로서는 상당한 부

---

38 5 · 7 · 5(훗날 하이쿠)에 대응하는 한시구는 5언이라는 인식이 엿보여 흥미롭다.

39 이 글에서는 압운에 국한해서 말했는데, 실제로는 훨씬 더 복잡한 규칙이 더해졌다. 이에 대해서는 京都大學 國文學硏究室 · 中國文學硏究室 編, 같은 책과 深澤眞二, 같은 책을 참조

담을 느꼈을 것이다. 그래서 저렇게까지 복잡하고 까다롭고 부담스러운 양식을 창출해 낸 까닭은 무엇일까 궁금해진다.

2

한화연구–일견 과도하다고 생각되는 형식상의 제약을 성립 요건으로 하고 있는 이 문학 양식이 일본 문학사에 등장하게 된 계기는 무엇일까? 필자는 이 양식은 자국어 시가에 한시의 운율을 수용하고, 작품의 미감과 정신세계가 한시에 비해 손색이 없게 함으로써 한시와 내등한 자국어 시가를 이룩하고자 한 상층 귀족 문인의 노력의 소산이었다고 본다. 다시 말해서 이 양식은 '가(歌)'를 다듬어서 '시(詩)'에 손색이 없게 만들고자 하는, 중세 동아시아 문학사의 공통된 움직임의 일본 버전이라고 보는 것이다.

자국어 시가를 수준 높게 다듬어야 한다는 문학사의 요구는 일종의 미학적 요구라고 이해할 수 있다. 근체시에 상응하는 대구, 수사, 시상 전개, 그리고 정신적인 높이를 갖추고자 한다. 한화연구는 화구까지도 압운을 한다는 형식상의 제약을 받아들이는 동시에 한문학 교양에 근거한 시상의 지적(知的) 전개라고 하는 내용상의 요구도 받아들인다. 한시의 전고 수사가 화구에도 깊은 영향을 끼친다. 이렇게 해서 화구는 한시구에 손색이 없는 수준을 갖추게 되고 전체 작품은 '가'와 '시'가 대등한 수준으로 결합한 미적 구조물이 되는 것이다.

중세 전·후기 일본의 귀족 문인은 자국어 시가와 한시를 융합하는 까다로운 규칙을 지키면서 수준 높은 미적 구조물을 창조해 내는 '퍼포먼스'를 수시로 행했다. 한화연구처럼 더할 나위 없이 까다로운 규칙을 지켜야 하는 작품, 한시와 화가에 모두 능해야 창작할 수 있는 작품을 길게–100구에 이르는 장편으로–창작해 내보인다면, 그렇게 어려운 것을 해내는 담당층은 다른 계층과 '구별'되는 것이 당연하다. 그러한 '구별'은 미학적 구별인 동시에 상하(上下)를 가르는 정치적 구별이라는 것이 필자의 생각이다.

귀족 문인은 사전에 치밀하게 계획된 시가회를 개최해서 화한이 혼효된 작품을 낭영·수창(酬唱)했다. 그러한 시가회는 '시'와 '가'의 두 영역에서 주도권을 장악하고 있음을 보여주는 고도의 정치적 행사였다. 귀족 문인은 '정치적 퍼포먼스로서의 놀이'를 통해서 정치권력과 문화 권력을 아울러 소유하고 있다는 것을 대내외에 과시했다. 유능(有能)한 자가 지배한다는 것 -이것이 귀족 지배 체제의 근거일 텐데, 중세 전·후기 일본의 귀족 문인은 문화적 유능함을 과시하여 정치적 지배를 정당화하고자 했다. 이렇게 문학과 정치, 미학적 요구와 정치적 요구는 불가분의 일체였다.

3

화한낭영에서 연구연가에 이르기까지 '형(形)'(형식미)과 '아(雅)'(고아함)를 동시에 추구하는 양식적 특성은 일본인의 미적 감각에 잘 부합했을 것으로 보인다. 화가는 차치하고 한시구가 그러했다. 화한낭영이나 시가합에서는 한시의 한시다운 맛은 대구 표현에 있다고 보았다. 기승전결(起承轉結)이든 수함경미(首頷頸尾)든 작품 전체로 완결되는 시상 전개나 주제 의식의 발현에 관심을 기울이기보다는 짧고 형식미가 뛰어난 미적 구조물의 아름다움을 높이 평가했다. 한시는 한 대목을 뽑아내서(=摘句) 감상하는 것으로 충분했고, 회화적 이미지를 불러일으키는 두 구를 창작하는 것으로 충분했다.

미학적 세련화의 정점에 이른 연구연가에서는 '형'과 '아'의 통일체인 허경(虛景)의 세계에 탐닉했다. 한문학 전고가 매개가 되는 연상을 통해 묘사되는 경관은 어떠하겠는가? 분명 그것은 실경(實景)이 아닌 허경(虛景)이 아니겠는가? 어느 문학사가는 "렌가(連歌) 속에 만일 생생한 현실이 들어가 있었다면 렌가 표현은 이미 렌가라고 주장할 수 없다. 렌가의 미는 꽃이나 새의 아름다움이 아닌 꽃다움과 새다움의 아름다움인 것이다."[40]라고 했는데, 연

40 小西甚一, 『일본문학사』(김분숙 옮김), 고려원, 1995, 137면.

구연가는 그러한 성격을 더욱 밀고 나가서 고답적이고 관념적인 작품 세계를 만들어 냈다.

4

이번에는 혼효와 밀접한 관계가 있는, 한시의 위상에 대해서 생각해 보자. 헤이안 시대로부터 가마쿠라 시대에 이르기까지 일본의 한시는 화가와 잘된 표현을 두고 대등하게 경합하는 처지에 놓여 있었다. 한시구를 잘 지어서 경합에서 이기기 위해서는 내구를 잘 갖추어야 했다. 화가와의 경합에서 이기기 위해서, 일본인의 입맛에 맞는 표현을 찾고자 해서 일본식 한문 표현이 늘어갔다.[41] 화가와 함께 음영되고, 화가와 표현의 우열을 두고 경쟁하는 처지였으니 문학사에서 한시만 홀로 우뚝한 것은 아니었다.

시가합이나 연구연가에서 한시는 단편화(斷篇化)되었다. 단순히 말해서 단편화라고 하겠고 실은 새로운 양식 창출 과정에서 '절단'되었고, 전혀 이질적인 양식과 무리하게 '결합'됨으로써 한시 고유의 형식적 · 미적 완결성을 유지하지 못하게 되었다. 시가합에서 한시구는 그나마 구제(句題)를 형상화하는 시구라는 독립된 지위를 보장받았지만 연구연가에 이르러서는 화가와 더불어 하나의 장편 시를 이루는 요소(시행)로 기능하고 있다. 한시는 일부를 잘라내서 화가와 함께 감상해도 좋고, 화가와 섞어 써도 좋은 대상이었다. 중세 시기 동아시아 문명권의 주변부에서 근체시가 자국어 노래와 '병렬 · 경합 · 교대 · 결합'하는 새로운 역할을 부여 받고 있었다.

근체시에 비해 정보량이 현저하게 부족한 단형 시가 형식을 중심에 두고 근체시를 변용한 것이 화한혼효 현상의 일면이다. 화가 한 편 전체에 근체시는 적구 형태로 대응하는 것부터가 화가 쪽으로 한시가 이끌려 왔다는 것을 말해준다. 혹 화가 또한 변용되었으니 등질적인 변화를 겪은 것이 아

41 이른바 '화한겸작(和漢兼作)'이 이러한 현상을 심화시켰다고 생각한다.

니냐고 하겠지만, 동아시아 문학사 전체에서 한시의 위상을 생각해 보면, 그렇게 보기보다는 화가가 한시구와 대등해지는 지위 향상을 이루었다고 보는 편이 타당하다고 생각한다. 근체시와 결합하면서 화가는 압운을 적용할 수 있을 정도로 유연하면서도 세련된 갈래라는 것을 입증했다고까지 평가할 수 있다.

한시는 자국어 시가의 우위 아래에서 단편화되는 처지를 감내하면서 '힘겹게' 존속해 가고 있었다. 한시가 화가와 표현을 두고 경합하자면, 일본인의 미감에 들어맞는 표현을 갖추어야만 했다. 시인의 내면이나 세계 인식을 표현하기보다는 공개적인 자리에서 타인의 인정을 받을 만한 내용과 표현을 갖추어야 했다. '나'를 내세우기보다는 '상황'[詩題](=동시대의 기호)에 맞는 표현을 하기에 힘써야 했다. 그 결과 한시 작품 세계가 일본적 '계절감'에 합하는 것으로 치우치는 경향이 나타나게 되었다. 한시는 시인의 의식(내면) 표현이라고 하는, 서정시의 본질적인 기능은 소극적으로 수행하면서, 여러 사람과 경쟁하면서 즐기는 '오락(놀이)'이라고 하는 기능은 크게 확대되어 있었다.[42]

요약해 보자. 헤이안 시대로부터 가마쿠라 시대까지라면 문학사에서 중세 전·후기 시대라고 할 수 있다. 한시가 화가와 나란한 자리로 내려와서, '나'가 아닌 '좌중'의 기호, 시인의 내면이 아닌 시대가 숭상하는 내용과 표현, 자기표현이라는 서정시의 본령이 아닌 즐거운 오락을 위한 수단이 되었다는 점이 중세 전·후기 일본 한시의 특징이고, 이러한 특징은 일본 한문학사의 저층을 흐르는 흐름이었다고 할 수 있다. 필자는 동아시아 문학사의 관점에서 중세 시기 일본 한문학사를 논할 실마리가 여기에 있지 않을까 생각한다.

---

42 이러한 시대에 진지한 내면 성찰을 보여준 작품을 창작한 시인을 높이 평가하는 것이 문학사가의 임무라고 생각한다.

6. 맺음말

지금까지 화가와 한시를 혼효해서 화가에 한시의 압운법을 적용하는 데까지 이른 일본의 사례를 살펴보았다. 아울러 중세 전·후기 일본 한시의 특징을 해명할 수 있는 단서가 무엇인지도 논의해 보았다. 어느 것이나 소략하지만 첫 발제자의 소임을 다하고자 했다.

이제 잠시 동아시아 각국으로 눈을 돌려 보자. 한국의 사대부는 시조를 한시로 번역하는 일을 힘써 했다. 자국이 시가의 미학적 성취가 한시에 방불하다고 보았기에 가능한 일이었을 것이다. 조선 후기에는 한시 현토형(懸吐型) 시조가 창작되기도 했다. 월남에서는 근체시의 형식을 그대로 이용하면서 쯔놈으로 창작하는 당률 쯔놈시가 중세 내내 자국어 노래의 중심에 있었다. 이 글이 이러한 사례까지 포함해서 중세시기 동아시아의 '시'와 '가'의 관련성에 대한 여러 연구자들의 관심을 환기한다면 보람이 크겠다.

참고문헌

구정호 역주, 『신코킨와카슈』 상, 삼화, 2016.

기노 쓰라유키 외 엮음, 구정호 옮김, 『고킨와카슈』 상, 소명출판, 2010.

小西甚一, 김분숙 옮김, 『일본문학사』, 고려원, 1995.

이노구치 아츠시, 심경호 · 한예원 옮김, 『일본한문학사』, 소명출판, 1999.

최귀묵, 「중세시기 민족어시가와 한시의 운율 결합—일본과 베트남의 사례를 중심으로」, 『비교문학』 65, 한국비교문학회, 2015.

京都大學 國文學硏究室 · 中國文學硏究室 編, 『良基 · 絶海 · 義滿等一座 和漢聯句譯注』, 京都: 臨川書店, 2009.

辜玉茹, 「中近世における日本の韻書の利用」, 『通識教育學報』 第十期, 台中: 中國醫藥大學通識教育中心, 2006.

堀川貴司, 「'元久詩歌合'について—'詩'の側面から」, 『詩のかたち · 詩のこころ—中世日本漢文學硏究』, 東京: 若草書房, 2006.

大谷雅夫, 「和漢聯句ひろいよみ」, 『歌と詩のあいだ』, 東京: 岩波書店, 2008.

大曾根章介 · 堀內秀晃 校注, 『和漢朗詠集』(新潮日本古典集成), 東京: 新潮社, 1983.

深澤眞二, 『'和漢'の世界』, 大阪: 淸文堂, 2010.

連歌總目錄編纂會 編, 『連歌總目錄』, 東京: 明治書院, 1997.

6부

고전문학의 현대적 향유/교육

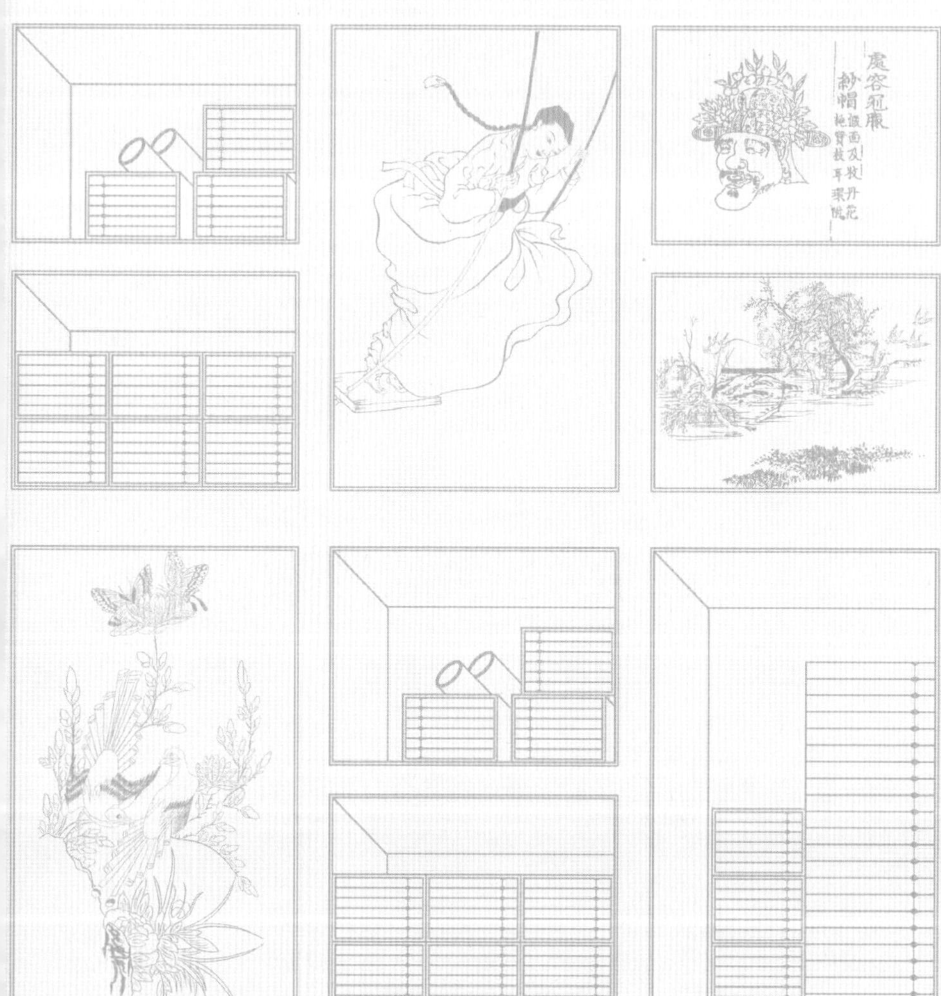

15장

고전문학 향유를 위한 학습자의 감상 질문 생성 경험 연구

조희정*

1. 서론: 문학 교실 속 고전문학 향유의 가능성

본 논문은 문학 교실 내 학습자의 감상 질문 생성 경험을 탐색하는 데 목표를 둔다. '현대의 고전문학 향유 방식'의 대표적 모습은 문학 교실 내 문학교육에서 찾아볼 수 있다. 2015년 국어과 교육과정을 통해 제시되었던, 국어 교과가 지향하는 6가지 학습자 역량[1] 중 하나인 '문화 향유 역량'은 "국어로 형성 · 계승되는 다양한 문화를 이해하고 그 아름다움과 가치를 내면화하여 수준 높은 문화를 향유 · 생산하는 능력"[2]으로 정의되고 있는바, 이러한 문화 향유 역량은 국어 교과 내 다양한 하위 영역에서 추구하는 역량인 동시에 문학교육에서 강조하는 역량이다.

문학교육 내에서 '향유'와 유사한 의미로 사용되는 용어는 '수용'이다.

* 조선대학교 국어교육과 부교수.

1 국어 교과가 지향하는 6가지 학습자 역량은 비판적 · 창의적 사고 역량, 자료 · 정보 활용 역량, 의사소통 역량, 공동체 · 대인 관계 역량, 문화 향유 역량, 자기 성찰 · 계발 역량이다. 교육부, 『국어과교육과정』, 교육부고시 제2015-74호 [별책5], 3면.

2 교육부, 위의 자료, 3-4면.

주로 '문학의 수용과 생산'이라는 틀 속에서 문학의 생산과 짝을 이루는 '문학의 수용'은 '문학의 향유'와 유사한 의미망을 형성하는 동시에 미묘한 뉘앙스의 차이를 보인다. 한국어 모국어 화자라면 누구나 느낄 수 있는 뉘앙스의 차이를 잘 보여주는 자료가 국가 교육과정 문서이다. 2015년 국어과 교육과정 문서 내에서 '향유'가 등장하는 맥락을 검토해보면, '향유'는 '즐김',[3] '자발성, 능동성, 주체성',[4] '심미성',[5] '지속성'[6] 등의 내포와 결합되어 있음을 알 수 있다.

이상의 의미망을 고려한다면, '고전문학의 향유'란 결국 고전문학의 향유자가 자발적이고 능동적이고 주체적으로 고전문학이 지닌 아름다움을 지속적으로 즐기는 양상이라 정리할 수 있을 터이다. 따라서 현대의 고전문학 향유 방식에 대한 고찰은 결국 현대의 문학 교실 내 고전문학 향유의 가능성에 대한 탐색으로 이해될 수 있는바, '문학 교실 내에서 학습자가 주체적으로 고전문학을 감상하며 심미적 체험을 즐겨할 수 있는가?'로 요약할 수 있다. 본 논문은 이러한 의문에 대한 문학교육 방법론 차원의 답변으로 '학습자의 감상 질문 생성 활동을 통한 고전문학 감상'을 제안하며, 문학 교실 내 학습자의 감상 질문 생성 경험을 탐색하고자 한다.

학교 교육에서 질문의 중요성은 일찍부터 주목되었기에 국어 교과뿐만 아니라 사회,[7] 철학,[8] 수학,[9] 과학[10] 교과 등의 선행 연구에서도 '질문' 관련

---

3 "언어의 놀이적 성격을 인지하고 문학을 즐겨 향유하도록"(19면), "문학을 즐겨 향유하는 습관"(134면), 교육부, 앞의 자료.

4 "자발적으로 문학을 향유하는 습관을 형성하도록"(19면), "자신의 관점에서 작품을 주체적으로 이해하고 능동적으로 향유하는 능력"(66면), "매체를 바탕으로 하여 형성되는 문화에 대해 비판적으로 이해하고 주체적으로 향유한다."(114면), "자발적으로 문학을 향유할 수 있는 기반"(125면), 교육부, 앞의 자료.

5 "매체 언어의 창의적 표현 방법과 심미적 가치를 이해하고 향유한다."(114면), "언어 예술의 아름다움을 향유한다."(159면), 교육부, 앞의 자료.

6 "문학의 소통과 향유에 직접 참여하며 문학을 생활화하도록"(133면), "문학을 즐겨 향유하는 습관"(134면), 교육부, 앞의 자료.

7 이종일, 「개념 언어화를 위한 질문 방법」, 『사회과교육』 43-2, 한국사회과교육연구학

연구를 쉽게 찾아볼 수 있다. "생성력 있는 질문의 형성과 그 해답의 방식이야말로 변화하는 세계에서 가장 가치가 있는 교육의 내용"[11]이라는 관점은 질문 교육 연구의 전제가 되었으며 특히 학습자가 스스로 질문을 생성하는 교수-학습 활동의 의의는 흥미, 능동성, 집중력, 기억, 자기 주도성[12] 등으로 일찌감치 정리되었다.

국어 교과 내에서도 독서 교육과 문학 교육 선행 연구에서 질문 교육 관련 성과물을 많이 찾아볼 수 있다. 그런데 선행 연구에서 거론하는 '질문'의 의미는 다양한 스펙트럼을 드러내고 있다. 질문의 주체를 기준으로 한다면 교사의 질문[13]과 학습자의 질문,[14] 질문이 등장하는 맥락을 기준으로 한다면 수업 발화 속 질문-대답의 구조[15]와 국어과 교과서 내 학습활동의 성

회, 2004, 3-26면.

8 양은아, 「인문학적 사유방식과 교육적 질문방식-성인인문교실에서의 문제제기와 질문방식의 전환」, 『평생교육학연구』 17-1, 한국평생교육학회, 2011, 53-90면.

9 박홍문 · 김원경, 「학생 질문 강화 수업의 효과 분석」, 『교원교육』 24-2, 한국교원대학교 교육연구원, 2008, 252-271면; 이진규, 「학습자 중심 수업을 위한 '학생 질문'의 활용 방안 탐색」, 『학습자중심교과교육연구』 16-4, 학습자중심교과교육학회, 2016, 223-242면.

10 우규환 · 김성근 · 여상인, 「과학 수업에서의 학생 질문에 대한 연구(Ⅰ)-학생 질문을 강화한 수업의 효과」, 『한국과학교육학회지』 19-3, 한국과학교육학회, 1999, 377-388면; 우규환 · 김성근 · 여상인, 「과학 수업에서의 학생 질문에 대한 연구(Ⅱ)-학생 질문의 유형별 분석」, 『한국과학교육학회지』 19-4, 한국과학교육학회, 1999, 560-569면.

11 서울대학교 교육연구소 편, 『교육학용어사전』, 하우동설, 1994, 674면.

12 한국어문교육연구소 국어과교수학습연구소 편, 『독서 교육 사전』, (주)교학사, 2006, 452면.

13 원자경, 「소설텍스트의 읽기능력 신장을 위한 질문 전략 연구-이상 '날개'를 중심으로」, 『독서연구』 25, 한국독서학회, 2011, 237-279면.

14 이향근, 「시텍스트 이해 학습에서 저자에게 질문하기 방법의 적용」, 『새국어교육』 95, 한국국어교육학회, 2013, 221-247면; 민재원, 「문학 독서에서의 자기 질문 생성 양상 연구-대학생 독자의 현대시 읽기를 중심으로」, 『독서연구』 32, 한국독서학회, 2014, 95-129면; 송지언, 「학습자 질문 중심의 문학 감상 수업 연구-〈춘향전〉 감상 수업을 중심으로」, 『문학교육학』 43, 한국문학교육학회, 2014a, 253-283면.

15 박정진, 「국어 수업의 수준별 주체별 질문 활동 연구」, 『한국초등국어교육』 31, 한국초등국어교육학회, 2006, 71-98면; 선주원, 「질문하기 전략을 통한 문학 교수학습 과정

격을 띤 질문,[16] 학습의 위계를 기준으로 삼는다면 초등 국어 교육 단계의 질문,[17] 중등 국어 교육 단계의 질문,[18] 대학교 이상의 고등 국어 교육 단계의 질문[19] 등으로 구분할 수 있다.

이들 선행 연구에서 다루는 질문들은 모두 '교육적 질문'이라는 공통점을 지니고 있다. 일상생활 속 질문과 구분되는 '교육적 질문'의 특성은 양미경의 논의를 참고할 만하다. 교육적 질문이란 "지극히 진지하고 절실한 상태에서 비롯되고, 일단의 구조 속에서 배태된 것이며, 현 수준의 한계를 극복하려는 내재적인 가치를 지닌 것"[20]이라는 정의는 선행 연구에서 언급된 질문들이 공유하고 있는 특징을 간결하게 설명해준다.

선행 연구 속 질문들이 '교육적 질문'이라는 공통점을 지니지만, 질문의 주체, 질문의 맥락, 질문의 위계 등이 구분된다는 점을 파악한 만큼 논의의 애매모호함을 피하기 위해 본 논문에서 다루려는 질문의 성격을 분명하게 드러내는 개념을 갖출 필요가 있다. 본 논문은 문학 교실에서 문학 향유를 위해 만들어내는 질문에 초점을 두어 탐구하고자 하는바, 이를 '감상 질문'

연구」, 『국어교육학연구』 18, 국어교육학회, 2004, 256-289면; 송정윤, 「중등 국어과 예비 교사들의 수업 질문 활용 양상 분석-K대학교 국어교육과의 모의 수업 사례를 중심으로」, 『새국어교육』 101, 한국국어교육학회, 2014, 249-276면.

16 김선배, 「교과서 문학 영역에서 제시된 질문의 양상 탐색」, 『한국초등국어교육』 32, 한국초등국어교육학회, 2006, 125-154면; 송지언, 「학습자 질문 중심의 독서 교육 연구-현행 교과서의 관련 단원 검토를 바탕으로」, 『독서연구』 32, 한국독서학회, 2014b, 131-158면; 정은아, 「이해의 명료화를 위한 질문 연구-응답의 근거를 명료화하는 질문을 중심으로」, 『우리말교육현장연구』 8, 우리말교육현장학회, 2014, 193-216면.

17 김선배, 앞의 논문, 2006; 박정진 · 윤준채, 「읽기 수업에서의 질문을 들여다보기」, 『독서연구』 12, 한국독서학회, 2004, 119-144면; 박정진, 앞의 논문, 2006; 이향근, 앞의 논문, 2013; 박수자, 「초등학생의 읽기 후 질문 생성 양상에 관한 고찰」, 『어문학교육』 46, 한국어문교육학회, 2013, 55-76면 외 다수.

18 선주원, 앞의 논문, 2004; 송지언, 앞의 논문, 2014b; 송지언 · 권순정, 「질문 중심 수업에 참여한 교사와 학생의 반응 고찰」, 『국어교육연구』 33, 서울대학교 국어교육연구소, 2014, 131-165면.

19 민재원, 앞의 논문, 2014; 송정윤, 앞의 논문, 2014.

20 양미경, 「질문의 교육적 의의와 그 연구 과제」, 서울대 박사학위논문, 1992, 120면.

이라 이름함으로써 본 논문이 고찰하고자 하는 질문의 범위를 한정하고 질문의 성격을 명확히 드러내고자 한다. 감상 질문이란 학습자가 문학 감상을 위해 문학 작품을 이해하고 해석하고 비평하기 위해 생성하는 질문을 의미한다.

앞서 살펴본 적지 않은 선행 연구를 통해 질문 교육의 상당 부분이 해명되었음에도 불구하고, 감상 질문 중심 수업에 참여하였던 교사의 다음과 같은 수업 후 소감은 감상 질문 교육이 여전히 해결하지 못한 지점이 무엇인지를 간명하게 드러낸다. "질문 생성의 구체적인 지도 방법의 부재입니다. 단순히 자료를 읽고 궁금한 것을 적어보라는 것은 학생과 교사에게 막연하기만 할 뿐입니다. 마치 글자가 없는 지도를 보는 느낌이 듭니다."[21] 이에 학습자의 감상 질문 생성 경험을 탐구하고자 하는 본 논문은 '감상 질문 생성의 구체적인 지도 방법의 부재'라는 지점을 논의의 출발점으로 삼는다.

'감상 질문 생성의 구체적인 지도 방법의 부재'를 논의의 시작점으로 삼는다고 해서 본 논문이 '감상 질문 생성의 구체적 지도 방법'을 제시하고자 의도하지 않는다. "문제는 문제적인 상황에서 발생한다."[22]는 발언에서 도움을 얻어 본다면, '감상 질문 생성'에 대한 단서는 '감상 질문 생성 지도 방법의 부재'라는 문제 상황을 외면한 채로는 접근하기 어렵다. 오히려 그러한 문제 상황을 직시할 때 문제 상황에 접근할 몇 가지 경로를 발견할 수 있다. '감상 질문 생성의 구체적인 지도 방법은 왜 부재하는가?', '학습자가 감상 질문을 생성하는 과정은 어떤 특징을 지닐까?', '감상 질문 생성 경험은 문학 교실의 향유로 이어질 수 있는가?' 본 논문의 본론에서 살펴야 할 물음이다.

본 논문에서는 학습자들의 감상 질문 생성 경험을 살펴보기 위해 C 대학

21 송지언 · 권순정, 앞의 논문, 151면.

22 김우창, 「물음에 대하여」, 『김우창 평론집1: 궁핍한 시대의 시인−현대문학과 사회에 관한 에세이』(재판), 민음사, 1987, 413면.

교 국어교육과 2학년 과목으로 설강된 '고전문학강독' 강의에서 2015년, 2016년 수강생들[23]이 제출한 감상 질문, 감상 답변, 학기말 설문지 등을 자료로 검토한다. '고전문학강독'은 고전문학 전 갈래의 대표 작품을 선별하여[24] 강독하고 감상하는 수업으로 작품의 내적 접근을 감상 방법론으로 삼고 있다. 수강생들은 매주 해당 작품의 강독 이전에 강독할 2-3개의 작품을 미리 읽고 그 중 하나를 선정하여 작품에 대한 감상 질문을 마련하고 그에 대한 감상 답변으로 감상문을 완성하는 과제를 제출하였으며 학기 말 강의 전체를 메타적으로 검토하는 설문지[25]를 제출하였다. 교사는 강의 시간에 학습자들의 감상 질문을 문학 교실 전체와 공유하고 검토하였지만, 학습자별로 실제 작품에 대한 감상 질문과 답변을 마련하는 과정에 개별적으로 개입하지 않았다.

---

23 '고전문학 강독'의 2015년 수강생은 33명이며, 2016년 수강생은 22명이다. 이하에서 학습자들의 글을 인용할 때는 수정 없이 그대로 옮긴다.

24 학기에 따라 강의에서 강독한 작품 수는 차이가 난다. 2015년-2016년 강의에서 강독한 전체 작품은 〈공무도하가〉, 〈단군신화〉, 〈해명 태자 이야기〉, 〈서동요〉, 〈제망매가〉, 〈도천수관음가〉, 〈김현감호〉, 〈온달〉, 〈정과정〉, 〈청산별곡〉, 〈서경별곡〉, 〈쌍화점〉, 〈예산은자전〉, 〈국선생전〉, 〈이화에 월백하고〉, 〈백설이 잦아진 골에〉, 〈강호사시가〉, 〈어부단가〉, 〈고산구곡가〉, 〈만흥〉, 〈오우가〉, 〈상춘곡〉, 〈성산별곡〉, 〈덴동어미화전가〉, 〈만언사〉, 〈우부가〉, 〈이생규장전〉, 〈달천몽유록〉, 〈홍길동전〉, 〈사씨남정기〉, 〈운영전〉, 〈박씨부인전〉, 〈유충렬전〉, 〈결방연이팔낭자〉, 〈백자증정부인박씨묘지명〉, 〈심청전〉, 〈제석본풀이〉 등이다.

25 설문 내용은 다음과 같다.

1. 작품을 읽고 감상문을 쓰는 과정에서 자신이 질문을 만드는 과정을 상세하게 적어 주세요.
2. 질문을 만들면서 가장 어려웠던 점은 무엇인지 적어 주세요.
3. 질문에 대한 답변을 마련하며 가장 어려웠던 점은 무엇인지 적어 주세요.
4. 자신이 만든 질문 중 가장 마음에 드는 질문을 선택하여 제시하고 그 이유를 적어 주세요.
5. 질문을 만들기 가장 어려웠던 작품은 무엇인지 제시하고 그 이유를 적어 주세요.
6. 감상문을 쓰는 과정에 질문 만들기와 답변 마련하기는 도움을 주었습니까? 도움을 주었다면 어떤 면에서 그러한지, 도움을 주지 못했다면 어떤 면에서 그러한지를 적어 주세요.

2. 학습자 감상 질문 생성 교육의 어려움

'감상 질문 생성의 구체적 지도 방법이 부재하다.'는 발언은 무슨 의미일까? 앞서 검토한 선행 연구 중 교육 위계에 따른 질문 교육 연구를 떠올린다면, 일정한 교수-학습 과정에 따를 때 초등학생들도 감상 질문을 만들 수 있다는 점을 쉽게 파악할 수 있다. 또한 질문 선행 연구를 살펴보면 질문 교육을 위한 교수 내용으로 제안된 것이 적지 않으며, 그러한 제안들이 무의미하지 않다는 점도 확인할 수 있다.

질문 교육을 위한 대표적 교수 내용은 '질문의 전략'과 '질문의 유형'이다. 독서 교육에서는 글을 읽는 목적(정보 파악, 흥미)에 따라, 질문의 시기(읽기 전, 중, 후)에 따라, 질문의 수준(사실적 사고를 요하는 질문, 추론적 사고를 요하는 질문, 비판 평가적 사고를 요하는 질문)에 따라, 이해 수준(이해하기, 조직하기, 정교화하기, 조정하기)에 따라 질문의 유형을 분류하고 있다.[26] 물론 실제 글을 읽는 상황은 여러 기준이 복합적으로 적용되기에 글을 읽기 전, 중, 후 단계에 따라 활용할 수 있는 질문의 전략이 보다 구체화[27]되어 제안되었다.

문학교육 내에서도 교수-학습 상황 속 교수자를 위한 비계(scaffolding), 즉 도움닫기로 감상 질문 전략을 제안하는 연구와 교수-학습의 결과로 생산된 감상 질문의 유형을 분류한 연구 등을 찾아볼 수 있다. 전자로는 동 뷔엘

26 한국어문교육연구소 국어과교수학습연구소 편, 『독서 교육 사전』, (주)교학사, 2006, 453면.

27 한국어문교육연구소 국어과교수학습연구소 편, 위의 책, 453면.

- ○ 읽기 전: 읽기의 목적에 대한 질문, 글의 내용을 예측하는 것과 관련된 질문, 글의 내용에 대해 배경 지식을 활성화하는 것에 대한 질문.
- ○ 읽기 중: 글의 내용에 대한 질문, 글에서 중요한 내용이 무엇인지, 빠진 내용(추론)은 무엇인지, 글의 내용에 대한 분석이나 비판적 이해를 위한 질문, 연상이나 상상을 위한 질문, 읽기 전에 예측한 것이 맞는지, 글의 내용과 관련된 배경 지식을 활성화하는 것.
- ○ 읽기 후: 글의 중심 내용이나 주제, 줄거리 등을 정리해 보는 것과 관련된 질문, 읽은 글에 대한 활용(적용)에 대한 질문.

(Dong Buehl)의 '소설을 위한 자기-질문 분류법'을 원용하여 '기억하기 / 이해하기 / 적용하기 / 분석하기 / 평가하기 / 창안하기' 단계의 질문 사례를 제시[28]하거나 문학 교수-학습 상황 속 질문을 '해석적 질문 / 비평적 질문 / 구성적 질문'으로 구분한 경우[29]가 해당한다. 후자로는 학습자가 스스로 생성한 질문을 '텍스트 지향 질문'(불완전한 독해 / 배경지식의 부족 / 불완전한 추론 / 기대의 불일치 / 해석의 종합 / 감상의 확장)과 '자기 지향 질문'(심미적 질문 / 평가적 질문) 등[30]으로 나누거나, 학습자의 자기 질문 생성 유도 기제를 '독서의 흔들기적 속성'과 '독서의 발화 촉발적 속성'으로 분류한 연구[31]가 해당한다.

감상 질문 교육을 구체적으로 구상하고자 한다면 이상의 연구 성과 속 질문의 전략, 유형, 개별 사례들에서 교육 내용의 구체적 아이디어를 마련하는 데 도움을 받을 수 있다. 그럼에도 '감상 질문 생성의 구체적 지도 방법이 부재하다'는 평가가 여전히 유효하다면 이는 무엇 때문인지 검토해야 한다. 구체적 지도 방법이 부재한 영역으로 '감상 질문 생성'이 지목되고 있음을 주목해 보자. 선행 연구 속 질문의 유형뿐만 아니라 질문의 전략도 일정한 분류 하에 유형을 제공하고 있다. 그런데 질문 유형은 질문 생성의 이전 혹은 생성 과정에 영향을 미치는 교수 내용이라기보다는 감상 질문이 만들어지고 난 이후의 결과를 사후적으로 정리하는 데 보다 더 유용한 분류 체계이다.

나아가 학습자들이 생성한 감상 질문만으로는 질문의 유형을 분류하기가 애매하고 모호하다는 점에서 질문의 유형 분류는 교수 내용으로 한계를 지니고 있다. 다음 사례를 보자. 학습자가 던진 "심청이는 왜 인당수에 빠졌는가?"(학습자 ㉮)라는 감상 질문은 사실적 사고를 요하는 질문일까, 추론

28 원자경, 앞의 논문, 242-250면 참조.
29 선주원, 앞의 논문, 268-270면 참조.
30 송지언, 앞의 논문, 2014a, 264-273면 참조.
31 민재원, 앞의 논문, 111-122면 참조.

적 사고를 요하는 질문일까, 비판 평가적 사고를 요하는 질문일까? 혹은 해석적 질문일까? 비평적 질문일까? 구성적 질문일까? 학습자 ㉮ 감상 질문의 유형 분류는 감상 질문만 살펴서는 판단할 수 없으며, 감상 질문에 대한 감상 답변이 어느 차원에서 이루어지느냐에 따라 결정될 수 있다.

예컨대 위 감상 질문에 대해 '아버지 심봉사의 눈을 뜨게 하기 위하여'라고 답변한다면, 위 감상 질문은 사실적 사고를 요하는 질문 혹은 해석적 질문이라고 설명할 수 있다. 그러나 학습자 ㉮가 위 감상 질문을 염두에 두고 작성한 감상 답변을 보면 위 감상 질문이 추론적 사고와 비판적·평가적 사고를 요하는 질문이자 비평적 질문의 성격을 포함하고 있음을 알게 된다.

> 심청은 왜 인당수에 빠져야 했을까? … 심청은 승상 부인이 자신이 그 쌀을 준다고 했으니 굳이 죽음을 택하지 않고 승상 부인의 양녀가 된 다음 마련한 쌀 삼백 석으로 아버지인 심학규의 눈을 뜨게 해도 되지 않았을까? … 심청이 인당수에 뛰어들며 죽음을 선택했던 이유는 심청의 의지가 없었다면 불가능했을 것이다. 심청은 죽음을 택해 얻은 쌀로 공양을 드려 아버지의 눈을 뜨게 하고자 했다. … 심청에게는 오히려 죽음이란 것이 자신이 다 할 수 있는 정성이었다. 보이지 않는 눈으로 자신을 키운 아버지에게 은혜를 갚을 수 있는 최선의 방법이 심청에게는 자신의 희생이었던 것이다.
>
> 언젠가 초등학교를 다니는 사촌동생이 '심청전'을 주제로 토론을 하기 위해 부모를 두고 죽어버린 심청의 불효를 비판하는 말을 들은 적이 있다. 나도 '심청전'을 다시 읽기 이전에는 아무리 그 뜻이 갸륵하다 해도 자식이 죽는 것이 오히려 부모에게는 큰 불효가 아닌가 싶었다. 그러나 순간의 선택으로 권선문에다 공양미 삼백 석이라는 내용과 함께 자신의 이름까지 적어버린 심학규의 근심과 자책을 달랠 수 있었던 것은 심청이 뿐이었을 것이라는 생각이 들었다. 심청은 앞을 보게 될 수 있다는 말에 후일을 생각지 못하고 단번에 화주승에게 삼백 석을 바쳐 공양을 드릴 것을 약속했던 심학규의 마음을 이해할 만큼

깊은 효심을 가진 인물이었던 것이다.(학습자 ㉮)

학습자 ㉮는 심청이가 인당수에 빠질 수밖에 없었던 이유가 심봉사의 눈을 뜨게 하기 위한 것만이 아님을 찾아낸다. 승상 부인이 공양미 300석을 대신 제공하겠다는 것을 거부하고 굳이 죽음을 선택한 이유를 좀 더 살펴보아야 한다는 것이다. 이로부터 공양미 300석을 덜컥 약속하였던 아버지 심학규가 지녔던 소망의 간절함과 근심, 자책 등의 복잡한 마음을 심청이가 이해하였으며, 그것을 해결할 수 있는 이는 오직 자기 자신이라는 점을 받아들였기에 결국 인당수에 빠지는 자기희생을 감행하였다고 서술하였다. 학습자 ㉮는 이러한 감상 과정에서 '심청은 효녀인가?'라는 질문이 만든 프레임이 간과하고 있는 측면을 폭로하고 있다. 그리하여 심청의 효에 대해 판단하고자 할 때, 아버지 마음의 깊이를 헤아린 심청의 마음과 그로부터 이어진 '인신공양(人身供養)'의 의미를 재조명할 가능성을 보여준다. 따라서 학습자 ㉮의 감상 질문 "심청이는 왜 인당수에 빠졌는가?"는 심학규와 심청의 상황과 마음을 추론하기를 요청하며 〈심청전〉을 둘러싼 기존의 감상 질문을 비판하는 비평적 결과로 이어지고 있다.

'감상 질문 생성의 구체적 지도 방법이 없다.'는 말로 다시 돌아가 보자. 이는 현 단계 감상 질문 교육의 연구 성과가 감상 질문 교육의 의의에 공감하고, 감상 질문 중심 수업의 틀을 설계하고, 수업의 결과를 이해하는 데 집중되어 있는 반면, 감상 질문 생성 과정에 교사가 개입하여 교수-학습 활동을 시행하고 난 전후로 학습자에게 유의미한 변화를 일으키기 위한 교수 내용이 충분하지 않다는 의미로 이해할 수 있다. 그렇기에 위 발언은 학습자 감상 질문 중심의 수업을 기획하고 운영할 때, 학습자의 감상 질문 생성 과정에서 "학습자가 각자 텍스트를 읽으면서 자연스럽게 떠오르는 질문"[32]

32 송지언, 앞의 논문, 2014a, 262면.

을 적게 하거나, 여러 작품 중 "자신의 질문을 생성할 작품 5개를 선택하여 각 작품별로 최대 3개의 질문을 생성"[33]하게 하는 것 이상으로 교사가 학습자 감상 질문의 유의미한 변화를 목표로 생성 과정에 개입할 수 있느냐는 문제를 제기한다.

감상 질문 교육을 기획하는 교사가 이러한 문제의식을 지니는 것은 자연스럽다. 왜냐하면 감상 질문 교육에서 다루고자 하는 감상 질문은 "현 수준의 한계를 극복하려는 내재적인 가치를 지닌"[34] 교육적 질문의 성격을 지니고 있기 때문이다. 따라서 '감상 질문 생성의 구체적 지도 방법이 부재하다.'는 발언은 학습자가 현 단계에서 생성해낼 수 있는 감상 질문과 다른 질문, 즉 한 단계 더 나아간 질문을 생성하도록 이끌고자 하는 교육적 의지로 읽어야 한다. 다시 말해 감상 질문에서 감상 질문이 제기하는 '비평적 유효성'을 염두에 둘 때 교사는 '구체적 지도 방법의 부재'를 거론하게 된다.

앞서 살폈던 감상 질문 "심청이는 왜 인당수에 빠졌는가?"를 다시 살펴보자. 감상 질문의 비평적 유효성을 염두에 둔다면, 이 감상 질문이 학습자가 작성한 감상문의 내용을 효과적으로 포획하고 있는 물음인가가 새롭게 검토될 수 있다. "질문은 전제가 되는 일단의 체계를 함의하고 있으며, 아울러 대답으로서 간주될 것에 대한 나름대로의 예단을 지니고"[35] 있다는 관점에 따르면, 위 질문에서는 전제가 되는 체계도, 대답을 예단할 만한 단서를 찾기도 어렵다. 감상 질문만으로는 학습자가 감상 질문의 답변으로 서술한 감상문의 내용을 짐작하기 어렵기 때문이다. 학습자 ㉮의 감상 질문을 전문 평론가가 〈성경〉 창세기 편에 던진 다음과 같은 물음과 비교하면 학습자 ㉮의 감상 질문이 이룬 성취의 정도를 파악해 볼 수 있다.

---

33 민재원, 앞의 논문, 105면.

34 양미경, 앞의 논문, 120면.

35 양미경, 앞의 논문, 52면.

> 인간은 신에게 버림받음으로써 자기가 인간이라는 사실을 깨달은 존재이다. 인간은 고통을 받을 때 자신이 숭고해진다고 믿는다. 세상은 결국 악한 얼룩이다. 그 악한 행위에 대해 경계하면서도 끊임없이 그걸 하고 싶어 한다. 결국 사과를 먹었고, 에덴동산에서 쫓겨난 이후 영원히 인간은 죄의식에 매달린 채 살아가야 한다. 여기서 먹을 것인가, 말 것인가라고 질문하는 것은 핵심을 잘못 짚은 것이다. 핵심은 그 반대로 '왜 하느님은 금지의 방식으로 사과를 먹도록 유혹했을까'에 있다.[36]

"왜 하느님은 금지의 방식으로 사과를 먹도록 유혹했을까?"라는 물음을 장악하고 있는 핵심어는 무엇인가? '금지'와 '유혹'이다. 두 핵심어는 〈성경〉 창세기 편을, 나아가 인간의 존재 조건을 바라보는 평론가 정성일의 시각을 드러낸다. 그는 〈성경〉 창세기 편에 드러난, 죄를 지은 인간의 형상을 인간의 존재 조건으로 전제한다. 그러한 존재 조건은 '먹어서는 안 된다'는 금지의 방식으로 이브에게 주어졌던 유혹에서 비롯하였다는 비평적 관점이 짧고 간결한 물음에 압축되어 있다. 전문 평론가는 이 하나의 질문으로 〈성경〉 창세기 편에 접근하는 해석의 관점을 단숨에 드러내며, 나아가 독자로 하여금 평론가의 관점에서 〈성경〉 창세기 편에 새롭게 접근하도록 견인하고 있다. 이와 같은 감상 질문이라면 "한번 질문이 제기되면 질문이 제기되기 바로 직전의 상태로 환원"될 수 없기에 "마치 한 번 찾아진 것은 안 보일 수 없는, '숨은 그림 찾기'에서의 경험과 유사"[37]하다는 평가에 부합해 보인다.

반면 학습자 ㉮의 감상 질문은 다소 포괄적이며, 대답의 범위를 한정시키지 않는, 초점이 불분명한 질문으로 평가될 수 있다. 그러나 감상 질문과

---

36 정성일 · 정우열, 『언젠가 세상은 영화가 될 것이다—정성일 · 정우열의 영화 편애』, 바다출판사, 2010, 133면.

37 양미경, 앞의 논문, 59면.

그로부터 촉발된 감상문을 함께 검토하는 경우, 학습자 ㉮는 감상 질문을 통해 〈심청전〉에 대한 자신의 기존 인식을 변화시키는 단계로 나아간 양상을 보여주고 있다. 감상 질문을 통해 심청을 효녀로 규정할 만한 배려의 마음, 이해의 깊이, 행위의 자기희생적 의미 등을 깨달으며 〈심청전〉이 자신이 기존에 생각했던 것과는 다른 작품이라는 자각에 이르고 있기 때문이다. 그런 면에서 질문 주체 학습자 ㉮에게는 감상 질문의 이전과 이후의 변화에 감상 질문이 기여하였다고 평가할 수 있다.

상황이 이러하다면, 학습자 ㉮의 감상 질문은 어떻게 평가해야 할까? 이는 결국 감상 질문 교육의 목표에 대한 물음으로 이어진다. 교수자에 따라 감상 질문 교육은 다양한 목표를 지닐 수 있다. 본 논문은 문학 교실에서 고전문학의 향유를 가능하게 하기 위한 방법론으로 학습자 감상 질문 교육을 도입하고자 의도하였다. 고전문학의 향유란 자발적이고 능동적으로 고전문학의 심미적 체험을 지속적으로 이어가는 것이라는 관점에 의거할 때, 본 논문에서 기획하는 학습자 감상 질문 교육의 목표는 학습자 스스로 감상 질문을 생성함으로써 질문 주체가 감상 질문 생성 이전과는 다른 감상 단계로 진입할 수 있는 문학 능력을 함양하는 것으로 설정할 수 있다.

위의 목표를 추구하는 문학 교실에서는 모든 학습자가 감상 질문을 생성할 수 있다는 점을 전제로 한다. 물론 학습자가 생성하는 감상 질문의 비평적 유효성은 실로 다양할 것이다. 이때 문학 교실 내 감상 질문 교수-학습은 학습자가 생성하는 감상 질문이 지닌 비평적 유효성의 변화에 초점을 두어야 한다. 예컨대 감상 질문을 통해 작품에 대한 자신의 인식이 변화하는 경험을 한 적이 없는 학습자라면 그러한 경험을 하도록 만드는 것이 필요하다. 학습자 ㉮와 같이 감상 질문 전후, 작품 감상이 변화하는 경험이 존재하는 경우라면 다른 작품 감상으로 경험을 확장시키고 감상 질문을 보다 정확하고 날카롭게 표현하도록 지도할 수 있다.

3. 학습자 감상 질문의 생성 구도

문학 교실 내에서 감상 질문 교육을 시행하려 한다면, 교사는 감상 질문을 생성하는 과정에서 학습자와 문학 작품 사이에 이루어지는 일을 파악하고자 할 것이다. 예상할 수 있는 바처럼 학습자와 문학 작품 사이에서 이루어지는 일은 지극히 역동적일 뿐 아니라, 감각적으로 관찰하기 어려운 현상이다. 이 부분에 접근하기 위해서는 학습자와 문학 작품 사이에서 이루어지는 일에 주목하는 문학 이론·교육 이론에 의거한 이론적 탐색과 학습자와 문학 작품 사이에서 이루어진 일의 결과물들로부터 과정을 유추하는 추론 작업이 필요하다.

문학 교실 내 감상 질문의 특성은 무엇일까? 감상 질문이란 문학 텍스트를 이해하고 해석하고 비평하는 과정에서 생성된다. 문학 교실에서 쉽게 확인할 수 있는 사실이지만 동일한 텍스트에 대한 감상 질문의 결과물은 질문의 제재를 기준으로 분류할 수 있다. 작품에 대한 내적 접근을 전제로 하여 감상 질문을 생성할 때, 서정 갈래에서는 시적 상황과 시적 화자에 대한 감상 질문이, 서사 갈래에서는 등장인물의 성격·행위와 사건에 대한 감상 질문이 주를 이룬다. 그러나 개별 질문의 세부 내용과 표현이 보이는 스펙트럼은 상당히 다양하다.

『삼국사기』 '고구려본기'에 수록된 〈해명 태자 이야기〉[38]에 대한 감상 질문의 사례를 보자. 잘 알려져 있다시피 〈해명 태자 이야기〉는 고구려 2대 왕인 유리왕과 그의 아들 해명 태자가 천도(遷都), 이웃 나라 황룡국과 외교 문제 등으로 갈등을 겪다 해명 태자가 자살하는 것으로 마무리되는 이야기

38 강의에서는 국사편찬위원회의 '한국사데이터베이스(http://db.history.go.kr)'에서 제공하는 『삼국사기』 권제13 〈고구려본기〉 제1의 원문과 해석본을 강독 자료로 삼았다. 이하에서 인용하는 〈해명 태자 이야기〉 텍스트도 '한국사데이터베이스'에 의거하는바 출처를 따로 밝히지 않는다.

이다. 〈해명 태자 이야기〉의 감상 질문은 초점이 누구를 향하느냐에 따라 대체적 분류를 할 수 있다. 각 범주별 개별 질문은 유리왕의 죽음 명령 행위[39]와 행위의 정당성[40] 관련 질문, 해명 태자라는 인물,[41] 해명 태자의 행위 –천도한 도읍으로 옮기지 않은 것,[42] 자결,[43] 행위의 윤리성[44] 관련 질문, 황룡국왕이라는 인물,[45] 황룡국왕의 행위[46] 관련 질문, 사관의 논평[47] 관련 질문 등으로 세분된다.

동일 텍스트에 대한 다양한 감상 질문이라는 결과를 이해하기 위해서는 학습자와 텍스트 사이에서 이루어지는 '거래(transaction)'[48]를 탐구해야 한다.

---

39 지면의 한계로 각 유형별 모든 사례를 제시하기는 어렵다. 각 유형에서 몇 가지 사례를 간추려 제시한다.(이하 동일) "유리왕은 왜 해명태자를 죽음에 이르게 했는가?", "왜 유리왕은 황룡국왕이 용서했음에도 불구하고 해명태자를 굳이 죽음으로까지 몰고 간 것일까?", "왜 해명태자와 유리왕은 오해를 풀기 위해 대화를 하지 않았을까?", "유리왕은 왜 황룡국의 왕에게 해명태자의 목숨을 맡겼을까?" 등.

40 "유리왕이 해명태자에게 자결을 명령한 것은 정당한가?"

41 "도대체 해명태자는 어떤 인물일까?", "유리왕과 해명 태자의 정치관 차이는 무엇인가?", "해명 태자의 잘못은 무엇인가?"

42 "왜 해명 태자는 아버지인 유리왕이 국내성으로 도읍을 옮겼을 때 끝까지 졸본에 남아있었을까?", "해명 태자가 옛 도읍에 남아있었던 이유는 왕이 되기 위해서였을까?" 등.

43 "해명 태자는 능력이 있음에도 왜 스스로 목숨을 끊었는가?", "해명 태자가 정말 순종적이었다면 왜 칼 대신 창을 선택했을까?", "해명 태자는 왜 칼이 아닌 창을 이용한 죽음을 택했을까?", "해명 태자가 왜 굳이 여진의 동원으로 가서 창에 부딪친다는 어려운 방법을 택했는가?", "왜 해명 태자는 아주 잔인하고 극단적인 방법으로 죽었을까?" 등.

44 "해명 태자의 죽음은 옳은 선택이었는가?", "해명의 죽음에는 왕과 해명 중 누구의 잘못이 더 큰가?"

45 "황룡왕은 누구인가?", "유리왕은 왜 황룡국에게 약한 모습을 보였을까?"

46 "황룡국왕이 해명에게 센 활을 왜 보냈을까?", "왜 황룡국왕은 죽이려고 부른 해명 태자를 그냥 보내주었을까?", "황룡국왕은 왜 해명 태자를 죽이지 않았을까?" 등.

47 "왜 사관은 논평에서 유리왕의 잘못에 대해 자식을 제대로 가르치지 못한 것에 더 무게를 두는가?", "이 설화 속 편집자 논평 부분에서 왜 해명 태자가 죄를 지은 것이 당연하다는 것일까?" 등.

48 듀이와 로젠블렛 등은 '상호작용'(interaction)과 구분하여 'transaction'을 제안하였다. 한국의 교육계와 문학계에서는 이를 '상호교통(相互交通)'으로 번역한다. 본 논문은 윤동구의 번역어인 '거래'가 함의하는 내포를 끌어오고자 한다.(Lois Tyson, 윤동구 옮김, 『비평 이론의 모든 것』, 도서출판 앨피, 2012, 371면.)

위와 같은 현상은 감상 질문을 만들 때 학습자는 텍스트 속에서 질문의 단서를 찾아내는 것이 아니기 때문에 발생한다. 현상학에서 독자 반응 이론으로 이어지는 일련의 이론 속에서 이를 설명하는 내용을 찾아볼 수 있다. 주지하다시피 예술 현상학 이론에서는 작가가 창작한 텍스트와 그 텍스트의 반응에 관련된 활동들을 모두 중요하게 다루어야 한다고 강조한다. 로만 잉가르덴(Roman Ingarden)에 따르면 '작가에 의해 창작된 텍스트'는 '독자에 의한 구체적 실현'으로 이루어지는바, "텍스트 및 독자를 한 곳에 모음으로써[convergence of text and reader] 문예작품"[49]이 생겨난다.

이러한 관점에 따른다면 텍스트가 아닌 문학 작품은 독자의 구체적인 감상 행위를 통해서 생겨나는 것이며, 독자의 표현 행위가 뒤따르지 않는 한 타인이 감각적으로 확인할 수 없는 세계이다. 문학 교실의 경우로 풀어 말하자면, 문학 교실 속 고전문학 작품이란 학습자가 고전문학 텍스트를 감상하는 행위 속에서 만들어진 것이다. 보다 정확하게 학습자는 감상 행위 속에서 고전문학 작품을 '재창조'[50]하는 것이며, 학습자가 말을 하거나 글을 써서 문학 작품을 드러내지 않는 한, 교사는 그것의 전모를 파악하기 어렵다.

논의를 이어가기 위하여 독자반응이론의 대표적 이론가 중 한 명인 로젠블렛(Rosenblatt)의 발언을 좀 더 살펴보자. 로젠블렛의 발언 속에서 텍스트와 구분되는 문학 작품은 '시(poem)'로 통칭되며 이벤트(event)로 간주된다. 독자반응이론에서 제안하는 문학 작품의 성격이 잘 드러나는 주장이므로 원문과 함께 제시한다.

---

49 Wolfagang Iser, 김광명 옮김, 「독서과정: 현상학적 접근」, 김용권, 김우창, 유종호, 이상옥 외 공역, 『현대문학 비평론』(한신비평/이론신서3), 한신문화사, 1994, 454면 참조

50 듀이는 "예술작품을 감상할 때 이러한 '재창조'의 행위가 없다면, 그 작품은 진정한 의미에서의 예술작품으로 지각되지 않는다."고 지적하였다. John Dewey, 박철홍 옮김, 『경험으로서 예술』 1, 나남, 2016, 124면.

> 시는 시간 속에서 이벤트로서 간주되어야만 한다. 시는 어떤 대상이나 이상적인 실체가 아니다. 시는 독자와 텍스트가 화합해서 서로 영향을 미치는 동안에 일어난다.[51](The poem, then, must be thought of as an event in time. It is not an object or an ideal entity. It happens during a coming-together, a compenetration, of a reader and a text.)[52]

문학 작품을 텍스트와 독자가 화합해서 서로 영향을 미치는 시간 속에서 발생하는 이벤트로 파악한다는 의미가 무엇일까? 로젠블렛은 문학 작품을 대상(object)이나 이상적 실체(ideal entity)가 아니라 일정 기간의 시간 속에서 형성되는 이벤트(event)로 바라보아야 한다고 주장한다. 이벤트란 '발생하는 어떤 것, 특히 특별하거나 중요한 때에 발생한 어떤 것'[53]을 뜻한다. 무엇보다도 이벤트의 동의어가 '사건, 발생한 일, 행동하다, 행위, (사건의) 출현'[54] 등이라는 점을 고려해 보자. 문학 작품이 이벤트라는 주장은 문학 작품은 구체적인 시공간 속에서 발생하는 '사건'의 성격을 띠고 있음을 강조하는 것으로 문학 교실 내에서 문학 작품을 하나의 물리적 실체로 대하는 인식에 저항하며, 문학 활동 속에서 형성되는 문학 작품에 주목하게 만든다.

이상과 같은 독자반응이론에 따를 때, 문학 교실 내 학습자가 작품 감상 과정에서 만들어내는 '문학 작품'은 서로 다른 세계이고, 그 문학 작품을 만들어내는 데 학습자가 활용하는 요소가 다르며, 학습자들은 서로 다른 세계에 대해 질문하기 때문에 동일한 텍스트를 감상하고도 서로 다른 질문을

---

51 Louise M. Rosenblatt, 김혜리 · 엄해영 옮김, 『독자, 텍스트, 시－문학 작품의 상호 교통 이론』, 한국문화사, 2008, 21면.

52 Louise M. Rosenblatt, *The Reader, the Text, the Poem: The Transactional Theory of the Literary Work*, EBSCOhost Academic eBook Collection(North America), 1994, p.12 (2017년 3월 22일 접속).

53 "An event is something that happens, especially when it is unusual or important." *Collins Cobuild Advanced Learner's English Dictionary(fifth edition)*, HarperCollins Publishers, 2006, p.485.

54 The Princeton Language Institute(ed.), *Roget's 21st Century Thesaurus in Dictionary Form*, The Philip Lief Group, Inc., 2005, p.308.

만드는 것이라고 가정할 수 있다. 이때 학습자가 만드는 '문학 작품'이 서로 다른 세계라고 하여 그것의 범위가 무한정 열린 것은 아니다. 독자반응 이론에서 언급하고 있는 것처럼 문학 작품이 생겨나는 과정에 텍스트는 하나의 청사진(blueprint)[55]으로 작동하며, 문학 작품의 범위를 제한하고 문학 작품의 구체성을 한정한다.

한편 텍스트는 그 자체로 학습자에 따라 조금씩 다른 문학 작품을 만들어낼 단서를 안고 있기도 하다. 볼프강 이저(Wolfgang Iser)는 이를 텍스트 내 '확정적 의미'와 '불확정 의미'로 구분하였다.

> 확정적 의미란 활자화된 말들로 확실히 명시되어 있는 사실들, 플롯 속 사건들, 신체 묘사 등을 가리킨다. 반면 불확정적 의미 또는 불확정성(indeterminacy)이란 독자로 하여금 자기만의 해석을 창조하도록 허락하거나 유도하기까지 하는 텍스트 내부의 '틈새(gaps)', 이를테면 명확히 설명되지 않았거나 여러 가지 설명이 가능해 보이는 행동들 같은 빈틈을 가리킨다.[56]

텍스트 내에 존재하는 틈새는 학습자들이 재현하는 문학 작품의 차이를 만들어내며, 나아가 학습자들의 감상 질문을 가능하게 하는 조건으로 작용한다. 그러나 텍스트 내 틈새가 학습자 감상 질문 생성의 충분조건은 아니다. 질문은 "현재의 자신의 구조에 대한 결핍감, 부족함 등을 인식함으로 인해 비롯되는 진지하고 절실한 정향성"[57]이라는 설명에 주목해 보자. 여기서 질문의 조건으로 주목해야 할 점은 '결핍감, 부족함'뿐만 아니라 질문 주체가 '그것을 인식'한다는 점이다. 다시 말해 질문은 학습자가 무언가를 모른다는 점만으로는 생성되지 않는다. 학습자가 무언가를 모르는데, 학습

55 Lois Tyson, 윤동구 옮김, 앞의 책, 371면.
56 Lois Tyson, 윤동구 옮김, 위의 책, 372-373면.
57 양미경, 앞의 논문, 17면.

자 자신이 무언가를 모른다는 사실을 알고 있을 때 비로소 질문은 시작될 수 있다. 그렇기에 학습자의 감상 질문은 학습자가 텍스트와 접하며 재현한 문학 작품에서 틈새를 발견하고, 그것을 문학 작품의 구조 내 결핍감이나 부족함으로 인식할 때 비로소 생성될 수 있는 것이다.

학습자들의 감상 질문은 텍스트 내 틈새가 아니라 학습자가 스스로 재현한 문학 작품 내 틈새를 향하고 있다는 점은 문학 교실 내에서 텍스트 내 '확정적 의미'를 오해하거나 간과하여 감상 질문을 만드는 경우를 설명하는 단서를 제공한다. 예를 들어 "왜 황룡국왕은 해명을 이유 없이 만나기를 청하였는가?"(학습자 ㉯)라는 감상 질문은 해명 태자를 만류하던 신하의 말 "지금 이웃나라가 이유도 없이 만나기를 청하니 그 뜻을 헤아릴 수 없습니다."를 문면 그대로 수용한 결과물이다. 학습자 ㉯는 텍스트를 통해 제공된 정보 중 황룡국왕이 보낸 강한 활을 해명 태자가 부러뜨렸고, 황룡국왕이 부끄럽게 여겼음을 알고 난 이후, 유리왕이 화를 내며 황룡국왕에게 "해명이 자식으로서 효도를 하지 않았으니 과인을 위해서 그를 죽여주기를 청합니다."라고 전달한 이전의 사연을 중요하게 고려하지 않은 채 〈해명 태자 이야기〉를 재현하였고, 그러한 재현물을 통해 질문을 만들어낸 것이다.

한편 학습자들의 감상 질문이 텍스트 내 '불확정 의미'와 관련되는 경우라도 감상 질문의 구체적 표현과 내포된 의미는 조금씩 차이를 보인다. 앞서 검토하였던 〈해명 태자 이야기〉의 감상 질문 중 해명 태자의 자결 장면에 주목한 감상 질문을 검토해 보자. 다음은 텍스트에 제시된 해명 태자의 자결 장면이다.

> 28년 봄 3월에 왕이 사람을 보내 해명에게 말하기를 "나는 도읍을 옮겨서 백성을 편안하게 하고 나라를 튼튼하게 하고자 하였다. 너는 나를 따르지 않고 힘 센 것을 믿고 이웃나라와 원한을 맺으니, 자식의 도리가 이럴 수 있느냐?"하고, 칼을 주어 스스로 목숨을 끊게 하였다. 태자가 곧 자살하려고 하자

혹자는 말리며 말하기를 "대왕의 장자가 이미 죽어 태자께서 마땅히 뒤를 이어야 하는데, 이제 사자가 한 번 온 것으로 자살한다면, 그것이 속임수가 아닌지 어떻게 알겠습니까?" 하였다.

태자는 말하기를 "지난번에 황룡국왕이 강한 활을 보냈을 때, 나는 그것이 우리나라를 가볍게 여기는 것이 아닌지 의심되어 활을 당겨 부러뜨려 보복하였던 것인데, 뜻밖에 부왕으로부터 책망을 듣게 되었네. 지금 부왕께서 나를 불효하다고 하여 칼을 주어 스스로 목숨을 끊게 하니 아버지의 명령을 어떻게 피할 수 있겠는가?"라고 하였나. 마침내 여진(礪津)의 동쪽 들판으로 가서 창을 땅에 꽂고 말을 타고 달려 찔려 죽었다. 그때 나이가 21세였다. 태자의 예로써 동쪽 들(東原)에 장사지내고 사당을 세우고 그 땅을 일컬어 창원(槍原)이라 하였다.[58]

〈해명 태자 이야기〉의 서사 진행을 지배하던 유리왕과 해명 태자의 갈등이 동쪽 들판에서 창에 찔려 죽는 해명 태자의 자결로 마무리되는 장면이다. 문학 교실 내 〈해명 태자 이야기〉 감상 질문이 어떤 측면에서든 해당 사건과 관련되어 있다는 점은 학습자들이 자결 장면의 묘사에서 강렬한 인상을 받으며 해명 태자의 자결을 〈해명 태자 이야기〉의 중심 사건으로 인식하고 있음을 보여준다. 그 중 특히 자결 장면에 주목하여 그 속에서 틈새를 발견한 감상 질문들이 있다.

○ 해명태자가 정말 순종적이었다면 왜 칼 대신 창을 선택했을까?(학습자 ㉮)

---

58 二十八年 春三月 王遣人謂解明曰 吾遷都 欲安民以固邦業 汝不我隨 而恃剛力 結怨於鄰國 爲子之道 其若是乎 乃賜劒使自裁 太子卽欲自殺 或止之曰 大王長子已卒 太子正當爲後 今使者一至而自殺 安知其非詐乎 太子曰 嚮黃龍王 以强弓遺之 我恐其輕我國家 故挽折而報之 不意見責於父王 今父王以我爲不孝 賜劒自裁 父之命其可逃乎 乃往礪津東原 以槍揷地 走馬觸之而死 時年二十一歲 以太子禮葬於東原 立廟 號其地爲槍原 『삼국사기』 권제13 〈고구려본기〉 제1.

○ 왜 혜명태자는 여진의 땅에 가서, 창을 꽂고 비장하게 죽을 수밖에 없었을까?(학습자 ㉰)

○ 해명태자가 왜 굳이 여진의 동원으로 가서 창에 부딪친다는 어려운 방법을 택했는가?(학습자 ㉱)

○ 해명태자는 왜 칼이 아닌 창을 이용한 죽음을 택했을까?(학습자 ㉲)

학습자 ㉮, ㉰, ㉱, ㉲는 유리왕이 '칼'을 내리며 자결을 명하였으나 해명태자는 동쪽 들판에서 '창'에 찔려 죽는 방식으로 자결을 실천하였다는 점에 특별히 주목하여 감상 질문을 완성하였다. 해명 태자가 자결에 사용한 도구가 아버지 유리왕이 자결을 명하며 내린 도구가 아니라는 사실은 텍스트 내 '불확정 의미'이지만 〈해명 태자 이야기〉를 감상하는 문학 교실 내 학습자 중 소수의 인원만 이것을 자신이 재현하는 문학 작품 내 틈새로 받아들였고 그 틈새에 주목하였다. 이것은 모든 학습자들이 텍스트 내에 존재하는 '불확정 의미'를 자신의 문학 작품 속 틈새로 항상 재현하는 것은 아니라는 사실을 증명한다.

이러한 현상을 이해하기 위해 "'질문의 생성' 기제를 설명하는 데" "과학 공동체의 패러다임이 변화되는 조건을 살핀 쿤(Kuhn)의 설명"[59]을 그대로 적용할 수 있다는 논의를 참조해 보자. 토마스 쿤(Thomas S. Kuhn)은 기존 패러다임으로는 설명할 수 없는 변칙 현상이 이어져 위기가 찾아온 후 새로운 패러다임에 대한 요구가 등장하며 패러다임의 변화를 가능하게 하는 새로운 과학 이론이 출현하는 일련의 과정을 과학 혁명으로 파악한다. 여기서 패러다임의 차이는 동일 현상에 대한 해석의 차이를 의미하는 정도가 아니라 동일 현상에 접근하는 세계관의 차이에 가깝기에 기존 패러다임과 다른 패러다임을 따르는 과학자는 "거꾸로 보이는 렌즈를 낀 사람"[60]에 비유된다.

59 양미경, 앞의 논문, 49면.

60 Thomas S. Kuhn, 김명자·홍성욱 옮김, 과학혁명의 구조(제4판), 까치, 2013, 223면.

> 양쪽이 모두 세계를 바라보고 있으며, 그들이 바라보는 대상은 변화하지 않았다. 그러나 어떤 영역에서는 그들은 서로 다른 것들을 보며, 대상들이 서로 맺는 다른 관계 속에서 그것들을 본다. 한 그룹의 과학자들에게는 증명될 수 없는 법칙이 다른 그룹에는 직관적으로 명백해 보이는 경우가 생기는 까닭이 바로 여기에 있다.[61]

과학자들이 바라보는 대상은 변화하지 않지만, 과학자들의 패러다임이 다르다면 "대상들이 서로 맺는 다른 관계 속에서 그것들을 본다."는 지적이다. 즉, 패러다임이 다르다면 무엇보다도 대상의 '관계'를 다르게 파악한다는 것이다. 이러한 관점에 도움을 얻는다면, 학습자들이 재현해내는 문학 작품의 차이는 결국 학습자들이 문학 작품을 재현하는 과정에서 도입하는 패러다임의 차이에 따라 텍스트 내 의미들 사이의 '관계'를 다르게 구성하기 때문이라고 가정해볼 수 있다. 학습자들마다 재현하는 문학 작품이 조금씩 다른 이유는 '학습자들이 텍스트 내에서 어떤 의미 자질을 선별하는가?' 또한 '그러한 의미 자질들의 관계를 어떻게 구성하는가?'에서 비롯할 가능성이 높은 것이다.

문학 능력이 뛰어난 학습자란 텍스트 내 주요 의미 자질을 선별하는 능력을 갖춘 학습자이며, 그러한 의미 자질들 사이의 관계가 모순되거나 어긋나지 않도록 일관성을 추구하는 능력을 갖춘 학습자일 것이다. 독서 과정에서 독자가 추구하는 '일관성'을 "살아 있는 사태"로 파악하는 볼프강 이저는 "일관성의 구축은 그 자체 독자가 끊임없이 선택적인 결정을 할 수밖에 없는 살아 있는 과정"[62]이라고 규정하였다. 문학 교실 속 감상 질문은 독서 과정에서 일관성을 추구하는 학습자의 선택적 결정에 개입할 가능성이 높다. 이때 도입되는 감상 질문은 일관성 추구를 위한 선택 상황에서 검토해

---

61 Thomas S. Kuhn, 김명자·홍성욱 옮김, 앞의 책, 261-262면.

62 Wolfagang Iser, 김광명 옮김, 앞의 글, 474면.

야 할 문제를 드러내며 문제에 접근하는 시각을 요청할 것이다. 감상 질문이 단순한 물음이 아니라 정돈된 해석이자 발견적 활동인 이유이다.

4. 감상 질문의 연쇄를 통한 고전문학 향유

학습자의 감상 질문 생성 경험은 어떤 방식으로 문학 교실 내 고전문학 향유로 이어질 수 있을까? 문학 교실 내 학습자의 감상 질문 생성 경험은 학습자의 감상 질문 생성 능력의 변화를 목표로 삼으며 결국 학습자의 문학 작품 감상 능력 신장으로 이어지리라 기대된다. 학습자의 감상 질문 생성 능력의 변화를 계획하려면 학습자들이 감상 질문 생성 과정에서 겪는 어려움을 파악해야 한다. 본 논문이 자료로 삼은 문학 교실 내에서 학습자들이 겪는 어려움은 크게 ▢ 문학 작품의 재현과 관련된 어려움과 ▢ 감상 질문의 비평적 유효성과 관련된 어려움으로 분류할 수 있다. 먼저 ▢ 문학 작품의 재현과 관련된 어려움을 살펴보자.

▢ 문학 작품의 재현과 관련된 어려움

(1) 문학 작품의 재현 자체가 어려운 경우[63]

(2) 문학 작품의 재현이 기존 지식에 압도당한 경우[64]

(3) 재현한 문학 작품에서 틈새를 발견하지 못한 경우[65]

---

63 "내용 파악이 잘되지 않는 경우", "작품을 잘 이해하지 못해 떠오르는 질문이 없을 때", "작품이 내용이 어려울 때", "작품의 내용이 간단하거나 그리 난해하지 않았을 때", "시조, 가사와 같은 갈래에 대한 질문"

64 "학창시절에 자세하게 배웠던 작품이나, 주제가 너무 뻔한 작품을 읽을 때, 고정적인 관념에서 벗어나기가 힘들어서 질문을 만들기가 어려움", "중, 고등학교를 거치며 틀에 박힌 해석이 머릿속에 너무 잘 기억난다거나 작품이 너무 어려워서 내용 이해가 쉽지 않은 작품을 읽으면", "낯익고 그동안 많이 배운 작품들의 질문을 만드는 것이 더 어려웠던 것"

학습자들이 문학 작품의 재현에서 어려움을 겪는 이유는 텍스트가 어렵기 때문만이 아니다. 텍스트가 매우 짧거나 난해한 내용이 없는 경우에도 문학 작품을 재현할 만한 의미 요소를 찾아내고 의미 요소들 사이의 관계를 구성하는 데 어려움을 겪고 있다. 또한 학습자들이 문학 작품을 재현하는 데에는 학습자들의 정서도 개입하는바, 텍스트에서 제시한 내용에 공감하지 못하는 경우 특히 시조와 가사 갈래의 텍스트를 문학 작품으로 재현하는 데 곤란을 토로한다. 뿐만 아니라 해당 텍스트에 대한 배경 지식이 많거나 기존 해석에 강하게 포획된 경우에는 익숙하게 집해왔던 감상 질문에 견인되기에 감상 질문 생성에 어려움을 겪었다.

이상의 자료들은 학습자들이 문학 감상 질문을 만들기 위해 검토하는 대상은 텍스트가 아니라 학습자가 재현한 문학 작품이라는 점을 새삼 확인시켜준다. 특히 (3)의 사례들, "작품을 읽고도 아무 생각이 들지 않는다."거나 "도저히 질문을 만들 만한 것이 보이지 않는다."는 언급들은 학습자들이 감상 질문을 만들고자 할 때 자신이 재현한 문학 작품을 들여다보며 특히 문학 작품 속에서 미처 채워지지 못한 틈새에 반응한다는 사실을 알려준다. 재현한 문학 작품에서 틈새를 찾지 못했다면 의문을 표하기 어렵다.

□ 감상 질문의 비평적 유효성과 관련된 어려움

(1) 감상 질문 적절성의 판단[66]

(2) 감상 질문 포괄성의 판단[67]

---

65 "작품을 여러 번 읽었는데도 적당한 질문이 떠오르지 않을 때", "작품을 읽고도 아무 생각이 들지 않는다는 것", "도저히 질문을 만들 만한 것이 보이지 않을 때", "작품의 어디에 의문을 두어야 하는지에 대해 갈피를 못 잡아"

66 "생각한 질문에 확신이 없었을 때", "내가 만든 질문이 작품의 논점에서 벗어난 이상한 질문일까 봐 드는 걱정", "내가 만든 질문이, 작품을 온전히 이해하지 못한 상태에서 나온 것이 아닌가 하는 마음", "'웃긴 질문일까?, 이게 질문이 될 수 있을까'와 같은 불안감", "의미 있는 질문, 가치 있는 질문을 만드는 일."

67 "작품 전체를 볼 수 있는 질문을 생각해내는 것", "감상문의 내용을 전체적으로 포괄하

(3) 감상 질문 새로움의 확보[68]

(4) 감상 질문의 표현[69]

(5) 감상 질문과 답변의 관계[70]

감상 질문을 생성하는 학습자들이 직면하는 어려움의 상당 부분은 자신들이 생성하는 감상 질문이 해당 문학 작품을 감상하는 데 과연 비평적으로 유효하게 기능하는가와 관련되어 있다. 학습자들이 감상 질문의 비평적 유효성에 관심을 갖는다는 사실은 현 단계에서 생성한 감상 질문보다 비평적으로 더 유효한 감상 질문을 지향하는 학습자들의 성취동기를 반영하고 있다. 만약 그러한 성취동기가 없는 학습자라면 감상 질문이 적절한가, 포괄적인가, 새로운가, 표현이 정확한가 등에 관심을 둘 리 없기 때문이다.

이때 학습자들이 어려움을 토로하며 스스로 생성한 질문에 대해 드러내는 '불안감', '두려움', '확신 없음' 등에 주목해야 한다. 학습자들은 문학 감상 능력을 기르기 위한 방법으로 감상 질문을 활용하고 있는데, 자신의 문학 감상 능력을 불신하기에 감상 질문 생성에서 어려움을 겪고 있는 것이

는 쪽으로 만들기", "작품 전체를 감상할 수 있는 질문을 만들기", "내용 전체를 포괄하는 질문을 만들기 어려운 경우"(주로 서사 갈래), "질문이 핵심적인 내용에서 벗어난 것 같을 때", "내가 만든 질문이 작품의 핵심을 지적하는 질문이 아닌 것 같은 생각이 들 때", "작품 전체적인 것이 아니라 세부적인 것에 질문."

68 "내가 만든 이 질문을 다른 사람도 똑같이 만들었을 것 같은 생각", "타당하고 흥미 있는 질문 만들기", "작품의 질문이 너무 뻔하다는 생각", "익숙한 작품에서 새로운 시각을 통해 질문을 만드는 것", "독특한 질문을 만들어내려는 욕심이 강했다는 점", "참신한 질문이 떠오르지 않는 것"(주로 서정 갈래).

69 "의문점을 한가지의 질문으로 축약하는 점", "질문을 신선하게 표현해 내는 것", "구체적인 질문을 한 문장으로 만들어 내는 것."

70 "질문을 만들고도 답을 할 수 없을 때", "내가 이 질문의 답을 작품 속에서 명확히 찾아낼 수 있을 것인지", "만든 질문에 대한 답이 너무 당연하게 생각될 때", "이미 알고 있으면서 답변을 쓰기 위해 질문을 만든다는 느낌을 받았다는 점", "내가 만든 질문으로 감상문 전체를 이끌어나가야 했던 점", "답변의 내용을 모두 포함하는 질문을 만들어야."

다. 이러한 사정을 고려하면, 문학 교실 내에서 학습자 동료의 감상 질문과 감상 답변을 교차 검토하고자 하는 요구[71]와 교사의 피드백에 대한 요구[72]가 적극적으로 요청되는 이유를 짐작할 수 있다. 스스로 생성한 감상 질문의 비평적 유효성을 판단하기 어려운 상태에서 벗어나려면 자신의 결과물이 지닌 비평적 유효성을 가늠할만한 시각이 필요하기 때문이다.

> "좋은 질문을 만들어야 좋은 글을 쓸 수 있을 텐데 그 좋은 질문이 무엇인지 모르겠어서 어려웠다. 과연 이 질문이 생각해볼 가치가 있는 것인지, 이 질문을 통해 좋은 답변을 끌어낼 수 있을지, 말하고자 하는 바를 명확히 드러내주면서 내가 쓸 내용과 적합한 질문인지, 너무 뻔한 질문은 아닌지 등등"(학습자 ㉤)

학습자 ㉤가 감상 질문 생성 과정에서 겪은 어려움이다. 사실상 학습자 ㉤가 거론한 어려움은 본 연구가 자료로 삼은 문학 교실 내 학습자들이 언급한 어려움 중 '감상 질문의 비평적 유효성'과 관련된 어려움인 '감상 질문의 가치', '감상 질문의 효용', '감상 질문의 표현', '감상 질문의 새로움' 등을 모두 포함한다. 흥미롭게도 학습자 ㉤는 감상 질문을 검토할 때 무엇을 기준으로 검토해야 하는지를 잘 알고 있다. 다시 말해 자신이 말한 '좋은 질문이 무엇인지'를 잘 알고 있는 셈이다. 그럼에도 학습자 ㉤가 '좋은 질문이 무엇인지 모르겠어서 어려웠다'는 말도 사실일 것이다. 이때 언급한

---

71 "좋은 감상능력을 보여준 학생들의 감상문을 다른 학생들이 좀 더 자세히 볼 수 있게 해주었으면 하는 점이다. 사실 내가 쓴 감상문에서 어떤 점이 문제가 있는지, 어느 점이 잘했고, 어느 점이 부족한지 스스로 판단하기는 어렵다.", "여러 사람들의 다양한 질문들 보면서 재미도 느꼈고 감상 폭도 넓어졌던 것 같다. 내 의견하고 대립되는 내용의 에세이를 보면서 내 글의 보충할 내용도 봤던 것 같고, 내 모호한 질문을 구체화해서 명확하게 질문한 친구도 있었던 것 같다."

72 "'질문 만들기와 답변 마련하기'는 교수님의 피드백이 있을 때 비로소 학생에게 굉장히 큰 도움이 된다고 생각한다. 학생은 자신이 쓴 질문&답변의 수준이나 고쳐야 할 점 등을 제대로 알기가 어렵기 때문."

'좋은 질문'은 일반적 차원의 '좋은 질문'을 뜻하는 것이 아니라 매 시간 과제를 수행하기 위해 재현했던 개별 문학 작품의 감상을 이끌어내는 '좋은 질문'을 의미하기 때문이다.

문학 교실에서 교사는 이에 대해 어떻게 대처할 수 있을까? 본 논문이 자료로 삼은 문학 교실이 처한 상황을 살펴보자. 학습자들이 생성한 감상 질문이 제출된 상태이며 비평적 유효성의 일반적 기준은 알고 있지만 학습자들은 자신들이 생성한 감상 질문의 비평적 유효성을 가늠하지 못하는 상태이다. 교사의 개입이 필요한 지점은 여기이다. 교사는 학습자들이 제출한 감상 질문의 특성과 수준을 진단[73]하고 그에 적합한 후속 조치를 취해야 한다. 결국 교사는 문학 교실에 제출된 학습자들의 감상 질문에 대한 피드백을 시도해야 한다. 문제는 '문학 교실에서 학습자들의 감상 질문에 대한 피드백을 어떻게 설계할 것인가'이다.

감상 질문 생성 경험을 통해 문학 능력을 신장시키려는 문학 교실이라는 점을 고려한다면 피드백의 방식도 감상 질문을 활용하는 감상 질문 교육의 모습을 취할 필요가 있다. "학습자가 독서 활동 중에 의미 구성을 돕는 데 목적을 둔" 질문을 '단순 질문(Questions)'과 구분하여 '탐구 질문(Queries)'의 범주로 설정하고 탐구 질문을 다시 개시 탐구 질문(Initiating queries)과 후속 탐구 질문(Follow-up queries)으로 분류한 연구[74]를 참조하여 감상 질문이 지닌 연쇄적 성격에 주목해 보자. 실상 문학 능력을 갖춘 독자가 선행 질문과 후속 질문의 연쇄 속에서 문학 작품을 감상하는 모습은 그리 낯설지 않다. 감상 질문에서 감상 답변으로 이어지는 일련의 과정을 서술한 학습자의 발언을 보자.

---

73 "학습자가 보다 높은 수준의 질문을 지닐 수 있도록 돕는 가르침의 활동에서 가장 선행되어야 할 일은, 그가 현재 지니고 있는 질문이 무엇인지, 그리고 그의 구조가 어떤 특성과 수준을 지니고 있는지를 진단하는 일일 것이다." 양미경, 앞의 논문, 135면.

74 이향근, 앞의 논문, 231면.

내가 질문과 답변을 만드는 방식은 처음부터 정해 둔 질문에서 답변이 나오는 것이 아니라 작품에 대해 갖게 된 의문점의 해결 과정으로부터 생각지 못했던 질문이 발생하고 의문의 해결 과정을 구체화하여 답변을 완성하는 것이었다. 그러다보니 질문을 먼저 만들고 감상문을 쓰는 경우, 해결하는 과정에서 또 다른 질문이 발생하는 경우가 있었다. 그럴 때면 질문의 수가 늘어나서 내용을 축소하거나 삭제해야 하는데 어떤 질문이 작품 감상의 폭을 넓히는 질문인지 스스로 판단하기에 확신이 부족했기 때문에 어려움을 겪곤 했다.(학습자 ㉮)

문학 교실에 제출된 학습자의 감상 질문에 대한 교사의 피드백 중 하나로 학습자가 홀로 감상 질문을 생성하며 경험했던 연쇄적 과정을 문학 교실 전체로 확장하는 방식을 고려해 보자. 문학 교실에서 감상 질문의 연쇄성을 활용하여 학습자들이 제출한 선행 질문에 후속 질문을 제안하는 것이다. 이때 후속 질문의 생성 주체는 물론 학습자이어야 한다. 선행 질문과 후속 질문을 학습자가 생성하도록 의도할 때, 교사의 역할은 무엇인가? 문학 교실에 제출된 감상 질문 사이의 의미 관계를 발견하여 학습자들의 감상 질문을 선행 질문과 후속 질문으로 연계시키는 것이다. 다시 말해 학습자들의 감상 질문들은 해당 작품을 감상하는 문학 교실 속 그물망 속에서 감상을 위한 의미 요소로 기능하며 교사는 개별 감상 질문들 속에서 연계되는 속성을 찾아 감상 질문들의 연쇄를 구성해냄으로써 문학 교실 내 감상 내용을 조직하는 것이다.

이러한 제안의 한 가지 사례로 〈해명 태자 이야기〉에 대한 학습자 ㉮, ㉰, ㉱, ㉲의 감상 질문과 감상 답변을 검토한다. 앞서 살펴보았듯이 문학 교실에서 감상 질문만 다룬다면 불완전한 교수–학습이 진행될 가능성이 높다. 감상 질문에 대한 감상 답변이 어떻게 서술되는지, 이어 감상 답변을 통해 감상 질문은 어떻게 수정될 수 있는지 연쇄적으로 검토될 때 감상 질문의 유의미한 변화가 가능해진다. 따라서 학습자 ㉮, ㉰, ㉱, ㉲의 감상 질문과 감상 답변을 함께 분석하여 학습자 ㉮, ㉰, ㉱, ㉲의 감상 질문과 감상 답변들의 연쇄로 재구성되는 감상 내용을 조직해 본다.

○ 해명태자가 정말 순종적이었다면 왜 칼 대신 창을 선택했을까?(학습자 ㉮)

○ 왜 혜명태자는 여진의 땅에 가서, 창을 꽂고 비장하게 죽을 수밖에 없었을까?(학습자 ㉰)

○ 해명태자가 왜 굳이 여진의 동원으로 가서 창에 부딪친다는 어려운 방법을 택했는가?(학습자 ㉱)

○ 해명태자는 왜 칼이 아닌 창을 이용한 죽음을 택했을까?(학습자 ㉲)

해명 태자의 자결 장면 속 자결 도구에 주목하였던 학습자 ㉮, ㉰, ㉱, ㉲의 감상 질문은 문학 교실 내 다수의 감상 질문과 차이를 보인다. 해명 태자의 자결 장면에 주목함으로써 이들은 결국 해명 태자의 죽음이 죽음을 통해 남기고자 한 메시지와 관련되어 있음을 파악하고 있다. 그런 면에서 학습자 ㉮, ㉰, ㉱, ㉲의 감상 질문은 "해명 태자의 죽음은 어떤 메시지를 남겼나?"라는 질문으로 수렴되나, 세부적인 초점은 달라지는 양상을 보인다.

학습자 ㉰의 "왜 혜명태자는 여진의 땅에 가서, 창을 꽂고 비장하게 죽을 수밖에 없었을까?"와 ㉱의 "해명태자가 왜 굳이 여진의 동원으로 가서 창에 부딪친다는 어려운 방법을 택했는가?"는 해명 태자의 자결 장면에 집중한 물음이다. 텍스트에 제시된 해명 태자의 자결 장면이 요약적으로 재서술되며 감상 질문으로 완성되었다. 이러한 감상 질문을 통해 해명 태자의 자결을 구체적 행위로 자각하고 그러한 행위에 담긴 의미를 해석하려는 감상 방향을 짐작할 수 있다.

아버지의 칼로 자살을 하는 것이 아닌 자신 스스로 자살을 함으로써 아버지의 뜻에 굴복하지 않고 자신의 의지를 분명하게 드러내기 위한 행동이라고

생각한다.(학습자 ㉰)

해명 태자가 왕의 뜻대로 자살했다면, 궁 안에서 칼로 목숨을 끊었을 것이다. 그렇다면 많은 사람들의 눈에 띄지 않고 조용히 생을 마감했을 것이다. 그렇게 된다면 해명 태자는 자신이 생각하는 바를 사람들에게 말하지 못했을 것이다. 하지만 다른 곳으로 떠나 창에 부딪쳐 죽는 방법은 사람들의 이목을 끌 수 있고, 좀 더 잔인한 방법이기 때문에 사람들로 하여금 해명 태자의 죽음에 대해 한 번 더 생각헤 보게 할 수 있다고 생각한다. 그렇게 된다면 해명 태자가 자신의 목숨과 바꾼 억울함을 좀 더 많은 사람들에게 알릴 수 있을 것이고, 좀 더 의미 있는 죽음이 되었을 것이라고 생각한다.(학습자 ㉱)

학습자 ㉰와 ㉱의 감상 답변을 보면, 이들이 해명 태자의 행위에 담긴 의도성에 주목하고 있음이 드러난다. 이들의 감상은 유리왕과 해명 태자의 갈등이 결과적으로 해명 태자의 자결로 마무리되었다는 점에 주목하여 해명 태자의 자결은 아버지 유리왕의 명령에 순순히 따른 행위라고 해석하였던 다수 학습자들의 감상 결과[75]와 대비된다. 학습자 ㉰와 ㉱는 해명 태자가 유리왕이 내린 죽음의 명령은 받아들이되, 죽음의 도구를 거부하였음에 주목함으로써, 해명 태자의 자결이 일종의 저항이었다고 해석한다. 특히 학습자 ㉱의 해석에 따르면 해명 태자의 행위는 대중 앞 시위의 성격까지 띠고 있다.

학습자 ㉲의 “해명태자는 왜 칼이 아닌 창을 이용한 죽음을 택했을까?”와 ㉮의 “해명태자가 정말 순종적이었다면 왜 칼 대신 창을 선택했을까?”에서는 해명 태자가 죽음에 사용한 도구가 대비적으로 부각되었다. 학습자 ㉰와 ㉱가 감상 질문에서 자결 도구의 차이를 드러내지 않았지만 감상 답변

75 “왜 해명태자는 아버지의 말에 순순히 따라서 자결하였을까?”, “왜 해명태자는 유리왕의 명령에 조금도 반발하지 않고 죽음을 받아들였나?” 등.

에서 그 점을 주목하였다는 점을 고려한다면, 학습자 ㉮, ㉰, ㉱, ㉲가 모두 자결 도구의 차이를 〈해명 태자 이야기〉의 틈새로 파악하였음을 알 수 있다. 하지만 자결 도구의 차이를 질문의 문면에서 대비하지 않은 학습자 ㉰와 ㉱의 감상 질문에 비하여, 학습자 ㉮와 ㉳의 감상 질문은 학습자가 파악한 〈해명 태자 이야기〉의 문제 상황을 감상 질문만으로도 보다 뚜렷하게 부각시킨다는 장점을 지니고 있다.

> 처음에는 아버지가 아들에게 불효하다 하여 칼을 주어 자살하게 하니 아버지의 명령을 도피할 수 없다며 평범하지 않은 죽음을 택한 것이 어쩌면 반항심에 나온 행동이 아닐까 하는 생각이 들기도 했다. 하지만 그의 용감한 성격과 당당한 태도, 칼을 받았을 때 즉시 자살하려 했던 행동을 떠올리면서 그게 아니었음을 알 수 있었다. 오히려 내 경험과 연결시켜보았을 때 슬픔에서 비롯된 행동과 가깝지 않을까 하는 생각이 들었다. 그래서 창을 땅에 꽂고 말을 타고 달려가는 모습이, 죽음을 향해 뛰어드는 모습이 슬프게 느껴졌다. 그렇기에 창이 그의 서글픈 마음을 나타낸 도구가 아니었을까 하는 생각이 든다.(학습자 ㉲)

학습자 ㉲의 감상 답변이다. 학습자 ㉲는 해명 태자의 자결 행위가 '반항심'이었으리라 추론하였다. 그러나 자신이 〈해명 태자 이야기〉를 감상하며 해명 태자의 말과 행동을 통해 그려낸 해명 태자의 형상—해명 태자가 황룡국과 외교 관계 등에서 보여주었던 용감한 성격과 당당한 태도, 죽음 명령의 부당성을 지적하며 자결을 만류하던 신하들을 설득하던 행동 등—과 자결 장면의 '반항심'이 자연스럽게 연계되지 않는다며 그 사이의 틈새를 다시 발견하였다. 이러한 틈새는 텍스트 자체에 내재한 '불확정적 의미'라기보다는 학습자 ㉲가 재현한 〈해명 태자 이야기〉 내 의미 요소 사이의 관계에서 드러나는 불일치에 가깝다. 이에 학습자 ㉲는 자신의 아버지가 자신의 말에 귀 기울이지 않았던 선행 경험[76]을 끌어와 해명 태자의 자결 행위는 '반항심'을 드러내는 행위라기보다 '슬픔'에서 비롯된 행위로 보아야 하리라 추측하고 있다.

학습자 ㉮의 감상 질문은 외견상 학습자 ㉰와 ㉱의 감상 질문과 유사해 보이지만 그들이 감상 질문을 매개로 나아가는 감상 방향은 동일하지 않다. 해명 태자의 자결 장면에서 학습자 ㉰와 ㉱가 해명 태자의 의지를 읽어내는 데 집중하고 있는 반면, 학습자 ㉮는 해명 태자의 정서를 짐작하여 느끼고자 애쓰고 있다. 이런 경우 학습자 ㉰와 ㉱가 그려낸 〈해명 태자 이야기〉 속 해명 태자의 형상과 학습자 ㉮의 그것은 조금 다른 모습일 것이다. 학습자 ㉰와 ㉱에게 해명 태자는 죽음의 순간까지 자신의 의지를 관철시키는 강인한 철인(鐵人)의 모습에 가깝다면, 학습자 ㉮에게 해명 태자는 자신이 직면해야 할 운명의 비극성을 짐작하지만 그 비극성을 회피하지 않고 자신의 몫으로 받아들이는 미완의 영웅으로 이해될 가능성이 높다.

해명 태자의 자결 장면에 대한 이해가 결국 해명 태자의 성격에 대한 감상으로 이어진다는 점에 주목한다면 학습자 ㉮의 감상 질문인 "해명태자가 정말 순종적이었다면 왜 칼 대신 창을 선택했을까?"의 특징이 감지된다. 학습자 ㉰, ㉱, ㉮의 감상 질문에서는 드러나지 않았던 해명 태자의 성격에 대한 학습자의 판단이 질문의 전제로 제시되었다는 점이다. 앞서 거론하였듯이 문학 교실 내 많은 학습자들이 해명 태자의 자결을 유리왕의 명령에 순순히 따른 결과로 받아들이고 있었다는 점을 고려한다면, 학습자 ㉮의 감상 질문은 문학 교실 내 다수 학습자들의 감상을 전제하되 그것에 의문을 표하는 단계로 나아간 것이기에 다른 감상 질문에 비해 보다 중층적 특징을 지녔다고 평가할 수 있다.

76 "나의 아버지가 나의 행동에 대한 근본적인 이유는 이해하려하지 않고 비난하기만 했을 때 억울하고 화가 났다. 그리고 마지막에 남은 감정은 서글픔과 속상함이었다. 나의 이야기를 들어주려 하지 않는 아버지와 그 상황 자체에 대한 슬픔이었다."(학습자 ㉮)

> 태자의 삶과 아들의 삶이 각각 나누어진 영역도 아닌데 해명 태자는 왜 대범한 모습을 보이다가 갑자기 유리왕의 명령에 목숨을 끊을 만큼 순종적인 존재가 되었을까? … 자살의 장면이 굉장히 역동적이고 잔인하게 느껴지며 강렬하게 표현되었다. 오히려 해명 태자가 유리왕처럼 성급하고 욱하는 성격을 닮아 자꾸만 자신의 목숨을 위협하고 죽이려 드는 아버지에 대한 분노와 반발심을 충격적인 죽음의 장면을 통해 강렬하게 표출하고 복수하고자 했던 것은 아닐까 하는 생각이 든다.(학습자 ㉮)

학습자 ㉮의 감상 질문에서 이룬 성취에 비해, 학습자 ㉮의 감상 답변은 학습자 ㉰와 ㉱의 그것과 크게 다르지 않다. 문학 교실 내 학습자의 감상 질문 수준과 감상 답변 수준이 동일한 선상에서 연계되어 있지 않다는 점을 확인시켜 준다. 이처럼 교사가 학습자들이 제출한 감상 질문과 답변 사이의 장점들을 비교하고 서로 연계시켜 일련의 연쇄적 흐름 속에서 문학 교실 내 〈해명 태자 이야기〉의 감상 과정을 재구성하는 활동은 다음과 같은 의의를 지닐 수 있다. 학습자들이 재현한 문학 작품의 차이를 드러내며, 개별 감상 질문들이 처한 단계를 관계망 속에서 파악할 수 있도록 안내하며, 문학 감상이 요구하는 생각의 연쇄를 경험시킬 수 있다.

나아가 학습자들의 감상 질문에서 촉발된 교사의 후속 질문을 덧붙일 수도 있다. 학습자 ㉮, ㉰, ㉱, ㉲의 감상 질문이 공통적으로 드러내는 "해명 태자의 죽음은 어떤 메시지를 남겼나?"라는 특성은 결국 해명 태자 죽음의 성격을 탐구하게 한다. 죽음 자체가 메시지이거나 메시지를 남긴 죽음 속에서는 죽음에 이르게 되는 과정에 개입된 타자의 의지가 드러나곤 한다. 그렇다면 학습자 ㉮, ㉰, ㉱, ㉲의 감상 질문은 〈해명 태자 이야기〉 속 "해명 태자의 죽음은 자살인가, 타살인가?"라는 후속 감상 질문으로 나아갈 여지를 남기고 있다.

"아무도 우리를 대신해서 시를 읽을 수는 없다."[77]는 로젠블렛의 발언은 학습자의 문학 경험을 강조한다는 점에서 의미심장하다. 그런데 이러한 로젠블렛 발언의 중대성과 의의를 인정하더라도 우리는 문학 교실 내에서 '함께' 문학 작품을 읽는 것은 가능하지 않을까? 문학 교실 내 문학의 향유란 문학 교실을 구성하는 교사와 학습자가 동시에 경험하는 심미적 체험이어야 한다. 이를 위해 문학 교실 내 문학 교사에게는 문학 작품을 심미적으로 감상할 수 있는 감상 능력과 학습자들의 감상 결과를 가늠할 수 있는 비평 능력이 요구된다. 문학 교실 내에서 관심을 지녀야 하는 문학 능력은 학습자의 문학 능력뿐만 아니라 교사의 그것이기도 하다.

5. 결론

본 논문은 문학 교실 내 학습자의 감상 질문 생성 경험을 탐색하는 데 목표를 두었다. 고전문학의 향유란 자발적이고 능동적으로 고전문학의 심미적 체험을 지속적으로 이어가는 것이라는 관점에 의거하여 본 논문에서 기획하는 학습자 감상 질문 교육은 학습자 스스로 비평적 유효성을 지닌 감상 질문을 생성함으로써 질문 주체가 감상 질문 생성 이전과는 다른 감상 단계로 진입할 수 있는 문학 능력을 함양하는 것을 목표로 삼았다.

문학 교실 내에서 감상 질문 교육을 시행하려 한다면, 교사는 감상 질문을 생성하는 과정에서 학습자와 문학 작품 사이에 이루어지는 일을 파악하고자 할 것이다. 예상할 수 있는 바처럼 학습자와 문학 작품 사이에서 이루어지는 일은 지극히 역동적일 뿐 아니라, 감각적으로 관찰하기 어려운 현상이다. 따라서 이 부분에 접근하기 위해서는 학습자와 문학 작품 사이에서 이루어지는 일에 주목하는 문학 이론 · 교육 이론에 의거하는 이론적 탐색

77 Rosenblatt, Louise M., 김혜리 · 엄해영 역, 『탐구로서의 문학』, 한국문화사, 2006, 33면.

과 학습자와 문학 작품 사이에서 이루어진 일의 결과물들로부터 과정을 유추하는 추론 작업이 필요하다.

문학 교실 내 학습자의 감상 질문은 학습자가 텍스트와 접하며 재현한 '문학 작품'에서 틈새를 발견하고, 그것을 문학 작품의 구조 내 결핍감이나 부족함으로 인식할 때 비로소 생성될 수 있는 것이다. 문학 교실 내 학습자가 작품 감상 과정에서 만들어내는 '문학 작품'은 서로 다른 세계이고, 그 문학 작품을 만들어내는 데 학습자가 활용하는 요소가 다르며, 학습자들은 서로 다른 세계에 대해 질문하기 때문에 동일한 텍스트를 감상하고도 서로 다른 질문을 만드는 것이라고 할 수 있다.

학습자의 감상 질문 생성 경험은 어떤 방식으로 문학 교실 내 고전문학 향유로 이어질 수 있을까? 문학 교실 내에서 학습자들이 감상 질문을 만드는 과정에서 겪은 어려움은 크게 '문학 작품의 재현과 관련된 어려움'과 '감상 질문의 비평적 유효성과 관련된 어려움'으로 분류할 수 있다. 이에 대해 문학 교사가 제시할 수 있는 피드백 중 하나는 학습자가 홀로 감상 질문을 생성하며 경험했던 연쇄적 과정을 문학 교실 전체로 확장하는 방식으로 구체화할 수 있다.

문학 교실에서 감상 질문의 연쇄성을 활용하여 학습자들이 제출한 선행 질문에 후속 질문을 제안하는 것이다. 이때 후속 질문의 생성 주체는 물론 학습자이어야 한다. 선행 질문과 후속 질문을 학습자가 생성하도록 의도할 때 교사의 역할은 문학 교실에 제출된 감상 질문 사이의 의미 관계를 발견하여 학습자들의 감상 질문을 선행 질문과 후속 질문으로 연계시키는 것이다. 다시 말해 학습자들의 감상 질문들은 해당 작품을 감상하는 문학 교실 속 그물망 속에서 감상을 위한 의미 요소로 기능하며 교사는 개별 감상 질문들 속에서 연계되는 속성을 찾아 감상 질문들의 연쇄를 구성해냄으로써 문학 교실 내 감상 내용을 조직하는 것이다.

참고문헌

[자료]

C대학교 국어교육과 고전문학 강독 2015, 2016 수강생 과제.

교육부, 『국어과교육과정』, 교육부고시 제2015-74호 [별책5].

서울대학교 교육연구소 편, 『교육학용어사전』, 하우동설, 1994.

한국어문교육연구소 국어과교수학습연구소 편, 『독서 교육 사전』, (주)교학사, 2006.

국사편찬위원회, 한국사데이터베이스(http://db.history.go.kr) 『삼국사기』 권제13 〈고구려 본기〉 제1. (2017년 3월 22일 접속).

Louise M. Rosenblatt, *The Reader, the Text, the Poem: The Transactional Theory of the Literary Work*, EBSCOhost Academic eBook Collection(North America), 1994. (2017년 3월 22일 접속).

[논저]

김선배, 「교과서 문학 영역에서 제시된 질문의 양상 탐색」, 『한국초등국어교육』 32, 한국초등국어교육학회, 2006.

김우창, 「물음에 대하여」, 『김우창 평론집1: 궁핍한 시대의 시인-현대문학과 사회에 관한 에세이』(재판), 민음사, 1987.

민재원, 「문학 독서에서의 자기 질문 생성 양상 연구-대학생 독자의 현대시 읽기를 중심으로」, 『독서연구』 32, 한국독서학회, 2014.

박수자, 「초등학생의 읽기 후 질문 생성 양상에 관한 고찰」, 『어문학교육』 46, 한국어문교육학회, 2013.

박정진 · 윤준채, 「읽기 수업에서의 질문을 들여다보기」, 『독서연구』 12, 한국독서학회, 2004.

박정진, 「국어 수업의 수준별 주체별 질문 활동 연구」, 『한국초등국어교육』 31, 한국초등국어교육학회, 2006.

박홍문 · 김원경, 「학생 질문 강화 수업의 효과 분석」, 『교원교육』 24-2, 한국교원대학교 교육연구원, 2008.

선주원, 「질문하기 전략을 통한 문학 교수학습 과정 연구」, 『국어교육학연구』 18, 국어교육학회, 2004.
송정윤, 「중등 국어과 예비 교사들의 수업 질문 활용 양상 분석－K대학교 국어교육과의 모의 수업 사례를 중심으로」, 『새국어교육』 101, 한국국어교육학회, 2014.
송지언 · 권순정, 「질문 중심 수업에 참여한 교사와 학생의 반응 고찰」, 『국어교육연구』 33, 서울대학교 국어교육연구소, 2014.
송지언, 「학습자 질문 중심의 문학 감상 수업 연구－〈춘향전〉 감상 수업을 중심으로」, 『문학교육학』 43, 한국문학교육학회, 2014a.
______, 「학습자 질문 중심의 독서 교육 연구－현행 교과서의 관련 단원 검토를 바탕으로」, 『독서연구』 32, 한국독서학회, 2014b.
양미경, 「질문의 교육적 의의와 그 연구 과제」, 서울대 박사학위논문, 1992.
양은아, 「인문학적 사유방식과 교육적 질문방식－성인인문교실에서의 문제제기와 질문방식의 전환」, 『평생교육학연구』 17-1, 한국평생교육학회, 2011.
우규환 · 김성근 · 여상인, 「과학 수업에서의 학생 질문에 대한 연구(Ⅰ)－학생 질문을 강화한 수업의 효과」, 『한국과학교육학회지』 19-3, 한국과학교육학회, 1999.
____________________, 「과학 수업에서의 학생 질문에 대한 연구(Ⅱ)－학생 질문의 유형별 분석」, 『한국과학교육학회지』 19-4, 한국과학교육학회, 1999.
원자경, 「소설텍스트의 읽기능력 신장을 위한 질문 전략 연구－이상 '날개'를 중심으로」, 『독서연구』 25, 한국독서학회, 2011.
이종일, 「개념 언어화를 위한 질문 방법」, 『사회과교육』 43-2, 한국사회과교육연구학회, 2004.
이진규, 「학습자 중심 수업을 위한 '학생 질문'의 활용 방안 탐색」, 『학습자중심교과교육연구』 16-4, 학습자중심교과교육학회, 2016.
이향근, 「시텍스트 이해 학습에서 저자에게 질문하기 방법의 적용」, 『새국어교육』 95, 한국국어교육학회, 2013.
정성일 · 정우열, 『언젠가 세상은 영화가 될 것이다－정성일 · 정우열의 영화 편애』, 바다출판사, 2010.
정은아, 「이해의 명료화를 위한 질문 연구－응답의 근거를 명료화하는 질문을 중심으로」, 『우리말교육현장연구』 8, 우리말교육현장학회, 2014.

Collins Cobuild Advanced Learner's English Dictionary(fifth edition), HarperCollins Publishers, 2006.
Dewey, John., 박철홍 옮김, 『경험으로서 예술』 1, 나남, 2016.
Iser, Wolfagang., 김광명 옮김, 「독서과정: 현상학적 접근」, 김용권, 김우창, 유종호, 이상옥 외 공역, 『현대문학 비평론』(한신비평/이론신서3), 한신문화사, 1994.
Kuhn, Thomas S., 김명자 · 홍성욱 옮김, 『과학혁명의 구조(제4판)』, 까치, 2013.
Rosenblatt, Louise M., 김혜리 · 엄해영 역, 『탐구로서의 문학』, 한국문화사, 2006.
Rosenblatt, Louise M., 김혜리 · 엄해영 옮김, 『독자, 텍스트, 시－문학 작품의 상호 교통 이론』, 한국문화사, 2008.
The Princeton Language Institute(ed.), *Roget's 21st Century Thesaurus in Dictionary Form*, The Philip Lief Group, Inc., 2005.
Tyson, Lois., 윤동구 옮김, 『비평 이론의 모든 것』, 도서출판 앨피, 2012.

16장

대학 고전문학교육의 현황과 그 방향성 모색

박경주*

1. 서론

이 글은 한국고전문학 작품들이 대학교 내에서 현재 어떤 방식으로 향유되고 교육되고 있는지 그 현황에 대해 살펴보고, 그에 대해 좀 더 발전적인 측면에서 방향성을 모색해보고자 하는 목표를 가진다. 초·중등 단계에서는 고전문학의 가치나 효용성이 정해진 교육과정 내에서 비교적 적은 편폭을 지니고 일선 학교에서 향유, 교육되고 있는 반면에, 대학에서 고전문학의 향유와 교육은 교양교육이나 전공교육 모두에서 상대적으로 해당 학과나 담당교수의 자율성이 상당 부분 보장되는 차원에서 이루어지고 있다고 할 수 있다.

그런데 이러한 일반적인 입장과는 달리 대학에서의 교육과정이 영향을 받을 수밖에 없는 중요한 변수로 인해 고전문학 작품들의 향유나 교육의 양상이 달라지고 있다. 이는 바로 국문학 관련 학과 졸업생들의 취업 문제와 더불어 나타난 변화인데, 최근에는 여기에 더해 학령인구의 저하로 인해

* 원광대학교 국어국문학과 교수.

대학 정원보다 대학 입학을 원하는 학생의 숫자가 적어지면서 대학 간의 경쟁 구도까지 가세해, 대학에서 고전문학 작품들의 향유나 교육 상황에 획기적인 방향으로의 전환이 필요한 국면에 접어들었다고 생각된다.

대학에서 고전문학 작품의 향유나 교육에 대한 연구는 이러한 시의적 측면에서의 요구와 맞물리면서 이루어진 감이 있는데, 대략 2000년대 이후 본격적으로 연구들이 보이기 시작해서 최근에는 활발하게 그 성과들이 축적되고 있다. 특히 최근에는 새로운 교육과정에서 중심에 놓인 '역량 중심 교육과정'에 따라 그와 관련된 추가 논의들이 이루어지고 있다.[1] 이 글에서는 이러한 기존의 연구들을 최대한 활용하여 대학에서 고전문학교육의 현황을 파악하고자 하며, 그 방향성에 대한 단서 역시 연구사에 바탕을 두고 찾아보려고 생각한다.

단 연구사에 기초해서 문제를 파악할 수는 있지만, 발전적 측면에서의 방향성을 모색하는 데는 한계가 있기 때문에 당연하게 방향성에 대한 제언에 있어서는 필자 개인의 교육관과 교육 경험이 중심에 놓일 수밖에 없다. 이에 따라 필자가 강의하고 있는 교양수업과 전공수업 몇 개 강좌의 사례들을 소개하면서 대학에서 고전문학 작품의 향유와 교육에 대한 발전적 가능성을 타진해 보고자 한다. 또한 그 가능성 안에는 올해 상반기 내내 전 지구를 강타한 코로나19로 인해 달라질 수밖에 없었던 교육 환경 속에서, 온라인강의가 지닌 강점을 고전문학 수업의 교수 학습 과정에 구체적으로 어떠한 방식으로 활용할 수 있는지에 대한 문제도 포함되어 있다.

현재 일부 대학에서는 내년에 있을 교육부의 대학 3주기 평가를 대비해 역량 중심 교육과정을 대학의 교과목에 적용해 각 대학의 건학이념, 교육목표, 인재상에 부합하는 핵심역량을 설정하고, 그에 따라 교과목을 정비하거

1 고정희, 「고전문학의 지속가능성과 고전문학교육」, 『한국한문학연구』 57, 한국한문학회, 2015; 최혜진, 「역량 기반 고전문학교육의 방법과 과제」, 『어문논총』 80, 한국문학언어학회, 2019.

나 과목별로 세부 핵심역량을 찾아 정리하는 작업이 한창 진행되고 있다.[2] 이러한 사회적 추세 속에서 교양 교육이나 국문과의 전공 교육, 나아가 융합전공이나 연계전공 교육까지도 대상을 넓혀 고전문학과 관련된 교과목들을 살펴 그 현황을 파악하고 과제를 짚어내어 행정적, 제도적 측면에서 가능한 한 고전문학의 가치를 지켜나가면서 시대적 요구도 저버리지 않는 현명한 대안이 필요하다고 생각한다.

이러한 차원에서 2장에서는 행정적, 제도적 차원에서 대학에서 고전문학의 현재 교육 상황을 짚어보고, 교육과정의 변화나 교과목의 개설 및 과목의 다양성 확보 등을 통해 대안을 모색하는 방법을 생각해보았다. 3장에서는 2장에서 제시된 방향성에 의거해 고전문학교육이 지닌 현재적 가치를 밝히면서, 실제 교양과 전공 수업에서 구체적으로 이를 실행할 수 있는 방안을 필자의 수업 사례를 통해 찾아보고자 했다. 이를 통해 2015 역량 중심 교육과정에서 국어과의 핵심 역량으로 제시된 '자기 성찰 계발 역량, 자료 정보 활용 역량, 비판적 창의적 사고 역량, 문화 향유 역량, 의사소통 역량, 공동체 대인관계 역량'[3]이 실제 수업 사례에서 충분히 체득되고 발휘될 수 있음을 밝히고자 했다.[4]

---

2 역량기반 교육과정에 대한 전반적 연구 가운데 필자가 참고한 논문을 소개한다. 박민정, 「대학교육의 기능과 역할 변화에 따른 대안적 교육과정 담론: 역량기반 교육과정의 교육적 함의」, 『교육과정연구』 26, 한국교육과정학회, 2008; 김대중, 김소연, 「대학교육에서 핵심역량과 역량기반교육에 대한 이해와 쟁점」, 『핵심역량교육연구』 2-1, 핵심역량교육학회, 2017, 23-45면.

3 국어과에 해당하는 핵심역량에 대해서는 이인화, 「핵심역량 기반 2015 개정 국어과 교육과정의 실행 방안 연구」, 『새국어교육』 107, 한국국어교육학회, 2016; 한정현, 김혜숙, 「융,복합 교육적 접근에 따른 국어과 평가의 방향성 모색」, 『우리말교육현장연구』 10-1, 우리말교육현장학회, 2016 등의 논문을 참고할 수 있다.

4 역량중심교육과정은 중등교육을 대상으로 등장하기는 했지만, 교육부의 대학평가를 앞두고 이제는 대학의 교육과정 개편에까지 영향을 끼치고 있다. 대학별로 교양 및 전공과목을 핵심역량이나 세부역량에 따라 평가하고 개편하려는 작업이 진행되는 상황에서 이러한 흐름에 대한 타당성 논쟁에 머물 것이 아니라 대학의 교육과정과 교과목이 역량교육과정과 어떻게 연결될 수 있는지에 대한 논의를 시도하는 작업은 평가에

현재의 대학 상황에서 고전문학의 향유와 교육을 논한다는 것은 가치나 명분을 지향하는 관점이 아니라 다분히 현실을 타개하는 차원에서 실효성이 강조되는 것일 가능성이 크다. 이러한 사실을 충분히 인식하고 있지만, 그럼에도 불구하고 고전문학의 가치나 당위가 손상되는 방향으로 발걸음을 해서는 곤란할 것이다. 고전문학의 가치를 지키면서도 시의적 차원에 맞게 적절히 이를 구조화하는 방법을 고민해봐야 하리라 생각한다.[5]

2. 대학의 고전문학 향유 및 영역별 교육 현황과 과제

1) 연구사를 통한 방향 모색의 단서

수업 중 학생의 흥미를 높이고, 충원율과 취업률에도 긍정적 영향을 주기 위해 고전문학 관련 과목들을 변화시키려는 노력이 지속적으로 이루어지고 있는데, 주로 서사 작품들을 대상으로 이러한 연구가 진행된다는 것은 상당히 아쉬운 지점이다.[6] 한문학, 국문문학, 구비문학을 막론하고 일정한 줄거리를 지닌 서사 작품이 더 흥미를 끌고, 한시나 국문시가, 민요 등 서정(혹은 시가 양식) 쪽에서의 개선 방향은 상대적으로 부진하다. 기본적으로 우리 문학에서 작품이 별로 없는 희곡 장르나 실제 사실을 기록한 교술산문의 경우도 주목을 받지 못한다. 이는 작품이 서사적 구성을 지니고 있을 때

대한 대비를 하는 차원에서라도 필요하다고 생각한다.

5 '현재적 가치'나 '시의적 차원'에서 방향성을 모색하는 것은 미래적 가능성을 향해 나아가는 터전이 현재에 있기 때문이다. 대학에서 고전문학교육의 현재적 위치가 굳건해야 그에 바탕을 두고 미래의 고전문학교육에 대해 논할 수 있으리라 기대한다.

6 논문들이 다수 있지만, 주요한 것으로 권순긍, 「대학 고전소설교육의 지향과 방법」, 『한국고전연구』 15, 한국고전연구학회, 2007; 정선희, 「고전소설의 문화콘텐츠화를 위한 수업 방안 연구」, 『한국고전연구』 37, 한국고전연구학회, 2017 등이 있다.

그 개작이나 변용이 상대적으로 쉽고, 사람들이 문학 작품의 이야기 구조에 관심을 많이 가지고 있기 때문으로 보인다.

그런데 대부분의 시가 양식들이 서정 장르다 보니 작품 표면에는 서사적 구성이 잘 드러나지 않지만, 조금만 깊이 생각해보면 노래에 배경설화가 첨가된 경우가 흔하기도 하고 그렇지 않은 경우에는 작자와 향유자(수용자)가 맺고 있는 관계 양상이 배경 서사로서의 기능을 할 수도 있으므로, 이러한 측면을 충분히 활용하는 쪽으로 가능성을 찾아보는 것이 바람직하리라 생각된다. 희곡이나 교술산문의 경우 역시 서사적 특성을 포착해 낼 수 있는 여지는 충분히 존재한다.

결국 장르나 양식의 차이를 불문하고 고전문학 전체 작품을 대상으로 변화의 노력이 이루어질 수 있으며, 또 그래야만 교육에서의 방향성도 균형감 있게 모색될 것이라 생각한다. 궁극적으로는 이러한 바람을 가지고 있지만, 이 논문의 일차적 목표를 달성하려면 서사 양식을 대상으로 지금까지 이루어진 연구들을 검토하면서 시사점을 정리해 나가는 방식이 일단은 효율적일 것이다.

대학에서의 고전문학 교육에 대한 그간의 연구 동향을 영역에 따라 살펴보면, 교양교육의 교과목으로서 고전문학을 다룬 경우와 인문대학(혹은 문과대학)에 소속된 국어국문학과 교과목으로서 고전문학을 다룬 경우가 가장 많다. 이 외에도 교원양성기관이라 할 수 있는 교대나 사범대학 국어교육과의 교과목으로서 고전문학을 다룬 경우까지를 기본적 영역으로 볼 수 있을 것이다.[7] 이 세 영역 밖의 것으로는 한국어교사를 양성하는 한국어교육과의 교과목으로서 고전문학을 논하는 경우나 대학원 과정에서 고전문학 교과목에 대해 논하는 경우들을 들 수 있다.[8]

---

7 사범대학 국어교육과에서의 고전문학교육에 대한 최근 논의로 한길연, 「사범대학 고전문학교육의 현황과 제언」, 『문학교육학』 63, 한국문학교육학회, 2019를 들 수 있다.

8 국문과 대학원 과정에 대해 참고할 만한 논의로 고전문학교육 쪽은 아니지만, 정은경,

이 모든 영역에서의 고전문학교육에 대한 논의를 검토할 필요가 있겠으나, 우선은 가장 많은 연구가 진행된 교양교육과 국문과 교과목으로서 고전문학교육에 대한 연구를 검토함으로써 전반적인 현황 파악을 해보고자 한다. 뒤의 세 영역의 경우는 각자 특수한 목표 아래 개설된 학과나 과정들이기에 대학에서 이루어지는 일반적인 고전문학교육과는 약간의 거리가 있을 수밖에 없다. 그렇기는 하지만 이 세 영역들의 교과목 역시 앞의 두 영역과의 연관성 아래 개설되는 측면이 강하기 때문에 앞 영역들의 검토 결과가 긍정적으로 참고가 될 가능성은 크다고 생각한다. 또한 굳어진 학제의 편제를 바꾸기 어려운 상황에서 대안으로 마련되었다고 할 수 있는 융합전공이나 연계전공에서 고전문학을 교육하는 부분에 대해서도 현황을 파악해 발전적인 방향성을 모색하고자 한다.

2) 교육 영역별 현황과 과제

(1) 교양 교육

교양교육으로서 고전문학이 향유, 교육되는 양상을 살펴보면,[9] 대개는 고전문학 단독으로 교과목이 구성되기보다는 현대문학까지 포괄하여 한국문학 전체를 대상으로 한 과목이거나, 아니면 외국문학까지 포괄하여 문학 일반에 대해 다루는 과목으로 개설되는 경우가 많은 것을 볼 수 있다. 이러한 수업이 제대로 이루어지려면 고전문학과 현대문학을 각각 전공한 두 명의 교수자의 팀티칭으로 구성되거나,[10] 고전이든 현대든 상관없이 국문학 전공

「대학원 현대문학전공 교육과정의 현황과 교육방법에 관한 비교 고찰」, 『어문논집』 55, 민족어문학회, 2007 등이 있다.

9 교양 교육으로서 고전문학교육에 대한 전반적 사항을 다룬 논문으로는 김종철, 「대학 교양교육으로서의 한국고전문학교육의 과제」, 『한국고전연구』 22, 한국고전연구학회, 2010을 참고할 수 있다.

10 교양교육 쪽에서 고전문학과 현대문학의 연계는 더욱 강조되지만, 전공교육에서 역시

자와 외국문학 전공자들 몇 명이 함께 하는 다수 교수자의 팀티칭으로 구성되는 방식이 바람직하리라 생각된다.

그러나 실제로는 행정상의 어려움이나 학과 간 협력 관계의 부재로 인해 대개는 수업 내용 전체 가운데 한 부분만을 전공한 교수가 다른 영역까지 포괄해 강의하는 방식으로 진행되는 경우가 대부분이다. 이때 담당교수가 본인의 전공 영역 이외 부분까지 추가로 공부하여 강의를 한다면 아쉬운 대로 강의의 목표는 달성할 수 있겠으나, 교과목의 성격과는 다르게 편의적으로 자신의 전공 분야만으로 수업을 하는 경우도 나타난다. 이러한 형태로 실제 강의가 강좌명이나 강의 목표와 다르게 운영될 때 탈락될 가능성이 큰 영역이 고전문학 분야라고 생각된다. 이는 옛날에 향유된 어려운 문학이라는 고전문학에 대한 기본적인 인식으로 인해 국문학 내에서 현대문학 쪽에 힘이 실리고, 그러다보니 외국문학이 포함된 문학 일반 강좌에서도 고전문학이 국문학의 대표성을 갖는 분야로 인정되기 어려워지는 측면이 있기 때문일 것이다.

이러한 가운데 교양교육 내에서 고전문학이 문학 중심 강좌가 아닌 전통문화나 민속 문화를 강조하는 과목에서 활용도가 높다는 사실에 주목할 필요가 있어 보인다. 이러한 과목은 사학과 계열 전공에서 주관하는 경우도 있지만, 그에 못지않게 국문학 내 민속학이나 구비문학 전공자들이 강의하기도 하고, 때로는 두 전공이 '문화'라는 접점 내에서 함께 협력해 팀티칭 강좌로 운영해 나가기도 한다.[11]

미래 시대를 대비하는 차원에서 두 전공의 협력 하에 특히 3, 4학년 등 고학년의 과목 설계가 이루어질 필요가 있다고 생각한다. 고전문학과 현대문학의 연계를 통해 교육과정을 개혁해야 한다는 논의가 시작된 지는 이미 꽤 되었다고 여겨지는데, 대표적으로 김흥규, 「고전문학 · 현대문학의 종합과 새로운 교육과정」, 『한국어와 문화』 1, 숙명여대 한국어문화연구소, 2007 등을 들 수 있다.

11 이러한 양상에 대해서는 강성숙, 「구비문학 관련 강좌의 현황과 교양 과목으로서의 구비문학」, 『한국고전연구』 22, 한국고전연구학회, 2010에서 자세히 조사되었다.

교양 교과목에 있어 강의를 주관하는 학과의 문제는 사실 대학 내에서 학과의 세력을 확보하는 부분과 관련이 있어 때로는 이권 다툼의 모습으로 비춰지기도 하는데, 인문학 전반이 활력을 잃어가는 요즘의 세태를 감안한다면 이러한 구태에서 벗어나 인문학 전체를 살리는 방향 속에서 고전문학의 변화를 모색해가는 대승적 입장을 가져야 하지 않을까 생각한다. 여기서 '프라임 사업'에 선정된 대학들이 인문대학의 정원을 줄이는 전제하에 교육부 지원 금액의 일부를 인문대 발전 사업에 썼던 사례나, '코아 사업'이라는 이름 아래 인문학 육성 사업이 진행되었던 사례들을 뒤돌아볼 필요가 있을 듯하다.

이러한 지원 사업의 목표는 인문학의 각 학문 분야들이 협력하여 학제간 연구를 시행하고, 협력 강의나 연계 전공들을 설계, 개설하여 전반적인 인문학을 발전시키는 데 있었다. 그런데 물론 이러한 목표에 걸맞게 운영된 대학이 있기는 하겠지만, 강의명이나 전공 명칭에서는 협력이나 연계를 드러내서 강조하면서도 실제 운영에 있어서는 학과 간 이기주의라고 할 수 있는 구태에서 벗어나지 못한 경우도 있었다.[12]

추후로는 교육부 지원 사업에 얽매이지 않고 학자적 양심에 따라 학문의 발전과 학생의 미래를 위해 행동해야 할 필요를 절실히 느낀다. 이러한 대전제 아래 교양과목으로서 고전문학이 설 자리를 모색해 가는 과정에서 생각해 볼 때, 고전문학만으로 교양교육에서 독자적인 과목 개설을 한다는 건 쉽지 않은 까닭에, 구비문학 중심으로 '문화'라는 화두에 맞춰 역사학 쪽과 연계해 나가는 방식은 꾸준히 발전시켜 나가야 한다고 생각한다.

---

12 즉 주관학과라는 이름하에 특정 학과가 전권을 갖고 다른 학과들은 강의만 빌려주는 형태로 연계 전공이 만들어지고 팀티칭 과목에도 이러한 양상이 비슷하게 나타나는 사례들이 있었다. 그러다보니 연계 전공을 택하는 학생들이 소수이거나 설령 전공자들이 있다 해도 그들을 위한 전공 설계나 학사 지도가 잘 이루어지지 않아, 학생들은 졸업 후 미래를 계획하기 어렵고 인문학의 통합적 발전 역시 기대하기 어려운 난맥상이 연출되었다.

또한 지방 소재 대학의 트렌드의 하나로 그 대학이 위치하고 있는 지역에 대해 다양한 측면에서 고찰하는 지역학 관련 교양과목이 개설되는 경우가 많아지고 있어 관심을 가질 필요가 있다. 필자가 재직 중인 대학에서도 지역학 관련 연구소가 설립되면서 지역학개론 형식의 교양과목이 개설되었는데, 그 수업의 두 주 정도의 분량에서 대학이 소재한 지역의 문학을 주제로 하여 고전문학과 현대문학 작품과 작가에 대해 소개하는 내용이 다루어진다.[13] 이 과목의 운영에는 신설된 지역학 연구소 외에도 이전부터 인문대학 내에 존재했던 인문학연구소나 마한백제문화연구소, 대안문화연구소 등이 협력하여, 전체 교수진을 짜고 교재를 개발하고 있다. 해당 지역학 연구소에서 매년 개최하고 있는 심포지움을 통해 알게 된 사실인데, 이러한 식으로 지역 대학과 지역 자치단체가 연계하여 지역학을 연구하고 개발하는 흐름이 서울에서는 이미 오래 전에 확립되었고, 그 외에도 제주도와 인천, 천안 등의 다양한 지역에서 진행되고 있었다. 이와 같이 지역학 연구 속에 고전문학 연구자들이 나름의 지분과 역할을 지니고 들어가서, 교과목 개발이 진행될 때 일정한 형식과 내용으로 콘텐츠를 구성해 고전문학 작품을 교육할 수 있을 것이다.

(2) 전공 교육

국어국문학과 전공 교육 과정에서 고전문학 관련 과목의 변화상을 살펴보면, 일반적으로 1, 2학년과 3학년 1학기 정도까지는 전통적인 고전문학 과목들이 유지되다가 3학년 이후부터 4학년으로 가면서 변화를 모색하는 과목들이 늘어나고 과목명이 자주 바뀌는 현상이 나타난다.[14] 필자가 재직

13 아직은 문학 위주로 진행되기는 하지만, 본격화되면 국어학 쪽 방언 연구 등이 합쳐져 국문과 전공영역 전체가 지역학 수업의 한 부분으로 투입되는 방향으로 나가리라 예상된다. 교과목에서는 아직 흔하게 보이지 않지만, 지역학 연구 차원에서 특정 지역의 방언과 문학, 민속 등을 함께 연구하는 사례는 빈번하게 이루어지고 있기 때문이다.

14 신동흔, 「21세기 구비문학 교육의 한 방향―"신화의 콘텐츠화" 수업 사례를 중심으로」,

중인 학과에서도 상황은 비슷해서 2학년 1학기까지 '국문학개론' 형식의 과목과 '국문학사'로 기틀을 잡고, 3학년 1학기 정도까지 '고전소설론'이나 '고전시가론', '구비문학론' 등 각론 형식의 과목을 배운다.[15] 아직까지는 인문대학 국어국문학과에서 정원의 10%에 해당하는 인원이 교직 이수를 할 수 있고, 교직 이수를 목표로 국어국문학과에 진학하는 학생들이 상당수 존재하기 때문에 1, 2학년에서 이러한 과목 구성은 당연한 것으로 인식된다.[16]

3학년부터는 기존의 전통적인 틀에서 벗어난 과목들이 보이기 시작하는데, 이러한 예로 특히 3학년 1학기에 개설된 '서사와 문학치료'와 4학년 2학기에 개설된 '미디어와 언어' 두 과목을 들 수 있다. 현재 두 과목 모두 필자가 맡고 있는데 '서사와 문학치료'는 개설된 지 10년이 넘은 강좌로 처음부터 개설해서 계속 맡고 있고, '미디어와 언어'는 작년부터 강의하기 시작했다. 과목명만 보더라도 문학치료 영역과 문화콘텐츠 영역을 고전문학과 연계해서 새로운 시도를 해보고자 개설된 강좌들이란 점은 쉽게 알 수

『한국고전연구』 15, 한국고전연구학회, 2007을 통해 일반적인 상황을 짐작할 수 있는데, 이 논문에서는 건국대학교 국어국문학과 전공과정을 예로 들면서 고전문학 관련 교과목의 변화 추이에 대해 자세히 밝혀 논했다.

15 기본과목에서 본문에서 언급한 과목명들은 편의상 대학 국문과에서 일반적으로 사용하는 명칭으로 소개한 것으로, 실제 교육과정 내의 명칭은 이와 좀 다르다. '국문학개론'과 작품을 읽어 나가는 강독 형태의 과목을 합쳐 '우리문학과의 만남'이라는 강좌를 개설했고, '고전시가론'은 노래로서의 성격을 강조하면서 현대시나 대중가요와의 연계나 비교의 관점을 부각시키는 차원에서 '한국가요문학의 이해'라는 명칭을 쓴다. '고전소설론' 역시 소설에 국한되지 않고 서사성을 띠는 다양한 텍스트들을 다루고자 하는 의지를 표출해 '한국고전서사체 연구'라는 명칭을 사용한다. 단 '국문학사'와 '구비문학론'은 교직과목 인정 문제로 그대로 사용하고 있다.

16 기본적으로는 그러한데 학번에 따라 교직이수 희망자가 적어지는 경향도 나타난다. 10%밖에 되지 않는 선발 인원 때문에 성적이 미치지 못한다고 생각하는 학생들은 일찍 포기하고, 교원임용시험의 높은 경쟁률 때문인지 성적 최우수자들 중에도 다른 복수전공이나 연계전공을 택하는 경우가 이따금 보인다. 현 상황이 이러한데 설상가상으로 교육부에서 교육대학원과 교직이수과정을 점진적으로 없애고자 하는 의지를 강하게 가지고 있기 때문에, 이 부분에 의지해 국어국문학과의 미래나 대학에서 고전문학 교육의 방향성을 모색하는 것은 거의 불가능하다고 판단된다.

있다. '치료'와 '문화콘텐츠'의 두 영역은 사실 고전문학뿐만 아니라 인문학 관련 모든 학과에서 취업을 위해서나 학문의 방향성 전환을 위해서 교육과정을 바꿀 때 가장 흔하게 활용되는 듯하다. 결국은 과목명을 바꾸는 데서 그치지 않고 어떻게 내실을 다지면서 그 과목을 이끌어 가는가 하는 데에 교육과정 개편의 성패가 달려 있다고 볼 수 있다.

이 두 개 과목 중 '서사와 문학치료'에 대해서는 다른 논문을 통해 사례 보고가 이루어졌기 때문에 이 논문에서 자세히 다루지는 않는다.[17] 〈미디어와 언어〉의 경우는 역사 속 같은 시기의 사건이나 인물을 조명한 고전소설이나 실기, 실록 등과 비슷한 내용을 다루면서도 이를 다각적인 시각에서 변용한 현대소설 및 영화, 뮤지컬 등의 콘텐츠를 비교 검토하는 것을 주요 강의 내용으로 하고, 비슷한 사례를 찾아 학생들이 발표를 진행함으로써 고전문학과 콘텐츠의 연결 가능성을 높이는 데 주안점을 둔 강좌이다.[18]

'치료' 쪽이든 '문화콘텐츠' 쪽이든 고전문학이 지닌 원형성(原型性)에 기초해 이를 현재 시점과 연결시켜 현재적 활용성을 높이고자 한다는 점에서는 기본적으로 같은 성격을 띠며, 고전 작품을 현재 상황에 맞게 창의적으로 변용해서 인간의 삶에 어떤 식으로든 도움을 줄 수 있는 방법을 마련한다는 점에서 유사하다고 볼 수 있다. 동양이든 서양이든 고전의 생명력이 지속적으로 이어지면서 후대에 영향력을 발휘하는 근본적인 이유 역시 이

---

17 박경주, 「문학치료 수업 모델 연구를 위한 사례 분석」, 『문학치료연구』 28, 한국문학치료학회, 2013. 이 논문은 앞서 언급했던 박경주, 『쓸모 있는 국문학을 지향하며』, 역락, 2019에도 수록되었다.

18 필자는 평소 수업에서 고전문학 작품을 해석하는 하나의 방편으로 학생들에게 '작품 비교'의 중요성에 대해 강조하는 편이다. 이에 대한 견해는 박경주, 「학습자 주도적인 '비교' 활동을 통한 고전문학교육의 새로운 길 찾기」, 『고전문학과 교육』 31, 한국고전문학교육학회, 2016에 잘 정리되어 있는데, 이 논문 역시 위 책, 2019에 함께 수록되었다. '미디어와 언어'에서 비교 대상 작품으로 제시되는 주요 작품을 들면 '〈한중록〉/영화 〈사도〉', '〈광해군실기〉/영화 〈광해〉/드라마 〈왕이 된 남자〉', '〈병자일기〉/소설 〈남한산성〉/영화 〈남한산성〉', '판소리 〈변강쇠가〉/영화 〈변강쇠〉/뮤지컬 〈강쇠, 점 찍고 옹녀〉', '〈춘향전〉/영화 〈방자전〉' 등을 들 수 있다.

러한 지점 때문이라고 볼 수 있는데, 이를 대학의 수업 상황과 연결시켜 활용하는 구체적 방법에 대해서는 3장에서 논하고자 한다.

(3) 융합전공 또는 연계전공 교육

융합전공과 연계전공은 학과 간의 협력 관계를 통해, 새로운 학과를 만들지 않고 기존 학과의 교육과정을 중심으로 하면서 몇 개의 전공과목을 추가로 신설해 새로운 전공과정을 이수할 수 있도록 설계된 전공으로, 거의 모든 대학들에서 다양하게 설계, 개설되고 있는 것으로 안다. 기본 성격은 이와 같이 비슷하지만, 융합전공은 기존 학과 중심의 개념으로 설명한다면 복수전공에 해당하고,[19] 연계전공은 부전공에 해당한다고 볼 수 있다. 대학마다 사정이 좀 다르겠지만 개설된 현황을 보면 융합전공보다는 연계전공의 수가 훨씬 더 많으며, 특히 대학원 석사과정에서 연계전공의 방식으로 기존 학과와 직결되지 않는 형식으로 전공과정을 별도로 만들어 학생을 선발하는 경우가 흔하게 보인다.[20]

필자가 재직 중인 대학의 국문과에서 다른 학과와 협력해 개설된 연계전공으로는 현재 '문화인문콘텐츠학 전공'과 '동아시아학 전공'의 두 가지가 있다. 이 가운데 필자의 전공과목들 중 '서사와 문학치료', '미디어와 언어' 등이 '문화인문콘텐츠학 전공' 과정의 교과목으로 들어가 있고, '페미니즘

---

19 각 대학 별로 '융합전공'이란 말 대신에 다른 용어를 사용하는 경우들이 있는데, 예를 들어 서울대학교 같은 경우는 '융합전공' 대신에 '연합전공'이란 말을 쓰며, '복합전공'이란 용어를 사용하는 대학도 존재한다.

20 이러한 연계전공 과정의 개설은 새로운 학부 정원을 늘리지 않고서도 쉽게 시류를 따르는 전공을 만들 수 있으며, 기존 학과의 교과목을 많이 활용하며 연계전공 자체로 개설되는 교과목은 많지 않아도 된다는 행정상의 장점 때문에 대학에서 편의적으로 개설되는 듯하다. 고전문학이 아니더라도 어느 전공이든 다른 전공과의 연계를 통해 새로운 방식의 수업과 진로를 모색하는 방안을 시도할 수 있다는 점에서 학교나 교수 입장에서는 이점이 있을 수 있으나, 개설의 역사가 짧고 주관학과를 계속 돌아가면서 맡는 방식으로 인해 학생 관리나 진로 지도에 어려움이 있어 학생 입장에서는 진지하게 살펴 선택하지 않으면 예상했던 것과는 달리 실망이 커지는 문제가 발생할 수 있다.

과 여성문학'이란 이름의 교양과목도 이 연계전공에 포함되었다.[21] '문화인문콘텐츠학 전공'은 그 이름만큼이나 관여한 학과도 다양한데, 기본적으로는 인문대학의 문예창작과, 사학과, 철학과, 국문과가 연계되었고, 공학대학의 창의공학과 교수 한 분이 함께하면서 콘텐츠의 산업화에 대한 부분을 맡고 있다. 이 연계전공에는 문화콘텐츠 관련 과목과 심리치료 관련 과목이 중심에 있다고 할 수 있다. 철학과의 경우 철학상담치료라는 이름하에 모든 교육과정을 손질해 근본적으로 학과의 성격을 심리치료 쪽으로 탈바꿈하는 대전환을 거치기도 했다.

국문과 학생들 가운데 문화인문콘텐츠학을 연계전공으로 택한 학생들의 경우를 보니 철학상담치료 쪽 수업은 어려움 없이 듣는 데 반해 콘텐츠쪽 수업을 힘들어하는 경향이 있었다. 아마도 국문학 작품을 텍스트로 하여 컴퓨터 게임이나 디지털 콘텐츠 기술을 접목해 산업화해야 하는 등의 수업 등에서 레포트 작성에 어려움을 느꼈던 듯하다. 그러나 이 연계전공은 국문과 학생들이 복수전공으로 많이 택하는 경영학이나 언론정보학, 사회복지학, 행정학 등에는 특별히 의욕을 가지지 않으면서 국문학과 관련된 취업을 하고자 하나 교직이수자로 선발되지는 못한 특정 그룹의 학생들에게 꾸준한 관심을 받으며 자리잡아가는 과정에 있다. 문화인문콘텐츠학이라는 연계전공 내에서 고전문학 작품들을 콘텐츠화하고 이를 치료적 차원에서도 활용하는 방안들을 지속적으로 모색해야 하리라고 본다.

'동아시아학 전공'은 필자가 재직 중인 학과에서는 특정 교수의 관심에 힘입어 연계전공의 하나로 자리 잡았는데, 사학과와 중국학과, 일어교육과 등의 도움을 받아 지역학의 성격을 띠는 쪽으로 방향성을 잡아나갔다. 서울대학교 인문대학에서는 이보다 상당 기간 전에 '아시아언어문명학과'라는

21 교양과목 '페미니즘과 여성문학'에 대해서는 이 논문의 3장 1)절에서 '주제 중심의 교육에 의거한 고전문학의 현재적 활용성을 검증'하는 수업 사례로 자세한 내용을 소개할 것이다.

이름의 신생 학과를 만들고 관련 연구소를 개소해 아시아 대륙을 지역학적 차원에서 연구하고 가르치는 일을 시작했는데, 그 시작 단계에서 국문학과가 중심에 서서 노력을 많이 한 것으로 알고 있다. 서울대학교 인문대학은 여기서 더 나아가 연계전공으로서 '비교문화학 전공'을 개설해 새로운 세계 지역문화 연구와 강의의 흐름을 이끌어 내었다.[22]

융합전공이나 연계전공에 대한 논의는 당연히 고전문학교육의 방향성을 논하는 이 논문의 핵심을 차지하지는 못한다. 이 영역에까지 필자가 관심의 폭을 넓힌 것은 10여 년 전부터 귀에 못이 박히도록 들어온 대학과 인문학의 위기가 눈앞의 현실로 다가온 현 시점에서 우리의 관심이 더 이상 국문과 교육과정 내의 고전문학 수업에만 멈춰서는 곤란하다는 생각에 기인한다.[23] 이에서 나아가 기존의 학과나 전공만으로 커버하기 어려운 복잡한 현

---

22 이렇듯 융합전공이나 연계전공이 추가되면서 서울대학교에는 개성이 강한 교양 강좌들이 개설되어 눈길을 끈다. '자율세미나'라는 이름의 강좌는 정해진 소수의 학생들이 모여 주제를 설계하고 강좌개설 요청을 하면, 강의 주제와 관련된 전공 쪽에서 배정된 교수는 가이드 역할만 하면서 학생들 스스로가 한 학기 강의계획을 세워 세미나 형식으로 진행하는 교양수업이다. 또한 교수가 융합주제로 강좌를 개설하는 대형 교양강의도 있는데, 수강신청은 대형강의로 하지만 실제 수업은 20명 정도의 인원이 분반을 이루어 토론 형식으로 진행된다. 필자가 재직 중인 대학에서도 이와 비슷한 형태로 '글로벌인문학'이란 강좌가 10여 년 전부터 진행 중인데, 서울대와 다른 점은 해당 대학 교수가 한 학기 주제를 내거는 형식이 아니라 매 주 다른 주제 하에 특강 형식으로 외부의 유명인사를 강사로 초빙한다는 점이다. 강의는 대형으로 듣고(2시간), 1시간 강의에서 분반을 통해 토론을 하는데 이 토론을 가이드하는 교수가 해당 과목의 담당교수로 정해진다. 이러한 새로운 형태의 강의에 학생과 교수의 의지만 있으면, 충분히 고전문학과 관련한 주제를 다른 영역의 내용과 연결지어 융합 주제로 내걸 수 있을 것이다.

23 이는 물론 지방사립대학 국문과에 소속되어 있는 입장이 아니면 체감하지 못하는 것일 수도 있다. 그런데 실제로 필자는 독문과가 폐과된 이후 재학 중이던 모든 학생들이 졸업해 소속학과가 없는 상태에서, 해당 학과 교수들이 두어 개의 교양과목 외에도 '글로벌영상콘텐츠 전공'이라는 연계전공을 선택한 10여 명의 학생들을 본인의 소속 학과 학생으로 여기고 정년이 될 때까지 수업을 진행했던 사례를 보았다. 이 연계전공은 필자가 그 개념조차 잘 몰랐던 2000년대 초반쯤에 독문과 교수들이 중심이 되어 문예창작학과에서 독문학을 전공한 교수 및 영상이나 미디어에 관심이 있는 교수들과 협력해 만든 것으로, 일찍부터 위기 상황을 대비한 포석이었다고 여겨진다.

실 상황들이 벌어지는 현 시점에서 현재를 제대로 해석하고 미래를 선도할 수 있는 학문적 정체성을 확고히 하려면 기존의 교육과정에 머무를 것이 아니라 전공 영역에서도 확장과 연대가 필요하다고 판단되기 때문이다.

3. 사례 중심으로 살펴 본 방향성 모색의 가능성[24]

1) 주제와 연행(演行) 중심의 교육에 의거한 고전문학의 현재적 활용성 검증

고전문학이 현재 시점에서 교육되어야 할 명분은 2015 역량기반 교육과정에서 제시한 국어과 핵심역량 중 '문화 향유 역량'의 강화나 또는 그간의 교육과정에서 강조된 '민족문화의 계승'이라는 측면에서 찾을 수 있겠지만, 보다 현실적 차원에서 고전문학이 지닌 현재적 활용성이 검증된다면 그 교육의 의미는 더욱 살아날 것이다. 2장에서 문화콘텐츠 영역이나 문학치료 영역과 관련한 과목이나 연계전공의 개설 등에 대해 논하면서 얼마간은 언급되었지만, 이러한 노력을 통해 우리가 얻고자 하는 것은 바로 고전문학의 현재적 활용성이 검증되는 것이라고 생각한다. 화석화된 문화유산으로서가 아니라 현재 우리의 생활과 문화에 직결되면서 영향력을 가질 수 있는 살아있는 생명력을 가진 존재로서 고전문학의 가능성을 높일 때 그 교육적

24 2장에서 대학의 고전문학교육의 현황과 과제를 파악하는 데 있어서는 연구사에 기초해 최대한 객관성을 확보하고자 노력했다. 이러한 노력은 3장의 방향성 모색에 있어서도 마찬가지로 유지되었으나 필자의 교육관이나 교육경험이 모든 대학의 사례를 포괄한다고 보기는 어려운 까닭에 얼마간은 주관적 견해가 들어갈 수밖에 없었으리라 생각된다. 이러한 이유로 인해 이 논문에서 제시하는 방향성이 현재로서는 하나의 사례를 통해 현재 상황을 극복하고 미래지향적 가능성을 모색하고자 하는 시도이자 가능성의 차원일 수 있다는 점을 밝혀둔다. 또한 여기서 제안하는 방안들이 새롭게 창안된 것이라기보다는 기존에 해오던 방법일 수 있겠지만, 이 논문에서 필자의 사례를 통해 이에 대해 보다 강조하고 주목하게 하는 효과를 기대했음을 밝힌다.

가치도 높아질 수 있다.

이를 위해 먼저 강조될 것은 주제로 표상되는 고전문학 작품의 내용적 가치 중심으로 교육이 이루어져야 한다는 사실이다. 이 부분은 2장에서 말한 바와 같이 서사성을 띤 작품들 중심으로 대학의 교과목들이 변화되고 있다는 점에서 이미 상당 기간 전에 시작되었고 지금도 진행 중이다. 고전 작품의 주제는 다분히 원형적 특성을 지니면서 우리 민족의 내면에 정착되어있고, 그것이 작가군의 의식 세계를 통해 현대 작품이나 콘텐츠에 영향력을 발휘한다.[25]

고전문학의 현재적 활용성을 보여줄 수 있는 또 다른 핵심은 그 장르가 어떠한 형태로 향유, 즉 연행되었는가 하는 사실이라고 생각한다. 특히 이 부분은 주제적 측면과는 달리 이야기(산문)이 아닌 노래(시가) 장르에서 중심에 놓고 그 현재적 가치를 검증해야 할 필요가 있다. 고전시가 작품은 기본적으로 노래로 불렸다는 특성을 갖고 있으며, 한글시가가 아니더라도 구비문학으로 전승된 민요나 서사성을 지니는 판소리, 나아가서는 고전소설까지도 현장에서 공연 형태로 향유된 흐름이 고전문학에는 존재한다. 연행성은 곧 '현장성'의 의미도 함축한다고 생각되는데, 이러한 특성이 대중가요나 마당극, 연극, 뮤지컬 등 다양한 문화 영역의 연행성과 연결이 되고 있기에 이 지점에 관심을 두고 고전문학의 현재적 활용성을 모색해 나가야 하리라고 본다.[26]

---

25 이러한 주제 중심의 강좌로 '계층 갈등' '여성' '질병/ 역병' '노년' '신과 인간' 등등 특정 주제를 잡아 2장에서 제시한 교양과목이나 연계전공의 과목으로 설계해볼 수 있을 것이다. 또한 이러한 수업은 자율세미나 형식의 수업이나 융합주제를 다루는 수업에서도 그 활용도가 높을 수 있으리라 판단된다.

26 이 부분은 고전시가를 대상으로 한 문학교육에서는 대학뿐만 아니라 초, 중, 고 모든 단계에서 특히 중요하게 다루어져야 한다고 생각한다. 문학교육에서 고전시가 작품의 향유와 관련한 구체적인 문제 제기의 부분은 박경주, 「고전시가 교육에 있어 향유 방식의 중요성과 그 방법론적 탐색」, 『고전문학과 교육』 38, 한국고전문학교육학회, 2018을 참고할 수 있다.

코로나 19로 인해 공연 문화가 위축되고 그에서 나아가 문화산업 전체가 난국에 처한 요즘의 상황에서, 이에 대한 검증은 더욱 힘들어지고 있다고 생각되지만 그럴수록 고전문학의 주제와 연행성을 잇는 콘텐츠의 창의적 개발이 필수라고 여겨진다. 이에 대한 중요성을 인식하고 실제 수업을 통해 그 창의적 개발에 뛰어들 수 있는 동력을 키워내는 방향으로 대학에서 고전문학 교육이 나아가야 할 것이다.

이제 앞서 말한 주제 중심의 교양과목으로 필자의 수업 중에 〈페미니즘과 여성문학〉 과목을 사례로 들어 소개하고자 한다. '페미니즘과 여성문학'이란 강좌명은 처음 이 강좌 개설 당시에 지어진 이름은 아니다. 국문과, 독문과, 불문과, 영문과에 각각 소속된 여교수 4명이 여성문학 관련 강좌를 협력강의(team teaching) 형식으로 해보자고 논의가 되어 각각 4주씩의 파트를 담당하는 것으로 시작됐는데, 당시의 강좌명은 '세계문학과 여성'이었다.

그러던 것이 독문과에 이어 불문과 교수가 개인 사정으로 나간 뒤에 영문과 교수의 제안에 따라 과목명이 '페미니즘과 여성문학'으로 바뀌었는데, 5년 전쯤 영문과 교수까지 손을 놓으면서 필자 단독으로 맡아서 하게 되었다.[27] 이 수업에서 필자는 최근 몇 년 사이 사회적으로 이슈가 되고 있는 페미니즘 관련한 쟁점에 직접 다가가는 방식이 아니라 오히려 거리를 두면서, 이 강좌가 날 것 그대로의 사회 현상을 다루는 수업이 아니라 사회 현실을 작가가 나름대로의 관점을 가지고 텍스트로 만든 문학이나 문화콘텐츠를 통해 작가의 시각을 분석하는 수업임을 수시로 주지시키면서 작품 분석을

27 이러한 과정을 말하는 것은 강의의 완성도를 위해서는 학과 간 협력이 필요하지만, 협력을 제안한 쪽에서 먼저 나갈 정도로 협력강의가 실제로는 쉽지 않다는 사실을 알리기 위해서이다. 혼자 이 강의를 맡게 된 후 강의의 전반적 기조를 유지하기 위해 필자는 국문학 쪽을 소개하고자 기존에 만들었던 '한국문학(문화)와 여성'이라는 주제와 비슷한 형식으로 '서구문학(문화)와 여성'이라는 내용의 강의안을 새로 구성해 추가하고, 영화나 드라마와 같은 문화콘텐츠를 여성적 시각에서 분석하는 주제들을 넣고 학생들의 조별 발표와 개별 발표 시간을 늘려 새롭게 강의계획을 구안했다.

통해 자신의 관점을 성숙시켜 나가도록 유도한다.

이 강좌에서 필자는 오래 전부터 '한국문학(문화)와 여성'이라는 주제 아래 우리 문학사의 흐름 속에서 시대별, 장르별, 작가별, 작품별로 꼭 짚어보아야 한다고 생각하는 여성문학 텍스트들을 간단하게 소주제 별로 소개하는 내용으로 2-3주 정도의 강의 시간을 할애하는데, 여기서 한국고전문학 텍스트에 등장하는 여성 관련 내용들에 대해 학생들은 상당히 관심 있어하며 그 핵심 유형을 나중에 본인의 개인 발표에 활용해 분석하기도 한다. 교수의 강의 내용이 학생들에게 영향을 주는 것은 당연하지만, 사실 고등학교 때까지 우리 학생들이 한국고전문학과 여성을 연결시켜 공부해 본 경험이 전무하기 때문에 더 흥미롭게 느끼는 것이 아닌가 싶다.

더구나 고전의 작품 내용을 그대로 소개만 하는 것이 아니라 현 상황과 연결 지어 가면서 그 중심 유형의 시대적 변화상에 대해서도 함께 고민하게끔 하므로 국문과의 전공수업 못지않게 학생들이 우리의 고전 작품에 관심을 갖게 하는 효과를 누리고 있다.[28] 즉 이 강좌는 '여성과 문학, 넓게는 여성과 문화 및 문화콘텐츠'라는 주제를 통해 고전문학 작품에 대한 관심을 갖게 하는 수업이라고 볼 수 있겠다.[29] 이렇게 볼 때 이 강좌를 통해 학생들은 국어과 핵심역량 중 앞서 언급한 대로 고전 작품을 공부하면서 얻는 '문화 향유 역량'과 더불어 사회를 바라보면서 자신을 돌아보는 '자기

28 온라인수업으로 진행된 지난 학기 수업에서 학생들은 '서사민요에 나타난 처첩갈등의 양상과 현대 드라마에 대한 비교' '〈사씨남정기〉의 사씨와 교씨에 대해 거꾸로 살펴보기' '탈춤의 〈미얄과장〉과 〈된동어미화전가〉에 나타난 여성의 모습 비교하기' '여성영웅소설의 주인공과 디즈니 영화 속의 뮬란, 모아나 등의 캐릭터 비교하기' 등 동서고금을 막론하고 텍스트를 선택해 분석하면서 자신의 생각을 드러내고, 나아가 이를 통해 현 사회의 페미니즘 이론이나 현상에 대한 성찰까지 보여주었다.

29 강좌의 성격이 주제 중심이므로 본문에서는 그 특성을 강조했지만, 실제 수업 내용에서는 연행성에 대한 부분도 놓치지 않는다. 한국문학 쪽을 강의할 때 여러 시가 장르도 다루는데, 이때 현재까지 유지, 보존되면서 노래로 불리는 경북지역의 규방가사를 비롯해 시조, 민요, 무가, 판소리 등의 연행 현장의 녹화 영상을 보여주면서, 현재까지 이어지며 의미를 갖고 재생산되는 고전문학의 연행성의 부분까지 강조한다.

성찰 계발 역량'까지 키울 수 있다고 판단된다.

2) 창의적 변용에 대한 관심을 통한 개성적 분석 능력의 심화

필자가 강의하는 거의 모든 고전문학 전공과목에서 창의적 변용에 대한 관심을 통한 개성적 분석 능력의 심화라는 목표는 꾸준히 강조된다. 고전문학 작품을 개성적으로 분석하는 방법은 연구자마다 차이가 있겠지만, 학부 학습자의 입장에서 효율적인 방법으로는 고전 작품을 창의적으로 변용시킨 텍스트와의 비교를 통해 오히려 고전 작품의 현재적 의미를 발견하면서 개성적 분석에 이르는 경우를 자주 발견한다.[30]

여기서는 지난 학기에 온라인강의로 진행된 '한국고전서사체 연구'의 레포트 사례를 통해 고전문학의 창의적 변용에 주목하면서 개성적 분석 능력이 심화되는 과정을 살펴보고자 한다. 두 학생이 동시에 고전소설 〈방한림전〉을 주요 대상 텍스트로 선정해 레포트를 발표, 제출했는데, 편의상 두 학생 중 남학생을 A학생, 여학생을 B학생으로 부르기로 한다.[31] 두 학생은 처음부터 작품을 바라보는 시각이 좀 달랐는데, 결과적으로 A학생은 본인의 개성적 분석 능력이 심화되는 쪽으로 좀 더 방향이 맞춰졌다면, B학생은 고전문학 작품의 창의적 변용 쪽에 좀 더 관심을 가진 경우라고 볼 수 있다.[32]

---

30 이때 최종적으로는 개성적 분석을 지향하지만 단계적 측면에서 학습자마다 텍스트의 '창의적 변용'에 쉽게 접근하는 경우와 그 시간이 상당히 걸리는 경우가 있다. 이는 학습자의 기존 학습 경험이나 실제 생활에서의 경험의 폭이 다르고 성향도 다르기 때문에 나타나는 현상이며, 이 차이가 학습 능력의 차이와 비례하는 것은 아니라고 생각한다.

31 A, B 두 학생 모두에게 본인의 레포트가 이 논문에 사례로 소개된다는 사실을 말하고 동의를 얻었음을 밝힌다.

32 사실 논리적 편의성을 위해 '창의적 변용'과 '개성적 분석'을 나누어 말했지만, 엄밀하게 보자면 앞선 주석에서 말했듯이 고전 텍스트를 '창의적 변용'을 통해 재생산한 지점에 관심을 두는 데 있어 나타나는 학습자의 차이로 인해 창의적 변용보다는 개성적 분

처음에 A학생은 다양한 기존 연구를 읽고 〈방한림전〉에 나타난 동성혼에 관심을 가지면서 기존 연구들이 제각각의 논리성을 지닌 까닭에 본인만의 입장을 정리하기가 쉽지 않은 고충을 토로하였다.[33] A학생은 이러한 고민 속에 자신만의 개성 있는 레포트를 쓰기 위한 방법적 차원에서 〈방한림전〉을 그와 유사한 소재를 가진 다른 작품과 비교하면 어떨까 한다면서, 버지니아 울프의 소설 한 편을 택해 비교해볼까 하는 생각을 조심스럽게 밝혔다. 그에 대해 필자는 비교의 방법이 작품을 이해하고 그 특성을 확실하게 파악하는 데 도움을 줄 수 있으니 해볼 수는 있지만, 비교 대상 작품이 적절하지 않을 때는 오히려 효율적이지 않을 수 있다는 점을 말하면서 꼭 그 방법을 택할 필요는 없다고 조언했다. 그리고 기존 연구를 꼼꼼하게 읽

석이란 결과에 더 집중하게 된 경우가 있다고 볼 수 있다.

33 사실 〈방한림전〉은 연구사에 있어서도 논쟁점이 존재하는 작품으로 학부생 입장에서 이 작품을 바라보는 확고한 입장을 정리하기가 쉽지는 않다고 생각한다. 주인공 방관주와 영혜빙의 성격에서부터 작품의 주제에 이르기까지 여성성이 강하게 드러난 작품이라는 일반적 견해가 제시되기는 했지만, 이에 반해 방관주가 여성임에도 남성으로서의 역할을 하는 특성이 자발적이 아니라 사회적 요구에 의한 것이었다는 점에서 반페미니즘적인 작품으로 보는 시각의 연구도 나와 있다. 또한 페미니즘적 입장에서 볼 때도 방관주와 영혜빙 중 어느 쪽이 더 의미 있는 여성성을 보여주는가 하는 점에 있어서나, 동성혼의 성격을 동성 간의 우정 관계 정도로 볼 수 있는지 현대 레즈비언들의 관계와 같이 애정의 관계로 볼 수 있는지 등에 대한 견해도 엇갈리고 있다. 참고로 두 학생이 최종레포트 작성까지 참고한 〈방한림전〉 관련 논문을 소개한다. 차옥덕, 「〈방한림전〉의 구조와 의미－페미니즘 시각을 중심으로」, 『고소설연구』 4, 한국고소설학회, 1998; 장시광, 「〈방한림전〉에 나타난 동성결혼의 의미」, 『국문학연구』 6, 국문학회, 2001; 김정녀, 「〈방한림전〉의 두 여성이 선택한 삶과 작품의 지향」, 『반교어문연구』 21, 반교어문학회, 2006; 김경미, 「젠더 위반에 대한 조선사회의 새로운 상상－〈방한림전〉」, 『한국고전연구』 17, 한국고전연구학회, 2008; 박길희, 「〈방한림전〉에 나타난 동성결혼과 지기(知己), 그리고 입양에 담긴 의미와 그 위험성」, 『배달말』 61, 배달말학회, 2017; 김미령, 「〈방한림전〉에 나타나는 '양성성'과 가부장제」, 『문화와 융합』 41, 한국문화융합학회, 2019; 이지하, 「욕망주체로서의 방관주와 자기애의 미덕－〈방한림전〉에 대한 새로운 독법의 모색」, 『국제어문』 82, 국제어문학회, 2019; 곽현희, 「여성영웅소설에 나타난 금기와 위반－〈방한림전〉의 서사와 인물을 중심으로」, 『한민족어문학』 83, 한민족어문학회, 2019; 이종필, 「포스트휴먼 담론을 통해 본 〈방한림전〉의 상상력」, 『우리문학연구』 66, 우리문학회, 2020.

고 정리하면서 그 가운데 본인이 보기에 타당한 입장을 지지하고 개인 생각을 첨가해도 학부생 입장에서의 레포트로서는 개성적 분석에 가까워질 수 있다는 견해를 추가했다.

반면 B학생은 남성주인공이 배제되고 여성주인공들만으로 영웅서사가 진행된다는 점에서 시작부터 확실하게 〈방한림전〉을 페미니즘적 요소가 강하게 드러난 작품으로 규정하였다. 그렇기에 작품의 주인공인 방관주와 영혜빙을 통해 각각 성격이 다른 차원의 여성의 독자성을 파악하고 동성혼의 양상을 살펴본 후, 나아가 〈방한림전〉이 지닌 페미니즘적 성격이 최근 tvn에서 방영한 드라마 〈검색어를 입력하세요 www(이하 '검블유')〉와 통한다고 보아 이 두 작품을 비교 분석하는 방향으로 레포트를 작성하겠다는 상당히 구체적인 계획을 제시했다. 즉 페미니즘적 관점하에 〈방한림전〉이 〈검블유〉에서 창의적으로 변용된 측면에 중점적인 관심을 두고 있었다는 뜻이다.

중간발표를 하면서 A학생은 발표 영상의 주된 부분을 기존 연구를 꼼꼼히 분류하고 그 타당성을 본인 나름대로의 시각으로 검증하는 쪽에 할애했다. B학생은 처음 계획에 따라 〈방한림전〉에서 두 주인공의 여성의식 고취에 대해 설명하면서 방관주보다 영혜빙 쪽이 더 여성의식을 강하게 가진 인물이라 해석했고, 두 사람의 동성혼 관계에 대해서는 우정이라기보다는 애정 관계에 준하는 관계로 바라보았다. 〈검블유〉와의 비교 부분에 이르러서는 두 작품 모두 남성 주인공이 배제되고 여성들만으로 이루어졌다는 점과 방관주의 영웅서사와 영혜빙의 삶에 대한 주관적 선택 등이 〈검블유〉에 나오는 세 명의 여주인공의 서사와 닮아 있다는 공통점을 지적했다. 두 주인공의 동성혼이 요즈음의 동성애와 큰 차이가 없다는 입장을 가지고 그러한 관계가 드라마 〈검블유〉에도 드러나고 있다는 사실에도 주목했는데, 필자는 최종 레포트에서 이 부분에 대해 자세히 검토해주기를 요청했다.

최종 레포트에서 B학생은 〈검블유〉와 〈방한림전〉의 공통점 외에 차이점에 대해 살펴보고 또한 〈검블유〉에 나타난 동성애적 요소에 대해 비교하는 내용을 첨가하면서, 계획 단계부터 유지했던 〈방한림전〉에 대한 입장을 최대한 논리적으로 검증해냈다. 물론 A학생이 살펴본 기존 연구 검토에서도 나타났듯이 연구자적 관점에서 바라본다면 B학생의 레포트는 연구사를 모두 꿰뚫으면서 논리정연하게 본인의 의견을 제시했다고 볼 수는 없다. 처음부터 연구사를 다양하게 검토하기보다는 작품에 대한 본인의 통찰에 기댄 레포트를 추구했기 때문이다. 〈방한림전〉을 자신만의 시각으로 해석한 점에서도 그러하고, 〈방한림전〉과 〈검블유〉를 비교하면서 고전 작품이 지닌 원형(原型)적 특징들이 현대 드라마에서 이어지면서 창의적으로 변용된 지점을 발견하는 과정에 있어서도 이러한 통찰력이 바탕에 깔려 있음을 알 수 있다. 이런 관점에서 본다면 B학생의 최종 레포트는 비교 텍스트를 통해 〈방한림전〉의 창의적 변용 과정에 대해 주목함으로써, 이 작품에 대한 자신의 통찰을 논리적으로 드러내는 개성적 분석에 이르렀다고 볼 수 있다.

A학생은 최종 레포트에서 결국 다른 작품과의 비교는 수행하지 않았고, 기존 연구를 몇 개의 갈래로 나누어 연구사 정리를 철저히 하면서 본인이 수긍할 수 있는 부분과 그러기 어려운 부분에 대해 설명했다. 〈방한림전〉에 대한 A학생의 결론은 이 작품이 해석의 여지가 다양하게 갈릴 수 있는 문제작이라는 것으로, 즉 시대 상황에 따라 다르게 규정될 수 있는 진보적 여성의식이란 논점과 동성혼에서 나아가 동성애의 논점까지 고민하게 만들었다는 점에서 우리가 살고 있는 현대 상황에서도 깊게 파고들어 분석해보아야 하는 작품이라는 점을 지적하면서 마무리되고 있다. 결과적으로 A학생의 레포트는 변용이 이루어진 작품과 비교하지는 않았지만, 창의적 변용이 이루어질 수 있는 〈방한림전〉의 핵심 포인트들을 드러내 그 논쟁점에 대해 자세히 살펴보는 방법을 택함으로써 본인만의 개성적 분석을 수행한 것이었다고 하겠다.

결국 두 학생은 구체적 방법에서는 차이가 있었지만 창의적 변용에 대한 관심을 통해 개성적 분석능력을 심화시키는 방향으로 나아갔다는 점에서는 유사하다고 볼 수 있다. 이러한 일련의 과정은 국어과 핵심역량 중 '비판적 창의적 사고 역량'과 적극적으로 연결되며, 더불어 '자료 정보 활용 역량'을 키우는 데도 중요한 역할을 한다는 점에서 역량 중심 교육과정에서도 강조될 수 있다고 생각한다.

3) 온라인 강의에서 발표와 피드백을 활용한 단계별 맞춤수업의 강조

지난 학기 필자의 재직 대학에서는 zoom을 활용하지 않고 교수가 직접 제작한 동영상을 학교 온라인 공식 채널인 e-class에 업로드하는 방식에 기초해 수업 체제를 구축했는데, 그러다 보니 강의에는 문제가 별로 없었지만 발표수업을 하기 위해서는 새로운 발상이 필요했다. 결국 교수자가 강의하는 방식과 동일하게 학생들에게 'ppt+음성녹음' 형식의 mp4 동영상을 별도의 이메일로 받아, 그에 대한 피드백을 역시 동영상으로 제작해 업로드해서 수업하는 방식을 택해 발표수업을 3주간 진행했다.

발표수업과 관련한 일련의 과정을 잠깐 소개하면 일단 강의실(off-line) 수업에서는 중간시험을 보기 때문에 받지 않았던 '레포트 계획서'를 7주차쯤에 간단하게 제출하게 했고, 그에 대해 1차로 피드백을 한 상태에서 3-4주 후에 중간발표 영상을 받았다. 그렇게 하니 발표자들은 본인의 레포트 주제에 대해 상당 부분 자신감을 갖고 발표에 임할 수 있었다. '레포트 계획서'를 그냥 써서 내라고 하면 어려워할 듯하여 간단하게 조건을 제시했는데, 먼저 해당 과목에 따라 조사하고 싶은 작품이나 비교 대상 혹은 관심 주제 등을 적게 하고, 그와 관련한 소논문을 몇 편 조사한 후 그 중에 하나를 골라 핵심 내용을 요약하게 했다. 마지막으로 추후 어떠한 방향으로 나갈 것인지, 또는 어떤 선행 연구를 더 볼 것인지 등 예상되는 레포트 진행과정에 대해 쓰는 것으로 계획서를 마무리하도록 했다. 즉 '대상 선정→선행 연구 1편 요약→예상 진행 과정 정리' 순으로 간단하게 작성할 수 있도록 레포트 계획서 요건을 마련해준 것이다.

'레포트 계획서'가 발표자로서의 부담을 덜어주었다면 발표를 듣는 다른 학생들과의 소통 방식, 즉 토론에서 도움을 준 것은 e-class에 있는 'Q&A 메뉴' 기능이었다. Q&A 메뉴는 수업과 관련하여 형식과 내용 전반에서 학생과 교수 간에, 또는 학생과 학생 간에 질문과 대답을 할 수 있는 공간으로, 누가 글을 올리든 그 강의에 참여하는 교수자와 학생들 모두가 볼 수 있고, 또 누구나 답글과 댓글을 올릴 수 있는 열린 소통방식이라고 하겠다. 중간 발표 영상을 제출받아 피드백 영상을 올리는 형태로 발표수업을 진행한 3주 동안 필자는 이 Q&A 메뉴를 일종의 토론방 형태로 운영하면서, 서로간의 발표에 대해 질문하고 조언해주는 글들을 올리고 필요한 경우에는 발표자에게 답변을 하도록 하게끔 했다.

강의실에서 진행되는 발표수업의 경우는 발표 후 즉석에서 질문을 생각해내야 하고, 또 질문을 받은 발표자 역시 바로 질문에 답을 해야 하는 부담을 가지게 된다. 그런데 이번 온라인수업에서는 친구들의 발표를 영상을 통해 시청한 후 충분한 시간을 두고 질문을 생각할 수 있고, 발표자 역시 질문을 받은 후 3주간의 발표수업이 마감되기 전까지만 답변을 올리면 되기 때문에 강의실 수업에 비해 꽤나 적극적인 질문과 답변이 오고갔다. 그 배경에는 또한 영상 발표 후 모든 발표영상에 대해 매주 올린 필자의 피드백 영상이 영향을 끼친 듯하다. 피드백 영상에서 자세하게 각 학생들의 발표가 지닌 장점과 보완할 점들을 정리하고 추후 진행해야 할 작업에 대해 짚어주고, 때로는 비슷하거나 연관되는 다른 학생들의 발표 영상에 대해 언급하면서 서로간의 토론이 활성화될 수 있도록 유도한 것이 효과를 보았다고 생각된다. 이 역시 강의실 수업에서라면 학생의 발표가 진행된 직후에 교수자인 필자가 이에 대해 피드백을 해야 하는 입장이기 때문에, 이번 온라인수업에서와 같이 자세한 피드백을 하기는 어려웠다는 점에서 동영상을 기반으로 한 온라인수업이 지닌 의의의 장점이었다고 볼 수 있다.[34]

‘레포트 계획서→동영상 중간발표→최종레포트 제출’의 3단계 과정을 통해 동영상 콘텐츠를 기반으로 한 온라인수업의 경우 발표수업이 어려운 점을 극복할 수 있었고, 나아가서는 현장성이 강조되는 zoom 활용 온라인 수업에 비해 시간을 두고 피드백이 진행되는 까닭에 오히려 더 자세한 피드백이 가능하다는 사실 또한 알 수 있었다. 이제 앞 절에서 다룬 〈방한림전〉 관련 두 학생의 레포트 작성과정에서 발표와 피드백의 연계를 통해 1:1 맞춤수업이 진행된 사례를 구체적으로 제시한다.

A, B 두 학생의 중간발표 영상은 같은 작품을 연이어 들었을 때 다른 학생들의 집중력이 떨어질 수도 있고, 또한 시간차를 두고 작품에 대해 생각해보는 시간을 가지는 것도 필요할 듯해서 한 주 간의 간격을 두고 강의자료로 올렸다. B학생의 발표가 상대적으로 선명하게 작품에 대한 본인의 해석을 먼저 정리하고 있었기에 3주간의 발표 기간 중에 1주차에 자료로 올렸고, 연구사의 바다에서 열심히 본인만의 항로를 찾고 있는 A학생의 영상은 그 다음 주인 발표 2주차에 올렸다. 이렇게 하니 순서상 자연스럽게 B학생의 발표에 대해 피드백을 한 후, A학생에 대한 피드백은 B학생의 피드백 내용과 연결 지어 개성을 드러낼 수 있도록 도와주는 식으로 이루어졌다.

---

34 지금까지 필자가 소개한 온라인 수업에서의 발표 수업에 대한 예시는 코로나19 이후 여러 학회에서 zoom을 활용하기 이전에 학회 홈페이지에 온라인 학술대회 방을 마련하여 온라인 학술대회를 개최한 경우와 유사하다는 생각을 하게 된다. ‘레포트 계획서’나 교수자에 의해 여러 차례 이루어지는 피드백이 없다는 점에서, 물론 온라인 수업에서의 발표 토론 상황과 온라인 학술대회에서의 발표 토론이 같을 수는 없지만, 발표를 영상 혹은 hwp 파일 형식의 발표문으로 하고 자유토론을 댓글방 형태로 시도했다는 점에서 확실히 비슷한 점이 있다. 여기에 지정토론자의 토론문과 추가로 좌장의 정리 글 등이 있어 수업에서 교수자의 피드백과 비슷한 기능을 한다고 본다면 그 유사성은 더욱 커진다. 그런데 이상하게도 학술대회의 자유토론방은 오프라인 학회보다 활발하지 않았다. 이에는 여러 가지 요인이 맞물려 있겠지만, 온라인 학술대회의 제한 시간이 오프라인 학술대회와 동일한 시간대 안에 이루어져 댓글을 통해 이루어지는 토론을 하기에 시간이 부족한 점이 큰 이유가 아닐까 여겨진다. 이에 비해 온라인 수업 상황에서는 3주간이나 시간이 확보되어 있으니, 강의실 수업 때보다 편안하게 토론을 할 수 있는 장점이 있다고 볼 수 있겠다.

B학생에 대해서는 앞 절에서도 언급했듯이 발표 내용에 지지를 해주면서 추가적으로 시대상의 차이로 드러날 수밖에 없는 〈방한림전〉과 〈검블유〉의 차이점에 대해서도 살펴보라고 조언했다. 한 주 뒤에 이루어진 A학생에 대한 피드백에서는 앞서 올린 B학생의 발표 영상과 그에 대한 필자의 피드백을 자세하게 참고해 본인의 논점을 찾는 데 활용했으면 한다는 의견을 먼저 제시했다. B학생은 여학생이기에 〈방한림전〉에 대해 여성의식이 강하게 표출된 작품으로 일관되게 볼 수 있는 데 반해, A학생은 남학생이기에 성 정체성이나 성역할에 대한 다양한 관점들이 계속 혼선을 주어 작품에 대한 일관된 논점을 찾지 못하는 것으로 생각되었다. 이럴 때 학생에게 본인만의 의견을 정리하라고 재촉하는 것보다는 기존 연구사의 견해를 잘 정리하고 그 타당성에 대해 세세히 논하면서 여유 있게 본인의 견해를 좁혀 나가도록 유도하는 것이 좋으리라 판단했다.

발표 영상과 피드백이 강의자료로 올라와 있던 기간에 Q&A 메뉴를 통해서는 다른 발표와 더불어 〈방한림전〉에 대한 이 두 학생의 발표와 교수의 피드백 내용에 대해서도 학생들의 질문이나 의견이 올라왔는데, 대부분의 학생들이 소설 내용을 처음 접하기도 하고 아직은 학부생으로서 연구자 입장이 아니기 때문인지 의견보다는 질문 형식의 글들을 써주었다.[35] 그러한 질문에 대해 발표자들은 성의 있게 답변을 올렸는데, 그 과정을 통해 논점을 잡는 데 도움을 받기까지는 아니더라도 질문 내용과 관련한 부분에서만큼은 더 자세히 작품과 연구사를 살펴보고 공부를 하게 되었으리라는 점은

35 이런 현상을 보면서 Q&A라는 메뉴명 자체가 의견보다는 질문과 답변 위주로 흐름이 이어지게끔 하는 기능을 한다는 생각이 들기도 했다. 사실 발표 수업을 구상하면서 이러한 점을 전혀 예상하지 못했던 것은 아니었다. 그런 까닭에 처음에는 '자유토론방'이라는 이름의 메뉴를 사용해 학생들의 의견을 받을까 하는 생각을 하기도 했었으나, '자유토론방'은 찬반이 선명하게 갈릴 수 있는 시사적인 주제 하나를 논제로 내걸고 학생들의 토론을 유도하는 기능이 우선적이기에, 다수의 수강생들이 제각각의 작품과 주제를 가지고 발표를 하는 이번 수업에서는 토론을 강조하는 메뉴명이 오히려 부담스러울 수 있다는 판단을 하였다. 그래서 좀 더 열린 형태의 메뉴인 Q&A를 활용한 것이다.

분명하다.[36]

결국 〈방한림전〉을 퍽이나 다른 입장에서 파악했던 A, B 학생 모두 계획서 작성부터 동영상 중간발표를 거쳐 최종레포트 제출까지 두 달 가까이 걸리는 긴 기간을 거쳐, 작성자인 학생 본인도 지도하는 입장인 필자도 모두 만족하는 레포트를 완성해낼 수 있었다. 그 바탕에 충분한 기간을 살펴보면서 단계별 맞춤수업 형식으로 이루어진 발표와 피드백의 과정이 큰 역할을 했음은 분명하다. 발표와 토론과정은 강의실에서든 온라인수업에서든 기본적으로 국어과 핵심역량 중 '의사소통 역량'이나 '공동체 대인관계 역량'을 기르는 데 적절한 중요한 수업 형태이다. 강의실 수업이 어려워 차선으로 선택된 온라인 발표와 토론 수업에서 예상치 못한 장점을 발견한 것은, 위기가 곧 기회가 될 수 있다는 흔한 명제가 사실일 수 있음을 깨닫게 해준 소중한 경험이었다.

4. 결론

이상의 내용을 통해 대학의 고전문학교육의 현황을 파악하고 그 방향성을 제시해보겠다는 목표 아래 대학의 고전문학 향유 및 영역별 교육 현황과 과제에 대해 정리한 후, 필자의 수업 사례를 중심으로 그 실제적인 방법을 모색해보았다.

먼저 기존의 연구들을 최대한 활용하여 대학에서 고전문학교육의 현황을 교양 교육과 전공 교육 및 융합전공과 연계전공 교육 영역에 이르기까지 행정적, 제도적 차원에서 자세히 파악하고, 교육과정의 변화나 교과목의

36 zoom을 활용해 실시간 수업을 하는 이번 학기에도 발표 당시에는 토론이 활발하지 않을 수 있어, 지난 학기와 같은 방식으로 발표수업 3주간 동안 Q&A 메뉴를 적극적으로 활용할 생각이다.

개설 및 과목의 다양성 확보 등을 통해 대안을 모색하는 방법을 생각해보았다.

또한 필자의 고전문학 관련 수업 경험 사례를 들어 대학에서 고전문학교육이 나아가야 할 바에 대해 실제적이고 구체적인 방향성을 모색하고, 이를 '2015 역량 중심 교육과정'에서 국어과의 핵심역량과 연결해 의미를 부여했다. 고전문학 수업에서는 주제와 연행(演行) 중심의 교육에 의거해 고전문학의 현재적 활용성을 검증할 수 있으며, 고전 작품에 대한 창의적 변용에 대해 관심을 가짐으로써 학습자의 개성적인 작품 분석 능력을 심화시킬 수 있다는 점을 강조했다. 이제 대학에서 고전문학교육이 나아가야 할 방향성에 대한 모색은 코로나19 이후 이루어지는 온라인수업 상황과 절대 분리해서 생각할 수 없는 까닭에, 온라인수업 사례를 통해 발표와 피드백을 활용한 단계별 맞춤수업이 효과적으로 작동될 수 있다는 사실에 주목했다.

현재의 대학 상황에서 고전문학의 향유와 교육을 논하면서 명분과 실제의 가치를 다 구현해내는 것은 쉽지 않은 일이다. 고전문학의 의미를 지키면서도 시의적 차원에 맞게 적절히 이를 대학의 수업에서 구현해내는 방법에 대해서는 앞으로도 계속되는 교육 환경의 변화에 따라 지속적으로 연구가 진행되어야 하리라고 생각한다.

참고문헌

[논저]

강성숙, 「구비문학 관련 강좌의 현황과 교양 과목으로서의 구비문학」, 『한국고전연구』 22, 한국고전연구학회, 2010.

고정희, 「고전문학의 지속가능성과 고전문학교육」, 『한국한문학연구』 57, 한국한문학회, 2015.

곽현희, 「여성영웅소설에 나타난 금기와 위반-〈방한림전〉의 서사와 인물을 중심으로」, 『한민족어문학』 83, 한민족어문학회, 2019.

권순긍, 「대학 고전소설교육의 지향과 방법」, 『한국고전연구』 15, 한국고전연구학회, 2007.

김경미, 「젠더 위반에 대한 조선사회의 새로운 상상-〈방한림전〉」, 『한국고전연구』 17, 한국고전연구학회, 2008.

김대중 · 김소연, 「대학교육에서 핵심역량과 역량기반교육에 대한 이해와 쟁점」, 『핵심역량교육연구』 2-1, 핵심역량교육학회, 2017.

김미령, 「〈방한림전〉에 나타나는 '양성성'과 가부장제」, 『문화와 융합』 41, 한국문화융합학회, 2019.

김정녀, 「〈방한림전〉의 두 여성이 선택한 삶과 작품의 지향」, 『반교어문연구』 21, 반교어문학회, 2006.

김종철, 「대학 교양교육으로서의 한국고전문학교육의 과제」, 『한국고전연구』 22, 한국고전연구학회, 2010.

김홍규, 「고전문학 · 현대문학의 종합과 새로운 교육과정」, 『한국어와 문화』 1, 숙명여대 한국어문화연구소, 2007.

박길희, 「〈방한림전〉에 나타난 동성결혼과 지기(知己), 그리고 입양에 담긴 의미와 그 위험성」, 『배달말』 61, 배달말학회, 2017.

박경주, 「문학치료 수업 모델 연구를 위한 사례 분석」, 『문학치료연구』 28, 한국문학치료학회, 2013.

______, 「학습자 주도적인 '비교' 활동을 통한 고전문학교육의 새로운 길 찾기」, 『고전문학과 교육』 31, 한국고전문학교육학회, 2016.

______, 「고전시가 교육에 있어 향유 방식의 중요성과 그 방법론적 탐색」, 『고전문학과

교육』 38, 한국고전문학교육학회, 2018.
______, 『쓸모 있는 국문학을 지향하며』, 역락, 2019.
박민정, 「대학교육의 기능과 역할 변화에 따른 대안적 교육과정 담론: 역량기반 교육과정의 교육적 함의」, 『교육과정연구』 26, 한국교육과정학회, 2008.
신동흔, 「21세기 구비문학 교육의 한 방향—"신화의 콘텐츠화" 수업 사례를 중심으로」, 『한국 고전연구』 15, 한국고전연구학회, 2007.
이인화, 「핵심역량 기반 2015 개정 국어과 교육과정의 실행 방안 연구」, 『새국어교육』 107, 한국국어교육학회, 2016.
이종필, 「포스트휴먼 담론을 통해 본 〈방한림전〉의 상상력」, 『우리문학연구』 66, 우리문학회, 2020.
이지하, 「욕망주체로서의 방관주와 자기애의 미덕—〈방한림전〉에 대한 새로운 독법의 모색」, 『국제어문』 82, 국제어문학회, 2019.
장시광, 「〈방한림전〉에 나타난 동성결혼의 의미」, 『국문학연구』 6, 국문학회, 2001.
정선희, 「고전소설의 문화콘텐츠화를 위한 수업 방안 연구」, 『한국고전연구』 37, 한국고전연구학회, 2017.
정은경, 「대학원 현대문학전공 교육과정의 현황과 교육방법에 관한 비교 고찰」, 『어문논집』 55, 민족어문학회, 2007.
차옥덕, 「〈방한림전〉의 구조와 의미—페미니즘 시각을 중심으로」, 『고소설연구』 4, 한국고소설학회, 1998.
최혜진, 「역량 기반 고전문학교육의 방법과 과제」, 『어문논총』 80, 한국문학언어학회, 2019.
한길연, 「사범대학 고전문학교육의 현황과 제언」, 『문학교육학』 63, 한국문학교육학회, 2019.
한정현 · 김혜숙, 「융, 복합 교육적 접근에 따른 국어과 평가의 방향성 모색」, 『우리말교육현장연구』 10-1, 우리말교육현장학회, 2016.

17장

문학교육과 문학치료의 텍스트 향유방식

조은상*

1. 서론

이 논문에서는 문학치료의 정체성을 문학교육과의 비교를 통해서 확인해보고 그 정체성에 부합하는 것으로서 문학치료적 텍스트 향유를 위한 구체적 방법을 제안하고자 한다. 문학교육은 문학의 효용에 초점을 맞추며 수용자에 관심을 가진다는 점에서 문학치료와 가장 가까운 거리에 있다고 할 수 있다. 그러나 문학치료가 현장에서 실행될 때 문학을 통해 개인의 성장을 이끌어내는 방법에서 때때로 문학교육과의 구분이 모호해지는 것을 경험한다. 이것은 문학치료가 문학교육과 많은 것을 공유하고 있으며 문학교육에 대한 반성에서 시작됨으로써 갖게 된 운명이기도 하다.

그러나 정운채에 의해 문학치료가 본격적으로 주창된 지 15년이 지나가는 시점에서 문학교육과 구분되는 문학치료만의 정체성을 확고히 할 필요가 있다. 이것은 학문의 영역에서 문학교육과 변별되는 것으로서 문학치료가 독자적으로 살아남기 위한 노력이다. 이를 통해서 문학치료가 문학치료

* 건국대학교 대학원 문학예술치료학과 조교수.

답기 위해서는 어떤 특성을 더욱 계발하고 확장해 나갈 것인지, 미래를 전망하고 방향성을 확보할 수 있을 것이다.

문학치료와 문학교육의 관계를 설명하고자 하는 시도는 여러 차례 있어 왔다. 그러나 그것은 문학교육의 입장에서 문학치료적 접근이 문학교육에 어떻게 기여할 것인가에 초점이 맞춰져 있었다. 고전문학 교육의 문제점을 지적하고 문학치료로의 방향 전환을 제안하거나[1] 문학교육이 문학치료적 접근, 즉 심리적 정신적 갈등을 치유하고 성장의 개인사를 이룩하는 데 도움이 되는 것이 되어야 한다거나,[2] 문학치료의 주요 개념이라 할 수 있는 서사적 다기성을 문학교육적으로 활용하는 방법을 탐색하는 것[3]이었다. 정작 문학치료가 문학교육과 무엇이 다른가에 대한 논의는 찾기 어렵다.

문학치료는 문학교육이 삶의 질을 향상시키는 것보다 지식과 정보 전달에 초점을 맞추는 것에 대한 문제의식과 함께 시작되었다.[4] 고전문학교육에서는 과거의 텍스트가 갖는 언어적, 시대적 한계로 인해 감상을 위해서도 작품 내외의 지식 습득을 중요시하지 않을 수 없기에 지식교육과 전인적 성장을 위한 문학교육 사이의 균형에 대한 문제는 간단하지 않다. 그럼에도 불구하고 문학치료는 고전이 담고 있는 옛사람의 경험과 지혜가 오늘날 우리의 삶을 되돌아보고 성장시키는 데 기여하도록 하는 방법을 강구하고자 하는 적극적 시도라고 할 수 있다.

---

1 정운채, 「고전문학 교육과 문학치료」, 『국어교육』 113, 한국어교육학회, 2004, 103-120면.

2 정재찬, 「문학교육을 통한 개인의 치유와 발달」, 『문학교육학』 29, 한국문학교육학회, 2009, 77-201면.

3 염은열, 「문학교육의 관점에서 본 문학치료학 이론」, 『문학치료연구』 12, 한국문학치료학회, 2009, 42면.

4 정운채가 2003년 한국문학치료학회의 시작을 기점으로 본격적으로 문학치료학의 학문적 체계를 만들어 나가기 위한 연구들이 발표되기 시작했다. 2004년 발표된 위의 논문에는 그가 문학치료라는 새로운 학문분야를 개척하게 한, 고전문학을 가르치고 연구하는 사람으로서의 고민이 무엇이었는지가 잘 나타나 있다. 특히 2장 '고전문학 교육의 문제점과 문학치료적 방향 전환'에서는 문학치료가 고전문학 교육에 대한 문제의식과 무관하지 않음을 보여준다.

그래서 문학치료에서는 우선 고전문학 가운데 문자와 시대적 한계를 쉽게 극복할 수 있는 것으로서 보편적 삶의 지혜를 담고 있는 텍스트를 우선적으로 치료에 활용하고자 했다. 그것이 '구비설화'이다. 설화는 오랜 세월 입에서 입으로 전해 내려오면서 사람이라면 누구나 인생에서 경험하게 되는 문제를 다루고 있으며 그에 대한 인류 보편의 해결과정을 보여준다. 그래서 설화는 사람들에게 자신이 가지고 있는 삶의 문제를 비추어 볼 수 있게 한다. 설화가 쉬운 입말로 전해 내려오는 이야기로 누구나 접근이 용이하다는 점 또한 치료 텍스트로서 적합한 특성이다.

또한 설화가 설명적이거나 직접적이지 않고 압축적이며 상징적인 짧은 이야기라는 점도 여러 가지 면에서 치료에 유용한 특성이다. 시간 제약이 있는 치료 환경에서 호흡이 긴 소설을 다루기는 쉽지 않다. 더욱이 자기문제와 정서적 어려움에 놓인 참여자에게 장시간 집중을 요하는 텍스트는 부담이 될 수 있다. 상징적인 설화의 표현방식은 직접적인 자극과 노출의 위험성을 비껴가도록 하며 압축과 상징으로 인해 생겨난 서사의 빈틈은 듣는 이가 서사의 이해를 위해 그 빈틈을 메우는 과정에서 자기를 드러내게 한다.

문학교육, 그 가운데 고전문학교육이 다양한 고전문학 갈래를 망라하고 있는데 반해 문학치료가 구비설화에 집중하고 있다는 점에서 비교 대상이 되기 어렵다고도 할 수 있겠다. 그러나 문학치료가 구비설화에 집중하는 것, 그 자체가 문학교육과의 가장 큰 차이를 설명해주는 것이기도 하다. 구비설화는 듣고 이해하는 데에 다른 갈래에 비해 특별한 지식을 필요로 하지 않고 그래서 감상을 위한 가르침이 비교적 덜 요구된다. 설화는 그저 들려주고 충분히 몰입하여 경험할 수 있도록 하는 데 적합하다. 문학치료가 설화를 주요 치료 텍스트로 삼는 것은 작품 이해를 위한 지식 습득이나 인지적 독해 능력 신장의 문제로부터 자유롭기 위해서이다.

이에 비해 문학교육은 문학을 통한 인간의 성장을 지향하지만 모든 문학 갈래를 포괄하므로 어떤 갈래나 작품의 경우 그것의 감상과 이해를 위해서는 제대로 읽어낼 수 있는 능력의 신장을 필요로 한다. 이러한 능력을 갖추게 하는 것이 문학교육의 또 다른 목표이다. 문학치료가 우선적으로 구비설화에 초점을 맞추는 것은 좋은 문학작품을 선택하고 의미를 이해하는 능력을 상대적으로 덜 필요로 하는, 누구나 쉽게 읽고 공감하고 이해할 수 있는 대중적 이야기이기 때문이다. 문학치료가 개인의 성장이라는 하나의 목표에 집중하기 위한 전략적 선택이다. 이것은 문학교육과 문학치료가 다루는 문학의 갈래나 작품의 범위가 다르기 때문에 우연히 생겨난 차이가 아니라 두 분야에서 중점을 두는 목표가 다름을 반영하는 것이다. 목표의 다름은 구체적 방법의 차이를 만들어낸다. 같은 구비설화라 하더라도 문학교육과 문학치료에서 다른 방식의 접근과 활용이 이루어질 수 있다.

이 글은 문학치료의 정체성을 뚜렷이 하고자 하는 첫걸음이라고 할 수 있다. 문학치료의 시작이 문학교육에 대한 반성과 맞물려 있으나 문학치료는 문학교육과 그 대상과 방법에서 많은 차이가 있다. 위에서 언급한 바와 같이 구비설화를 우선적 치료 텍스트로 선택한 것에서 짐작할 수 있는 특성들을 비롯하여 문학교육과 변별되는 문학치료의 특성을 확인하고 명료화하는 것은 처음 제기했던 문제의식, 즉 문학이 인간의 성장과 삶의 질 향상에 기여하게 하는 방법으로서 문학치료의 정체성을 확고히 하는 일이다.

문학교육과 다름을 주장하는 것 자체에 목적이 있지 않으며 문학교육과 변별되는 문학치료의 특성을 확인함으로써 문학치료의 독자성을 확보하고 문학교육과 진정으로 상생할 수 있는 지점을 모색해 나가기 위한 것이다. 2장에서는 문학교육과 문학치료가 개인의 성장과 삶의 질 향상이라는 동일한 목표에 도달하기 위해 문학이라는 동일한 매체에 어떻게 다르게 접근하는지 살펴보는 것으로 문학치료의 특성을 구체화하고자 한다. 이를 바탕으로 3장에서는 문학치료이론의 몇 가지 개념에 대한 오해를 바로잡고 새로운 이해를 시도해 보고자 한다. 그리고 마지막으로 논의 과정에서 강조된 문학치료의 변별적 특성이 실현되는 과정을 실제 사례로 제시해보고자 한다.

2. 문학교육과 문학치료의 상동성과 변별성

국어교육, 또는 문학교육이 문학사적 지식과 능력을 기르는 데 치중해왔다는 비판과 함께 문학교육의 목표가 개인의 성장이나 자아실현, 인간다움의 추구가 되어야 한다는 주장이 꾸준히 이어져 왔다.[5] 많은 연구자들이 문학이 지식교육으로 인해 화석화되고 문학에 대한 흥미를 떨어뜨리며 학습자가 평생 독자로 살아가게 하는 데 실패하고 있음에 우려를 표한다. 그리고 이를 개선하기 위한 교육목표의 재설정, 새로운 교수방법이나 평가방안 등에 대한 논의[6]가 활발하게 이루어지고 있는 것으로 보인다.

이들 연구에서 문학에 대한 학습자의 흥미를 지속하게 하고 개인의 성장이라는 목표를 달성하기 위해 문학교육에서 강조하고 있는 것은 다음 세 가지 정도로 요약될 수 있다.[7]

---

5 김대행은 국어교육이 기능의 완성을 통한 인간 행동의 변화에 치중하고 있음에 문제를 제기한다. 그리고 교육이 변화시킬 행동에 초점이 주어질 것이 아니라 자아실현과 교육의 내재적 가치를 지향해야 한다는 정범모의 후기 이론을 인용하여 궁핍한 시대에는 인력 양성이 교육의 과제였지만 교육의 진정한 목표는 인간다움의 추구에 두어야 한다고 하였다.(김대행, 「국어교육의 위계화」, 『국어교육연구』 19, 서울대 국어교육연구소, 2007, 22-23면.) 문학교육이 체계적 · 의도적인 교육 행위를 통해 개인의 발달을 도모해야 함에도 실상 교육현장에서는 지식이나 능력을 가르치는 것 자체가 목적이 되고 문학교육 연구와 실천의 장에서 정작 인간이 소외된 측면이 있다고 한 것이나(염은열, 앞의 논문, 42면.), 문학교육 현장에서 교육이란 이름과 선의로 인해 공감보다는 설득이나 지도가 더 일반적으로 행해지고 텍스트에 대한 공감 이전에 교사는 교육을, 학생은 학습을 서두르는 경향을 언급하며 문학교육이 교사와 학생, 그리고 원텍스트와 그에 대한 상대방의 텍스트까지 공감하는 것으로서 개인의 발달과 치유를 위한 쪽을 지향해야 한다는 견해(정재찬, 앞의 논문, 2009, 85-87면.) 역시 문학교육 현실에 대한 동일한 문제제기로 이해될 수 있다.

6 선주원, 「범교과적 관점에서의 청소년 문학교육연구」, 『청람어문교육』 30, 청람어문교육학회, 2004, 329-351면; 염은열, 「학습자의 자기 이해를 위한 문학교육 평가 방안 탐색」, 『국어교육학연구』 34, 서울대 국어교육연구소, 2009, 345-370면; 정재찬, 「치유를 위한 문학 교수 학습 방법」, 『문학교육학』 43, 한국문학교육학회, 2014, 35-62면; 박수현, 「심리 치유를 위한 문학교육 연구」, 『우리문학연구』 53, 우리문학회, 2017, 289-316면.

7 문학교육에 대해 과문한 연구자가 파악한 범위 내에서 세 가지일 뿐이고 자아실현과

첫 번째는 학습자의 문학 해석에 대한 다양성을 인정해야 한다는 것이다. 텍스트의 의미는 고정된 것이 아니라 읽는 사람이 생산해내는 것이라는 독자반응비평의 관점과 통한다. 학습자는 저마다 다른 성향과 삶의 경험, 인지적·정서적 특성 등으로 인해 같은 텍스트를 다르게 읽고 다른 의미를 찾아낼 수 있다. 그것이 설령 일반적인 텍스트에 대한 해석과 같지 않을지라도 학습자의 내면에 충실한 반응이라는 점에서 존중되어야 한다. 그렇지 않다면 학습자들은 문학을 읽을 때 그것이 불러일으키는 자신의 느낌과 생각에 귀 기울이지 않게 된다. 학습자의 솔직한 반응은 텍스트의 정해진 의미에서 벗어날 때 틀린 것으로 간주되기 때문이다.

교사에 의해 텍스트 해석이 주어질 때 그것은 학습자에게 그렇게 읽으라는 강요로 받아들여질 수 있다.[8] 그렇게 되면 학습자는 오히려 교육을 통해 텍스트에 대한 주관적 느낌과 능동적으로 찾아낸 의미를 부정하게 된다. 이것은 단지 문학 텍스트의 이해의 문제만 머무르지 않고 자기 경험을 부정하고 자기가 틀렸다는 것을 반복적으로 경험하게 한다는 데 더 큰 어려움이 있다. 자기신뢰는 개인의 발달과 성장에 중요한 요소이기 때문이다.

문학작품 속 인물과 가상의 세계가 그것을 읽는 학습자의 내면과 활발히 교류할 때 문학이 학습자의 경험을 확장시키고 자아의 성장에 기여할 수 있는 것은 자명하다. 작품을 정해진 의미로 읽어야 한다고 생각하게 되면 학습자는 자신의 감정과 생각을 문학 읽기 과정에서 배제하게 되고 작품을 직접 감상할 수 없다. 문학교육이 목표로 하는 개인의 성장과 발달과는 멀어지게 되는 지점이다. 이런 점에서 텍스트의 의미는 열어두어야 하며[9] 학습자는 자기의 느낌과 생각에 솔직하게 반응하고 이를 바탕으로 그들이 찾

개인의 성장을 위한 문학교육의 노력 전반을 아우르지 못한 한계가 있다.

8 공감을 통한 수용이 아니라 교사의 텍스트는 권위와 강제를 갖고 일방적 수용을 강요할 수 있다. (정재찬, 앞의 논문, 2009, 87면.)

9 정재찬은 텍스트의 절대적 의미를 부인하는 문학교육의 방법으로 상호텍스트성에 기반을 둔 문학교육 방법을 제안하였다. (정재찬, 앞의 논문, 2014, 35-62면.)

아내는 의미가 수용될 수 있어야 한다.

두 번째는 학습자가 문학 감상과 해석, 그리고 창작의 주체가 되어야 한다는 것이다. 이것은 앞서 텍스트에 대한 학습자의 반응 범위를 열어놓는 것과 관련된다. 그래야만 학습자는 교사에 의해 일방적으로 주어진 해석을 받아들여야 하는 수동적 존재가 아니라 자신의 느낌과 생각에 따라 텍스트를 읽고 의미를 만들어내는 감상과 해석의 주체가 될 수 있다. 감상과 해석의 주체가 되었을 때 문학은 학습자의 정서를 자극하고 삶을 비춰볼 수 있는 살아있게 된다. 이것은 학습자가 평생 독자로 문학과 함께 하도록 하는 원동력이다.

학습자가 문학 감상의 주체가 되게 하는 방법으로 학습자의 발달과 흥미 등을 고려한 텍스트의 선정에 대해 논의가 이루어지기도 했다.[10] 그러나 아무리 텍스트의 선정이 적절하다 하더라도 학습자가 마음대로 느끼고 자유롭게 생각을 표현할 수 없다면 텍스트를 주체적으로 경험하기는 어렵다.

세 번째는 문학교육이 학습자의 정서와 감정에 관심을 가지고 교육의 대상으로 삼아야 한다는 것이다. 그동안 문학교육이 문학(사)적 지식과 이론을 가르치는 인지적 측면을 중심으로 이루어져 온 면이 없지 않다. 황정현은 인지적 담화가 거의 모든 중등교육의 학과 계획표를 점유하고 있으며 정서교육을 목적으로 삼는 문학이 시험으로 인해 인지적 양식으로 왜곡되고 이로 인해 점차 학습자가 문학에 대한 흥미를 상실해 간다고 우려를 표한다.[11] 문학교육이 전인적 성장에 기여하고자 한다면 인지적 영역과 정서적 영역이 고르게 발달할 수 있는 방향으로 이루어져야 하는 것은 이론의 여지가 없다. 이것은 문학의 언어가 가진 탁월함으로 인해 가능한 것이다. 철학의

10 선주원, 앞의 논문, 329-351면; 김정용, 「독일 청소년 문학 교육과 한국에 수용된 독일 청소년 문학」, 『독어교육』 36, 한국독어독문학교육학회, 2006, 7-37면.

11 황정현, 「초등학교 문학교육의 정의적 영역의 문제와 교육방법」, 『문학교육학』 12, 한국문학교육학회, 2003, 70면.

언어가 이성과 사고의 측면을 다루는 것이라면 문학의 언어는 감성과 정서를 함께 드러낼 수 있기 때문이다.[12]

여기서 독일의 청소년 문학교육의 사례는 우리에게 시사해주는 바가 크다.[13] 독일에서는 60년대까지 지배적이었던 지식 중심, 교사 중심의 문학교수법을 대신하는 교수법 모델로 70-80년대부터 '행위 및 생산 지향적인 문학교육(Handlungs- und Produktionsorientierter Literaturunterricht)'이 발전하였다. 이 문학교수법은 학생들이 주체가 되어 원본 텍스트를 다시 고쳐 쓰고 텍스트의 상연을 행위를 통해 구체화해보고 다른 매체로 변형시키면서 직접적으로 생산적으로 활동하는 것을 의미한다.[14]

이 문학교수방법은 학습자에게 문학 텍스트에 대한 반응을 제한하지 않음으로써 의미를 생산해내고 그것을 바탕으로 또 다른 텍스트를 생산하는 주체가 되게 한다.[15] 이 방법은 80년대 이후 문학을 분석적, 인지적으로 해석하는 문학교육에 대항하는 것으로 지배적인 교수법으로 독일 내에서 광

12 문학은 하나의 이야기라고 할 수 있는데, 브루너는 이야기가 도플갱어처럼 두 영역에서 기능한다고 말한다. "하나는 이 세계 속의 행위의 풍경이며, 다른 하나는 주인공의 생각과 느낌과 비밀이 몸소 펼쳐 보이는 의식의 풍경이다(브루너, 강현석 · 김경수 옮김, 『이야기 만들기』, 교육과학사, 2010, 52면)." 문학의 언어는 감정과 정서를 담는다는 점에서 철학의 언어와 다르며 객관적 사실로서의 행위가 아니라 행위 하는 인물에는 감정과 생각이 담기고 이를 통해 의도를 드러낸다는 점에서 역사의 언어와도 다르다.

13 이 글에서 소개되는 독일의 문학교육과정에 대한 내용은 김정용의 두 가지 논문을 참고하였다. 김정용, 위의 논문, 2006, 7-37면; 김정용, 「독일의 문학교과 교육과정 Lehrplan Deutsch에 나타난 청소년 문학」, 『독어교육』 46, 한국독어독문학교육학회, 2009, 123-144면.

14 김정용, 앞의 논문, 2006, 15면.

15 이러한 문학교수방법은 수용미학과 해체주의적 문학이론을 근거로 하고 있다. 수용미학에서는 문학 텍스트의 의미는 독자와 텍스트 사이의 상호작용의 산물로서 독자의 읽기 과정에서 생산된다고 보며, 해체주의적 문학이론에 의해 전통적인 문학이론에서 추앙받았던 작가영역의 숭고성과 의미의 통일성 내지 완결성이 해체되고 그 자리에 작품 해석의 주관성, 모순성 그리고 다의성이 들어서게 된 것이다. 문학 텍스트는 폐쇄적이 아니라 열린 상태로서 독자의 구체화를 기다리며 또한 그 자체로 모순적이어서 모든 최종적인 의미를 거부한다는 것이다. (김정용, 앞의 논문, 2006, 16면.)

범위하게 활용되고 있다고 한다. 그럼에도 불구하고 이 교수법 역시 비판에서 자유롭지 못하다.[16] 그것은 대체로 학습자에게 문학작품에 대한 반응의 범위를 무제한 열어놓았을 때 텍스트의 의미가 왜곡되거나 작가, 역사적 상황, 발생과정이 정당하게 고려되지 못하게 되는 데 대한 비판이다. 문학작품이 학습자의 마음대로 착취되는 '채석장'이 될 수도 있다는 염려이다.

이것은 염은열이 문학교육의 관점에서 문학치료의 목표와 방법을 적극 수용하는 논의를 펼치면서도 문학교육 연구 및 실천에서 어느 정도 문학능력이 전제될 수밖에 없음을 지적한 것과 같은 이유라고 할 수 있다.[17] 문학교육이 문학을 통해 궁극적으로 개인의 발달과 성장을 이끌어내야 한다는 데 공감하면서도 심리적 정신적 건강성의 회복에만 초점을 맞출 수 없는 이유는 문학교육이 문학 텍스트를 읽고 비평하는 문학능력의 발달을 도외시할 수 없기 때문이다.

문학교육이 지식 습득 자체가 목적이 되어서는 안 되지만 문학작품을 제대로 읽어내기 위해서는 텍스트 내외의 여러 요소들을 두루 고려할 수 있는 지식과 능력을 배양해야 할 의무가 있음을 강조한다. 문학교육에서 문학 텍스트가 학습자에 의해 지나치게 주관적으로, 또는 전체 서사맥락에서 벗어나 부분적으로 이해되는 것은 작품의 내외의 다양한 요소들을 고려하지 못하는, 문학능력 부족의 문제를 드러내는 것으로서 지양되어야 할 것이다.

---

16 행위와 생산 지향적 문학교수법은 다음과 같은 비판을 받는다. 1. 문학 텍스트는 자율적 예술작품으로서 독자들이 이에 간단하게 개입할 수 없다. 2. 문학작품 내의 빈자리는 작가에 의해 의도된 것이어서 그것을 채우는 것은 작가에 의해 의도되지 않은 정확성을 야기한다. 3. 보통의 독자는 행위 없이 읽기 때문에 행위는 독서과정과 이해과정을 촉진시키는 것이 아니라 오히려 파괴한다. 4. 학생이 공동저자가 되는데, 학생의 창작품은 평범하기 때문에 이 원작과 학생 작품과의 비교는 오히려 글쓰기에 대한 좌절이나 괴로움으로 이어진다. 5. 문학 텍스트가 "채석장"으로–학생들이 마음대로 착취하는–전락한다. 6. 행위와 생산 행위지향적인 방법은 문학 텍스트, 작가, 역사적 상황 그리고 발생과정을 정당하게 고려할 수 없다. (김정용, 앞의 논문, 2006, 19면.)

17 염은열, 앞의 논문, 2009, 50–51면.

해석의 범위에 대한 절대적인 기준을 제시하기는 어렵지만 문학교육에서는 아무리 문학작품에 대한 학습자의 반응을 열어 놓는다 해도 그것은 문학 텍스트가 자의적 해석으로 곡해되지 않는 한에서 이다.

문학교육에서 독자반응비평이나 수용미학에서 말하듯 작품의 의미를 독자에 의해 자유롭게 구성되는 것으로 열어놓는다는 것은 사실상 불가능하다. 앞서 문학 텍스트의 의미를 학습자들이 구성하고 새로운 의미와 작품의 생산으로 이어지도록 하는 독일의 '행위 및 생산 지향적인 문학교육'조차도 학년이 올라가면 정전이라고 하는 작품을 읽기 위한 지식 교육과 문학능력 신장의 전통적 문학교육을 병행하게 된다.[18] 문학교육이 문학사적 지식 교육에 치우치는 것의 문제를 제기하고 개인의 성장과 자아실현을 위한 것이 될 것을 강조하지만 문학교육에서는 두 가지 모두 중요하다.

문학교육에서 좋은 문학작품을 고르고 작품을 이해하기 위한 문학 내외의 지식을 갖추며 분석과 비평 능력을 신장시키는 것과 문학작품을 통해 개인의 성장을 촉진하고 자기를 실현하며 사회의 구성원으로 적응해나가도록 하는 것은 함께 추구되어야 할 목표이다. 문학교육은 문학적 지식과 능력을 기르도록 하는 것과 문학을 통한 개인의 성장이라는 두 가지 목표 간의 균형을 잃지 않는 것이 무엇보다 중요해 보인다.

이 두 가지 목표가 대립적인 것만은 아니지만 문학적 지식을 동원하여 문학 텍스트를 제대로 읽어내는 것, 즉 합의된 해석, 또는 올바른 이해라는 지점에서 두 목표는 대립하게 된다. 문학적 지식을 두루 고려한 문학작품의 의미라는 것은 일정한 답을 가질 수밖에 없는데 이것은 개인의 성장을 목표로 하기 위해 문학교육에서 강조하고자 했던 것들과 상치되는 면이 있다.

---

18 독일에서는 주에 따라 차이는 있지만 청소년 문학교육은 5-8학년까지 학생중심의 주체적이고 생산적인 교수법으로 이루어지고 9-10학년에는 전통적인 교육에서 다루는 작가의 작품들을 대상으로 이차문헌까지 참고하여 문학작품의 생성과 영향을 통찰하는 등의 전통적인 분석과 해석 방법이 병행된다고 한다. (김정용, 앞의 논문, 2009, 132-135면.)

문학작품의 다양한 해석 가능성을 열어두는 것, 학습자가 문학 해석과 창작의 주체가 되는 것, 학습자의 정서와 감정을 학습 대상으로 삼는 것은 이미 문학작품의 의미가 합의된 해석이라는 일정한 답으로 제한될 수밖에 없는 문학교육에서 한계를 가질 수밖에 없다.

문학교육은 개인의 성장이라는 목표에 있어서는 제약이 있을 수밖에 없는데 이러한 제약 없이 개인의 성장이라는 목표에 충실히 하고자 하는 것이 문학치료이다. 문학치료에서는 문학 텍스트 자체보다는 텍스트를 읽는 사람에게 초점을 맞춘다. 텍스트를 이해하기 위해 알아야 할 지식이나 텍스트가 가지고 있다고 인정되는 의미를 전달하는 것은 문학치료에서 우선적으로 추구하는 바가 아니다. 그보다는 독자가 텍스트를 어떻게 느끼고 경험하는지가 중요하다는 점에서 독자의 생각뿐만 아니라 정서와 감정이 주요 탐색 대상이 된다. 문학치료의 실행과정이 목표로 하는 바는 텍스트의 이해보다는 텍스트를 접하는 참여자(독자)의 자기이해이다.

따라서 문학치료에서 문학 텍스트의 자의적 해석, 또는 주관적 왜곡은 참여자의 자기 성찰과 이해를 위한 매우 중요한 자원이다. 문학치료에서는 참여자들에게 문학작품에 반응하게 할 때도 문학적 지식을 동원하여 객관적으로 온당한 해석을 하도록 요구하지 않는다. 오히려 자기 자신의 주관적 느낌에 충실하게 반응하도록 독려하고 객관적 자료나 지식을 최대한 배제할 수 있는 반응 방법을 활용한다. 문학 텍스트의 빈틈에 참여자의 내면이 더 잘 투사될 수 있도록 하기 위해서다. 이후 참여자는 자신의 반응을 문학치료사와 함께 살펴보면서 자신이 텍스트에 부여한 의미가 자신에게 차지하는 의미가 무엇인지 찾아간다.

문학치료에서는 문학 텍스트에 대한 참여자의 주관적 반응을 적극적으로 유도하고 모든 반응을 의미 있는 것으로 본다. 문학작품에 대해서 주관적으로 반응한 자료는 참여자의 자기성찰과 이해를 위한 객관화된 대상이다. 참여자의 자기성찰과 이해가 발달과 성장의 전제라고 할 때, 문학치료에서 문학작품에 대해 참여자가 자기를 솔직하게 드러내도록 허용하는 것은 필수적이다. 문학교육의 관점에서 그것이 텍스트의 왜곡이라 할지라도 말이다. 수용미학과 해체주의 문학이론에서 말하는 것처럼 문학 텍스트의 의미를 열어두고 독자가 텍스트와의 상호작용을 통해 구성하게 하는 것은 문학교육의 이름으로는 한계가 있다. 그것이 가능한 분야가 바로 문학치료이다.

앞서 문학치료가 구비설화를 주로 활용하는 이유에 대해서 언급한 바 있는데 문학적 지식에 구애를 덜 받고 참여자가 쉽게 접근할 수 있으며 능동적이고 적극적으로 반응할 수 있도록 하기 위해서라는 것이 중요한 이유 중 하나이다. 구비설화 텍스트를 읽거나 듣고 참여자들이 생산해 내는 의미는 그들을 반영하고 있는 것으로서 중요한 탐색의 대상이 된다. 열린 해석을 허용하는 것은 문학치료가 추구하는 바이지 구비설화의 특성은 아니다.

같은 구비설화라 하더라도 문학교육과 문학치료에서 접근하는 방식에는 차이가 있다. 박수진은 중학교 교과서를 분석한 결과, 설화는 교과서에의 제재로 선택되는 빈도도 높지 않고 설령 제재로 채택되었다 하더라도 작품이 특정 언어 기능과 전략 습득을 위한 도구로 기능하고 있음을 밝히고 있다.[19] 그렇지 않더라도 설화교육은 설화의 구조와 논리를 통해 설화라는 갈래의 본질과 특성을 설명할 수 있도록 교육 내용이 구성됨으로써 결국 문학적 지식 학습에 초점이 맞춰지기도 한다.[20] 문학교육의 범위 내에서 이루어지는 설화를 활용한 인성교육 역시 설화에 대한 학습자의 다양한 해석 가능성을 열어놓거나 학습자의 자기 탐색과 이해를 도모하는 방식과는 거리가 멀다. 신원기는 초등학교 4-1 국어 교과서에 나오는 설화 두 편을 활

19 박수진, 「생태학적 관점을 통한 설화교육 방안 모색-〈장자못〉 전설을 중심으로」, 『고전문학과 교육』 27, 한국고전문학교육학회, 2014, 178면.

20 황윤정, 「대립 구조를 활용한 설화 교육의 내용 연구-〈구렁덩덩 신선비〉를 중심으로」, 『문학교육학』 59, 한국문학교육학회, 2018.

용한 인성교육 방안을 제시하고 있는데 연구자는 학습자에게 전달되어야 할 각 설화의 의미를 '소통의 중요성 인식', '긍정적 기대 지평의 확립' 등으로 미리 정해두고 있다.[21] 교사가 텍스트의 의미를 찾아내어 학습자에 전달하는 방식이라고 할 수 있는데, 이는 문학치료에서 참여자가 스스로 텍스트의 의미를 자유롭게 구성해내도록 해서 자기탐색에 활용하는 것과는 큰 차이가 있다.

문학교육이 문학 텍스트에 대한 이해에 초점이 놓이는 데 비해 문학치료는 텍스트를 통한 참여자의 자기표현과 이해에 초점을 맞춘다고 할 수 있다. 문학치료에서 참여자는 문학작품을 마음대로 자기화하여 읽고 반응할 수 있다. 문학교육의 관점에서 볼 때 텍스트의 왜곡이나 오해라고 여겨질 수 있는 것조차 수용한다. 오히려 일반적이지 않고 특수한 반응으로서의 텍스트 해석에 참여자의 독특한 자기가 투사될 가능성이 높기 때문이다. 그것은 텍스트를 잘못 읽거나 틀린 것이 아니라 참여자의 독특한 반응과 표현으로 수용되고 진지하게 다뤄지며 탐색된다. 참여자는 문학작품의 전체적인 서사 맥락에서 벗어난 반응을 한 것을 알아차리고 그것이 자기 자신에게 차지하는 의미가 무엇인지 생각하게 된다. 때때로 한 번의 왜곡으로 그 진의가 드러나지 않고 여러 텍스트에서 일관되게 반복되는 왜곡과 오해의 경향성을 통해 그것을 추동하는 참여자의 내면을 이해할 수 있게 되기도 한다.

문학교육의 관점에서 문학작품이 제대로 이해되지 않고 주관적으로 왜곡되는 것으로 끝나는 것이 안타깝게 여겨질 수 있다. 그러나 이 과정에서 참여자는 자기를 성찰하고 이해하게 될 뿐만 아니라 비로소 텍스트를 다시 보게 되는 경험을 한다. 강렬한 주관적 느낌이나 개인의 외상적 경험 때문에 텍스트의 지엽적인 부분에 반응하며 놓친 전체 서사맥락을 보게 되는

21 신원기, 「설화 제재를 활용한 인성교육의 가능성 고찰-초등학교 4-1 '국어' 교과를 중심으로」, 『한국초등국어교육』 44, 한국초등국어교육학회, 2010.

것이다. 여기에는 문학치료사의 탐색적 질문과, 문학치료가 집단으로 이루어질 경우 다른 참여자들 반응과의 비교가 큰 도움이 된다.

3. 문학치료적 향유의 실제

1) 참여자 중심의 서사 이해와 해석의 다양성

앞서 언급한 것들을 바탕으로 할 때 문학을 잘못 이해하는 것은 틀린 것으로 무시되거나 일방적으로 바로잡아줘야 할 것이 아니라 비로소 문학을 통해 자기를 알아차릴 기회를 발견한 것이며 그것을 계기로 자기치유와 성장으로 나아가게 하는 것이 문학치료다. 문학치료에서 문학 텍스트에 대한 새로운 이해는 자연스럽게 그에 따라오는 결과, 혹은 부가적 이득일 뿐이며 이것이 궁극의 목표는 아니다. 문학치료의 목표는 자기 치유와 성장이라는 문학의 기능을 치유현장에서 의도적, 계획적으로 활용하여 개인의 성장을 돕는 일이라고 할 수 있겠다.

그런데 문학 텍스트에 대한 자유로운 반응과 그것의 탐색을 통해 문학치료가 개인의 성장이라는 목표에 도달한다는 연구자의 견해에 동의하기 어려울 수도 있다. 그것은 문학치료에 대한 몇 가지 오해에서 비롯된다고 생각한다. 문학치료에서는 참여자의 자기서사를 진단하고 그의 치유나 성장을 위한 변화의 이상적 목표로서 '건강한 서사'를 상정해두고 있다. 정운채는 개개인의 삶을 구조화하여 운영하는 서사를 각자의 '자기서사(自己敍事)'라고 하고 이 자기서사에 영향을 미치는 문학작품의 서사는 '작품서사(作品敍事)'라고 하였으며 문학치료란 결국 문학작품의 작품서사를 통하여 환자의 자기서사를 온전하고 건강하게 변화시키는 일이라고 하면서 환자의 자기서사가 건강한 측면이 미약해서 잘못된 유혹을 물리치지 못할 때 문학작

품의 작품서사는 건강한 측면을 강화시켜 줄 수 있다고 하였다.[22]

이러한 언급은 문학치료가 어떤 특정 서사의 형태를 '건강한 서사'로 규정하고 이 서사를 이해할 수 있게 되거나 자기서사로 구현할 수 있게 되는 것을 목표로 삼는 것으로 여겨지게 한다.[23] 이를테면 건강한 서사를 담고 있는 텍스트라는 것이 존재하고 그것의 이해와 구현을 목표로 하는 것이 문학치료라는 것이다. 마치 문학치료의 목표 역시 특정 텍스트를 일정한 방식으로 읽도록 하는 데 있는 것처럼 여겨질 뿐만 아니라 참여자가 찾아가는 것이 아니라 문학치료사에 의해 일방적으로 주어지는 것으로 생각될 수 있다. 그렇다면 연구자가 규정한 텍스트의 의미를 독자가 그대로 읽어낼 수 있도록 가르치는 것과 크게 다를 바 없다.

그러나 '건강한 서사'라는 것은 특정 텍스트에 담겨있는 서사의 내용과 형태를 지칭하는 것으로 이해되기보다는 참여자의 자기서사가 지향해야 할 특성으로서 서사의 다양성과 서사접속능력을 포함하는 개념으로 이해되어야 한다.[24] 어떤 서사가 개인의 삶에서 발현된다고 할 때 같은 서사라 하더라도 발달단계나 문제 상황, 관계에 따라 적응적일 수도 있고 그렇지 않을 수도 있기 때문이다.

예를 들어 〈바리데기〉는 나를 버린 부모를 살리기 위해 죽음을 무릅쓰고 약을 구해와 살리는 이야기로 문학치료에서는 자녀서사의 '되찾기'로 구분된다. 이 서사는 어린 시절 원망스러웠던 부모를 이해하고 그를 보살펴야

22 정운채, 「서사의 힘과 문학치료방법론의 밑그림」, 『고전문학과 교육』 8, 한국고전문학교육학회, 2004, 171면.

23 실제로 정운채는 "정상심리가 있고 이상심리가 있는 것처럼 정상문학도 있고 이상문학도 있다."(정운채, 「문학치료학의 서사 및 서사의 주체와 문학연구의 새 지평」, 『문학치료연구』 21, 한국문학치료학회, 2011, 234면)라고 해서 건강하지 않은 서사와 건강한 서사가 서사를 구분하는 절대적 기준이 되는 내용과 형태가 있는 것처럼 여겨지는 언급을 한 바도 있다.

24 조은상, 「문학치료에서 자기이해의 필요성과 방법」, 『문학치료연구』 45, 한국문학치료학회, 2017, 1-21면.

하는 중년기의 누군가에게 분명 매우 건강하고 적응적인 서사로 발현될 수 있을 것이다. 나를 버린 부모라고 하더라도 그의 인간적 한계를 수용함으로써 미움과 원망의 감정으로부터 벗어나 부모를 진심으로 보살필 수 있는 성숙한 자식의 모습으로 구현될 수 있다면 말이다. 그러나 한참 부모로부터 심리적 독립과 자율성을 시험해야 하는 청소년에게는 되레 발달과업의 지체를 가져올 수 있다. 나를 버린 부모에게 사랑과 인정을 구하며 자신을 희생하는 이야기로 의존성을 강화하는 서사가 될 수 있기 때문이다.

물론 문학치료에서 활용되는 설화의 작품서사는 발달적인 관점에서 위계를 설정할 수 있다. 설화에 나타나는 인물의 행동이나 관계의 특성을 살펴보면 좀 더 성숙한 관계나 삶에 대한 태도 등을 보여주는 작품이 존재한다. 인생의 이른 시기에 보다 강조되고 필요한 관계나 행동방식 등이 드러나는 이야기부터 인생의 후반부에나 요구될 수 있는 이야기까지 존재한다. 문학치료에서 '가르기', '밀치기', '되찾기', '감싸기'로 서사를 구분한 것은 건강성을 기준으로 한 것이 아니라 성숙의 정도를 기준으로 한 것으로 보아야 한다. 건강성은 '가르기'에서 '감싸기'로 가야 획득되는 것이 아니라 각각의 서사가 요구되는 적절한 관계와 상황에서 발현될 때 얻어지는 것이다. 건강한 서사의 내용이나 구조는 정해져 있는 것이 아니라 모든 서사는 건강할 수도 있고 그렇지 않을 수도 있다. 그것을 결정하는 것은 개인의 삶에서 서사가 발현되는 시기, 관계, 상황의 적절성이다.

문학치료에서 자녀서사의 '밀치기'로 구분하는 〈해와 달이 된 오누이〉는 어머니에게 의존해 있던 오누이가 스스로의 지혜를 발휘하여 집을 나서 각자의 직분을 가지게 되는 이야기이다. 이 이야기는 인생에서 부모에의 의존에서 벗어나 독립과 자율성을 확보해야 하는 시기에 요구되는 관계적 특성과 행동방식을 잘 보여준다. 이에 비해 '되찾기'인 〈바리데기〉는 독립한 자녀가 부모의 인간적 허물을 감싸 안고 그들을 돌보는 인물의 관계와 행동이 인간의 전 생애를 발달적으로 이해했을 때 중년 이후의 발달적 특성을 보여준다. 문학치료의 관점에서 볼 때 〈해와 달이 된 오누이〉보다 〈바리데기〉는 서사의 건강성을 보여준다기보다 성숙한 발달단계의 관계적 특성을 보여준다고 할 수 있다.

서사의 건강성은 그것이 개인의 삶에서 구현될 때 인생의 어느 시점, 어떤 관계에서 어떻게 드러나느냐에 따라 좌우된다. 참여자에 대한 발달적 고려 없이 더 성숙한 서사를 요구해서는 안 되는 이유이다. 참여자에 대한 발달적 고려 없이 설화에 대한 이들의 반응을 작품서사의 위계에 따라 성숙과 미성숙으로 속단해서도 안 된다. 청소년이 〈해와 달이 된 오누이〉와 같은 서사를 글로 삶으로 구현하는 것은 미성숙한 것이 아니라 그들의 발달단계에서 일반적이고 적절한 것이다. 문학교육에서 청소년들에게 〈바리데기〉의 해석을 인지적으로 가르칠 수는 있을지 모르지만 문학치료에서 청소년들에게 〈바리데기〉의 서사를 그들이 구현해야 할 서사의 목표, 즉 치료목표로 제시해서는 안 된다.

문학치료에서 절대적으로 건강한 서사의 내용이나 형태라는 것은 존재하지 않는다. 그것이 어느 시기, 어떤 상황에서 어떻게 구현되느냐에 따라 달라지는 상대적인 개념으로 이해되어야 한다. 그렇다면 개인의 삶에서 구현되는 건강한 서사, 즉 건강한 자기서사를 가능하게 하는 변별적 자질은 다양한 서사를 자기서사로 받아들일 수 있는 '서사의 수용성'과 주어진 상황이나 관계에 적절한 서사를 구현할 수 있는 '서사의 유연성'이라고 할 수 있다.[25]

---

25 정운채는 '서사접속능력'에 대해서 자기서사가 용납하기 힘든 서사를 구성해 내는 능력이라고 하였다. (정운채, 「프랭스의 서사이론과 문학치료학의 서사이론」, 『문학치료연구』 17, 한국문학치료학회, 2010, 201면.) 이것을 확장하여 '서사접속능력'이란 자기서사와 다른 성격의 서사를 수용할 수 있는 능력일 뿐만 아니라 문학치료학이 현실의 사건이나 상황에도 그 나름의 서사가 있다고 가정한다는 점에서 상황에 따라 적절한 서사를 구현할 수 있는 서사의 유연성도 포함하는 개념임을 언급한 바 있다. (조은상, 앞의 논문, 5면.)

이러한 자질을 향상시키기 위해서 다양한 문학작품을 가르치는 것만으로는 부족하다. 특히 문학치료가 필요한 대상은 특정 서사에 고착되어 상황과 관계에 적응적인 서사를 구현하지 못해서 어려움이 발생하는 경우인데 이들에게 다른 서사를 알려주거나 의미를 해석해주는 것으로는 그가 고집하는 서사를 벗어나기 어렵다. 그가 고집하는 서사는 그의 불안정한 과거 삶에서 관계를 유지하게 하고 안전감을 주는 것으로서 중요한 역할을 해왔을 것이기 때문이다. 자기서사의 수용성과 유연성의 문제는 앞서 제시했던 문학치료의 과정, 즉 문학을 주체적으로 경험하고 자기탐색과 이해에 이르는 과정을 거쳐서 해결될 수 있다. 현재 자신이 고집하고 있는 서사가 그동안 삶에서 맡아온 중요한 역할이 무엇이었으며 현재의 삶 속에서는 어떤 문제를 일으키고 있는지 스스로 알아차려야 한다. 이러한 과정이 곧 문학치료이며 참여자는 고착된 서사를 대신할 새로운 서사를 탐색하고 수용하여 주체적인 변화를 꾀할 수 있다.

지금까지의 논의를 종합해 볼 때 문학치료가 문학을 통한 자기이해에 초점을 맞춰 자아의 성장이라는 목표에 도달하고자 한다면 개인의 발달에 대한 고려가 필수적임을 확인할 수 있다. 활용설화에서 서사의 위계를 정할 때나, 참여자의 문학에 대한 반응을 해석하고 치료 목표를 정할 때, 자기서사의 건강성, 또는 적응성을 판단하고자 할 때, 발달단계와 과업에 대한 이해가 전제되어야 한다. 발달적 특성에 대한 고려 없이, 자발적 변화 의지 없이 특정 서사가 건강한 것으로서 그렇게 구성하길 요구하는 것은 폭력적이며 치료 효과를 기대하기 어렵다.

이렇게 문학치료에서 발달적 고려가 필수적임을 강조하기 위해 연구자는 '문학치료의 발달적 접근'이라는 용어를 사용하였다. '문학치료의 발달적 접근'이라고 할 때 '발달적'이라는 의미는 문학치료의 전 과정에서 일반적인 삶의 발달과정과 참여자 개인의 발달단계가 중요하게 고려됨을 뜻할 뿐만 아니라 문학치료가 증상의 소거나 문제의 즉자적 해결이 아니라 자연스러운 발달의 촉진을 통한 근원적 성장을 목표로 한다는 것을 의미한다.[26] 문학치료는 건강한 서사를 상정해두고 그것의 이해를 설명적으로 제시하거나 그러한 서사를 구성하도록 기대하거나 요구하지 않는다.

문학치료에서 문학에 대한 참여자의 반응은 자유롭게 열려있으며 문학작품의 이해는 전적으로 참여자에 의해 이루어진다. 이 시점에서 문학치료사는 참여자가 능동적이고 적극적으로 이 과정에 참여할 수 있도록 돕는 역할을 할 뿐이다. 문학치료에서 문학작품의 의미는 고정되어 있지 않고 참여자에 의해 구성되는 것으로서 참여자 수만큼의 다양성을 갖는다. 텍스트의 의미는 독자와 텍스트의 상호작용에 의해 생산되는 것이라고 했던 독자반응비평의 입장과 일치한다.

이 부분이 문학교육과의 차이가 발생하는 지점이다. 문학교육에서는 올바른 텍스트의 이해를 가르치고 숙련시켜야 하는 또 다른 사명을 가지고 있기에 텍스트에 대한 학습자의 반응을 무한정 열어놓기 어렵다. 문학교육에서 텍스트의 의미는 어느 정도 고정된 범위를 지니고 있으며 그것을 넘어서는 학습자의 해석은 교육과 교정의 대상이다. 그러나 문학치료에서 그것은 학습자의 내면과 자기서사를 반영해주는 것으로 존중되고 탐색되어야 하는 대상이다.

2) 문학치료 실행과정

발달적 관점의 문학치료가 진행되는 과정을 사례를 통해 제시하고 앞서 살펴본 문학치료의 특성이 어떻게 드러나는지 살펴보고자 한다. 문학치료에서 문학 텍스트에 대한 참여자의 자유로운 반응에 대해 수용적이라는 것

26 이전 연구에서 '증상적 또는 문제 해결적 접근'에 대비되는 것으로서 문학치료의 발달적 접근에 대해 논의된 바 있다. (조은상, 「문학치료의 발달적 접근」, 『고전문학과 교육』 37, 한국고전문학교육학회, 2018, 151-184면.)

이 무엇인지, 발달적 접근 또는 발달적 관점을 취한다는 것이 어떤 것인지 실제 사례를 통해 확인해 보고자 하는 것이다. 다음에 제시되는 예문은 일대일로 이루어진 문학치료의 참여자가 연구자가 구연해준 설화 〈해와 달이 된 오누이〉를 듣고 그에 대한 반응으로 자신이 원하는 대로 이야기를 바꿔 구연한 다음 연구자와 나눈 대화이다.[27]

참여자는 26세 여성으로 헤어진 남자친구에 대한 집착과 혼자 지내는 것의 어려움을 호소하였다. 전 남자친구와 헤어지고 짧은 기간 동안 여러 명의 남자들과 짧게 만나고 헤어지는 일을 반복했다. 일반 상담과 문학치료를 병행하였으며 상담이 진행되는 과정에서 자신을 성적으로 이용하는 줄 알면서도 남자와의 관계를 이어가기도 하고, 전 남자친구와 다시 만나기도 했으나 결국 관계를 정리했다. 참여자의 문제, 혹은 증상은 혼자 있는 것을 견디지 못하고 반복적으로 남자를 만나고 그와의 관계에 집착하는 것이었으나 그것은 참여자의 성장과정 중 부모와의 관계와 관련된 것이었다.

참여자의 문제를 이해하고 그에게 활용할 문학작품을 선택하는 데 있어 발달적 관점이 주요하게 작용한다. 참여자는 연령상으로 성인기에 막 접어들었으나 성장과정에서 부모, 특히 어머니와의 관계에 어려움이 많았으며 그로 인해 청소년기의 발달과업인 심리적 독립과 자율성 획득이 지체되고 있었다. 이성 관계에 대한 집착은 늘 바쁘고 냉담하며 가혹한 잣대로 참여자를 몰아세웠던 어머니에게 받지 못한 관심과 사랑이 이성에게 전이된 결과였다. 연구자는 문학치료에서 참여자가 이성 관계에 대한 자기서사를 표현하고 탐색할 수 있는 작품과 함께 부모로부터의 심리적 독립과 자율성 확보에 대한 자기서사를 표현하고 탐색할 수 있는 작품을 선택하여 문학치료를 진행하였다.

---

27 대화의 내용은 참여자와 연구자의 어투와 표현을 살려 쓰고 대화의 순서 역시 진행된 그대로 제시하되 분량 상 중요한 대화 내용을 중심으로 대화의 부분, 부분 생략이 이루어졌음을 밝힌다.

이성 관계에 대한 자기서사를 탐색할 수 있는 작품을 활용하기는 했지만 그것만으로는 근원적인 성장을 이끌어내기 어렵다. 참여자 자신도 남자에 대한 집착이 자신의 삶을 얼마나 피폐하게 하는지 잘 알고 있었다. 그럼에도 불구하고 자꾸만 집착하게 되는 마음을 조절하기 힘들었다. 문제의 근원이 다른 곳에 있음을 보여주는 것이다. 참여자의 남자에 대한 집착은 어머니의 사랑과 관심을 끊임없이 구함으로써 지체된 심리적 독립과 관련되어 있으며 이 영역의 발달을 촉진하여 전반적인 성장을 통해 증상은 해결될 수 있다. 실제 진행되는 문학치료의 과정은 증상이라 할 수 있는 '남자에 대한 집착'을 소거하는 과정이라기보다 남자에 대한 집착을 놓지 못하는 자기를 이해하는 과정이며 이를 통한 전반적 성장의 과정이다. 이것이 문학치료에서 발달적 관점을 취하는 방식이다.

참여자에게 구연해준 설화는 부모로부터의 심리적 독립 과정에서 느끼는 두려움이나 행동의 변화와 성장을 상징적으로 보여주는 〈해와 달이 된 오누이〉이다. 연구자는 설화를 구연해주고 참여자의 반응 전과 후에 〈해와 달이 된 오누이〉와 관련하여 어떠한 해석이나 정보도 제공하지 않음으로써 참여자의 반응을 제한하지 않았다. 참여자가 텍스트에 반응하도록 하는 방법은 여러 가지가 있겠으나 여기서는 텍스트의 줄거리를 참여자의 마음에 들도록 바꾸어 구연하게 하였다. 이 방법은 허구의 이야기를 구성하도록 하는 것으로 참여자의 의식적 방어 수준을 낮출 수 있으며 내면의 자기서사를 투사하여 주관적으로 반응하게 한다.

문학작품에 대한 주변적 지식이나 해석을 미리 제공하는 것도 참여자의 작품에 대한 반응을 제한하지만, 문학치료사나 교사가 준비한 질문에 답을 하는 방식도 참여자의 반응을 제한한다. 질문에 대해 답하는 방식이 객관형이 아니라 주관형이라 하더라도 참여자는 질문한 것에 대해서만 답할 수 있다는 점에서 제한적이다.[28] 참여자는 문학치료사가 전혀 생각하지 않았던 부분에서 반응할 수 있고, 그것은 그의 독특하고 의미 있는 자기서사를 탐색할 수 있는 비밀의 문일 수 있다. 앞서 밝힌 바와 같이 발달적 관점의 문학치료에서 문학 텍스트에 대한 참여자의 반응은 제한되지 않는다. 독자가 텍스트의 의미를 능동적으로 찾아내고 구성한다는 독자반응이론에 충실하다.[29] 독자반응이론의 관점에서 참여자의 주관적 반응 이후 진행되는 문학치료의 과정은 독자로서 자신의 반응을 스스로 분석하는 과정이라고 할 수 있다.[30]

참여자가 자신의 반응을 스스로 분석한 이후의 과정을 간단히 요약하면 다음과 같다. 참여자가 원 텍스트를 변형하여 구성한 허구 이야기에는 원 텍스트에 대한 참여자의 해석이 담긴다. 그 해석은 참여자가 의식하고 의도한 것도 있지만 허구 이야기의 서사적 특성을 통해 새롭게 알게 되는 것도 있다. 참여자가 새로 구성한 텍스트는 원 텍스트에 대한 의식적, 무의식적 해석의 결과이며 참여자가 원 텍스트가 다루고 있는 삶의 과제에 대해 대처하는 방식을 보여주는 것이기도 하다.[31] 삶의 과제에 대해 대처하고 그것

28 그러한 점에서 문학치료에서 자기서사 진단도구 등으로 참여자의 반응을 표준화하고자 하는 시도는 한계가 있다.

29 독자반응이론은 학자마다 다양하며 이론에 따라서 모든 독자 반응을 의미 있게 보지 않고 문학 텍스트에 대한 독자의 반응이 불충분하다거나 다른 독자의 반응보다 충분하지 못하다고 볼 수 있다. 이 경우 문학치료에서 모든 독자의 반응을 의미 있게 보는 것과는 다소간 차이가 있다. 그러나 텍스트의 의미가 텍스트 내에 고정되어 있지 않고 독자의 읽기 과정에서 구성되며 따라서 독자마다, 같은 독자라 할지라도 시기나 상황에 따라 다른 의미가 발생할 수 있다고 본다는 기본 입장은 동일하다.

30 『비평이론의 모든 것』의 저자 로이스 타이슨은 독자반응비평에서 독자가 본인의 반응을 드러내는 데서 그치지 않고 본인의 반응과 다른 사람의 반응을 분석할 수 있어야 한다고 말한다. 또한 데이비드 블라이히(David Bleich)는 독자가 자신의 읽기 경험을 지각하고 확인하는 과정을 통해 마음속에 개념적 또는 상징적 세계를 창조하는 데 독자가 텍스트의 의미를 해석한다는 것은 바로 자기가 만들어낸 상징화가 갖는 의미를 해석하는 작업이라고 하였다. (로이스 타이슨, 『비평이론의 모든 것』, 앨피, 2017, 381-382면.) 문학치료의 과정은 독자반응비평의 관점에서 이해한다면 데이비드 블라이히(David Bleich)이나 노먼 홀랜드(Norman Holland)가 독자의 반응이나 텍스트의 해석을 이해하는 방식과 매우 유사하다. 이 부분에 대해서는 좀 더 연구가 필요하다.

31 노먼 홀랜드(Norman Holland)는 문학 텍스트에 대한 해석은 독자가 텍스트에 투사한 두려움과 방어, 욕구, 욕망 등이 낳은 결과물이며, 지적 작업이라기보다는 주로 심리적 과

을 해결해나가는 방식, 이것이 곧 그 삶의 과제와 관련하여 참여자가 가지고 있는 자기서사라고 할 수 있다. 이제 참여자는 그러한 자기서사를 구성하게 한 자신의 삶의 과정과 경험을 되돌아보고 그동안 참여자의 삶에서 이 같은 자기서사가 담당해온 역할과 현재의 어려움에 미치는 영향을 탐색하게 된다.

다음 예문은 그러한 과정을 보여주는데 참여자가 〈해와 달이 된 오누이〉를 듣고 자신의 마음에 들도록 바꿔 이야기한 다음 연구자와 대화를 통해 자신의 반응, 즉 마음에 들도록 바꾼 이야기에 담긴 '자기'를 탐색하고 이해하는 과정이다. 연구자는 문학치료사로서 참여자가 자신의 반응에 담긴 의미를 스스로 찾아낼 수 있도록 탐색적 질문을 던지는 역할을 한다. 예문에는 문학치료의 참여자가 문학을 경험하고 반응하는 방법, 그에 대한 문학치료사의 태도와 질문 방식, 참여자가 문학 텍스트에 대한 반응을 탐색하면서 자신의 삶과 관련지으며 자기에 대해 알아차리는 과정이 드러나 있다.

텍스트에 대한 참여자의 반응으로서 이야기 특성을 탐색하며 그것을 참여자의 삶이나 경험과 연관 짓고 자기 이해로 이어지는 일련의 과정을 보이기 위해 불가피하게 예문을 길게 제시한다.

연구자1: 달라진 부분들을 왜 그렇게 했는지 얘기를 해볼래요?

참여자1: 예. 우선은 엄마를 죽이고 싶지 않았어요. 엄마가 사실 엄마는 집을, 집안, 우리 집을 위해서 뼈 빠지게 고생해서 하루 종일 고생해서 일 해가꾸 얻은 음식두 다 날리구 호랑이가 먹어가지구 그 와중에 팔두 짤리구 다리두 짤려가지구 비참하게 죽는 거는 제가 그거를 이렇게 인정하고 싶지 않았구요.

정이라고 본다. 해석이란 독자가 문학 텍스트를 읽으며 실제 삶에서 일상적 사건에 대처하기 위해 작동시키는 방어기제와 같이 방어기제가 작동하여 자신을 보호하고 욕망을 충족시키는 방향으로 반응한 결과라는 것이다. (로이스 타이슨, 앞의 책, 389-393면.)

연구자2: 엄마가 죽은 게 맘에 들지 않았어요?

참여자2: 아무 것도 못하고 죽는 게 마음에 들지 않았어요.

연구자3: 엄마는 어때야 하나요?

참여자3: 그런 위기 상황에서도 막 뛰어난 지혜를 발휘해서 다 위기를 이렇게 다 모면하구 또 좋은 결과를 결국에는 만들어내는 사람.

(중략)

연구자4: 아이들 입장에서는 그런 엄마 같은 존재가 하나 더 생긴 걸 수도 있겠네요?(호랑이가 개심하여 오누이와 엄마를 보살피는 것으로 참여자가 바꾼 이야기에서 호랑이를 염두에 두고)

참여자4: 네. 원래 이야기에서 오누이가 똑똑하고 엄마는 멍청하다고 생각이 들었어요. 그게 좀 부자연스럽게 느껴졌어요. 엄마가 그렇게 어이없게 죽을 꺼라는 건 전혀 상상할 수 없구요. 그리구 엄마가 맨날 진짜 고생하구 하루, 아침부터 저녁까지 애기들을 돌보지두 못하면서 나가서 일했는데 그 벌어온 것두 다 날리구 잡아먹히는 설정이라구 하면 저는 받아들일 수 없을 거 같애요. 저희 엄마랑 되게 비슷한 거 같애요.

연구자5: 엄마의 모습을 느꼈군요.

참여자5: 네. 그래서 아이들에게 엄마를 잃어버리는 결말을 주고 싶지 않아서 애초부터 엄마를 안전하게 돌아오게 만들려구 막 생각을 하다 보니까 그러면 호랑이를 죽이던가 아니면 호랑이와 우호적인 관계를 맺어서 호랑이가 잡아먹히지 않던가 둘 중에 하나라고 생각을 했거든요. 그래서 처음에 이제 그런 약 같은 걸 이렇게 한 것두 엄마가 할 수 있는 상황에서 자신의 위협을 이제 벗어나려구 했는데 그게 맘처럼 쉽진 않을 거 아니에요. 그렇다보니 그런 또 다른 위기 상황이 왔을 때 엄마가 어쨌든 또 다른 방식으로 제가 생각한 두 가지 방식 모두를 사용을 해서 이제 우호적인 관계로 안전하게 돌아왔다라는 설정을 하다보니까 오히려 뒤에 그런 해와 달이 되는 이야기들은 크게 저한테 별로 이렇게 중요하지 않았어요.

연구자6: 엄마가 어떤 모습인가가 더 중요했던 거네요, 오누이보다?

참여자6: 네. 그 오누이는 그리구 더 이상 그렇게 할 필요가 없는 거죠. 하늘로 막, 막 애써서 막 도망가서 하늘로 올라가려구 막 애쓰구 막 도끼루 뭐 하구 그런 위험에서 벗어나는 그런 무서운 일들을 당하지 않아도 되는 강한 엄마가 있구 또 호랑이두 어떻게 보면 엄마와 비슷한 보호막이 생기는 것처럼 느껴졌어요.

연구자7: 근데 아까..님이 원래 이야기에서 아이들이 참 똑똑했다구 그랬었는데 그럼 이야기가 바뀌면서 분명 엄마가 강해지구 또 다른 엄마가 하나 생김으로 인해서 아이들은 자신의 똑똑함을 발휘할 기회를 (네네 거의 잃어버린 네네) 갖지 못한 걸 수도 있네요?

참여자7: 네네. 저는 그게 좋다구 생각했어요.

연구자8: 그게 좋다구 생각한 이유는 뭐예요?

참여자8: 그냥 엄마, 누군가로부터 보호받지 못한다라고 생각을 할 때 사람이 강해진다고 생각하거든요 저는, 누가 지켜줄 수 없다라는 판단을 할 때 내가 나를 지켜야 된다라는 생각을 많이 하고 그런 위기 상황에서 뭐 똑똑하게 뭘 하는 거나 뭐 독립심을 유지하는 거나 어떤 그게 이제 내가 그냥 편안한 환경일 때는 그런 게 발휘되지 않는다고 생각을 하는 데 어쩌면 쫌 그거에서 제 모습을 보는 거 같다는 생각이 들었어요. 그니까 결과적으로 봤을 때는 제가 뭐 어떤 지혜로움이라던가 무슨 지식적인 거라던가 뭔가 저한테 좋은 능력들이 많이 생기는 건 저를 위해 결과적으로 좋은 걸 수 있는데 제가 어린 시절을 회상하면서 보니까 뭔가 엄마 아빠가 나를 많이 챙겨주고 집에서 나를 많이 챙겨주고 그랬으면 내가 혼자 막 책가방을 싸거나 예를 들면 그런 능력이 나중에는 저한테 좋은 분명 능력이 되었지만 굳이 그때는 되게 힘들었거든요. 뭐든지 하나 하나 내가 다 해야 하구 모르는 것들두 막 알아야 되구 그런 게 되게 피곤하다라는 생각을. 이제 지금은 피곤하다라는 생각을 하지만 그 때는 저한테는 되게 버겁다 왜 이렇게 나는 학교 가는 것두 힘들고 학교에서 공부하는 것두 힘들구 그리구 막 이렇게 뭐 과외나 학원 같은 거 친구들 많이 다니는데 저희 집은 아예 아무 것도 안 시켰거든요. 그니까 뭐든지 다 나에 몫이다라는 생각이 들었구 그 때는 좀 다른 친구들이 부러웠기두 했었던 게 엄마 아빠가 막 이렇게 막 돌봐주고 케어해주는 느낌? 뭐 학업이라든가 이런 것들도 엄마가 이렇게 막 어떻게 보면 그 친구들은 간섭한다 싫어할 수도 있지만 저로서는 저희 집은 한 번도 저한테 뭐 공부는 어떻게 하고 있니 이거는 어떻게 하니 뭐 이런 식으로 물어본 적이 한 번도 없었어요, 그냥 결과만.

연구자9: 혼자 하는 것, 독립적으로 하는 것이 도움을 받지 못하는 것, 케어 받지 못하는 것과 연결이 되어 있군요.

참여자9: 네. 내던져진 기분.

연구자10: ..님이 혼자 있는 것을 즐기지 못하는 게 그런 건가보다 하는 생각이 들었어요. 혼자 있는 것이 버려진 느낌이 들고 나를 돌봐줄 사람이 없는 것으로 연결이 되니까 혼자 있는 것은 굉장히 힘든 일이었겠구나 하는 생각이….

참여자10: 애기들이 너무 힘들겠다라는 생각을 했어요. 엄마 아빠가 있으면 편안하고 밖에 나가 놀구 이럴 수 있는데. 갓난아기도 돌봐야 하구, 밥도 지들이 차려먹어야 하구. 의지할 곳은 엄마 밖에 없는데 엄마두 잃어버리구 막 꾸역꾸역 도망쳤는데 이제는 둘이 같이 있지두 못하구 평생 일을 하면서 살아야 된다구 하면 그건 저한테 그렇게 만족스러운 결말을 주지 못할 거 같다는 생각이 들어가지구 그런 식으루 바꿨던 거 같애요.

연구자11: 아이들이 엄마 없이 혼자 있는 부분에서 ..님이 엄마의 도움 없이 뭔가를 다 해야 했던 그 때의 느낌을 가진 거네요. 어떻게 보면 그 때 ..님이 바랬던 것. 그러면 내가 내 힘으로 뭔가를 해나가는 과정을 즐길 수는 없는 거네요?

참여자11: 네. 뭔가 내가 배워 나가고 나의 능력을 하나하나씩 이렇게 하는 게 아니라 그냥 갑자기 아무 것도 할 줄 모르는데 무조건 잘 해야 되는 뭐든지 이런 상황에 놓였을 때 당혹감과 어떡하지 이런 두려움과 그런 것들을 느끼면서 이렇게 된 게 그나마 저는 근까 정말 딜레만 거 같애요.

연구자12: ..님의 이야기에서 오누이가 그냥 어린 아이로 남아있어요. 그런데 또 ..님이 만든 이야기에서 호랑이를 엄마가 혼자 힘으로 완전히 물리치지는 못했어요. 그건 엄마가 도와주고 옆에 있어주고 방법도 가르쳐주길 바라는 마음이 한 편에 있지만 엄마가 나를 완벽하게 케어해줄 수 없다는 걸 알고 있구나 라는 생각도 드는데요, 엄마가 다 무찔러 줄 수도 있잖아요?

참여자12: 그래요 그렇진 못했어요. 저도 그런 생각을 했거든요. 처음에 엄마가 쫌 뭔가 해결해서 호랑이를 해결하구 오면 얼마나 좋을까 라는 생각을 되게 많이 했어요. 집에 올 때는 그냥 처음 출근했을 때처럼 근까 전 날 퇴근했을 때처럼 똑같이 떡두 안 주구 뭐 이렇게 아무 일도 없었다는 듯이 엄마가 와서 다시 이렇게 행복하게 살면 얼마나 좋을까 생각을 했는데 갈수록 엄마는 그런, 그런 사람이 아니다 라는 생각을 하게 되요.

연구자13: 아 ..님이 엄마 완벽한 존재가 아니라는 거, 엄마도 사람이고 부족한 부분이 있고 한계가 있다는 걸 보기 시작했다는 건가요?

참여자13: 네 맞아요. 그런 생각을 많이 하고 있어요. (하략)

참여자가 마음에 들도록 바꾼 이야기는 오누이 엄마가 호랑이에게 잡아먹히지 않고 돌아와 오누이와 함께 호랑이를 따돌리고 그 과정에서 엄마와 오누이의 꾀에 넘어간 호랑이가 먹을 것을 구해다 주는 등 엄마와 오누이를 보살핀다는 내용이다. 연구자는 '연구자1'에서 참여자의 구연이 끝나자 참여자가 자신이 구연한 이야기에서 변화된 부분을 찾게 하고 그렇게 바꾼 의도가 무엇인지 질문했다. 그러면 참여자는 의도적으로 변화시키고자 했던 부분에 대해 말하게 된다. 참여자1에서 참여자는 엄마를 죽지 않고 아이들 옆에 있게 하고 싶었던 것이 이야기 변형에서 중심을 둔 부분임을 알 수 있다.

그 다음 연구자는 변형 의도에 관여하고 있는 참여자의 감정과 생각에 대해 질문하거나 반영하였다. 이야기에서 변형이 일어나고 있는 부분을 알아차리게 하고 그러한 변형을 가능하게 하는 참여자의 감정과 생각에 대해 질문하고 반영하거나 공감하는 과정이 반복해서 이루어지게 된다. 그러는 가운데 연구자의 질문에 의해서, 또는 참여자 스스로 자신의 실제 삶과의 연관성을 발견하게 된다.

위의 예문에서 연구자의 질문 과정을 정리해 보면 다음과 같다.

참여자가 의도적으로 바꾼 내용 질문 - 연구자1

참여자의 감정과 생각의 반영 - 연구자2, 3

참여자의 의도한 변화에 따라 바뀌고 있는 내용 질문 - 연구자4

참여자의 감정과 생각의 반영 - 연구자5, 6

참여자가 의도한 변화에 따라 바뀌고 있는 내용 질문 - 연구자7

참여자의 감정과 생각 질문 - 연구자8

참여자의 핵심감정을 명료화하여 반영 및 공감 - 연구자9,10

참여자가 의도한 변화에 따라 바뀌고 있는 내용 질문 - 연구자12, 13

연구자의 질문과 반응을 통해서 알 수 있는 중요한 사실은 질문과 반응이 전적으로 참여자에게 맞춰져 있다는 것이다. 연구자의 질문과정에는 참여자에게 주어진 문학텍스트의 의미나 연구자가 전달하고자 하는 바는 담기지 않는다. 질문과 반응은 참여자가 문학 텍스트에 반응하여 생산한 텍스트와 참여자의 의도나 감정, 생각 등에 대한 것이다. 이 과정에서 참여자는 자신이 텍스트에 반응하여 구성한 의미를 탐색하게 되고 그 과정에서 드러나는 자기를 발견하며 이해하게 된다.

서사는 유기적으로 연결되어 있어서 어떤 부분을 바꾸면 나머지 부분도 따라 바뀌게 된다. 참여자의 의도는 엄마를 살리는 데 있었지만 그것을 바꿈으로써 변화하는 부분이 있게 되는데 그것이 바로 호랑이나 오누이의 서사 내 역할과 비중이다. 특히 〈해와 달이 된 오누이〉는 이야기 내에서 어머니의 역할과 비중이 커지게 되면 오누이의 역할과 비중이 줄어들게 된다. 참여자가 자신이 의도한 변화에 대해 탐색한 다음에는 참여자가 의도한 변화로 인해 이야기의 다른 부분들이 어떻게 바뀌고 있는지 알아차리도록 한다. 그리고 그것이 전체 이야기의 변화에 어떻게 기여하는지와 참여자 자신의 삶에 대해 말해주는 바는 무엇인지 탐색해보게 한다. 참여자8은 이야기 내에서 아이들의 비중과 역할이 줄어드는 것에 대한 자신의 생각을 이야기하다가 자연스럽게 그런 생각을 가지게 한 자기 삶의 경험에 대한 탐색으로 넘어가는 과정을 보여준다.

이 과정에서 문학 텍스트를 읽고 반응하며 의미를 부여하는 주체는 참여자이다. 연구자는 문학치료사로서 참여자가 원 텍스트와 비교하여 자신이 만들어낸 이야기의 변화를 알아차리게 하고 그것이 이야기상에서, 그리고 참여자 자신의 삶에 차지하는 의미를 생각해보도록 돕는 역할을 담당할 뿐이다. 물론 문학치료사는 참여자가 미처 알아차리지 못하거나, 주목하지 않지만 서사 상에서 중요한 이야기의 변화를 섬세하게 파악하고 빠르게 찾아내어 질문할 수 있는 능력을 갖추어야 한다.

참여자는 〈해와 달이 된 오누이〉의 어머니에 대해 아이들을 돌보지 않는 무능력하고 무책임한 여자로, 스스로 호랑이를 따돌리고 해와 달이 되는 상황에 놓인 아이들을 도움을 받지 못해 힘들고 당혹스럽고 두려움에 빠진 존재로 해석한다. 이러한 참여자의 반응은 잘못된 것이 아니라 참여자 고유의 심리적 특성을 투사한 것으로서 존중되며 탐색의 대상이 된다. 문학 텍스트에 대한 반응에는 참여자의 심리적 특성이 투사되어 있으며 그것은 곧 참여자가 문학 텍스트에서 제기하는 삶의 과제에 대해 대처하는 방식, 즉 자기서사를 드러내는 것이다. 위의 예문에서 참여자는 〈해와 달이 된 오누이〉에서 다루는 '심리적 독립'이라는 삶의 과제에 대처하는 방식으로 그가 다시 구성한 이야기와 같이 계속해서 돌봄과 관심, 보호를 제공하는 강하고 이상적인 어머니를 요구해왔음을 알 수 있다. 그러면서 참여자가 만든 이야기 속 오누이와 같이 실제적인 심리적 독립은 유예되고 회피되어 온 것이다.

참여자는 문학 텍스트에 반응하여 자신이 원하는 이야기를 구성하고 그 이야기의 변화와 그 변화가 의미하는 바를 탐색하였다. 참여자는 자신이 혼자 잘 지내고 싶어 하면서도 그러지 못하는 이유가 혼자 있는 것이 보살핌 받지 못하는 것, 내던져진 것 같은 부정적 감정과 연합되어 있기 때문임을 확인하였다. 또한 혼자 잘 지내고 싶다고 하면서도 여전히 어머니의 관심을 절실히 구하고 있으며 그것이 이야기 속에서 오누이의 성장을 막고 아이로 머무르게 하고 있듯 자신의 성장을 가로막고 있음을 알아차리게 되었다. 참여자는 〈해와 달이 된 오누이〉라는 문학 텍스트에 부여한 의미에 담긴 심리적 과정을 탐색하며 그가 세상일에 대처하는 방식, 즉 자기서사를 확인하고 자기이해로 나아가고 있다. 이러한 과정은 다음에 참여자가 구성하는 이야기의 변화로 이어지는데 그것은 발달과업에 대처하는 방식의 변화를 시도하는 것이며 그의 지체된 발달과업의 성공적 수행과 성장을 위한 과정이라고 할 수 있다.

4. 결론

문학교육은 학습 제재로 문학의 모든 갈래를 아우르면서 학습자가 문학을 통해 배우며 사회의 일원으로 성장하고 평생 독자로서 문학을 향유할 수 있게 돕고자 한다. 그 과정에서 문학교육은 텍스트를 이해하기 위한 지식을 가르치고 문학 내외의 특성을 두루 고려하여 적절한 해석을 할 수 있는 비평능력을 훈련시켜야 한다. 학습자의 성장도 중요하지만 텍스트를 제대로 읽고 만들어낼 수 있는 문학 능력을 배양하는 것도 중요하다. 그래서 교육해야 할 정전으로서의 텍스트가 존재하게 되고 학습자가 도달해야 할 이해의 목표로서 합의된 해석이 있을 수밖에 없다.

문학을 통한 독자의 성장에 초점을 맞춘다면 문학은 독자가 마음껏 주관적으로 반응할 수 있는 대상이 될 수 있어야 한다. 우리가 문학작품을 읽고 눈물 흘리거나 마음이 움직였던 경험을 생각해본다면 그것이 반드시 텍스트의 전체에 대한 온전한 이해에 이르거나 합의된 해석을 알아야만 가능한 일은 아님을 알 수 있다. 텍스트 속의 어떤 장면이나 특정 대사나 시구에 반응하기도 하는 것이다. 독자는 자신이 텍스트에 주관적으로 반응한 것에 주목하여 무엇이 자신의 마음을 움직였는지 탐색할 수 있고 이를 통해 자기 이해는 깊어지고 확장된다.

문학치료는 문학교육이 가지고 있는 두 가지 목표 가운데 문학을 통한 개인의 성장에 집중한다. 그래서 문학교육에서는 텍스트에 대한 잘못된 이해로서 허용되기 어렵거나 학습 부진의 결과로 여겨질 수 있는, 지극히 주관적인 해석도 중요하게 다뤄진다. 텍스트에 대한 온당한 해석이 아닐지라도 그렇게 반응한 독자 자신의 내면의 진실을 드러내고 있기 때문이다. 문학치료는 독자반응비평이론 가운데 텍스트의 의미를 독자가 생산하며 그 의미에 독자의 욕구, 욕망, 방어, 두려움 등이 담겨 있다고 보았던 관점과 일맥상통한다. 이러한 관점에서 문학치료는 독자가 생산한 의미를 독자의 자기탐색을 위한 매개로 활용하는 것이다.

문학치료는 문학을 가르치지 않는다. 합의된 해석이나 작품의 창작 배경, 갈래적 특성 등에 대한 지식을 전달하지 않는다. 문학치료에서는 참여자가 문학을 자기 생각과 감정에 충실하게 감상하고 표현하도록 독려한다. 그 과정을 통해 도달하고자 하는 것은 텍스트의 이해가 아니라 참여자의 자기이해이다. 문학치료에서는 문학 텍스트보다는 그 텍스트를 읽는 사람에게 초점을 맞춘다. 그래서 문학치료의 과정은 문학 텍스트 이해보다는 문학을 통한 자기이해를 도모하는 방향으로 진행된다.

문학치료에서 문학은 그것을 읽고 반응하는 자기를 보게 함으로써 참여자의 자기에 대한 앎을 증진시키고 확장하게 하는 성장의 매체이다. 문학치료에서 문학 텍스트에 대한 수용자의 반응-그것이 정서적인 것이든 인지적 해석이든지 간에-에 대한 허용의 폭은 문학교육의 그것보다 크며 문학치료의 텍스트 향유방식은 문학교육의 그것보다 특수하고 개별적인 특성을 가진다. 그러나 문학을 통한 개인의 성장을 지향한다는 점에서 문학교육과 문학치료는 상호보완적 관계에 있다고 할 수 있다. 또한 문학 텍스트의 감상과 창작 등 문학 활동을 개인의 성장을 위해 활용하는 문학치료는 문학 텍스트를 읽고 쓰며 이해할 수 있는 기본적 능력을 갖추기 위한 문학교육이 바탕이 될 때 더욱 활성화 될 수 있을 것이다.

참고문헌

김대행, 「국어교육의 위계화」, 『국어교육연구』 19, 서울대 국어교육연구소, 2007.

김정용, 「독일 청소년 문학 교육과 한국에 수용된 독일 청소년 문학」, 『독어교육』 36, 한국독어독문학교육학회, 2006.

_____, 「독일의 문학교과 교육과정 Lehrplan Deutsch에 나타난 청소년 문학」, 『독어교육』 46, 한국독어독문학교육학회, 2009.

로이스 타이슨, 윤동구 옮김, 『비평이론의 모든 것』, 앨피, 2012.

박수진, 「생태학적 관점을 통한 설화교육 방안 모색」, 『고전문학과 교육』 27, 한국고전문학교육학회, 2014.

박수현, 「심리 치유를 위한 문학교육 연구」, 『우리문학연구』 53, 우리문학회, 2017.

브루너, 강현석 · 김경수 옮김, 『이야기 만들기』, 교육과학사, 2010.

선주원, 「범교과적 관점에서의 청소년 문학교육연구」, 『청람어문교육』 30, 청람어문교육학회, 2004.

신원기, 「설화 제재를 활용한 인성교육의 가능성 고찰–초등학교 4-1 '국어' 교과를 중심으로」, 『한국초등국어교육』 44, 한국초등국어교육학회, 2010.

염은열, 「문학교육의 관점에서 본 문학치료학 이론」, 『문학치료연구』 12, 한국문학치료학회, 2009.

_____, 「학습자의 자기 이해를 위한 문학교육 평가 방안 탐색」, 『국어교육학연구』 34, 서울대 국어교육연구소, 2009.

정운채, 「고전문학 교육과 문학치료」, 『국어교육』 113, 한국어교육학회, 2004.

_____, 「문학치료학의 서사 및 서사의 주체와 문학연구의 새 지평」, 『문학치료연구』 21, 한국문학치료학회, 2011.

_____, 「서사의 힘과 문학치료방법론의 밑그림」, 『고전문학과 교육』 8, 한국고전문학교육학회, 2004.

_____, 「프랭스의 서사이론과 문학치료학의 서사이론」, 『문학치료연구』 17, 한국문학치료학회, 2010.

정재찬, 「문학교육을 통한 개인의 치유와 발달」, 『문학교육학』 29, 한국문학교육학회, 2009.

_____, 「치유를 위한 문학 교수 학습 방법」, 『문학교육학』 43, 한국문학교육학회, 2014.

조은상, 「문학치료에서 자기이해의 필요성과 방법」, 『문학치료연구』 45, 한국문학치료학회, 2017.

_____, 「문학치료의 발달적 접근」, 『고전문학과 교육』 37, 한국고전문학교육학회, 2018.

황윤정, 「대립 구조를 활용한 설화 교육의 내용 연구-〈구렁덩덩 신선비〉를 중심으로」, 『문학교육학』 59, 한국문학교육학회, 2018.

황정현, 「초등학교 문학교육의 정의적 영역의 문제와 교육방법」, 『문학교육학』 12, 한국문학교육학회, 2003.

[부록] 수록 논문의 학술지 게재 서지사항

1부

1장 손태도, 「고전문학의 향유방식과 교육; 과거, 현재, 미래」, 『고전문학과 교육』 제37집, 한국고전문학교육학회, 2018.

2장 박경주, 「고전시가 교육에 있어 향유 방식의 중요성과 그 방법론적 탐색」, 『고전문학과 교육』 제38집, 한국고전문학교육학회, 2018.

2부

3장 서영숙, 「서사민요의 향유방식과 교육적 의의」, 『고전문학과 교육』 제39집, 한국고전문학교육학회, 2018.

4장 하은하, 「문화적 맥락의 차이에 따른 설화 향유의 한 양상과 세대 간 소통을 위한 설화 교육 시론」, 『고전문학과 교육』 제39집, 한국고전문학교육학회, 2018.

5장 정충권, 「20세기초 극장무대 전통공연물의 향유방식」, 『고전문학과 교육』 제38집, 한국고전문학교육학회, 2018.

3부

6장 조하연, 「〈황조가〉에 대한 접근 방식 재고」, 『고전문학과 교육』 제37집, 한국고전문학교육학회, 2018.

7장 하윤섭, 「정치적 텍스트로서의 〈쌍화점〉」, 『고전문학과 교육』 제41집, 한국고전문학교육학회, 2019.

8장 염은열, 「고전시가 향유 및 학습 방법으로서의 번역」, 『고전문학과 교육』 제43집, 한국고전문학교육학회, 2020.

4부

9장 황혜진, 「음양오행적 상상력에 기반한 〈구운몽〉의 창작과 향유 방식 연구」, 『고전문학과 교육』 제35집, 한국고전문학교육학회, 2017.

10장 서보영, 「〈춘향전〉 전승에서 방자 삽화의 변이 양상과 의미」, 『고전문학과 교육』 제38집, 한국고전문학교육학회, 2018.

11장 류수열, 「고전문학 향유 리터러시의 위계화 시론」, 『고전문학과 교육』 제36집, 한국고전문학교육학회, 2017.

5부

12장 김기완, 「조선후기 금·원대시 수용의 제양상: 홍한주의 사례를 중심으로」, 『고전문학과 교육』 제36집, 한국고전문학교육학회, 2017.

13장 주재우, 「자찬묘지명의 향유방식과 교육적 의의」, 『고전문학과 교육』 제35집, 한국고전문학교육학회, 2017.

14장 최귀묵, 「화가(和歌)와 한시(漢詩)의 혼효(混淆) 양상과 특징」, 『고전문학과 교육』 제39집, 한국고전문학교육학회, 2018.

6부

15장 조희정, 「고전문학 교육에서 학습자의 감상 질문 생성 경험 연구」, 『고전문학과 교육』 제36집, 한국고전문학교육학회, 2017.

16장 박경주, 「대학 고전문학교육의 현황과 그 방향성 모색」, 『고전문학과 교육』 제45집, 한국고전문학교육학회, 2020.

17장 조은상, 「문학교육과의 대비를 통해 본 문학치료의 특성」, 『고전문학과 교육』 제39집, 한국고전문학교육학회, 2018.

저자 소개

김기완 연세대학교 강사
류수열 한양대학교 국어교육과
박경주 원광대학교 국어국문학과
서보영 선문대학교 교양학부
서영숙 한남대학교 국어교육과
손태도 호서대학교 창의교양학부
염은열 청주교육대학교 국어교육과
정충권 충북대학교 국어교육과
조은상 건국대학교 대학원 문화예술치료학과
조하연 아주대학교 국어국문학과
조희정 조선대학교 국어교육과
주재우 전북대학교 국어교육과
최귀묵 고려대학교 국어국문학과
하윤섭 충북대학교 국어교육과
하은하 서울여자대학교 국어국문학과
황혜진 건국대학교 국어국문학과

고전문학의 향유와 교육

초판 1쇄 인쇄 2021년 12월 13일
초판 1쇄 발행 2021년 12월 23일

엮은곳 한국고전문학교육학회
지은이 김기완 류수열 박경주 서보영 서영숙 손태도 염은열 정충권
조은상 조하연 조희정 주재우 최귀묵 하윤섭 하은하 황혜진
펴낸이 이대현
책임편집 강윤경 | **편집** 이태곤 권분옥 문선희 임애정
디자인 안혜진 최선주 이경진 | **마케팅** 박태훈 안현진
펴낸곳 도서출판 역락 | **등록** 1999년 4월 19일 제303-2002-000014호
주소 서울시 서초구 동광로46길 6-6 문창빌딩 2층(우06589)
전화 02-3409-2060(편집부), 2058(영업부) | **팩스** 02-3409-2059
전자우편 youkrack@hanmail.net | **홈페이지** www.youkrackbooks.com

ISBN 979-11-6742-228-6 93810

정가는 뒤표지에 있습니다.
파본은 교환해 드립니다.